Ralf Isau

Die Träume des Jonathan Jabbok

OMNIBUS

DER AUTOR

Foto: © privat

Ralf Isau wurde 1956 in Berlin geboren. Heute arbeitet er als Computerfachmann und lebt mit seiner Frau und Tochter Mirjam in der Nähe von Stuttgart. Als Gegengewicht zu seinem rein technisch ausgerichteten Beruf beschäftigt er sich in seiner Freizeit schon seit langem mit phantastischer Literatur.
Die Träume des Jonathan Jabbok ist der erste Band seiner Neschan-Trilogie. Die folgenden Bände, *Das Geheimnis des siebten Richters* und *Das Lied der Befreiung Neschans,* werden ebenfalls bei OMNIBUS erscheinen.

Ralf Isau

Die Träume des Jonathan Jabbok

Ein phantastischer Roman

Illustrationen von Claudia Seeger

THIENEMANN TASCHENBUCH

THIENEMANN TASCHENBUCH BEI OMNIBUS
Band 26002

Umwelthinweis:
Dieses Buch wurde auf chlorfrei gebleichtem Papier gedruckt.

Erstmals als Thienemann Taschenbuch bei OMNIBUS Mai 1999
OMNIBUS ist der Taschenbuchverlag für Kinder und Jugendliche von Bertelsmann
Gesetzt nach den Regeln der Rechtschreibreform

Umschlagbild und Innenillustrationen: Claudia Seeger
Umschlagkonzeption: Klaus Renner
bm · Herstellung: Stefan Hansen
Satz: KCS GmbH, Buchholz/Hamburg
Druck: Presse-Druck Augsburg
ISBN 3-570-26002-X
Printed in Germany

10 9 8 7 6 5 4 3 2 1

OMNIBUS

Für Mirjam Bithja

Labsal für den Geist,
damit er nie versage.

Balsam für das Herz,
auf dass es immer schlage.

Feuer für die Liebe,
möge sie nie erkalten.

All das, so wünsch ich mir,
möcht ich für dich erhalten.

R·O·L·O·G

Prolog

Die Tränenland-Prophezeiung

(aus dem Buch Yenoach, 1. Buch der Richter Neschans)

Yehwohs Bote nahm mich mit sich und führte mich in ein fremdes Land. Auch sprach er zu mir: ›Alles, was du siehst, schreibe auf, es ist ein Spiegel künftiger Dinge.‹

So wandte ich meine Aufmerksamkeit dem Land zu, in das der Bote mich geführt, und siehe, da war ein König. Er regierte sein Volk nicht nur mit Macht, sondern auch in Weisheit, mit Liebe und in Gerechtigkeit, sodass es glücklich war unter seiner Herrschaft.

Und ich hörte die Stimme des Königs, der sprach: ›Das Land ist groß und das Volk ist zahlreich geworden. Ich will die Menschen fragen, ob es ihnen gut ergeht unter den Fürsten, die ich über sie bestellt habe.‹

So rief der König Boten aus allen Völkern zu sich und sie erstatteten ihm Bericht. Neunundsechzig gaben ein gutes Zeugnis und der König freute sich über den Wohlstand seiner Untertanen. Dann aber erschien der siebzigste und fiel ihm zu Füßen. ›Mein König!‹, rief er mit klagender Stimme. ›Der Fürst, den du uns gabst, behandelt uns schlecht. Unser Land leidet Not und kein Reisender kann den Bezirk unbeschadet durchqueren, weil der nichtsnutzigen Männer viele geworden sind.‹

Und der König wurde zornig, als er den ganzen Bericht gehört hatte und er hob an und sprach: ›Ich will einen Verwalter zum Fürsten eures Landes senden, mit meinem Zepter in der Hand, damit eine jede Seele ihn erkenne. Er soll meinen Gesetzen Recht verschaffen und den Fürsten tadeln, auf dass er umkehre von seinem verkehrten Wege. Auch will ich sieben Wachttürme errichten lassen, damit ihre berittenen Posten das Land reinigen von allen Schaden stiftenden Männern. Den Bezirk aber werde ich ›Tränenland‹ nennen, weil ich meine Tränen vergossen habe, wegen all der Abscheulichkeiten darin. Erst, wenn euer Gebiet wieder eins ist mit meinem übrigen Reich und wenn es wieder Frieden hat von all der Bedrückung, werde ich ihm einen neuen Namen verleihen und es wird genannt werden ›Land des Trostes‹.‹

Alsdann sandte der König seinen Verwalter in die besagte Gegend, einen Mann von treuem Herzen und starker Hand. Er baute die Wachttürme und tat nach allem, was der König geheißen hatte. Der Fürst des Bezirks war jedoch weiterhin böse in allen seinen Taten und er achtete nicht auf die Anordnungen des königlichen Verwalters, sodass das Volk nicht vollends Ruhe fand und es entzweit blieb zwischen seinem König und dem Fürsten des Tränenlandes.

So beschloss der König einen anderen Verwalter zu schicken. ›Vielleicht werden sie auf diesen eher hören als auf den ersten‹, sagte er sich.

Aber weder der zweite noch vier weitere, die der König dorthin sandte, konnten das ganze Volk zur Umkehr bewegen. Es blieb gespalten, denn der untreue Fürst verschaffte sich zahlreiche Anhänger durch Lüge und Bestechung.

Da erzürnte der König sehr und sprach: ›Nicht mehr länger will ich mit ansehen, wie dieser nichtsnutzige Knecht sich als Herr über mein Volk aufspielt und es dazu verleitet, das königliche Recht zu brechen. Ich will einen siebenten Verwalter auswählen und obwohl noch jung an Jahren, wird er doch mit eisernem Stabe den Fürsten aus meinem Land vertreiben, auf dass das Volk umkehre und mir wieder mit ungeteiltem Herzen diene.‹

So füllte der König die Hand seines siebenten Verwalters mit Macht, worauf dieser auszog und den Fürsten in Ketten legte und ihn vor den Thron des Königs brachte, damit er Rechenschaft ablege, wegen all seiner Taten der Rebellion. Und der König verurteilte ihn und ließ ihn in einen tiefen Turm werfen.

Alsdann ging der König hin und sprach: ›Von nun an wird mein Volk wieder Ruhe haben und ich werde meinen treuen Verwalter als Fürsten über das Land setzen, das nicht mehr länger ›Tränenland‹ genannt werden soll; sein neuer Name soll ›Land des Trostes‹ sein.‹ Und weil er wusste, dass das Volk den siebenten Verwalter besonders liebte, fügte er als Mahnung hinzu: ›*Sieben* waren es, die euer Ungemach trugen und *sieben,* die dem Handeln des bösen Fürsten Einhalt geboten. Wie ein Haus mit sieben Flächen – einem Boden, vier Wänden und zwei schrägen Dachhälften – habe ich sie um euch gebaut. Wohl ist der siebente Verwalter das Fundament – und ohne Grundlage kann ein Haus im Sturm nicht bestehen –, was aber nutzt ein starker Unterbau ohne Wände und Dach? Nur alle sieben können ein Ganzes bilden. Nur in der Einheit wird der Zweck vollkommen erfüllt.‹

Das Volk hörte die Worte des Königs und handelte freudig danach, denn das vereinte Wirken der sieben Verwalter war auch ein Vorbild für sie selbst. Nie wieder ließen sie sich spalten durch Neid und Eifersucht.

So hatte das Land fortan Frieden und die Menschen lebten wieder in Glück und Wohlstand. Der böse Fürst aber blieb bis zu seinem Tode gefangen und kehrte nie mehr in das Land des Trostes zurück.«

I.
Der Stab

O nein! Das durfte einfach nicht wahr sein. Was für ein Pech! Nein, was für eine Riesendummheit!

Yonathan gehörte zu den eher sanftmütigen und besonnenen Naturen, sonst hätte er sich jetzt wohl sämtliche Haare ausgerauft. So aber saß er da und zerbiss sich die Unterlippe, um nicht laut loszuschreien, aus Ärger und Wut über die eigene Gedankenlosigkeit.

Nachdem der erste Schmerz verflogen war, gelang es ihm seine Situation klarer einzuschätzen: Er saß in einer dunklen, anscheinend geräumigen Grube.

Erst wenige Augenblicke zuvor war er aus dem Finkenwald herausgetreten. Der herrliche Anblick einer Wiese hatte ihn unvorsichtig gemacht. Das kniehohe Gras war übersät von wunderschönen bunten Wildblumen. Schmetterlinge schaukelten in der frischen Brise. Der blaue Himmel war zerzaust von Wolken, die in Yonathans Phantasie Gestalt annahmen: gewaltige Drachen, behäbige Elefanten, elegante Segelschiffe … Und während er so, die Hände in den Hosentaschen, über die Wiese geschlendert war, hatte sich plötzlich der Boden unter seinen Füßen aufgelöst.

Zum Glück war Yonathan unverletzt. Er hatte sich geistesgegenwärtig zur Seite rollen lassen. Jetzt saß er auf dem Grund des Erdloches, die Hände auf den Boden gestützt und den Blick nach oben zu der Öffnung gerichtet, die ihn so unerwartet verschluckt hatte. Wie durch ein Kerkerfenster konnte er hoch oben das Blau des Himmels im Wechsel mit dem zarten Weiß der eilig vorüberziehenden Wolken sehen; Wolken, die ihren Zauber für ihn nun verloren hatten. Yonathan dachte nur noch an eines: so schnell wie möglich wieder aus dieser muffigen Grube herauszukommen.

Er schätzte die Entfernung bis zum Rand des Loches auf mindestens zehn Fuß, wahrscheinlich mehr. Mit seinen knapp vierzehn Jahren war er größer als die meisten seiner Altersgenossen. Immerhin maß er bereits fünfeinhalb Fuß – fast jedenfalls. Aber je länger er zu dem hellen Durchschlupf emporspähte, desto schmerzhafter wurde ihm bewusst, dass er es durch Springen allein nicht schaffen konnte. Was sollte er also tun?

Auf dem Boden fühlte er Humus und vermoderte Blätter. Diese lockere Schicht hatte seinen Sturz zum Glück abgemildert – sofern man in seiner Situation von Glück sprechen konnte.

Yonathan versuchte die Wände des Erdloches zu erkennen. Vielleicht konnte er eine Stelle entdecken, die genügend Halt bot, um hinauf ins Freie zu klettern. Dumpfe Beklemmung stieg in ihm auf. Er sah nichts als Schwärze. Sollte dieser Raum mehr als eine Grube sein? Vielleicht befand er sich in einem riesigen Höhlensystem, einem lichtlosen Irrgarten. Andererseits, so machte er sich selbst Mut, konnte es ja sein, dass eine dieser unterirdischen Verästelungen an die Oberfläche zurückführte.

Yonathan begann mit der Suche nach einem Höhlengang. Er hob die Arme wie ein Schlafwandler und entfernte sich vorsichtig von dem Lichtkegel, der durch die Öffnung in der Höhlendecke fiel. Während er vielleicht sechzig oder siebzig Fuß weit durch die Dunkelheit tappte, wunderte er sich über den Boden, der – abgesehen von dem Humushügel unter dem Loch – ungewöhnlich eben war.

Konnte es sein, dass er in die Behausung irgendeines unbekannten Höhlenbewohners gestürzt war? Ein kalter Schauer lief ihm über den Rücken. Er schluckte. Schon oft hatte er im Finkenwald den Luchs und manchmal sogar den Bären beobachtet, wie sie auf ihrer Suche nach Beute von den Bergen herabkamen und sich den Siedlungen der Menschen näherten. Auch erzählte man sich allerlei Schauergeschichten von schrecklichen Ungeheuern, die in den Tiefen der Wälder ihr Unwesen treiben sollten. Freilich konnte kaum jemand im Dorf Genaueres über diese Bestien sagen. Und diejenigen, die behaupteten, einmal solche Wesen gesehen zu haben, wurden von den anderen als Wirrköpfe angesehen.

So auch der alte Navran Yaschmon, der Yonathan vor vielen Jahren in sein Haus auf den Klippen aufgenommen hatte. Manche Leute im Dorf erzählten sich, er sei nicht mehr ganz richtig im Kopf. Andere wiederum sahen in ihm einen Weisen, suchten seinen Rat und behandelten ihn mit großer Ehrfurcht. Yonathan liebte den alten Yaschmon wie ein Sohn seinen Vater und er wusste, dass dieses Gefühl auch erwidert wurde. Obwohl Navran Yaschmon selten viel redete, konnte er doch, einmal am Zuge, von den herrlichsten Abenteuern und schrecklichsten Ungeheuern erzählen, die ihm in seinem langen Leben begegnet waren.

Die Erinnerungen an Navran Yaschmons Erzählungen erwachten in Yonathans Phantasie zu neuem Leben. Er glaubte, einen eisigen Atem in seinem Nacken zu spüren und erstarrte, wagte kaum zu atmen. Angestrengt lauschte er in die Dunkelheit. Kein Laut war zu hören, kein Ungeheuer zu sehen. Langsam entspannte er sich wieder. Der kalte Lufthauch war wohl nur ein Windstoß gewesen, der sich in die Höhle verirrt hatte.

Yonathan atmete tief, dann machte er sich wieder an die Erkundung seiner neuen Umgebung. Nach drei oder vier Schritten fühlte er die Wand der Höhle. Sie war unangenehm feucht. Er ertastete Fels und starke, krumme Wurzelstränge – wahrscheinlich von der umgestürzten Eiche, die er beim Verlassen des Waldes auf der Wiese gesehen hatte.

Langsam tastete er sich an der Wand entlang. Mit den Füßen suchte er dicht über dem Boden nach einer Öffnung. Da das Loch in der Decke die Form eines Halbkreises beschrieb, konnte er den Fortschritt seines Erkundungsganges gut verfolgen. Seine Hände begannen zu schmerzen; die Felsen waren voller Ecken und Kanten. Und bald gab es keinen Zweifel mehr: Er saß in der Falle.

Er fühlte Verzweiflung in sich aufsteigen. In einem Stoßgebet wendete er sich an Yehwoh, den Vater aller Dinge. Vielleicht konnte er ihm helfen. Yonathan gehörte nicht zu den Menschen, die nur in Notfällen zu ihrem Gott beteten. Sein Verhältnis zu Yehwoh war eher wie zu einem Vater: respektvoll und freundschaftlich. Und in der Kraft und Ausgeglichenheit, die er aus den Gebeten schöpfte, erkannte er die Antwort seines Gottes.

So blickte er auch jetzt etwas ruhiger und gefasster auf den schwachen Lichtschimmer, der durch die Deckenöffnung zu ihm herabsickerte. Die Abenddämmerung. Wie die Zeit verging! Ob oben immer noch die Drachen, Elefanten und Segelschiffe über den Himmel zogen?

Yonathan zuckte zusammen. Er musste kurz eingenickt sein. Wie viel Zeit war vergangen? Draußen dämmerte es noch immer. Oder schon wieder?

Ihm war kalt und er fühlte sich zerschlagen. Schwerfällig stellte er sich auf die Beine, massierte die steifen Glieder. Sein Magen knurrte.

»Wie komme ich hier nur heraus?«, fragte er laut. »Soll ich mit bloßen Händen einen Hügel aufhäufen, bis ich durch das Loch da oben hinausklettern kann?« Wahrscheinlich würde er vorher verhungern.

Ein Lufthauch streifte seinen Nacken. Wieder musste er an den kalten Atem eines hässlichen Erdbewohners denken. Aber bestimmt gab es eine vernünftige Erklärung für diesen Luftzug. Vielleicht befand sich ein Gang dicht unter der Decke, außerhalb der Reichweite seiner Hände und Füße.

Erneut machte er sich mit wunden Fingern auf die Suche. Plötzlich fühlte er etwas Fremdartiges in seiner Linken. Es war kalt, aber nicht feucht wie die übrige Erde. Mit beiden Händen untersuchte er den Fund. Es war kein Wurzelholz, vielmehr schien es aus Metall zu bestehen und ragte etwa anderthalb Spannen aus der Wand. Vermutlich hatte er einen geeigneten Gegenstand zum Abklopfen der Höhlenwände gefunden. Jetzt musste er ihn nur noch aus dem Fels bekommen.

Yonathan stemmte seinen rechten Fuß in eine kleine Mulde

und packte das Ende des Gegenstandes fest mit beiden Händen. Dann zählte er laut bis drei, holte tief Luft und zog mit aller Kraft.

Einen Wimpernschlag später fand er sich auf seinem Hinterteil auf dem Höhlenboden wieder. Obwohl der Gegenstand so fest in der Wand zu stecken schien, hatte er keinen Widerstand gespürt.

Überrascht hielt Yonathan den Gegenstand in seinen Händen. Es war ein gerader Stab von etwa fünf Fuß Länge. Am oberen Ende befand sich ein metallener Knauf, der möglicherweise einen Kopf darstellte. Zur Spitze hin verjüngte sich der Stecken in schraubenförmigen Windungen, die mit Schriftzeichen versehen waren. Sie glänzten matt in der Farbe des Knaufes und der Spitze, aber ihre genaue Form war in der Dunkelheit nicht zu erkennen.

»Erkennen?!«, entfuhr es Yonathan. Verwirrt kreiste sein Blick durch die Höhle und landete dann wieder auf dem Stab. Er konnte jetzt viele Einzelheiten erkennen, die er vorher nur mit seinen tastenden Händen wahrgenommen hatte.

Er schaute zur Deckenöffnung hinauf und zuckte zusammen; das Licht stach ihm schmerzhaft in die Augen.

Langsam erhob er sich und ging vorsichtig auf den Mittelpunkt des Raumes zu, um zu erforschen, was diese plötzliche Aufhellung im Innern der Höhle verursacht hatte. Er erwartete in das gleißende Licht der Sonne zu schauen, sah aber nur den gewohnten Wechsel von blauem Himmel und weißen Wolken – nur war alles heller als zuvor. Yonathan wusste nicht, warum es so war, aber es kam ihm gelegen.

Gleichzeitig glaubte er, seit er den Stab in den Händen hielt, die Nähe von etwas Bedrohlichem wahrzunehmen, etwas, das es auf ihn abgesehen hatte. Es war höchste Zeit einen Weg nach draußen zu finden.

Er wandte sich wieder der Stelle zu, wo er den Lufthauch gespürt hatte. Tatsächlich glaubte er jetzt, in knapp zehn Fuß Höhe eine dunkle Vertiefung zu erkennen. Schnell hatte er auch einige Wurzelschlingen und andere Haltepunkte entdeckt, die ihm den Aufstieg ermöglichen würden. Aber würde der Stab ihn nicht behindern? Er wollte ihn nicht in dem Loch zurücklassen. Er gehörte ans Licht, zu den Menschen, das wusste Yonathan.

Er trat zwei Schritt zurück, wog noch einmal das Gewicht des Stabs in seinen Händen und warf ihn dann mit einem gut gezielten Schwung genau in das schwarze Loch hinein. Noch während das Wurfgeschoss durch die Luft flog, verdunkelte sich Yonathans Umgebung wieder wie vor der Entdeckung des seltsamen Stabes.

Ein Kribbeln lief ihm den Rücken herab. Das war nicht nur ungewöhnlich, das war unheimlich. Konnte der Stab etwas mit dem Dämmerlicht zu tun haben, das eben so jäh verschwunden war?

Zwar sah Yonathan jetzt nichts mehr, aber es bereitete ihm keine Schwierigkeiten die Wurzelschlingen und Felsvorsprünge wiederzufinden, die sich seinem Gedächtnis eingeprägt hatten. Er zog sich in den Tunnel hinein und suchte dort auf allen vieren kriechend nach dem Stab.

Diesmal war er vorbereitet. Sobald er den Stecken in seiner rechten Hand fühlte, verwandelte sich das Nichts in graues Dämmerlicht. Aufmerksam konzentrierte er alle Sinne auf die neue Umgebung. Und wirklich, da lag ein Gang direkt vor ihm! Aus der Tiefe des Höhlenganges stieg ein feuchter unangenehmer Geruch herauf. Er hörte weit entferntes Tropfen.

Doch da war noch etwas. Yonathan konnte es weder sehen noch hören. Aber es war da! Etwas Unheilvolles, das irgendwo in dem Dunkel vor ihm lauerte.

Wer hatte die so auffällig runde Höhle geschaffen, der er soeben entstiegen war? Und wie war dieser Gang entstanden, dem er sich nun anvertrauen musste? Der Fußboden war fast eben, die Wände ragten rechts und links senkrecht empor und die Decke war bogenförmig ausgearbeitet – bestimmt kein Werk des Zufalls.

Der Gang neigte sich nun leicht nach unten, blieb aber in seiner Höhe von etwa sechs Fuß unverändert, sodass Yonathan darin aufrecht gehen konnte. Hinter der ersten Biegung konnte er etwas weiter den Tunnel hinabblicken. Seine Rechte klammerte sich fester um das eigenartig warme Holz des Stabes. Immer stärker fühlte er die Gegenwart von etwas Anderem. Etwas Nichtmenschlichem.

Er umrundete die nächste Biegung. Wenige Ellen entfernt befand sich eine Gabelung. Was sollte er tun, wenn dieser Weg sich wieder gabelte? Er würde sich in einem Netz von Gängen verlaufen und nie mehr zurückfinden.

Von links spürte er einen Luftzug, also schlug er diese Richtung ein.

Obgleich längst kein Tageslicht mehr in diesen Teil des Gangsystems vordringen konnte, war er immer noch in der Lage etwas zu erkennen. Decke und Wände schienen leicht zu schimmern. Wiederum stand er an einer Verzweigung und prüfte den Luftstrom. Plötzlich hörte er ein Geräusch! Es klang wie das Rollen eines Steines. Yonathan lauschte angestrengt in die Richtung, die er gerade hatte einschlagen wollen. Aber er konnte nichts mehr hören.

Er umklammerte den Stab und konzentrierte alle Sinne auf den vor ihm liegenden Gang. Und tatsächlich! Mit einem Mal spürte er die Bedrohung. Und dann sah er auch etwas: Weit voraus schimmerten zwei grüne Punkte, mehr zu erahnen als zu erkennen. Sie kamen näher und wurden deutlicher. Ohne den Abstand zueinander zu verändern, pendelten sie langsam hin und her. Yonathan drückte sich eng an die Felswand und starrte in die Richtung der kleinen grünlichen Flammen. Sein Atem ging schnell, aber flach. Ein paar Herzschläge später erkannte er einen dunklen Schatten, der den gesamten Gang ausfüllte.

Ein Erdfresser!, schoss es ihm durch den Kopf. Yonathan hatte schon öfters von ihnen gehört, ihre Existenz aber bezweifelt – harmlose Schauergeschichten, Ausgeburten der Phantasie einsamer Waldläufer. Jeder Mensch würde solchen Wesen, »die einem das Mark aus den Knochen saugen«, aus dem Weg gehen. Und jetzt sah er sich selbst einem solchen Untier gegenüber.

Er verspürte wenig Lust diesem Jäger der Dunkelheit als Mahlzeit zu dienen. Aber was sollte er tun? Wenn er zurück zu dem kreisförmigen Höhlengewölbe rannte, gab es kein Entrinnen mehr. Sich dem Erdfresser gleich hier entgegenzustellen, hätte sicher noch weniger Sinn. So stürzte er in den einzig verbleibenden Gang. Der Erdfresser stieß einen markerschütternden Schrei aus.

Die Jagd hatte begonnen.

Den Stab fest in der Hand, stolperte Yonathan vorwärts. Hinter sich hörte er das Stampfen massiger Beine und ein Scharren von Klauen. Mit diesen Krallen und ihrem diamantharten Gebiss gruben sich die Erdfresser durch härtestes Gestein. Nicht auszudenken, was sie da erst mit menschlicher Haut anstellen konnten!

Schon hörte Yonathan den Atem des Ungeheuers und stellte mit Entsetzen fest, dass der Erdfresser aufholte. Als er sich kurz umwandte, erkannte er einen wuchtigen Schädel mit spitzem Hornzahn. Aus dem Maul troff schaumiger Geifer.

Yonathan gab sein Letztes. Während er weiter durch die Dunkelheit hastete, kam das Schnaufen des Verfolgers immer näher. Der Erdfresser schien nicht zu ermüden, während Yonathan schon die Kräfte verließen.

Als er sich abermals umdrehte, war das Ungetüm nur noch wenige Schritte von ihm entfernt. Wieder brüllte es triumphierend. Yonathan wirbelte hastig herum, streifte mit dem Knauf des Stabes die Felswand, und … im selben Augenblick strahlte ein blauer Blitz durch den Tunnel, Felsbrocken und loses Erdreich flogen mit ohrenbetäubendem Lärm in den Höhlengang hinein.

Als sich der Staub gelegt hatte, sah Yonathan zwischen sich und dem Ungeheuer eine Geröllbarriere. Sie war nicht sehr hoch und der Erdfresser würde sie bald beseitigt haben.

Vor seinen Augen tanzten bunte Lichtflecken, aber Yonathan hetzte weiter.

Je tiefer er in das scheinbar endlose Höhlensystem eindrang, desto stickiger wurde die Luft. Es roch nach Verwesung. Schon bald vernahm er wieder das Stampfen des Untiers. In der Hoffnung die Bestie irrezuführen, stürzte er in einen kleineren Seitengang, der vom Hauptweg im rechten Winkel abzweigte. Der Gestank wurde immer unerträglicher. Yonathan kämpfte gegen eine starke Übelkeit an.

Plötzlich weitete sich der schmale Tunnel zu einer kleinen Kammer. Nur schemenhaft erkannte er, dass der Raum angefüllt war mit Knochen und Tierkadavern.

Offensichtlich war er in die Speisekammer des Erdfressers geraten. Yonathan überwand seinen Ekel, weil schon wieder das schreckliche Schnaufen zu hören war, und suchte Deckung hinter faulenden Kadaverteilen. Er betete zu Yehwoh, dass er ihn aus dieser Situation befreien möge, und gelobte ihm bis zu seinem Lebensende zu dienen, wenn er nur einen Ausweg für ihn fände. Und schon zeigten sich wieder die grünlich leuchtenden Augen des Erdfressers im Höhlengang. Die Bestie war jetzt nahe genug, um sie genau zu erkennen. Das Tier hatte schwarze, schuppige Panzerhaut. Vom Rücken bis hinunter zur Spitze des kurzen breiten Schwanzes reihten sich Hornplatten aneinander. Die kurzen, stämmigen Beine wurden von mächtigen Pranken mit messerscharfen Klauen getragen.

Die Bestie schaute sich um und reckte die Nase, um Yonathans Witterung aufzunehmen. Der Gestank war aber offensichtlich selbst für den Erdfresser zu stark, um noch irgendetwas anderes zu riechen. Yonathan wagte kaum zu atmen, als das Tier sich aufrichtete, um den Raum besser überblicken zu können. Absolute Stille. Nur das grüne Glühen suchender Augen.

Schon dachte Yonathan, der Erdfresser könnte es sich anders überlegen, da begann das Untier sich wie wild durch Knochen und Fleischteile zu wühlen.

Yonathan umklammerte den Stab mit aller Kraft. Irgendetwas musste geschehen, wollte er nicht in den Klauen dieses Monstrums enden – und zwar sofort! Er fühlte ein Kribbeln in der Hand. Verwundert blickte er auf den Stab, um den sich eine leuchtend blaue Aura ausbreitete. Er schien zu vibrieren. Wollte der Stab auf sich aufmerksam machen? Nein, das war absurd!

Oder vielleicht doch nicht? Immerhin hatte er eben erst die Felsen des Tunnelgewölbes in Schutt verwandelt.

Wenn er mir einmal helfen konnte, warum nicht auch ein zweites Mal?

Wie ein Schwert packte Yonathan den Stab dicht unter dem

Knauf, richtete sich auf und hielt dem Erdfresser die blau schimmernde Spitze entgegen.

Die Wirkung war verblüffend. Das Tier wich erschrocken einige Schritte zurück. Doch dann warf die Bestie den Kopf voller Wut in den Nacken und trompetete, dass es von den Wänden hallte.

Aber Yonathan ließ sich nicht entmutigen. Er wollte nur eines: überleben. Er nutzte die Konfusion des Gegners und erklomm mit wenigen Schritten einen Hügel mit Unrat, wodurch er dicht unter die Höhlendecke gelangte. Einen Augenblick lang kämpfte er auf dem glitschigen Untergrund um sein Gleichgewicht. Doch dann holte er aus und schmetterte den Stab mit aller Kraft gegen die Felsen über seinem Kopf.

Unter lautem Getöse und zuckenden, blauen Blitzen verwandelte sich das Gewölbe in Geröll.

Nur durch einen waghalsigen Sprung nach hinten konnte sich Yonathan vor den herabfallenden Trümmern in Sicherheit bringen. Gleißendes Licht flutete in den Raum – Sonnenlicht! Einen Augenblick kämpften seine Augen gegen die Helligkeit an. Er war schon wieder auf den Beinen, als der sich langsam setzende Staub den Blick auf den Widersacher freigab.

Der Erdfresser stand auf den Hinterbeinen und brüllte laut. Yonathans Sinne und Muskeln waren bis in die letzte Faser angespannt. Er konnte die Gefühle seines Gegners spüren. Die Überlegenheit war daraus verschwunden. Wut und Furcht machten das gewaltige Höhlentier unvorsichtig. Als es – hoch aufgerichtet und mit entblößten Fangzähnen – in den Kegel des gleißenden Sonnenlichts trat, wurden seine empfindlichen Augen geblendet. Diesen kurzen Moment nutzte Yonathan. Er sprang vorwärts, auf die Bestie zu, und trieb ihr die Spitze seines Stabes bis zum Knauf in die ungepanzerte Brust. Keuchend stolperte er zurück.

Einen Augenblick lang geschah nichts. Hatte er das Herz des Erdfressers verfehlt?

Dann zerriss ein markerschütterndes Brüllen die Stille. Yonathan zuckte zusammen, ein blau gleißender Blitz erfüllte den Raum. Der Erdfresser stürzte vornüber.

Langsam verblasste der übernatürliche Glanz des Stabes und Yonathan öffnete blinzelnd die Augen. Während er schwer atmend auf dem Boden kauerte, stiegen Rauchwolken von dem toten Körper auf und er fiel in sich zusammen.

Inmitten der spärlichen Überreste des eben noch so Furcht erregenden Jägers lag unversehrt der Stab. Wie leicht die Spitze seiner Waffe in den Körper des Untiers eingedrungen war!

Vorsichtig, ja ehrfürchtig, hob Yonathan den Stecken vom Boden auf. Jetzt konnte er ihn bei Licht betrachten: ein Zeugnis großer Kunstfertigkeit, wie er verblüfft feststellte. Der Stab war aus einem Holz gefertigt, das einen warmen roten Farbton besaß. Der Knauf an seinem Ende glänzte wie pures Gold. Vier Gesichter waren zu erkennen: das eines Menschen, eines Adlers, eines Löwen und eines Stiers. An der Unterseite besaß der Knauf eine runde Fassung, die den Schaft des eigentlichen Stabes umschloss. Er bestand aus einem geraden, aber in sich gedrehten Holz. Diesen Schraubenwindungen folgend waren goldene Buchstaben in das Holz eingelegt. Navran Yaschmon hatte Yonathan gelehrt diese alten Schriftzeichen zu lesen, denen man im täglichen Leben auf Neschan nur noch selten begegnete.

Yonathan stellte fest, dass es sich um die Namen der Richter von Neschan handelte. Er war sehr erstaunt, dass sich sieben Namen auf dem Stab befanden. Bisher hatte es nur sechs Richter auf Neschan gegeben; der letzte, der den Namen Goel trug, lebte fernab von dem Ort Kitvar, wo Yonathan mit dem alten Navran wohnte. Der siebte Name lautete Geschan. Wahrscheinlich war dies ein Wort aus der Sprache der Schöpfung, vermutete Yonathan. Er beherrschte nur ein paar Brocken dieser alten Sprache. Der Sinn des Wortes war ihm jedoch unbekannt.

Der Stab war von makelloser Schönheit! Erstaunlicherweise hatte ihm weder die Zeit in der Erde noch der Kampf gegen den Erdfresser etwas anhaben können. Das Kunstwerk sah aus wie neu. Wie konnten Gold und Holz derart widerstandsfähig sein? Und dazu war er wesentlich leichter, als er aussah. Obwohl er ihm bis an die Schulter reichte, wog er kaum mehr als ein Schilfrohr.

Das alles war sehr geheimnisvoll, aber Yonathan grübelte nicht länger, sondern trat den Heimweg an. Navran Yaschmon war weise, sicher konnte er ihm mehr über den Stab erzählen.

Der gute alte Navran, bestimmt machte er sich schon große Sorgen um Yonathan.

II.

Der Träumer und ein höllischer Streit

Der Horizont streifte gerade sein rosarotes Morgengewand über, als Jonathan erwachte. Er fühlte sich überhaupt nicht schläfrig, sondern lag mit offenen Augen im Bett, spielte gedankenverloren an seinem Ohrläppchen und vergegenwärtigte sich noch einmal den Traum der vergangenen Nacht. Obwohl hellwach, fühlte er sich erschöpft und ausgelaugt von der anstrengenden Hetzjagd durch die unterirdischen Höhlengänge.

Er wischte diese eigenartige Vorstellung beiseite, um den Kopf für Näherliegendes freizubekommen: Heute würde Mister Garson im Religionsunterricht die Jungen wieder mit seinen Höllengeschichten ängstigen. Es war Jonathan unbegreiflich, wie so viele Menschen an einen solchen Humbug glauben konnten. Konnte ein liebender Gott fähig sein Menschen auf ewig den fürchterlichsten Qualen auszusetzen? Für ihn war diese Lehre nichts weiter als ein Trick der Kirche sich das einfache Volk gefügig zu machen.

Nicht nur einmal hatte er sich tödlich gelangweilt, wenn Pastor Garson ein großartig angekündigtes Unterrichtsthema mit gewohnt-routinierter Eintönigkeit in Bedeutungslosigkeit erstickte. Doch heute hatte sich Jonathan vorgenommen dem feisten Religionslehrer ein wenig behilflich zu sein und die Stunde etwas unterhaltsamer zu machen. Deshalb hatte er sich auch den gestrigen Nachmittag über in der Bibliothek vergraben.

Vielleicht nicht nur deshalb. Als er gestern früh erwacht war, hatte er eine seltsame innere Unruhe gefühlt, die den ganzen Tag über nicht mehr von ihm weichen wollte. Schuld daran waren seine Träume von Yonathan. Noch nie zuvor hatte er ein so intensives Bedürfnis verspürt bei diesem Yonathan zu bleiben, einfach in seinen Träumen zu verweilen und nicht mehr zu erwachen.

Auch andere Jungen erzählten gelegentlich von Träumen, die gerade an der spannendsten Stelle endeten und nach dem Erwachen zu nichts zerfielen. Diese Träume waren eher Stippvisiten, die die Jungen ihrer Traumwelt mal hier, mal dort, ohne bestimmtes Ziel, abstatteten. Einige wurden auch von wiederkehrenden Alpträumen geplagt.

Jonathans Träume waren anders. Seit einer bestimmten Nacht während seiner schweren Erkrankung, als alle dachten, er würde vielleicht nie wieder erwachen, kannte er diesen Yonathan aus seinen Träumen. Damals träumte er in einem kleinen Boot – hilflos und dem Kentern nahe – auf stürmischer See zu treiben. Wie durch ein Wunder legte sich dann aber der Sturm, die Sicht wurde klar und Yonathan erblickte eine Bucht, in der sich ein Hafen befand. Die aufkommende Flut trieb ihn genau dorthin und bald hatte er wieder festen Boden unter den Füßen.

Von diesem Tage an lebte er bei Navran Yaschmon, einem alten Fischer, der für ihn wie ein Vater wurde. Das Leben von Jonathans zweitem Ich war voller Abwechslung. Aufregende und alltägliche Erlebnisse reihten sich aneinander und so wie Jonathan allmählich heranwuchs, so blieb auch der Yonathan seiner Träume nicht der kleine Achtjährige, als der er damals zum ersten Mal in seinem Bewusstsein aufgetaucht war. Äußerlich begannen sich die beiden Jungen immer mehr zu unterscheiden. Der Knabe in Jonathans Traumwelt hatte einen kräftigen Körper, was er dem einfachen Leben und gesunder körperlicher Arbeit verdankte. Jetzt, mit fast vierzehn Jahren, hätte man ihn gut zwei oder drei Jahre älter schätzen können. Jonathan dagegen war klein, zart und kränklich. Seit er vor nun beinahe sechs Jahren die Fähigkeit zu laufen eingebüßt hatte, war sein Zustand noch schlechter geworden. Mit dem großen, starken Jungen aus seinen Träumen schien Jonathan nur noch das dunkelbraune, lockige Haar und die fast schwarzen Augen gemein zu haben. Doch in ihren Anlagen und in ihrer Wesensart waren sich beide sehr ähnlich: Ihr wacher Verstand machte sie zu besonderen Knaben und ein großes Herz zu außergewöhnlichen Menschen.

Wenn Jonathan sich wegen seiner Behinderung mutlos fühlte, wandte er seinen Blick nach innen, zu jenem anderen Yonathan. Dies und das enge Verhältnis zu Gott halfen ihm so manche dunkle Wolke aus seinem Geist zu vertreiben. Oft nahm er dann die Flöte, die er als kleiner Junge von seinem Vater geschenkt bekommen hatte, und spielte ein Lied, das ihn wieder aufmunterte. Manchmal wusste Jonathan nicht, ob die Melodien, die er seinem Instrument entlockte, irdischen Ursprungs waren oder ob sie von Neschan stammten, der Welt, in der sein Traumbruder lebte.

Dieses merkwürdige Verhältnis zu dem Zwilling seiner Träume kapselte ihn bisweilen von der Umwelt ab. Obgleich wach, glitt er immer wieder hinab in jene Traumwelt. Kein Wunder, dass die anderen ihn »den Träumer« nannten.

Wenn Jonathan nicht träumte, dann las er Bücher – über die Wunder der Natur, aber auch solche, die phantastische Geschichten erzählten. *Gullivers Reisen* hatte er dreimal gelesen!

Sein Verhältnis zur Schule war zwiespältig. Nicht, dass ihm das Lernen zuwider gewesen wäre. Im Gegenteil, er liebte es sich stundenlang unter einem Berg von Büchern zu vergraben, um einer Frage genau auf den Grund zu gehen. Infolgedessen war er seinen Mitschülern in fast allen Fächern weit überlegen. Nur die Lehrer, die getreu den Richtlinien von Sir Malmek Korrektheit, Ordnung und Pünktlichkeit oft über den eigentlichen Zweck des Unterrichts stellten, trübten bisweilen die Freude am Kennenlernen neuer Dinge.

Im Religionsunterricht, der von Pastor Garson geleitet wurde, gab es gelegentlich Ärger, weil sich Jonathan nicht den Ansichten der Kirche beugen wollte. Das, was ihn sein Vater über Gott gelehrt hatte, war zu tief in seinem Herzen verankert, als dass er es für eine bequemere Lehre über Bord geworfen hätte. Gelegentlich machte sich Jonathan einen Sport daraus, den Pastor mit seinen Bemerkungen aus der Fassung zu bringen.

So kam es, dass Jonathan oft in Büchern Zuflucht suchte. Es half ihm seine traumzerzausten Gedanken auf ein festes, reales Ziel zu konzentrieren. Und dieses Ziel war heute der Religionsunterricht zum Thema »Höllenlehre«, abgehalten von Herrn Pastor Garson.

Ein Klopfen an der Tür riss Jonathan aus den Gedanken. Gleich darauf erschien im Türspalt Samuel Falters weißer Haarschopf.

»Bist du wach?«

»Ja«, antwortete Jonathan kurz angebunden. Er hatte das Netz seiner Überlegungen noch nicht fertig geknüpft; wenn er es jetzt losließ, würde alles wieder zu einem wirren Knäuel von Gedankenfäden zerfallen.

Aber Samuel blieb beharrlich. »Du solltest jetzt langsam aufstehen. In einer halben Stunde wird gefrühstückt und du weißt ja, dass Sir Malmek keine Verspätungen duldet.«

Jonathan lächelte widerwillig. Aber der Hausdiener hatte natürlich Recht. Mit Sir Malmeks Hang zur Pünktlichkeit war nicht zu spaßen.

»Komm, mein kleiner Prinz«, sagte Samuel sanft und zugleich unerbittlich. Er hob Jonathan mit einer Leichtigkeit aus dem Bett, als trüge er eine Spielzeugpuppe. Nach alter Gewohnheit setzte er seinen Schützling in den Rollstuhl und schob ihn zur Waschschüssel hinüber. Während Jonathan sich mit dem kalten Wasser peinigte, legte der Hausdiener die Kleidungsstücke für den Tag heraus.

»Du weißt ganz genau, dass du mich nicht ›kleiner Prinz‹ nennen sollst, Samuel! Ich bin jetzt schon vierzehn Jahre alt und ein Prinz bin ich schon lange nicht.«

Der alte Samuel lächelte und seine Stimme klang sanft und freundlich, als er erwiderte: »*Dreizehn* Jahre alt bist du, Jonathan, vierzehn wirst du erst in drei Monaten. Ich glaube, für mich wirst du immer der kleine Prinz bleiben, der du damals warst, als du vor acht Jahren in unser Haus kamst.«

»Ja, aber wer hat schon mal einen Prinzen im Rollstuhl gesehen?«, entgegnete Jonathan traurig.

»Quäl dich nicht, kleiner Prinz«, entgegnete Samuel. »Viele

bedeutende Männer in der Geschichte waren keine großen Athleten. Nicht Muskeln, sondern Geist und Herz bestimmen den Lauf der Welt und von beidem besitzt du mehr als die meisten anderen Jungen, die ich kenne. Glaube mir: Es waren oft die sogenannten ›klugen Köpfe‹, die der Menschheit Fortschritt brachten – oder großes Leid.«

Bei den letzten Worten huschte ein Schatten über Samuels Gesicht. Als der Große Krieg die ganze Welt ins Chaos stürzte, hatte auch er viel Schreckliches erlebt. Gleich nach dem Krieg starb seine Frau an der Spanischen Grippe, eine der furchtbaren Folgen dieses erdumfassenden Gemetzels. Seitdem war er allein für die Erledigung all der häuslichen Pflichten im Knabeninternat verantwortlich. Er pflegte den Garten, führte Reparaturen durch und erledigte alle sonstigen Besorgungen. Nur für die Küche und die Wäsche hatte man nach dem Tod seiner Frau eine Haushaltshilfe eingestellt.

Als Jonathan nach einer schweren Erkrankung nicht mehr laufen konnte, erhielt Samuel Falter eine weitere Aufgabe: Er hatte sich um den Enkel Lord Jabboks zu kümmern – eines wichtigen Wohltäters des kleinen Knabeninternats von Loanhead. Samuel war diese Arbeit keineswegs lästig. Aufopferungsvoll kümmerte er sich um den Knaben und im Laufe der Zeit entwickelte er eine tiefe Zuneigung zu dem Kind. Und es tat ihm oft weh, dass er seine Gefühle der Zuneigung nicht so offen zeigen konnte, wie er dies gerne täte – immerhin gehörte der Junge dem Adel an. Der strenge Internatsleiter, Sir Malmek, achtete peinlich auf die Einhaltung standesgerechter Umgangsformen.

So hatte sich ein seltsames Verhältnis zwischen den Schülern und dem Hausdiener entwickelt. Samuel behandelte die oft lärmende Knabenschar wie hohe Herrschaften, mit all dem Respekt, den die Etikette forderte. Und die Jungen schätzten den alten Mann als schweigsamen Vertrauten und verrieten ihm ihre haarsträubendsten Streiche. Und wenn sie es einmal gar zu bunt trieben, hörten sie sogar auf seine Ermahnungen, was Sir Malmek nicht selten neidvolle Bewunderung abrang. Insgeheim, versteht sich. »Denkt an euren Stand!«, war seine offizielle Devise, die er stets verkündete, wenn er die Knaben wieder mal beim Tuscheln mit dem Diener erwischt hatte.

Die täglichen Hilfeleistungen Samuels brachten für Jonathan glücklicherweise viele Gelegenheiten, der Aufsicht Sir Malmeks zu entkommen. In diesen Freiräumen war ein enges Verhältnis entstanden, eine Freundschaft, die keine Geheimnisse kannte. Schon bald wusste der weise Hausdiener mehr über das bewegte Innenleben seines jungen Schützlings als jeder andere – mit Ausnahme des alten Lord Jabbok vielleicht.

Jonathans Vorfahren stammten ursprünglich aus dem Heiligen Land. So nannte man die Gegend um Jerusalem, die in ferner Vergangenheit von zahlreichen Kreuzfahrern heimgesucht worden war. Zu dieser Zeit kämpften die Jabboks an der Seite eines schottischen Truppenführers in der Armee von Richard Löwenherz. Als der Kreuzzug vorüber war, begleiteten sie die überlebenden Recken in ihre Heimat. Im wilden Hochland Schottlands empfingen sie aus der Hand des Lehnsherren, dem sie so treu gedient hatten, ein kleines Stück Land, auf dem sie fortan Schafe züchteten. Jahrhunderte später hatte ein anderer Jabbok der Königin Anna Stuart einen wertvollen Dienst erwiesen, wofür er in den Adelsstand erhoben und mit umfangreichen Ländereien in den schottischen *Highlands* belohnt wurde. Die Jabboks dienten auch weiterhin der englischen Krone, was ihnen über Generationen hinweg Feindschaft eintrug, da viele der alten Clans die englische Oberherrschaft nicht hinnehmen wollten.

Die Jabboks waren stolz auf das Familienwappen. Es war mit Mut und Treue gegenüber der Krone erkauft worden, mit dem eigenen Blut.

Dann aber kam es zu verhängnisvollen Ereignissen, die nicht nur das Denken des alten Lord Jabbok, sondern auch das Leben Jonathans nachhaltig beeinflussen sollten. Alles begann, als der gegenwärtige Führer des Jabbok-Clans von seinem Sohn Jacob erfuhr, dass dieser Jennifer Leftshore heiraten wolle. »Die Tochter eines Fischers ist keine standesgemäße Partie für einen Jabbok!«, urteilte der Lord über die angehende Schwiegertochter.

Jacob bestand auf seiner Heirat, woraufhin sein Vater ihn kurzerhand vom Familiensitz jagte.

Daraufhin zog Jacob Jabbok in das Fischerdorf Portuairk, dem Heimatort seiner Ehefrau, und lebte fortan vom Fischfang. Obwohl die Netze, die er gemeinsam mit dem Schwiegervater Morton Leftshore einholte, oftmals kaum genug enthielten, um davon satt zu werden, bereute er seine Entscheidung niemals. Er liebte seine Frau und diese Liebe wog mehr als alle Reichtümer der Welt.

Das junge Paar erlebte drei glückliche Jahre. Dann wurde der kleine Jonathan geboren und seinen Vater traf der grausamste Schlag: Die Mutter starb nur zwei Stunden nach der Geburt.

Obwohl Jacob Jabbok diesen Preis für seinen Sohn bezahlen musste, liebte er das schreiende Bündel. Der kleine Jonathan war das wertvollste Andenken, das ihm die geliebte Frau hinterlassen konnte. Eigentlich sollte man diese Zuneigung von jedem Vater erwarten, aber Jonathan zweifelte nie daran, dass die Liebe *seines* Vaters etwas Besonderes war, ein wertvolles Geschenk, das ihm niemand stehlen konnte, weil er es in seinem Herzen trug.

Neben dem Vater sorgten auch Großvater und Großmutter, die Schwiegereltern seines Vaters, für die Geborgenheit, die ein Kind braucht. Von ihnen erfuhr Jonathan viel über seine Mutter. Manchmal glaubte er sie genauer zu kennen als die meisten seiner Altersgenossen ihre Mutter.

Großvater Jabbok blieb für Jonathan lange ein unbeschriebenes Blatt. Der alte Mann hatte sich auf *Jabbok House,* dem Familiensitz, hinter seiner verstockten Haltung verbarrikadiert. Sogar die Geburt des nach ihm benannten Enkelsohnes drang nicht zu ihm durch.

Möglicherweise hatte Jacob ein wenig vom Starrsinn seines Vaters geerbt; jedenfalls verließ auch er Portuairk nur noch, um zusammen mit Großvater Morton aufs Meer hinauszufahren. Großmutter Hazel umsorgte derweil den kleinen Knaben. Immer, wenn es Jonathans Vater möglich war, verbrachte er die Zeit mit seinem Sohn. Er sprach dann oft von dem Schöpfer, der Himmel und Erde gemacht hatte, und flößte so dem Knaben einen tiefen Respekt vor den Gaben des Allmächtigen ein. In den grauen Tagen und langen Abenden des Winters, wenn die Stürme das Meer peitschten, erzählte der Vater auch häufig Begebenheiten aus der Heiligen Schrift. Wenn er und der Großvater die Netze flickten, saß der kleine Jonathan dabei, spielte mit Stricken und Schwimmern und lauschte den biblischen Geschichten. Er sah, wie Samson die Säulen des Dagon-Tempels zum Einsturz brachte und wie die Heere Pharaos in den zusammenstürzenden Wassermassen des Roten Meeres versanken. Im Lichte der Petroleumlampen entflammte in ihm die Phantasie, durch die er sich in Welten versetzen konnte, die er wohl niemals in Wirklichkeit würde sehen können – vor allem jetzt, da er im Rollstuhl saß.

Eines Tages, als Jonathan sechs Jahre alt war, kehrte das Boot von Großvater Morton vier Tage lang nicht in das Fischerdorf zurück. Als es dann doch in den kleinen Hafen von Portuairk einlief, lag Jonathans Vater wie tot im Boden des kleinen Seglers. In einem heftigen Sturm hatte sich der Großbaum losgerissen und Jacob an der Brust getroffen. Er war mit dem Hinterkopf gegen das Dollbord geprallt und in tiefe Bewusstlosigkeit gesunken. Wie durch ein Wunder gelang es Großvater Morton das stark beschädigte Boot allein aus der bewegten See in den Heimathafen zurückzusteuern. Am Abend kam Jonathans Vater zwar wieder zu Bewusstsein, war jedoch zu schwach, um zu sprechen oder sich aufzurichten.

In den folgenden Wochen setzten die Herbststürme ein. Und so, wie die Tage immer kürzer wurden und alles Leben mit dem hereinbrechenden Winter zu ersterben schien, wich auch bei Jacob die Lebenskraft. Er ahnte, dass er nicht mehr gesunden würde, und so lastete die Sorge um seinen Sohn doppelt schwer auf ihm. Großvater Morton fühlte dies und schickte nach dem alten Lord Jabbok. Diesem tat längst Leid, was früher geschehen war, und die Nachricht, die er jetzt empfing, zerriss ihm beinahe das Herz. Noch am selben Tage machte er sich auf die Reise nach Portuairk. Als er dort ankam, bestand für seinen Sohn schon keine Hoffnung mehr.

Vor der Tür der kleinen Hütte traf der Lord auf Großvater

Morton. Voller Mitgefühl legte der alte Fischer die Hand auf die Schulter des Mannes, den er jetzt zum ersten Mal sah. Wortlos deutete er mit dem Kopf auf die Eingangstür.

Als sich Vater und Sohn – nach allem, was geschehen war – anschauten, herrschte tiefes Schweigen. Dann umarmten sie sich und das Zerwürfnis war vergessen. Die Freude über das Wiedersehen gab Jonathans Vater sogar die Kraft sich aufzurichten. Aber der alte Lord erkannte, dass sein Sohn vom Tode gezeichnet war.

Er wandte sich zum Fenster. »Ein herrlicher Ausblick! Ich wusste gar nicht mehr, wie überwältigend der Blick auf das Meer sein kann.«

»Jonathan meinte, es würde mir gut tun, wenn ich etwas Ablenkung fände. Deshalb bat er Morton mein Bett ans Fenster zu rücken.«

Großvater Jonathan bemerkte erst jetzt, dass an der gegenüberliegenden Wand noch ein zweites, kleineres Bettgestell stand. »Wer ist dieser …« Es fiel ihm offensichtlich schwer den eigenen Namen auszusprechen »… Jonathan, und wo ist deine Frau?«

Ein Schatten legte sich auf das Gesicht des Kranken. »Jenny ist bei Jonathans Geburt gestorben.«

»Du hast sie bestimmt sehr geliebt«, sagte Großvater mit bebender Stimme. Die Nachricht vom Tod seiner Schwiegertochter und von der Existenz eines Enkelsohns hatten ihn aufgewühlt. »Was für ein Narr war ich doch, als ich mich weigerte Jennifer kennen zu lernen! Aber sag doch«, fuhr er lebhaft fort, »wo ist der kleine Jonathan, mein Enkel? Ich möchte ihn gerne sehen! Wie alt ist er? Und wie groß ist er? Sieht er dir ähnlich?«

Ehe sein Vater antworten konnte, flog die Tür auf und der kleine Jonathan kam hereingestürzt. Er trug Holzscheite auf dem Arm für den gusseisernen Ofen, der in der Ecke des Zimmers stand. Mitten im Lauf erstarrte der Junge und schaute den fremden Besucher aus großen, fast schwarzen Augen an. Der stattliche alte Mann blickte kaum weniger erstaunt, unfähig ein Wort zu sprechen.

»Sag deinem Großvater Guten Tag, Jonathan«, forderte der Vater den Kleinen auf.

Jonathan legte das Brennholz neben dem Ofen ab und ging zögernd auf den Fremden zu. Dieser streckte dem Knaben beide Hände entgegen, um ihn in die Höhe zu heben und an sich zu drücken. »So«, sagte er, »du bist also der Stammhalter der Jabboks.«

»Warum hast du Tränen in den Augen? Hast du geweint?«, fragte der Junge.

»Ein Jabbok weint doch nicht, kleiner Jonathan. Ich hab wohl ein wenig Zug abbekommen«, antwortete der Großvater mit brüchiger Stimme. Er stellte seinen Enkel wieder auf die Füße und wandte sich an dessen Vater: »Ich glaube, wir sollten einiges besprechen, Jacob.«

Jonathans Großvater erklärte seinem Sohn, dass er alles tun wolle, um seinem Enkel eine gute Erziehung und Ausbildung angedeihen zu lassen; es wurde ein sehr langes Gespräch.

Kurz darauf starb Jacob Jabbok; friedlich schlief er ein. Bevor er jedoch die Augen für immer schloss, sagte er zu seinem Sohn: »Jonathan, denke immer an das, was ich dir beigebracht habe. Achte stets alles Leben und vergiss vor allem nicht die Liebe zu deinem Schöpfer. Lass dich von seinem Wort leiten. Er ist die Liebe in Person und ich weiß, dass in deinem Herzen eine Menge Platz ist für diese edelste aller Eigenschaften.«

Zwei Tage später – nachdem Jacob Jabbok neben seiner Ehefrau Jennifer beigesetzt worden war – machten sich ein ernster, alter Lord und sein sechsjähriger Enkel auf die Reise nach Bridge of Balgie. »Du wirst einmal *Jabbok House* erben, den Besitz unserer Familie. Dazu benötigst du eine gute Erziehung«, entschied der alte Lord.

Nach sechs Wochen betrat Jonathan zum ersten Mal die Eingangshalle des Knabeninternats, das am Ortsrand von Loanhead lag, auf der Straße nach Edinburgh. Ehrfürchtig blickte er um sich. Die kleine Schule von Portuairk, in der er sein erstes Schuljahr verbracht hatte, war gegen dieses Anwesen eine ärmliche Fischerkate. Er hatte das kleine, weiß getünchte und mit Ried gedeckte Gebäude, in dem es nur ein einziges Klassenzimmer gab, gemocht. Wie oft hatte er auf seiner Holzbank gesessen und gelauscht, wenn der alte Mr. Cruickshank den älteren Schülern etwas erklärte. Und oft hatte er bemerkt, dass er den schwierigen Stoff schneller begriff als diese.

Im Gegensatz zur Elementarschule von Portuairk verströmten die ruhigen, etwas muffigen Räume des neuen Knabeninternats Ehrwürdigkeit und pedantische Ordentlichkeit. Großvater hatte es für das Beste gehalten, wenn auch Jonathan in diesem traditionsreichen Haus auf das Leben vorbereitet würde, in dem schon der Vater und etliche Jabboks zuvor erzogen worden waren.

Solche Argumente waren für einen sechsjährigen Knaben allerdings schwer zu ertragen. Jonathan fühlte sich nicht wohl in Loanhead. Er hatte zeit seines Lebens nur die salzige Luft der Hebriden geatmet und der Leuchtturm von Ardnamurchan war für ihn der Nagel gewesen, an dem die Welt hing.

Es dauerte ein Jahr, bis Jonathan sich in dem Knabeninternat eingewöhnt hatte und es folgte ein zweites, in dem er ein Junge war wie alle anderen: Er schoss Bälle durch Fensterscheiben, raufte sich, wenn es die Situation erforderte, und ließ sich sogar hin und wieder dazu hinreißen, Kricket zu spielen. Dann aber, er war gerade acht geworden, änderte sich sein Leben innerhalb weniger Tage.

Anfangs sah es aus wie eine heftige Erkältung – Fieber, Kopfschmerzen, Übelkeit, der Hals war entzündet; Dr. Dick verschrieb strenge Bettruhe –, aber nach drei Tagen stellten sich neue Symptome ein: Eine seltsame Unruhe ergriff Jonathan. Rücken und Glieder begannen zu schmerzen. Der Schock kam genau an dem Tag, als er zum ersten Mal von Yonathan geträumt hatte.

Er war erwacht, schweißgebadet, und die Blase hatte nach ihrem Recht verlangt. Er wollte seine Beine aus dem Bett schwingen. Aber sie wollten nicht. Verzweifelte Anstrengungen, weitere Schweißausbrüche und Angstschreie konnten an der Situation nichts ändern: Jonathan war gelähmt!

Obwohl der Rest des Körpers sich in den kommenden Tagen schnell erholte, blieben seine Beine seit dieser Zeit nutzlose Anhängsel und als er nach einigen Wochen außerplanmäßiger

Ferien nach Loanhead zurückkehrte, war er ein anderer Junge geworden – stiller, in sich gekehrter, nachdenklicher.

»Jonathan! Du träumst ja schon wieder. Jetzt müssen wir uns aber beeilen; gleich beginnt das Frühstück.«

Der alte Hausdiener schob Jonathan aus dem Zimmer, hinaus auf den Gang und hinüber in den Speisesaal, in dem schon die anderen Jungen versammelt waren. Eigentlich befanden sich die Schlafräume im ersten Stock des Gebäudes. Jonathan bewohnte jedoch ein Zimmer, das sich zu ebener Erde befand. Das Internat, früher einmal ein Herrenhaus, war überwiegend aus Natursteinen errichtet, der obere Teil jedoch, einschließlich der Giebel, aus Fachwerk. Einige Wirtschaftsgebäude gehörten ebenfalls zu dem Anwesen. Die Bauwerke standen in einem gepflegten Park, der von den Fenstern des Speisesaals aus gut zu überblicken war.

Als Jonathan in den großen Raum rollte, war es Punkt sieben. Er fühlte, wie sich alle Blicke auf ihn richteten. Wieder einmal erschien er als letzter Schüler zum Frühstück, zu einer Zeit, die eigentlich dem allmorgendlichen großen Auftritt von Sir Malmek vorbehalten war. Diese Szenen brachten immer etwas Abwechslung in die sonst sehr eintönigen Mahlzeiten, weil sie dem strengen Heimleiter Gelegenheit boten seine rhetorischen Fähigkeiten vorzuführen.

Nicht, dass die Mitschüler Jonathan wirklich etwas Schlechtes wünschten, aber ihr Bedauern für seine Behinderung hielt sie nicht davon ab, ihn auch hin und wieder zu hänseln; einerseits wegen Samuel, der seinen Schützling wie ein Leibdiener umsorgte, andererseits wegen Jonathans Verschlossenheit und seiner Neigung den eigenen Gedanken nachzuhängen. Wenn er sich auf seinen geistigen Streifzügen befand, konnte man ihn ansprechen, ohne dass er eine Reaktion zeigte. Dieser Eigenheit verdankte er den Beinamen »der Träumer«.

Jonathan war noch nicht ganz bis zu seinem Platz gerollt, als schon Sir Lucius Malmek den Raum betrat, der Mann, der sich selbst bescheiden als den »führenden Kopf des Internats« bezeichnete.

»Aha! Jonathan Jabbok hat es wieder einmal für nötig befunden seinen *eigenen* wichtigen Geschäften nachzugehen. Deshalb konnte er natürlich seinen Terminplan nicht so einrichten, dass ein pünktliches Erscheinen zum Frühstück möglich gewesen wäre«, leitete Sir Malmek das bekannte Ritual ein. Es bestand aus einem fein ausgeklügelten System aus Freundlichkeit und Tadel, das sich der Direktor über viele Jahre hinweg erarbeitet hatte, um, wie er meinte, lebenstüchtige junge Männer heranzubilden.

Nach Jonathans Erfahrung war eine zur Schau getragene Demut in dieser Situation das beste Rezept.

»So ist das also! Der junge Lord Jabbok hat nichts zu seiner Verteidigung vorzubringen«, fuhr Sir Malmek triumphierend fort. Dann ließ er sich aus über die Verpflichtung der gehobenen Gesellschaft zu Ordnung, Korrektheit und Pünktlichkeit. Mit der Formel »Pünktlichkeit ist die Höflichkeit der Könige!« beendete er seine Ausführungen.

Sir Malmek verzichtete auf eine Bestrafung, ein Zugeständnis an Jonathans Behinderung. Der Gerechtigkeit war Genüge getan und niemand konnte ihm nachsagen, die ehernen Grundsätze des Internats ließen sich mit Jonathans Rollstuhl beiseite rücken.

Vor dem Essen sprach Sir Malmek ein Gebet. Er bat um Gottes Segen für das Mahl und für den König. Jonathan senkte wie die anderen das Haupt, betete aber für sich. Sein Vater hatte ihn gelehrt nicht einfach irgendwelche auswendig gelernten Worte daherzusagen, für die man weder Herz noch Verstand benötigte. Außerdem war Gott weder Brite noch Schotte; er segnete alle Menschen, die ihm aufrichtig dienten, ob es sich dabei um Bürger des Vereinigten Königreiches oder um Menschen irgendeiner anderen Nation handelte.

Nachdem Sir Malmek sein *Amen* gesprochen hatte und dieses von den Jungen wiederholt worden war, rückten sie dem gerösteten Weißbrot zu Leibe. Dazu gab es Käse und Marmelade, Obst und Milch. Alles verlief normal, was heißen soll, dass kein Wort gesprochen wurde. Nur wenn es Sir Malmek beliebte etwas anzumerken, durften die Jungen nach Aufforderung zustimmen.

»Nachdem wir in den letzten Lektionen einiges über die gerechte Strafe Gottes für die durch die Erbsünde verurteilten Individuen gelernt haben, wollen wir uns heute abschließend noch dem Zitat eines katholischen Werkes zuwenden.«

Pastor Garson sprach stets in getragenem Ton, so als stünde er in der Kirche und predigte zu seiner Gemeinde.

Jonathan verdrehte die Augen. Es fiel ihm schwer den Pastor ernst zu nehmen. Für ihn war der Religionslehrer kein Hirte, wie es der Bedeutung des Wortes »Pastor« entspräche. Deshalb redete er ihn stets nur mit »Mister Garson« oder »Sir« an, wodurch er regelmäßig den Unmut des Geistlichen auf sich zog.

Auch die äußere Erscheinung Pastor Garsons forderte nicht gerade Respekt – eher Heiterkeit. Er war äußerst beleibt und sein feistes Haupt überstrahlte eine stets makellos spiegelnde Glatze, die cäsarengleich von einem dünnen Reif grauer Haare gekrönt war, von den Jungen schlicht »der Heiligenschein« genannt. Garson war immer schwarz gekleidet, abgesehen von dem kleinen weißen Kragen, der seinem Gewand nur wenig Abwechslung verlieh. Das Gesicht des Geistlichen war breit und rund; einzig die Knollennase und das vorstehende Kinn, das einem kleinen Kricketball glich, erhoben sich als markante Punkte aus seinem Antlitz. Überraschend war die Stimme, die aus dem massigen Leib erklang: Sie war dünn und hoch.

»Wie wir bereits erfahren haben«, fuhr Pastor Garson fistelnd fort, »beschreiben Dante in seiner *Göttlichen Komödie* und John Milton in seinem Werk *Das verlorene Paradies* die Hölle als einen Ort fürchterlichster Qualen für diejenigen, die nicht durch die Taufe im heiligen Hort der Kirche Schutz gefunden haben. Auch werden die Sünder, die keine Absolution erhielten, die Strafe der höllischen Qualen erleiden.«

Es schien dem »Hirten« seltsame Wonnen zu bereiten seine Zuhörer mit diesem Thema zu peinigen. Sein theatralischer Vortrag erreichte einen Höhepunkt, als er fortfuhr: »Als treffend müssen wir aus diesem Grunde die Worte der XXVI. Betrachtung aus dem Werk *Apparecchio alla morte* empfinden.« Er räusperte sich und holte tief Luft, wobei er den Kreis seiner Zuhörer fixierte, als wolle er sie in Hypnose versetzen. Dann las er in getragenem Ton vor: »Die Hölle ist von Gott ausdrücklich zu dem Zweck geschaffen worden die Verdammten zu quälen. Sie werden ins Feuer getaucht wie ein Fisch ins Wasser, doch sind sie nicht nur vom Feuer umgeben, sondern das Feuer dringt auch in ihre Eingeweide ein, um sie zu quälen. Ihr Leib selbst wird zu einer Feuerflamme, sodass das Eingeweide im Unterleib brennt, das Herz in der Brust, das Gehirn im Kopf, das Blut in den Adern und sogar das Mark in den Knochen; jeder Verdammte wird selbst zu einem Feuerofen.«

Nach kurzer Kunstpause schlug er das Buch knallend zu. Die Schüler zuckten erschrocken zusammen. Ohne den Blick vom ledernen Einband des Werkes zu erheben, fügte er hinzu: »Zitat Ende.«

Allgemeines Schweigen.

»Wir sehen also, dass es sich lohnt darüber nachzudenken, ob wir den durch die Kirche geäußerten Willen Gottes tun oder ob wir ihm in rebellischer Weise Widerstand leisten wollen.«

Diese letzte Bemerkung war zweifellos an Jonathans Adresse gerichtet, dessen gelangweiltes Gesicht keine Wirkung zeigte von diesem infernalischen Vortrag.

Jonathan räusperte sich.

»Nun, ich sehe, die eben gehörten Worte haben auch bei unserem kritischen, jungen Freund Eindruck hinterlassen.« Zufriedenheit spiegelte sich in Pastor Garsons breitem Gesicht.

»Oh, das haben sie gewiss, Sir«, entgegnete Jonathan. »Ich habe nämlich eine Frage.«

Jonathan öffnete den Deckel seines Schultisches und zog ein Buch hervor. »Ich habe gestern etwas in diesem Buch hier gelesen. Es heißt *Die Religion Babylons und Assyriens* und wurde von einem Mister Morris Jastrow jr. geschrieben …«

»Ich glaube, das gehört wohl nicht zum Thema«, unterbrach der Pastor.

»Mister Jastrow schreibt hier«, fuhr Jonathan unbeirrt fort, »dass schon in alten babylonischen und assyrischen Überlieferungen die Unterwelt ›als Ort des Grauens‹ dargestellt wurde, welcher ›von grimmigen, sehr mächtigen Göttern und Dämonen beherrscht wird‹.« Er schaute vom Buch auf und bemerkte scheinbar gedankenverloren: »Ich frage mich nur, wie es kommt, dass sich ausgerechnet die Bibel über einen feurigen Ort des Strafgerichts Gottes ausschweigt. Jeder scheint so eine Hölle oder Unterwelt gehabt zu haben, wie Sie sie uns vorhin beschrieben, Mister Garson – die Ägypter, die Buddhisten, die Griechen … Man könnte denken, all diese Glaubensansichten besitzen einen gemeinsamen Ursprung. Und was ist mit all jenen Christen, die die Absolution nur um Haaresbreite verpasst haben, weil bei ihrem Tod gerade kein Priester zur Hand war? Oder diese einhundertzwanzigtausend Menschen, die neulich bei dem furchtbaren Erdbeben in Japan ums Leben gekommen sind? Das waren ja keine Christen, sondern ungetaufte Heiden, wie Sie immer zu sagen pflegen, nicht wahr, Sir? Da wird es aber Gedränge geben in der Hölle.«

»Genug!«, kreischte Pastor Garson. Zornesröte verlieh seinem Gesicht Ähnlichkeit mit einem riesigen Radieschen. Während der Worte des unbequemen Schülers hatte sich diese Verfärbung nach und nach vollzogen. Als dann die Jungen anfingen sich gegenseitig anzustoßen und sehr erheiternde Flüstereien auszutauschen, war es zu der Entladung gekommen.

Es folgte eine Pause. Der Geistliche sammelte sich, rang nach Fassung, machte Atemübungen. Dann erklärte er ruhig, aber drohend: »Es ist nicht das erste Mal, dass du mit frechen Bemerkungen den Unterrichtsfluss störst, Jonathan Jabbok. Maßt du dir etwa an, die Auslegung der Heiligen Schrift, wie sie über Jahrhunderte hinweg von den gelehrten und ehrwürdigen Kirchenvätern festgelegt wurde, neu zu schreiben?« Er vollzog eine umfassende Geste, als wolle er jeden seiner Schüler einladen die Qualen der Hölle durch einen gläsernen Boden im Klassenzimmer selbst in Augenschein zu nehmen. »Habe ich euch allen nicht genug Verse aus Gottes heiligem Worte vorgelesen, die deutlich zeigen, dass die Hölle dort einen angestammten Platz hat? Erinnert euch doch nur an das Gleichnis unseres Herrn Christus von dem reichen Mann und von Lazarus! Hat nicht der reiche Mann mitten aus der Hölle Glut Lazarus, der sicher in Abrahams Schoß ruhte, um einen einzigen Tropfen Wasser gebeten, damit seine Pein gelindert würde?«

»Nein«, versetzte Jonathan. »Wie Sie selbst sagten, Sir, sprach Jesus in einem Gleichnis. Er sprach also in Bildern, um eine bestimmte Sache besser erklären zu können. Aus der Handlung des Gleichnisses ist leicht zu erkennen, dass es nicht buchstäblich gemeint ist. Oder wie sonst könnte ein einziger Wassertropfen jemandem, der die von Ihnen so anschaulich geschilderten Qualen erleiden muss, Linderung verschaffen? Nach der Bibel ist die Seele nichts weiter als der menschliche Körper oder sein Leben und die Hölle der Ort, wohin die tote Seele geht: ein kühles, stilles Grab. Ich finde, das passt auch viel besser zum Bild des liebevollen Gottes als die Vorstellung, er könnte seine Geschöpfe in alle Ewigkeit quälen. Oder glauben Sie als Kirchenmann, Sir, dass die Bibel sich in allen diesen Dingen widerspricht? Ich kann Ihnen gerne zeigen, welche Bibelverse ich meine ...«

Dieses freundliche Angebot war für Pastor Garson denn doch zu viel. Seine Festung aus gelehrten, aber nebulösen Erklärungen war von Jonathan so schnell gestürmt worden, als hätte er vergessen rechtzeitig die Zugbrücke hochzuziehen. Alles, was er jetzt noch in die Waagschale werfen konnte, war die Autorität seines Amtes.

»Willst du etwa wagen, du grüner Knabe«, explodierte er, »mir, der ich acht lange Jahre Theologie studiert habe, die Heilige Schrift zu erklären? Mit deiner Rebellion vergiftest du nicht nur deinen Geist, sondern auch den deiner Mitschüler. Ich verbiete dir mit diesem Unsinn fortzufahren. Du bekommst einen Tadel für dein respektloses Verhalten; vielleicht kann dir das dein freches Mundwerk stopfen.«

Jonathan wusste, dass er den Bogen nicht überspannen durfte und schwieg. Bis hierher hatte ohnehin alles geklappt: Der eine oder andere Mitschüler hatte gewiss erkannt, dass nicht alles, was ihm von Garson aufgetischt wurde, der Weisheit letzter Schluss war.

»So«, meinte Pastor Garson gefestigt, »ich glaube, jetzt können wir endlich mit dem normalen Unterricht fortfahren. Ihr habt noch einige Minuten Zeit eure Bilder zum Thema ›Wie stelle ich mir die Hölle vor?‹ zu vollenden. Wenn ihr fertig seid, legt sie mir bitte auf mein Pult.«

Es folgte stille Geschäftigkeit. Einige hatten ihre Darstellung zu den von Pastor Garson so plastisch geschilderten Qualen bereits fertig und deponierten sie auf dem Lehrerpult. Andere brachten noch letzte Verbesserungen an. Dabei variierten die Bilder von naiven Zeichnungen bis hin zu aufwendigen Kompositionen in Wasserfarbe, die schon fast barock anmuteten.

Jonathan hatte ein Blatt Papier hervorgeholt, auf dem sich – nichts befand. Dann hatte er alle Malutensilien ausgebreitet und begann nun das Blatt mit langen Strichen aus einem breiten Borstenpinsel zu überziehen. Das Wasser, in das er immer wieder seinen Pinsel eintauchte, war bald schwarz wie Kohle. Einmal summte er leise vor sich hin. Als er Pastor Garsons strafenden Blick bemerkte, verstummte er jedoch wieder. Schließlich trocknete er die Farbe, indem er geräuschvoll gegen das Blatt pustete und es hin und her wedelte. Zufrieden betrachtete er sein Werk.

Jimmy, ein Mitschüler mit roten Haaren und Sommersprossen, kicherte, als er über Jonathans Schulter spähte und das Gemälde erblickte. Pastor Garson wurde aufmerksam.

»Wie sieht es aus, Jonathan Jabbok? Bist du fertig mit deinem Bild?«

»Sofort, Sir. Es muss nur noch trocknen.«

»Das kann es auch hier auf meinem Pult. James, bringe bitte das Bild von Jonathan zu mir nach vorne.«

Der Junge, der hinter Jonathan saß, erhob sich von seinem Platz und tat, wie ihm befohlen. Grinsend trug er das Bild zum Lehrerpult. Als Pastor Garson das Kunstwerk in Empfang nahm und begutachtete, schienen seine Augen aus den Höhlen zu quellen.

»Was soll das?«, quiekte er schrill. »Willst du mich zum Narren halten?«

»Wieso?«, fragte Jonathan unschuldig. »Habe ich das Thema nicht richtig verstanden, Sir?«

»Das ist wohl noch die harmloseste Umschreibung für das, was du mir hier abgeliefert hast!« Garson hielt das Bild in die Höhe, sodass alle Jungen es sehen konnten. Ein Raunen und Kichern ging durch den Raum.

»Das Bild ist schwarz. Einfach nur schwarz!«, gellte der Pastor, dem Kollaps nahe. »Das Thema lautete: ›Wie stelle ich mir die Hölle vor?‹ Und was soll *das* hier sein?«

»Nun, die Heilige Schrift sagt nicht, dass der Mensch eine Seele *hat*, sondern dass er selbst die Seele *ist*. Nach dem Tod kann man sie daher auch nicht in einer Feuerhölle quälen, sondern nur in ein dunkles Grab legen. Erst wollte ich das Blatt ja weiß lassen, Sir. Aber dann habe ich mir gedacht, sie würden dies als Arbeitsverweigerung ansehen. Deshalb habe ich es dann schwarz gemalt. Ich glaube«, beglückwünschte Jonathan sich selbst, »dadurch habe ich das Nichts noch viel besser getroffen. Finden Sie nicht auch, Sir?«

Pastor Garson stand da wie versteinert. Er hatte die Augen geschlossen und atmete tief, um sich nicht erneut aus der Fassung bringen zu lassen. Als er Jonathan wieder anschaute, klang seine Stimme trügerisch ruhig. »Die Note, die du für dein Bild bekommst, wird dir meine Antwort geben.«

Zur Schonung seiner angegriffenen Nerven beschloss der Pastor, den Unterricht zu beenden. Jonathan lächelte zufrieden. Alles hatte sich planmäßig entwickelt.

Aber die Sache war für ihn noch nicht ausgestanden.

»Du begibst dich auf deine Kammer. Dort bleibst du, bis Sir Malmek dich rufen lässt.«

Mehr sagte Pastor Garson nicht. Wie die in Marmor gehauene Statue eines dicken Cäsaren stand er neben seinem Pult und zeigte Jonathan, wo sich die Tür befand.

Der tat das Beste, was man angesichts eines solch grimmigen »Feindes« zu tun vermag: Ohne ein Wort des Protestes bewegte er seinen Rollstuhl in die bezeigte Richtung und verließ das Klassenzimmer. Draußen rollte er den Flur entlang zu seinem Zimmer und erst als er die Tür hinter sich geschlossen hatte, atmete er erleichtert auf.

III.
Der Auftrag

Lemor der Hirte

Kitvar lag in einer Bucht an der Westküste von Neschans Nordregion. Die kleine Stadt war aus einem Fischerdorf erwachsen und sie hatte viel von ihrem ursprünglichen Charakter bewahrt.
Einmal im Monat fand hier der Große Markttag statt. Nicht selten verdoppelte sich die Einwohnerzahl Kitvars zu dieser Zeit. Wenn die Händler hier, am Endpunkt der Nördlichen Handelsroute, ihre Waren feilboten, dann strömten die Bewohner der nahen und fernen Umgebung zu Fuß, per Pferd, auf Ochsenkarren, mit Booten oder sonstwie in den kleinen Ort, um all jene Geschäfte zu tätigen, die zur Befriedigung ihrer Bedürfnisse erforderlich waren.

Zu den lebenswichtigen Bedürfnissen gehörte der oft über viele Wochen angewachsene Durst nach Neuigkeiten. Man musste nur die Ohren spitzen. Nirgendwo funktionierte der Austausch von Informationen schneller und zuverlässiger als auf dem Großen Markttag. Die meisten der in Kitvar verbreiteten Nachrichten bestanden jedoch aus Klatsch und Tratsch, die von den neugierigen Ohren der Marktbesucher aufgesogen wurden wie Wasser von einem ausgetrockneten Schwamm.

So sehr sich die Waren, die während des Großen Markttages gehandelt wurden, voneinander unterschieden, so sehr ähnelte sich immer wieder das Ritual der Geschäftsabwicklung: Es wurde gefeilscht. Der Käufer bemühte sich möglichst wenig Interesse am Kaufobjekt zu zeigen, bis der Verkäufer am Rande eines Nerverzusammenbruchs zu stehen schien – auch das ein

Teil der Verhandlungstaktik. Für einen Außenstehenden war es manchmal gewiss schwer zu verstehen, dass sich jemand, der eine Ware gar nicht wollte, so lange mit jemandem, der diese nicht verkaufen mochte, über die Höhe ihres Preises unterhalten konnte. Eigenartigerweise endeten solche Verkaufsgespräche doch meist mit einem Abschluss, der beide Handelspartner zufrieden stellte.

Bezahlt wurde nicht immer mit der auf Neschan üblichen Währung, dem *Even*. Oftmals wurden auch Waren gegen Waren getauscht – also Rinder gegen Pferde, Stiefel gegen Messer, Tuche gegen Felle, Klatsch gegen Tratsch …

Auf Yonathans Pflegevater, Navran Yaschmon, übte der Große Markttag eine eigenartige Anziehungskraft aus. Yonathan konnte sich nicht erinnern, je einen Markttag versäumt zu haben. Für gewöhnlich scherte sich Navran wenig um das Geschwätz der Leute; dafür musterte er jeden Fremden und alle feilgebotenen Waren mit größter Aufmerksamkeit. Obwohl er nie mehr als die lebensnotwendigen Einkäufe tätigte, schien er doch immer nach etwas ganz Bestimmtem Ausschau zu halten. Mehr als fünf Jahre lang suchte er nun schon unermüdlich nach irgendetwas. Yonathan hatte schon aufgehört über dieses seltsame Verhalten Navrans nachzudenken. Für ihn war es nicht mehr als die Marotte eines liebenswerten, alten Mannes.

Als Yonathan aus dem Finkenwald heraustrat und sich von Norden her Kitvar näherte, herrschte Ruhe in dem kleinen Städtchen. Seit dem letzten Großen Markttag waren erst fünf Tage vergangen und der nächste kleinere Wochenmarkt würde erst in zwei Tagen stattfinden. Da der Abend bereits fortgeschritten war, hing die Sonne schon nahe über dem Horizont und das Nordmeer, auf das Yonathan aus seiner erhöhten Position über der kleinen Kitvar-Bucht einen guten Ausblick hatte, glitzerte von Myriaden rotgoldener Lichtreflexe. Auf seinem Weg nach Hause hatte er immer wieder rasten müssen; die Ereignisse in der Höhle waren kräftezehrender gewesen, als er sich selbst eingestehen wollte.

Unmittelbar an den Wald, der in das hoch gelegene Küstengebirge führte, grenzten Weiden, auf denen vor allem Schafe ihr Futter suchten. Die Weideplätze waren durch flache Steinmauern begrenzt, aufgeschichtet aus denselben unbehauenen Felsbrocken, aus denen auch fast alle Häuser in Kitvar bestanden. Zu beiden Seiten der kleinen Stadt ragten rötlich braune Klippen empor, die schroff und unberechenbar aus dem Meer herauswuchsen. Sie machten das Landen von Booten außerhalb von Kitvars Hafen so gut wie unmöglich. Mit dem Küstengebirge im Rücken, den Klippen zu beiden Seiten und dem Meer vor der »Haustür« war Kitvar somit gut geschützt, sowohl vor Feinden als auch vor dem ständig vom Meer herüberfegenden Wind.

Yonathan marschierte gerade zwischen zwei Steinmauern entlang, als er in der Ferne einen Mann bemerkte, der sich ihm näherte. Schon bald erkannte Yonathan den Gang des anderen. Auch die aus Lammfell gefertigte Weste sowie der lange Stab waren ihm wohl bekannt. Es war Lemor, der Schafhirte.

Lemor lebte mit seiner Frau bei den Weiden, am Rande Kitvars. Yonathan schätzte den etwa sechzig Jahre alten Mann wegen seiner ruhigen und freundlichen Art. Einmal hatte Lemor ihm eine Hirtenflöte geschenkt, die er aus einem Ahornzweig geschnitzt hatte. Diese Flöte sah Yonathan als seinen kostbarsten Besitz an. Außer dem eingekerbten Anfangsbuchstaben seines Namens über dem oberen Tonloch war das Instrument ohne Verzierungen. Dafür hatte es einen warmen, weichen Klang, der im Geiste Bilder zu erschaffen vermochte.

Yonathan bemerkte beim Näherkommen einen finsteren Ausdruck auf dem Gesicht des Hirten. Um ihn aufzumuntern, rief er ihm fröhlich zu: »Sei gegrüßt Lemor! Wie geht es dir?«

»Ach, lass mich in Ruhe«, fuhr ihn der Schafhirte an und stieß ihn im Vorbeigehen mit der Handfläche so heftig vor die Brust, dass Yonathan ins Stolpern geriet und hintenüber auf den Boden fiel. Zu allem Unglück schlug er auch noch mit dem Kopf gegen die Steinmauer.

Einen Moment schaute Lemor erschreckt und besorgt. Als er bemerkte, dass sich Yonathan zwar mit der Hand den Hinterkopf rieb, sonst aber nichts Schlimmeres passiert war, verwandelte sich das Gesicht des Hirten wieder in eine versteinerte, graue Maske. Lemor wandte sich um und stapfte weiter den Berg hinauf.

Noch eine ganze Weile blieb Yonathan auf dem Weg sitzen und blickte dem Schafhirten fassungslos nach. Er verwünschte Lemor, für ihn in diesem Moment der unfreundlichste und rücksichtsloseste Mensch der Welt.

Als er sich endlich aufraffte und den Schmutz von den Kleidern klopfte, fiel ihm auf, dass er etwas verloren hatte. Das lederne Halsband mit der Hirtenflöte war nicht mehr da! Verzweifelt schaute er sich um, doch er konnte sie nirgends finden. Er musste das Instrument schon beim Kampf mit dem Erdfresser verloren haben. Es war wie eine Ironie des Schicksals: Eine alte Freundschaft war soeben zerbrochen und gleichzeitig auch das Siegel dieser Verbindung, die Flöte, – nun, vielleicht nicht zerbrochen, aber sie war fort.

Yonathan bückte sich wie betäubt nach dem Stab, den er beim Sturz verloren hatte, und setzte seinen Heimweg fort. Er fühlte sich elend, in der Ehre gekränkt und zutiefst niedergeschlagen. Er achtete nicht auf die blutrote Sonne, die soeben in die sanft gekräuselten Wellen der Kitvar-Bucht eintauchte.

Heimkehr

Als Yonathan die letzten Schritte zu der kleinen Hütte zurücklegte, die ihm und Navran seit Jahren als Heimstatt diente, waren gerade die ersten Sterne am tiefvioletten Himmel aufgegangen. Je näher er dem Häuschen kam, umso mehr verlangsamte sich sein Tempo. Was würde geschehen, wenn er jetzt gleich durch die Tür kam und Navran unter die Augen treten musste? Sicher wäre es gerechtfertigt, wenn sein Pflegevater ihm gehörig den Kopf wusch. Schließlich war er durch seine eigene Unvorsichtigkeit in die Grube gefallen, die beinahe auch sein Grab geworden wäre.

Vielleicht würde Navran aber auch einfach schweigen, enttäuscht darüber, dass Yonathan sein Vertrauen so missbraucht hatte. Und Navran konnte schweigen! Das war viel schlimmer als eine heftige, aber kurze Schelte. Yonathan stieß einen tiefen Seufzer aus. Es half alles nichts. Er musste da durch. Entschlossen trat er an die vom Meereswind zerfurchte Holztür, stellte den Stab neben den Türpfosten und schob den Riegel nach oben.

Als er in die unbeleuchtete Hütte trat, konnte er kaum etwas erkennen. Erst langsam gewöhnten sich seine Augen an die Dunkelheit. Sein Blick schweifte durch den Raum. Die Einrichtung war einfach, aber nicht ärmlich. Die Wände waren sauber verputzt und weiß getüncht. Den Fußboden bedeckten Holzbohlen. In einer Ecke des Hauptraumes, rechts von der Eingangstür, standen zwei hölzerne, mit Eisenbändern beschlagene Truhen. Hierin bewahrten Yonathan und Navran ihre Habseligkeiten auf. An einer Wand hingen Regale, in denen sich Teller und Becher aus Zinn und Ton aneinander reihten. Hölzerne Haken trugen außerdem Krüge, kupferne Kessel und Pfannen. Gegenüber befand sich ein großer Kamin, an dem gekocht wurde und der im Winter das Haus beheizte. In der Mitte des Raumes standen die einzigen Möbelstücke: ein Tisch und vier Stühle.

Yonathans Herz schlug schneller. Allmählich erkannte er die Gestalt Navrans, der an dem kleinen Tisch saß und ihn schweigend musterte. Er überlegte noch, wie er seine Verteidigungsrede beginnen sollte, als er schon Navrans tiefe und warme Stimme hörte: »Nun? Was ist geschehen?«

So ruhig war Navrans Ton, als wäre Yonathan nur kurz draußen gewesen, um Wasser zu holen. Obwohl Yonathan seinen Pflegevater besser hätte kennen müssen, war er doch auf Schlimmeres gefasst gewesen – eine Folge seines schlechten Gewissens. Deshalb fragte er ein wenig ungläubig: »Willst du gar nicht schimpfen?«

»Warum sollte ich schelten, wenn ich gar nicht weiß, ob du es verdienst?«, entgegnete Navran genauso ruhig wie vorher. »Vielleicht bist du mit knapper Not einer reißenden Bestie entwischt. Soll ich dich dann noch dafür strafen, dass du mit dem Leben davongekommen bist?« Während er dies sagte, lächelte er freundlich und streckte Yonathan seine Hand entgegen.

Yonathan kniff die Augen zusammen und blickte den im Schatten vor ihm sitzenden Navran misstrauisch an. Wusste er vom Erdfresser? Oder war es nur ein Zufall, dass er mit seiner Vermutung genau richtig lag?

»Wenn du so etwas angenommen hast, warum sitzt du dann hier in der Hütte, statt mich zu suchen?«, entgegnete Yonathan.

»Oh, ich habe dich den ganzen Tag droben im Wald gesucht, als du nicht nach Hause kamst. Und morgen wollte ich den Ältestenrat bitten eine groß angelegte Suchaktion nach dir einzuleiten. Aber es hätte wohl wenig Sinn gehabt, heute Nacht, im Finstern, den Wald nach dir zu durchforsten. Meinst du nicht auch?«

Yonathan senkte den Kopf. Navran hatte natürlich Recht. Es gab gar keinen Zweifel, dass sein Pflegevater alles getan hätte ihn zu finden.

»Es tut mir Leid«, sagte er. »Ich glaube, ich habe eine Dummheit begangen.«

Navran hatte sich dem Kamin zugewandt und brachte nun ein kleines Feuer in Gang. Ohne sich umzuwenden, sagte er: »Ich schlage vor, du beginnst von vorn. Setz dich und erzähle mir alles, was geschehen ist.«

Yonathan versuchte seine Gedanken zu ordnen. Dabei schaute er Navran zu, der einen Messingtopf von einem Dreifuß nahm und ihn an der Kette über dem Feuer aufhängte. Schon bald war der ganze Raum von viel versprechendem Duft erfüllt und Navran setzte sich wieder zu Yonathan an den Tisch.

Solange er sich erinnern konnte, war der alte Mann für ihn der Inbegriff menschlicher Erfahrung und Weisheit gewesen. Und doch kannte er eigentlich nur den Navran, der hin und wieder zum Fischen aufs Meer hinausfuhr, sich um seinen Zögling kümmerte und regelmäßig den Großen Markttag von Kitvar besuchte. Den anderen Navran Yaschmon, der einst ganz Neschan bereist hatte, kannte er nicht. Er konnte weder sagen, wie alt sein Pflegevater wirklich war, noch, warum er sein bewegtes Leben schließlich aufgegeben und sich in die Abgeschiedenheit der

Nordregion zurückgezogen hatte. Schließlich war Navran alles andere als ein schwacher Greis, der einen Altersruhesitz nötig hatte. Im Gegenteil, sein Gang war noch immer federnd und seine Statur schlank. Die Haare seines Hauptes sowie seines gepflegten, kurz geschnittenen Vollbartes leuchteten schneeweiß. Seine wasserblauen Augen strahlten jugendlich und so manches Mal hatte Yonathan es schon bedauert, dass ihnen anscheinend gar nichts entgehen wollte. Trotz aller Vertrautheit und Geborgenheit umgab Navran ein Geheimnis, das Yonathan nicht durchschauen konnte. Dennoch stand es für ihn fest, dass er einmal wie Navran Yaschmon werden wollte und er bemühte sich stets, so viel wie möglich von seinem Pflegevater zu lernen.

Er begann mit dem Ereignis, das eigentlich an den Schluss seiner Erzählung gehört hätte. Er berichtete nun, was draußen bei den Weideplätzen geschehen war.

Navran nickte und sagte mit ernster Stimme: »Ich glaube, mein Junge, du kannst aus dieser Begebenheit etwas sehr Wichtiges lernen.«

»Was meinst du damit? Ich weiß ja, dass man einen Menschen nicht verwünschen soll. Aber ich konnte mir einfach keinen Reim machen auf Lemors Verhalten.«

»Ja, weißt du … In der vergangenen Nacht ist Lemors Frau gestorben. Gestern wurde ihr mit einem Mal unwohl. Sie bekam Fieber und Schüttelfrost. Schließlich verlor sie die Besinnung und wachte nicht mehr auf.« Dann fügte Navran hinzu: »Sicher war es nicht richtig, wie Lemor gehandelt hat, aber vielleicht ist es irgendwie verständlich.«

Yonathan traf die Nachricht wie ein Schlag. Lemors Frau war immer freundlich zu ihm gewesen. Oft hatte sie ihn bemuttert, anstelle der eigenen Kinder, die ihr versagt geblieben waren! Und jetzt sollte diese liebe Frau nicht mehr leben? Das war schwer zu begreifen.

»Ich weiß, was du meinst«, sagte er nach langem Schweigen. »Man soll nie vorschnell über einen Menschen urteilen, auch wenn man das, was er tut oder sagt, nicht gleich versteht. Er mag Gründe dafür haben, an die man selbst nie denken würde.«

Gründlich erforschte Navran das traurige Gesicht seines Zöglings. Dann beugte er sich vor, legte ihm die Hand auf den dunklen Haarschopf und sagte lächelnd: »Du hast weise gesprochen. Es ist gut, wenn man sich mit seinem Urteil zurückhält und versucht die Hintergründe einer Angelegenheit zu erkennen. Aber du wolltest mir von deinen Abenteuern berichten. Ich möchte gerne hören, wie viele Drachen du erlegt hast.«

»Nun, Drachen waren es nicht gerade, aber du kommst der Sache schon ziemlich nahe.«

Und so erzählte Yonathan seine Geschichte. Vom Anfang seines Marsches, der so normal begann wie viele andere Tagesausflüge zuvor, über seinen Sturz in das Erdloch und seinen Kampf mit dem Erdfresser, bis hin zu seiner Rückkehr nach Hause. Als er den Stab erwähnte, den er in dem unterirdischen Gewölbe gefunden und der ihm offenbar das Leben gerettet hatte, veränderte sich Navrans Gesichtsausdruck. Eigentlich hob er nur die rechte Braue und seine Augen begannen seltsam zu glänzen. Yonathan beendete seine Erzählung mit der Einsicht: »Ich weiß, dass es nicht gerade klug ist, mit gen Himmel gestreckter Nase durch die Wildnis zu tappen.«

»Ich glaube, du hast deine Lehre bereits erhalten und wirst diesen Fehler bestimmt nicht wieder begehen. Aber sag, mein Junge, wo hast du diesen Stab gelassen? Ich habe ihn nicht gesehen, als du hereinkamst.«

»Er steht draußen vor der Tür. Soll ich ihn hereinholen?« Yonathan wartete Navrans Antwort nicht ab, sondern eilte zur Tür. Mit dem Stab in der Hand kehrte er zurück und wollte Navran den außergewöhnlichen Fund in die Hand drücken. Aber etwas hielt ihn zurück …

Erschrocken bemerkte er eine Woge der unterschiedlichsten Gefühle, die über ihn hinwegrollte – nicht seine eigenen Empfindungen, wie er mit Verwunderung feststellte, sondern … Navrans? Da waren Wiedersehensfreude, Erschöpfung, Zuneigung, Sorge und ein Gefühl ehrfürchtiger Zurückhaltung.

Verwirrt blickte er in Navrans wettergegerbtes Gesicht und dann auf den Stab. Unsinn!, sagte er sich und hielt Navran den

Stab entgegen: »Hier, schau ihn dir an. Ist das nicht ein prächtiges Stück?«

Navran sprang vom Tisch auf. Im Zurückstolpern riss er den Stuhl um, der laut polternd auf die Holzbohlen fiel. Beide Hände erhoben entgegnete er abwehrend: »Schon gut, schon gut, mein Junge. Leg ihn auf den Tisch, damit ich ihn genauer betrachten kann.«

Yonathan wurde nicht ganz schlau aus der Reaktion seines Pflegevaters. Waren die verworrenen Gefühle, die er gerade empfunden hatte, vielleicht doch real? Vorsichtig, als wäre der Stab aus Glas, legte er ihn auf die Tischplatte.

Navran hatte inzwischen eine kleine Öllampe angezündet und stellte sie neben den Stab auf den Tisch. Der alte Mann musterte das Stück mit großem Erstaunen.

»Tatsächlich!«, sagte Navran nach langem Schweigen, mehr zu sich selbst als zu Yonathan. »Er muss es sein.«

Das Holz knackte im Kamin und die Öllampe warf groteske Schatten an die Wände, die die Spannung in dem kleinen Raum noch erhöhten.

»Was meinst du, Navran?«, fragte Yonathan endlich. »Kennst du diesen Stab? Hast du ihn schon einmal gesehen?«

»Halt, mein Junge. Nicht so hastig«, sagte Navran. »Ich erzähle es dir ja, aber stell ihn zuerst dort drüben neben den Kamin.«

Obwohl Yonathan nicht begriff, warum Navran den Stab nicht anrühren wollte, tat er, was dieser wollte. Als Yonathan wieder am Tisch saß, begann Navran zu erzählen.

»Ich habe dir in den vergangenen Jahren doch einiges über die Tränenwelt erzählt, die wir ›Neschan‹ nennen?«

Yonathan nickte.

»Wie du weißt, wurde Neschan nicht von unserem großen Gott, Yehwoh, geschaffen, sondern von einem seiner Söhne. Dieser sah das Universum und all die schönen Dinge, die Yehwoh gemacht hatte, und er wollte ebenfalls etwas so Wunderbares hervorbringen. Anfangs mag sein Schöpfungswerk vielleicht noch aus einer gewissen Bewunderung für das Wirken seines göttlichen Vaters entsprungen sein, aber schon bald änderte sich seine Einstellung. Er machte sich selbst zum Gott über die von ihm erschaffene Welt und nannte sich ›Melech-Arez‹. In der Sprache der Schöpfung bedeutet sein Name etwa so viel wie ›König des Landes‹ oder einfach ›Herrscher der Welt‹.

Melech-Arez hatte gesehen, dass alle seine unsichtbaren Brüder Yehwoh als ihren Vater anbeteten und auch er wollte verehrt werden. Deshalb stellte er Yehwohs Herrschaft in Frage. Melech-Arez schuf nicht nur Neschan mit allen Pflanzen und Tieren, sondern auch Menschen, die ihn als ihren alleinigen Gott anbeten sollten. Diese waren Kopien seiner unsichtbaren Brüder, deren Anbetung ihm ja verwehrt geblieben war.

Es zeigte sich jedoch, dass seine Fähigkeiten nicht ausreichten. Schon bald hatten seine Geschöpfe keine Ähnlichkeit mit den Menschen mehr, wie du sie heute kennst. Es waren hässliche Bestien und Missgeburten. Die Drachen waren zum Beispiel solche Wesen. Obwohl sehr intelligent, entsprach ihr Äußeres eher dem rebellischen und bösen Geist Melech-Arez'.«

Yonathan hatte die alten Geschichten von Drachen und anderen Ungeheuern gehört, sie aber für Märchen gehalten.

»Manche behaupten, es gäbe an abgeschiedenen Orten noch immer einige dieser Wesen«, setzte Navran hinzu. »Aber schließlich schien es Melech-Arez doch gelungen zu sein Menschen zu erschaffen. Aber das war eine Täuschung. Diese Wesen konnten ihre menschliche Art nicht weitervererben. So kamen seltsame Rassen zum Vorschein, die vielleicht äußerlich noch Ähnlichkeit mit uns Menschen hatten, aber in Wirklichkeit keine mehr waren.«

»Aber was hat das alles mit diesem Stab zu tun?«, warf Yonathan ein.

»Geduld, mein Junge«, erwiderte Navran ruhig. »Darauf komme ich gleich. Das Aussehen dieser Kreaturen war nicht das eigentliche Problem. Als Kinder eines Rebellen hatten sie nämlich auch den störrischen und bösen Geist ihres Vater geerbt. Harmonie und Ordnung gab es nicht mehr. Die Geschöpfe Melech-Arez' waren nahe daran, sich gegenseitig zu zerfleischen. Yehwoh wurde darüber mit großer Traurigkeit erfüllt und so tilgte er den ursprünglichen Namen dieser Welt aus und nannte sie fortan *Neschan,* was – wie du weißt – ›Tränenwelt‹ bedeutet.«

Yonathan rutschte ungeduldig auf seinem Stuhl hin und her.

»Yehwoh verhängte also sieben *Iddanin* über Neschan. Damit sind die Amtszeiten der sieben Richter gemeint, die Yehwoh in die Tränenwelt senden wollte, um einen Gegenpol zu dem bösen Geist Melech-Arez' zu bilden.«

Yonathan nickte. Diese Geschichte hatte er natürlich schon oft gehört. Jedes Kind auf Neschan kannte die uralte Prophezeiung von den sieben Verwaltern, die von ihrem weisen König in das verwahrloste Tränenland geschickt worden waren, um den rebellischen Fürsten zurechtzuweisen und die Folgen seiner schlechten Herrschaft zu beseitigen.

Viele sahen heute in den Richtern Neschans eher eine traditionelle Einrichtung, ohne große Bedeutung für das tägliche Leben. Auch Yonathan war vieles unklar, was mit den sieben Richtern zu tun hatte. So sollte zum Beispiel jeder von ihnen fast tausend Jahre alt geworden sein. Wie war das möglich? Goel, der amtierende sechste Richter, war schon seit Jahrhunderten nur noch von wenigen Menschen gesehen worden. Gab es ihn überhaupt? Woher kamen diese Richter? Nie erfuhr man etwas über ihre Herkunft. Wohin verschwanden ihre sterblichen Überreste nach dem Tod? Man sagte, Yehwoh würde ihre Gebeine aufbewahren, bis die Welt ein zweites Mal getauft würde.

Navran fuhr in seiner Erzählung fort.

»Als Yenoach, der erste Richter, eingesetzt wurde, erbat er sich ein Zeichen seiner Amtsbefugnis, das er den Bewohnern Neschans zeigen könne. Erinnerst du dich noch, was Yehwoh auf diese Bitte Yenoachs hin tat?«

Yonathan fiel es wie Schuppen von den Augen und ein Schauder lief ihm über den Rücken. Ungläubig blickte er zu dem Stab, dessen goldener Knauf das wenige Licht in der Hütte aufzusaugen schien, um Hunderte von Lichtpünktchen über Decke und Wände zu versprühen.

Benommen erwiderte Yonathan: »Yehwoh gab Yenoach einen Amtsstab. Ich glaube Yehwoh sagte zu Yenoach: ›Hier gebe ich dir Haschevet, den Stab, und jeder, der deine Befugnis in Frage stellt, soll ein Abbild meiner Macht zu sehen bekommen, durch dich und durch den Stab.‹ Du meinst doch nicht etwa …?«

»Dass dies der Stab Haschevet ist?«, half Navran. »Doch, das meine ich, Yonathan. Du hast selbst die merkwürdigen Veränderungen gespürt, als du den Stab in die Hand nahmst. Alle deine Sinne waren mit einem Mal geschärft. Und dann die Leichtigkeit, mit der der Stab Felswände zu Staub verwandelte.

Dies *ist* der Stab Haschevet!

Die rebellischen Bewohner Neschans hätten sich bestimmt nicht von einem alten Mann mit einem kunstvollen Stab beeindrucken lassen. Haschevet war das Symbol und zugleich auch das Mittel der Macht Yehwohs. Mit seiner Hilfe sorgten die Richter viereinhalbtausend Jahre lang für ein Gleichgewicht, das jedem Geschöpf Neschans erlaubte seine eigene freie Wahl zu treffen – entweder für das Licht Yehwohs oder für die Finsternis Melech-Arez'.«

Yonathans Blick haftete auf dem Stab, während Navran fortfuhr.

»Nur einige Auserwählte, Menschen mit reinem Herzen, können den Stab Haschevet berühren, ohne dafür mit dem Leben zu bezahlen. Offenbar konnten bisher nur die sechs Richter Neschans den Stab tragen; so sagt man jedenfalls.«

»Ist das der Grund, weshalb du ihn vorhin nicht berühren wolltest?«, fragte Yonathan.

Navran lächelte. »Ich hänge an meinem Leben, Yonathan, auch wenn es schon ziemlich lange dauert.«

»Aber du bist doch kein schlechter Mensch. Dir würde der Stab nichts tun.«

»Welcher Mensch kann schon von sich behaupten, er sei wirklich gerecht. Wir sind alle unvollkommen und begehen Fehler.«

»Die Richter sind doch auch nur unvollkommene Menschen und ich … Warum konnte *ich* den Stab berühren?«

»Ganz einfach: Yehwoh trifft die Wahl. Er gibt den Stab dem, der in seinem Auftrag handelte und der darf den Stab für eine gewisse Zeit besitzen. Wenn ich jetzt meine Hand nach ihm ausstrecken würde, dann wäre dies ein Zeichen von Hochmut und Stolz. Ich glaube nicht, dass Yehwoh eine solche Haltung dulden würde.«

»Und du meinst, seine Wahl ist ausgerechnet auf *mich* gefallen? Er hat den Stab in der Erde vergraben, damit *ich* ihn wieder hervorhole?«

»Erinnerst du dich, was mit Haschevet geschah, nachdem Goel, der sechste Richter Neschans, ihn empfangen hatte?«

»Er hatte ihn irgendwo in der Nordregion verloren«, murmelte Yonathan. »Aber dass dies so nahe bei Kitvar geschehen ist, war mir nicht bekannt.«

»Es ist vielleicht besser, wenn ich von vorne beginne:

Als Goel auf Neschan erschien, um das Amt des sechsten Richters anzutreten, war er noch sehr jung, erst zweiunddreißig Jahre. Seine Amtsführung war zunächst ein wahrer Segen. Viele ließen sich anstecken von seinem Temperament und seinem Eifer. Die Menschen folgten wieder den gerechten Gesetzen Yehwohs. Mit Macht trat er ein für den Namen Yehwohs und kämpfte gegen den üblen Einfluss Melech-Arez'. Goel bedeutet ›Befreier‹ oder ›Rächer‹ – ein passender Name.

Nach etwa siebenhundertfünfzig Jahren von Goels Amtszeit begann Grantor, der dunkle Herrscher Témánahs im Süden, sich zu rühren. Mit allen Mitteln versuchte er seinen Einfluss auf die Länder des Lichts auszudehnen, erst durch Korruption und politisches Ränkespiel und dann mit blanker Gewalt. Bald standen Grantors Horden vor den Toren Cedanors, der alten Kaiserstadt. Er wollte das Herz des Widerstandes treffen und errichtete einen Belagerungsring um die Stadt.

Goel rief vom Garten der Weisheit aus, wo er residierte, die Steppenvölker der fernen Ostregion um Hilfe an, aber nur wenige kamen. Ein kleines Heer tapferer Streiter schloss sich ihm an, um der Streitmacht Grantors entgegenzutreten.

Es gab ein Höhlensystem unter der Stadt. Durch diese Tunnel, die ein verborgener Strom aus dem Drachengebirge geschaffen hatte, sandte Goel einen Boten in die Stadt, um den Kaiser in seine Pläne einzuweihen.

Dann stellte er sich Grantor. Dieser sah den Triumph in greifbarer Nähe und verlor alle Vorsicht. Es gelang dem Richter, Grantor von der Stadt fortzulocken, und dieser ließ nur eine kleine Streitmacht zurück, um die Belagerung Cedanors aufrechtzuerhalten. Mit dem Rest seiner Armee folgte er Goels kleiner Schar.

Aus dieser Verfolgung wurde ein langer Marsch. Goel wollte Grantors Truppen zermürben. Seine kleine Armee war viel beweglicher als die riesige Streitmacht Grantors. Es gelang Goel, Grantor durch viele Hinterhalte empfindliche Schläge zu versetzen und Grantor wurde in seiner Wut unvorsichtiger. Er folgte Goel durch das Drachengebirge immer weiter in die Nordregion hinein. Sein Heer wurde kleiner, sein Zorn größer und er hinterließ eine Spur der Verwüstung. Als seine Horden auf das kleine Volk der Behmische stießen, brachten sie alle um, bis auf einen, der sich Goel als Fährtensucher angeschlossen hatte.

Doch alles blindwütige Morden und Brennen nutzte dem dunklen Herrscher Témánahs nichts. Ohne dass er einschreiten konnte, wurde sein Belagerungsring um Cedanor gesprengt. Nach Goels Plan hatte sich eine Anzahl von Kriegern durch die unterirdischen Höhlenanlagen hinter die Belagerer geschlichen, sodass diese in die Zange gerieten; sie wurden aufgerieben bis zum letzten Mann und Cedanor war wieder frei.

Schließlich kam es auch zur direkten Konfrontation zwischen Goel und Grantors Hauptarmee. Goel hatte die feindlichen Truppen auf eine Hochebene gelockt, die ringsum von seinen Männern eingeschlossen war. In der Nacht vor der Entscheidung betete er zu Yehwoh, dass er seinen Namen rechtfertigen möge. Am darauf folgenden Tag trat er allein vor die gegnerische Armee.

Grantor verhöhnte Goel, der es wagte sich als Einzelner einer so gewaltigen Streitmacht gegenüberzustellen. ›Du Wicht wagst es, mich wochenlang durch die Wildnis zu locken, um dich dann hier wie ein feiger Hund erschlagen zu lassen?‹

Diese Worte waren zu viel für Goel. Er verlor die Beherrschung und erwiderte brüllend: ›Hier, Grantor, Sklave des Widersachers Melech-Arez, des sogenannten Herrschers der

Welt, stehe ich, Goel, sechster Richter von Neschan. Dein Frevel hat den Erdboden mit dem Blut der Unschuldigen getränkt, sodass ich heute dafür ihr Blut von deiner Hand zurückfordere. Daher rufe ich den Sturm, der dich und deine Horden in alle Himmelsrichtungen zerstreuen soll, sodass deiner bösen Taten Wurzel und Spross genommen werde.‹

Während er diese Worte rief, stieß Goel den Stab Haschevet in die Erde. Was dann geschah, entsprach nicht ganz den Erwartungen Goels: Der Erdboden entriss ihm den Stab und verschlang ihn. Der Richter stand mit leeren Händen da, während Grantor und seine Armee sich vor Lachen bogen. Doch dann begann die Erde zu zittern und ein Grollen wie unterirdischer Donner war zu hören. Goel wollte entsetzt fliehen, aber die Hochebene begann heftig zu beben, dass es sowohl Goel als auch Grantor und seine Streiter von den Beinen riss. Aus dem Erdloch, in dem der Richterstab verschwunden war, stieg ein gewaltiger Wirbelsturm empor, der Grantor und seine gesamte Armee wie trockenes Laub emporriss und sie zum offenen Meer davontrug. Nie wieder wurde einer von ihnen gesehen.

Sodann stieg eine zweite Windhose aus dem Erdloch auf, ergriff den Richter und trug auch ihn fort. Goel verlor die Besinnung und erwachte erst wieder im Garten der Weisheit, dem Ausgangspunkt seines Feldzuges.«

Navran erhob sich vom Tisch und sah nach dem Feuer.

»Eines ist mir nicht klar«, sagte Yonathan nachdenklich. »Warum hat Yehwoh Goel den Stab weggenommen?«

»Denk nach, Yonathan. Was genau sagte Goel? ›Hier stehe *ich*, *ich* werde das Blut von deiner Hand fordern und *ich* rufe den Sturm herbei.‹«

Yonathan nickte. »Ich verstehe, was du meinst. Goel sprach in eigenem Namen, obwohl es doch die Macht Yehwohs war, die Grantor und seine Horden besiegte.«

»Richtig, mein Junge. Er hätte in Yehwohs Namen handeln sollen. Yehwoh sandte später einen Boten zu Goel, der folgende Botschaft überbrachte.« Navran schloss die Augen, um sich den genauen Wortlaut in den Sinn zu rufen. »›Weil du dir Macht zugesprochen hast, die du nie besessen, wird dir das Richtertum genommen und du wirst sterben wie jeder andere Mensch auf Neschan.‹

Goel erkannte seinen Fehler, zerriss sein Obergewand und häufte Asche auf sein Haupt. Ja, Goel zeigte Reue über seine Tat und so sandte ihm Yehwoh einen zweiten Boten: ›Ich habe deine Reue gesehen, Goel‹, lautete dessen Nachricht, ›und deine Verfehlungen sind dir vergeben. Du wirst den Garten der Weisheit nie mehr verlassen. Doch ich lasse dir die Weisheit, damit du Recht sprechest unter meinen Dienern. Auch wirst du deinen Nachfolger Geschan ausbilden dürfen. Ihm wirst du den Stab Haschevet übergeben, den du wieder sehen sollst, wenn deine Tage voll sind. Und Geschan wird in meinem Namen Gerechtigkeit und Frieden für alle Völker Neschans ausrufen.‹

So kam es, dass in den ungefähr zweihundert Jahren, die seither vergangen sind, kaum jemand den Richter zu Gesicht bekommen hat. Doch Goel ließ in Ganor die Schule der richterlichen Boten, der *Charosim*, errichten. So gibt es immer vierzig Boten, die den Garten der Weisheit betreten können und Goels weisen Rat und seine Urteile dem Volk von Neschan verkünden.«

Die letzten Worte Navrans hatte Yonathan kaum noch aufgenommen. Seine Gedanken gingen im Kreis. Ehe er seine Überlegungen ausdrücken konnte, fragte Navran: »Du willst wissen, wie der Stab Haschevet dem siebenten Richter übergeben werden kann, wenn er doch hier in Kitvar in deinen Händen ruht?«

»Kannst du meine Gedanken lesen?«, antwortete Yonathan erstaunt.

»Manchmal schon«, erwiderte Navran lächelnd. »Ich fürchte, Yonathan, du bist jetzt nicht mehr derselbe, der du noch vor zwei Tagen warst. Von nun an bist du ein Auserwählter, ein Bote Yehwohs. Er hat dich bestimmt, Haschevet in den Garten der Weisheit zu tragen und ihn Goel zu übergeben.«

Yonathan war nicht wohl bei dem Gedanken. Natürlich liebte er Yehwoh. Aber dass er gerade ihn für eine so überaus wichtige Aufgabe ausgewählt haben sollte, das konnte er noch nicht recht glauben.

»Wirst du denn mit mir kommen?«, fragte er unsicher.

Navran legte seine Hand auf die des Jungen. »Ich fürchte, du wirst ohne mich auskommen müssen. Aber mach dir keine Sorgen. In drei Wochen – wenn wieder Großer Markttag ist – wird das Schiff des Boten Goels in Kitvar eintreffen. Wenn er den Stab Haschevet sieht, wird er dich auf dem schnellsten Wege und sicher zum Garten der Weisheit bringen.«

Yonathan murmelte widerstrebend Zustimmung. Noch nie hatte er sich weiter als drei Tagesreisen von Kitvar entfernt und so war ihm eine Reise über Tausende von Meilen nicht ganz geheuer.

Doch der alte Navran Yaschmon sagte mit fester Stimme: »Gut, dann ist ja alles klar. Drei Wochen dürften ausreichen, um die große Fahrt vorzubereiten. Da bleibt uns noch genügend Zeit. Jetzt leg dich erst mal schlafen; du wirst müde sein.«

Der Bote

Yonathan war bis jetzt viel zu aufgeregt gewesen, um Müdigkeit zu spüren, aber er zog sich nach dem Essen bereitwillig zurück. Die kleine Fischerhütte verfügte nur über einen einzigen Nebenraum. Hier stapelten sich Vorräte und Gerätschaften, dass man die zwei Betten leicht übersehen konnte.

Als Yonathan sich auf dem Nachtlager ausstreckte, rollte die Erschöpfung wie eine warme Meereswoge über ihn hinweg. Die Glieder wurden ihm so schwer, als würde nicht Blut, sondern flüssiges Blei in seinen Adern pulsieren. Aber der Schlaf wollte sich nicht einstellen. Zu viele Gedanken schwirrten ihm durch den Kopf.

Er hörte, wie sich auch Navran wenig später zu Bett begab und in kürzester Zeit verriet der Atem des Alten, dass er fest schlief.

Blicklos starrte Yonathan gegen die Decke, die rechte Hand auf dem Stab Haschevet, der neben ihm lag. Er fühlte die Kühle und die Formen des goldenen Knaufs. Es gab so viele Fragen! Doch alles, was er wusste, war, dass er ganz allein eine weite Reise unternehmen sollte. Das Mondlicht, das durch das kleine Fenster in die Schlafkammer fiel, schien alle Gegenstände taghell zu erleuchten. Er wollte endlich schlafen. Yonathan schloss die Augen. Heute würde er doch keine Antwort auf seine Fragen mehr finden.

Doch dann wich die wohltuende Dunkelheit unter seinen Lidern plötzlich einem goldgelben Glanz, als würde man mit geschlossenen Augen in die Sonne blicken. Yonathan ließ vor Schreck den Stab los und riss die Hand hoch, um seine Augen zu beschirmen. Während er sich aufsetzte, lugte er vorsichtig zwischen den Fingern hindurch.

Das konnte nur ein Traum sein. Vor seinem Bett stand ein stattlicher Mann: vielleicht sechs Fuß groß, mit kurzen, welligen, schwarzen Haaren und strahlend blauen Augen; sein weites, anscheinend aus einem einzigen Tuch bestehendes, schneeweißes Gewand erschien fremdländisch.

Das Gesicht des Mannes sah sehr freundlich aus; er lächelte sogar. Aber ein seltsames Licht ging von diesem Besucher aus. Dieser Schein war übernatürlich! Nichts, was Yonathan kannte, hatte diesen Glanz. Also träumte er doch.

»Das tust du nicht, Yonathan. Du bist zwar sehr müde, aber träumen tust du nicht.«

Das konnte nicht wahr sein! Yonathan wartete, die Hände vor den Augen.

»Findest du es höflich, die Augen zu bedecken, wenn du Besuch hast?« Die Stimme des Besuchers klang belustigt.

Es half alles nichts. Der Fremde war nicht wegzuwünschen. »Wer seid Ihr? Woher kennt Ihr meinen Namen?«, fragte Yonathan und nahm zögernd die Hand von den Augen und er schaute in das freundlich lächelnde Gesicht des Mannes.

»Du kannst mich Benel nennen. Und ich kenne dich schon sehr lange, länger als deine Träume währen.«

»Ihr habt mir zwar Euren Namen gesagt, … Benel«, Yonathan sprach den Namen langsam und bedächtig aus, als müsse er sich an seine Aussprache erst noch gewöhnen, »aber sagt mir bitte: Wer … oder *was* seid Ihr?«

»Ich bin ein Bote Yehwohs«, antwortete Benel leichthin, als sei er Fischer, Bauer oder Schmied. Dann fügte er ernst hinzu: »Ich bin zu dir gesandt worden, um dich zu warnen, Yonathan!«

»Mich zu warnen?«

»Yehwoh hat dich zum Träger Haschevets ausersehen. Wie dir Navran bereits erklärte, ist es deine Aufgabe den Stab in den Garten der Weisheit zu bringen, um ihn dort an Goel zu übergeben.«

Erst jetzt fiel Yonathan auf, dass Navran trotz der Unterhaltung in dem hell erleuchteten Raum noch immer schlief.

»Er kann uns nicht hören«, versicherte der Bote Yehwohs. »Aber zurück zu deinem Auftrag. Du bist nicht länger sicher in Kitvar. Sethur, der Heeroberste Bar-Hazzats, ist mit einer Flotte von drei Schiffen auf dem Weg hierher. Er kommt deinetwegen oder sagen wir besser: des Stabes wegen. Bar-Hazzat will Haschevet um jeden Preis haben, weil er verhindern will, dass sich die Prophezeiung erfüllt – der siebente Richter Neschans soll nach Bar-Hazzats Willen niemals sein Amt antreten.«

Ein Schauer lief Yonathan über den Rücken. Von Sethur wusste er nicht viel, aber Bar-Hazzat kannte jedes Kind auf Neschan. Der jetzige Herrscher des dunklen Landes Témánah stand in dem Ruf, noch schrecklicher zu sein als sein Vorgänger. Grantor war ein böser Mensch gewesen, der alles Schlechte in sich vereinte. Von Bar-Hazzat aber sagte man, dass nichts Menschliches mehr an ihm sei. Einige behaupteten sogar, der dunkle Gott Neschans, Melech-Arez, hätte Bar-Hazzat aus den eigenen Reihen seiner geisterhaften Diener ausgewählt, um wieder die uneingeschränkte Herrschaft über Neschan zurückzugewinnen. Das Land Témánah hatte sich bisher jedem Versuch, die Richtigkeit dieser Gerüchte zu überprüfen, erfolgreich widersetzt. Kein Fremder durfte es betreten. Selbst die schwarz gewandeten témánahischen Priester, die seit einiger Zeit mit Billigung des Kaisers Zirgis durch das Cedanische Reich zogen, brachten kein Licht in das verschwörerische Dunkel; sie verbreiteten nur Irrlehren.

Die Vorstellung, dass dieser finstere Herrscher des Südreiches es auf ihn abgesehen hatte, lähmte Yonathans Gedanken.

Benel entging dies nicht. »Sorge dich nicht, mein Bruder. Yehwoh hat dir keine Aufgabe übertragen, die du nicht bewältigen kannst. In dir steckt mehr, als du vermutest. Mache dir …«

»Aber wie …?«, unterbrach ihn Yonathan und hielt inne, als ihm seine Respektlosigkeit zu Bewusstsein kam. »Entschuldigt, aber ich verstehe das nicht. *Was* steckt in mir, dass Yehwoh gerade mich ausgewählt hat?«

»Weißt du das nicht?«

»Wie sollte ich?«, entgegnete Yonathan. »Ich bin doch nur ein normaler Junge, nicht mehr.«

Benel lächelte. »*Nicht mehr?«*, wiederholte er. »Du besitzt die Gabe der *vollkommenen Liebe,* Yonathan!«

»Die Gabe der ›vollkommenen Liebe‹«, wiederholte Yonathan. »Aber wieso ich? Erst heute Abend hat Navran mir erzählt, dass alle Menschen unvollkommen sind und Fehler begehen. Wie könnte ich da eine Ausnahme bilden?«

»Ich sagte, du besäßest die *Gabe* zur vollkommenen Liebe. Sie schlummert tief in dir wie ein Samenkorn, das du hegen und pflegen musst, damit es einmal zur vollen Frucht heranreift. Habe Geduld und du wirst es erleben.«

Yonathan schüttelte langsam den Kopf. Nicht, weil er Benels Worte bezweifelte. Er begriff sie nicht. »Wie kann ich diese Gabe … wecken?«, fragte er unsicher.

Benel lächelte. »In dem Maße, in dem du deine Aufgabe erfüllst, wird die Gabe in dir wachsen, Yonathan.« Und da der Bote Yehwohs erkannte, dass Yonathan mit dieser Antwort nicht viel anfangen konnte, fügte er hinzu: »Besiege das Böse mit dem Guten. Nur so kann das Licht über die Finsternis triumphieren. Die vollkommene Liebe ist ein Licht, das von keiner Finsternis verschlungen werden kann.«

Yonathan fühlte, dass in Benels Worten eine tiefe Wahrheit verborgen war. Er erahnte sie, konnte sie aber nicht recht fassen. Wie sollte er es schaffen, solch schreckliche Feinde wie Sethur und Bar-Hazzat zu besiegen, mit nichts anderem als der Liebe?

Um Yonathan Mut zu machen, sprach Benel lange auf ihn ein, und zuletzt schloss er mit den Worten: »Mache dir nicht zu viele Gedanken darüber, welche Probleme und Gefahren auftreten *könnten*. Bewältige jeden neuen Tag und seine Aufgaben. Sei wachsam und behalte immer einen klaren Kopf. Folge den Anordnungen Yehwohs, was immer auch geschieht. Wenn du dich daran hältst, wirst du feststellen, dass du Helfer hast, von denen der Stab Haschevet vielleicht der geringste ist.«

Benels Worte zeigten Wirkung. Allmählich keimte wieder neue Zuversicht in Yonathan. Und die Zusicherung solch mächtiger Helfer wie Haschevet machte ihn beinahe übermütig. Was für wundersame Dinge hatte der Stab allein an diesem einen Tag bewirkt! Welche Taten könnte er nicht noch damit vollbringen!

Das Abenteuer reizte ihn, ungeachtet der damit verbundenen Gefahren.

»Sagt mir bitte, Herr, wann muss ich abreisen, wenn ich nicht das Schiff des Boten Goels nehmen kann?«

»Es ist bereits für alles gesorgt«, entgegnete Benel. »Du wirst ein anderes Schiff nehmen. Es verlässt morgen Kitvar.«

»Morgen?«

»Morgen.«

Yonathan schluckte. Dieser Benel legte ein beängstigendes Tempo an den Tag. Tausend halb fertige Gedankenbilder schossen ihm durch den Kopf. Er setzte sich auf die Bettkante und fuhr sich mit den Fingern durch das Haar. Am liebsten wäre er aufgesprungen, da aber Benel in all seinem Ehrfurcht gebietenden Glanz neben dem Bett stand, blieb er doch lieber sitzen und stammelte nur: »Ich muss noch so viel … darf nichts vergessen …«

»Was musst du noch alles tun und was darfst du nicht vergessen, Yonathan?«

»Nun … meine Sachen … die Reise ist so lang.«

»Es gibt nur eines, das du unter keinen Umständen vergessen darfst.« Benels Gesicht war sehr ernst, als er dies sagte.

»Was meint Ihr, Herr?«, fragte Yonathan.

»Den Stab, Yonathan. Den musst du unbedingt mitnehmen.«

Einen Moment lang starrte Yonathan den Boten an; dann

begriff er, was Benel sagen wollte. Der Stab musste zum Garten der Weisheit getragen werden. Das war Yonathans Auftrag; alles andere war nebensächlich.

»Ich werde Haschevet ganz bestimmt nicht vergessen«, versprach er.

Als Benel seine Hand ausstreckte, um Yonathans Kopf zu streicheln, zuckte der zusammen, als fürchte er, von dem gleißenden Licht des Boten verbrannt zu werden. Doch er spürte nur eine Berührung, die ihn mit Wärme und Zuversicht erfüllte.

»Jetzt solltest du schlafen«, sagte Benel. »Der morgige Tag wird sehr ereignisreich werden.«

Sogleich senkte sich eine schwere Müdigkeit auf Yonathan herab. Gähnend entgegnete er: »Schade, dass Ihr mich nicht begleiten könnt. Werden wir uns wieder sehen, Benel?«

»Da bin ich mir ziemlich sicher, Yonathan. Bis dahin wünsche ich dir eine gute Reise. Lebe wohl, mein Bruder.«

»Lebt wohl, Benel.«

Yonathan sah, wie sein Besucher ohne Ankündigung und ohne Geräusch verschwand, als wäre er nie da gewesen. Aber er war viel zu müde, um sich noch darüber zu wundern. Schon fielen seine Augen zu und er sank in einen tiefen, traumlosen Schlaf.

IV.
Die Entwarnung

Es gab Tage, da blieb Jonathan am liebsten im Bett und redete sich ein, er schliefe noch. Dafür gab es verschiedene Ursachen: lästige Arbeiten, bevorstehende Auseinandersetzungen oder Träume, die sich aufzulösen drohten.

Dies war so ein Morgen. Das Wortgefecht mit Pastor Garson am vergangenen Tag hatte Jonathan einerseits mit einem Hochgefühl erfüllt und ihn in seinem Standpunkt ermutigt, auch in Zukunft das, was er als gerecht und wahr empfand, mit Nachdruck zu vertreten. Andererseits musste er nun mit einer so heftigen Zurechtweisung durch Sir Malmek rechnen, wie er sie wohl noch nie zuvor erhalten hatte. Dass der gestrige Nachmittag und Abend so ruhig verlaufen waren, lag wohl nur an der Taktik Sir Malmeks, der seine Opfer gern ein Weilchen schmoren ließ.

Auf jeden Fall durfte man seine Überzeugung und seinen Glauben nicht wegen ein paar Unannehmlichkeiten verleugnen. Deshalb blickte er dem Zorn Sir Lucius Malmeks auch gefasst entgegen. Einzig die Aussicht auf die endlosen Minuten, die er im Hagel der Vorwürfe, Ermahnungen und Anordnungen des Heimleiters würde zubringen müssen, bereitete ihm noch Unbehagen.

Mit dramaturgischem Geschick wusste Sir Malmek seine erzieherischen Ansprachen stets zu einem unvergesslichen Erlebnis zu gestalten. In einer Kaskade ausgeklügelter Gemeinheiten, einer bewundernswert reichen Palette von Bloßstellungen verstand er es, den armen Sünder der Urteilsverkündung entgegenzuführen.

Sir Malmek liebte großes Publikum, und so musste Jonathan wohl davon ausgehen, dass seine Mitschüler allem Ungemach noch ein paar hämische Bemerkungen hinzufügen würden.

Es klopfte an der Tür. Der Knauf drehte sich und Samuel Falters schneeweißer Haarschopf schob sich durch den Spalt.

»Ich sehe, du bist schon wach«, sagte Samuel mit einem Lächeln. »Es wird Zeit. Sir Malmek hat ausrichten lassen, dass du am Frühstück teilnehmen darfst.«

Jonathan konnte dieser Nachricht nichts Gutes abgewinnen. Schwerfällig setzte er sich im Bett auf, reckte sich und gähnte: »Wahrscheinlich will er mich vor allen zurechtweisen.«

»Ich würde die ganze Angelegenheit nicht so ernst nehmen. Wenn Sir Malmek dich von der Schule werfen wollte, dann hätte er dich sicher schon davon in Kenntnis gesetzt. So sieht es eher nach einer gehörigen Strafpredigt aus – und die geht vorüber.«

»Hoffentlich hast du Recht, Samuel. Ein wenig Schelte kann nicht schaden. Mag sein, dass ich wirklich zu vorlaut gewesen bin.«

»Etwas Achtung vor dem Alter kann euch jungen Burschen nicht schaden. Der Respekt sollte allerdings nie so weit gehen, dass man ihm wertvolle Grundsätze opfert. Du hast dich in dieser Hinsicht als ein richtiger Mann erwiesen, Jonathan.«

Jonathan setzte sich auf. »Also gut, Samuel. Stellen wir uns dem Feind!«

Das Frühstück verlief eigenartig ruhig. Ein unnatürliches Schweigen hatte sich der Schüler und des Heimleiters bemächtigt. Selbst das Klappern des Bestecks klang irgendwie geknebelt, unterdrückt, so als dränge es durch eine verschlossene Tür. Flüstern und Knuffen fehlten an diesem Morgen. Nur verstohlene Blicke. Und ein seltsames Knistern in der Luft, eine körperlich spürbare Spannung.

Nachdem Sir Malmek sein Frühstück beendet hatte, erhob er sich von seinem Platz und räusperte sich vernehmlich. Die wenigen Geräusche, die es bis dahin noch im Speisesaal gegeben hatte, erstarben. Alle Blicke versammelten sich auf dem gestrengen Antlitz des Heimleiters.

»Gestern hat sich in unserem Hause ein Fall beispielloser Disziplinlosigkeit zugetragen, zu dem ich jetzt Stellung nehmen möchte.«

Aha, dachte Jonathan, die öffentliche Zurechtweisung. Seine Hände klammerten sich unter der Tischplatte um die Armlehnen des Rollstuhls. Er versuchte einfältig und so teilnahmslos wie möglich zu erscheinen. Er war gewappnet.

In diesem Moment klopfte es an der Tür und Samuel Falter trat in den Saal.

»Soeben ist Besuch für Euch eingetroffen, Sir«, tat er mit einer leichten Verbeugung kund. »Der hohe Herr wünscht Euch dringend zu sprechen.«

»Aber das geht doch nicht, Falter!«, fuhr ihn Sir Malmek verärgert an. »Sagen Sie dem Gast bitte, er möge warten. Ich bin hier gerade bei einer wichtigen Rede, zur Stärkung der Moral und zur Warnung für alle Respektlosen.«

Er holte Luft, um seine Ausführungen fortzusetzen, da unterbrach ihn der Heimdiener abermals.

»Der Besucher hat mir mitgeteilt, dass die Angelegenheit keinen Aufschub duldet.«

Samuel trat an Sir Malmek heran und flüsterte etwas. Dabei zwinkerte er Jonathan zu.

»Der Junge kommt mit«, raunte Sir Malmek. »Und geben Sie auch Pastor Garson Bescheid, dass er in mein Büro kommen möge.«

Im nächsten Moment hatte der Heimleiter auch schon den Speisesaal verlassen. Sofort breitete sich Flüstern aus.

Samuel nahm sich Jonathans Rollstuhl an. Draußen auf dem Flur flüsterte er verschwörerisch: »Es gibt eine Überraschung, Jonathan. Dein Großvater ist hier und ich habe ihm auch schon erzählt, was gestern vorgefallen ist. Wie er mir sagte, hatte er dringende Geschäfte in Edinburgh zu erledigen und da wollte er natürlich nicht wieder heimfahren, ohne seinem Enkel in Loanhead einen Besuch abzustatten.«

Jonathan strahlte. Das war wirklich eine gute Nachricht! Viel zu selten sah er seinen Großvater, fast nur in den Ferien. Ohne Frage würde sich jetzt auch das Problem mit Pastor Garson lösen. Warum sonst hatte Sir Malmek es so eilig gehabt den Geistlichen in sein Büro zu bestellen?

Vor dem Arbeitszimmer des Heimleiters ließ Samuel Jonathan warten, während er selbst nach kurzem Anklopfen in dem Raum verschwand. Wenig später kam er wieder heraus, nickte Jonathan noch einmal aufmunternd zu und eilte mit langen Schritten davon, um Pastor Garson herbeizuholen.

Jonathan saß nun allein im Dämmerlicht des Ganges. Aus weiter Ferne drangen die unbekümmerten Stimmen der Mitschüler herüber. Der finstere Korridor wirkte wie eine Familiengruft. Hier war das Allerheiligste, jener Teil des altehrwürdigen Internats, der nur von einer ausgewählten Kaste – der Lehrerschaft – betreten werden durfte.

Jonathan starrte die Tür an, hinter der sich sein Großvater befinden musste. Seit vielen Wochen hatte er ihn nicht mehr gesehen und nun durfte er nicht einmal zu ihm.

Die Tür vor ihm glitt mit einem leisen Klick auf; Samuel hatte sie wohl nicht richtig zugezogen, sodass ein leichter Luftzug ausgereicht hatte sie einen Spaltbreit aufzudrücken. Aus dem vorher noch gedämpften Gemurmel wurden nun Worte und Sätze deutlich.

»… hat sich jedenfalls nicht so benommen, wie es sich für einen dreizehnjährigen Jungen gegenüber einem Mitglied des Lehrkörpers gehört«, konnte er Sir Malmeks erregte Stimme vernehmen.

»Hat mein Enkel denn ungebührliche Worte oder Frechheiten von sich gegeben?«, entgegnete eine zweite Stimme. Voller Freude erkannte Jonathan die tiefe und etwas raue Stimme seines Großvaters.

»Nun, so würde ich es nicht gerade ausdrücken, Lord Jabbok. Der Junge hat einen theologischen Disput mit Pastor Garson ausgetragen.«

Sir Malmeks Stimme klang gequält, was Jonathan ein schadenfrohes Lächeln entlockte. Sein Großvater versorgte das Knabeninternat großzügig mit Spenden. Hier war schon sein Vater erzogen worden und seitdem der jüngste Spross der Jabboks das Internat besuchte, flossen die Zuwendungen besonders reichlich. Sir Malmek wollte sich und das Heim natürlich nicht durch unüberlegte Äußerungen dieser Einnahmequelle berauben.

Der alte Lord Jabbok war nicht der Mann, der die Fehler der eigenen Kinder und Enkel wohlwollend übersah. Was er aber unter keinen Umständen duldete, das war Ungerechtigkeit – auch wenn er dabei seinen eigenen Maßstab von Recht und Unrecht zugrunde legte.

»Was war das für ein Streitgespräch, das mein Enkel mit Ihrem Religionslehrer führte?«

»Ich selbst war nicht gegenwärtig, als der Vorfall sich ereignete. Deshalb kann ich nur sehr wenig über die Art sagen, in der der Disput geführt wurde.« Der Heimleiter wand sich vor Unbehagen.

»Ich bestehe natürlich auf einer restlosen Aufklärung des Falles«, verlangte Jonathans Großvater energisch.

Jetzt kamen Samuel und Pastor Garson den Gang hinunter. Jonathan richtete schnell den Kopf auf, den er vorgestreckt hatte, um besser lauschen zu können.

Pastor Garson hatte für Jonathan nur einen finsteren Blick, bevor er im Arbeitszimmer verschwand. Dann schob Samuel Jonathan in das Büro des Heimleiters und zog sich zurück.

Jonathans Blick streifte durch das Arbeitszimmer. Die Wände des Raumes waren mit Holz getäfelt, das Parkett des Fußbodens bedeckte fast vollständig ein dicker Orientteppich und vor einem in viele Längs- und Querstreben unterteilten Fenster stand ein schwerer Schreibtisch aus Eichenholz mit geschnitzten Verzierungen.

Erwartungsvoll schaute Jonathan seinen Großvater an. Lord Jabbok trug einen grauen Reiseanzug mit braunen Karos und darunter eine Weste. In der Rechten hielt er einen hölzernen Gehstock mit silbernem Knauf. Sein weißes Haar war von dunklen Strähnen durchzogen. Die Furchen und Falten im Gesicht des alten Lords schienen ein wenig tiefer geworden zu sein; auch der buschige Schnurrbart konnte das nicht ganz verbergen. Obgleich der Verlust des Sohnes noch immer an ihm zehrte, war der alte Mann eine stattliche Erscheinung: Er maß mehr als sechs Fuß und war breit gebaut. Sein Auftreten unterstützte diesen Eindruck. Jonathan kannte seinen Großvater als einen Mann, der so gut wie immer erreichte, was er wollte. Dabei war er oftmals barsch und wenig höflich. Jonathan wusste jedoch, dass sich unter dieser rauen Schale ein weicher Kern verbarg.

»Na, da haben wir ja unseren jungen Revolutionär. Ich höre, du hast versucht die Säulen der Kirche ins Wanken zu bringen. Sei mir gegrüßt, mein Enkel.«

Der Lord trat an den Rollstuhl Jonathans und wirbelte mit seiner prankenhaften Rechten die sauber gekämmten Haare des Jungen durcheinander. Die anfangs so strenge Miene des Alten heiterte sich auf und für einen Moment schien die Welt nur aus Jonathan und seinem Großvater zu bestehen. Dieser flüchtige Augenblick zerstob jedoch unter dem Räuspern von Pastor Garson.

»Wenn Ihr erlaubt, Lord Jabbok, es geht ja wohl um den gestrigen Vorfall im Religionsunterricht. Die Höllenlehre ist eine der Zentrallehren unserer Kirche und selbst Euer Enkel kann nicht einfach die Grundfesten unseres Glaubens in Frage stellen.« Während er sprach, rieb sich der Geistliche ständig die Hände, als wolle er sie von Schmutz befreien. Seine Glatze war von Schweißperlen übersät.

Der Lord runzelte die Stirn. »Wollen Sie behaupten, die Säulen unserer Hochkirche seien so wackelig, dass ein dreizehnjähriger Junge sie mit ein paar Fragen zum Einsturz bringen kann?«

Sir Malmek warf Pastor Garson einen Blick zu, der ihn wohl zu einer umsichtigen Antwort anhalten sollte. Der Pastor kam jedoch nur noch mehr ins Schwitzen.

»Nun, das nicht gerade, Mylord, aber immerhin handelt es sich um die Wahrheiten der Kirche, die ich im Religionsunterricht zu vermitteln beauftragt bin. Wenn sie jeder Schüler in Gegenwart aller anderen in Frage stellen würde, wo kämen wir dann hin? Es würde ja auch niemand wagen die Wahrheit des Lehrsatzes des Pythagoras in Frage zu stellen.«

»Der pythagoreische Lehrsatz ist sicherlich wesentlich leichter zu begreifen als Ihre Lehren, Pastor«, versetzte Jonathans Großvater. »Man kann ihn mit Zirkel und Lineal beweisen. Ich bin jedoch noch niemandem begegnet, dem das Gleiche mit der Höllenlehre gelungen ist. Ein Theologe hat einmal gesagt: ›Eine Religion ist so wahr wie die andere.‹ Vielleicht wollte er damit ausdrücken, dass in allen Religionen etwas Gutes ist oder dass sie alle falsch sind. Ich denke, die Wahrheit wird sich selbst ihren Weg bahnen und auf keinen Fall dürften Andersgläubige unterdrückt werden.«

Die Stimme des Lords hatte an Lautstärke zugenommen.

»Wir haben ja noch gar keine disziplinarischen Maßnahmen ergriffen, Lord Jabbok. Es besteht also kein Grund die Angelegenheit unnötig aufzubauschen.« Sir Malmek versuchte die Situation zu entschärfen.

»Noch keine Maßnahmen ergriffen?«, fuhr Jonathans Großvater den Heimleiter an. »Wenn meine Informationen richtig sind, dann bin ich gerade rechtzeitig gekommen, um eine öffentliche Demütigung meines Enkels zu verhindern. Wollen Sie etwa behaupten, dass dies *keine* Maßnahmen sind?« Die Stimme des alten Lords wurde jetzt drohend.

»Vielleicht waren wir etwas vorschnell«, lenkte Sir Malmek ein. Pastor Garson nickte eifrig und einige Schweißtropfen fielen von seiner Glatze auf den Teppich. »Nichtsdestotrotz«, versuchte der Internatsleiter einen letzten Vorstoß, »geht es hierbei um die Disziplin. Es kann nicht angehen, dass ein Schüler die Kompetenz eines Lehrers durch unreife, unausgegorene Einwürfe untergräbt.«

Abermals ein eifriges Kopfnicken des Pastors.

»Disziplin ist wichtig, Sir Malmek. Darin gebe ich Ihnen Recht.« Die Stimme Lord Jabboks klang jetzt wieder ruhiger. »Aber bedenken Sie, dass Sie keine Truppe befehligen. Ihre Schutzbefohlenen sind Schüler. Kinder! Was die ›unreifen‹ und

›unausgegorenen Einwürfe‹ betrifft, kann sich dies doch wohl nur auf Anmerkungen beziehen, die im Gegensatz zu den Lehrbüchern stehen.«

Pastor Garson nickte wieder.

»Welches, Pastor Garson, ist Ihrer Meinung nach das Buch mit der größten Autorität?«

»Die Bibel, selbstverständlich. Wir sind ständig auf der Suche nach Erkenntnis und Weisheit aus dem Wort Gottes.«

»Gut. Und worauf stützten sich die Fragen und Einwürfe, mit denen mein Enkel Ihre Kompetenz in Sachen Höllenlehre ›untergraben‹ hat?«

Pastor Garson schluckte und blickte Sir Malmek Hilfe suchend an.

»Nun?«, drängte Lord Jabbok.

»Auf die Bibel!« Pastor Garson Stimme klang schon fast verzweifelt.

»So, so«, sagte Jonathans Großvater in gespielter Nachdenklichkeit und fuhr sich mit der Hand übers Kinn. »Lassen Sie mich einmal die Fakten wiederholen: Sie sagen also, die Bibel sei Ihr Hauptlehrbuch. Und da kommt doch einer dieser Schüler und zeigt Ihnen anhand *dieses* Buches, dass Ihre ganze schöne Zentrallehre durch nichts in Ihrem Hauptlehrbuch gestützt werden kann. Die einzige Antwort, die Sie darauf haben, ist nicht etwa eine Richtigstellung auf der Grundlage der Bibel, sondern der Verweis des Schülers auf seine Kammer, von wo aus er Ihnen keine weiteren unbequemen Fragen mehr stellen kann.« Lord Jabbok verharrte einen Augenblick »Ich frage mich, ob dies nicht die gleichen Methoden sind, mit denen die Kirche schon vor Jahrhunderten Andersdenkende zum Schweigen brachte – es fällt mir schwer das zu sagen, denn ich selbst gehöre dieser Kirche an. Einer unserer Dramatiker – ich glaube es war D. W. Jerrold – hat einmal gesagt: ›Die Religion hat man im Herzen, nicht in den Knien.‹ Es würde Ihnen gut zu Gesicht stehen, auch ein wenig in diesem Geiste zu denken, und vor allem zu handeln. Sollten Sie allerdings auf Ihrem Standpunkt bestehen wollen, meine Herren, dann wird es wohl das Beste sein, wenn ich meinen Enkel von dieser Schule nehme und seine Erziehung geeigneteren Händen anvertraue.«

Bestürzung zeichnete sich auf den Gesichtern der beiden Lehrkräfte. Nicht nur, dass Lord Jabbok ihnen schwer widerlegbare Argumente aufgetischt hatte, obendrein drohte er auch noch den Geldhahn zuzudrehen. Das war zu viel!

»Ich bin sicher, es gibt eine Möglichkeit die Angelegenheit auf eine für alle Beteiligten zufrieden stellende Weise zu regeln«, beschwichtigte Sir Malmek eilfertig.

Jonathans Großvater gab sich unentschlossen, fragte dann aber doch: »Wie könnten Sie sich eine derartige Regelung vorstellen, Sir Malmek?«

»Nun, Ihr habt schon mehrmals darum ersucht, Euren Enkel vom Religionsunterricht zu befreien. Bisher hat die Schulleitung dies immer abgelehnt – es hat noch nie solch einen Fall gegeben. Im Lichte der neuesten Ereignisse könnte ich mir allerdings vorstellen, dass die Entscheidung der Schulleitung zugunsten Eures Enkels ausfallen würde.«

»Also darf ich die Angelegenheit damit als erledigt betrachten?«

»Selbstverständlich.« Sir Malmek lächelte verbindlich.

»Und was ist mit dem Tadel und der schlechten Note?«

»Für ein Schulfach, an dem man nicht teilnimmt, kann man weder Tadel noch schlechte Noten sammeln«, meinte Sir Malmek in verschwörerischem Ton.

»Ich sehe, dass wir uns einig sind«, beendete der Lord das Gespräch, ehe der Heimleiter zu vertraulich werden konnte. »Sie werden sicher nichts dagegen haben, wenn ich mich jetzt mit meinem Enkel zurückziehe. Wir sehen uns später noch.«

Lord Jabbok wartete die Antwort gar nicht erst ab, sondern fasste Jonathans Rollstuhl bei den Griffen und schob ihn samt Enkelsohn aus dem Raum.

Endlich waren sie unter sich. Während Jonathan im Rollstuhl vor dem Bett saß, versuchte der stattliche Lord auf dem einzigen Stuhl eine bequeme Stellung zu finden.

»Bist du mit deinem alten Großvater zufrieden?«

»Einerseits ja«, erwiderte Jonathan, »aber andererseits – ich weiß nicht so recht.«

»Du befürchtest, dass Sir Malmek zwar vor mir nachgegeben hat, aber seinen Unmut später an dir auslassen könnte?«

»Ja, ich glaube, so ist es.«

»Da kann ich dich sicher beruhigen, mein Sohn.« Jonathans Großvater fuhr sich mit dem Zeigefinger über den Bart und lächelte. »Die beiden Herren haben heute nicht nur nachgegeben, weil sie sich meine Spendenfreudigkeit erhalten wollten. Sie haben eine Niederlage erlitten – auch wenn sie das nie offen zugeben würden.«

»Ich bin dir wirklich sehr dankbar, Großvater; dafür, dass du zur rechten Zeit da warst und auch dafür, dass du mir geholfen hast.«

»Du weißt, dass ich kein Unrecht ertragen kann«, Jonathans Großvater bemühte sich, nicht sentimental zu klingen, »und schon gar nicht, wenn es meinen Enkelsohn trifft. Und jetzt Schwamm drüber. Kommen wir zu einem anderen Thema.« Den Rücken gerade wie ein Gehstock, die Handflächen auf die Oberschenkel gelegt, eröffnete er: »Was würdest du davon halten, schon bald wieder zu mir nach Bridge of Balgie zu ziehen?«

Jonathan war sprachlos. Damit hatte er nicht gerechnet.

»Warum sagst du denn nichts, mein Junge? Gefällt dir mein Vorschlag nicht?«

»Doch, doch!«, versicherte Jonathan. Er hatte sich in dem Knabeninternat nie heimisch gefühlt – welcher Junge tat dies schon wirklich? Nach dem Tod seines Vaters, bevor er in das Internat nach Loanhead umgezogen war, hatte Jonathan ungefähr sechs Wochen auf dem Anwesen der Familie im schottischen Hochland zugebracht. In dieser kurzen Zeit hatte er tiefe Zuneigung zu dem alten Mann gefasst.

Vor Freude wäre er am liebsten in die Luft gesprungen – wenn er nur gekonnt hätte. »Wann wird es so weit sein, Großvater? Wann kann ich nach Hause kommen?«

»Ein wenig musst du dich schon noch gedulden. Erst einmal

wirst du mich zu Weihnachten besuchen und mir beibringen, wie man starrköpfige Pfaffen aus der Fassung bringt.« Jonathans Großvater grinste. »Aber endgültig wird es dann im nächsten Frühjahr so weit sein, wenn das jetzige Schulhalbjahr abgelaufen ist. Dann wirst du für immer nach *Jabbok House* ziehen.«

Jonathan war ein wenig enttäuscht. »Warum kann ich nicht schon eher zu dir kommen, Großvater?«

»Dafür gibt es verschiedene Gründe, Jonathan. Die kleine Schule in Bridge of Balgie bekommt erst im Frühjahr einen neuen Lehrer, Dr. Gwyndale. Von ihm sollen jetzt auch ältere Kinder eine vernünftige Ausbildung erhalten. Man spricht in den höchsten Tönen von dem jungen Mann. Außerdem wäre es nicht weise, dich im laufenden Schuljahr von dem Internat zu nehmen. Du solltest den begonnenen Lehrstoff abschließen.«

Jonathan sah dies ein, wenn auch widerwillig. Auf jeden Fall würde er diesem ungeliebten Heim bald für immer den Rücken kehren. Er würde eine kleine Schule mit Kindern normaler Leute besuchen, ganz wie in Portuairk. Vor allem aber würde er schon in wenigen Wochen fest bei seinem Großvater wohnen und mit ihm über all das reden können, was ihm am Herzen lag.

Unternehmungslustig sagte er: »Nun ist der Tag doch viel besser geworden, als es heute Morgen ausgesehen hat.«

V.
Der Aufbruch

Eine unerwartete Einladung

Prasseln drang an Yonathans Ohr. Das Bett war angenehm warm. Schlaf und Erwachen rangen in ihm um die Oberhand. Was war das für ein lästiges Geräusch?

Es klang nach einem heftigen Sommerregen, der in dicken Tropfen über dem Land niederging. Doch nein, irgendetwas stimmte nicht an diesem Regenguss. Einen starken Regen konnte man nicht nur hören, sondern auch fühlen und natürlich sehen. Nun wäre es ein Leichtes gewesen die Augen zu öffnen und aus dem Fenster zu schauen. Aber vor dieser letzten Konsequenz schreckte Yonathan zurück. Nein, es musste möglich sein auch anders hinter die Ursache des Geräuschs zu kommen.

»Yonathan, nun steh schon auf, sonst werden die Eier kalt!«

Spiegeleier! Natürlich! Dass er nicht selbst darauf gekommen war! Bratende Eier konnten, wenn das Geräusch sich erst seinen Weg durch Türen oder Wände bahnen musste, genauso prasseln wie ein Sommerregen.

Ohne sich dessen recht bewusst zu sein, saß Yonathan auf der Kante seines Bettes. Er reckte sich und rieb sich die Augen. Ein Blick hinaus zerstreute die letzten Zweifel – von Regen keine Spur. Allerdings hatte der Wind aufgefrischt. Der Morgenhimmel zeigte eine Farbskala von Gelborange bis Violettblau; kleine, schnell ziehende Wolken zeichneten scharfkonturige, dunkelgraue Tupfen darauf. Das war das richtige Wetter, um in einem Segelschiff über die Wellen des Meeres dahinzufliegen und sich die Brise um die Nase wehen zu lassen.

Plötzlich blitzte eine Erinnerung auf und riss Yonathan aus seinem Schwebezustand zwischen Traum und Wachsein. Letzte Nacht, vor dem Einschlafen, war da nicht …? Er zauderte. War es wirklich *vor* dem Einschlafen gewesen? Oder hatte er nur geträumt, war in den Schlaf gesunken, ohne es recht zu merken? Ja, *so* musste es gewesen sein. Die Ereignisse der vergangenen Tage, die Enthüllungen Navrans über den Stab Haschevet, die in wenigen Wochen bevorstehende lange Reise: All das hatte seine Phantasie wohl allzu sehr beflügelt und ihr im Traum vom Boten Yehwohs Gestalt verliehen. Heute sollte er aufbrechen, hatte Benel gesagt, das Schiff stünde bereit. Auf keinen Fall solle er den Stab vergessen! Yonathan zog Haschevet hinter dem Bett hervor. Nein, den Stab würde er nicht vergessen. Aber bis zur Abreise blieb ihm noch eine Frist von drei Wochen. Jetzt wollte er erst einmal frühstücken und sehen, was der Tag ihm brächte.

Yonathan verschlang seine Mahlzeit mit Heißhunger. Navran hatte seinem heimgekehrten Zögling an diesem Morgen ein besonders üppiges Frühstück zubereitet.

»Weißt du«, begann Yonathan mit vollem Mund, »heute Nacht hatte ich einen komischen Traum. Das heißt, eigentlich war der Traum so, als wäre es keiner.« Wie konnte er das seltsame Erlebnis am besten in Worte fassen? »Was ich meine, ist, dass das, was ich für einen Traum halte, mich so überkam, als hätte ich noch gar nicht geschlafen.«

»Ich glaube, ich verstehe ganz gut, was du meinst, Yonathan«, meinte Navran. »Was hast du denn geträumt?«

Yonathan berichtete ihm von dem eigenartigen Besucher und davon, dass Navran während des ganzen Gesprächs mit Benel nicht aufgewacht war, was Yonathan für ein sicheres Zeichen hielt, dass es sich um einen Traum handeln musste. Er erzählte von der Warnung Benels und von seiner Aufforderung zum sofortigen Aufbruch.

Der Name des Besuchers zeigte Wirkung, nur ein unmerkliches Heben der rechten Augenbraue, aber Yonathan entging dieses Signal ebenso wenig wie am Abend zuvor.

»Kennst du diesen Namen?«

»Benel?« Navran zögerte. »Kennst du die Bedeutung dieses Namens?«

»Ich habe bis jetzt noch nicht darüber nachgedacht. Aber er muss wohl so viel wie ›Sohn Gottes‹ bedeuten.« Yonathan zögerte. »Willst du damit etwa sagen ...?« Er verstummte.

»Es sieht ganz so aus«, bestätigte Navran Yonathans Vermutung. »Du erinnerst dich sicher daran, dass ich dir gestern von einem Boten erzählte, der zu Goel kam, um ihm Yehwohs Urteil mitzuteilen? Nun, dieser Bote nannte sich ebenfalls Benel.«

»Du meinst, es könnte derselbe Benel sein, der mir erschienen ist?« Yonathan flüsterte fast, als fürchte er versteckte Zuhörer.

»Das meine ich. Wenn du nur geträumt hättest, wie kämst du gerade auf einen Namen, den du vorher noch nie gehört hast?«

»Das würde bedeuten, dass alles wahr ist, was Benel gesagt hatte«, murmelte Yonathan vor sich hin.

Ehe Navran etwas erwidern konnte, klopfte es laut und vernehmlich an der Tür.

Yonathan sah seinen Pflegevater an, der ihn mit einem Kopfnicken aufforderte die Tür zu öffnen

Draußen stand ein kleiner, kräftiger Mann, seiner Kleidung nach ein Seemann.

»Aller Friede Neschans sei mit Euch, junger Mann«, grüßte der Fremde in der auf Neschan üblichen Weise.

»Aller Friede«, gab Yonathan kurz angebunden zurück. Misstrauisch musterte er den Besucher von Kopf bis Fuß.

»Mein Name ist Hardor. Ich komme von der *Weltwind*, im Auftrag von Kapitän Kaldek, um Euch eine Botschaft zu überbringen. Darf ich eintreten?«

»Aber natürlich«, gab Navran zurück, der inzwischen hinter Yonathan getreten war und nun die Tür weit aufzog, um den Fremden einzulassen. »Kommt nur herein.«

Als der Gast am Tisch Platz genommen hatte, fragte Navran ihn nach dem Zweck seines Kommens.

»Wie ich schon sagte, Kapitän Kaldek schickt mich«, antwortete der Besucher. »Seine Anweisung an mich lautete: ›Geh hinauf auf die Klippen außerhalb der Stadt. Dort findest du eine einzelne Fischerhütte, in der ein alter Mann und ein Knabe leben. Der Junge wird mit uns reisen.‹ Weiterhin bat mich der Kapitän, Euch auszurichten, dass die *Weltwind* zur sechsten Stunde mit der einsetzenden Flut in See stechen wird; Ihr wüsstet dann schon Bescheid.«

Da war die Bestätigung! Yonathans Augen suchten Navrans, gerade so, wie die Hand eines verschreckten kleinen Jungen nach derjenigen seines Großvaters tastet. Ihm wurde heiß. Das nächtliche Erlebnis war also kein Traum gewesen. Benel, Bote des höchsten Wesens im Universum, hatte ihm tatsächlich einen Besuch abgestattet und ihn mit einem Auftrag zurückgelassen, von dessen Erfüllung vielleicht das Geschick ganz Neschans abhing.

»Ich danke Euch für die Nachricht, Seemann Hardor.« Navrans Stimme erreichte Yonathan wie durch einen dicken Vorhang. »Aber sagt, von wem hat der Kapitän erfahren, dass Yonathan mit Euch reisen wollte?«

Der kleine, bärtige Mann zuckte mit den Schultern. »Ich weiß es nicht. Vor zwei Tagen kam er plötzlich damit heraus – aber er sagte es so selbstverständlich, als hätte es schon seit unserer Abreise aus Cedanor festgestanden.«

Navran dachte einen Moment über die Worte des Seemannes nach. »Sagt mir bitte, woran kann mein Sohn Euer Schiff erkennen?«

»Oh, das wird wohl kein Problem sein. Sie ist nicht zu übersehen. Die *Weltwind* ist der einzige Dreimaster, der im Hafen von Kitvar liegt. Sie schaut aufs Meer hinaus und ihr Name steht am Bug geschrieben.«

»Dann danke ich Euch nochmals. Yonathan wird pünktlich zum Auslaufen auf Eurem Schiff sein.«

Hardor verabschiedete sich.

Yonathan hatte nach der Begrüßung kein Wort mehr gesagt. Seit er den Stab gefunden hatte, wurde er ein ums andere Mal von neuen Ereignissen überrollt.

»Ich glaube, ich sollte meine Sachen packen«, sagte er mehr zu sich selbst als zu Navran.

Dieser fasste ihn bei den Schultern. »Sei unbesorgt. Es wird alles gut werden. Welcher Junge hat schon die Möglichkeit die halbe Welt zu durchreisen? Yehwoh wird deinen Weg segnen.« Er zog Yonathan an sich und hielt ihn mit beiden Armen fest umschlungen.

»Es ist nur ... wenn dieser Sethur nicht hinter mir her wäre und wenn du mitkommen könntest, Navran, dann würde ich mich sogar freuen, aber so ...«

»Ich verstehe dich sehr gut, Yonathan. Ich bin in meinem Leben viel gereist und nie war es leicht sich von lieben Menschen oder vertrauten Orten zu trennen. Aber du wirst staunen, wenn du erst einmal auf dem Weg bist. Die Welt hat so viel Interessantes zu bieten und du hast bisher so wenig davon gesehen. Das Reisen wird dir schnell Freude bereiten – wart's nur ab.«

Navran schob Yonathan von sich, damit er ihm in die Augen schauen konnte. Mit großem Ernst sagte er: »Vergiss bei alledem nur nie, warum du diese Reise unternimmst. Du hast einen Auftrag und er stammt von Yehwoh selbst. Das heißt, er ist *wirklich* wichtig. »

Diesmal hielt Yonathan dem forschenden Blick Navrans stand. Seine Mutlosigkeit fiel von ihm ab. Er konnte zwar noch immer nicht begreifen, warum Yehwoh gerade ihn, einen nicht einmal vierzehnjährigen Knaben, für die Mission ausgewählt hatte, aber er war fest entschlossen sich der Aufgabe zu stellen.

»Ich werde dich sehr vermissen«, sagte Yonathan zu Navran. Seine Stimme klang jetzt fester, mutiger.

»Ich werde dich auch vermissen, mein Junge.« Navran drückte Yonathan noch einmal an sich. Dann sagte er: »Doch nun komm, wir müssen dein Gepäck zusammenstellen.«

Merkwürdiges Reisegepäck

Jonathan überflog noch einmal die Gegenstände auf dem Tisch. Da war die warme Kleidung gegen plötzliche Kälteeinbrüche auf der unberechenbaren See. Daneben lagen einige leichtere Stücke, die Navran ihm für die milderen Regionen im Süden empfohlen hatte. Die Ausstattung ergänzten ein Feuerstein, das alte Fischermesser, etwas Schnur und noch eine Hand voll anderer Dinge. Alles würde bequem in den alten Seesack passen, den Navran ihm eigens für die Reise geschenkt hatte.

Aber er wurde das Gefühl nicht los etwas vergessen zu haben.

»Ich muss hier noch einiges haben, das dir auf deiner Reise nützlich sein könnte«, rief Navran herüber, während er in der Truhe kramte, die all seine Habseligkeiten barg.

Diese Kiste – besonders ihre tieferen Regionen – war für Yonathan immer ein Geheimnis gewesen. Navran bewahrte dort Gegenstände auf, die noch aus der Zeit stammten, als er die Länder Neschans bereist hatte. Er sprach zwar nur selten über diese Jahre, aber wahrscheinlich hatte er damals eng mit den *Charosim* zusammengearbeitet, dem ausgewählten Kreis der Boten Goels. Wie sonst hätte er so viel über Goel und den Stab Haschevet wissen können, mehr als sonst jemand, den Yonathan kannte?

Navran schloss die Truhe und legte einige Gegenstände auf den Tisch. »So, dann wollen wir mal sehen, was wir hier für dich haben.«

Als Erstes zeigte er Yonathan eine lange, schmale Tasche aus Walfischhaut. »Du weißt, dass du unterwegs auf nichts mehr Acht geben musst als auf den Stab; man kann nie wissen, wo Bar-Hazzat überall seine Spione hat. In diesem Köcher habe ich immer meine Harpune aufbewahrt. Er lässt sich bequem auf dem Rücken tragen. Der Stab wird gut hineinpassen und so vor den Blicken Neugieriger geschützt sein.«

Yonathan warf einen Blick auf den Stab. »Irgendwie fühle ich mich unsicher, jetzt, da ich weiß, was Haschevet alles anrichten kann.«

»Mach dir nicht zu große Sorgen darüber«, beruhigte ihn Navran. »Yehwoh hat mit dem Stab kein Werkzeug der Vernichtung geschaffen. Niemand kann genau sagen, über welche Kräfte der Stab wirklich verfügt. Es gibt viele Legenden darüber, aber ich habe im Laufe der Zeit meine eigene Theorie entwickelt.«

»Und die wäre?«

»Nun, es sind nur Vermutungen, aber wie es aussieht, ist der Stab eine Art Verstärker für die natürlichen Gaben, die jeder von uns besitzt; zum Beispiel die Sinne: Sehen, Hören, Riechen, Schmecken und Tasten.«

Yonathan dachte an sein gesteigertes Sehvermögen in der Dunkelheit, wenn er den Stab in den Händen hielt.

»Vielleicht besitzen wir außer diesen fünfen noch weitere Sinne«, fuhr Navran fort. »Sie sind möglicherweise so schwach ausgebildet, dass wir sie allenfalls erahnen können. In den Geschichten über die Richter finden sich jedenfalls interessante Hinweise.«

Hatte Yonathan nicht gestern Navrans Gefühle wahrnehmen können? Seine Andeutungen hatten ihn neugierig gemacht. »Was ist nun mit diesen Kräften, die der Stab hervorholen kann?«

»Also gut«, sagte Navran nach kurzem Zögern, »hör mir zu.« Er zog einen Stuhl heran und setzte sich zu Yonathan an den Tisch. »Als Erstes ist da das *Koach.* Dieses Wort stammt aus der Sprache der Schöpfung und bedeutet ›Macht‹. Trotzdem ist es nicht das Gleiche wie die Macht, die Könige oder hohe Amtspersonen besitzen. Das *Koach* umfasst sechs besondere Fähigkeiten. Die erste ist das Gefühl. Wir alle ahnen unbewusst die guten oder schlechten Absichten eines Menschen und lassen uns von diesem Gefühl leiten. Das Gefühl nun versetzt den Träger des Stabes in die Lage die Gedanken und Absichten anderer Lebewesen deutlich zu erkennen.«

Yonathan verstand sehr wohl, was Navran meinte. »Kann man mit dem Gefühl auch Gedanken lesen?«

»Es handelt es sich nicht um richtiges Gedankenlesen. Aber man kann Zuneigung und Ablehnung, Freude und Traurigkeit, Lüge und Wahrheit bei anderen erkennen.«

Yonathan nickte.

»Die nächste Fähigkeit des *Koach* ist die *Projektion.* Diese Kraft ermöglicht es dem Träger Haschevets, eigene Gedanken, Vorstellungen, Gefühle oder auch Sinneseindrücke auf andere Personen zu übertragen – und zwar so, dass diese glauben, es wären ihre eigenen Empfindungen.

Die dritte Gabe ist der *Wandernde Sinn.* Die Richter konnten offenbar ihre fünf Sinne vom Körper trennen. Dadurch war es ihnen möglich hinter Wände zu schauen oder Worte zu hören, die an einem entfernten Ort gesprochen wurden.«

»Das ist praktisch!«, meinte Yonathan begeistert.

»Das *Koach* ist kein Spielzeug!«, warnte Navran. »Yehwoh lässt seine Macht nicht ungestraft missbrauchen.«

Yonathan schluckte. »Und was kann der Stab noch? Du hast von sechs Fähigkeiten gesprochen.«

Navran fasste zusammen, was er noch über den Stab wusste. Da gab es die Kraft der Bewegung, mit ihr konnte der Stabträger Gegenstände oder Personen bewegen, ohne sie mit den Händen zu berühren. Die Kraft der Heilung konnte Kranke gesund machen, ja, im *Sepher Schophetim* wurde sogar davon berichtet, dass der Richter Yehpas einst einen Mann von den Toten auferweckt hatte. Und dann gab es noch die Erinnerung, die Fähigkeit sich an alles zu erinnern, was man je gesehen, gehört oder sonstwie wahrgenommen hat.

Als Navran das Glänzen in Yonathans Augen bemerkte, fügte er warnend hinzu: »Unterschätze die Erinnerung nicht, Yonathan. Sie ist wie ein zweischneidiges Schwert.«

Yonathan runzelte die Stirn. »Was ist daran so schlimm, wenn man sich alles merken kann? »

»Nun, die Erinnerung des *Koach* ist mehr als das – sie ist das *vollkommene* Gedächtnis. Du denkst wahrscheinlich nur an die guten und nützlichen Dinge, an die man sich erinnern kann. Oft jedoch ist das Vergessen ein Schutz. Denke nur an die Trauer, die der Verlust eines lieben Menschen verursacht, einen schmerzlichen Abschied, die Qualen einer schrecklichen Krankheit oder Unrecht, das einem widerfährt. Die im Laufe der Zeit verblassende Erinnerung ist wie ein Wundpflaster, das diesen Schmerz zu lindern und oft sogar zu heilen vermag. Ein vollständiges Erinnern an solche Erlebnisse könnte jedoch den Schmerz vervielfachen, vielleicht sogar unerträglich machen.«

»Du hast gestern gesagt, der Stab sei ›das Symbol und zugleich auch das Mittel der Macht Yehwohs, des *Koach*‹, das ihn durchströmt. Wie kann er dann Schaden anrichten? Jedes Kind weiß doch, dass Yehwoh nichts Böses zu tun vermag.«

Navran lächelte. »Lass mich dir mit einer Gegenfrage antworten. Ist die Beeren-Eibe böse?«

»Wie kann ein Baum böse sein?«

»Siehst du. Und trotzdem trägt sie Beeren, die Menschen und sogar Pferde töten können. Aber gehen wir noch einen Schritt weiter. Aus dem elastischen Holz der Beeren-Eibe lassen sich die besten Bögen fertigen, mit denen man so weit und so genau schießen kann wie mit keinen anderen. Nun sag mir: Ist ein Bogen etwas Böses?«

»Jetzt begreife ich, was du sagen willst. Weder die giftige Beere der Eibe noch der Bogen sind schlecht. Wenn sie aber verkehrt verwendet werden, dann können sie Böses anrichten … Und du meinst, dass das Gleiche auf den Stab Haschevet und das *Koach* zutrifft?«

»Ja. Mit der Macht des Stabes ist es genauso wie mit den natürlichen Gaben jedes Menschen: Man muss lernen sie zu gebrauchen. Deshalb mag es auch eine gewisse Zeit dauern, bis du verstehst, deine eigenen Kräfte und deinen Willen so zu formen, dass sie der Stab in der gewünschten Weise umsetzen kann. Aber ich glaube, dass es dir nicht sehr schwer fallen wird.«

»Du hörst dich sehr zuversichtlich an«, bemerkte Yonathan skeptisch.

»Du bist von jemandem erwählt worden, der dich und deine Fähigkeiten besser einschätzen kann als jeder sonst, sogar besser als du selbst. Ich wusste schon immer, dass vieles in dir steckt, schon damals, als du als kleiner Knabe an unsere Küste geschwemmt wurdest.«

Yonathan seufzte tief, straffte die Schultern und sagte: »Du hast Recht. Es fällt mir nur schwer mich so lange von dir zu trennen.« Er stand von seinem Stuhl auf, stellte sich neben den alten Mann und legte ihm den Arm um die Schulter.

»Lass uns sehen, was ich noch für dich herausgesucht habe.«

Die Erläuterungen zur Macht des Stabes hatten Yonathan so gefesselt, dass er die Gegenstände aus Navrans Truhe bisher kaum beachtet hatte. Sein Blick huschte schnell über die drei Stücke auf dem Tisch und blieb schließlich fasziniert an dem letzten haften.

Navran griff jedoch zunächst nach einem kleinen, dunkelbraunen Beutel von der Größe einer Männerfaust. Die Börse – oder was immer es war – bestand aus abgewetztem Rauleder und sah ziemlich schäbig aus. Eine Lederschnur, die sich durch viele kleine Löcher am oberen Rand zog, verschloss das Säckchen. Die einzige Verzierung, die es aufwies, war ein mit goldenem Faden gesticktes Quadrat an der Unterseite.

»Das ist kein gewöhnlicher Beutel«, erläuterte Navran. »Er gehörte einmal Goel, dem sechsten Richter Neschans, so wie auch die anderen beiden Gegenstände hier auf dem Tisch. Es war nicht leicht sie wieder zu finden, obwohl Goel sie mir genau beschrieben hatte.«

Yonathan riss vor Erstaunen Mund und Augen auf. »Du hast Goel gekannt und mit ihm gesprochen? Das hast du mir nie erzählt! Ich dachte immer, du hättest nur bei seinen Boten gedient, aber wenn du selbst mit ihm gesprochen hast, musst du ja …«

»… einer der *Charosim* sein?«, vollendete Navran den begonnenen Satz. Er nickte. »Ja, Yonathan, das bin ich.«

»Aber warum hast du nie ein Wort davon gesagt? Hätte ich davon gewusst …«

»Was hättest du dann getan?«

»Ich weiß nicht. Vielleicht hätte ich den stolzen und aufgeblasenen Bewohnern Kitvars gesagt, mit wem sie es zu tun haben. Mit einem der Vierzig kann man schließlich nicht so umgehen.«

»Siehst du, Yonathan – und genau *das* wollte ich vermeiden.«

Yonathan schüttelte den Kopf. »Ich verstehe das alles nicht.«

»Vielleicht bin ich dir eine Erklärung schuldig«, sagte Navran. »Vor vielen Jahren gab Goel mir den Auftrag hier nach Kitvar zu kommen und nach dem Stab zu suchen; nach Haschevet und nach einigen anderen Gegenständen, die er bei seinem Kampf mit Grantor verloren hatte. Außerdem gehörte es zu meinem Auftrag, nach dem Träger des Stabes Ausschau zu halten und beide zu Goel zu senden.«

Yonathan dachte an die seltsame Geschäftigkeit, die seinen Ziehvater immer überkam, wenn die Marktbuden in der Stadt aufgebaut wurden. »Hast du je etwas gefunden?«

»O ja, Yonathan.« Navran hob die Hand, an deren Zeigefinger die Lederschnur mit dem alten Säckchen hing. »Goels Beutel hier habe ich oberhalb des Finkenwaldes gefunden. Du kannst hier unten noch das Zeichen der Richter Neschans erkennen.« Er deutete auf das goldene Viereck am Boden des Säckchens.

»Das Viereck stellt die Haupteigenschaften Yehwohs dar, nicht wahr?«

»Richtig. Wie im Quadrat alle vier Seiten gleich sind, so stehen auch die Liebe, die Weisheit, die Macht und die Gerechtigkeit Yehwohs in vollkommenem Gleichklang. Das Gleiche bedeuten übrigens die vier Gesichter, aus denen der Knauf Haschevets besteht. Jedes Antlitz steht für eine der Eigenschaften Yehwohs. Der Mensch steht für die Liebe, der Adler für die Weisheit, der Löwe für die Gerechtigkeit und der Stier für die Macht. Alles fügt sich wunderbar zusammen.«

Yonathan nickte. »Doch wozu dient dieser Beutel?«

»Dieser Beutel«, Navran hob das Säckchen ein wenig höher, »enthält eine ewige Notration. Solltest du einmal nichts mehr zu essen haben, dann greife in den Beutel; du wirst dort immer genügend finden, um satt zu werden.«

Yonathan zog zweifelnd die Augenbrauen zusammen. »Darf ich einmal hineinschauen?«

»Natürlich. Nimm ihn.«

Yonathan nahm das Säckchen entgegen. Das Leder fühlte sich in seiner Hand angenehm warm und weich an, obwohl der Beutel schon viele Jahre in der Truhe Navrans gelegen haben musste.

Vorsichtig lockerte er die Verschnürung und spähte in das Innere der winzigen Proviantasche. Was er sah, war vertrocknete Brotrinde.

»*Das* soll ich essen?«, fragte er.

»Nun *das* nicht«, sagte Navran, nahm den Beutel und schüttete die unansehnlichen Überreste in die Asche des Kamins. »Aber *das* hier.« Er ließ ein kleines Stück Brot, etwas Butter und Käse im Beutel verschwinden. »Du musst nur dafür sorgen, dass etwas im Sack ist. Für die ausreichende Menge sorgt schon das Säckchen bzw. die Kraft dessen, der ihm diese Fähigkeit verliehen hat.«

»Ein Zauberbeutel, nicht wahr?«

»Von Zauberei wollen wir lieber nicht sprechen. Wenn ich dieses Wort höre, muss ich immer an Témánahs schwarze Priester denken und an die Beschwörung dunkler Mächte. Allerdings wohnt dem Beutel eine übernatürliche Kraft inne; was dich jedoch nicht zum Faulenzen anhalten soll, Yonathan.«

»Was meinst du damit?«

»Du darfst ihn nur im Notfall benutzen. Dann kannst du so viel Nahrung entnehmen, wie du benötigst; jedoch nicht mehr! Vergiss auch nicht, den Beutel wieder aufzufüllen, sobald du wieder für dich selbst sorgen kannst.«

Yonathan hatte aufmerksam zugehört. Jetzt sah er den unscheinbaren Beutel mit ganz anderen Augen.

Navran legte das Säckchen auf den Tisch und griff nach einem birnenförmigen Fläschchen. Es bestand aus fein poliertem Schildpatt, war mittelbraun bis gelb gefärbt und mit einem feinen Netz dunkelbrauner Flecken umspannt.

Yonathan bemerkte, dass sich Flüssigkeit in dem Gefäß befand. Neugierig öffnete er den Messingverschluss, der die Form eines Löwenkopfes hatte und durch ein kleines Kettchen mit dem im gleichen Metall eingefassten Flaschenhals verbunden war. Ein scheußlicher Geruch drang aus der Öffnung. Er sprang auf und stürzte mit der Flasche zur Tür.

»Hast du etwas dagegen, wenn ich das Zeug gleich hier draußen ausschütte?«, fragte er mit angewidertem Gesicht.

Navran nickte belustigt. »Nein, nein. Tu's nur, Yonathan. Du würdest unsere Hütte für eine Woche unbewohnbar machen, wenn du es hier drinnen tätest.«

»Was ist das nur?« Yonathan saß wieder am Tisch und hielt Navran die Flasche entgegen. »Eine Geheimwaffe?«

»Ich hätte dich warnen müssen. Aber diese Flasche gehörte ebenfalls zum Besitz Goels. Ich habe sie vor vielen Jahren einem Fallensteller abgekauft, der sie im Finkenwald gefunden hatte – ich traf ihn übrigens auf dem Großen Markttag.«

Navran nahm Yonathan die Flasche aus der Hand, öffnete sie und füllte sie mit Milch. »Einen Beutel zu haben, mit dem man nie mehr hungern muss, ist zwar eine feine Sache«, erklärte er, »aber schlimmer als der Hunger ist der Durst.«

Yonathan nickte. »Und dagegen hilft die Flasche, stimmt's?«

»Genau! Wie den Beutel darfst du sie nur gebrauchen, wenn Not am Manne ist. Jetzt wird sie immer frische, nahrhafte Milch bereithalten.«

Yonathan nahm die Flasche dankend. »Und was kommt jetzt?«, fragte er aufgeregt.

»Tu nicht so scheinheilig, Yonathan. Mir ist schon klar, dass einem Jungen wie dir *das* hier am besten gefallen wird. Nimm ihn.«

Geradezu ehrfürchtig griff Yonathan nach dem prachtvollen Dolch, den Navran ihm reichte. Staunend untersuchte er das kostbare Stück. Ein solches Kunstwerk schuf wohl selbst ein Meister der Schmiedekunst nur ein einziges Mal in seinem Leben!

Der Dolch war, wenn man ihn aus seiner ledernen Scheide zog, etwas mehr als eine Spanne lang. Die Klinge bestand aus einem fremdartigen, glänzenden Stahl, sie war etwa um die Hälfte länger als der Griff. Beide Seiten der Schneide liefen in einem weichen Bogen nach vorne hin symmetrisch zu und bildeten dort eine nadelfeine Spitze. Die eine Seite der Klinge war außergewöhnlich scharf, zur anderen Kante hin wurde sie dick und stumpf. Der Griff des Dolches stellte ein Kunstwerk für sich dar. Der Knauf in Form eines Löwenkopfes bestand aus Jade und war sehr naturgetreu gefertigt – man hätte glauben können, die feinen Haare der Mähne würden sich im Luftzug bewegen.

Die Augen des Löwen waren goldgelbe Topase. Am Hals des Tieres ging der dunkelgrüne Grund in ein Blumenmuster über, das sich abwechselte mit den schon bekannten Figuren Mensch, Adler, Löwe und Stier. Immer wieder waren kleine Rubine, Saphire und Smaragde eingelegt, besonders am oberen und unteren Ende des verzierten Griffteiles, wo sie ein umlaufendes Band von roten, blauen und grünen Steinchen bildeten. Dicht bei der Klinge waren zwei goldene Schriftzeichen eingraviert. Yonathan erkannte die Buchstaben der alten neschanischen Schrift.

»Ist das nicht der Name Goels? Die gleichen Zeichen habe ich auch auf dem Stab Haschevet gesehen.«

Navran nickte. »Der Dolch wurde eigens für Goel angefertigt. Ich vermute, man könnte einiges über seine Herkunft erfahren, wenn man wüsste, wo solche einzigartigen Waffen geschmiedet werden.«

»Und welche besondere Eigenschaft hat dieser Dolch? Wird er nie stumpf?«, fragte Yonathan.

»Ja, so könnte man sagen. Aber es ist mehr als das: Er kann auch Dinge schneiden, die ein gewöhnliches Messer nicht einmal ritzen würde. Versuche es selbst einmal.«

Navran nahm vom Regal an der Wand einen Wetzstein, der gewöhnlich zum Schärfen von Messern benutzt wurde, und hielt ihn Yonathan entgegen. »Hier, schneid ihn durch«, sagte er mit einem aufmunterndem Kopfnicken.

»Du meinst, ich soll …?« Yonathan war sich nicht ganz sicher, ob Navran Spaß machte.

»Ihn durchschneiden, ja. Aber du musst es wollen. Konzentriere deinen Sinn nur auf dieses eine!«

Yonathan nahm das Messer fest in die rechte Hand, legte es quer über den Wetzstein und begann es langsam darüber hinwegzuziehen. Er war sich noch immer nicht sicher, was das Ganze sollte – einen Stein mit einem Dolch schneiden, dieser Gedanke erschien ihm absurd.

Und er hatte Recht: Der Stein wies nicht einmal einen Kratzer auf.

»Du musst es wirklich wollen!«, sagte Navran. »Versuche es noch einmal!«

Yonathan setzte das Messer ein zweites Mal an. Vielleicht dachte er immer viel zu sehr an das, was *er* kannte, was *er* sich vorstellen konnte. Warum sollte nicht auch der Dolch von der gleichen Macht wie der Stab Haschevet erfüllt sein? Sicher war er das. Navran würde die wenige verbleibende Zeit mit ihm kaum damit verschwenden, unsinnige Scherze zu treiben. Yonathan war plötzlich davon überzeugt, dass es nur an ihm lag. Er musste es wollen und musste fest daran glauben, dann würde es auch geschehen.

Er konzentrierte sich nochmals fest auf Dolch und Stein, dann zog er die Klinge langsam über das harte Mineral. Mit einem leisen Knirschen fraß sich die Schneide in den Wetzstein, anfangs nur mühsam, doch von dem Wunder ermutigt, wuchs Yonathans Vertrauen, das er in den Dolch fließen ließ, und in gleicher Weise schien auch die Schärfe der Klinge zuzunehmen. Schon hatte er den Stein in zwei Hälften zerteilt. Er setzte ein drittes Mal an und diesmal glitt die Schneide ganz leicht durch den Stein.

Yonathan starrte mit offenem Mund auf die unversehrte Klinge des Dolches. »Ich kann es nicht fassen … Plötzlich ging es ganz leicht.«

»Du hast jetzt begriffen, wie man mit dem Dolch *schneidet.* Jetzt musst du noch lernen, wie man mit dem Dolch *nicht* schneidet.«

Für Yonathan sprach Navran in Rätseln. »Lernen, wie man *nicht* schneidet?«

»Ja, das habe ich gesagt.« Dann hielt er Yonathan seine Handfläche hin und sagte: »Hier, setzte den Dolch so an, wie du es bei dem Wetzstein getan hast und schneide mich *nicht*.«

Jetzt verstand Yonathan! Die Klinge verhielt sich so, wie man es von ihr erwartete: Sie schnitt nur, wo sie sollte. Nichts wollte er weniger, als Navran verletzen. So setzte er die Schneide des Dolches auf Navrans Hand und zog sie darüber.

Nicht der kleinste Kratzer war zu sehen.

»Jetzt hast du begriffen«, stellte Navran zufrieden fest.

»Das ist wirklich ein prächtiges Stück!«, sagte Yonathan

bewundernd. Er blickte der Reihe nach auf Haschevet, den Beutel, das Fläschchen und den Dolch. »Auch wenn ich das alles einmal wieder weggeben muss, bin ich doch sehr glücklich, dass du es mir für eine gewisse Zeit anvertraut hast, Navran. Ich werde alles in Ehren halten.«

»Nicht ich habe dir diese Gegenstände anvertraut, Yonathan. Du wurdest zum Stabträger erwählt. Haschevet ist ein Teil der Prophezeiung; diese anderen Dinge sind nur Hilfsmittel, die Yehwoh einst gesegnet hat, um seinen Dienern in Zeiten der Not beizustehen.«

»Das alles ist so kostbar!«, sagte Yonathan. »Ich habe ein wenig Furcht, dass mir eines dieser wertvollen Stücke gestohlen werden könnte. Die Reise ist lang und selbst ein ehrlicher Mensch könnte, wenn er den wertvollen Dolch zu Gesicht bekommt, auf dumme Gedanken kommen.«

»Darüber solltest du dir nicht zu viele Sorgen machen, Yonathan. Befestige die Scheide des Dolches ruhig an deinem Gürtel, sie wird anderen nicht weiter auffallen. Der Dolch ist nicht nur so scharf oder so stumpf wie du es willst. Er ist auch so unauffällig wie du es möchtest. Andere werden in ihm – wenn überhaupt – nur ein altes Jagdmesser sehen, ein Kinderspielzeug, das zu betrachten sich nicht weiter lohnt.«

Ein seltsamer Vogel

Wie im Fluge war die Zeit vergangen und auf einmal musste sich Yonathan beeilen, damit er noch rechtzeitig den Hafen erreichte. Navran hatte, während Yonathan seinen Seesack packte, einen Brief aufgesetzt.

»Der ist für Baltan«, hatte er gesagt. »Hör gut zu.« Die wenigen Zeilen waren schnell vorgelesen. »Jeder in Cedanor kennt den Kaufmann Baltan, er ist sehr reich, vor allem sehr *einflussreich*. Sobald ihr den Hafen der Stadt angelaufen habt, wende dich sogleich an ihn. Du findest sein Haus in der Oberstadt, direkt bei den Klippen. Wir sind alte Freunde und er wird dir helfen eine Karawane nach Ganor zu bekommen. Wenn du die Gartenstadt erst einmal erreicht hast, dann wirst du auch bald Goel gegenüberstehen.«

Yonathan hatte den Brief in seinem Wams verstaut, um sicherzugehen, dass er ihm nicht abhanden kommen konnte – eine kluge Entscheidung, wie sich noch herausstellen sollte. Die machtvollen Gegenstände – der Beutel, das Fläschchen und der Dolch – hingen an dem Gürtel, der seine Tunika aus braunem Rauleder zusammenhielt. Unter diesem ärmellosen Obergewand, das ihm nicht ganz bis zu den Knien reichte, trug er ein weites Hemd aus ungebleichtem Leinen und eine braun gefärbte, wollene Hose. Den Köcher mit dem Stab Haschevet hatte sich Yonathan auf den Rücken geschnallt. Den Seesack, in dem sich seine wenigen Habseligkeiten befanden, trug er über der Schulter.

Yonathans freie Hand wanderte zur Brust. Dort hing etwas, das ihm Kopfzerbrechen bereitete – seine Flöte.

Seine Flöte?

Er hatte sich schon von Navran verabschiedet, als der plötzlich sagte: »Möchtest du deine Flöte nicht mit auf die Reise nehmen?« Yonathan blickte sprachlos auf das Instrument, das Navran ihm entgegenhielt. Yonathan erklärte, dies sei nicht sein Instrument, doch Navran beharrte: »Aber mein Junge, ich kenne doch deine Hirtenflöte.« So hatte Yonathan sie genommen, an einem ledernen Halsband befestigt und ihr den Platz ihrer verloren gegangenen Schwester gegeben – direkt über seinem Herzen.

Während er den Klippenweg hinabschritt, betrachtete er das Instrument genauer. Obwohl es nicht dasjenige war, das er einst von Lemor, dem Schafhirten, geschenkt bekommen hatte, schien es ihm vertraut. Unterhalb des Mundstückes befanden sich zwei fremdartige Schriftzeichen. Zweimal war dasselbe Zeichen nebeneinander in das Holz geritzt. Nachdenklich strich er mit dem Daumen über die Gravierung, aber auch das verriet ihm nicht den Grund für dieses merkwürdige Gefühl der Vertrautheit. Yonathan schüttelte den Kopf. Es hatte keinen Sinn sich jetzt das Hirn darüber zu zermartern. Er freute sich wieder ein Instrument zu haben, irgendwann würde er auch dahinter kommen, woher es stammte.

Yonathans Gedanken wanderten schon wieder weiter, so wie ihn seine Füße immer weiter trugen, weg von dem Haus, in dem er gemeinsam mit Navran Yaschmon so viele glückliche Jahre verbracht hatte. Der Abschied oben auf den Klippen war kurz, aber nicht ganz schmerzlos gewesen.

»Wir wollen es nicht schwerer machen, als es ohnehin schon ist«, hatte Navran gesagt. »Außerdem«, hatte er hinzugefügt, »sehen wir uns ja bald wieder.«

Obwohl in Navrans Worten ein Hauch von Traurigkeit mitschwang, klangen sie nicht rührselig. Trotzdem hatte plötzlich wieder dieses eigenartige Gefühl von Yonathan Besitz ergriffen, als würde er in die Empfindungen des alten Mannes eintauchen. Und was er dort entdeckt hatte, war mehr als nur Traurigkeit über den Abschied, es war tiefe Sorge, verbunden mit der Befürchtung den geliebten Pflegesohn vielleicht nie wieder zu sehen. Die Reise zum Garten der Weisheit war lang – sehr lang! Allein der Seeweg betrug etwa fünftausend Meilen; die *Weltwind* würde sicherlich zehn Wochen benötigen, bis sie den Hafen Cedanors anlaufen könnte, vielleicht sogar länger, denn die Zeit der Stürme stand bevor. Die Hauptstadt des Cedanischen Reiches war jedoch noch lange nicht das Ziel der Reise. Von dort aus lägen noch einmal weit über zweitausend Meilen Landweg vor Yonathan, eine Strecke die voraussichtlich ebenfalls zwölf bis fünfzehn Wochen in Anspruch nehmen würde. Yonathan rechnete: fünfundzwanzig Wochen hin, die gleiche Zeit für die Rückreise, das machte – fast ein Jahr! Doch bei dieser Rechnung hatte er den bevorstehenden Winter noch nicht berücksichtigt. Die stürmischen Meere waren um diese Jahreszeit oft wochenlang nicht befahrbar und selbst im warmen Süden sollte es mitunter tagelang wie aus Kübeln regnen. Kein Wunder, dass Yonathan die Sorge Navrans gespürt hatte. Auf einer Reise konnte viel geschehen und selbst wenn alles bestens verlief, dann war da noch immer Navrans Alter. Yonathan wusste zwar nicht, wie alt sein Pflegevater war, aber die Tatsache, dass Navran sich die Reise selbst nicht mehr zugetraut hatte, zeigte doch, dass seine Körperkräfte langsam schwanden.

Während Yonathan an den ersten Häusern der Stadt entlang hinunter zum Hafen schritt, dachte er daran, wie Navran ihn umarmt und geküsst hatte. Eine kleine Träne in Navrans Auge hatte das Sonnenlicht in den Farben des Regenbogens zurückgeworfen. Yonathan würde ihn vermissen. Seltsam, dass man erst von einem Menschen getrennt werden muss, um zu spüren, wie sehr man ihn liebt, dachte er bei sich. Er war so in Gedanken versunken, dass ihn der Zusammenstoß traf wie ein Blitz aus heiterem Himmel.

»Kannst du nicht aufpassen!«, zischte ihn jemand an.

Yonathan fuhr zusammen, denn er starrte in ein gelblich-blasses Totenschädelgesicht. Gerade wollte er aus einer schmalen Gasse auf die breite Straße zum Hafen hinaustreten, als er in diesen Fremden hineinlief.

Der Mann trug eine wallende, schwarze Kutte, aus der einzig der kahle bleiche Schädel herausragte. Sonst war nichts von dem skeletthaften Körper zu erkennen, den Yonathan bei dem Zusammenprall so schmerzhaft gefühlt hatte. Die farblosen Augen des Fremden bohrten sich für einen Augenblick in die seinen. Yonathan fühlte die Kälte, die von diesem Blick ausging.

Doch dann wandte der Fremde sich ab, zog den weiten Talar eng um sich und stapfte wie eine flüchtige Vogelscheuche in Riesenschritten davon.

Das musste einer jener Priester Témánahs gewesen sein! Natürlich, Yonathan hatte davon gehört. Seit kurzem durften sich diese Abgesandten aus dem dunklen Land des Südens frei im Cedanischen Kaiserreich bewegen. Zirgis, der Kaiser höchstpersönlich, hatte die Erlaubnis dazu erteilt. Wenn die Lehre dieser schwarzen Priester nichts tauge, dann werde sie untergehen, lautete Zirgis' einfache Formel. Sollte sie aber Gutes enthalten, so könne das cedanische Volk davon profitieren.

Yonathan schüttelte sich. Wie konnte Témánah etwas bieten,

das irgendeinen Wert besaß? Er wusste wohl, dass témánahische Waffen auch im Cedanischen Reich geschätzt wurden, aber dies verstärkte noch seine Abneigung gegen alles, was aus dem finsteren Südreich stammte.

Erst, als die knochige, schwarze Gestalt hinter einer Biegung verschwunden war, fühlte Yonathan sich besser. Er atmete tief durch und wandte sich der breiten Straße zu, die den Blick auf den Hafen Kitvars freigab. Schon bald hatte er den schwarzen Priester vergessen – vorläufig jedenfalls.

Möwen kreischten. Es herrschte geschäftiges Treiben. Der Geruch von Fisch und Salzwasser lag in der Luft. Yonathan war schon als kleiner Junge oft zum Hafen hinuntergegangen und hatte den Männern zugesehen, die die Ladung der großen und kleinen Schiffe löschten oder neue Waren verluden. Manchmal hatte er sogar einfache Hilfsdienste verrichten dürfen. Etwas abseits trockneten die Fischer ihre Netze. Ein paar Männer grüßten ihn durch Winken und Zurufen.

Dann sah er die *Weltwind*. Das Schiff war wirklich nicht zu übersehen, denn es war das größte im Hafen, ja, vielleicht sogar das größte, das je in Kitvar gelegen hatte. Jetzt begriff Yonathan auch die Äußerung Hardors, des Seemannes, der sie am Morgen besucht hatte. »Sie schaut aufs Meer hinaus«, hatte er gesagt. Das tat sie wirklich! Am Bug des Dreimasters waren böse dreinschauende Augen aufgemalt. Da die *Weltwind* mit dem Bug der Hafenausfahrt zugewandt war, »blickten« diese Augen auf das offene Meer hinaus.

Yonathan ging die Pier entlang und musterte das Schiff, das für die nächsten Wochen sein Zuhause sein sollte. Der große Dreimaster machte trotz seiner gewaltigen Ausmaße und der hohen Bug- und Heckaufbauten einen wendigen Eindruck. Handelsschiffe waren in der Regel plumpe, breite und langsame Gefährte. Nicht so die *Weltwind*. Trotz ihrer Größe waren die Proportionen in meisterhafter Weise ausgeglichen, sodass man von ihr wohl nicht nur eine hohe Ladefähigkeit, sondern auch eine große Geschwindigkeit erwarten konnte, wenn sie erst einmal vor dem Wind lief.

Die aufgemalten Augen auf dem Bug des Schiffes wiesen darauf hin, dass der Schiffseigner an die neschanischen Seegötter glaubte. Solche Augen dienten zur Abschreckung böser Seegeister. Die Welt ist voller Aberglauben, dachte Yonathan. Die Menschen sollten von Yehwoh abgelenkt und Melech-Arez in die Arme getrieben werden, dem großen Widersacher Yehwohs, der die Herrschaft über Neschan an sich reißen wollte.

Und Yonathans Aufgabe bestand darin, diesem Plan entgegenzuwirken. Er musste den Stab Haschevet Goel überbringen, damit ihn dieser wiederum seinem Nachfolger übergeben konnte, der nach der Prophezeiung den Sieg über Melech-Arez' Horden davontragen sollte. Bei der Verfolgung dieses Ziels durfte sich Yonathan nicht ablenken lassen.

Dann stand er vor dem Dreimaster. »Ahoi!«, rief er dem Mann zu, der die letzten Verladearbeiten überwachte. »Mein Name ist Yonathan. Ich soll mit euch reisen.«

»Kommt an Bord. Der Kapitän erwartet Euch bereits.«

Yonathan kletterte über einen schmalen Steg an Bord und wurde von einem Matrosen nach achtern geführt. Ein merkwürdiges Prickeln im Hinterkopf weckte seine Wachsamkeit.

»Dort oben auf der Brücke, das ist Kapitän Kaldek«, sagte der Seemann und verschwand.

»Da ist ja unser Goldstück!«, ertönte eine krächzende Stimme von vorn. Die unerwartete und irgendwie unpassende Begrüßung schien von einer heiseren Frauenstimme her zu kommen.

Yonathan blinzelte zur Kommandobrücke hinauf. Es war fast Mittag und die hoch stehende Sonne ließ die Gestalt dort oben nur als dunkle Silhouette erscheinen.

»Aha«, vernahm er eine knarrige Stimme, die an das Geräusch einer schlecht geschmierten Tür erinnerte, »das muss wohl unser junger Passagier sein.« Die wenigen Worte genügten, um diese Stimme von der ersten unterscheiden zu können. Yonathan konnte im Gegenlicht aber nur den Umriss *einer* Person ausmachen.

Die Schattengestalt trat beiseite und Yonathan schaute einen Augenblick lang in die grelle Sonne. Bunte Punkte tanzten vor seinen Augen und er hörte schwere Stiefel eine knarzende Holztreppe herunterpoltern. Als er wieder aufschaute, blickte er in das Gesicht des Mannes, dem alles unterstand, was sich auf der *Weltwind* regte: Kapitän Kaldek.

Der Mann entsprach vollkommen den Vorstellungen Yonathans von einem Kapitän. Kaldek hatte ein wettergegerbtes Gesicht, das von vielen kleinen Narben übersät war. Sein Blick aus den schwarzen, eng beieinander stehenden Augen schien Yonathan bis ins Knochenmark dringen zu wollen. Kaldeks Haut hatte einen sonnengebräunten Ton, die Haare waren schwarz, glatt und ein wenig fettig. Der Kapitän war nicht sehr groß, glich dies aber durch eine ansehnliche Körperfülle aus. Trotzdem war er nicht fett oder gar behäbig, vielmehr schienen ihm sein Umfang und sein niedriger Schwerpunkt bei rauer See einen festen Stand zu verschaffen – eine Eigenschaft, die für einen Seemann überaus wichtig war.

Auffallend war der eigenartige Hut des Kapitäns. In der Mitte und an den Krempen ragte er spitz nach oben. Man hätte glauben können, Kaldek trüge ein Modell der *Weltwind* quer auf dem Kopf. Weiterhin trug er ein Hemd aus feinem, etwas schmuddeligem Leinen, darüber ein blaues Wams, das mit Messingknöpfen besetzt war, eine ebenfalls blaue Hose und schwarze Lederstiefel. Sein Äußeres verriet Wohlstand.

»Aller Friede Neschans sei mit Euch«, sagte Kaldek und streckte Yonathan die Hand entgegen.

»Aller Friede sei mit Euch«, erwiderte Yonathan den Gruß und griff nach Kaldeks Pranke. Einen Moment lang musterten sich die beiden. Yonathan bemerkte, wie sein Geist vorsichtig nach den Gefühlen des Kapitäns tastete. Die unsichtbaren Fühler seines Bewusstseins verrichteten ihre Arbeit inzwischen wie von selbst. Diese neue Fähigkeit, die er dem Stab Haschevet verdankte, war ihm noch nicht ganz geheuer. Er fühlte sich wie jemand, der heimlich an Türen lauscht.

Zumindest verriet ihm diese neue Art der Wahrnehmung einiges über den Mann, in dessen undurchsichtiges Lächeln er gerade blickte. Offenbar gehörte der Kapitän zu jener seltenen Gattung, die für den richtigen Lohn zwar so gut wie jeden Auftrag übernahm, die sich dann aber auch loyal an die getroffenen Vereinbarungen hielt. Kurz gesagt: Kapitän Kaldek war ein »ehrliches Schlitzohr«.

Jetzt taxierte er Yonathan mit dem geübten Blick eines Frachtmeisters, der eine zusätzliche, Gewinn bringende Ladung betrachtet.

»Entschuldigt bitte die ungebührliche Bemerkung von Zirah, aber so begrüßt sie jeden, der in ihre Nähe kommt.«

Yonathans Blick folgte dem über die Schulter deutenden Daumen Kapitän Kaldeks und er sah einen silbern glänzenden Metallkäfig, der am Kreuzmast hing. Ein eigenartiger Vogel befand sich darin, dessen Anblick Yonathan auf der Stelle mit Unbehagen erfüllte. Er musste sich zwingen ihn genauer zu betrachten und dabei wurde ihm die Ursache jenes merkwürdigen Kribbelns klar, das er beim Betreten der *Weltwind* empfunden hatte.

Äußerlich wirkte das Tier eher bizarr als beängstigend. Es hatte die Größe eines kräftigen Bussards, besaß jedoch nicht dessen anmutige Statur und unaufdringliche Färbung. Vielmehr schien irgendein Spaßvogel ihm einen grotesken Anstrich verpasst zu haben. Vom Schnabel bis zu den Krallen pechschwarz, waren die Flügel Zirahs, wie sie der Kapitän genannt hatte, grellorange gefärbt. Kopf und Hals waren kaum mit Federn bedeckt, aber selbst die darunter vorscheinende Haut besaß dasselbe tiefe Schwarz, das so auffällig mit den orangefarbenen Flügeln kontrastierte. Nur zwei winzige Punkte stachen erschreckend aus der schattenhaften Schwärze des Körpers hervor: die Augen. Erschreckend nicht nur wegen der senkrecht stehenden, schmalen Pupillen, die von einer Iris aus leuchtendem Orange umgeben waren und an den kalten, lauernden Blick einer Giftschlange erinnerten. Nein, in diesen Augen lag noch etwas anderes, etwas Unbestimmbares, etwas Böses.

Yonathan riss sich von dem hypnotischen Blick Zirahs los und wendete sich wieder an den Kapitän. »Ein außergewöhnliches Tier habt Ihr da, Herr Kapitän«, sagte er höflich, glaubte jedoch nicht, dass dieser Vogel zögern würde, einen freundlich neckenden Finger einfach abzubeißen.

»Nun, Zirah ist vielleicht nicht gerade nach jedermanns Geschmack«, entgegnete Kaldek, »aber sie hat mir schon manch lange Stunde verkürzt.« Das Lächeln auf seinem Gesicht wich einer geschäftsmäßigen Miene, als er hinzufügte: »Doch nun müssen wir für Eure Unterbringung sorgen. Da die *Weltwind* ein reines Frachtschiff ist, sind wir nicht auf Gäste eingestellt. Aber ich werde Euch einen akzeptablen Platz für die Reise anbieten können. Es ist eine kleine verschließbare Kammer unter dem Achterdeck, die gewöhnlich zur Unterbringung wertvoller Güter genutzt wird. Zurzeit seid Ihr unsere wertvollste Fracht, mein junger Freund.« Kaldek lachte asthmatisch. »Wenn Ihr also damit vorlieb nehmen wollt, dann dürft Ihr die Kammer für die Dauer der Reise Euer eigen nennen.«

»Oh, das wird schon in Ordnung gehen«, versicherte Yonathan. »Ich bin gewohnt mit wenig Raum auszukommen. Tagsüber werde ich sicher viel an Deck sein – und da habe ich die ganze Weite des Himmels.«

»Ihr gefallt mir, Junge«, knarrte Kaldek, und während er Yonathan auf die Schulter klopfte, sagte er: »So spricht ein echter Seemann. Sagt an, ist dies Eure erste große Seereise?«

»Auf dem Meer habe ich schon viele Tage zugebracht, aber nie für längere Zeit. Ich würde mich freuen, wenn ich Euch gelegentlich zu Diensten sein könnte, Herr Kapitän. Dies würde mir sicherlich etwas Abwechslung während der langen Reise verschaffen.«

Dieses Angebot war wohl verlockend für Kaldek: ein zahlender Passagier, der ohne Heuer für ihn arbeiten wollte. Aber dann sagte er doch: »Der Preis für Eure Überfahrt ist bereits beglichen; Ihr könnt es Euch also getrost gut gehen lassen. Wir haben hier eine Menge Hände auf dem Schiff, die alles erledigen, was es zu tun gibt – trotzdem vielen Dank.«

»Schade«, seufzte Yonathan enttäuscht. Ein anderer Gedanke schoss ihm durch den Kopf. »Wer hat Euch eigentlich den Auftrag überbracht mich von Kitvar nach Cedanor mitzunehmen?«

Der Kapitän runzelte die Stirn. »Das müsstet Ihr doch am besten wissen, mein Junge.«

Yonathan biss sich auf die Unterlippe. Er musste vorsichtiger mit seinen Äußerungen sein. »Natürlich weiß ich, wer den Auftrag gab«, erwiderte er schnell. »Ich wollte nur wissen, wen er damit zu Euch gesandt hat.«

Die Augen des Kapitäns nahmen einen verklärten Ausdruck an. »Ich erinnere mich gar nicht mehr, wie der Bote aussah oder wie er hieß. Ich weiß nicht mal mehr genau, wann er zu mir kam. Manchmal ist mir so, als wäre es erst vor wenigen Tagen gewesen – aber das kann ja nicht sein; da waren wir noch auf hoher See. Der Bote wird wohl kaum durch die Luft geflogen sein.« Der Kapitän schüttelte den Kopf, so als wollte er einen seltsamen Traum verscheuchen. »Mir scheint, ich werde alt. So oder so: Hauptsache, der Preis ist bezahlt und Ihr seid hier.«

Yonathan hätte gerne Näheres über den Preis erfahren, aber Kaldek rief schon den Seemann Hardor zu sich heran.

»Soeben kommt mir eine Idee, wie Ihr Euch doch nützlich machen könnt!«, wandte sich Kaldek noch einmal an Yonathan. »Könnt Ihr schreiben und lesen?«

»Ja, ich habe beides gelernt.«

»Dann gäbe es vielleicht eine sinnvolle Beschäftigung für Euch. Ich führe über jede unserer Reisen Buch. Meine Augen werden schlechter und es fällt mir zunehmend schwer, die Eintragungen vorzunehmen. Wärt Ihr bereit mir bei dieser Arbeit behilflich zu sein?«

»Gern!«, erwiderte Yonathan freudig.

»Fein, fein«, bemerkte Kaldek zufrieden und gab dem inzwischen herbeigeeilten Hardor Weisung Yonathan in die Wertgutkammer zu geleiten. Mit einem knarrenden »In Kürze stechen wir in See; muss noch einiges erledigen; wir sehen uns dann später«, verabschiedete sich der Kapitän von Yonathan. Er wandte sich um und seine Stimme brandete auf in einem Schwall von Anweisungen und Flüchen, mit denen er seine Besatzung abrupt aus ihrer Lethargie riss.

»Hier entlang, bitte.«

Die Kammer war wirklich klein, nicht viel länger als die Liege, die dort stand, und etwa dreimal so breit. Da Yonathan noch nicht ganz die Größe eines Erwachsenen besaß, konnte er sich hier bequem bewegen. Er war zufrieden, hatte er doch noch nie einen Schlafraum für sich allein besessen.

»Etwas ist merkwürdig«, sagte der Seemann. »Kapitän Kaldek hat diese Kammer erst vorgestern herrichten lassen, kurz bevor wir in den Hafen von Kitvar einliefen. Normalerweise bereitet er wichtige Geschäfte rechtzeitig vor, damit alles wie am Schnürchen läuft. Für Hauruckaktionen hat er sonst wenig übrig. Im Nachhinein war es gerade so, als hätte der Kapitän Euch vergessen und erst der Gedanke an den Hafen von Kitvar ihm seine Erinnerung wieder zurückgebracht.«

Yonathan vermutete etwas anderes. In dem Moment, in dem er Haschevet gefunden hatte, stand fest, dass er diese Reise antreten würde. Dies war auch der Zeitpunkt, als Kaldek seinen Auftrag erhielt, dessen Begleitumstände aber aus seiner Erinnerung getilgt schienen. Kaldek glaubte jetzt, irgendwann in Cedanor ein gutes Geschäft abgeschlossen zu haben. Ob Yonathan sich je hätte anders entscheiden können als für diese Reise? Aber vielleicht war es auch anders gewesen. Schließlich gab es eine Macht im Universum, der sich selbst die Zeit unterordnen musste, und der Inhaber dieser Macht wusste im Voraus, wie sich die Dinge entwickeln würden. Daher konnte er auch Maßnahmen ergreifen, die die Verwirklichung seines Plans sicherstellten, eines Planes, in dem Yonathan nur ein winziges Werkzeug war, ein Staubkorn in der Unendlichkeit.

Kaum hatte Yonathan seine wenigen Habseligkeiten in der Kammer verstaut, da ging ein Knarren durch die *Weltwind*, das an Kapitän Kaldeks Stimme erinnerte; die Leinen waren losgemacht worden und das Schiff kam schwerfällig in Bewegung. Yonathan lief eilig an Deck, um einen letzten Blick auf Kitvar zu erhaschen.

Auf dem Oberdeck angekommen, lehnte er sich auf die Reling und beobachtete das Schauspiel, dem er schon so oft von der anderen Seite, von der Pier aus, zugeschaut hatte. Da der Wind auflandig wehte und die große *Weltwind* in dem kleinen Hafen von Kitvar keine Möglichkeit hatte, gegen den Wind zu kreuzen, wurde sie von vier Schleppbooten, von denen jedes mit zwölf Ruderern besetzt war, zunächst bis weit hinter die Hafeneinfahrt gezogen.

»Hoffentlich dreht sich bald der Wind«, sagte ein junger Mann, der sich nicht an dem emsigen Treiben beteiligte, das sich überall an Bord entfaltet hatte.

Yonathan, ganz durch seine Abschiedsstimmung in Anspruch genommen, bemerkte erst jetzt, dass er einen Mitbeobachter hatte. Er drehte sich um und blickte in ein knabenhaftes Gesicht, das gar nicht so recht passen wollte zu diesem hoch geschossenen Kerl mit den viel zu langen Armen und Beinen.

»Meint Ihr, unsere Reisezeit würde dadurch wesentlich verlängert?«, fragte Yonathan.

»Ich denke schon«, antwortete der junge Mann. »Wir müssten bis zur Westküste des Verborgenen Landes ständig hart am Wind segeln. Außerdem könnte der Wind in Sturm umschlagen. Wir könnten ein paar ziemlich unangenehme Tage erleben.«

Die Segel der *Weltwind* waren jetzt gehisst. Auf jedem der großen, weißen Rahsegel prangte ein leuchtend roter Drache, der dem Schiff die Kraft, die Schnelligkeit und die Unbesiegbarkeit dieses Fabelwesens verleihen sollte. Die Maße der Segel waren atemberaubend. Man hätte darin sämtliche Waren des Großen Marktes von Kitvar einpacken können.

Die Häuser des Städtchens wurden immer kleiner. Einmal glaubte Yonathan einen hellen Punkt im Norden Kitvars erkennen zu können, dort wo sich das Haus Navrans befand. Aber eigentlich war das Schiff schon viel zu weit vom Land entfernt. Was würde Navran wohl jetzt gerade tun? Vielleicht saß er auf der kleinen Bank vor dem Haus und sah die Segel der *Weltwind* in der Mittagssonne blitzen.

Yonathan blieb noch bis zur Abenddämmerung an Deck. Zwei Gefühle kämpften in ihm: der Abschiedsschmerz und der Reiz des Neuen, Unbekannten, das vor ihm lag. Als von Kitvar schon längst nichts mehr zu sehen war, sog er tief die frische Meeresluft ein und blickte erwartungsvoll in den dunkler werdenden Himmel. Die untergehende Sonne lugte in tiefrotem Glanz noch ein letztes Mal über den unendlichen Horizont. Dann verschwand sie.

Nach einem kurzen Abendessen mit dem Kapitän entschuldigte sich Yonathan und begab sich in seine Kajüte. Noch lange lag er im Dunkeln auf seinem Lager und dachte an Kitvar, an Navran Yaschmon und an das Häuschen oben auf den Klippen. Dann nahm er die Flöte zur Hand, die ihm so fremd und doch so eigenartig vertraut war, und spielte ein melancholisches Lied, das Lemor, der Hirte, ihm einst beigebracht hatte. Die Melodie hallte in seinem Geist nach, so, wie man die ausgeblasene Flamme einer Kerze in einem finsteren Raum noch eine Weile zu sehen glaubt. Vor seinen Augen tauchte ein Bild auf: ein blass aussehender Junge, etwa so alt wie Yonathan selbst, der auf einem sonderbaren Stuhl mit Rädern statt Beinen saß. Der Junge befand sich im Schatten einer uralten Eiche und schaute träumerisch über eine hügelige Landschaft, die durch Hecken und Mauern in einzelne Felder und Weideflächen aufgeteilt war. In seiner Hand hielt er eine Flöte.

Seine, Yonathans, Flöte!

Seine Flöte?

VI.
Wanderer zwischen den Welten

Jonathan hatte den Rollstuhl in jede Ecke seiner kleinen Kammer bewegt, um die Flöte zu finden, ebenjenes Instrument, das er in seinem jüngsten Traum wieder erkannt hatte. Die beiden Schriftzeichen, die für seinen Traumbruder ein Rätsel darstellten, waren Jonathans Initialen: »JJ« für Jonathan Jabbok. Abgesehen von dem gemeinsamen Vornamen war die Flöte das einzig Fassbare, das ihn mit seinem zweiten Ich verband – jedenfalls dachte er das noch, als er, von dem Licht des frühen Morgens geweckt, über den Verlauf seines Traumes nachgedacht hatte.

Eigentlich war er sich sicher, dass die Flöte in der Schublade des kleinen Tischchens liegen musste, das unmittelbar neben seinem Bett stand. Dort bewahrte er sie immer auf.

Doch da war sie nicht mehr!

Auch in keinem anderen Winkel seines Zimmers war das für ihn so kostbare Instrument zu finden. Vielleicht hatte man es ihm gestohlen. Doch wer sollte so etwas tun? Samuel gewiss nicht. Und die anderen Jungen hatten entweder eigene Instrumente oder waren am Musizieren nicht interessiert. Oder war es vielleicht aus reiner Bosheit entwendet worden? Nein! Die meisten konnten mit ihm, dem Einzelgänger, zwar nicht sehr viel anfangen, aber ihn bestehlen – das würden sie bestimmt nicht tun.

Das Frühstück im Speisesaal schien Jonathan heute noch trostloser als sonst. Die gewohnte Stille, von Sir Lucius Malmek überwacht, war wieder eingekehrt – nicht das spannungsgeladene, knisternde Schweigen des gestrigen Tages, in dessen Mittelpunkt Jonathan, der Zweifler, der Rebell gegen die Lehrerschaft, gestanden hatte.

Zwar waren auch an diesem Morgen noch viele neugierige Blicke auf Jonathan gerichtet. In diesen stand jedoch nicht mehr Mitleid oder Schadenfreude, sondern Bewunderung und Sympathie geschrieben. Immerhin war Jonathan mit heiler Haut, ja, in äußerst guter Verfassung dem Zorn Sir Malmeks entgangen. Das Frühstück verlief heute sogar ohne die spitzen Bemerkungen, mit denen Sir Malmek seine Opfer stets an die Wichtigkeit von Disziplin zu erinnern wusste. Die Jungen fragten sich, wer am Vortage als Sieger aus der Auseinandersetzung hervorgegangen war: Sir Malmek oder Jonathan? Da Jonathan zunächst mit seinem Großvater (was freilich niemand wusste) für den Rest des Tages von der Bildfläche verschwunden war, hatten einige schon das Schlimmste vermutet. Umso größer war die Verwunderung, als Jonathan im Frühstückssaal auftauchte und scheinbar ungerührt, höchstens etwas mürrisch über den Verlust seiner Flöte, seinen ihm angestammten Platz am vorderen Ende der Tafel einnahm.

Jonathan schaute appetitlos kauend aus dem Fenster und grübelte darüber nach, wo sein Instrument geblieben sein könnte. Der Himmel jenseits der Fensterscheiben konnte seine melancholische Stimmung kaum heben; noch immer türmten sich bleigraue Wolken auf, vergeblich darum bemüht, dem aufgefrischten Wind Widerstand zu leisten.

Der Unterricht brachte etwas Abwechslung, obwohl seine Gedanken immer wieder abschweiften. Er fragte sich, warum gerade in dem Augenblick, in dem ihm seine Flöte abhanden kam, diese in seinem Traum auftauchte. Schließlich sagte er sich, dass er sie wohl verlegt haben musste.

In der Pause wurde Jonathan von Jimmy angesprochen. Das war der Junge, durch dessen Kichern Pastor Garson auf Jonathans bildnerische Interpretation der Hölle aufmerksam gemacht worden war. Jimmy – eigentlich hieß er James Horacio und war der junge Earl of Balmoral – entschuldigte sich für sein Gekicher und wollte wissen, was sich gestern in Sir Malmeks Zimmer zugetragen hatte.

»Nichts Besonderes«, sagte Jonathan schulterzuckend. »Mein Großvater war da und hat mit Sir Malmek und Sir Garson gesprochen. Sie kamen darin überein, mich künftig vom Religionsunterricht zu befreien.«

Jimmy schaute Jonathan ungläubig an. Er mochte zuweilen etwas naiv erscheinen, aber mit dieser einfachen Erklärung ließ sich der junge Earl nicht abspeisen. Er gehörte zu den wenigen Mitschülern, mit denen Jonathan einen etwas engeren Kontakt pflegte und kannte daher dessen gelegentliche Wortkargheit. »Du meinst, ihr habt nur miteinander gesprochen und schon war die ganze Sache erledigt?«, erkundigte sich Jimmy zweifelnd.

»Mein Großvater hat natürlich die richtigen Argumente gefunden«, bemerkte Jonathan gelassen.

»Hm«, gab Jimmy wenig zufrieden zurück. Nach einer Pause fügte er hinzu: »Könntest du mir ein wenig mehr darüber erklären, was die Bibel *wirklich* über die Hölle sagt? Du hast über Dinge gesprochen, die mir völlig fremd waren. Ich habe kaum ein Wort davon verstanden.«

Diese Worte ließen Jonathans Widerstand dahinschmelzen. Er freute sich über die Aussicht vielleicht endlich jemanden gefunden zu haben – abgesehen von Samuel Falter natürlich –, mit dem er über die Dinge sprechen könnte, die sein Herz bewegten.

»Das tue ich gerne«, erwiderte er lächelnd. »Komm doch nach dem Unterricht in mein Zimmer. Dann erzähle ich dir alles, was du wissen möchtest.«

Der Nachmittag verging schnell. Jimmy war zwei Stunden lang bei Jonathan und dieser erzählte ihm vieles über die Dinge, die die frommen Geistlichen gerne verschwiegen. Aber nicht nur darüber unterhielten sich die beiden, auch über ihr Zuhause, ihre Eltern und über das, was sie einmal tun wollten, wenn sie erwachsen wären. Danach verabschiedete sich Jimmy und versprach Jonathan ihn bald wieder zu besuchen.

Etwa eine Stunde vor dem Abendessen saß Jonathan abseits im Garten des Internats und schaute abwesend auf die unter ihm liegende Landschaft. Samuel hatte ihn nur widerstrebend dorthin gebracht. Er sah, dass Jonathan den Verlust seiner Flöte noch nicht verwunden hatte. Samuel hasste es, Jonathan in trübselige Gedanken versunken zu sehen.

Hier unter der uralten Eiche war Jonathans Lieblingsplatz. Hier konnte er für sich sein. Von hier aus hatte man einen herrlichen Blick auf die hügelige Landschaft von Loanhead, die durch Hecken und Mauern fein säuberlich in einzelne Felder und Weideflächen aufgeteilt war. In der Ferne sah er eine Schafherde, ein Schwarm kleiner grauschwarzer Punkte, die sich langsam über die Wiesen bewegten. An dieser Stelle hatte er schon oft gesessen, in seinem Rollstuhl, unfähig an dem Spiel der anderen Jungen teilzuhaben. Und oft hatte er dann nach seiner Flöte gegriffen und zu spielen begonnen. Dann scharten sich immer mehrere Jungen um ihn, lauschten seinen Melodien und er war nicht mehr allein.

Doch nun? Nun hatte er nicht einmal mehr dieses Instrument. Während Jonathan so dasaß und grübelte, glitt er ab in seine Traumwelt, zu seinem Traumbruder. Dort konnte er die Flöte noch sehen. Und seit dem Traum der letzten Nacht spürte er, dass ihn noch mehr verband mit diesem Jungen, der sich zwar äußerlich von ihm unterschied, innerlich aber er selbst war, in all seinen Zweifeln und in all seinem Feuer, das in ihm brannte. Jonathan wollte mehr über diesen Traumbruder erfahren und in den folgenden Tagen und Wochen lernte er ihn näher kennen. Die Träume, die folgten, übten einen seltsamen Zauber auf ihn aus – sie waren beängstigend und faszinierend, beunruhigend und begeisternd zugleich, sie weckten in Jonathan den Wunsch, seiner Flöte zu folgen, als ein Wanderer zwischen den Welten.

VII.
Stürmische Zeiten

Eine überwältigende Bekanntschaft

Der erste Morgen an Bord der *Weltwind* bestätigte die Erwartungen, die der vergangene Abend geweckt hatte: Die See war stürmisch und das gewaltige Handelsschiff bockte wie ein junger Hengst beim Zureiten. Angesichts des undurchdringlichen Himmelsgraus fragte sich Yonathan, ob wohl seine ganze Reise so verlaufen würde. Seltsam, dachte er, dass man bei Sonnenschein glaubt, dieser könne durch nichts vertrieben werden, bei schlechtem Wetter aber immer schnell den Eindruck gewinnt, es hätte niemals besseres gegeben und es würde auch immer so bleiben.

Er hatte sich fest in seinen Mantel gehüllt, der aus grauem Leinen bestand und mit Bienenwachs behandelt war, um die Nässe abzuhalten. Den Stab Haschevet trug er in einem Köcher unter dem Mantel.

Gleich nach dem Frühstück war er an Deck gegangen. Die raue See störte ihn wenig. Im Vergleich zur *Weltwind* war Navrans kleiner Segler eine Nuss-Schale und trotzdem hatte Yonathan darin schon heftigere Stürme überstanden.

Er klammerte sich an eine der Wanten, mit denen der Fockmast verspannt war, und starrte auf die bewegte Gischt hinaus, als Hardor sich zu ihm vorarbeitete und rief: »Der Kapitän bittet Euch dringend unter Deck zu gehen. Das Meer ist unberechenbar und er befürchtet, Ihr könntet über Bord gespült werden. Ich glaube, das wäre ihm sehr unangenehm.«

»Richtet dem Kapitän aus, er brauche sich nicht zu sorgen«, brüllte Yonathan durch den Lärm der anrollenden Brecher zurück. »Ich bin solch ein Wetter gewohnt und werde schon auf mich aufpassen.«

Hardor machte ein missmutiges Gesicht. »Kapitän Kaldek sagte mir, es sei meine Aufgabe, Euch von hier oben wegzuschaffen. Ich fürchte, er wird nicht sehr nett zu mir sein, wenn ich ohne Euch nach unten komme.«

Mit einem resignierten »Also gut«, das der Seemann ohnehin nicht verstand, folgte Yonathan diesem bis zur Kajüte des Kapitäns. Er wollte nicht, dass Hardor seinetwegen Schwierigkeiten bekam.

Kaldek saß an einem mächtigen Eichentisch, der in der Mitte eines großen Raumes stand, und brütete über Seekarten. Die Kapitänskajüte war mit Öllampen beleuchtet, weil das Wetter das Öffnen der hinteren, glaslosen Lichtluken nicht zuließ. An einem Haken, dicht bei einer dieser Luken, baumelte Zirahs Behausung. Der Vogel glich jedes Schwanken von Schiff und Käfig mit kaum wahrnehmbaren Bewegungen aus, sodass er scheinbar regungslos in seiner bewegten Umgebung verharrte. »Da ist ja unser Goldstück«, krächzte er bei Yonathans Eintreten. Zirahs Worte wollten so gar nicht zu dem bösen Blick passen, der sich sogleich aus leuchtenden Schlangenaugen auf den Ankömmling heftete.

Kaldek schaute von seinen Karten auf und wedelte mit dem Arm. »Kommt nur herein, mein junger Freund«, rief er freundlich. Beim Anblick von Yonathans triefendem Mantel fügte er schmunzelnd hinzu: »Ihr wollt wohl mit aller Gewalt ein Hochsee erprobter Seemann werden.«

»Ich wollte nur ein bisschen ungestört nachdenken«, entschuldigte sich Yonathan.

»Ungestört? Meint Ihr, bei diesem Sturm ist an Deck der richtige Platz dafür? Was bewegt Euch denn so Wichtiges, dass Ihr Euch an einen solchen Ort zurückziehen müsst?«

»Es ist nur, ich bin das erste Mal allein auf so großer Fahrt …«

»Höre ich da etwa Heimweh heraus? Schon nach dem ersten Tag?«, fragte der Kapitän amüsiert.

»Nein, nein, kein Heimweh, es sind nur so viele Dinge, die auf mich einstürmen.«

»Nun hängt endlich Euren nassen Mantel auf und kommt zu mir«, sagte er in befehlsgewohntem Ton. »Ich möchte Euch etwas erklären.«

Kaldek erläuterte anhand der Seekarte die geplante Reiseroute. »Bei gutem Wind würde uns unser Kurs von Kitvar aus etwa sechs Tage lang in südwestlicher Richtung an die Küste des Verborgenen Landes führen. Die jetzigen Windverhältnise zwingen uns jedoch einen anderen Kurs auf. Wir werden uns zunächst in südlicher Richtung halten, so haben wir den Wind von steuerbord und kommen einigermaßen gut voran.«

»Auf diesem Kurs, so nahe der Küste, gibt es gefährliche Untiefen. Sollten wir nicht mehr Seeraum gewinnen, damit wir nicht irgendwo auf Grund laufen oder vom Wind gegen die Küste gedrückt werden?«, fragte Yonathan.

Kaldek blickte von der Karte auf und musterte Yonathan erstaunt. »Ihr wisst, scheint's mir, recht viel über die hiesigen Gewässer«, meinte er anerkennend.

Yonathan zuckte mit den Schultern. »Man lernt so einiges.«

»Nun, meine Männer und ich fahren schon seit einiger Zeit zur See, sodass es uns wohl gelingen wird, einen ausreichenden Abstand zur Küste einzuhalten.«

»Und was geschieht, wenn wir das Ewige Wehr erreicht haben und das Wetter sich noch immer nicht gebessert hat? Es soll dort gefährliche Strömungen und starke Tiden geben. Hinzu kommen die hohen Klippen, von denen oft unberechenbare Fallwinde herabwehen und jedes Segelmanöver unmöglich machen. Ein Schiff, das im Osten und im Süden keinen Seeraum mehr hat, könnte schnell in einer Falle sitzen, aus der auch ein erfahrener Seemann kaum mehr herausfindet.«

»Bis dahin wird noch eine gute Woche vergehen. Ein Sturm kann genauso schnell abflauen, wie er gekommen ist.« Kaldeks Stimme klang ein wenig barsch, ob dieser Belehrung durch seinen jugendlichen Gast. Doch dann grinste er wieder schief. »Die See ist wie eine Frau – man weiß nie, was sie im nächsten Augenblick tun wird. Aber davon verstehst du ja noch nichts.«

Yonathan konnte Kaldeks Optimismus nicht teilen, schwieg

jedoch, um den erfahrenen Schiffsführer nicht noch mehr zu verärgern.

»Jetzt muss ich aber an Deck und nach dem Rechten schauen«, bemerkte Kaldek unvermittelt – vielleicht hatten Yonathans besorgte Bemerkungen ihn doch ein wenig nachdenklich gemacht. »Die Männer müssen ihren Kapitän von Zeit zu Zeit sehen, sonst verfallen sie dem Müßiggang. Ihr könnt so lange hier bleiben und Euch ins Logbuch einlesen, wenn Ihr wollt. Ich werde jemanden schicken, der Euch etwas Warmes zu trinken und zu essen bringt. Macht es Euch derweilen bequem. Ich bin bald wieder zurück.«

Yonathan hatte keine Gelegenheit zu antworten. Der Kapitän war schon verschwunden.

Nun war Yonathan allein in der Kapitänskajüte, allein bis auf Zirah. Er blickte misstrauisch zu dem Vogel hinüber, der regungslos in dem hin und her schaukelnden Käfig hockte und ihn beobachtete. Die Augen des Tieres leuchteten im Halbdunkel der Kajüte wie glimmende Kerzendochte. Wieder fühlte Yonathan diese Feindseligkeit, die er sich nicht erklären konnte. Er wandte den Blick ab. *Blödsinn!*, sagte er sich. Selbst, wenn Zirah boshaft genug war nach ihm zu hacken, musste er nur Abstand wahren.

Dennoch war er froh, die Kajüte des Kapitäns und damit Zirah wenigstens kurz zu verlassen, da er trockene Kleider anlegen wollte. Seine Unterkunft lag, genauso wie das Quartier des Kapitäns und seines Bootsmannes, in den Heckaufbauten der *Weltwind*. Die Mannschaft war im Bug untergebracht, wo es – besonders bei einem solch schlechten Wetter – unruhiger und feuchter war, weil das Schiff dort dem wogenden Meer die Stirn bot.

Yonathan beeilte sich wieder zur Kajüte des Kapitäns zurückzukehren; er wollte wieder dort sein, wenn der Mann mit der Verpflegung kam. Gerade war er im Begriff die Tür zu Kaldeks Unterkunft zu öffnen, als diese mit Schwung aufflog und ihn am Kopf traf. Benommen taumelte er einige Schritte zurück und stürzte zu Boden.

Während er so im Gang des Achterdecks saß und die tanzenden Leuchtpunkte vor seinen Augen zählte, schwenkte die Kajütentür langsam ins Schloss zurück und der junge Mann mit den viel zu langen Armen und Beinen trat heraus.

»Ich glaube, wir haben uns einander noch nicht vorgestellt«, sagte Yonathan, während er eine Stelle an seinem Kopf rieb, die sich nach außen zu wölben begann. »Merkwürdige Bräuche herrschen hier an Bord«, fügte er trocken hinzu.

Der junge Mann starrte, ohne etwas zu sagen, auf den noch immer am Boden sitzenden Fahrgast. Er war beim Verlassen der Kajüte wohl samt Kanne und Topf gegen die Tür gelaufen und hatte beides fallen lassen.

»Ich … ich wusste ja nicht«, stammelte er.

»Na ja, schon gut«, stöhnte Yonathan bei dem Versuch wieder auf die Beine zu kommen.

Der junge Seemann erwachte nun aus seiner Erstarrung und half Yonathan eilig beim Aufstehen.

»Danke«, sagte Yonathan, als er wieder auf den Beinen stand. Er streckte dem anderen die Hand entgegen und stellte sich vor. »Ich bin Yonathan – und wer bist du?« Obwohl er bestimmt zehn Jahre jünger war, ließ er die förmliche Anrede fort.

»Mein Name ist Yomi – aber meine Freunde nennen mich Yo.« Yomi fasste Yonathans Hand und schüttelte sie kräftig.

»Wenn das deine Methode ist dir Freunde zu schaffen, dann wird es wohl nicht allzu viele geben, die dich Yo nennen«, sagte Yonathan, während er sich die Beule am Kopf massierte.

»Tut mir Leid. Es muss wohl ziemlich wehgetan haben«, entschuldigte sich Yomi.

Yonathan ersparte sich die Antwort.

»Kapitän Kaldek schickte mich, Euch …«, Yomi verbesserte sich, »dir diese Sachen da zu bringen.« Er deutete auf den am Boden liegenden Krug und Topf. »Als ich dich in der Kapitänskajüte nicht fand, dachte ich, du wärst in deiner eigenen Kammer. Deshalb wollte ich dir gerade durch die Tür dorthin folgen, als dieses ziemlich schlimme Unglück passierte.«

»So schlimm ist es nun auch wieder nicht«, tröstete Yonathan den jungen Mann. »Wir machen schnell Ordnung, dann merkt der Kapitän überhaupt nicht, was passiert ist.«

Yomi lächelte schief, wodurch sein Gesicht noch mehr wie das eines großen Jungen wirkte.

Yomi überragte Yonathan um einen Kopf. Er mochte sechseinhalb Fuß groß sein. Sein etwas ungelenk wirkendes Äußeres rührte daher, dass er bei seiner Größe spindeldürr war. Aus seinem jungenhaften Gesicht strahlten Yonathan zwei wasserblaue Augen mit offenem Blick entgegen. Mitten aus dem glatten, strohblonden Haarschopf erhob sich eine widerspenstige Strähne.

Yonathan wollte sich bücken, um den Krug aufzuheben, da überkam ihn ein Schwindelgefühl, dass er einen Moment lang schwankend um sein Gleichgewicht kämpfte. Yomi fasste sogleich seinen rechten Arm und sagte: »Das mach ich schon. Komm, setz dich in die Kajüte. Ich bringe hier schnell wieder alles in Ordnung und besorge dir dann neues Essen und auch etwas Warmes zu trinken.«

»Da ist ja unser Goldstück«, knarrte Zirahs Stimme, als Yomi Yonathan zum bequemen Kapitänssessel führte und ihn sanft hineindrückte. »Halt den Schnabel!«, befahl Yomi. Dann hob er Krug und Topf vom Boden auf und verschwand.

Yonathan starrte missmutig und mit hämmernden Kopfschmerzen auf Zirah, die seinen Blick kaum freundlicher erwiderte. Endlich kehrte Yomi zurück. Er trug wieder einen Krug und einen Topf und ein interessanter Duft erfüllte die Kajüte.

»Hier ist gewürzter Wein für dich. Ich habe dem Koch gesagt, er soll ihn nicht zu stark machen. Das wird dich aufwärmen. In dem Topf hier ist Gemüsesuppe. Ich würde sie essen, solange sie heiß ist.«

»Isst du nichts?«, fragte Yonathan.

»Nein, danke«, sagte Yomi. »Ich habe zum Frühstück ziemlich zugelangt; so lange ist es ja noch nicht her.«

Nachdem Yonathan gegessen und getrunken hatte – der gewürzte Wein erfüllte ihn mit einer wohligen Wärme und mit einem eigenartigen Gefühl der Leichtigkeit –, ging es ihm besser. »Sag mal, Yo, was ist eigentlich deine Aufgabe hier auf dem Schiff?«

Yomi lächelte ihn an. »Das ist ziemlich schwer zu erklären«, erwiderte er. »Ich glaube, ich bin so eine Art Mädchen für alles.«

»Bist du für einen Schiffsjungen nicht schon zu alt?«

»Eigentlich schon, aber meine Stellung hier an Bord ist etwas verzwickt. Ich bin so etwas wie der Sohn von Kapitän Kaldek und doch bin ich es wieder nicht.«

»Meinst du damit, du bist so eine Art Adoptivsohn vom Kapitän?«

Yomi zuckte die Achseln. »Ich glaube, er sagte mal, dass er jetzt offiziell mein Vormund sei … «

»Wie kam es denn dazu, dass sich der Kapitän deiner angenommen hat?«, wollte Yonathan wissen.

Yomis Gesicht verdüsterte sich. Bittere Erinnerungen spiegelten sich darin. »Es ist schon lange her«, erwiderte er bedrückt. »In diesem Sommer waren es zehn Jahre. Ich bin damals erst zwölf gewesen und lebte mit meinen Eltern in Darom-Maos.«

»In der Südfeste«, übersetzte Yonathan den alten Namen. »Ist das nicht die südlichste Hafenstadt des Cedanischen Reiches, unmittelbar an der Grenze zu Témánah?«

Yomi nickte.

»Wenn ich mich recht erinnere, wurde Darom-Maos vor genau zehn Jahren von den kriegerischen Horden Bar-Hazzats überfallen und völlig vernichtet.«

Yomi schaute gequält. Die Erinnerung schnürte ihm Herz und Kehle zusammen.

»Ich fürchte, ich kann mir schon denken, was dann passiert ist«, sagte Yonathan mitfühlend. Er legte den Löffel aus der Hand und griff nach Yomis Unterarm. »Wenn du nicht darüber sprechen willst, dann lass es gut sein, Yo.«

»Nein, nein«, erwiderte der junge Mann kopfschüttelnd. »Vielleicht hilft es mir, wenn ich darüber spreche. Außer mir kennt bisher nur Kaldek meine Geschichte. Aber ich glaube, ich kann dir vertrauen.«

Yomi schien noch einmal seine Gedanken zu ordnen und fuhr dann fort: »Es war Sommer. An diesem Morgen war die Sonne noch nicht aufgegangen, da wurde ich durch ziemlich laute Rufe und Schreie geweckt. Bar-Hazzats Horden hatten die nicht sehr starken Befestigungen von Darom-Maos im Nu überrannt und stürmten brennend und plündernd durch die Straßen der Stadt. Mein Vater hatte bereits das Haus verlassen. Er war Hafenmeister und ging oft schon vor Sonnenaufgang zum Hafen hinab. Meine Mutter drückte mir einen Krug Milch in die Hand und versteckte mich in dem kleinen Stall, wo es eine Falltür im Boden gab.

Ich weiß nicht mehr, wie lange ich in dem Loch saß und wartete. Meine Mutter hatte mir gesagt, ich dürfe keinen Mucks von mir geben, damit mich die Männer nicht fänden. So hörte ich, wie draußen der ungeheure Lärm immer näher kam, schreckliche Schreie von Menschen und Tieren, lautes Krachen und das Prasseln von Flammen. Ich zitterte und weinte – trotz der Warnung meiner Mutter. Aber es hörte mich niemand. Einmal war der Lärm direkt über mir. Doch dann entfernten sich die Geräusche wieder. Es wurde stiller und stiller.

Als ich endlich mit Mühe die Falltür anhob und aus der Grube kletterte, bot sich mir ein schrecklicher Anblick. Ich werde ihn mein ganzes Leben lang nicht vergessen. Das, was von unseren vier Ziegen noch übrig war, lag im Stall und im Hof verteilt – sie waren einfach abgeschlachtet und liegen gelassen worden. Auch das kleine Kitz, das Sirma erst eine Woche zuvor geworfen hatte, war tot – sie hatten ihm den Kopf abgeschnitten. Überall war Blut. Sogar in unserem Haus. Dort mussten sie meine Mutter ermordet haben. Es war alles ziemlich schlimm.

An das Folgende erinnere ich mich nur noch schemenhaft. Ich rannte schreiend und weinend zum Hafen hinunter. Ich wollte meinen Vater finden. Doch ich fand nur Verwüstung. Und Tote. Ungeheuer viele! So schnell die Plünderer auch hindurchgezogen waren, sie hatten ihr Werk doch gründlich verrichtet. Am Hafen war es genauso. Auch dort brannten Schiffe. Meinen Vater konnte ich nicht finden … aber so genau habe ich mir die Toten auch nicht angesehen.«

Yomi schwieg, den Tränen nahe.

Yonathan verstand nun, was Navran gesagt hatte. Er hatte die

Erinnerung mit einem zweischneidigen Schwert verglichen, das für seinen Träger sowohl Schutz als auch Gefahr bedeuten konnte. »Die im Laufe der Zeit verblassende Erinnerung ist wie ein Wundpflaster, das diesen Schmerz zu lindern und oft sogar zu heilen vermag. Ein vollständiges Erinnern an solche Erlebnisse könnte jedoch den Schmerz vervielfachen, vielleicht sogar unerträglich machen«, hatte Navran gesagt. Erstaunt stellte Yonathan fest, wie gut er sich an Navrans Worte erinnern konnte. Alles, was er Yomi wünschte, war Vergessen. Nicht die Liebe seiner Mutter und seines Vaters, aber die Last der Erinnerung an jenen furchtbaren Tag vor zehn Jahren hätte er ihm gerne abgenommen.

Yomis Augen wurden wieder klarer. »Ich habe meine Eltern unheimlich geliebt«, sagte er, »aber Kaldek ist im Grunde auch ein ziemlich guter Mensch.«

»Wie bist du eigentlich an ihn geraten?«, fasste Yonathan schnell nach, froh über Yomis Wiederaufleben. »Er scheint mir nicht der Mann zu sein, der sein Leben der Rettung herumstreunender Waisen widmet.«

Yomi brachte ein schiefes Lächeln zustande. »Während ich im Hafen Darom-Maos' zwischen den Trümmern saß, bemerkte ich plötzlich ein Segel am Horizont. Ich dachte zunächst, das Schiff könnte zu den Plünderern gehören und bekam wieder Angst. So versteckte ich mich in einem Haus, nahe der Hafenmole. Das Schiff kam näher und warf schließlich vor der Hafeneinfahrt die Anker. In einem Beiboot kamen einige Männer an Land. Die roten Drachen auf den weißen Segeln und die Bauart des Schiffes verrieten mir, dass es sich um einen cedanischen Segler handeln musste – mein Vater war ja, wie gesagt, Hafenmeister und so kannte ich mich mit den Schiffen und ihren Besatzungen ziemlich gut aus. Ich verdrängte also meine Furcht und kam aus meinem Versteck hervor. Kapitän Kaldek – er war einer der Männer in dem Beiboot – nahm mich mit auf die *Weltwind*. Der Kapitän sandte noch eine kleine Gruppe von Männern in die Stadt, um nach weiteren Überlebenden zu suchen. Es wurde aber niemand mehr gefunden. Schließlich lichteten wir die Anker und verließen Darom-Maos mit nördlichem Kurs. Fast wären wir noch einem témánahischen Kriegsschiff in die Hände gefallen, ein großes, schlankes Schiff, schwarz wie die Nacht, vom Kiel bis hinauf zum Flaggentopp des Großmastes. Zum Glück kam uns aber die Dunkelheit zu Hilfe und wir konnten aufs offene Meer entkommen.«

»Und seitdem bist du hier bei Kapitän Kaldek auf der *Weltwind*«, stellte Yonathan fest. »Es war wirklich mutig von ihm, dass er in die brennende Stadt ging, um Hilfe zu leisten. Niemand hätte ihm etwas vorwerfen können, wenn er auf der Stelle kehrtgemacht hätte.«

»Die Segel streichen? Kapitän Kaldek? Da kennt Ihr mich aber schlecht, junger Freund«, knarrte unvermutet Kaldeks Stimme hinter Yonathan. Der Kapitän war unbemerkt in den Raum getreten.

»Da ist ja unser Goldstück«, krähte Zirahs Stimme aus dem Hintergrund.

»Schon gut, schon gut«, beruhigte Kaldek den Vogel und an Yonathan gerichtet fuhr er fort: »Ich freue mich, dass Yomi jemanden gefunden hat, dem er sich anvertraut. Und wenn dieser Jemand eine hohe Meinung von mir hat, dann ist mir das doppelt lieb.« Er grinste. »Auf dem Schiff gibt es zu viele, die sich durch Yomi einen Vorteil bei mir verschaffen möchten. Mag sein, dass ich ihn deshalb den anderen gegenüber manchmal mehr als nur gleich behandelt habe. Ich möchte einfach, dass er ein tüchtiger Seemann wird.«

Nach kurzer Pause fügte er hinzu: »Ich konnte ihm die zweite Hälfte seiner Kindheit leider nicht so gestalten, wie es vielleicht angemessen gewesen wäre.«

»Ich habe es immer gut bei dir gehabt.«

»Mein Junge, würdest du bitte nach der Ladung sehen. Der Sturm hält unvermindert an. Ich möchte verhindern, dass die Fracht ins Rutschen kommt – wäre doch schade um die alte *Weltwind*, wenn sie sich am Salzwasser verschluckte, was? »

»Ich geh schon«, erwiderte Yomi, warf Yonathan noch einen Blick zu und verschwand hinaus auf den Gang.

»Ich habe Vertrauen zu Euch, obwohl ich Euch erst einen Tag

lang kenne. Ihr scheint mir ein unverdorbener Bursche zu sein«, sagte Kaldek, als er mit Yonathan allein war, wurde dann aber sofort wieder geschäftsmäßiger: »Wie steht's mit dem Schreibdienst? Gestern Abend habe ich Euch verschont, aber wir sollten uns nun um das Logbuch kümmern. Es gehört zu den lästigen Pflichten eines Kapitäns.«

Yonathan räusperte sich, dann las er die letzte Logbucheintragung noch einmal vor: »28. Tag des Monats Elul, 5. Tag der Woche, im Jahre Neschans 4746.

Am gestrigen Tage ist die *Weltwind* zur Mittagszeit vom Hafen Kitvars aus in See gestochen. Unsere Ladung besteht aus Stockfisch, Wachs, Honig, Pech, Teer und Pottasche. Eine genaue Aufstellung aller an Bord genommenen Waren ist der Frachtliste zu entnehmen.

Wir haben auf dieser Reise auch einen Passagier an Bord, sein Name ist Yonathan. Er ist ein netter, intelligenter Junge von dreizehn Jahren, der mir beim Schreiben dieser Eintragungen zur Hand geht.« Yonathan errötete, während er dies vorlas. »Yonathan hat sich erboten mir diesen Dienst bis zu unserer Ankunft in Cedanor zu leisten, was ich dankend angenommen habe, weil meine Augen nicht mehr so gut mitmachen wie früher. Auf eine Entlohnung hat er verzichtet.

Da wir seit unserem Auslaufen aus dem Hafen Kitvars gegen auflandigen Wind ankämpfen müssen, haben wir zunächst einen südlichen Kurs eingeschlagen und segeln unter Wahrung des nötigen Seeraumes an der Küste entlang. Sobald der Wind etwas abflaut, werden wir unseren Kurs auf Südwest ändern, um das Verborgene Land zu umschiffen.

Ende der Eintragung.«

Kapitän Kaldek saß in seinem Sessel und hatte aufmerksam den Worten Yonathans gelauscht. Jetzt nickte er zufrieden. »Ja, ich glaube, so können wir es lassen: kurz und bündig.«

»Meiner Meinung nach hätte es ruhig noch ein wenig kürzer sein können«, bemerkte Yonathan.

Kaldek runzelte die Stirn. »Was soll das heißen? Gefällt Euch mein Stil nicht?«

»O doch«, beeilte Yonathan sich zu versichern. »Nur die Bemerkungen über mich … das war doch eigentlich nicht nötig … für das Schiffslogbuch, meine ich.«

Die Miene des Kapitäns glättete sich wieder. »Ach das meint Ihr. Lasst es gut sein, mein Junge. Das Logbuch ist für mich so manches Mal mehr gewesen als ein nüchternes Protokoll. Wenn man sich wochenlang auf dem Meer herumtreibt, kommen einem manchmal komische Gedanken. Und dann ist man froh, wenn man sie jemandem anvertrauen kann – auch wenn es nur ein Buch ist.«

Yonathan nahm einen melancholischen Unterton in Kaldeks Stimme wahr. Er spürte, dass sich der kleine, stabil gebaute Kapitän, der so selbstbewusst auftrat, bisweilen recht einsam fühlte. »Aber Ihr habt doch Yomi. Er ist wie ein Sohn für Euch.«

»Yo?« Kaldek lächelte. »Yomi ist zehn Jahre bei mir, und die meiste Zeit davon war er ein Kind – irgendwie ist er das heute noch. Mag sein, dass ich ihm nie ein richtiger Vater war. Aber konnte ich das? Schließlich war ich immer nur mit der *Weltwind* verheiratet und mit dem Meer. Wenn man da plötzlich einen Sohn bekommt, fällt es schwer sich zu ändern und aus seinen Fehlern zu lernen.«

Die Worte Kaldeks klangen, als müsse er sich rechtfertigen. Yonathan war etwas durcheinander. Seit einiger Zeit schien sich ihm jedermann anvertrauen zu wollen. Lag es daran, dass er mit ihnen mitfühlte? Spürten sie, dass er ihnen helfen wollte? Er hörte sich sagen: »Ich bin sicher, Ihr habt Euer Bestes getan, Kapitän Kaldek. Und wenn Ihr mich fragt: Yomi ist ein prima Kerl, der das Herz am richtigen Fleck hat.«

Kaldek war nun wieder Herr seiner Gefühle. Seine Schultern strafften sich. »Ich wiederhole mein Angebot: Ihr könnt im Logbuch der *Weltwind* blättern; außer Yo habe ich das bisher noch keinem erlaubt. Ihr werdet darin einige interessante Dinge über unser Schiff finden.«

»Ich nehme Euer Angebot gerne an«, dankte Yonathan. »Aber sagt, wie lange ist die *Weltwind* schon Euer Zuhause?«

Als Kaldek antwortete, wirkte sein Blick abwesend – als

würde er direkt in die Vergangenheit schauen. Lächelnd sagte er: »In drei Monaten – ziemlich auf den Tag genau – werden es dreißig Jahre sein. Die Ereignisse überschlugen sich damals. Zirgon, der alte Kaiser von Cedan, dankte ab – er war sehr krank. Sein Sohn Zirgis bestieg den Thron in Cedanor. Mein Vater Balek hatte dem alten Kaiser gedient. Er hatte die *Weltwind* selbst konstruiert, zuletzt war er Admiral der kaiserlichen Handelsmarine. Die *Weltwind* war sein Flaggschiff. Zirgis, der neue Kaiser, hatte frühzeitig dafür gesorgt, dass anlässlich seiner Krönung ein neues Schiff fertig gestellt wurde, ein Viermaster, größer und prächtiger (allerdings auch schwerfälliger und plumper) als die *Weltwind*. Zirgis liebt großes Spektakel. Wahrscheinlich glaubte er, eine neue Ära brauche auch neue Symbole. Deshalb war das alte Flaggschiff nicht mehr gut genug für ihn. Doch bevor Zirgon wenige Tage nach Zirgis' Thronbesteigung starb, sorgte er dafür, dass mein Vater die *Weltwind* als Geschenk erhielt, als Zeichen der Dankbarkeit des alten Kaisers an seinen betagten Oberbefehlshaber. Ich war damals kaum jünger als Yomi heute. Für kurze Zeit begleitete ich meinen Vater auf allen Meeren der Welt. Dann folgte er seinem Herrn, Zirgon, ins Grab. Ich habe die *Weltwind* geerbt und bin seitdem Kapitän auf diesem Schiff.«

Yonathan war ganz in Kaldeks Erzählung aufgegangen. »Ihr habt Euren Vater sehr geliebt, nicht war?«

»O ja, das habe ich.« Kaldek seufzte. »Obwohl wir nur wenige gemeinsame Jahre hatten. Vielleicht ist das der Grund, weshalb ich mich mit Yomi manchmal so schwer tue.« Kaldeks sonst so knarrige Stimme klang jetzt weich. Dann fügte er bündig hinzu: »Jetzt muss ich aber wieder nach oben. Wenn ich Yo sehe, schicke ich ihn zu Euch. Einverstanden?«

»Einverstanden, Herr Kapitän«, entgegnete Yonathan.

Kaldek lachte in sich hinein, während er nach seinem wetterfesten Mantel griff. Kopfschüttelnd verließ er die Kajüte und murmelte etwas vor sich hin.

Yonathan schaute noch eine Weile auf die offene Kajütentür, die dem gleichmäßigen Schaukeln des Schiffes folgend hin und her schwenkte, bis sie schließlich ins Schloss fiel. Das knallende Geräusch änderte schlagartig die Richtung seiner Gedanken. Ihm wurde plötzlich bewusst, dass er nicht allein war, nun, da Kaldek den Raum verlassen hatte.

Yonathan schaute aus den Augenwinkeln zu Zirahs Käfig hinüber. Die Kreatur musterte ihn nach wie vor aus bösen Augen. Der Vogel kam ihm verändert vor, aber er konnte sich nicht erklären, was der Grund für dieses Empfinden war. Er verspürte Ärger, Ärger darüber, dass er sich von diesem Vogel immer wieder in solches Unbehagen versetzen ließ und er beschloss dem ein für allemal ein Ende zu setzen. Mit zwei Schritten stand er vor dem Käfig und schrie den Vogel an: »Ich lass mir von dir keine Angst einjagen. Du bist da drinnen und ich bin hier draußen, du kannst mir nichts tun. Gib's auf, mich weiter mit deinem bösen Blick zu verfolgen.«

Er drehte sich auf dem Absatz um und stampfte aus der Kajüte.

»Wir werden sehen«, krächzte eine Stimme aus dem Käfig.

Von Göttern und Naturgewalten

Warum trägst du eigentlich ständig diese … Tasche mit dir herum?«, fragte Yomi und deutete auf den Köcher an Yonathans Stuhllehne.

Yonathan warf einen Blick über die Schulter; schon seltsam, dass ihn bisher noch niemand danach gefragt hatte. In den drei Tagen, die er Yomi nun kannte, hatte sich zwischen ihnen eine Freundschaft entwickelt. Sie saßen sich wieder am Tisch in Kaldeks Kajüte gegenüber und sprachen über alle möglichen Dinge. Draußen tobte unvermindert der Sturm und warf der *Weltwind* riesige Wellen entgegen. Die beiden Freunde jedoch waren solchen Seegang gewohnt. Deshalb konnte auch das ständige Heben und Senken dieser kleinen Welt inmitten der unendlichen See ihre Unterhaltung nicht stören.

Was sollte Yonathan ihm auf die Frage nach dem Gepäckstück antworten? Die Wahrheit durfte er nicht einfach hinausplaudern. Er trug die Zukunft Neschans auf dem Rücken. War die neue Freundschaft zwischen ihnen schon stark genug dieses Wissen zu teilen?

Yonathan wollte die Sache verharmlosen. »Ach das«, antwortete er gleichgültig. »Das ist für den Mann bestimmt, den ich besuchen werde.«

»Es muss wohl sehr kostbar sein, wenn du es ständig bei dir trägst?« Yomis Augen verrieten große Neugier.

»Kostbar? Nun, eigentlich nicht. Oder sagen wir, es ist für seinen Empfänger kostbar, für jeden anderen ist es eher« – »tödlich« konnte Yonathan kaum sagen; das würde Yomis Neugier nur noch mehr wecken – »von geringem Nutzen.«

»Du meinst also, es ist von … wie sagt man doch gleich?«

»Von ideellem Wert?«, half Yonathan seinem Freund aus. »Ja, so könnte man es wohl ausdrücken.«

Yomis Neugier war unersättlich. »Ob nun von großem oder geringem Wert, was ist es denn, was du da mit dir herumschleppst?«

Yonathan atmete tief aus und schloss die Augen. Es hatte keinen Zweck. Bei so viel Hartnäckigkeit blieb nur noch der strategische Rückzug. Als er fortfuhr, klang seine Stimme sehr ernst. »Also gut, ich verrate es dir – aber du darfst niemandem etwas davon erzählen!«

Yomi lehnte sich zurück, hob die rechte Hand an sein Herz und verkündete feierlich: »Ich schwöre es. Nie wird ein Wort über meine Lippen kommen, wenn nicht du vorher dein Einverständnis dazu gegeben hast.« Er beugte sich vor und heftete den Blick auf seinen Freund.

Yonathan spürte, dass Yomi meinte, was er sagte. »Es ist ein Stab«, sagte er so ruhig wie möglich.

»Ein Stab?«

»Ja, ein Stab. So etwas, worauf man sich aufstützen kann, wenn man schwach auf den Beinen ist oder der Weg trügerisch scheint.«

»Du brauchst mir nicht zu erklären, was ein Stab ist, das weiß ich ziemlich genau. Willst du mir wirklich weismachen, dass du dich nicht mal für einen Augenblick von einem simplen Stab trennen kannst?«

»Niemand hat gesagt, dass er simpel ist.«

»Aha! Es ist also doch mehr an dem Stab, als du mir erzählen möchtest. Wahrscheinlich ist etwas ungeheuer Wichtiges mit ihm verbunden.«

Yonathan erwiderte etwas gereizt: »Natürlich ist mehr daran. Ich habe dir doch gesagt, dass er für seinen rechtmäßigen Eigentümer einen erheblichen Wert besitzt. Aber wenn du wirklich mein Freund bist, dann frag jetzt nicht weiter. Du wirst es noch früh genug erfahren.«

Dass Yonathan an ihre Freundschaft appelliert hatte, verfehlte seine Wirkung nicht. Yomi hüllte sich in beleidigtes Schweigen.

»Nun sei nicht eingeschnappt«, fügte Yonathan hinzu. »Ich sagte doch, du wirst das Geheimnis des Stabes erfahren.«

»Versprochen?«, fragte Yomi, noch immer schmollend.

»Versprochen! Aber du musst mir auch etwas verraten.«

Yomi zuckte mit den Schultern. »Was willst du wissen?«

Yonathan hatte es geschafft das Gespräch in eine andere Bahn zu lenken.

»Woher kommt der Name dieses Schiffes? Hat es irgendetwas mit den alten Legenden zu tun?«

Ein Strahlen ging über Yomis Gesicht. »Diese Frage ist wirklich einfach; da wirst *du* es schwerer haben. Ich wundere mich, dass du nicht schon selbst darauf gestoßen bist. Du hast doch gestern im Logbuch geblättert, da steht es drin.«

»Ja schon, aber das Logbuch ist ziemlich dick, und wie du selbst sagst, ich habe nur ein wenig darin geblättert.«

»Es steht ganz am Anfang, gleich auf der ersten Seite.« Yomi grinste über das ganze Gesicht.

»Also gut, du hast gewonnen, Yo.« Yonathan lächelte seinen großen Freund an und ging zu dem Regal, in dem das Logbuch der *Weltwind* stand. Am Tisch schlug er die erste Seite des dicken Schiffstagebuches auf.

»Lies ruhig laut. Ich höre die Geschichte immer wieder gern«, bemerkte Yomi.

Yonathan räusperte sich. Dann begann er zu lesen: »Die *Weltwind*-Sage handelte vom Göttervater Oßéh, der einst trauerte um all seine verlorenen Söhne, die wegen ihrer Abtrünnigkeit in dem *Tartaros,* dem Dunklen Ort, eine ewige Strafe erlitten. Immerfort hatte Oßéh ihre Pein vor Augen, beleuchtet von dem karminroten Licht des feurigen Grenzflusses, der den Ort der Strafe von den Sphären des Lichts trennte. Oßéhs Herz quoll schier über vor Trauer ob dieses unfrohen Anblicks. So befahl er seinen treuen Söhnen, den Dunklen Ort und den Grenzfluss mit einem Gespinst aus Sternenlicht und einem Ring aus hohen Bergen zu verdecken. Doch selbst dieser Sichtschutz konnte Oßéh nicht trösten. Vielmehr erwies er sich für den Gott nur als ein neues Mahnmal, eine ständige Erinnerung an die Rebellion seiner Söhne. So gingen die ihm verbliebenen Gottgleichen daran, die Welt Neschan zu schaffen, um ihren Vater zu trösten. Ein Gott jedoch, Sevel, erschuf Menschen, damit sie den Göttern dienten. Schnell stellte sich aber heraus, dass die vernunftbegabten Geschöpfe nur äußerlich schön waren. Innerlich erwiesen sie sich als verdorben, ein Spiegelbild ihres selbstgerechten Schöpfers. Schließlich – Mord und Todschlag und jede Art von Schlechtigkeit hatte sich unter den Menschen ausgebreitet – hatte die Geduld Oßéhs ein Ende: Er schleuderte seinen eigenen Sohn, Sevel, voller Zorn durch den Ring aus Bergen und durch das Gespinst aus Sternenlicht in den *Tartaros* hinab. Dann weinte er bitterlich. Oßéhs Tränen heilten die entartete Schöpfung Sevels, aber der Name seines Sohnes wurde zu einem immer währenden Fluch und bis auf den heutigen Tag stand das Wort *Sevel* für Unrat, Mist und Kot. Da aber, wo Sevel in den Dunklen Ort hinabgeschleudert worden war, ergoss sich fortan in regelmäßigen Wellen das Wasser Neschans auf den rot glühenden Grenzstrom und wurde von dessen zerstörerischer Macht zu Dampf zerrissen, der schließlich wieder empordrängte, um sich in Form von Wolken über die ganze Welt auszubreiten.« Das, so las Yonathan, war der Ursprung für die Winde, die den Leben spendenden Regen mit sich brachten, und für den ewig währenden Rhythmus der Gezeiten.

»So hat selbst der Fluch Oßéhs und die Verdammnis Sevels noch einen Segen für Neschan gebracht«, schloss die Legende und Yonathan brachte die Vorlesung mit einem Knall zu Ende, indem er das Schiffslogbuch mit lautem Schlag zuklappte. Dann fragte er Yomi: »Glaubst du an diese alten Göttersagen?«

Sein Freund antwortete zögernd: »Nun ... seit ich bei Kaldek lebe, hat mich nie jemand etwas anderes gelehrt.«

Yonathan wollte seinen älteren Freund nicht verletzen. Deshalb erwiderte er: »An den meisten Legenden ist etwas Wahres dran. Mir gefällt es, dass du den Glauben an die Götter noch nicht verloren hast, wie so viele heute.«

»Glaubst du etwa auch an die Götter der Seeleute?«

»Die Seeleute geben ihren Göttern diese Namen, die Kaufleute solche und alle möglichen Sippschaften verleihen ihnen noch weitere. Es ist manchmal schwer sich da zurechtzufinden.«

»Welche Namen gibst du ihnen denn?«

»Ich finde, ein Gott sollte in der Lage sein sich selbst einen Namen zu geben.«

Yomi dachte nach. »Eigentlich schon. Doch woher sollen wir diese Namen dann erfahren?«

»Man lässt es sich von ihnen sagen.«

Yomi fiel in die Lehne seines Stuhles zurück und blickte Yonathan ungläubig an. »Du willst mir doch nicht etwa weismachen, dass du mit Göttern sprichst?«

Yonathan fiel sein Gespräch mit Benel ein, dem Boten Yehwohs. War nicht auch Benel so etwas wie ein Gott? Nicht wirklich der allmächtige Vater aller Dinge, das war klar, aber ein Mächtiger, das war Benel ganz sicher. Er antwortete: »Man muss nicht immer mit den Göttern selbst sprechen. Manchmal schicken sie uns ihre Boten oder sie schreiben uns Briefe.«

»Briefe? Du meinst also, die Götter schreiben dir Briefe?«

Yonathan musste deutlicher werden, sonst würde Yomi ihn für verrückt halten oder ihm nicht mehr zuhören. »Diese Briefe sind nicht nur für mich bestimmt«, begann er. »Hast du schon einmal etwas von dem Buch der Richter Neschans gehört?«

»Vom *Sepher Schophetim* meinst du? Ja, natürlich. Mein Vater hatte mir regelmäßig daraus vorgelesen.« Yomi drohte wieder in trübe Erinnerungen abzugleiten. Doch er fing sich wieder und fügte hinzu: »Das ist allerdings schon ziemlich lange her und seitdem bin ich nur im Glauben an die Götter der Seeleute erzogen worden. Das heißt, ich hab halt hier und da was aufgeschnappt und was mir gefiel, das habe ich behalten. Vom Buch der Richter Neschans habe ich allerdings seither nichts mehr gehört.«

»Vielleicht kannst du dich noch daran erinnern, dass dein Vater dir einmal eine Geschichte aus der Rolle *Yenoach* vorgelesen hat – du weißt schon, es ist das erste der sechs kleinen Bücher, aus denen sich das *Sepher Schophetim* zusammensetzt. Diese Geschichte handelt von einem König. Weil sein Königreich so groß war, hatte er Fürsten eingesetzt, die ihm bei der Regierung der Provinzen seines Reiches Hilfe leisten sollten. Lange lebte das Reich in Frieden, bis einer der Fürsten begann die Gesetze des Königs zu missachten.«

»Ich erinnere mich tatsächlich an diese Geschichte!«, rief Yomi verwundert aus. »Woher weißt du, dass mein Vater sie mir vorgelesen hat?«

»Diese Geschichte ist so bekannt, dass sie wohl jeder kennen muss, der sich schon einmal mit dem Buch der Richter Neschans beschäftigt hat.« Yonathan konnte seine Erzählung nun ungestört fortsetzen: »Der Teil des Reiches, in dem der eben erwähnte böse Fürst regierte, war bald von Verbrechen und Armut heimgesucht. Und so sandte der König des Landes Verwalter in das Gebiet des abtrünnigen Fürsten, erst einen, danach einen weiteren, bis es zuletzt sieben waren, die für den König eingetreten sind. Der letzte Verwalter hatte schließlich dafür gesorgt, dass der böse Fürst dem Gericht des Königs übergeben wurde und in dem geschundenen Land wieder Frieden einkehrte.«

Yonathan beugte sich vor und fragte: »Was glaubst du, waren die Verwalter des Königs wohl in der Lage, dem Volk den Namen ihres Königs zu nennen?«

Yomi schaute Yonathan verdutzt an. »Natürlich werden sie seinen Namen gewusst haben.« Und sich erinnernd fügte er hinzu: »Hat er den Verwaltern nicht sogar eine Buchrolle mitgegeben, in der er seine Anweisungen niedergeschrieben hat? Diesen Erlass wird er doch sicher mit seinem Namen unterschrieben haben.«

»Genau! Und dieser Bericht von dem König, dem bösen Fürsten und des Königs Verwaltern ist ein Gleichnis, eine Geschichte, aus der wir lernen sollen. Der König ist ein Bild für Yehwoh, den allmächtigen Gott, der das Universum erschuf. Der böse Fürst ist Melech-Arez, Yehwohs Widersacher, der unsere Welt Neschan machte, um sich Yehwoh gleichzustellen. Die Verwalter aus dem Gleichnis aber stellen die Richter Neschans dar; sechs sind schon da gewesen und der siebente soll in unserer Generation erscheinen.«

»Die Götterboten sind also die Richter Neschans und der göttliche Brief ist das *Sepher Schophetim*. Dann ist der wahre Name Gottes – Yehwoh.« Yomi nickte. »Raffiniert!«

Yonathan hatte es geschafft Yomi selbst die Antwort auf die Fragen nach dem wahren Namen Gottes finden zu lassen. Genau so hatte es ihn Navran stets gelehrt. »Das Buch der Richter Neschans ist der Schlüssel zu vielen alten Legenden. Nachdem du ihn gefunden hast, musst du ihn nur noch benutzen.«

»Das alles ist ziemlich schwer zu begreifen. Alles hatte so gut zusammengepasst – der Weltwind, der die Wolken hervorbringt, und die Gezeiten.«

»Gewiss gibt es eine logische Erklärung für Naturerscheinungen wie Wind, Ebbe und Flut.«

»Ja, ja.« Yomi war mit grüblerischer Miene von seinem Stuhl aufgestanden. »Ich muss mir das alles durch den Kopf gehen lassen«, murmelte er vor sich hin, zog seinen Mantel über und sagte zu Yonathan gewandt: »Ich werde zunächst einige Dinge im Frachtraum erledigen. Wir reden später weiter.«

Yonathan nickte ihm lächelnd zu. Er hatte Yomis Weltbild gründlich durcheinander gebracht.

Als Yonathan allein in Kaldeks Kajüte saß, ergriff ihn wieder dieses Frösteln. Aus den Augenwinkeln spähte er zu Zirahs Käfig herüber. Der schwarze Vogel saß wie immer regungslos da und hatte seine orange umränderten Augen auf ihn geheftet. Abermals glaubte er eine Veränderung an dem Tier wahrzunehmen, doch er konnte sich nicht erklären, *was* diesen Eindruck hervorrief.

Noch etwas anderes fiel ihm auf: Aus dem bösartigen Blick des Vogels sprach etwas Neues, ein Gefühl, das mit der bereits vertrauten Feindseligkeit des Tieres verflochten war. Yonathan verwarf diesen Gedanken, denn konnte es sein, dass Zirah beleidigt war über das, was er eben erzählt hatte? Genau diese Empfindung glaubte er nämlich im Blick des Vogels zu erkennen. Er schüttelte den Kopf. »Blödsinn!«, sagte er sich, verließ aber doch lieber die Kapitänskajüte. Jede Gesellschaft war ihm lieber als die dieses gefiederten Ungeheuers.

Er war schon längst außer Hörweite, sodass er nicht mehr die drei Worte vernahm, die aus dem schaukelnden Käfig drangen.

»Wir werden sehen.«

Wettlauf auf Leben und Tod

Schiff steuerbord voraus!«, rief eine sich überschlagende Stimme vom Ausguck der *Weltwind* herab. Der stürmische Wind verschluckte fast die Worte.

Yonathan befand sich zum Unwillen von Kapitän Kaldek wieder einmal an Deck. Inzwischen waren vier weitere Tage an Bord der *Weltwind* verstrichen. Obwohl das Wetter nur selten Ausflüge ans Oberdeck erlaubt hatte, fühlte er sich doch recht wohl auf dem großen Dreimaster. Yomi hatte ihm viel vom Schiff gezeigt und nicht zuletzt wegen ihrer täglichen Gespräche, die seit der Unterhaltung über die Weltwind-Legende ständig tiefgründige Themen ausloteten, war ihm die Zeit nicht lang geworden. Yomi war zwar eher zurückhaltend, aber wenn man ihn aus der Reserve lockte, wurde er recht mitteilsam.

Dies war nun der siebente Tag seit Verlassen des Hafens von

Kitvar und zum ersten Mal hatte es aufgehört zu regnen. Sogar der Sturm gönnte sich eine kleine Ruhepause und der Himmel trug ein etwas freundlicheres Grau. Der Wind hatte gedreht und wehte nun von Süden. Kapitän Kaldeks zuletzt sehr üble Laune war mit dem Wetter umgeschlagen, konnte die *Weltwind* doch endlich – da die Klippen des Ewigen Wehrs bereits als schwarze Linie am Horizont in Sichtweite gerückt waren – westlichen Kurs einschlagen und mit halbem Wind segelnd Abstand gewinnen zu der nahen Küste.

Als die Stimme aus der Höhe des Großmastes ertönte, blickte Yonathan unwillkürlich zu Zirah hinüber. Schon seit einigen Stunden war ihm aufgefallen, dass der Vogel sich seltsam unruhig benahm. Üblicherweise hockte Zirah wie eine Statue bewegungslos in ihrem Käfig. Aber heute wanderte sie ununterbrochen auf ihrer Stange hin und her. Der kahle Kopf wippte in kreisenden Bewegungen auf und ab, als versuche sie vergeblich einen zu großen Bissen hinunterzuschlingen.

Es war aber nicht dieses merkwürdige Verhalten allein, das Yonathan auffiel. Er glaubte jetzt entdeckt zu haben, was sich an Zirah in der letzten Zeit verändert hatte: Haarfeine schwarze Linien zeichneten sich auf dem vormals makellos orangefarbenen Flügeln ab, Strähnen so schwarz wie die ganze unsympathische Kreatur.

Und jetzt diese Meldung vom Ausguck. Gab es einen Zusammenhang zwischen der äußerlichen Veränderung Zirahs und dem Schiff da draußen? Etwas flüsterte Yonathan zu, dass sich der Vogel über die Ankunft des anderen Schiffes freute.

»Yo, klettere zum Krähennest hinauf und berichte mir, was du siehst«, rief Kaldek seinem Schützling zu.

Yonathan sah, dass Yomi trotz seiner Schlaksigkeit mit sicheren, geübten Handgriffen den Großmast erklomm. Der Mann, der sich bereits im Ausguck befand, deutete nach Nordwesten. Nachdem Yomi für kurze Zeit in diese Richtung gespäht hatte, stieg er wieder herunter. Seine Bewegungen waren jetzt hastig, als treibe ihn etwas. Auf halbem Wege glitt sein Fuß plötzlich vom Tau der Strickleiter ab und er fiel.

Yonathan stockte der Atem. Doch Yomi hatte sich schon wieder gefangen. Nach einem Fall von etwa fünf Fuß hatte er ein Tau zu fassen bekommen und hangelte sich nun mit sicherer Hand auf das Deck hinab.

Yonathan eilte zu Kapitän Kaldek, der Yomi erleichtert begrüßte: »Da hast du uns aber einen gehörigen Schrecken eingejagt, Yo. Mach so was nie wieder, hörst du!«

Doch Yomi ging nicht auf Kaldeks Ermahnung ein. Erregt stotterte er: »Es ist unheimlich ... das Schiff ... ein pechschwarzes Vollschiff, mit fünf Masten ... ich habe bisher nur ein einziges Mal ein solches Schiff gesehen, vor zehn Jahren, bei Darom-Maos.«

»Bei der Südfeste? Du meinst, das schwarze Schiff aus Témánah, das uns damals beinahe erwischt hat?«, fragte Kaldek ungläubig.

Yomi nickte hastig.

Kaldek eilte nach steuerbord an die Reling, Yonathan und Yomi folgten ihm. Die Segel des von Yomi beschriebenen Schiffes waren nun auch schon vom Deck aus zu erkennen, zwar noch klein, doch für Yonathan deshalb nicht weniger bedrohlich. Ein Schiff aus Témánah, der Südgegend, dem dunklen Land, das von Bar-Hazzat, dem Hohepriester Melech-Arez', regiert wurde. Hatte Benel nicht Yonathan gewarnt, dass Sethur, der Heeroberste Bar-Hazzats, mit einer Flotte von drei Schiffen auf dem Weg nach Kitvar unterwegs sei?

»Da sind noch zwei weitere Schiffe steuerbord voraus. Sie sind kleiner als das erste«, ertönte die Stimme des Mannes vom Ausguck.

»Sethur«, brach es aus Yonathan heraus, wie zur Bestätigung für sich selbst. Und dann wiederholte er es laut vernehmlich: »Es ist Sethur, der Heeroberste Bar-Hazzats.«

Kaldek blickte ihn misstrauisch an, tiefe Furchen zeigten sich auf seiner Stirn. »Woher weißt *du* denn etwas von diesen Schiffen? Hast du etwa was mit diesem Lumpen zu tun?« In Kaldeks Stimme schwang ein bedrohlicher Unterton.

»Nein, nein«, versicherte Yonathan eilig, »aber ich habe davon gehört, dass Sethur sich in diesen Gewässern herumtreibt. Wir sollten schleunigst das Weite suchen.«

»Das brauchst du mir nicht zu erklären«, entgegnete Kaldek kaum freundlicher als zuvor. »Es ist schon höchst seltsam, dass die Schiffe Témánahs in letzter Zeit so dreist werden. Normalerweise sorgen unsere Verbündeten, die Bolemiden, dafür, dass die nördlichen Meere von diesen verfluchten Seglern aus dem Süden frei bleiben. Aber ich habe den komischen Quallenwesen von Bolem ohnehin nie über den Weg getraut. Wer weiß, vielleicht hat sich ihre Königin jetzt mit diesen dunklen Gesellen aus Témánah verbündet. Ich möchte zu gern wissen, was dieser Bastard aus dem Südreich so weit nördlich zu suchen hat«, brummte Kaldek. Dabei blickte er Yonathan an, als wüsste er, dass die Antwort auf seine Fragen direkt vor seiner Nase stand.

Yonathan hätte sich am liebsten in Luft aufgelöst, um Kaldeks bohrendem Blick zu entkommen.

Dieser Wunsch schien sich zu erfüllen, denn der Kapitän wandte sich an Yomi. »Unsere Segel sind bei Tage nicht so gut zu erkennen wie das schwarze Tuch von Sethurs Flotte. Vielleicht haben sie uns noch nicht entdeckt.«

»Wir haben die dunklen Klippen des Ewigen Wehrs im Rücken. Davor sehen sie uns bestimmt«, mischte sich Yonathan ein.

Kaldek fuhr herum. Verärgert knarrte er: »An Deck ist jetzt kein Platz für Landratten und kleine Besserwisser. Geh in deine Kajüte und bleib da, bis man dich ruft. Ich werde später noch einige Fragen an dich haben.« Schon hatte er sich wieder abgewandt und raunte dem verunsichert dreinblickenden Yomi zu: »Er hat Recht, wir müssen so schnell wie möglich die offene See erreichen.«

Während der Kapitän davoneilte – seinem Steuermann und anderen Mitgliedern der Besatzung laute Befehle zubellend –, blieb Yonathan allein zurück. Da war er wohl mal wieder zu weit gegangen! Warum musste er sein Wissen immer gleich herauskehren und die Leute mit altklugen Äußerungen verärgern?

Yomi trat zu Yonathan heran und legte ihm seine Hand auf die

Schulter. »Er hat es nicht so gemeint«, sagte er tröstend. »Schließlich trägt er eine ungeheure Verantwortung. Und das, was da draußen auf uns zukommt, ist wahrscheinlich schlimmer als alles, was du bisher erlebt hast. Glaube mir. Ich habe gesehen, was Bar-Hazzats Horden vollbringen können.«

Yonathan nickte schweigend. Sein Blick wanderte zu den drei schwarzen Flecken am nordwestlichen Horizont hinüber. Seine Reise hatte gerade erst begonnen. Würde das schon ihr Ende sein? Ja, wie sollten sie dieser übermächtigen Gefahr entkommen?

Es war ein Wettlauf, der von Anfang an aussichtslos erschien. Kaldek hatte zusätzliche Segel setzen lassen, sodass die Masten dem Bersten nahe waren. Die Gischt des aufgewühlten Meeres spritzte am Bug der *Weltwind* empor. Mit einer für seine Ausmaße erstaunlichen Geschwindigkeit glitt das Schiff über die Wellen dahin. Ängstlich verfolgte Yonathan den ungleichen Wettlauf. Sethurs kleiner Flottenverband hatte tatsächlich die Verfolgung aufgenommen. Zwar hatte die *Weltwind* auf ihrem westlichen Kurs mit halbem Wind bessere Voraussetzungen mehr Fahrt zu machen als die von Nordwesten herbeieilenden, hart am Wind segelnden Schiffe Témánahs. Dafür schienen jedoch die schlanken, schwarzen Segler Sethurs geradezu über das Wasser zu schweben, allen voran der Fünfmaster, der wie eine zum Sprung bereite schwarze Raubkatze wirkte. Immer näher kamen sie heran. Was konnte sie aufhalten? Der *Weltwind* müssten schon Flügel wachsen, um diesen Verfolgern zu entkommen.

Die Zeit raste dahin. Dank Kaldeks seemännischer Geschicklichkeit war es Sethurs Verband nicht gelungen der *Weltwind* den Weg abzuschneiden. Dadurch mussten die drei schwarzen Schiffe auf den Kurs des fliehenden Dreimasters einschwenken. Doch dieser kleine Sieg kehrte sich schnell in einen Nachteil. Mit besserem Wind eilten die Verfolger zusehends schneller heran. Yonathan konnte bereits viele Einzelheiten der auf sie zufliegenden Schiffe erkennen. Der Himmel verdüsterte sich immer mehr. Doch obgleich sich der stürmische Wind zu einem bedrohlichen

Sturm steigerte, nahm Yonathan keine Geräusche wahr. Er beobachtete die Szene wie durch eine dicke Glasscheibe, die jeden Laut von ihm fern hielt und nur die Augen an der tödlichen Jagd teilnehmen ließ.

Während Yonathan gebannt auf das große Leitschiff Sethurs starrte, wurden die roten Buchstaben am Bug deutlicher. Wohl aufgrund der Macht des Stabes, die seine Sinne schärfte, ohne dass er sich dessen bewusst war, erkannte er bald den Namen des schwarzen Fünfmasters: *Narga.* Was immer dieser Name bedeutete, Yonathan war sich sicher, dass es nichts Gutes sein konnte. Aus der Nähe wirkte die *Narga* nicht mehr wie der schlanke Schatten einer geduckten Raubkatze. Vielmehr war sie nun ein riesenhaftes Insekt, eine schwarze Gottesanbeterin etwa, die ihrem Opfer auflauerte.

Plötzlich zerriss eine Stimme, die nichts Natürliches an sich hatte, die eigenartige Stille: »Kapitän Kaldek, dreht bei. Ihr habt keine Chance zu entkommen.«

Als wäre die Glasscheibe, die eben noch alle Geräusche von Yonathans Ohren fern gehalten hatte, mit einem Schlag zerschmettert worden, wurde er in ein Chaos von Geräuschen gerissen – und über allem lag diese ruhige, grausige Stimme.

»Gebt es auf, Ihr könnt nicht entkommen.«

Das Toben des aufziehenden Sturmes, die Macht der gegen die *Weltwind* heranstürmenden Wogen, selbst die Schreckensschreie, die nach Ertönen der ersten Warnung Sethurs den Kehlen der Seeleute entfahren waren: All das trat hinter dieser Stimme zurück, als ertöne sie direkt in den Köpfen der *Weltwind*-Besatzung.

»Gib es auf, du kannst nicht entkommen«, krächzte nun eine andere Stimme hinter Yonathan. Er fuhr herum und erblickte Zirah in ihrem Käfig. Der Vogel schien ihn anzugrinsen, triumphierend, schadenfroh. Also doch, schoss es Yonathan durch den Kopf. Dieser Vogel war – so unglaublich das klang – ein Verbündeter Sethurs, ein Spion, dessen war Yonathan sich sicher. Ihm blieb keine Zeit weiter darüber nachzudenken. Kapitän Kaldeks raue Stimme erhob sich über den aufbrausenden Sturm.

»Du bekommst uns nicht, so wahr ich Kaldek heiße!«, brüllte er der *Narga* entgegen – und seine Stimme konnte wohl nur deshalb das Tosen des Sturmes übertönen, weil sich kein anderes Geräusch mit ihrem giftigen Knarren vermischen wollte.

Abermals bohrte sich die unheimliche Stimme wie ein lähmender Stachel in die Köpfe der Männer: »Ich sage es Euch ein letztes Mal, Kaldek: Gebt auf! Ich will nur den Jungen. Wenn Ihr ihn mir ausliefert, dann lasse ich Euch ziehen.«

Für einen Moment wanderte Kaldeks Blick zu Yonathan herüber. Obwohl Regen auf das Deck der *Weltwind* peitschte, glaubte Yonathan doch ein Abschätzen in diesen Augen zu sehen, so wie bei ihrem ersten Treffen vor sieben Tagen. Würde Kaldek, der schlitzohrige Kaufmann, lieber auf eine Ware verzichten, um dafür wertvollere Dinge – die *Weltwind*, sein Leben und das aller seiner Männer – behalten zu können?

»Handel ist Handel!« Kaldeks Stimme zerschnitt das Brüllen des Windes. »Der Junge ist mir anvertraut. Du bekommst ihn ebenso wenig wie mich oder unser Schiff.«

Kaldek wandte sich entschieden ab und würdigte das schwarze Schiff Sethurs keines Blickes mehr. Einen Moment verharrte er in dieser Haltung, so, als wolle er die *Narga* dadurch von der Oberfläche der aufgewühlten See verbannen. Dann erhob er die Augen und brüllte seinen Männern zu: »Werft alles, was wir nicht zum Segeln benötigen, von Bord: die Ladung, die Aufbauten, eure Habseligkeiten – alles. Aber achtet darauf, dass die richtige Trimmung erhalten bleibt! Wir müssen unser altes Walross leichter machen. Es soll auf seine alten Tage noch einmal Flügel bekommen, denn wenn wir dieser schwarzen Ausgeburt dort drüben nicht entkommen, dann gnade uns Gott.«

Mit diesen Worten hatte Kaldek den lähmenden Bann gebrochen, der von Sethurs übernatürlicher Stimme in die Köpfe der Männer gepflanzt worden war. Wie vom Irrsinn gepackt begannen sie alles, was nicht niet- und nagelfest war, von Bord zu werfen. Auch Yonathan beteiligte sich.

»Gib es auf, du kannst nicht entkommen«, krächzte immer wieder Zirahs Stimme aus dem Käfig, der nun im Sturm heftig hin und her schaukelte. Niemand schenkte dem Vogel Beachtung, aber offensichtlich dachte auch niemand daran, den Käfig über Bord zu werfen.

Fässer, Kisten und Ballen hatten bald den Weg in die aufgewühlte See gefunden und der Abstand zwischen der *Narga* und der *Weltwind* verringerte sich kaum weiter. Yonathan glaubte die bösartige Entschlossenheit in den Augen der bewaffneten Männer auf der *Narga* erkennen zu können, so nahe waren sich die Schiffe inzwischen schon gekommen. Enterhaken wurden zur Weltwind hinübergeschleudert, doch die wenigen, die gegen den orkanartigen Wind ankamen und das Deck der Weltwind erreichten, fanden dort keinen Halt mehr, denn die Reling und viele andere Aufbauten waren bereits abgebrochen und der grauschwarzen Gischt übergeben worden. Das von den Wellen geschüttelte Schiff knarrte und ächzte beängstigend, aber Kaldek wagte nicht die Segelfläche weiter zu verringern. Jedes Segel weniger würde die *Weltwind* langsamer machen und jedes zu viel könnte die Masten brechen lassen.

Yonathan blickte zur *Narga* hinüber und wünschte sich, dass eines ihrer prallen Segel reißen würde. Inzwischen hatte Dunkelheit die beiden Schiffe umhüllt, obwohl es für den Einbruch der Nacht noch viel zu früh war. Von den Begleitschiffen der *Narga* war nichts mehr zu sehen. Der Wettlauf fand nur noch zwischen den beiden großen Schiffen statt.

Yonathan starrte auf den Großmast der *Narga* und überlegte fieberhaft. Nur ein winziger Vorteil würde schon genügen, um der *Weltwind* die Flucht in die Dunkelheit zu ermöglichen. Wenn nur *irgendwas* geschähe! Wenn dieser Mast dort bräche …

Die Situation schien aussichtslos. Aber das verstärkte nur seinen Zorn. Im Geiste stemmte er sich gegen jenen Mast auf Sethurs Schiff. Dies durfte nicht das Ende seiner Mission sein. Ein Stoßgebet zu Yehwoh …

Da geschah das Unglaubliche: Mit einem lauten Krachen zerbarst der Großmast der *Narga* unmittelbar über dem Deck.

Die folgenden Ereignisse schienen sich mit seltsamer Zähigkeit abzuspielen. Man hätte denken können, die Zeit wäre in einen sumpfigen Morast geraten, in dem sie nur noch mit Mühe vorankam: Der Großmast der *Narga* kippte seitlich weg, riss dabei die Rahen des Mittel- und des Achtermastes mit sich und krachte schließlich steuerbords auf die Deckplanken, wobei er etliche Männer unter sich begrub.

Augenblicklich fiel die *Narga* zurück. Sie hatte infolge des plötzlichen Mastbruches den Großteil ihrer Segelfläche verloren. An Bord des schwarzen Seglers herrschte das reine Chaos. Männer rannten durcheinander, es brannte, Schmerzensschreie mischten sich mit lauten Kommandos. Auf der *Weltwind* dagegen ertönten befreite Jubelrufe.

Erst jetzt, da der Abstand zur *Narga* immer schneller wuchs, bemerkte Yonathan, dass er zwar diese Stimme gehört, ihren Eigentümer aber nicht gesehen hatte. Kaldek hatte an der Reling gestanden, als er zur *Narga* hinüberschrie, aber von Sethur war nichts zu sehen gewesen, obwohl doch seine furchtbare Stimme in jedermanns Kopf gehallt hatte – ein kaltes, berechnendes Sprechen, das jedes andere Geräusch übertönte.

»Weiter, weiter, weiter!«, durchschnitt Kaldeks Stimme Yonathans Betrachtungen. »Wir sind sie noch lange nicht los. Die anderen beiden Schiffe werden uns auf den Fersen bleiben, bis sie uns erwischt haben oder wir uneinholbar entkommen sind. Da ist noch genügend Zeug, das ihr ins Meer werfen könnt.« Mit ausholenden Armbewegungen trieb Kaldek seine Männer zu erneuter Eile an.

Auch Yonathan machte sich wieder an die Arbeit. Während Kaldek Kommandos zum Reffen einiger Segel brüllte, eilte Yonathan unter Deck, um zu sehen, was sich dort noch an überflüssigen Gegenständen befand. Im Kabelgatt traf er auf Yomi.

»Hier sind unheimlich viele Taue. Auf ein paar können wir sicher verzichten«, rief Yomi Yonathan zu. Auch hier musste man aus voller Kehle schreien, denn der Sturm hatte sich mittlerweile zu einer Heftigkeit gesteigert, die für Yonathan eine ganz neue Erfahrung darstellte. Der kleine Raum im Bug des gewaltigen Handelsschiffes befand sich unmittelbar über dem Kiel, an der Stelle also, wo die *Weltwind* der See direkt die Stirn bieten musste und die heranrollenden Brecher für ein ohrenbetäubendes Spektakel sorgten, dort aber auch, wo der Segler mit erbarmungsloser Regelmäßigkeit am stärksten in die Höhe gerissen wurde, um genauso schnell wieder in die Tiefe zu tauchen.

Yonathan und Yomi packten einen Stapel Taue, die sich in dem Durcheinander, das in dem Kabelgatt herrschte, ineinander verwickelt hatten. Gemeinsam zerrten sie das große Knäuel durch den schon fast leer geräumten Frachtraum und von dort durch die weite Luke zum Großdeck hinauf. Auf der letzten Etappe warf sie eine große Welle wieder zurück, gerade, als sie an Deck steigen wollten. Der zweite Versuch war erfolgreicher und sie gelangten endlich mit ihrer Last auf die glitschigen Planken des Großdecks. An Steuerbord spannten gerade einige Männer ein Tau, um sich und ihren Kameraden einen Halt gegen die ständig über das Deck schwappenden Wogen zu geben. So eilten Yonathan und Yomi nach backbord, wo sie die Taue über Bord werfen konnten.

»Bei drei«, rief Yomi Yonathan zu. Seine blonden Strähnen standen ihm abenteuerlich vom Kopf ab. Sie schwangen das Knäuel vor und zurück. Yomi zählte: »Eins, zwei ...«

Weiter kam er nicht. Eine Wasserwand traf sie von der Seite und riss sie von den Beinen. Die Taue flogen in weitem Bogen über Bord. Dabei hatte sich Yomis Fuß in einer Schlaufe verfangen. Die Wucht der Welle und der Schwung der Taue rissen ihn mit sich. Instinktiv griffen seine Hände nach etwas Rettendem und bekamen tatsächlich einen aus dem Deck ragenden Pflock zu fassen, der von der abgebrochenen Reling stammte.

Yonathan kroch auf allen vieren an den Rand der Bordwand, um seinem Freund zu helfen. Von achtern eilten inzwischen auch Kaldek und Hardor herbei. Sie hatten Yomis Sturz mit angesehen und bemühten sich auf den schwankenden, rutschigen Planken voranzukommen.

»Warte, Yo!«, schrie Yonathan gegen das Brüllen des Sturmes an. »Ich ziehe dich herauf.«

»Lass das!«, wehrte Yomi keuchend ab und schüttelte heftig den Kopf. »Du wirst mit mir hinabstürzen.«

Yonathan wollte nichts davon wissen und zog mit aller Kraft. Endlich fanden Yomis strampelnde Füße Halt. So konnte er sich abstützen, während Yonathan weiterhin an ihm zerrte. Langsam schob sich Yomis Oberkörper über die Deckplanken. Kaldek und Hardor mussten jeden Augenblick zur Stelle sein.

Als Yomi sein Bein auf das Deck setzen wollte, rollte eine zweite Welle über die *Weltwind* hinweg, größer und erbarmungsloser als alle anderen zuvor. Ohne die geringste Chance einen rettenden Griff anzubringen, stürzten beide in die brodelnde Gischt des tobenden Meeres. Kaldek und Hardor verfehlten sie nur um Haaresbreite.

Während Yonathan fiel, entglitt ihm der Arm seines Freundes. Hart schlug er auf dem Wasser auf und versank wie betäubt in den grauschwarzen Fluten. Für einen Moment schwebte er in einer anderen Welt; alles war eigenartig still um ihn herum. Doch dann wurde er sich seiner gefährlichen Situation bewusst, er strampelte und kämpfte sich prustend wieder an die tosende Wasseroberfläche empor.

Unerwartet drang eine kalte, krächzende Stimme an sein Ohr. »Yonathan, bleib hier! Es hat keinen Zweck zu fliehen. Ich bekomme dich doch. Bleib hier, Yonathan!«

Zirah!, stellte Yonathan fest und es klang ganz nah, als säße der unheimliche Vogel auf seiner Schulter.

Er versuchte sich zu orientieren. Wo war die *Weltwind*? Als er den Schatten des Schiffes endlich entdeckte, fuhr ihm ein Schrecken in die Glieder, er schluckte Wasser und prustete aufs Neue: Die *Weltwind* war nicht mehr zu erreichen. Der Sturm hatte sie vorwärts gepeitscht wie ein Reiter, der seinem Ross das Letzte abverlangte.

Doch wo war Yomi? »Yo! Yomi!«, schrie er. Sein Freund war nirgends zu sehen.

Erschöpfung überwältigte ihn, seine Glieder waren bleischwer. Er hatte Salzwasser geschluckt und ihm war übel. Er war kein sehr guter Schwimmer. Im kalten, unruhigen Meer vor den Klippen Kitvars begab sich niemand freiwillig ins Wasser. Außerdem behinderten sein Mantel und der Köcher mit dem Stab

Haschevet auf dem Rücken seine Bewegungsfreiheit. Allmählich geriet er in Panik. Das durfte nicht das Ende sein! Zum Ertrinken war sein Auftrag viel zu wichtig. In hastigen Bewegungen versuchte er sich an der Wasseroberfläche zu halten, doch immer häufiger musste er das salzige, Übelkeit erzeugende Wasser schlucken. »Yomi! Yomi!«, brüllte er heiser, doch es kam keine Antwort. Seine Arme und Beine schmerzten. Nur noch undeutlich nahm er wahr, dass er sich den Klippen des Ewigen Wehrs näherte. Wie durch einen Schleier tauchte die schwarze Wand vor ihm auf. Dort gab es keinen Halt, kein rettendes Ufer, nur nackten Fels. Er musste versuchen sich wieder von den Klippen zu entfernen, um nicht von den Wellen dagegen geworfen zu werden. Doch wo sollte er hin?

In seinen Ohren schwoll ein Rauschen an. Dies war nicht das Geräusch der Wellen, es war das Pulsieren seines eigenen Blutes. Seine Füße fühlten sich eigenartig warm an, obwohl das Meerwasser ihm einen eisigen Schock versetzt hatte, als er über Bord gegangen war. Dies durfte nicht das Ende sein, sagte er sich immer wieder. Doch statt sich von den Klippen zu entfernen, wurde er wie von einer unsichtbaren Hand immer näher an sie herangetragen. Abermals schluckte er Wasser. Schwärze legte sich über ihn, erst vor seine Augen, dann vor seinen Geist. Eine tiefe Ruhe überkam ihn, eine Ruhe, die etwas Endgültiges an sich hatte. Nun war er befreit und geborgen, für die Gegenwart und für die Zukunft, für friedliche und für stürmische Zeiten.

VIII.
Der Siebenschläfer

Keuchend schreckte Jonathan aus dem Schlaf hoch. Seine Haare, das Nachtzeug, das Laken: Alles war nass, gerade so, als hätten ihn die Fluten seines schrecklichen Traumes direkt auf das Bettlaken gespült. Hastig stieß er die Bettdecke beiseite – zu sehr erinnerte ihn ihre Umklammerung an das alles erstickende Leichentuch des Meeres, das ihn in seinem Traum umfangen hatte. Er atmete schwer. Noch immer rann ihm der Schweiß über Gesicht und Rücken.

Draußen, vor dem Fenster, herrschte noch tiefe Dunkelheit. Jonathan saß in seinem Bett und wäre vor Erschöpfung am liebsten wieder eingeschlafen, doch Angst hinderte ihn daran. Seine Träume hatten eine unerwartete Wendung erfahren. In all den Jahren zuvor hatte ihn der andere Yonathan stets begleitet – und nun war er im Meer versunken. Jonathan wusste nicht warum, aber er hatte das Gefühl, fast Angst, nie mehr zu erwachen, wenn er jetzt wieder einschliefe.

Während die Dämmerung langsam heraufzog und der junge Morgen seine Farbenpracht entfaltete, saß Jonathan in seinem Rollstuhl und versuchte seine Gedanken zu ordnen. So vieles verwirrte ihn. War er nicht vor zwei Tagen noch mit seinem Großvater zusammen gewesen? Hatte er sich nicht gestern mit Jimmy über Himmel und Hölle unterhalten? Ja. Sicher. Das hatte er.

Und doch schien es ihm, als lägen diese Dinge schon viele Tage zurück. Er überlegte: In seinem Traum war er seit dem Verlassen

Kitvars sieben Tage auf dem Meer gewesen. Doch er erinnerte sich nur noch daran, am ersten Tag erwacht zu sein, dem Tag, an dem er mit Jimmy gesprochen hatte. Gewiss, es war nicht das erste Mal, dass die Ereignisse eines Traumes mehr als nur die Dauer einer Nacht umfassten. Trotzdem unterschieden sich die jüngsten Geschehnisse von allen vorangegangenen.

Sieben Tage waren im Traum an ihm vorübergegangen, doch nicht wie im Fluge, nicht wie in einer einzigen Nacht! Ihn beschlich das Gefühl, dass tatsächlich sieben Tage verstrichen waren, seit er sich damals, traurig über den Verlust seiner Flöte, zu Bett gelegt hatte. Aber das konnte ja nicht sein. Er schüttelte stumm den Kopf. War er denn ein Siebenschläfer? Nein, das war er bestimmt nicht, genauso wenig, wie man sieben Tage einfach verschlafen konnte.

Wenig überzeugt von dem, was er sich einredete, wusch Jonathan flüchtig sein Gesicht und bereitete sich auf den neuen Tag vor. Immer wieder rollte er rastlos in seinem Zimmer hin und her, ordnete seine wenigen Habseligkeiten, wo es eigentlich nichts mehr zu ordnen gab, und tat alles, um sich abzulenken von diesem eigenartigen Gedanken, die Zeit hätte ihn für sieben Tage vergessen und sich erst heute wieder an ihn erinnert.

Endlich hörte er ein vorsichtiges Klopfen. Samuel Falter streckte, wie schon unzählige Male zuvor, seinen grauen Haarschopf durch die Tür. »Du bist schon wach?«

»Das siehst du doch«, entgegnete Jonathan mürrisch.

»Oh, sind Mylord heute Morgen indisponiert?«, fragte Samuel spöttisch.

Jonathan lächelte gezwungen. »Tut mir Leid, Samuel. War nicht so gemeint.«

»Schon gut«, gab der alte Hausdiener zurück. »Aber sag, was fehlt dir wirklich? Ich kenne dich zu gut, um nicht zu merken, dass irgendetwas nicht stimmt mit dir.«

Jonathan antwortete mit einer Gegenfrage: »Wie lange ist es jetzt eigentlich her, dass mein Großvater mich besucht hat?«

»Warte mal.« Samuel zählte die Tage an seinen Fingern ab. »Neun Tage sind seitdem vergangen. Wieso fragst du?«

Jonathan sackte kraftlos in seinem Rollstuhl zusammen, unfähig etwas zu erwidern. Es war schlimmer, als er befürchtet hatte: Ihm waren sieben Tage abhanden gekommen! Er hatte sie einfach verschlafen – so schien es jedenfalls.

»He! Junge, was ist mit dir?« Samuel schüttelte Jonathan, der wie abwesend in seinem Stuhl saß, an den Schultern.

Langsam kehrte er wieder ins Bewusstsein zurück. »Nichts, nichts …«, stammelte er.

»Nun sag schon, was du hast«, drängte Samuel. »Ich sehe doch, dass dich irgendetwas beunruhigt.«

»Was haben wir eigentlich in der vergangenen Woche so alles getan?«

»Weißt du eigentlich, dass es unhöflich ist ständig mit Gegenfragen zu antworten?« Samuel bemühte sich um eine strenge Miene, freilich vergebens, denn seine Sorge um Jonathan war größer als die Verwunderung über dessen eigenartiges Verhalten. »Was sollen wir schon gemacht haben? Dein Großvater war am Donnerstag letzter Woche bei uns, heute haben wir bereits wieder Samstag. Dazwischen lagen ganz normale Schultage – wenn man von dem nicht weniger gewöhnlichen Sonntag absieht. Ihr Jungen seid morgens früh aufgestanden, habt gegessen, Unterricht gehabt, eure Hausaufgaben gemacht und seid abends wieder zu Bett gegangen.«

»Du verstehst mich nicht.« Aus Jonathans Stimme klang Ungeduld. »Es muss doch *irgendwas* geschehen sein. Nie vergeht eine ganze Woche, ohne dass irgendetwas Außergewöhnliches passiert.«

Samuel zuckte mit den Schultern und schob die Unterlippe vor. Doch dann leuchteten seine Augen und er verkündete freudestrahlend: »Mir fällt etwas ein! Es hat sich doch etwas Besonderes ereignet. Mary, unsere Küchenhilfe, kam gestern mit drei Truthähnen nach Hause. Der junge Bauer Scott hat sie ihr geschenkt. Es sei für das Internat, sagte er, aber ich glaube, der gute George hat ein Auge auf unsere Mary geworfen und wollte sie mit den Putern beeindrucken.«

Jonathan hatte sich interessiert vorgebeugt, doch jetzt sank er wieder in seinen Rollstuhl zurück. Er hatte gehofft einen Hinweis für die Ursache seines rätselhaften Gedächtnisschwundes zu finden. Und stattdessen erzählte ihm Samuel irgendwelchen Klatsch.

»Jonathan«, sagte Samuel eindringlich, »du sagst mir jetzt, was du hast. Versuche nicht noch einmal mir auszuweichen. Was beunruhigt dich?«

Jonathan begriff ja selbst nicht, was mit ihm vorgegangen war. Wie sollte er es da seinem Freund erklären? »Ich … ich weiß nicht mehr … ich meine, ich kann mich nicht mehr erinnern«, stammelte er.

Samuel fragte betont langsam: »Woran kannst du dich nicht mehr erinnern?«

Jonathan blickte nervös zu Samuel auf. »An die letzten Tage«, antwortete er beinahe flüsternd. »Ich erinnere mich nur noch daran, vor acht Tagen den Nachmittag mit Jimmy verbracht zu haben – aber mir ist so, als wäre es gestern gewesen. Ich hatte an diesem Tage meine Flöte verloren. Was seitdem geschehen ist, weiß ich nicht mehr. Mir fehlen einfach sieben Tage.«

»Du meinst, du kannst dich an nichts mehr erinnern?«, fragte Samuel.

Jonathan schüttelte langsam den Kopf. »An nichts mehr.«

Samuels Gesicht war so ernst wie schon lange nicht mehr. »Es ist eigentlich wirklich nichts geschehen, an das man sich unbedingt erinnern müsste«, sagte er, so, als wolle er sich selbst beruhigen. Doch dann fügte er hinzu: »Wie auch immer, wir müssen uns darum kümmern. Vielleicht bist du krank. Ich spreche mit Sir Malmek darüber, damit er einen Arzt rufen kann.«

Jonathan schüttelte hastig den Kopf. »Ich bin nicht krank! Ich möchte auch nicht, dass du mit Sir Malmek darüber sprichst.«

»Mein kleiner Prinz«, sagte Samuel liebevoll, »du weißt, dass ich immer auf deiner Seite gestanden habe – selbst, wenn dies nicht immer die Seite von Sir Malmek gewesen ist. Aber hier geht es um deine Gesundheit. Wie du weißt, steht es um diese nicht zum Besten. Wenn du wirklich der Überzeugung bist, dir seien einfach ein paar Tage abhanden gekommen, dann sollten wir schauen, wo sie geblieben sind.«

Samuel war anzuhören, dass es zwecklos wäre ihm länger zu widersprechen. Er meinte es gut mit Jonathan und es war alles andere als ein Vertrauensbruch, wenn er Sir Malmek von dem seltsamen Gedächtnisschwund seines Schützlings erzählte.

So gab Jonathan schließlich nach. »Ich verstehe nur den Traum nicht«, murmelte er vor sich hin.

Samuel stutzte. »Davon hast du mir noch gar nichts erzählt. War das wieder einer von diesen seltsamen Träumen, die du schon öfters gehabt hast?«

Jonathan erzählte kurz die Geschichte seiner Schiffsreise, auch das schreckliche Ende des Traumes.

»Das ist ernst«, kommentierte Samuel, als Jonathan zum Schluss gekommen war. »Ich bin kein Arzt. Aber manchmal hört man, dass die Träume der Menschen von irgendwelchen seelischen oder körperlichen Leiden beeinflusst werden. Vielleicht ist es wirklich das Beste, wenn du dich einmal gründlich von einem Arzt untersuchen lässt.«

Jonathan nickte nur schweigend.

»Komm! Jetzt sei nicht entmutigt. Du gehst jetzt erst einmal zum Frühstück und versuchst an etwas anderes zu denken.«

Die morgendliche Mahlzeit verlief in gewohnter Weise. Jonathan beobachtete seine Mitschüler und auch Sir Malmek aus den Augenwinkeln. Er forschte nach irgendeiner besonderen Reaktion, einem Blick oder einer Geste, welche verraten könnten, dass man sein plötzliches Erscheinen nach so langer Abwesenheit zur Kenntnis genommen hatte. Aber niemand verhielt sich ungewöhnlich – die Jungen schaufelten wie jeden Morgen das Frühstück in sich hinein, als könnten sie dadurch den gestrengen Heimleiter, Sir Malmek, persönlich schröpfen. Das Einzige, was Jonathan aus dieser schmatzenden und schlürfenden Meute Halbwüchsiger heraushob, war – abgesehen von seinem Rollstuhl natürlich – seine Appetitlosigkeit.

Im Anschluss an das Frühstück gesellte sich Jimmy zu Jonathan. Sein rothaariger Klassenkamerad war der Einzige gewesen, der ihn während des Essens mit einem flüchtigen Lächeln bedacht hatte. »Du siehst aus, als hätte es dir heute nicht geschmeckt«, stellte Jimmy gut gelaunt fest.

»Ich fühle mich nicht so besonders«, antwortete Jonathan.

»Wieso? Hast du Bauchweh?«

»Wenn ich deine Portion zum Frühstück verdrückt hätte, dann hätte ich wohl welches«, erwiderte Jonathan etwas ungeduldig. Jimmy erinnerte ihn stets an eine sommersprossige, siebenköpfige Raupe: Der unscheinbare, kleine Earl of Balmoral konnte das Vielfache seines Körpergewichts essen ohne sichtbar zuzunehmen. Demzufolge schienen Bauchschmerzen auch die einzige »Krankheit« zu sein, die ihn gelegentlich plagte.

Jimmy war nicht böse über Jonathans patzige Antwort. »Ich könnte schon noch etwas vertragen«, gab er stattdessen grinsend zurück, »aber von den guten Sachen, die es samstags immer zum Frühstück gibt, lässt leider keiner etwas übrig.«

Jonathan war dankbar, dass sein Freund nicht genauso griesgrämig reagiert hatte, wie er ihm begegnet war. »Hätte ich das gewusst, von mir hättest du gerne noch etwas abhaben können«, sagte er versöhnlich.

»Na ja, vielleicht beim nächsten Mal«, sagte Jimmy. Sein Lachen wirkte ansteckend und verscheuchte Jonathans gedrückte Stimmung endgültig.

Jonathan huschte ein Gedanke durch den Kopf. »Sag mal, Jimmy, wann haben wir eigentlich zuletzt in meinem Zimmer zusammengesessen und uns unterhalten?«

»Lass mich mal nachdenken. Ja, das war am 14. September, letzte Woche Freitag. Ich erinnere mich noch genau. Zwei Tage zuvor hattest du dein Gefecht mit Pastor Garson. Diesen Tag werde ich so schnell nicht vergessen!« Die Erinnerung an Jonathans Auseinandersetzung mit dem Pastor ließ Jimmys Augen glänzen.

»Und heute haben wir Samstag, den 22. September 1923«, stellte Jonathan mit buchhalterischer Genauigkeit fest. »Dann sind seitdem also acht Tage vergangen, nicht war?«

Jimmy runzelte die Stirn. »Ich verstehe nicht, worauf du hinauswillst.«

»Warum haben wir uns eigentlich die ganze vergangene Woche über kein einziges Mal mehr zusammengesetzt, obwohl wir uns doch versprochen hatten unser Gespräch recht bald fortzusetzen?« Jonathan war sich natürlich nicht sicher, ob es stimmte, was er sagte, aber er wollte Jimmy mit seiner Frage aus der Reserve locken.

Dieser zuckte mit den Achseln. »Ich weiß es ehrlich gesagt nicht. Wir sind wohl nicht dazu gekommen.«

»Was war denn in der letzten Woche los, dass wir nicht die Zeit hatten dazu?«

Abermals Schulterzucken. »Eigentlich nichts.«

»Oder haben wir uns vielleicht sogar in meinem Zimmer getroffen, aber du kannst dich nicht mehr daran erinnern?«

Jetzt wurde Jimmy ungeduldig. »Was soll das eigentlich alles? Ich meine, deine Fragen und so. Wir sind wohl irgendwie nicht dazu gekommen. Aber deshalb brauchst du ja nicht böse zu sein. Heute beginnt das Wochenende, da können wir doch alles nachholen.«

»Ich bin nicht böse«, sagte Jonathan und schwieg in einer Weise, die eher das Gegenteil vermuten ließ. In Wirklichkeit arbeitete sein Geist auf Hochtouren. Niemand hatte ihn in den vergangenen acht Tagen vermisst. Weder Samuel noch Jimmy konnten sich an irgendetwas erinnern, das herausragend gewesen wäre. Wie es schien, hatte er diese Zeit wirklich verschlafen und es war nur deshalb niemandem aufgefallen, weil eben alles ganz normal, wie immer, abgelaufen war – und seine Anwesenheit gehörte nun mal seit acht Jahren zur Normalität dieses Hauses.

Diese Erklärung war herrlich simpel – und völlig unglaubwürdig, wie sich Jonathan eingestehen musste. Samuel schaute jeden Morgen in sein Zimmer, die Anwesenheit jedes Schülers wurde täglich im Klassenbuch vermerkt und schließlich war da noch Sir Malmek – absolut undenkbar, dass dem peniblen Heimleiter auch nur die kleinste Unregelmäßigkeit entgehen könnte!

Jonathan musste feststellen, dass er ein Problem hatte. Irgendetwas stimmte nicht mit seinem Gedächtnis und es war sicherlich das Beste, wenn Sir Malmek davon in Kenntnis gesetzt wurde, sodass man baldigst einen Arzt rufen könnte.

Jonathan seufzte tief und sagte mit schwachem Lächeln: »Ich bin dir *wirklich* nicht böse, Jimmy. Und was die nächsten Tage betrifft, da wird uns schon was einfallen, ganz bestimmt.«

Zwei kritische, durch dicke Brillengläser unnatürlich vergrößerte Augen ruhten auf Jonathan. Die Augen gehörten Dr. Dick.

Nachdem Sir Malmek von Samuel unterrichtet worden war, wie es um Jonathan stand, hatte er sofort den Arzt holen lassen. Für den Heimleiter gab es viele Gründe sich um das Wohlergehen gerade dieses Schülers zu sorgen – Sir Malmek verfügte über ein hervorragendes Gedächtnis und der eindrucksvolle Auftritt des alten Lord Jabbok lag ja erst eine gute Woche zurück.

Dr. Dick, der den Kindern des Knabeninternats nicht unbekannt war, hatte keinen Augenblick gezögert herbeizueilen. Jonathan Jabbok gehörte zu seinen Lieblingspatienten. Jonathan konnte diese Art von Zuneigung nicht ganz teilen. Der Doktor schien in ihm immer noch den kleinen Achtjährigen zu sehen, dem seinerzeit eine schwere Krankheit jede Hoffnung geraubt hatte, jemals wieder wie andere Jungen laufen und herumtollen zu können.

»Na, was haben wir denn für Wehwehchen?«, fragte Dr. Dick, nachdem er Jonathan eine Weile gemustert hatte.

Jonathan rollte die Augen. Schon diese Anrede! Als wäre er ein Kleinkind. Dr. Dick hatte sich überhaupt nicht geändert. Andererseits – der Doktor meinte es ja nur gut mit ihm. Jonathan beschloss eine Taktik der kooperativen Zurückhaltung einzuschlagen. »Eigentlich nichts«, antwortete er knapp.

Dr. Dick blieb hartnäckig. »Als Sir Malmek mich rufen ließ, klang es nicht danach, als sei es ›eigentlich nichts‹.«

»Sie fragten mich, was mir wehtut, Dr. Dick«, erklärte Jonathan sachlich, um zu zeigen, dass er durchaus in der Lage war genau zuzuhören und exakte Antworten zu geben. »Mir tut nichts weh. Das muss aber nicht heißen, dass es mir gut geht.«

»So, so«, setzte Dr. Dick nach, Jonathans Widerstand völlig ignorierend, »was ist es also denn, was uns fehlt?«

Jonathan sammelte seine Gedanken und sagte dann: »Ich bin heute Morgen aufgewacht und dachte, wir hätten Samstag, den 15. September. In Wirklichkeit ist heute aber Samstag, der 22.«

»Das ist doch nicht so schlimm«, beruhigte ihn Dr. Dick. »Selbst ich komme manchmal im Kalender durcheinander.« Und so, als würde er Jonathan ein strenges Geheimnis anvertrauen, fügte er hinzu: »Und ich bin schließlich ein studierter Mann; ich müsste es eigentlich genau wissen.«

»Es geht nicht darum, dass ich im Kalender um eine Wochenspalte verrutscht bin«, erklärte Jonathan. »Es geht darum, dass ich mich nicht daran erinnere, was an den vergangenen sieben Tagen geschehen ist.«

»Aha«, stellte Dr. Dick fest, »dann willst du mir also sagen, dass du so etwas wie Gedächtnisschwund hast, dir fehlt ein Stück deiner Erinnerung.«

Jonathan war froh, dass der Arzt endlich verstanden hatte.

Dr. Dick begann nun mit einer ausführlichen Untersuchung. Jonathan musste viele Fragen beantworten: ob ihm das Essen schmecke, ob er sich manchmal schwindelig fühle oder Kopfschmerzen habe und so weiter und so fort.

Schließlich sagte Dr. Dick, schwer ausatmend, so, als hätte er eine mühevolle Arbeit zum Abschluss gebracht: »Ich kann nichts feststellen, mein Junge. Wir sind zwar ein wenig schwächlich und auch ziemlich blass, aber sonst finde ich wirklich keinerlei Hinweise darauf, was uns fehlen könnte.«

Innerlich triumphierte Jonathan. Obwohl seine Vernunft ihm zuletzt selbst gesagt hatte, dass er irgendeine Krankheit haben müsse, war er insgeheim doch stets der Meinung, es gebe eine andere Ursache für seinen siebentägigen Schlaf. Die Diagnose des Arztes bestätigte ihn in dieser Vermutung. In den Tonfall des Doktors einstimmend fragte er: »Können wir uns dann wieder anziehen?«

Für einen kurzen Augenblick zeigte sich eine steile Falte auf Dr. Dicks Stirn, doch dann sagte er wieder freundlich: »Ja, ja, mein Junge, ziehe dich nur an. Ich gehe inzwischen schon hinaus und spreche mit Sir Malmek.«

Gerade wollte sich der Doktor abwenden, um den Raum zu verlassen, da hielt Jonathan ihn zurück. »Dr. Dick?«, begann er. Er hatte neuen Mut gewonnen, aber die Reaktion auf das, was er den studierten Mann noch fragen wollte, war schwer abzusehen.

»Ja, mein Junge. Was haben wir denn noch?«

»Kennen sie die Siebenschläfer-Legende?«

»Ich meine davon gelesen zu haben – es ist schon ziemlich lange her.«

Jonathan wollte sichergehen, dass der Doktor und er von derselben Geschichte sprachen. »Die Legende der sieben Schläfer von Ephesus ist im Mittelalter sehr verbreitet gewesen, sowohl in den Kirchen der Christenheit als auch unter den Anhängern Mohammeds. Sie erzählt von sieben jungen Männern, die Christen waren. Sie lebten zur Zeit des römischen Kaisers Decius, also ungefähr in der Mitte des dritten Jahrhunderts nach Christus. Damals war es für viele Menschen ein großes Problem sich zum Christentum zu bekennen. Decius wollte nämlich die alten Gottheiten wieder aufleben lassen, wodurch er, als Kaiser, selbst ein Gott geworden wäre; er glaubte dadurch sein Reich vereinen zu können. Die Christen waren zwar friedliebende Menschen, die die Gesetze des Kaisers achteten, aber sie weigerten sich irgendeinen anderen als *ihren* Gott anzubeten. Deshalb hasste der Imperator Decius sie und es blieb nicht lange dabei, dass er sie nur beschimpfte, sie würden den Zerfall des Reiches fördern. Bald ließ er sie auch verfolgen. Ja, man sagt sogar, dass er der erste Herrscher war, unter dem es zu einer allgemeinen Verfolgung der Christen kam.

Zu dieser Zeit also lebten die bereits erwähnten sieben jungen Männer in ihrer Geburtsstadt Ephesus. Obwohl Ephesus eine griechische Stadt war, verfolgten die Römer die Christen auch in Kleinasien. Man verriet den Nachbarn und den Verwandten. Man trieb die Christen zusammen, warf sie wilden Tieren vor oder tötete sie auf andere grausame Weise. Die Sieben versteckten sich zunächst in ihren Häusern und trauten sich nur noch nachts ins Freie. Doch bald war auch das zu gefährlich und so flohen sie gemeinsam aus der Stadt und fanden schließlich ein sicheres Versteck: eine Höhle, in der sie niemand vermutete. Kaum befanden sie sich in der dunklen, stillen Sicherheit ihres neuen Versteckes, da überfiel sie ein übernatürlicher Schlaf. Später wurde die Höhle dann doch entdeckt und man versiegelte sie. So schliefen die sieben Jünglinge weiter, Tag um Tag, Monat um Monat und Jahr um Jahr.

Fast zweihundert Jahre vergingen über ihrem wundersamen Schlaf, bis man die Höhle wieder öffnete. Darauf erwachten die jungen Männer und traten ans Tageslicht. Die Welt hatte sich verändert. Zu dieser Zeit ging die Macht von Konstantinopel aus, der Hauptstadt des nun christlichen, oströmischen Reiches. Als der damalige Kaiser Theodosius II. von den sieben Schläfern von Ephesus erfuhr, war er sehr beeindruckt von diesem machtvollen Beweis der Lehre der Wiederauferstehung. Die sieben wieder erwachten Schläfer jedoch lebten nicht mehr lange. Die Legende erzählt, dass sie den erstaunten, ehrfürchtigen Zuhörern erklärten, was an ihnen geschehen war – nämlich dass die Toten in einem wiederhergestellten Leibe auferstehen würden, nicht in einer Seele, welche vom Leib getrennt weiterexistiert. Anschließend starben sie, umgeben von einem übernatürlichen Licht.

Theodosius ließ sie in kostbaren Schreinen beisetzen und sprach alle Bischöfe frei, die wegen ihres Glaubens an die Auferstehung des Körpers verfolgt worden waren.«

Nachdem Jonathan seine Erzählung beendet hatte, herrschte Schweigen in der kleinen Kammer. Dr. Dick blickte nachdenklich vor sich hin. Endlich durchbrach er die Stille. »Wir scheinen ja ein wandelndes Geschichtsbuch zu sein. Alle Achtung!«

Jonathan zuckte verlegen mit den Schultern, schwieg aber weiter.

»Und was, meinen wir, will uns die Geschichte wohl sagen?«

Jonathan lächelte verlegen. Er hatte Hemmungen, das auszusprechen, was ihm durch den Kopf ging. »Dieser Schlaf«, begann er zaghaft, »könnte es so etwas geben? Ich meine, könnte es sein, dass man eine längere Zeitperiode – und sei es nur eine Woche – so durchschläft, als wäre es nur eine Nacht?«

»Aha«, erwiderte Dr. Dick lang gezogen, »jetzt begreife ich, worauf wir hinauswollen. Mein Junge, ich bin zwar gottgläubig, aber an *solche* Wunder glaube ich nun doch nicht. Und außerdem: Warum sollte Gott gerade *dir* einen solchen Schlaf bescheren? Die sieben Schläfer mögen ja gemäß der Legende noch eine wichtige Aufgabe erfüllt haben – sie trugen zur Klärung einer Glaubensfrage bei –, aber was für eine Rolle solltest *du* in seinen Plänen spielen?«

Jonathan biss sich auf die Unterlippe. Schon bereute er dem Arzt seine verborgensten Gedanken auch nur angedeutet zu haben. Es war nicht zu überhören, wie Dr. Dick mit einem Mal von dem sonst so gutmütigen Plural in die distanzierte zweite Person gewechselt war. Die Feststellung, dass ein kränklicher Junge im Rollstuhl wohl kaum die Aufmerksamkeit des höchsten Wesens im Universum für sich in Anspruch nehmen konnte, stand ihm in den zuckenden Mundwinkeln geschrieben.

Schnell erkannte Dr. Dick, dass Jonathan sich von nun an weigern würde, auch nur noch ein Wort zu sprechen. Weiterhin gestand sich der erfahrene Arzt ein, dass er sich allzu sehr hatte anmerken lassen, wie lächerlich ihm Jonathans Gedanken erschienen. In einem letzten Versuch die Situation zu retten, fügte er versöhnlich hinzu: »Ich glaube unser Schlaf ist eher mit dem der Schlafmäuse zu vergleichen. Manchmal liegen sie sieben Monate lang in ihrem Nest und wachen höchstens auf, um sich den Magen zu füllen. Deshalb hat man ihnen in der deutschen Sprache auch den Namen ›Siebenschläfer‹ gegeben, genauso, wie die Legende heißt, von der wir vorhin in so beeindruckender Weise erzählt haben. Nur hat der Schlaf dieser Mäuse so ganz und gar nichts Übernatürliches an sich, auch dann nicht, wenn sie nach ihrem Erwachen, genau wie wir, zunächst etwas durcheinander sind. Aber keine Bange, das braucht uns nicht zu bekümmern, wir bekommen das schon wieder in den Griff. Irgendwann wacht jede Schlafmaus wieder auf – oder sagen wir: fast jede.«

Jonathan antwortete mit einem Blick, der, könnte er Dinge in Luft auflösen, nicht nur Dr. Dick, sondern auch die Wand hinter ihm in nichts verwandelt hätte.

Sein Gespür sagte dem Doktor, dass es an der Zeit war die Unterhaltung zu Ende zu bringen. »Ich spreche dann noch mit Sir Malmek über alles Weitere. Wir ruhen uns in der nächsten Zeit ein wenig aus und dann geht es uns bald wieder besser. Auf Wiedersehen, mein Junge.«

Ohne eine Antwort Jonathans abzuwarten, erhob sich der Arzt von seinem Stuhl und verließ eilig den Raum. Dabei versäumte er die Tür zu schließen, sodass Jonathan mit anhören konnte, was Dr. Dick und Sir Malmek draußen auf dem Flur miteinander besprachen.

Nachdenklich konstatierte der Arzt: »Ich bin kein Psychoanalytiker, aber es hat den Anschein, als würde der Junge unter einer hysterisch bedingten anterograden Amnesie leiden. Einige Symptome sprechen auch für das Vorliegen des Korsakoff-Syndroms; ich sehe allerdings keine Ursachen, welche dies hervorgerufen haben könnten, organisch scheint – man müsste eine genauere Untersuchung natürlich abwarten – bei dem jungen Lord Jabbok alles in Ordnung zu sein.«

Einen Moment lang herrschte Schweigen. Offenbar konnte Sir Malmek mit dieser Diagnose nicht sehr viel anfangen. Erläuternd fügte der Arzt hinzu: »Also ich denke, der Junge hat nichts wirklich Schlimmes. Sein Erinnerungsverlust beschränkt sich auf einen eng umgrenzten Zeitraum. Die Ursache dafür muss nicht unbedingt in einer Erkrankung des Körpers liegen. Er könnte auch etwas durchgemacht haben, was ihn so sehr mitgenommen hat, dass sich sein Geist weigert sich daran zu erinnern. So etwas ist eine ganz normale Schutzreaktion gegenüber bedrohlichen Erinnerungen, die auf diese Weise unbewusst verdrängt werden. Sagen sie, Sir Malmek, gab es in letzter Zeit irgendeine besondere Aufregung oder Anstrengung für den Jungen?«

»Nun …«, Sir Malmek zögerte, »es gab einen Streit mit Pastor Garson. Sogar der alte Lord Jabbok, der uns in der letzten Woche besuchte, griff in den Disput ein. Ich denke aber, dass für den Jungen alles zum Besten geregelt wurde.«

»Man weiß nie, was in den Kindern so alles vorgeht. Vielleicht hat das Ganze den jungen Jabbok mehr aufgeregt, als alle vermuten. Seine Behinderung könnte ihn gegenüber solchen Belastungen seelisch wesentlich anfälliger machen, als es bei einem gesunden Knaben der Fall wäre. Obwohl ich, wie schon erwähnt, keine eigentliche Krankheit feststellen konnte, macht der Junge doch im Allgemeinen einen sehr schwächlichen und anfälligen Eindruck. Wie macht er sich denn im Unterricht?«

»Das ist es ja«, entgegnete Sir Malmek, als müsse er sich entschuldigen, »er liefert nur die besten Noten ab. Er ist – ich muss es zugeben – seinen Mitschülern in allen Fächern weit voraus.«

»Das ist gut«, stellte Dr. Dicks Stimme zufrieden fest. »Dann dürfte es ja keine Schwierigkeiten bereiten, ihn zur Erholung nach Hause zu schicken. Die Luft im Hochland mag ihm gut tun und sein Großvater wird sich sicherlich intensiver um ihn kümmern können, als es bei den besten Vorsätzen, die ich Ihnen nicht absprechen möchte, hier im Hause möglich wäre.«

Sir Malmek schien dieser Vorschlag nicht zu passen. »Es ist eigentlich nicht üblich, dass die Schüler im laufenden Schuljahr beurlaubt werden; dafür sind die Ferien gedacht.«

Er hat ja nur Angst, dass ich nicht mehr wiederkomme und er dann ohne Großvaters Geld zurechtkommen muss, dachte Jonathan ärgerlich.

Dr. Dick schien in dieser Angelegenheit aber durchaus auf Jonathans Seite zu stehen. »Wollen Sie, dass die Erkrankung Ihres Schülers fortschreitet und Sie ihn für ihr Haus womöglich gänzlich verlieren?«, fragte er aufbrausend.

»So ernst habe ich seinen Zustand nicht angesehen«, entschuldigte sich Sir Malmek eilig.

»Nun, wenn es doch auch im Augenblick nicht so ernst scheint, könnte doch die allgemein anfällige Konstitution des Jungen schnell zu einer Verschlechterung führen. Wenn sich ähnliche Symptome nochmals zeigen, empfehle ich ihn von einem Spezialisten untersuchen zu lassen – an der Universität in Edinburgh haben wir einige sehr fähige Neurologen und Psychoanalytiker.«

Sir Malmek und Dr. Dick entfernten sich langsam von der Tür zu Jonathans Kammer. Aus ihrer stetig leiser werdenden Unterhaltung schnappte Jonathan gerade noch die Bemerkung Sir Malmeks auf, dieser würde umgehend Lord Jabbok über den Zustand seines Enkels und die Vorschläge des Arztes unterrichten – dann war es still.

Kurze Zeit später lugte Samuel Falters silberner Haarschopf durch den Spalt der noch immer offen stehenden Zimmertür. »Na, hast du etwa belauscht, was Sir Malmek und Dr. Dick miteinander besprochen haben?«

»Die Tür stand offen und sie haben ziemlich laut geredet.«

»Und da *musstest* du eben einfach mit anhören, was gesagt wurde.«

»Es ließ sich schwer vermeiden.«

»Und, freust du dich über die Neuigkeit?«, fragte Samuel.

»Ich kann es kaum abwarten!«, erwiderte Jonathan begeistert. »Hier, wo mich sowieso alle nur für einen unwichtigen Krüppel halten, hält mich im Augenblick nicht sehr viel ... Außer dir natürlich«, beeilte sich Jonathan zu versichern, als er Samuels trauriges Gesicht sah. »Du bist – abgesehen von meinem Großvater vielleicht – mein bester Freund. Ich weiß jetzt schon, dass ich dich sehr vermissen werde, wenn ich in *Jabbok House* bin. Aber irgendwie wirst du trotzdem immer bei mir sein, Samuel, egal, wohin ich gehe.«

Nach kurzem Schweigen verhärtete sich Jonathans Miene wieder und er fügte hinzu: »Aber Dr. Dick hat heute einige Dinge gesagt, die mich sehr verletzt haben.«

»Er hat es sicher nicht so gemeint.«

»Sicher nicht.« Jonathan klang bitter. »Er scheint oftmals Dinge zu sagen, die er sich nicht so genau überlegt hat. Aber ich dachte, er könne mir vielleicht weiterhelfen. Stattdessen sagte er nur, dass ich es wohl nicht wert wäre mir mehr als die unbedingt notwendige Aufmerksamkeit zu schenken.«

»Na, na, so hat er es ganz bestimmt nicht ausgedruckt.«

»So ähnlich aber schon«, beharrte Jonathan trotzig und berichtete von der Untersuchung. »Aber ich habe mir nichts gefallen lassen. Ich werde überhaupt *allen* zeigen, dass man auch im Rollstuhl ein vollwertiger Mensch ist«, schloss er und wischte sich schnell eine Träne aus dem Augenwinkel.

»Du hast keinen Grund dich wegen irgendetwas zu verstecken«, sagte Samuel und setzte sich zu Jonathan. »Aber die studierten Leute glauben meist nur das, was ihnen ihre Wissenschaft erlaubt zu glauben. Selbst, wenn alle Anzeichen gegen ihre Lehrmeinung sprechen, beharren sie oft noch eigensinnig auf ihrem Standpunkt, weil er ihnen bequemer erscheint – die Wahrheit ist nämlich oft sehr unbequem, musst du wissen. Auch ich kann mir einen derart wundersamen Schlaf, hinter dem eine höhere Absicht liegen sollte, schwer vorstellen. Aber ich maße mir doch nicht an, darüber zu urteilen. Es geschehen zu viele Dinge, die wir uns nicht erklären können.«

»Ehrlich gesagt fällt es mir ja selbst schwer zu glauben, dass ich die vergangene Woche so einfach verschlafen haben soll. Aber dieser Schlaf – oder besser gesagt, dieser Traum – irgendetwas stimmt nicht daran. Ich kann es selbst nicht erklären.«

»Grübel nicht zu viel darüber nach, Jonathan. Denke lieber daran, dass du bald dein Zuhause wieder sehen wirst. Dein Großvater wird sich sicherlich freuen, bald wieder mit dir zusammen zu sein.«

Jonathan nickte. »Du hast Recht. Ich will versuchen es einfach zu vergessen.«

Am Abend desselben Tages saß Jonathan allein am Fenster seines kleinen Zimmers. Er hätte längst schlafen sollen – aber er konnte nicht.

Eigentlich traute er sich nicht. Die Erinnerung an den schrecklichen Traum, dem er sich an diesem Morgen scheinbar nur mit Mühe hatte entwinden können, war noch zu lebendig. Selbst Samuel hatte er sich in dieser Angelegenheit nicht voll anvertraut. Er glaubte noch immer die klammen Finger des Todes auf seinem Herzen zu spüren. Unbewusst fürchtete er, sein morgendliches Erwachen könnte nur ein Aufschub gewesen sein, eine Galgenfrist, die endgültig abliefe, wenn er sich jetzt dem Schlaf überließe.

So saß Jonathan, in eine Decke eingewickelt, vor dem Fenster und starrte mit immer schwerer werdenden Augenlidern in die

Nacht hinaus. Im Haus war längst alles still. Auch er hatte das Licht gelöscht. Nur die Dunkelheit teilte seine trüben Gedanken mit ihm.

Später, viel später, begannen seine Ohren zu rauschen. Er hörte sein eigenes Herz schlagen. Jonathan kämpfte, doch es war ein vergeblicher Kampf. Den »kleinen Bruder des Todes« nannte man den Schlaf. Wenn so der Tod war, dann konnte er Jonathan nicht schrecken. Schließlich umfing ihn ein tiefer Schlummer wie ein weicher, warmer Umhang, ein Mantel, der alle Kälte, alle Unruhe von ihm fern hielt.

IX.
Das Verborgene Land

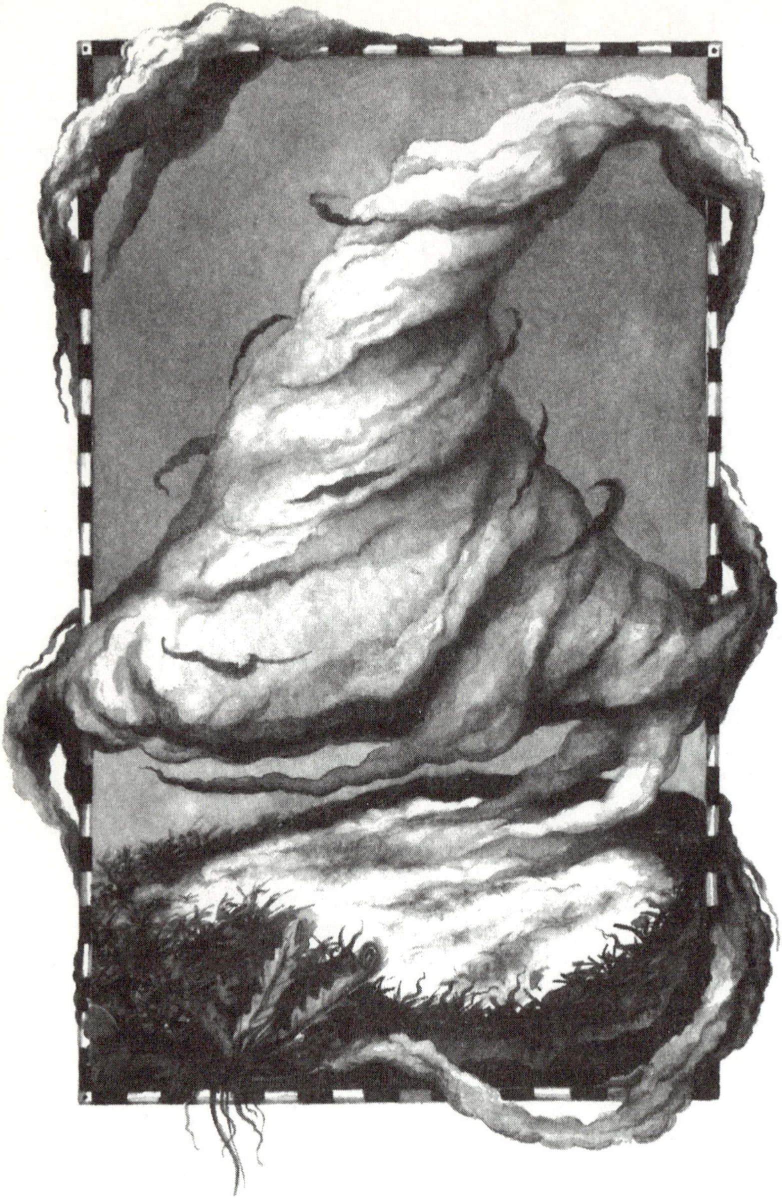

Der Hüter im Ewigen Wehr

Stille umgab Yonathan, eine tiefe, sanfte Stille, und Dunkelheit umschloss ihn. So musste sich ein ungeborenes Kind fühlen, im sicheren Schoße seiner Mutter.

Allmählich drang ein Rauschen an sein Ohr, gleich einem rhythmischen Singsang schwoll es an und verebbte wieder, wurde lauter und leiser. Einen Wachenden hätte es vielleicht in Schlaf gelullt, doch Yonathan empfand es als Störung in seiner Ruhe. Zugleich mit dem säuselnden Gesang drängten Farben in die Dunkelheit: zunächst ein noch zögerliches, warmes Rot, dann ein aufdringliches, blendendes Gelb, ein giftiges Grün, schließlich ein schwächer werdendes, kühles Blau. Das Geräusch wurde stärker, wandelte sich in das Tosen eines Ozeans und die Farben überschlugen sich in schnellem Wechsel und stürzten zusammen in einem rotstichigen Grau.

»Yonathan! Yonathan! Nun wach schon auf«, drangen von fern her Worte in sein Bewusstsein. Kurz strich das Bild eines in eine Decke eingewickelten, traurig dreinblickenden Jungen an seinem Geist vorüber; der Junge saß am Fenster eines kleinen Zimmers auf einem eigenartigen Stuhl, der Räder statt Beine hatte. Dieses Rufen, dieser Junge – alles war so vertraut und doch auch fremdartig. Hier wollte er ein wenig verweilen, um sich auszuruhen.

»Yonathan, nun komm schon. Ich habe dich nicht aus dem Wasser gefischt, damit du mir hier stirbst. Wach schon auf. Wach *bitte* endlich auf!«

Wer rief ihn da? Yonathan kannte diese Stimme. Jetzt schüttelte ihn jemand kräftig. Es blieb ihm wohl nichts anderes übrig als nachzuschauen, wer da seine Ruhe so hartnäckig störte. Yonathan öffnete zaghaft die flimmernden Augenlider.

»Yonathan! Du lebst! Bin ich froh, dass du lebst.«

Der Störer umfasste nun mit kräftigem Arm Yonathans Schulter und brachte ihn zum Sitzen. Plötzlich war er gar nicht mehr so roh, geradezu liebevoll war er zu ihm. Wie schade, dass er ihn noch immer nicht erkennen konnte. Das wenige Licht, das an seine Augen drang, lieferte ihm nur ein verschwommenes Bild des Ruhestörers.

»Nun sag doch was, Yonathan. Du siehst ziemlich schlecht aus. Wie geht es dir denn?«

In einem plötzlichen Anfall von Übelkeit musste sich Yonathan übergeben. Ekel vor dem eigenen salzig-bitteren Gespei durchschüttelte ihn und ließ ihn so lange würgen, dass er glaubte auch die Hälfte seiner Eingeweide ins Freie befördert zu haben.

Zwar war Yonathans Blick kaum klarer geworden, aber ein Teil seines Geistes war wieder in die Wirklichkeit zurückgekehrt. Er konnte sich wieder erinnern: an die Wettfahrt der *Weltwind* mit der *Narga*, an seinen Sturz ins Wasser und daran, dass er eigentlich ertrunken war. Letzteres allerdings musste wohl ein Irrtum sein, denn wie könnte er Yomis Stimme hören, wenn er nun tot wäre?

»Dir muss ja ungeheuer übel sein!«, stellte diese Stimme erleichtert fest.

»Ungeheuer ist gar kein Ausdruck«, bestätigte Yonathan. Sein Rachen brannte beim Sprechen wie Feuer und er musste husten, was den Schmerz nur noch verstärkte.

»Sag jetzt nichts. Ruhe dich noch ein wenig aus, bevor wir …« Yomi sprach nicht zu Ende.

Yonathan wischte sich mit dem nassen Ärmel seines Mantels die Tränen aus den Augen; das salzige Meerwasser förderte aber sofort wieder neue zutage. Es dauerte einige Zeit, bis er Freund und Umgebung einigermaßen klar wahrnehmen konnte. Yomi kniete neben ihm und strahlte ihn an, glücklich darüber, seinen kleinen Gefährten wieder unter den Lebenden zu wissen. Sie befanden sich in einer Grotte, die sich flach und bogenförmig zum Meer hin öffnete – von dort aus drang auch das spärliche Licht in die Höhle. Die unregelmäßige Wölbung der felsigen Decke war fünfzehn, höchstens zwanzig Fuß hoch. Der Grund des dämmrigen Raumes war zum größten Teil vom Meer überspült; nur rechter Hand, da, wo Yonathan und Yomi ruhten, hob sich der Fels aus dem Wasser empor, glatt und sanft ansteigend, dann schnell steiler werdend, um schließlich Wand und Decke der Grotte zu bilden. Dort, oberhalb der beiden Freunde, lagen Geröll und Felsbrocken. Das Gestein machte einen instabilen Eindruck und drohte jederzeit herabzustürzen.

Yomis Stimme lenkte Yonathans umherschweifenden Blick ab. »Die Flut drückt das Meerwasser in die Grotte. Das war unser Glück und hat uns gerettet. Wenn wir uns aber nicht ziemlich schnell etwas einfallen lassen, dann sitzen wir in der Falle. Seit ich dich hier auf den Fels gezogen und das Wasser aus dir herausgedrückt habe, ist die Lichtöffnung dort vorne immer kleiner geworden. Das Wasser steigt unaufhörlich. Wir sollten bald etwas unternehmen, sonst werden wir ersäuft wie zwei Ratten, die zu spät das sinkende Schiff verlassen.«

Diese eindringliche Schilderung ihrer Situation brachte Yonathan endgültig in die Realität zurück. »Mir wäre wohler, wenn du einen Vorschlag hättest, was wir unternehmen können«, krächzte er heiser. »Sollen wir vielleicht durch das Loch da vorne wieder auf das offene Meer hinausschwimmen und uns einen schönen flachen Sandstrand suchen? Du kennst diese Küste wahrscheinlich besser als ich. Man erzählt sich, dass das Verborgene Land niemanden zu sich heranlässt. Es ist sowieso ein Wunder, dass wir bei all den Klippen hier genau in diese Grotte getrieben wurden.«

Yonathan war ratlos. Auch Yomi zuckte hilflos mit den Achseln. Ihre Lage sah wirklich nicht rosig aus.

»Was ist denn das da für Zeug?«, fragte Yonathan schließlich, auf einige Gegenstände deutend, die um ihn herum verstreut lagen.

»Das gehört zur Fracht der *Weltwind*. Die Strömung hat es mit uns zusammen hier in die Höhle gespült. Vielleicht können wir etwas damit anfangen.«

Yonathan stellte sich auf die Beine und musste erschrocken feststellen, wie weich seine Knie waren. Halb gehend, halb kriechend bewegte er sich über die schräge Felsplatte und musterte das Strandgut: einige Kisten, ein Fass, ein Tau und ein paar andere Dinge. »Zu wenig, um daraus ein Floß zu bauen«, stellte er enttäuscht fest.

Yomi nickte nur.

In diesem Moment, die Gegenstände von der *Weltwind* vor Augen, erinnerte sich Yonathan an den Stab Haschevet. Hastig griff er über die Schulter, dorthin, wo sich der Stab befinden musste. Er war weg!

»Wenn du deinen Köcher mit dem Stab suchst, der ist hier«, bemerkte Yomi ruhig. Der blonde Seemann war zwar lang und schmal, aber doch immerhin breit genug, um die längliche Tasche aus Walhaut mit seinem Körper verdecken. Deshalb hatte Yonathan sie nicht sehen können, als er erwachte. Mit hörbarem Aufatmen nahm er das Behältnis aus Yomis Händen entgegen und warf es sich sogleich über die Schulter.

»Jetzt bist du wohl ungeheuer erleichtert«, stellte Yomi fest.

»Das kannst du mir glauben!«, bestätigte Yonathan. »Jetzt wird bestimmt alles gut.«

»Was ist nur so wichtig an diesem Stab, dass du selbst in so einer Situation alles um dich herum …«

»Still!«, unterbrach Yonathan Yomis Frage. »Ich glaube, ich höre etwas.«

Yomi lauschte angestrengt. Dann zuckte er die Achseln. »Also, ich kann nichts hören.«

»Es ist ein Rauschen«, sagte Yonathan und balancierte suchend auf der glitschigen Felsplatte herum.

»Ein Rauschen?« Yomis Frage klang, als zweifle er an Yonathans Verstand. »Aber das Meer rauscht doch die ganze Zeit – ununterbrochen. Ist dir das noch nicht aufgefallen?«

»Natürlich ist mir das aufgefallen«, erwiderte Yonathan unwillig, weil Yomi seine Konzentration störte. »Was ich meine, ist etwas anderes. Nicht dieses … Branden, vielmehr ein … ein Rauschen. Wie ich schon sagte: Es ist ein ständiges, ununterbrochenes Rauschen.«

»Ich hör nichts«, brummte Yomi kopfschüttelnd. Mit besorgtem Blick verfolgte er das Treiben seines Freundes.

»Da oben, es muss von da oben kommen.« Yonathan begann, ohne dass Yomi ihn zurückhalten konnte, den steiler ansteigenden Fels emporzukrabbeln. Prompt verlor er den Halt und rutschte auf dem nachgebenden Geröll dem Wasser entgegen. Ohne Zweifel hätte er wieder ein Bad genommen, wenn Yomis kräftig zupackende Hand ihn nicht im letzten Moment am Arm erwischt hätte.

»Was soll das?«, fragte Yomi vorwurfsvoll. »Du wirst dir noch wehtun.«

»Da oben ist etwas«, sprudelte Yonathan hervor, ohne auf den festen Griff seines Freundes zu achten, der wirklich wehtat. »Ich habe das Geräusch ganz deutlich gehört. Vielleicht kommt man von dort oben tiefer in die Höhle hinein und wir können uns vor der ansteigenden Flut retten.«

Obwohl noch immer nicht überzeugt, sah Yomi doch ein, dass in ihrer ausweglosen Situation jeder Versuch besser war, als tatenlos herumzusitzen. Mit gemeinsamen Kräften beförderten sie eine Menge Geröll über die schiefe Ebene ins Wasser hinab. Schon bald stießen sie auf festeren Grund und konnten sich näher zu der Stelle vorarbeiten, wo die Wand der Grotte ein Stück weit senkrecht in die Höhe stieg.

Oben angekommen standen sie vor einem hohen, länglichen Felsen, der wie der Daumen eines Riesen vor der Höhlenwand aufragte. Yonathan zwängte seinen Kopf zwischen Fels und Wand hindurch. Dann rief er aufgeregt: »Da ist eine Öffnung! Wie ich vermutet habe. Hinter diesem Felsen befindet sich noch eine Höhle.«

Nachdem auch Yomi sich von der Entdeckung überzeugt hatte, versuchten sie den Felsenfinger aus dem Wege zu räumen. Wenn es ihnen gelänge ihn die Felsplatte hinabzustoßen, dann wäre der Weg in die andere Höhle frei. Doch bei aller Kraft, die ihnen ihre neue Hoffnung einflößte, blieb ihr Mühen vergeblich – des Riesen Daumen wollte sich nicht rühren, nicht um Haaresbreite.

Entmutigt rutschten die Gefährten wieder auf das flachere Felsstück hinab und hockten ratlos nebeneinander. Keiner sprach ein Wort. Das Wasser war inzwischen weiter angestiegen und leckte an der ersten Kiste, die Yomi aus den Fluten gerettet hatte.

»Es hat keinen Zweck hier herumzusitzen und darauf zu warten, bis uns das Wasser bis zum Halse steht«, sagte Yonathan schließlich. »Lass uns erst mal nachschauen, was wir von den Gegenständen der *Weltwind* noch gebrauchen können – bevor das Meer es sich holt. Vielleicht fällt uns dann noch etwas ein, wie wir den Felsen da oben vom Fleck bewegen können.«

Sie durchsuchten die armseligen Reste der Fracht, nahmen ein Tau, ein paar Feuersteine, Decken und anderes, das sich auf einer längeren Wanderung als nützlich erweisen könnte. Das Wasser schritt derweilen unaufhörlich voran, sodass das ihnen verbleibende Stückchen Fels immer schmaler und steiler wurde.

Mit den wenigen Habseligkeiten, die sie aufgelesen hatten, kehrten sie zu der Felsnadel zurück, die den Eingang zur Nebenhöhle versperrte. Von neuem schoben und zogen die Gefährten mit der Kraft der Verzweiflung, aber der Fels blieb standhaft, als wäre er im Bunde mit dem ansteigenden Meer. Die Zeit schritt über ihren erfolglosen Versuchen erbarmungslos voran, das Wasser tastete bereits nach ihren Füßen und am anderen Ende der Grotte zwängte sich das Tageslicht nur noch durch einen schmalen Schlitz in ihr feuchtes Gefängnis.

Das Messer!, blitzte es durch Yonathans Kopf. Es konnte Stein schneiden. Schnell griff er an seinen Gürtel und tatsächlich befanden sich dort noch Messer und Beutel, die beiden wundersamen Gegenstände von Navran Yaschmon. Er zog den Dolch aus seiner Scheide.

Yomi schaute ihn verwundert an. Bisher war ihm das Messer am Gürtel Yonathans nicht aufgefallen. »Was hast du denn mit dem Dolch vor? Willst du etwa den Felsen zerschneiden?«, fragte er verwirrt.

»Genau.«

»Aber du kannst doch nicht mit einem Messer ...!« Weiter kam Yomi nicht. Ungläubig sah er zu, wie Yonathan den Dolch langsam aber stetig in das Gestein am Fuße des Felsfingers versenkte und ihn dann um diesen herumführte. »Das kann nicht sein«, murmelte Yomi vor sich hin. »Ich habe Halluzinationen. Hast du den Felsen in Käse verwandelt? Ich glaube, es geht mit mir zu Ende.«

»Red keinen Unsinn, Yo. Hilf mir lieber«, forderte Yonathan ihn auf, während er sich schon wieder gegen den Fels stemmte.

Der jedoch stand unverrückbar an seinem Platz.

»Sein Sockel ist einfach zu breit«, stellte Yonathan entmutigt fest. »Ich kann den Dolch gar nicht tief genug in den Fels treiben, um ihn zu lockern. Die Zeit reicht uns auch nicht ihn auszukerben. Schau! Das Wasser hat schon den Schnitt erreicht, den ich eben gemacht habe. Warum bin ich nur nicht früher auf den Dolch gekommen!«

Yomi sagte nichts. Er starrte Yonathan an, als sähe er ein Gespenst.

Yonathan wollte nicht aufgeben. Eine verzweifelte Wut packte ihn. Dies durfte nicht das Ende sein! Nicht das erste Mal hatte er sich dies auf seiner Reise gesagt und bisher hatte es immer einen Ausweg gegeben. Er erinnerte sich an die Wettfahrt mit der *Narga,* an die unheimliche Stimme, die in die Köpfe der Seeleute gedrungen war, um sie zur Aufgabe zu zwingen. Aber sie hatten nicht aufgegeben. Und auch diesmal dachte er nicht daran. Sicher, seine und Yomis Kräfte konnten sie nicht retten, aber es gab eine Macht – dessen war Yonathan sich sicher –, die ihnen den Weg bahnen könnte. Wie hieß es doch im *Sepher Schophetim,* dem Buch der Richter Neschans? »Für alles bin ich stark durch den, der mir Kraft verleiht.«

Mit aller Kraft stemmte sich Yonathan ein letztes Mal gegen die Felsnadel; er sandte ein Stoßgebet aus. Yomi schaute tatenlos zu und schüttelte mitleidig den Kopf. Da hörte Yonathan noch einmal das Bersten des Großmastes der *Narga,* ein Geräusch, das nur er wahrnahm. Warum sollte es nicht noch einmal geschehen?, ging es ihm durch den Kopf – und er warf sich mit aller Kraft gegen den Stein, so, wie er sich erst vor wenigen Stunden in seinen Gedanken gegen den Mast des Schiffes Sethurs gestemmt hatte.

Da ertönte ein mahlendes Geräusch – etwas geschwächt, weil der Sockel des Felsens bereits im Meerwasser stand, aber doch deutlich vernehmbar wie das Reibgeräusch eines Mühlsteins. Der Felsfinger drehte sich um seine eigene Achse, dann stürzte er mit dumpfem Tosen ins Wasser und entschwand den Blicken.

Yomi stammelte fassungslos: »Du musst ein Geist sein! Du treibst dein Spiel mit mir. Erst lässt du mich Todesängste ausstehen und dann drückst du diesen Felsen beiseite, als wäre er nur eine klemmende Tür.« Am liebsten wäre er davongelaufen, aber der schmale Vorsprung, an dem sich beide festklammerten, erlaubte ihm das nicht.

»Rede keinen Unsinn«, entgegnete Yonathan. »Ich bin ebenso wenig ein Geist wie du. Und die Kraft, die den Felsen fortbewegen konnte, ist nicht meine Kraft. Ich habe sie mir nur geliehen – sozusagen. Es war Yehwohs Macht.«

»Yehwohs Macht? Was meinst du damit?«

»Er gab mir diesen Auftrag. Und wegen dieses Auftrages unternehme ich diese Reise.«

»Was für ein Auftrag?«

»Den Stab Haschevet zum Richter Goel zu bringen.« Yonathan biss sich auf die Lippe. Hoffentlich hatte er jetzt nicht zu viel gesagt.

»Du meinst … da in deinem Köcher befindet sich Haschevet? Der Richterstab aus den alten Legenden? Der …?«

»Genauso ist es«, antwortete Yonathan, ein wenig verärgert über sich selbst. »Aber wenn wir noch lange hier stehen, dann sind wir bald stumm wie die Fische. Jetzt lass uns erst einmal durch das Loch hier schlüpfen. Über alles andere können wir später sprechen.« Er steckte seinen Oberkörper in den Spalt, der sich etwa drei Fuß über dem von Wasser bedeckten Grund öffnete und nach oben hin breiter wurde. Dann zog er ihn wieder zurück und sagte zu Yomi: »Ach übrigens: Danke.«

Yomi schaute ihn fragend an.

»Dass du mir das Leben gerettet hast«, fügte Yonathan hinzu.

»Bedanke dich nicht bei mir«, sagte Yomi lächelnd. »Mir scheint, derjenige, der eben den Felsen vom Fleck bewegte, ist derselbe, dem wir beide unser Leben zu verdanken haben.«

Yonathan nickte. »Trotzdem. Ich danke dir, Yo.«

Statt einer Antwort schob Yomi seinen Freund zum Felsspalt. Yonathan schlüpfte mit seinem provisorisch zusammengeflickten Rucksack durch die Öffnung. Yomis lange, schlaksige Gestalt folgte ihm auf dem Fuße.

Die beiden Freunde fanden sich in einer Felsenhalle wieder, die wesentlich größer war als die Grotte, aus der sie kamen. Selbst als sich ihre Augen an die fast vollständige Dunkelheit gewöhnt hatten, konnten sie die wahren Ausmaße dieser Höhle nicht erfassen. Was jedoch ihren Blicken verborgen blieb, konnten sie umso deutlicher hören: Auch diese Höhle war mit Wasser gefüllt. Jedoch wurde dieser von Fels eingeschlossene See von einem gewaltigen Wasserfall gespeist. Aus einer Höhe, die sich nicht ermessen ließ, stürzte das Wasser mit gewaltigem Tosen in den See. Die Luft war gesättigt von Millionen feinster Wassertröpfchen. Unerwartet schlug ihnen dampfende Schwüle aus dem Felsendom entgegen.

»Jetzt höre ich das Rauschen auch!« Yomi musste brüllen. Jede andere Art sich verständlich zu machen wäre vom Donner der herabstürzenden Wassermassen verschluckt worden.

Yonathan kletterte vorsichtig an den Rand des Sees hinab und stellte zu seiner Befriedigung fest, dass das Wasser nicht salzig war. Der Wasserfall musste aus einem Fluss stammen, der sich auf seinem Weg ins Meer durch das Felsmassiv des Ewigen Wehrs hindurchgearbeitet hatte. Das Wasser des Flusses war so warm, dass man es kaum spürte, wenn man seine Hand hineintauchte. Erst jetzt bemerkte Yonathan, wie durstig er war. Seit seinem Erwachen hatten sich die Ereignisse überschlagen und der Gedanke an seine körperlichen Bedürfnisse war ihm noch nicht zu Bewusstsein gekommen. Vorsichtig trank er von dem Nass, das ihm trotz seiner lauwarmen Temperatur wunderbar erfrischend erschien.

Yomi kniete neben ihm nieder und tat es ihm gleich. »Was machen wir nun?«, schrie er.

»Wir müssen versuchen dem Lauf des Flusses zu folgen«, brüllte Yonathan zurück. »Wenn es uns gelingt die Wand dort drüben zu ersteigen, finden wir vielleicht einen Weg, der uns zu der Stelle führt, wo das Wasser in den Berg eintritt.«

Yomi nickte. Es blieb ihnen sowieso nichts anderes übrig. Durch den Spalt, der sich fahl von dem umgebenden Fels abhob, schwappte bereits das Meerwasser aus der benachbarten Grotte herüber. Wer konnte wissen, wie hoch das Wasser in dieser Höhle steigen würde?

Die beiden Gefährten umrundeten das Ufer des verborgenen Sees und gelangten so zu der etwa einen Steinwurf weit entfernten Felswand, von der der Wasserfall herabstürzte. Yomi band ein Seil um seine und um Yonathans Hüfte. Dann begann der Aufstieg. Die Kraft Haschevets schärfte Yonathans Sinne. Dadurch konnte er sich besser orientieren als Yomi, der halb blind hinter ihm hertastete.

Während ihres langsamen Aufstieges die nasse und glitschige Felswand empor verloren sie die Zeit aus dem Sinn. Manchmal glitt einer der beiden aus und es grenzte an ein Wunder, dass sie sich immer wieder fangen konnten und sich nicht gegenseitig in die Tiefe rissen, besonders Yomi, der sich ganz auf seinen Tastsinn verlassen musste. Yonathan erinnerte sich daran, wie er Yomi auf den Ausguck der *Weltwind* hatte klettern sehen. Der ungelenk wirkende, lange Seemann war sehr geschickt.

Endlich konnten sie sich auf einen schmalen Felssims hinaufziehen. Unmittelbar neben ihnen wälzte sich das Wasser des Flusses in die Tiefe. Einige Zeit lagen sie nur da und sammelten schwer atmend neue Kraft. Beide waren bis auf die Haut durchnässt. Wenigstens froren sie nicht. Yonathan hatte schon von Bergen gehört, die Feuer spuckten, und von heißen Quellen, die in der Nähe solcher Berge ins Freie traten. Dies war wohl ein solcher Fluss. Er dachte daran zurück, wie er nach seinem Sturz von der *Weltwind* versucht hatte in der kalten See nicht unterzugehen, und wie er dann gespürt hatte, dass das Wasser, in dem er trieb, wärmer wurde. Dieser Fluss musste irgendwo in der Nähe der Grotte ins Meer münden. Nur so ließ sich auch erklären, dass diese zweite, größere Höhle nicht vom ständigen Zustrom des Wasserfalls gefüllt werden konnte. Es musste einen verborgenen Abfluss geben.

Von nun an würde es schwerer werden. Der Fluss nahm seinen Weg – wie Yonathan gehofft hatte – durch einen in den Fels gespülten Tunnel. Neben dem Wasserlauf war genug Platz, um trockenen Fußes weiter in den Berg vorzudringen, vielleicht deshalb, weil jetzt im Herbst das Flussbett nicht viel Wasser führte. Aber wie sollten sie sich orientieren? Hier, wo völlige Dunkelheit herrschte, konnte nicht einmal Haschevets Macht helfen. Wenn nicht meinen Augen, dachte Yonathan, dann vielleicht meinem Geist. Zwar wusste er selbst nicht genau, wie oft er sich schon unbewusst der Macht des Stabes bedient hatte, aber er erinnerte sich noch gut an Navrans Schilderung von dem Wandernden Sinn und der Kraft der Bewegung: wie das *Koach* den Stabträger in die Lage versetzen konnte Dinge wahrzunehmen, die sich an anderen Orten befanden, oder allein durch den Willen Gegenstände zu bewegen. Er dachte an den Mast der *Narga* und den Felsen in der Grotte. Konnte man diese Fähigkeiten nicht auch dazu benutzen, sich in einem dunklen Höhlengang voranzutasten? Yonathan überlegte, ob er das *Koach* nicht missbrauchen würde. Andererseits, so sagte er sich, diente sein Vorwärtskommen ja der Erfüllung von Yehwohs Plänen und dieser Gedanke überzeugte ihn schließlich.

»Bleib dicht bei mir, Yo«, rief er über die Schulter.

»Was hast du vor?«

»Wart's ab.«

Yonathan griff hinter sich, öffnete den Köcher, in dem sich Haschevet befand, und zog den Stab hervor. Als seine Hände das Holz Haschevets berührten, spürte er ein warmes Kribbeln, als strahle der Stab Zustimmung aus. Yonathan konzentrierte sich. Er schloss die Augen und versuchte sich das vor ihm liegende Flussbett vorzustellen.

Zunächst blieb alles schwarz. Er bemühte sich seinen Geist auszusenden wie Wellen, die ein ins Wasser geworfener Stein verbreitet. Endlich spürte er Widerstand. Sein sich behutsam vortastender Sinn stieß an Tunnelwände, tauchte in das Wasser des Flusses und drang tiefer in den vor ihm liegenden Gang ein. Hätte Yomi ihn in diesem Augenblick gefragt, was er spüre, er hätte nicht zu antworten gewusst. Er konnte nichts sehen und doch war ihm, als sei die Umgebung in blaues Licht getaucht; er konnte nichts hören, aber doch vermeinte er das Säuseln von Wind zu hören, das von jeder Unregelmäßigkeit des Felsenganges verändert wurde; auch unter seinen Füßen spürte er eigentlich nichts weiter als den felsigen Boden und trotzdem tastete sein Geist wie mit Fingern, von denen jeder einzelne ihm seine Empfindungen meldete; Yonathan verfügte über einen neuen Sinn. Es war nicht Sehen, Hören oder Tasten und doch war es ein wenig von allem zusammen – und gleichzeitig viel mehr.

Yonathan setzte sich in Bewegung und ließ sich von dem Wandernden Sinn leiten. Yomi spürte, wie das Seil sich straffte und stolperte hinterher. Ja, Yonathans Geist wanderte wirklich! Schon nach kurzer Zeit musste er sogar darauf achten, seine Wahrnehmung nicht zu weit in die dunkle Ferne des Felsmassivs schweifen zu lassen. Wie einen jungen, neugierigen Hund musste er seinen Geist an der Leine halten, damit er ihm nicht enteilte. Schon bald lernte Yonathan, mit dem Wandernden Sinn besser umzugehen, sich auf die unmittelbare Umgebung zu konzentrieren. Nun streifte er nicht nur die Felswände wie mit Fingerkuppen, jetzt drang er auch in das Gestein ein, schob sich in Ritzen und Spalten und wühlte sich bis auf den Grund des Flusses. Bald konnte er lockeres Geröll von festem Gestein unterscheiden. Er entdeckte Adern von Mineralien, die sich in unzähligen Windungen durch den Fels zogen. Er selbst wurde ein Teil von Wasser, Erde und Luft.

Immer sicherer stapften die beiden Freunde in der Dunkelheit ihres verborgenen Pfades voran. Ihr Weg stieg unaufhörlich an. Das Tosen des hinter ihnen liegenden Wasserfalls war längst dem leisen Plätschern des sanft dahinfließenden Flüsschens gewichen. Nach einiger Zeit spürte Yonathan, dass sich der Tunnel vor ihnen verbreiterte und sie standen in einer mächtigen, sich nach oben hin weit öffnenden Höhle. Yonathan »sah«, dass sich der Fluss quer durch diese Felsenhalle schlängelte, in seiner Mitte einen kleinen Teich bildete und schließlich am anderen Ende wieder in einem Tunnel verschwand. Zahlreiche Tropfsteingebilde hingen wie Riesenfinger von der Decke herab oder wuchsen vom Boden hinauf und manche hatten sich zu vollkommenen Säulen vereinigt. Vielfältiges Tropfen erfüllte den Raum wie die Klänge eines gigantischen Glockenspiels.

»Wir sind wohl in einer ziemlich großen Höhle, nicht wahr?« Yomis Stimme unterbrach hallend die Betrachtungen Yonathans. Während des Marsches hatten sie geschwiegen, bis auf Yonathans knappe Hinweise auf Spalten, Felsvorsprünge und sonstige Stolperstellen. »Ich höre es an dem Hall unserer Schritte.«

»Eine riesige Halle«, bestätigte Yonathan. »Machen wir eine Pause?«

»Gerne. Du bist sicher ungeheuer müde, nicht war?«

»Das kann man wohl sagen. Das alles hat mich doch ziemlich mitgenommen.«

In der Nähe des kleinen Teiches ließen sie sich nieder. Der Platz war flach, sandig und bequem.

Nun konnte Yomi nicht mehr länger an sich halten. »Sag, Yonathan, wie machst du das? Wie kannst du dich nur mit dieser Sicherheit in diesem Berg bewegen? Ich sehe nicht einmal die Hand vor den Augen.«

»Nun, wie ich es mache, weiß ich auch nicht. Es ist der Stab, er gibt mir die Kraft dazu.«

»Meinst du nicht, Haschevet könnte mir auch ein wenig von dieser Macht abgeben? Die Finsternis macht mich noch ganz krank. Ich fühle mich ziemlich mies.«

»Du darfst ihn nicht anrühren!«, rief Yonathan, als er spürte, wie Yomi vorsichtig näher heranrückte, und die Höhlenwände warfen ein vielfaches Echo zurück.

»Schon gut, schon gut«, murmelte Yomi beschwichtigend aus der Dunkelheit, »ich will ihn dir ja nicht wegnehmen. Ich dachte nur …«

»Entschuldige, ich wollte dich nicht so anfahren. Aber als ich merkte, wie du nach dem Stab greifen wolltest, hatte ich Angst um dich.«

»Angst? Um mich?«

»Ja. Ich habe schon einmal mit angesehen, was dieser Stab einem Lebewesen antun kann.« Er musste daran denken, wie der Erdfresser zu Staub zerfallen war, nachdem sich Haschevet in sein Herz gebohrt hatte. Obwohl Yonathan nichts sehen konnte, bemerkte er doch, wie Yomi vorsichtig wieder auf Distanz ging.

»Was hat er denn getan?«, fragte Yomi, ebenso ängstlich wie neugierig.

Yonathan überlegte einen Moment. Eines Tages würde er sich noch um Kopf und Kragen reden. Aber er spürte, dass er seinem Freund vertrauen konnte. Niemals würde Yomi absichtlich sein Wissen einsetzen, um Yonathan an der Erfüllung seines Auftrages zu hindern. Vielleicht war es sogar gut und richtig, dass Yomi die Wahrheit erfuhr. Ihre Lage war schließlich schlimm genug. Wenn beide am gleichen Strang zögen, könnte dies nur nützlich sein.

So erzählte Yonathan die ganze Geschichte, beginnend von seinem Sturz in die Höhle des Erdfressers, wo er den Stab Haschevet gefunden hatte, über den Besuch Benels und den Auftrag, bis hin zu ihrer beider Zusammentreffen auf der Weltwind – nur bei der Beschreibung des *Koach* blieb er ungenau, sprach nur von einer übernatürlichen Macht, die der Stab seinem Träger verleihe.

Yomi hatte zugehört, ohne seinen Freund zu unterbrechen. Jetzt schlug er vor: »Meinst du nicht, wir könnten den Wunderbeutel Goels öffnen und schauen, ob sich darin etwas zum Essen findet? Ich bin nämlich ungeheuer hungrig.«

Yonathan lächelte. So sehr seine Geschichte Yomi ergriffen hatte, so schnell kam er wieder auf die elementaren Dinge zurück. Yomi hatte viel von einem Kind. Immer sagte er, was er fühlte und dachte. Yonathan erschien alles verdreht. Er, der nun bald Vierzehnjährige, musste eine Aufgabe erfüllen, die jedem Erwachsenen alles abverlangt hätte und sein beinahe zehn Jahre älterer

Gefährte war in vielen Dingen wie ein Halbwüchsiger. »Wenn ich's mir recht überlege: Ich glaube, wir können es wagen den Beutel zu öffnen.«

Er löste den kleinen Lederbeutel von seinem Gürtel und fingerte einige Zeit an dem Knoten des Verschlussbandes herum. Endlich ließ er sich öffnen. Vorsichtig steckte er die Nase in die Öffnung und roch den Duft von frischem Käse und Brot. Es war ein kaum zu beschreibendes Gefühl. In dem Moment, in dem er das kleine Stück Käse zerbrach, fühlte sich jede der beiden Hälften so groß an wie zuvor das Ganze. Mit Brot und Butter verhielt es sich genauso.

»Und du bist sicher, dass das die Speisen sind, die du vor über einer Woche in dem Säckchen verstaut hast?«, fragte Yomi etwas misstrauisch, als er seine Ration in der Hand hatte.

»Ganz sicher«, sagte Yonathan kauend und stopfte sich den nächsten Happen in den Mund.

»Ob wir wohl auch etwas von der Milch aus deinem Fläschchen nehmen können?«

»Das dürfen wir nicht«, sagte Yonathan. »Wir haben hier Wasser genug. Der Beutel und die Flasche sind nur für Zeiten der Not gedacht. Du würdest dir ganz schön den Magen verderben, wenn du jetzt aus dem Fläschchen trinken würdest.«

»Jetzt sollten wir ein wenig schlafen«, empfahl Yomi, nachdem sie ihr Mahl beendet hatten. Seine Stimme klang nun wieder bestimmt, wie die des Älteren, Erfahreneren, der sich für den Jüngeren verantwortlich fühlte. Yomi hatte ihn vor dem Ertrinken gerettet und diese Tatsache verband beide enger, als sie es sich bisher klargemacht hatten.

»Ich glaube, du hast Recht«, stimmte Yonathan dankbar zu.

Bald hatten sie sich aus den mitgebrachten Decken ein einigermaßen bequemes Nachtlager bereitet. Zwar waren Kleidung und Wolldecken noch immer klamm, aber Müdigkeit und Erschöpfung ließen sie darüber hinwegsehen. Nach wie vor umgab sie die feuchtheiße Luft eines Dampfbades, sodass sie nicht froren. Begleitet von stetigen Tropfgeräuschen und vom Gurgeln des Flüsschens fielen sie schon bald in einen tiefen, traumlosen Schlaf.

Ein Schrei ließ Yonathan jäh erwachen. Er fuhr hoch und griff nach dem Stab, der neben ihm lag. »Yomi, was ist los?«, rief er.

»Yonathan, hilf mir! Schnell!«, ertönte Yomis verzweifelter Ruf. Seine Stimme klang entfernt, nicht von dort, wo Yomi sein Lager bereitet hatte. Etwas schlug peitschenartig auf das Wasser des Teiches.

Es vergingen einige Herzschläge, bis es Yonathan gelang seinen Verstand zur Ruhe zu zwingen. Mühsam gelang es ihm die Dunkelheit zu durchdringen und im bläulichen, pulsierenden Bewusstsein des Wandernden Sinns konnte er seine Umgebung erkennen.

Was er sah, ließ seinen Atem stocken. Etwas Großes, Glitschiges hielt Yomis linkes Bein umklammert und zerrte diesen näher und näher an das Wasser. Dieses Wesen war mindestens so groß wie sein schreiendes und zappelndes Opfer. Es ähnelte einer Schlange, die einen großen Gegenstand verschluckt hatte: In der Mitte dick und kugelförmig, hatte es an beiden Seiten spitz zulaufende Krokodilschwänze, die ihm aus dem Kopf herauswuchsen.

Obwohl seine Haut glatt und schleimig wie die eines monströsen Blutegels war, gelang es dem Untier, den sich aus Leibeskräften wehrenden Yomi immer weiter mit sich zu ziehen. Schon befand sich Yomis gefangenes Bein im Wasser, ebenso wie die Hälfte dieses Bergegels.

Nur noch eines konnte das Leben des Freundes retten. Den Stab Haschevet hoch erhoben, eilte Yonathan schreiend zum Kampfplatz. Das andere Ende der Bestie fuhr züngelnd aus dem aufgewühlten Wasser, um auch ihn bei den Beinen zu packen. Aber Yonathan war schneller. Mit aller Kraft stieß er die Spitze des Stabes mitten in die kugelförmige Verdickung des Tieres. Fast wäre er vornübergestürzt, so leicht drang Haschevet in den Kopf des Feindes ein. Hinter den geschlossenen Augenlidern gewahrte Yonathan einen grellen, blauen Blitz. Darauf ging ein kurzes, krampfhaftes Zucken durch den Körper des Wesens und es sank schlaff in sich zusammen. Yonathan warf den Stab an Land und half Yomi aus dem Wasser. Nun begann der Teich zu kochen; seine Oberfläche brodelte und der leblose Kadaver des Bergegels verschwamm zu einer breiigen Masse und löste sich in viele tausend Partikel auf, die von der leichten Strömung des Gewässers weggetragen wurden. Der Feind hatte sich in Asche aufgelöst.

Es herrschte wieder Ruhe in der Felsenhalle, als wäre nichts geschehen. Nur der schwere Atem der Freunde und das leise Plätschern des Wassers hallten eigenartig verstärkt von den Wänden der Höhle wider.

»Was war das?«, keuchte Yomi.

»Keine Ahnung!«, erwiderte Yonathan atemlos. »Ich will auch gar nicht darüber nachdenken. Wie geht es dir? Kannst du laufen?«

Er untersuchte Yomis Bein und stellte erleichtert fest: »Du wirst eine Menge blauer Flecken haben, die dich noch lange an dieses Abenteuer erinnern. Das Biest scheint voller Saugnäpfe gewesen zu sein. Zum Glück hat deine Hose verhindert, dass es dir die Haut herunterreißen konnte.«

»Ja, zum Glück«, pflichtete Yomi trocken bei und fügte hinzu: »Jetzt muss *ich* dir wohl danken, Yonathan.«

»Was gibt's da zu danken? Dazu sind Freunde doch da – oder? Es wäre mir trotzdem recht, wenn wir es uns nicht zur Gewohnheit machten uns mehrmals täglich das Leben zu retten.«

Sie brachen bald wieder auf. Das knappe Marschgepäck war schnell zusammengeschnürt und sie verließen den Felsendom, indem sie weiter dem Flusslauf folgten. Eine Weile stapften die beiden Wanderer wortlos durch den scheinbar endlosen Tunnel, Yonathan mit seinem Wandernden Sinn voran und Yomi hinterdrein. Ihr Schweigen war nun von anderer Art. Als sie vom Wasserfall aufgebrochen waren, hinderte die Erschöpfung und der Eindruck der vorausgegangenen Ereignisse sie daran, sich zu unterhalten. Jetzt war es die Gewissheit, dass sie nicht die einzigen Lebewesen in dieser unterirdischen Felsenwelt waren. Angstvoll lauschten sie, ob sich neben dem Dahinfließen des Wassers und dem monotonen Geräusch ihrer Schritte nicht vielleicht noch anderes hören ließ. Der Gedanke, ein weiteres Mal von einem solchen Wesen wie dem Bergegel angegriffen zu werden, machte sie sehr vorsichtig und schärfte ihre Sinne.

Nachdem sie lange Zeit bergan marschiert waren, legten sie eine kurze Rast ein. Yomi sagte flüsternd, als fürchte er, ein weiteres Höhlenwesen aufzuschrecken: »Seit unserem Aufbruch vorhin denke ich darüber nach, ob etwas Wahres ist an der alten Dichtung über das Verborgene Land. Kennst du sie?«

Yonathan bestätigte: »Ja, ich erinnere mich an die Worte:

Es entzieht sich des Menschen stetigem Suchen,
Das Land, welches das Verborgene man nennt.

Lässt wachen die Sieben, dürfen nimmermehr ruhen,
Die Hüter, die niemand gesehen und doch jeder wohl kennt.

Zwei Augen, die brennen in ewigem Feuer,
Das kalt ist wie Eis und doch jeden verzehrt;

Zwei Ohren, die lauschen in verlass'nem Gemäuer,
Verwandeln zu Stein, wessen Drängen sie stört;

Auch Nüstern, die blasen mit eisigem Hauch,
die schmelzen den Sucher in feuriger Glut.

Und schließlich der Rachen, er füllt seinen Bauch,
Die Neugier bestraft er mit tödlicher Wut.

Das war's doch – oder?«, fügte er hinzu.

»Ja, genau. Erstaunlich, wie gut du es kennst. Was hältst du davon – ich meine, von diesen sieben Wächtern?«

»Möglicherweise wollte der Dichter nur damit ausdrücken, wie schwierig es ist das Verborgene Land zu betreten.«

»Mag sein, vielleicht steckt aber auch mehr dahinter. Glaubst du, wir könnten einem dieser Wächter über den Weg laufen?«

»Was nützt es, sich *darüber* den Kopf zu zerbrechen? ›Lass uns den Augenblick bewält'gen, auf dass der nächste reicht uns seine

Hand‹, sagt ein altes Sprichwort. Wir sollten nicht zu weit nach vorne blicken. Sonst könnte es passieren, dass wir den Stein vor unserem Fuß nicht sehen.«

»Du hast wohl Recht«, stimmte Yomi zu. »Warten wir's einfach ab.«

Yonathan seufzte. »Wir kommen hier schon wieder raus, Yo. Irgendwie.«

Yomis Einwand und die Idee mit den Wächtern beschäftigten Yonathan jedoch mehr, als er zugeben wollte und veranlassten ihn seinen Geist vorauseilen zu lassen. Als sie sich wieder erhoben, um ihren Weg fortzusetzen, sagte er so gelassen wie möglich: »Yomi, ich glaube, da vorn wartet ein kleines Problem auf uns.«

Ihr Weg hatte sie kaum weiter als eine halbe Meile geführt, da öffnete sich der Gang abermals zu einer weiten Felsenhalle. Diese Höhle unterschied sich jedoch von der, in der sie dem Bergegel begegnet waren. Hier gab es keine tropfenden Säulen und Zapfen. Irgendwann vor langer Zeit musste die Decke herabgestürzt sein – überall lagen große und kleine Felsbrocken herum. Aber das eigentlich Schlimme war …

»Der Fluss ist verschwunden!«, tönte Yonathans erschrockene Stimme durch die Finsternis.

»Was meinst du damit? Er ist doch noch da. Ich höre ihn ja noch, hier, neben mir.«

»Ja schon, aber das Wasser quillt vor uns aus vielen kleinen Ritzen und Spalten. Es kommt einfach aus dem Fels.«

»Heißt das … der Weg führt nicht mehr weiter?«, fragte Yomi bestürzt.

»So sieht es aus«, antwortete Yonathan. Er war nicht bereit sich damit abzufinden. Es durfte nicht sein, dass sie viele Stunden lang durch einen stockdunklen Tunnel gelaufen waren, der hier endete, in einer gigantischen Sackgasse, einer Falle ohne Ausweg. Yonathan bemühte seinen Wandernden Sinn, um vielleicht doch ein Loch zu finden. Still stand er da und ließ seinen Geist um Geröll und Gesteinsbrocken, in Spalten und Ritzen dringen.

Bisher konnte er das Tasten des Wandernden Sinnes dem Lauf des kleinen Stromes folgen lassen, jetzt jedoch durchforschte er alle Winkel der Höhle.

Yomi konnte die Ungewissheit nur schwer ertragen und trat von einem Fuß auf den anderen. Ungeduldig blickte er in die Schwärze, dorthin, wo er Yonathan vermutete. »Nun sag doch endlich was! Was sollen wir jetzt tun?«

»Einen kleinen Moment noch«, sagte Yonathan, und dann: »Ich glaube, ich habe etwas gefunden. Ja! Da oben ist eine schmale Öffnung. Yo, jetzt musst du wieder mal zeigen, wie gut du klettern kannst.«

Yomis Blick wanderte automatisch in die Höhe – obwohl völlige Finsternis sie umgab. Plötzlich fuhr er zusammen. »Yonathan, ich sehe etwas.«

Yonathan öffnete die Augen. Tatsächlich! In der Richtung, die der Sinn ihm gewiesen hatte, sah er einen Fleck. Eigentlich war es nur ein unregelmäßiger schwarzer Kreis, der sich von der noch tieferen Schwärze der Umgebung abhob. »Jetzt sehe ich es auch!«, rief er aufgeregt. »Da müssen wir durch. Aber vorsichtig, der Weg ist ziemlich schwierig.«

Während des gefährlichen Aufstiegs unterstützten Yonathans Hinweise seinen klettergewandten Freund. Viele Hindernisse waren zu überwinden und trotz Yonathans präziser Beschreibungen stieß sich Yomi nicht nur einmal Zehen, Knie oder Ellbogen an. Bald hatten sie die steil aufragende Felswand erreicht, über der fahl die Öffnung schimmerte, auf die sich alle ihre Hoffnungen konzentrierten.

»Das sind bestimmt fünfzig Fuß«, sagte Yomi ehrfürchtig.

»Fünfzig Fuß in die Freiheit«, bestätigte Yonathan aufmunternd. Er unterdrückte das Unwohlsein, das ihn bei dem Gedanken an die hinter diesem Loch liegenden Dinge erfüllte. Der Wandernde Sinn war bereits weiter vorgedrungen und Yonathan wusste, dass diese Wand nicht ihr letztes Hindernis war.

Schritt für Schritt, Griff für Griff arbeiteten sich die beiden die Wand empor. Yonathan erläuterte jeden Halt, den es zu ergreifen oder zu besteigen galt. Die Zeit floß so zäh voran wie Harz auf der Rinde eines Baumes. Doch endlich hatten sie es geschafft. Zuerst schob sich Yonathan, erschöpft und erleichtert, durch die Öffnung, hinter der sich ihr Weg fortsetzen sollte, dann folgte Yomi.

Der Gang vor den beiden Wanderern war schmaler als bisher. Ein schwacher, grünlicher Schimmer erfüllte den engen, steinernen Tunnel. Nun konnte auch Yomi grobe Konturen erkennen. »Da vorn muss irgendwo der Ausgang sein«, rief er.

»Ja, aber das Licht, das du siehst, ist nicht das Licht der Sonne«, erwiderte Yonathan warnend. »Oder hast du schon einmal eine grüne Sonne gesehen?«

»Selten«, meinte Yomi enttäuscht. »Hast du eine Vorstellung, was das da vor uns ist?«

»Ich habe keine Ahnung – aber wir sollten vorsichtig sein.« Der Höhlengang machte etwa fünfzig Schritt voraus eine Rechtsbiegung. So war es unmöglich, die eigentliche Ursache für das grüne Licht zu erkennen. Vorsichtig und leise schlichen sich Yonathan und Yomi bis zu der Biegung vor. Gleichzeitig lugten sie um die Ecke und gleichzeitig klappten ihre Kinnladen herab. Staunend starrten sie auf das Schauspiel, das sich ihren Augen bot: Vor ihnen lag ein See aus grünem Licht.

Behutsam näherten sie sich dem Rand dieses Gewässers – oder was immer es sein mochte. Seine Oberfläche war spiegelglatt. Das Gewölbe, in dem er ruhte, wurde ganz von ihm ausgefüllt; er mochte etwa dreihundert Fuß lang und ungefähr halb so breit sein. Es sah aus wie eine gigantische Glasplatte, unter der ein grünes Feuer brannte. Dieses Feuer jedoch zuckte nicht lebendig auf und nieder, wie Flammen es getan hätten. Vielmehr bewegten sich hellere und dunklere Schlieren in stetigem Wechsel durch den See. Es war gespenstisch und erinnerte an die vielfach verschlungenen Bewegungen in einer Schlangengrube, gemächlich, aber tödlich für den, der seinen Fuß hineinsetzte.

»Glaubst du, wir können hindurchwaten? Es scheint nicht besonders warm zu sein.« Yomi war selbst nicht von dem überzeugt, was er sagte. Er folgte nur dem inneren Drang die bedrückende Stille zu durchbrechen.

»Zwei Augen, die brennen in ewigem Feuer, das kalt ist wie Eis und doch jeden verzehrt«, zitierte Yonathan abwesend.

»Was ist mit dir, Yonathan?«, fragte Yomi. »Glaubst du, das hier hat etwas mit der alten Dichtung über die sieben Hüter des Verborgenen Landes zu tun?«

Yonathan schien wieder zu sich zu kommen. »Egal, ob das da nun die Augen sind oder nicht, einfach hindurchgehen können wir nicht. Da, pass mal auf!«

Er hob einen größeren Stein auf und schleuderte ihn mit kräftigem Schwung auf den See hinaus. Noch bevor der Stein die Oberfläche ganz erreicht hatte, schoss die grüne Flüssigkeit empor, zäh wie Honig, aber blitzschnell wie die Zunge eines Frosches, die nach einer Fliege schnappt, umschloss den Stein und zog ihn mit sich hinab. Sofort glättete sich die Oberfläche des Sees wieder und an der Stelle, wo der Stein verschwunden war, stieg eine kleine Dunstwolke auf, die sich schnell verflüchtigte. Nur kurz war ein leises Zischen zu vernehmen, wie von einem Wassertropfen, der in eine heiße Pfanne fällt und sich in Dampf auflöst.

»Hast du Lust da durchzulaufen, Yo?«

Yomi schauderte. »Woher wusstest du das?«

Yonathan zuckte die Achseln. »Ich habe nur gespürt, dass dieser See irgendetwas Lauerndes an sich hat. Wir müssen sehr, sehr vorsichtig sein.«

Beide starrten noch immer gebannt auf die Stelle, wo der Stein versunken war.

»Und was sollen wir jetzt tun?«, fragte Yomi. »Da drüben geht's hinaus.« Er deutete auf einen kaum erkennbaren schmalen Streif am anderen Ende des Sees, der sich dunkel von den grünlich schimmernden Felswänden abhob.

Yonathan stieß einen Schreckensruf aus. Während die beiden Freunde den Stein beobachtet hatten, war die zähe Masse des Sees auf sie zugekrochen und hatte sie nun ganz eingeschlossen.

»Beweg dich nicht!«, mahnte Yonathan.

Yomi verlor vor Schreck fast das Gleichgewicht, als er den

sich enger und enger um sie schließenden Kreis der grünen Flüssigkeit bemerkte. »Was jetzt?«, flüsterte er in Panik.

Die Zeit zum Nachdenken war knapp. Aber Yonathan zwang sich zur Ruhe und spürte sofort die Gegenwart eines fremdartigen Bewusstseins. Seltsamerweise schien es nicht wirklich bösartig zu sein. Anders als bei der unleugbaren Feindseligkeit, die von Zirah, dem Vogel Kaldeks, ausgegangen war, schien der Geist dieser Höhle von gleichgültiger Gelassenheit beseelt.

»Ich spüre keine Feindseligkeit«, flüsterte Yonathan erstaunt.

»Ein Austernfischer hat auch nichts gegen seine Beute«, knurrte Yomi, »im Gegenteil: Er hat sie zum Fressen gern.«

»Wir sind keine Austern, Yo!«

»Aber wir werden genauso schnell verschluckt werden, wenn uns nicht sofort was einfällt.«

»Lass mich mal was ausprobieren.«

Während Yomi verzweifelt aufstöhnte, nahm Yonathan den Stab Haschevet, der bisher locker auf seiner Schulter gelegen hatte, in beide Hände und tauchte ihn langsam in die Masse, die schon fast seine Zehenspitzen erreicht hatte. Nur den Bruchteil eines Herzschlages widerstand das grüne Etwas dem Richterstab, dann zuckte es wabernd zurück, wie eine Hand, die sich an einem Kochtopf verbrannt hatte. Wieder zischte es, eine ekelhaft riechende Rauchwolke stieg empor. Vor dem Stab bildete sich ein freier Halbkreis, unter dem der von feiner Asche bedeckte Felsboden zum Vorschein kam.

»Halt dich dicht bei mir. Wir müssen den See als *eine* Person durchschreiten.«

Yomi legte seine Hand über Yonathans Schulter und achtete darauf, dass er dem Stab nicht zu nahe kam. Er drückte seinen kleineren Freund eng an sich und so setzten die beiden sich im Gleichschritt in Bewegung. Yonathan hielt Haschevet vor sich und ließ seine Spitze dicht über den Boden dahinschweben. Mit jedem Schritt, den sie vorankamen – Yomis Füße folgten den seinen so dicht, dass er ihm fast in die Hacken trat –, öffnete sich vor ihnen blubbernd und zischend die grünliche Masse, um sich hinter ihnen sofort wieder zu schließen. Wie eine wandernde

Insel im Ozean durchquerten die beiden Freunde sicher den gesamten See.

Schweißüberströmt und erleichtert standen sie schließlich in dem niedrigen, lang gezogenen Spalt, den sie schon vorher als dunklen Streif in der Höhlenwand erkannt hatten. Diesmal führte die Öffnung nicht in einen neuen Tunnel. Nein, sie führte direkt ins Freie!

»Es ist unglaublich! Ich kann es noch gar nicht fassen.« Yomi musste sich im Höhlenausgang ducken, um nicht mit dem Kopf anzustoßen.

»Das wurde wirklich Zeit«, fügte Yonathan erleichtert hinzu.

Wenige Schritte weiter fühlten sie einen flachen Abhang unter ihren Füßen. Auch hier herrschte Dunkelheit, kein Mond und kein Stern ließen sich blicken. Aber die Luft war, obwohl feucht, frisch und angenehm. Der Duft von Nadelholz, Gräsern und Blumen weckte in Yonathan Heimweh nach den Wäldern von Kitvar. Und doch war die Stimmung, die diese Welt erfüllte, anders und fremdartig.

»Wo werden wir wohl sein?«, fragte Yomi flüsternd.

»Im Verborgenen Land«, erwiderte Yonathan, von einer Ruhe erfüllt, die er sich selbst nicht erklären konnte.

Yomi nickte ehrfürchtig. »Ich finde es unheimlich aufregend, dass wir im Verborgenen Land sind. Im *Verborgenen Land,* Yonathan! Du hast doch vorhin selbst den vergessenen Dichter zitiert: ›Es entzieht sich des Menschen stetigem Suchen, das Land, welches das Verborgene man nennt.‹ Und wir sind jetzt hier! Verstehst du?«

»Ich weiß, was du meinst, und mir geht's genauso. Wir sollten uns jetzt aber überlegen, was wir tun. Zurückgehen können wir auf jeden Fall nicht.«

»Du hast Recht. Komischerweise hast du Knirps fast immer Recht.«

»Also hör mal!«, rief Yonathan. »Ich bin schon fast erwachsen. Dass ich neben dir wie ein kleiner Junge aussehe, liegt nur daran, dass du vergessen hast zum rechten Zeitpunkt mit dem Wachsen aufzuhören.«

»Schon gut, schon gut«, beruhigte ihn Yomi. »Ich staune ja nur darüber, was du so alles tust und sagst. Was machen wir also jetzt?«

»Wir durchqueren das Verborgene Land – von Nord nach Süd. Oder was siehst du für eine Möglichkeit?«

Yomi schwieg eine Weile. Ihm gingen die alten Legenden durch den Kopf, die erzählten, dass niemand das Verborgene Land je betreten und wieder lebendig verlassen hatte.

Yonathan fühlte Yomis Schwanken. »Mach dir nicht zu viele Sorgen, Yo. Man kommt halt nur sehr schwer hinein in dieses Land. Deshalb weiß man so wenig darüber. Reisende sind oft abergläubisch und der Aberglaube ist ein schlechter Führer. Außerdem habe ich einen Auftrag und bisher hat uns mein Auftraggeber doch ganz gut beschützt – oder?«

»Ja, das hat er wirklich«, gab Yomi zu. »Aber das Verborgene Land ist sehr groß. Es dauert im besten Fall – wenn man bei gutem Wind Tag und Nacht segelt – zwei Wochen, bis man es umfahren hat. Wie lange werden wir wohl brauchen, wenn wir es zu Fuß durchwandern müssen?«

»Du vergisst eines: Wir sind am Ewigen Wehr gestrandet und das Verborgene Land ist eine große Halbinsel. Wenn wir von hier aus geradewegs nach Süden wandern, dann durchqueren wir es an seiner schmalsten Stelle. Von hier aus dürften es nicht mehr als zweihundert, höchstens dreihundert Meilen bis zum Südkamm-Gebirge sein. Wenn wir das erst einmal erreicht haben, dann sind wir auch bald am Golf von Cedan.«

»Ja, wenn wir uns inzwischen nicht verlaufen.«

»Soweit ich die alten Geschichten von Goels Wanderung durch das Drachengebirge kenne, müsste dieses die östliche Grenze des Verborgenen Landes bilden. Wenn es also hell wird, dann werden wir die Ausläufer des Drachengebirges zu unserer Linken sehen – und so werden wir es halten, bis wir den Südkamm erreicht haben.«

»Ja, *wenn* es hell wird. Vielleicht hat das Verborgene Land seinen Namen daher, dass es nie von der Sonne beschienen wird.«

»Yomi«, sagte Yonathan, »dein Unken hilft uns auch nicht

weiter. Sieh mal, das Verborgene Land liegt genauso unter der Sonne wie jedes andere auch. In der Höhle haben wir einfach unser Zeitgefühl verloren. Wir wissen auch nicht, wie lange wir geschlafen haben. Jetzt ist es eben Nacht und morgen früh wirst du zu den wenigen Menschen zählen, die jemals das Verborgene Land mit eigenen Augen gesehen haben. Ist das nicht toll!«

»Hm.«

»Komm jetzt, Yo, wir gehn einfach mal los.«

Da es noch zu dunkel war, um etwas zu erkennen, nahm Yonathan wieder seinen Wandernden Sinn zu Hilfe. Yomi trottete gedankenversunken hinterdrein. Noch immer waren sie mit dem Seil verbunden.

Nachdem sie etwa eine Viertelmeile abgestiegen waren, wandte Yomi sich um. »Yonathan«, raunte er schaudernd, »die Augen!«

Auch Yonathan schaute zurück und sah, was Yomi meinte. Von dort, wo sie den Berg verlassen hatten, schienen ihnen zwei übergroße Augen nachzuschauen. Der lange waagerechte Spalt, durch den sie ins Freie gelangt waren, wurde von Felsen teilweise so verstellt, dass es von unterhalb den Eindruck zweier getrennter, mandelförmiger Öffnungen erweckte, jede in ihrer Mitte mit einem dunklen Fleck – einer Pupille – versehen.

»Also steckt doch mehr in dem alten Gedicht, als wir geglaubt hatten«, bemerkte Yomi.

»Gerade genug, um die Augen echt aussehen zu lassen. Aber sie *sind* es nicht, Yomi. Es ist nur ein Loch im Berg, das uns nicht aufhalten konnte.«

Yonathan setzte sich wieder in Bewegung und Yomi stolperte hinterher. Eine Bemerkung jedoch konnte er sich nicht verkneifen: »Das waren die ersten zwei Wächter. Fünf andere warten noch auf uns.«

Ihr Abstieg dauerte kaum eine halbe Stunde, da bemerkten Yonathan und Yomi erleichtert, dass sich der Himmel von Osten her aufhellte. Zuerst hielten sie es nur für eine Gewöhnung ihrer Augen an die Dunkelheit, aber schon bald verdrängte das Tageslicht die Schatten der Nacht und offenbarte ihnen einen phantastischen Ausblick: ein endloses grünes Meer, das sich im Süden und im Westen bis zum Horizont erstreckte. Dichter Pflanzenbewuchs verbarg den Erdboden vor ihren forschenden Blicken. Über dem Blätterdach des Waldes lag zarter Dunst. Laute fremdartigen Lebens drangen zu ihnen herauf. Im Osten sahen sie, wie Yonathan vorausgesagt hatte, eine dunkle Bergkette, deren Kamm in den Wolken verschwand und die sich weit im Süden dem Auge entzog. Das ganze Land bildete einen gewaltigen Kessel, dessen Wände die Berge und dessen Deckel ein Dach aus Wolken war. Auf der anderen Seite des Ewigen Wehrs zog jetzt der Herbst ein, der der Sonne nur noch für kurze Zeit des Tages erlaubte wohlige Wärme zu spenden. Hier jedoch war es selbst in der ausgehenden Nacht noch schwülwarm. Was würde sie erst erwarten, wenn der Mittag käme?

Inzwischen hatte sich niedriges Buschwerk zu dem kargen Grasbewuchs der Berghänge gesellt. Mit jedem Schritt, den sie ins Tal hinabstiegen, erwärmte sich die Luft mehr.

Nach etwa zwei Stunden legten sie ihre erste Rast ein. Schweigend saßen sie nebeneinander und nahmen einen Imbiss aus Yonathans Wunderbeutel. Wasser gab es genug, es plätscherte überall die Hänge hinab. Vor ihnen lag – fast wie mit dem Lineal gezogen – die Baumgrenze, die eine neue Schwierigkeit offenbarte.

»Wenn wir in den Wald eindringen, werden wir Probleme haben uns zurechtzufinden«, stellte Yomi fest.

»Du hast Recht. Die Baumkronen verbergen den Blick auf das Drachengebirge und den Stand der Sonne werden wir hinter dem dichten Wolkenteppich bald auch nicht mehr ausmachen können.« Yonathan blickte zum Himmel. In unerreichbarer Höhe zog die schwarze Silhouette eines Vogels ihre Kreise.

»Meinst du, du könntest mit …« Yomi machte eine kreisende Handbewegung um seinen Kopf herum.

»Mit dem Wandernden Sinn meinst du? Ich weiß nicht. Ich habe mit ihm bisher nur meine direkte Umgebung erfühlen können. Aber das Drachengebirge ist, fürchte ich, zu weit entfernt.

Notfalls wirst du eben noch ein paar Mal deine Kletterkünste unter Beweis stellen müssen, Yo.«

Yomis Augen blitzten auf, als würde ihm der Gedanke Vergnügen bereiten. »Was wird uns wohl in dem Wald erwarten? Er gibt so merkwürdige Geräusche von sich.«

»Lass uns den Augenblick bewält'gen ...«, begann Yonathan das alte Sprichwort.

»... auf dass der nächste reicht uns seine Hand«, vollendete Yomi lächelnd. »Ich mache mir schon wieder zu viele Gedanken – aber vorsichtig sein müssen wir trotzdem.«

»Ja, das müssen wir.« Und mit den Augen dem Vogel folgend, der in den Wolken, weit über ihnen, noch immer dahinsegelte, fügte Yonathan hinzu: »Es gibt hier viele Lebewesen. Einige mögen alte Bekannte sein, andere dagegen fremdartig und neu für uns. Wer weiß, welche es gut mit uns meinen und welche nicht.«

Wie auf ein Stichwort erhoben sich die beiden Gefährten, warfen ihre Rucksäcke über die Schulter und setzten ihren Marsch in das unbekannte Land fort. Der Wald, den sie nun betraten, war von eigenartiger Natur. Er schien jede heitere Stimmung sofort zu dämpfen. Yonathan hatte so etwas noch niemals zuvor gesehen. Er erkannte an Yomis ängstlich umherschweifendem Blick, dass er genauso empfand. Ja, Yomi, der zehn Jahre lang dem abergläubischen Gerede der Seeleute ausgesetzt gewesen war, musste dieser Wald geradezu gespenstisch erscheinen. Die Bäume waren hier in der Bergregion noch recht niedrig. Sie erinnerten Yonathan an die wenigen Buchen, die im Finkenwald an geschützten Stellen wuchsen – und doch waren sie eher Zerrbilder der herrlichen Laubbäume mit ihren weit ausgreifenden, runden Kronen. Sie waren gedrungen und stämmig, als laste das gesamte Gewicht des Himmels auf ihnen, Kreaturen, die sich winden, ducken und krümmen mussten unter ihrer Last. Die stahlgraue Rinde der Bäume trat nur an wenigen Stellen zutage, so dicht waren sie mit blassgrünen Moospolstern bedeckt. Von den Ästen hingen graue Bartflechten herab. Im Morgennebel sahen sie aus wie ein Heer uralter und fremdartiger Wesen. Zwischen diesen Gestalten bedeckten Moosfarne wie ein dichter grüner Teppich den Waldboden.

Yomi warf Yonathan einen fragenden Blick zu: Sollten sie wirklich durch diesen unheimlichen Wald wandern?

Yonathan sagte: »Komm, wir wollen uns beeilen, damit wir diesen ungemütlichen Ort möglichst schnell hinter uns bringen.«

So wurde aus ihrem zögernden Vortasten ein Marsch mit trotzigen, ausgreifenden Schritten. Ein wenig vorsichtiger hätten sie schon sein können, aber die vielen Augen, die ungesehen zwischen Bäumen, Ästen und Blättern hervorlugten und die beiden Eindringlinge beobachteten, gehörten wohl friedfertigen Wesen.

Zephon – Der schlafende Baum

Zwei Tage lang waren Yonathan und Yomi nun schon im Verborgenen Land unterwegs. Längst lag der gespenstische Buchenwald hinter ihnen. Am Mittag des ersten Tages hatten sie flacheres Terrain erreicht, und die Vegetation änderte sich abermals. Die Bäume wuchsen hier höher in den Himmel, sie glichen den Beinen erstarrter Riesen, deren Oberkörper und Kopf von einem grünen Gewand fleischiger, glänzender Blätter verdeckt wurden. Viele Bäume hatten Luftwurzeln, die wie lange Schiffstaue herabhingen und Yomi oft gute Dienste leisteten. Bei jeder Rast erklomm er nämlich einen der Giganten, um nach der im Osten gelegenen Bergkette des Drachengebirges Ausschau zu halten. Dank dieser waghalsigen, aber notwendigen Klettereien gelang es den beiden Freunden ihren Südkurs beizubehalten.

Neben dem Pflanzenbewuchs hatte sich leider auch das Wetter geändert. Es hatte zu regnen begonnen. Anfangs störte der Regen noch wenig – das dichte Blätterdach der großen Bäume hielt die meiste Feuchtigkeit ab. Doch nach einigen Stunden waren Yonathan und Yomi durchnässt bis auf die Haut. Zwar war kaum zu befürchten, dass sie sich erkälteten – die feuchte Hitze war mittlerweile bis an die Grenze des Erträglichen angestiegen –, dafür wurde während der Nacht der Schlaf vom Regenwasser hinweggeschwemmt. Kein Wunder, dass die beiden Wanderer ihren Marsch schon lange vor Sonnenaufgang fortsetzten.

Der Regen verebbte mit dem ersten Tageslicht; eigentlich hätte man von Tages*dämmerung* sprechen müssen, denn das ständige Halbdunkel unter den grauen Wolken und dem schier undurchdringlichen Blätterbaldachin nahm der Sonne viel von ihrer Helligkeit. Über dicke Moospolster, unter denen immer, wenn ein Fuß auf sie trat, Wasser hervorsprudelte, setzen Yonathan und Yomi ihren Weg fort. Sie waren froh darüber, dass die Feuchtigkeit nun nicht mehr von oben auf sie herabtropfte. Es genügte ihnen klamme Kleider auf dem Leib zu tragen, ihre Füße ununterbrochen in dem wasserdurchtränkten Moos zu baden und eine feuchte Luft zu atmen, die es ihnen unmöglich machte, zwischen dem eigenen Schweiß und der sich auf der Haut niederschlagenden Feuchtigkeit zu unterscheiden.

Abgesehen von dem schlüpfrigen Untergrund, war das Vorwärtskommen hier im Hochwald leichter als in dem hinter ihnen liegenden Grenzwald mit seinen bisweilen hüfthohen Farnen. Im Dämmerlicht unter den mächtigen Baumkronen fristeten nur einige wenige, selbstgenügsame Pflanzen ihr Dasein.

Am Nachmittag des zweiten Tages – Yonathan und Yomi hatten sich inzwischen noch näher an die Ausläufer des Drachengebirges herangearbeitet – hellte sich der Wald etwas auf. Die Bäume standen in diesem Gebiet weiter auseinander, sodass auch wieder kleinere, lichthungrige Pflanzen zu ihrem Recht kamen. Der Himmel, der hier und da zwischen dem Blattwerk hindurchlugte, trug jedoch noch immer ein tristes graues Gewand.

Die beiden Gefährten folgten seit einiger Zeit einem ausgetretenen Pfad, der – den Spuren nach zu urteilen – von größten Tieren stammte. Bisher waren die Bewohner des Verborgenen Landes sehr zurückhaltend gewesen. Ab und zu konnten Yonathan und Yomi einige Vögel beobachten, gelegentlich schwangen sich kleine, pelzige Tierchen in luftiger Höhe durch das Geäst des Waldes. Einmal glaubten die beiden hinter Buschwerk, ganz in ihrer Nähe, einen mächtigen Schatten wahrgenommen zu haben. Abgesehen von den wenigen sichtbaren Kreaturen, zeigte dieses Land aber durch eine vielfältige Geräuschkulisse, dass es eine Menge Bewohner mehr geben musste!

Wie erwartet, endete der Waldpfad an einer Wasserstelle, einem kleinen Bächlein, das sich vom Drachengebirge in das Verborgene Land hinunterschlängelte. An dieser Stelle staute sich das Wasser und man konnte unter seiner Oberfläche Fische erkennen. Einmal mehr zeigte Yomi seine große Geschicklichkeit. Er stellte sich in das ruhig dahinfließende Wasser und verharrte ein paar Augenblicke regungslos wie eine Birke. Plötzlich schnellte seine Hand in das Wasser und kam mit einem Fisch wieder empor. Noch ehe sich das zappelnde Wesen seinem Griff entwinden konnte, warf er es ans Ufer und rief Yonathan zu: »Da hast du dein Abendbrot für heute. Sieh zu, dass es dir nicht wieder davonhüpft.«

Mit geübtem Griff fing Yonathan den zappelnden Fisch ein, betäubte ihn mit dem Knauf seines Dolches und bereitete ihm ein schnelles und schmerzloses Ende. Noch dreimal wiederholte sich diese Prozedur, sodass sie sich auf eine reichliche und wohlschmeckende Abendmahlzeit freuen durften.

Nachdem sie von dem sauberen und lauwarmen Wasser getrunken hatten, setzten sie ihren Marsch fort. Sie wollten nicht hier übernachten, da sie nicht wussten, wer bei Nacht diese Wasserstelle aufsuchen würde. So hielten sie nach einem geeigneten Lagerplatz Ausschau und bemerkten dabei kaum, wie die Bäume immer weiter auseinander traten und nach und nach von niedrigerem Pflanzenwuchs abgelöst wurden. Plötzlich hörte Yonathan einen Schrei und Yomi war wie vom Erdboden verschluckt.

Es dauerte einen Augenblick, bis Yonathan die Situation erfasste. Er und Yomi hatten den Waldrand abgesucht, der in einiger Entfernung wieder die Sträucher, Gräser und Farne ablöste; dabei hatten sie ihrer näheren Umgebung keine besondere Aufmerksamkeit geschenkt. Jetzt bemerkte Yonathan, dass er unmittelbar am Rande eines riesigen Kraters stand.

»Yonathan, nun hilf mir doch endlich!«, ertönte Yomis Stimme. Der Ruf schien aus dem Boden zu kommen, direkt zu Yonathans Füßen.

»Wo bist du denn?«, rief Yonathan zurück.

»Hier unten. Nun komm schon. Schnell!«

Yonathan drückte die großen Blätter der hüfthohen Pflanze vor ihm zur Seite und sah in einen Abgrund hinunter, nicht sehr tief, aber doch tief genug, um sich beim Hinabstürzen den Hals zu brechen.

»Was machst du denn da?«

»Ich suche Gänseblümchen«, presste Yomi hervor. »Wenn du mir nicht gleich hilfst, musst du allein weitersuchen.« Mit einer Hand hielt er ein Bündel fingerdicker Blattstengel umklammert, die sich bereits langsam aus der weichen Erde zu lösen begannen.

Yonathan kniete hastig nieder, umfasste mit seiner linken Hand ebenfalls ein paar dicke Stiele und streckte seine Rechte Yomi entgegen, der Mühe hatte die helfende Hand seines Freundes zu packen. Yonathan hatte zwar nicht die Kraft Yomi emporzuziehen, doch er konnte ihn lange genug halten, dass dieser sein rechtes Bein über den Rand des Abgrundes brachte, um sich dann ganz hinaufzuschieben.

Erschöpft lagen und knieten die beiden an dem Absturz und blickten zu dem gewaltigen Erdloch hinab.

»Puh, das wäre beinahe ungeheuer schief gegangen«, keuchte Yomi. »Jetzt muss ich dir schon wieder danken.«

»Beim nächsten Mal bist du wieder dran, mir zu helfen. Wenn es ein nächstes Mal gibt!«

Sie rappelten sich hoch und starrten keuchend in den Krater hinunter. Er war riesig! Er musste über eine halbe Meile breit sein. Sein Rand war ringsum voller Buschwerk – ein Umstand, der Yomi fast zum Verhängnis geworden wäre. Der Abhang war, von einigen zähen Grasbüscheln abgesehen, unbewachsen. Dem Auge bot sich nur der triste Anblick von Felsen und Geröll. Selbst dort, wo der steile Absturz nach etwa hundert Fuß abflachte, um sich wie ein großer Trichter weiter in die Tiefe zu senken, war kaum eine Pflanze zu sehen.

Bis auf eine Ausnahme.

Genau in der Mitte des Trichters stand ein gewaltiger Baum – genauer gesagt, das, was von ihm noch übrig war. Der blattlose Riese bot ein jämmerliches Bild und nur mit viel Phantasie ließ sich ermessen, welch prachtvolle Erscheinung er einmal gewesen sein musste. Der gewaltige Stamm der Pflanze ragte aus einem Boden, der aus der Entfernung seltsam aufgelockert wirkte, wie ein frisch bearbeitetes Beet, das jedoch eine ungesunde graue, schimmlige Färbung trug.

»Der Baum sieht ziemlich tot aus«, bemerkte Yomi lakonisch.

»Ja, eigenartig«, stimmte Yonathan nachdenklich zu. »Ringsherum wuchern die Pflanzen, als sei heute ihr letzter Tag, und in dieser Grube da unten wächst so gut wie nichts. Was mag das wohl für ein Loch sein? Irgendwie passt es nicht hierhin, finde ich.«

»Ich habe mal die Krone eines Vulkans bestiegen und in seinen Schlund geschaut; da sah es ähnlich aus. Aber ich kenne keinen Vulkankrater, der einfach so aus der flachen Erde wächst.«

»Mir ist aufgefallen, dass wir seit einiger Zeit ständig bergauf gestiegen sind, wenn auch nicht sehr steil. Möglicherweise ist dieser Vulkan schon sehr alt, sodass seine Hänge von der Witterung abgeflacht wurden, bis nur noch dieser kleine Krater übrig geblieben ist.«

»Klein? Ich habe noch nie ein so großes Loch in der Erde gesehen. Selbst die Kupferminen von Kaiser Zirgis sind nicht so groß.«

Yomi beugte sich vorsichtig über den Abgrund. Er hatte etwas entdeckt. Yonathan ließ sich auf alle viere nieder und spähte in dieselbe Richtung. Jetzt sah auch er, was Yomis Aufmerksamkeit erregt hatte. Einen Steinwurf von ihnen entfernt war ein Vorsprung zu sehen, der gleich einer Rampe in den Krater hinabführte und bis zu der Stelle reichte, wo die Steilwand in den Schräghang überging.

»Ich glaube, wir haben ein Nachtlager gefunden«, stellte Yomi zufrieden fest.

»Was meinst du damit? Willst du etwa da runter?«

»Hast du einen besseren Vorschlag? Dieser Platz sieht nicht so aus, als würden Tiere freiwillig dorthin kommen. Wir werden eine ungestörte und ziemlich trockene Nacht verbringen.«

Yonathan war skeptisch. »Ich habe kein gutes Gefühl dabei.«

»Schau«, sagte Yomi eindringlich, während er zum westlichen Horizont zeigte, »da drüben ist gerade die Sonne untergegangen. In Kürze wird es hier ziemlich dunkel sein. Willst du da noch in den Wald eindringen, um nach einem Nachtlager zu suchen?«

»Nein.«

»Oder willst du lieber hier auf dem Präsentierteller schlafen, wo uns jedes Raubtier leicht aufspüren kann und wir keinerlei Deckung haben?«

»Nein.«

»Na also, dann wäre die Sache ja ziemlich klar.«

»Findest du denn, dass wir da unten besonders gute Fluchtmöglichkeiten haben, wenn uns jemand auf die Pelle rückt?«

Yomi schloss die Augen, atmete tief ein und wieder aus, drehte sich um, entfernte sich fünf Schritte, so, als wolle er Yonathan für immer verlassen, machte dann jedoch kehrt und sagte schließlich: »Nein, das haben wir wohl nicht. Aber dort unter dem Baum sind wir zumindest ungeheuer schwer zu entdecken, was man hier oben nicht behaupten kann.«

Yonathan seufzte. »Also gut.«

Der Baum, den Yomi als »ziemlich tot« bezeichnet hatte, beschwor in ihm das Bild eines schlummernden Ungeheuers herauf, einer Bestie, die nur darauf wartete, von einem unvorsichtigen Tor aus dem Schlaf geweckt zu werden. Wenn ein Baum keine Blätter trug – was bei diesem Exemplar der Fall war –, dann musste er nicht zwangsläufig abgestorben sein. Als Bewohner der Nordregion mit ihren langen, kalten Wintern war Yonathan das Ruhen der Natur nicht fremd. Jeder Frühling weckte wieder all die zahllosen Schläfer und was eben noch leblos schien, erwachte schnell zu blühendem Leben.

Wenn dieser grauschwarze Baum in seinem trostlosen Bett aus Felsen, Geröll und bleichem Sand erwachte, wollte Yonathan jedenfalls nicht dabei sein – dessen war er sich sicher.

Yomi hatte sich bereits auf den Weg zu der Stelle gemacht, wo der abwärts geneigte Felsvorsprung in den Krater hinabführte. Yonathan schüttelte seine düsteren Gedanken ab und folgte ihm. Yomi hatte ja Recht, sie mussten ein Lager finden, bevor es stockfinster geworden war, und dieser Platz dort unten würde wahrscheinlich noch das geringste aller Übel sein.

Yonathan holte seinen Freund am oberen Teil der Rampe ein, sodass sie gemeinsam in das Erdloch hinabsteigen konnten. Jeder Schritt erforderte große Vorsicht, da Sand und Geröll den Abstieg schnell in eine gefährliche Rutschpartie verwandeln konnten.

Kurz vor dem Ende der Rampe hielt Yonathan plötzlich inne. Seine Augen hatten in dem schnell schwindenden Tageslicht etwas Ungewöhnliches entdeckt. »Yomi, warte mal«, raunte er seinem Freund zu. »Hast du dir mal genau angesehen, worauf wir laufen?«

Yomi wusste nicht, worauf Yonathan hinauswollte. »Ich sehe nur, dass hier festes Gestein unter dem Geröll hervorschaut.«

»Ja schon, aber fällt dir nichts an der *Form* dieser Felsen auf?«

Yomi runzelte die Stirn, ließ sich auf ein Knie nieder und fegte mit der Hand etwas von dem Sand und den kleinen Steinen weg, die den ganzen Weg bedeckten. »Das ist ja … ungeheuer …« Ihm wollte kein passender Ausdruck einfallen.

»Wir sind offensichtlich nicht die ersten mit Verstand begabten Wesen, die in dieses Loch hinabsteigen – oder wie würdest du sonst erklären, dass wir hier auf einer Treppe stehen?«

Yonathan und Yomi saßen Seite an Seite inmitten des Kraters. Mit dem Rücken lehnten sie an dem verdorrten Baum und schauten zu der Stelle empor, wo der rampenartige Felsvorsprung in den flacheren Abhang überging. Jeder hielt ein Stück Käse mit Brot in der Hand und sie kauten gedankenverloren.

»Wie lange wird es wohl schon her sein, dass Menschen hier gelebt haben?«, brach Yomi das Schweigen.

»In der ersten Rolle des *Sepher Schophetim* wird berichtet, dass Melech-Arez einst versuchte verständige Wesen zu erschaffen. Er wollte, dass diese ihm und seinen Brüdern ähnlich seien.

Aber das schlug fehl. Seine Geschöpfe waren boshaft, geradezu fürchterlich. Vielleicht wurde Melech-Arez anfangs noch von dem Wunsch getrieben seinem Vater, dem Schöpfer des unermesslichen Universums, nachzueifern, aber schon bald waren es nur noch Eifersucht und Selbstüberschätzung, die sein Handeln bestimmten. Er wollte *selbst* angebetet werden, so, wie es seine Brüder mit ihrem Vater taten.«

Yomi nickte. »Ich erinnere mich.« Dann hob er die Hände in die Höhe. »Aber ich verstehe immer noch nicht, was diese Legende mit der Treppe dort drüben zu tun haben soll.«

»Nun, das Buch Yenoach berichtet weiter, dass Melech-Arez seine Geschöpfe in ein Land setzte, in dessen Mitte ein Baum stand, den sie verehren sollten. Dieser Baum hatte den Namen Zephon. Einmal im Jahr musste jeder Bewohner von den Früchten dieses Baumes essen. Ihnen wurde erzählt, Zephon würde sie ihrem Gott, Melech-Arez nämlich, näher bringen und sie mit ihm im Geiste vereinen. In Wirklichkeit war der Baum eine Droge, die jeden, der vom seinen Früchten kostete, zum willenlosen Diener Melech-Arez' machte. Das Land, in das dieser selbst ernannte Gott seine Geschöpfe gesetzt hatte, war geschlossen – niemand konnte es verlassen und niemand konnte dem Einfluss des Baumes entkommen. Wenn das Volk der Sklaven Melech-Arez' so weit gewachsen wäre, dass das Land es nicht mehr fassen könnte, sollte es – die Priester mit den Samenkapseln Zephons an ihrer Spitze – in alle vier Himmelsrichtungen ausziehen, um ganz Neschan zu bevölkern. Wo immer sie sich niederlassen würden, sollten Schößlinge Zephons gezogen werden, sodass die angeblich heilige Handlung des alljährlichen Früchteessens auch dort fortgeführt werden konnte.«

»Dazu kam es aber nie«, warf Yomi ein.

»Genau. Yehwoh duldete nicht länger, dass Melech-Arez' Kreaturen gezwungen wurden, einem selbst ernannten Gott zu dienen. Er setzte mit Yenoach seinen ersten Richter auf Neschan ein. Obwohl auch dieser nur ein unvollkommener Mensch war, entsprach er doch in vielem dem Bild der Makellosigkeit, das Melech-Arez vergeblich zu verwirklichen versucht hatte. Außerdem nahm Yenoach den Fluch des Baumes Zephon von dem Volk – kurz bevor die Priester des Melech-Arez ausziehen konnten, um Zephons Samen in die Welt hinauszutragen. Yenoach verbrannte Zephon in einem übernatürlichen Feuer, das von der Spitze Haschevets ausging. Von da an konnten sich alle denkenden Geschöpfe aus freiem Willen entscheiden, wem sie dienen wollten: Melech-Arez oder Yehwoh.

Das Land aber – und damit komme ich auf deine Frage zurück, Yo –, in dessen Mitte Zephon gestanden hatte, wurde verschlossen, ›sodass kein Volk mehr dort seinen Wohnsitz nehme‹, steht im *Sepher Schophetim* geschrieben.«

Yomi schaute seinen Freund mit großen Augen an. »Meinst du etwa, dieses ›verschlossene Land‹ und das Verborgene Land hier sind ein und dasselbe?«

»Es sieht fast so aus.«

»Und dieser ziemlich tote Baum da«, er deutete mit dem Daumen über die Schulter, »ist Zephon, der von Yenoach verbrannte Baum?«

»So weit möchte ich nicht gehen. Ich habe zweimal erlebt, was passiert, wenn Haschevet etwas vernichtet – von Zephon ist sicher nicht einmal Holzkohle übrig geblieben. Sein Staub dürfte sich in alle Winde verteilt haben. Außerdem ist mir aufgefallen, dass der Grund unter der vertrockneten Krone dieses Baumes sehr weich ist.« Yonathan krallte seine Hand in den Boden, hob etwas von dem trockenen, mulchartigen Gemisch in die Höhe und betrachtete es prüfend, während er es zwischen seinen Fingern herabrieseln ließ. »Das hier sieht aus, als bestünde es aus vertrocknetem und zerfallenem Laub. Und das wiederum würde bedeuten, dass dieser Baum noch vor kurzem genauso lebendig war wie alle anderen Pflanzen um uns herum auch. Vielleicht hat er durch irgendeine Krankheit alle seine Blätter verloren.«

Yonathans Blick wanderte wieder zu der Stelle, an der sie in den Krater hinabgestiegen waren. Die verfallenen Treppe war im Dämmerlicht nur noch als dunkle Linie zu erkennen. Er deutete hinüber und fügte hinzu: »Aber das da drüben, das könnte vor über viertausend Jahren von den Geschöpfen Melech-Arez' gebaut worden sein.«

Yomi schauderte. Ihm war kalt, trotz der unverändert schwülen Luft in der hereinbrechenden Nacht. »Vielleicht hätten wir doch lieber woanders unser Nachtlager aufschlagen sollen.«

»Ich glaube nicht, dass uns von *diesen* Wesen noch irgendwelche Gefahr droht«, vermutete Yonathan.

»Vielleicht hast du Recht«, sagte Yomi zweifelnd. »Die sind ja längst alle ausgezogen.«

Nachdem Yonathan und Yomi ihr Mahl beendet hatten, bereiteten sie sich ihr Nachtlager. Da der Boden weich und trocken war, musste diese Nacht bequemer werden als die letzte, in der sie kaum ein Auge zugetan hatten. Es wurde vereinbart, dass zunächst Yomi und später Yonathan Wache halten würde. Dabei hatten sie jedoch nicht bedacht, dass die Anstrengungen der vergangenen Tage ihren Tribut forderten. Nicht lange, nachdem Yonathan in das Reich der Träume eingetreten war, schwand auch Yomis Widerstand: Sein Kopf sank auf die Brust und er ließ ein lautes Schnarchen hören.

Hätte Yomi Yonathans Traum gekannt, so wäre er wohl wach geblieben und hätte damit sich und seinem Freund Schlimmes ersparen können.

Yonathan fühlte Wärme in sich hoch kriechen. Diese Wärme war jedoch nicht wohlig wie die eines lodernden Kamins in einer kalten Winternacht. Vielmehr fühlte Yonathan Unbehagen wie von der Umarmung eines ganz und gar nicht freundlich gesinnten Wesens. In seinem Traum sah er Yomi – schlafend, in sich zusammengesunken – an dem grauschwarzen Stamm des verdorrten Baumes lehnen. Er wollte ihn wachrütteln, doch er konnte nicht – er selbst schlief ja auch, und sein ruhender Körper dachte nicht daran, seinem Geist zu gehorchen. Obwohl seine Augen geschlossen waren, erblickte er über sich das kahle Geäst des Baumes. Er glaubte eine Bewegung wahrzunehmen.

Zunächst war er sich nicht sicher, ob er sich getäuscht hatte – vielleicht war es auch nur ein sanftes Wiegen im Wind. Dann aber wurde die Bewegung offensichtlich. Ein dicker Ast, der bisher schräg in die Höhe gezeigt hatte, wandte sich den Schlafenden zu und näherte sich ihnen vorsichtig. Die Schatten der Nacht verwandelten den Ast in ein fremdartiges Tier. Er bewegte sich mit großer Geschmeidigkeit hin und her, wie ein Raubtier, das sein Opfer zunächst genau studiert, bevor es zum tödlichen Biss ansetzt. Während Yonathan beunruhigt feststellte, wie sich ihm langsam ein fingerdünnes Ende des Geästs näherte, registrierte er aus den Augenwinkeln eine weitere Veränderung: Im Astwerk der Krone bildeten sich Tausende von Knospen, die schnell an Größe zunahmen. Als die ersten dieser Auswüchse zu unregelmäßig gezackten Blättern aufsprangen, hatte sich der neugierige Ast bereits bis auf Armeslänge genähert.

Schon bald bildete die Baumkrone ein dichtes Blätterdach, das den wolkigen Himmel verdeckte. Das Blattwerk sah genauso grau und trostlos aus wie das vertrocknete Laub auf dem Boden, und Yonathan fühlte, dass sich daran selbst im hellsten Sonnenschein nichts ändern würde. Ja, er war sich jetzt sicher, dass die verrotteten Blätter unter dem Baum nicht seit Tagen oder Wochen dort lagen – sie entstammten der letzten Nacht!

»Du bist ein kluges, kleines Bürschlein«, schwebte plötzlich eine sanfte Stimme durch Yonathans Geist.

Im Schlaf zuckte er zusammen. Wo kam diese säuselnde Stimme her? Ähnliches hatte er noch nie gehört. Selbst Sethurs drohende Stimme in den Köpfen der *Weltwind*-Besatzung war mit diesen geflüsterten Worten nicht zu vergleichen. Gedankenfetzen wirbelten wie trockenes Laub durch Yonathans Geist, während er nach dem Rätsel seiner seltsamen Wahrnehmung forschte.

Er hatte eigentlich gar keine richtigen Worte gehört. Vielmehr bediente sich die einschmeichelnde Stimme seiner Gefühle und Vorstellungen, um gleichsam Bilder in seinen Geist zu malen. Das, was zu ihm sprach, benutzte keine Worte.

Doch *was* hatte da zu ihm gesprochen? Sein Gefühl (oder war es das *Koach?*) sagte ihm, dass der Baum zu ihm sprach, aber das wollte er nicht glauben. Wie konnte ein Baum sprechen?

»Nun, ich kann es«, antwortete die Stimme in seinem Geist.

»Wer bist du?«

»Ich bin dein Freund.«

Obwohl die Stimme unverändert ruhig erschien, bemerkte Yonathan in ihr doch etwas Lauerndes, Abschätzendes, das ihn an einen Luchs erinnerte, der sich vorsichtig an sein Opfer heranpirschte, um es überraschend zu schlagen.

»Warum bist du so misstrauisch?«, fragte die Stimme. »Du kannst mir vertrauen.«

»Warum schleichst du dich in meine Träume, wenn du nichts Böses im Schilde führst?«

»Dies ist nun mal meine Zeit; am Tage ruhe ich«, antwortete die Stimme freundlich. »Du bist einfach zu schnell eingeschlafen, als dass ich dich früher hätte ansprechen können.«

»Vielleicht ist der Grund auch ein ganz anderer«, antwortete Yonathan argwöhnisch. »Du weißt, dass unsere Körper nicht weglaufen können, wenn sie schlafen.«

»Das könnten sie auch nicht, wenn sie wachen würden«, entgegnete die Stimme mit gleichmütiger Sanftheit.

Etwas in Yonathan schlug Alarm. Er schaute an sich hinunter und machte eine erschreckende Entdeckung: Der Ast, der ihn zuvor so aufmerksam gemustert hatte, träufelte nun eine harzig klebrige Flüssigkeit auf seinen Körper. Gleichzeitig lösten sich von den sich windenden Ästen immer mehr Blätter und blieben an ihm haften. Yonathan wurde verpackt, wie er zu seinem Entsetzen feststellte. Bis zu den Oberschenkeln war er bereits eingehüllt in seinen Kokon aus Blättern.

»Was hast du mit uns vor?«, schrie Yonathans Geist dem Baum entgegen.

»Bei mir müsst ihr weder hungern noch frieren, meine kleinen Freunde. Die Blätter werden euch warm halten und meine Früchte werden euch sättigen. Ich werde mich um euch kümmern, als wäret ihr meine eigenen Sprösslinge.«

Ein Blick zu Yomi zeigte Yonathan, dass es dem auch nicht besser erging. Langsam hatte er die Nase voll von diesem Traum. Wenn er nur erwachen könnte, um sich und den Freund von diesen klebrigen Fesseln zu befreien! Aber es gelang ihm nicht.

Wie ein Bienenschwarm kreisten die letzten Worte des Baumes in Yonathans Kopf herum. »Meine Früchte werden euch sättigen«, hatte er gesagt.

Yonathans Augen – im Traum körperlos und unbehindert – schweiften abermals zum Freund hinüber. Gerade hielt ein Ast wie mit Fingern Yomi die Nase zu, der daraufhin den Mund öffnete. Gemächlich und zielstrebig senkte sich daraufhin ein weiterer Zweig mit einer länglichen Frucht über Yomi hinab, der verzückt dreinschaute, als erwarte er eine kostbare Gabe. Jeden Moment konnte sich die Frucht zwischen Yomis Zähne schieben.

»Halt, Zephon!«, schrie Yonathan hinaus und fast augenblicklich spürte er, wie eine unsichtbare Fessel sich löste und er erwachte. Aber dieses Erwachen war schlimmer als der Traum. Alles war tatsächlich geschehen. Bis zur Hüfte klebten die fein gezackten Blätter an seinem Körper und verhinderten, dass er aufspringen und davonlaufen konnte.

Auch Yomi war erwacht, war aber bereits bis zu den Schultern gefesselt. Gerade hatte der Baum die Nase seines Gefährten losgelassen und nur einen Herzschlag später auch die Frucht. Zum Glück hatte Yomi ärgerlich den Kopf zur Seite gedreht und so verfehlte die Frucht seinen Mund und traf stattdessen das Ohr. Durch die Wucht des Aufpralls platzte die Samenkapsel auf und ein zäher Brei verteilte sich auf Yomis linker Gesichtshälfte. Erst jetzt bemerkte er seine eingeschränkte Bewegungsfreiheit und schaute sich nach Yonathan um.

Der hatte seinen Schrecken jetzt überwunden und ärgerte sich über seine eigene Dummheit – hatte doch Yomi gesagt, dass dieser Baum Zephon sein könnte und er, Yonathan, hatte das als dummes Gerede abgetan. Aber Yomi hatte Recht gehabt. Dies war Zephon oder zumindest einer seiner Nachfahren. Jetzt war nicht die Zeit, darüber nachzudenken. Zwar war ihrem Widersacher eine starke Waffe entrissen – der Dämmerzustand, der sie wehrlos gemacht und der wohl kein natürlicher Schlaf gewesen war – aber noch lagen sie gefangen unter dem zitternden Astwerk.

Yonathan griff nach dem Stab Haschevet und nahm ihn fest in beide Hände. Vermutlich lag es am Stab, dass Zephon sich mit der

»Verpackung« Yonathans schwerer getan hatte als mit der seines langen Freundes. Nur lag er zu weit vom Stamm entfernt, als dass er Haschevet einfach in diesen hätte hineinbohren können. Mit einigen kurzen Hieben vertrieb er den Ast, der ihn in diese bedrohliche Situation gebracht hatte und sich jetzt eilig zurückzog. Gleichzeitig schrie er zornig: »Was willst du von uns, Zephon? Was soll dieses ganze Gerede von Fürsorge, Freundschaft und so weiter?«

Obwohl für Ohren unhörbar, verstanden die beiden Freunde sehr gut, was Zephon erwiderte.

»Der Stab in deinen Händen stammt von meinem Erzfeind. Vor langer Zeit – selbst für einen Baum – hat dieser mich getötet. Doch ich bin wieder auferstanden, ich bin wieder da, um meinem Gebieter zu dienen.«

Während er mit Zephon sprach, zupfte Yonathan hastig die klebrigen Blätter von seiner Kleidung. Dabei bemerkte er, wie sich die Zweige des Baumes gleich einer großen Glocke über ihn und Yomi herabsenkten. Er würde sich einer List bedienen müssen, um sich und seinen Freund aus diesem Käfig zu befreien.

»Der echte Zephon ist tot!«, rief er. »Außerdem bin ich nicht der, für den du mich hältst. Ich sage noch mal: Wir haben keinen Wert für dich. Lass uns ziehen!«

»Ich weiß genau, wer du bist. Du kannst mich nicht täuschen. Bleibt ruhig liegen, ihr beiden kleinen Menschlein. Gleich werdet ihr glauben, dass ich Zephon bin und unser gemeinsamer Gebieter Melech-Arez ist, der Herr Neschans und der Herr des Universums.« Gleichmütig fügte er hinzu: »Es hat keinen Zweck, mit dem Stab auf mich loszugehen. Er kann mir nur schaden, wenn er mein Herz trifft – und wo das ist, weißt du nicht.«

Der glockenförmige Ring aus Ästen zog sich immer enger um die beiden Gefährten. Yonathan ging zum Frontalangriff über.

»Auch *du* kannst mich nicht täuschen, du verkümmertes Nachtschattengewächs. Du bist nicht der wirkliche Zephon. Du bist sein missratener Spross, der nur des Nachts seine unansehnlichen Blätter zeigt, weil er sich tagsüber mit keinem mickrigen Schachtelhalm messen könnte.«

»Gib es auf, Menschlein. Du kannst mich nicht reizen«, antwortete der Baum.

Yonathan fühlte, dass Zephon log. »Melech-Arez hat sich längst andere Diener gesucht«, stichelte er weiter. »Oder warum denkst du, stehst du seit Tausenden von Jahren hier herum, ohne dass er jemanden schickt dich wieder zu beleben? Nein, mach dir keine Hoffnungen. Selbst, wenn du uns in deine Gewalt bringst, wird dir dies nichts nützen. Du hast deine Diener verloren. Deine Kinder haben dich verlassen. Egal, was mit uns passiert, du hast Melech-Arez enttäuscht. Und wer sich einmal sein Missfallen zugezogen hat, kann es nicht mehr wiedergewinnen. Du wirst in diesem verschlossenen Land eingesperrt bleiben – allein! – bis die Welt ihren Namen ändert; und mit dem alten Namen wirst auch du vergehen.«

Yonathan hatte alle Überzeugungskraft in seine Worte gelegt. Den Stab Haschevet mit beiden Händen fest umklammert, hatte er versucht sich auf die Sprache des Baumes einzustellen. Mit seinen Worten sandte er das Gefühl des Versagens, der Missachtung und des Verlassenseins aus und die Macht Haschevets verstärkte diese Empfindungen in Zephons verbittertem Geist.

Als Yonathans Worte verhallt waren, trat eine bedrückende Stille ein. Die hölzernen Tentakel hingen erstarrt in der Luft. Yomi, der sich inzwischen auch von dem klebrigen Blattwerk befreit hatte, hielt inne und schaute gespannt zu Yonathan. Auch der verharrte in seinen Bewegungen. Er glaubte sein Herzschlag müsse noch in einer Meile Entfernung zu hören sein. Würde sein Plan gelingen?

Plötzlich traf ihn eine Woge von Gefühlen, die ihn fast umwarf. Noch nie hatte er so stark die Empfindungen eines anderen Wesens zu spüren bekommen. Eine Welle von Verzweiflung, Zorn, Wut und Enttäuschung brach über ihn herein. Gleichzeitig begann der Baum zu zittern. Erst war es nur ein Vibrieren der äußersten Astspitzen; dunkle, lederartige Blätter taumelten zu Boden. Dann setzte sich das Zittern in den dickeren Zweigen fort, bis zuletzt selbst der Stamm von Zuckungen geschüttelt wurde. Blätter und Früchte fielen herab. Die Glocke, die Yonathan und Yomi gefangen gehalten hatte, verlor die Form. Zweig um Zweig hob sich vom Boden, wand sich ziellos und unter Schmerzen.

Endlich hatte Yonathan seine Füße von den Fesseln Zephons befreit. Er sprang zu Yomi und half diesem ebenfalls freizukommen. »Komm!«, rief er seinem Freund zu. »Wir müssen hier fort, sonst werden wir zuletzt noch von einem Ast getroffen und alles war umsonst.«

Yomi nickte nur, und sich gegenseitig stützend stolperten die beiden auf eine etwa sechs Fuß breite Lücke in den lebenden Käfigstreben zu. Immer wieder mussten sie peitschenden Ästen ausweichen. Gerade waren sie durch den Spalt ihres Gefängnisses gestürzt, als sich dieses hinter ihnen schloss. Yonathan und Yomi drehten sich nicht um, sondern rannten so schnell sie konnten auf die Rampe zu, die aus dem Krater herausführte. Gemeinsam hasteten sie den unsicheren und in der Dunkelheit schwer zu erkennenden Pfad empor. Sie machten erst Halt, als sie die Böschung des oberen Kraterrandes erreicht hatten. Atemlos ließen sie sich auf die Knie fallen, stützten die Hände auf die Oberschenkel und pumpten sich die schwüle Nachtluft in die Lungen. Aus dem Krater drangen Klagelaute an ihr Ohr, wie sie sie nie zuvor vernommen hatten.

Nach einiger Zeit keuchte Yomi: »Du bist aus der Reihe gekommen. Du hast mir doch erst vor ein paar Stunden das Leben gerettet – jetzt wäre *ich* eigentlich an der Reihe gewesen. Ich finde das ziemlich unfair.«

Yonathan fing an zu kichern und bald konnten sie sich beide nicht mehr halten vor Lachen.

»Was meinst du, wollen wir noch ein paar Meilen zwischen uns und diese Pflanze da bringen?« Yomi deutete mit dem Kopf in die Richtung des zuckenden, klagenden Baumes.

»Ich glaube, ich könnte jetzt sowieso nicht schlafen. Im Wald mögen zwar auch Gefahren lauern, aber die sind mir tausendmal lieber als das gemütlichste Lager in Blick- und Hörweite Zephons.«

Yomi nickte. »Außerdem kann man nie wissen, zu was er noch fähig ist. Nach allem, was ich erlebt habe, würde ich ihm zutrauen, aus dem Loch da hochzukrauchen und uns zu verfolgen.«

Yonathan lief ein Schauder über den Rücken. Er schüttelte sich und sagte: »Komm, lass uns gehen.«

Erst nach etwa drei Stunden hielten Yonathan und Yomi auf einer kleinen, moosbedeckten Lichtung an, um für den Rest der Nacht zu rasten. Bis dahin waren sie schweigend durch den Wald gewandert. Kaum hatten sie ihn betreten, hatte erneut der wohlvertraute, in dicken Tropfen niederprasselnde Regen eingesetzt. Wie schon vorher, in dem lichtlosen Höhlenpfad des Ewigen Wehrs, hatten sich die beiden Freunde auch diesmal durch ein Seil aneinander geknüpft und Yonathan ging voran, den Stab in der Hand.

Der Wald war voller Geräusche. Viele Tiere, die sich tagsüber in Höhlen, Dickichten oder in den unzugänglichen Baumkronen verborgen hielten, waren jetzt auf Futtersuche. Für Yonathan und Yomi war es ein nervenaufreibender Marsch. Nach allem, was sie erlebt hatten, hätte sie der Überfall eines hungrigen Raubtieres kaum noch überrascht.

Doch es geschah ihnen nichts. Da sie ihre Decken beim plötzlichen Aufbruch aus dem Krater liegen gelassen und nur mit einem raschen Griff die provisorischen Rucksäcke gerettet hatten, mussten sie sich ein Nachtlager aus Farnblättern zusammentragen. Doch kalt war es ohnehin nicht und der Untergrund bot eine weiche, bequeme Lagerstatt. Selbst der Regen zeigte ein Einsehen mit den beiden ausgelaugten Wanderern und versiegte auf dem letzten Stück des Weges. Unter anderen Umständen wären dies günstige Voraussetzungen für einen schnellen und tiefen Schlaf gewesen …

Der im Verborgenen Wirkende

Sie fanden trotz tiefer Erschöpfung keinen Schlaf. Ihre Herzen weigerten sich ruhiger zu schlagen.

»Yonathan, würdest du mir eine Frage beantworten?«

»Lass hören.«

»Die ganze Zeit frage ich mich, woher du es gewusst hast. Ich meine, woher konntest du wissen, dass diese Pflanze ihre Kinder verloren hat und Melech-Arez von ihr so enttäuscht war? Das war es doch wohl, was sie so ungeheuer erregte, dass sie die Kontrolle über sich verlor und wir fliehen konnten, nicht wahr?«

»Vielleicht war es die Macht Haschevets oder sogar der Geist dessen, der Haschevet geschaffen hat, aber mit einem Mal schossen mir mehrere Gedanken durch den Kopf. Da war zunächst unsere Unterhaltung über Zephon. Mir wurde klar, dass dies, wenn schon nicht Zephon selbst, so doch sein Nachkomme sein musste. Damit stand auch seine Absicht fest: Er wollte, dass wir von seinen Früchten aßen und damit seine und Melech-Arez' willenlose Diener werden sollten. Mit dieser Erkenntnis kam mir in den Sinn, was Navran, mein Pflegevater, mich vor langer Zeit einmal gelehrt hatte: ›Diejenigen, die ihr Dasein allein der Macht über andere Geschöpfe verschrieben haben, vermögen niemals Widerspruch zu erdulden, in dem auch nur ein Körnchen Wahrheit liegt. Wenn sie ihre Macht jedoch einem höheren, noch mächtigeren verschrieben haben, dann sind sie Sklave des Zweifels; denn Zweifel an der ungeteilten Ergebenheit gegenüber ihrem Gönner bedeutet für sie den Verlust seiner Aufmerksamkeit und damit ihres eigenen Daseinszweckes mit all ihrem Tun und Handeln.‹«

»Puh! Hat dein Vater immer so unheimlich komplizierte Dinge zu dir gesagt?«

Yonathan lächelte. »Nein, nein. So schwierig ist das gar nicht. Niemand, der andere unterdrückt, kann Widerspruch vertragen. Als ich Zephon widersprach und ihn beschimpfte, konnte er sich nur deshalb beherrschen, weil er sich einen Vorteil ausrechnete.

Außerdem glaubte ich ihm nicht, dass Haschevets Berührung ihm nicht schaden könnte. Als ich nämlich kurz vorher nach ihm geschlagen hatte, war der Ast dem Stab auffällig schnell ausgewichen. Die Sache mit seinen verlorenen Kindern war nur eine Vermutung, das gebe ich zu. Aber mir gingen die verfallenen Treppen am Kraterrand nicht aus dem Sinn. Diese Stufen und der Ort, an dem der neue Zephon gepflanzt worden war, wiesen darauf hin, dass es einmal Geschöpfe gegeben haben muss, die Zephon dienten. Ich vermutete, dass es sich dabei um einige Übriggebliebene der Priesterschaft des alten Zephon handeln musste – schließlich hatten diese ja die Aufgabe die Samenkapseln Zephons in alle Welt zu tragen. Als Yenoach auf den Plan trat, wurde dieses Vorhaben vereitelt und das Land Zephons wurde für alle Völker verschlossen. Im *Sepher Schophetim* wird jedoch nichts darüber gesagt, ob nicht doch noch einzelne Wesen im Verborgenen Land übrig geblieben sind. Da heute keine Priester Zephons mehr da sind, die Treppe verfallen ist und der Baum sich wohl auch eher in einem toten als lebendigen Zustand befindet, vermutete ich, dass seine Diener ihn verlassen hatten – entweder sind sie ausgestorben oder sie haben dem Baum und dem Verborgenen Land den Rücken gekehrt.«

Yomi nickte. »Mit deinen Vermutungen hast du bei Zephon jr. genau ins Schwarze getroffen. Vor Aufregung hat er unsere Flucht erst bemerkt, als sie nicht mehr zu verhindern war.«

»Aber jetzt musst du mir auch eine Frage beantworten. Als ich aus diesem merkwürdigen Traumzustand erwachte, bemerkte ich einen eigenartig verklärten Ausdruck in deinem Gesicht. Hast du auch etwas geträumt, während Zephons Zweige damit beschäftigt waren, dich zu fesseln?«

Yomi räusperte sich. Es war gar nicht notwendig etwas zu sehen, Yonathan spürte geradezu, wie sein Freund rot anlief. »Ach, na ja, irgendwas habe ich wohl geträumt.« Yomi bemühte sich vergebens seiner Stimme einen gleichgültigen Tonfall zu verleihen. »Irgend so ein dummer Traum. Es lohnt sich nicht, damit die Zeit zu vergeuden.«

»Och, ich habe eine Menge Zeit.«

»Es würde dich nur langweilen.«

»Nach aufregenden Ereignissen langweile ich mich gern ein bisschen. Das entspannt!«

»Du bist schlimm, Yonathan.« Yomi gab den Widerstand auf. »Also pass auf«, begann er. »Ich erzähle es kein zweites Mal.«

»Das brauchst du auch nicht. Ich habe ein gutes Gedächtnis.«

Yomi bedachte Yonathan mit einem strafenden Blick, bevor er fortfuhr. »Während ich Wache hielt, begann plötzlich eine wunderbare Musik in meinen Ohren zu klingen. Ich wurde von einer angenehmen, trockenen Wärme umgeben und der Duft nie gesehener Blumen drang an meine Nase. Da stand plötzlich eine Fee vor mir.«

»Eine … was stand vor dir?«

»Eine Fee.« Yomis Stimme klang ein wenig verärgert. »Du weißt schon: diese freundlichen, weiß gekleideten Damen, die netten Kindern hübsche Sachen bringen.«

»Bei mir hat sich noch nie eine sehen lassen.«

»Ich sagte ja auch ›netten‹ Kindern.«

»Erzähl weiter.«

Yomi brauchte einige Zeit, um sich erneut zu sammeln. »Wo war ich stehen geblieben?«

»Bei der freundlichen Dame in dem weißen Kleid.«

»Ach ja, die Fee stand also vor mir und lächelte mich an. Ich lächelte zurück. Sie war ungeheuer schön und für eine Fee ziemlich jung. Ich habe noch nie ein Wesen wie sie gesehen.«

Yonathan fragte sich, warum so viele Männer immer diese glasigen, verträumten Augen bekamen, wenn ein hübsches Mädchen in ihr Blickfeld geriet. Natürlich, Männer heirateten und Frauen wurden verheiratet und bald wurden sie dann Eltern einer mehr oder weniger großen Kinderschar – das alles war ihm klar. Aber abgesehen davon, dass für ihn feststand niemals zu heiraten, war dieser Lauf der Dinge doch kein Grund dafür, dass sich junge Männer und Frauen, wenn sie aufeinander trafen, so merkwürdig benahmen. Einige stammelten bei solchen Gelegenheiten wirres Zeug daher, andere stellten Dinge an, für die es keine vernünftige Erklärung gab.

Da Yomi nach seiner verzückten Beschreibung der Fee innegehalten hatte, versuchte Yonathan die Unterhaltung wieder in Gang zu bringen. »War es nicht etwas eintönig, sich nur gegenseitig anzulächeln?«

»Wäre es nach mir gegangen, sie hätte mich ein Leben lang anlächeln können«, erklärte Yomi. Doch als er fortfuhr, schwang in seiner Stimme wieder dieser verklärte Ausdruck mit. »Aber plötzlich hob sie ihre rechte Hand und hielt mir eine seltsame Frucht entgegen. Ich hatte sie vorher gar nicht bemerkt.«

»Kein Wunder, du warst ja mit ihrem Lächeln beschäftigt.«

»Na ja, jedenfalls sagte sie zu mir: ›Ich habe ein Geschenk für dich, Yo.‹ Stell dir vor, sie hat mich Yo genannt!«

Yonathan verdrehte die Augen.

»Sie hob die Frucht noch etwas höher, sodass sie meiner Nase ziemlich nahe kam. Das längliche, schwarz glänzende Gewächs stank fürchterlich. Es sah aus wie eine Gurke, die man aus kochendem Pech gezogen hat. Ich verstand überhaupt nicht, wie ein so bezauberndes Geschöpf etwas so ungeheuer Stinkendes und Unappetitliches in den Händen halten konnte. Aber die Fee klärte mich auf. Sie flötete: ›Iss davon, Yo. Wenn du die Frucht ganz aufisst, dann wirst du Wahrheiten erkennen, von deren Existenz du vorher nicht einmal geträumt hattest, und es werden sich Wünsche erfüllen, die so außergewöhnlich sind, dass sie dir heute nicht einmal in den Sinn kommen.‹ Ich entgegnete der Fee: ›Das ist ziemlich nett von Euch, aber die Frucht, die Ihr da in Euren Händen haltet, riecht so fürchterlich, dass mir jetzt schon speiübel wird.‹ Doch die Fee lächelte nur und erwiderte: ›Das ist doch überhaupt kein Problem, mein lieber Yo.‹ Stell dir vor, Yonathan. Sie hat ›mein *lieber* Yo‹ gesagt!«

Yonathan schwieg.

»Als ich die Fee fragend anblickte, erklärte sie: ›Ich halte einfach so lange deine Nase zu, bis du die Frucht vollständig aufgegessen hast. Du wirst sehen, ihr Geschmack ist sehr interessant. Du möchtest doch ein weiser und reicher Mann werden, nicht war, Yo?‹ – ›Selbstverständlich möchte ich das‹, entgegnete ich und nahm mir vor, als Erstes die Fee zu bitten für immer bei mir zu bleiben.«

»Wozu?«, fragte Yonathan.

»O Yonathan!« Yomi stöhnte. »Das erzähle ich dir, wenn du älter bist. Dann wirst du es verstehen.«

Yonathan zuckte mit den Schultern. »Also gut. Erzähl weiter.«

»Die Fee trat ganz nah zu mir, die zierlichen Finger ihrer linken Hand drückten meine Nase zu, während ihre Rechte die Frucht zu meinem geöffneten Mund führte. Wieder lächelte sie mich an. Obwohl der fürchterliche Geruch jetzt verflogen war und ich das ungeheuer schöne Lächeln der jungen Fee genoss, reichte das Bild der schwarzen Gurke vor meinen Augen aus, mir einen Schauer über den Rücken laufen zu lassen. Unwillkürlich schüttelte es mich und meine Nase entglitt dadurch den Fingern der schönen Fee. Da traf mich mit voller Wucht die stinkende Wolke und weil ich angewidert den Kopf zur Seite gedreht hatte, drückte mir die Fee diese Frucht statt in den Mund seitlich aufs Gesicht. Sie zerplatzte und etwas lief mir brennend über die Haut. Dann wurde ich wach.«

»Genau zum richtigen Zeitpunkt«, bemerkte Yonathan.

»Ja, leider«, seufzte Yomi.

Mit Befremden hörte Yonathan die Enttäuschung in der Stimme seines Freundes. »Vergiss die Fee«, sagte er. »Sie war nur ein Trugbild. Außerdem war sie nicht ehrlich zu dir.«

»Wie meinst du das?«, fragte Yomi ungläubig.

»Sie hat dir nur die Hälfte erzählt. Sie hat dir Wissen und die Erfüllung von Wünschen versprochen. Aber die Fee sagte weder etwas darüber, *welches* Wissen du erlangen könntest, noch erwähnte sie, welche Wünsche sich dir erfüllen würden. Der Grund lag auf der Hand.«

»Und der wäre?«

»Nun, die Fee – oder sagen wir besser Zephon – wollte, dass du deinen freien Willen aufgibst. Wie damals, als auf Neschan das Verhängnis seinen Anfang nahm, wollte Zephon, dass wir beide uns seinem Willen unterstellen. Und dieser Wille bedeutete nichts anderes, als dass wir zu Sklaven Melech-Arez' werden sollten. Seine Wünsche wären dann die unsrigen. Kein Wunder, dass die Fee von Wünschen sprach, die dir heute nicht einmal in den Sinn kommen würden. Es wären nicht deine, es wären die von Melech-Arez.«

»Aber es gab doch immer Menschen, die nicht Yehwoh und auch nicht einem der anderen Götter dienten, sondern ausschließlich Melech-Arez ergeben waren. Schließlich ist er derjenige, der Neschan erschaffen hat.«

»Das stimmt. Doch diese Personen dienten Melech-Arez aus freien Stücken. Sie hatten die Wahl, sie konnten sich entscheiden. Das kann man daran erkennen, dass viele von ihnen Melech-Arez den Rücken kehrten, um Yehwoh zu dienen.«

»Du meinst also, Zephon hätte uns zu Puppen gemacht, wie in einem großen Schattenspiel?«

»So ist es.« Yonathan lachte auf. »Wir wären die Puppen und Melech-Arez der Puppenspieler, der Meister der Schatten – ein schöner Titel!«

Yomi pfiff durch die Zähne. »Du hast einen ziemlich eigenartigen Humor, Yonathan. Ich glaube, wir haben noch mal großes Glück gehabt.«

»Vielleicht war es mehr als Glück. Ich kann es nicht richtig beschreiben, Yo. Aber mir war, als stellte mir jemand ein Rätsel und sagte: ›Wenn du es löst, dann wirst du dich von Zephon befreien können.‹ Als ich das Geheimnis gelüftet hatte, ergab sich der Rest von selbst.«

Yomi schwieg eine Weile. Er fühlte sich gar nicht wohl in seiner Haut. Schließlich fragte er mit gedämpfter Stimme: »Wer denkst du denn, hat dir dieses Rätsel gestellt?«

Yonathan schmunzelte. »Sicher jemand, der es gut mit uns meint.«

»Glaubst du etwa, es war … Yehwoh?«

»Vielleicht einer seiner Boten.«

Abermals pfiff Yomi durch die Zähne. Dann fragte er kaum hörbar: »Ob er wohl … ich meine, in diesem Augenblick …?«

»Du meinst, ob er uns beobachtet? Das kann gut sein. Wenn ich es mir recht überlege, bin ich sogar überzeugt davon.«

Yomi schluckte schwer. »Ich denke, ich werde jetzt schlafen.«
»Ja, tu das. Heute Nacht wird uns wohl niemand mehr stören.«
»Gute Nacht, Yonathan.«
»Gute Nacht, Yo.«

Als Yonathan am nächsten Morgen erwachte, vernahm er seltsame Geräusche. Ein leises Rascheln drang an sein Ohr. Dann wieder hörte er ein Schaben, so, als streiften Äste aneinander. In der bangen Erwartung, sich erneut einer gefährlichen Bestie erwehren zu müssen, riss Yonathan die Augen auf, blieb aber bewegungslos liegen. Was er sah, war weder bedrohlich noch bestialisch: Ein taubengroßer Vogel spielte vor ihm mit kleinen Holzstückchen herum. Das Tier hatte einen kurzen Papageienschnabel und trug einen knallroten Federschopf, der kurz über den runden, lebhaften Augen in einer schwarz-weiß-schwarzen Borte endete. Einen Hals hatte der Vogel nicht und der kurze, gedrungene, eiförmige Körper des Papageis wirkte nur aufgrund seiner langen Schwanzfedern und der spitz zulaufenden Flügel nicht allzu plump. Sein Gefieder war hellblau, abgesehen von den grellgelben Flügelspitzen, und die Augen lagen in einem weißen Hof, der nur von dem Federschopf leicht verdeckt wurde. Alles in allem bot der Vogel einen recht gutmütigen Anblick.

Mit schräg gestelltem Kopf beäugte der kleine Vogel den Menschen eingehend. Gleichzeitig rückte er mit watschelndem Schritt vorsichtig näher. Schließlich saß er zum Greifen nahe vor Yonathans Nasenspitze und ließ ein leises Glucksen hören, das wie eine freundliche Begrüßung klang.

»Wer bist du denn?«, fragte Yonathan freundlich.

»Din-Mikkith«, antwortete Rotschopf. »Liebes Din-Mikkith.«

Yonathan kippte die Kinnlade herunter. Damit hatte er nicht gerechnet. Sicher, Zirah, der Vogel Kapitän Kaldeks, hatte auch gesprochen, sogar auf unheimlich verständige Weise. Jenes Wesen hatte jedoch sein ganzes Leben lang in der Gegenwart von Menschen gelebt und war vielleicht gar kein gewöhnliches Tier. Aber das hier! Mitten im Regenwald des Verborgenen Landes lief

Yonathan dieser kleine Vogel über den Weg, der auf die Frage nach seinem Namen klar und verständlich antwortete.

Yonathan fragte sich soeben, ob es hier eigentlich auch normale Pflanzen und gewöhnliche Tiere gab, da ertönte hinter ihm Yomis laute Stimme: »Was ist denn das für ein komisches Federvieh?«

Bevor Yonathan den Zeigefinger auf die Lippen legen konnte, erhob sich Rotschopf erschrocken in die Lüfte und flatterte davon.

»Der war ja fast so bunt wie Zirah.« Yomis Stimme klang bewundernd.

»Ja, aber wesentlich freundlicher«, erwiderte Yonathan verärgert, ohne sich zu Yomi umzudrehen.

Sie verfolgten den Flug des kleinen, bunten Vogels, der sich in den Himmel emporschraubte. Plötzlich tauchte von Norden ein schwarzer Schatten auf.

Yonathan erinnerte sich sogleich, einen solchen Vogel schon einmal gesehen zu haben – vor drei Tagen, als sie aus den Höhlen des Ewigen Wehrs in den Wald herabgestiegen waren.

Der schwarze Vogel stieß auf den kleineren, bunten herab. Doch dieser reagierte schnell. Kurz bevor der schwarze Schatten den Rotschopf erreicht hatte, wich der Papagei mit einem geschickten Haken aus. Die Klauen des größeren Tiers griffen ins Leere. Rotschopf stieß einen gellenden Schrei aus, eher spöttisch als furchtsam. Seine Bewegungen in der Luft waren quirlig und spielerisch leicht – nichts war mehr von der Tollpatschigkeit übrig geblieben, mit der er noch eben am Boden herumgewatschelt war.

Doch der dunkle Angreifer gab nicht auf. Mit kraftvollen Flügelschlägen setzte er dem kleineren Vogel nach und erneut stieß er auf ihn hernieder. Diesmal hatte der schwarze Greif wohl nicht beachtet, dass er sich gefährlich nahe über den Baumkronen befand. Rotschopf wich abermals mit einer flinken Drehung aus und verschwand hinter den Bäumen. Sie hörten lautes Rascheln und dann das Knacken von brechendem Geäst. Einen Moment lang war Ruhe und Yonathan fürchtete schon, die Krallen des schwarzen Vogels könnten Rotschopf verletzt haben. Dann jedoch erklang wieder der spöttische Schrei des kleinen Vogels und kurz darauf erschien er selbst, hoch über den Köpfen der beiden erleichtert aufatmenden Menschen. Er drehte noch eine schnelle Schleife und verschwand sodann in Richtung Süden.

Yonathan und Yomi blickten sich wortlos an. Bevor sie noch etwas sagen konnten, zog wieder das Rauschen von Vogelschwingen ihre Aufmerksamkeit auf sich. Der schwarze Greif erschien in ihrem Blickfeld. Bereits zuvor hatten sich die Bewegungen dieses schattenhaften Geschöpfes eher durch Kraft denn durch Grazie ausgezeichnet, jetzt jedoch war auch der letzte Rest von Eleganz gewichen. Schwerfällig entschwand das Tier in schlangenförmiger Bahn gen Süden.

»Den hat's wohl ziemlich arg erwischt«, bemerkte Yomi.

»Wenn du ihn nicht aufgescheucht hättest, dann wäre dem kleinen Rotschopf diese ganze Jagd erspart geblieben.«

»Ja, und damit eine Menge Spaß«, entgegnete Yomi trocken.

Yonathan wandte den Kopf wieder seinem Gefährten zu und wollte gerade eine empörte Miene aufsetzen – da musste er laut loslachen.

Yomi war verwirrt. »Warum lachst du denn so dämlich?« Er wandte sich verärgert ab. »Erst blitzt er mich an, dass ich befürchten muss, er würde mich jeden Moment mit Haut und Haaren verspeisen – nur, weil ich diesen komischen Kauz verscheucht habe –, und dann lacht er im nächsten Augenblick, als wäre ihm jeglicher Verstand abhanden gekommen.«

Yonathan beruhigte sich langsam wieder. »O Yo, entschuldige bitte, aber du solltest dich sehen.«

Yomi drehte sich wieder zu Yonathan um. »Wenn du dich wieder beruhigt hast und dir gerade nichts Besseres einfällt, könntest du mir vielleicht verraten, *was* an mir so komisch sein soll.«

»Du solltest mal deine linke Gesichtshälfte sehen.« Yonathan schaffte es, einen weiteren Heiterkeitsausbruch zu unterdrücken.

»Yonathan!« Yomi stand breitbeinig vor seinem kleineren

Begleiter, die Hände in die Hüften gestützt. Er sah nun wirklich verärgert aus. »Was *ist* mit meinem Gesicht? Sag es bitte – und zwar so, dass ich es verstehen kann.«

»Na ja. Du siehst aus, als wäre die eine Hälfte von dir in der ewigen Sonne der Südregion aufgewachsen und die andere im ewigen Eis des fernen Nordens.«

»Soll das heißen … ich bin *zweifarbig*?«

Yonathan nickte.

Yomi starrte seine Hände an. Doch die sahen (vom Schmutz abgesehen) ganz normal aus.

»Es ist nur dein Gesicht«, erklärte ihm Yonathan. »Wahrscheinlich ist die Frucht daran schuld, die dir Zephon in den Mund stopfen wollte. Du erinnerst dich doch an deinen Traum? Als die Fee deine Nase losließ, hast du den Kopf zur Seite gedreht und da verteilte sie den Inhalt der Frucht auf deiner linken Gesichtshälfte.«

Yomi drehte sich um und rannte auf den Rand der Lichtung zu.

»Wo willst du denn hin?«, rief ihm Yonathan hinterher.

»Ich habe heute Nacht Wasser plätschern gehört. Da vorn muss irgendwo …«

Den Rest hörte Yonathan nicht mehr. Er griff seinen Stab und folgte Yomi. Wenige Schritte von ihrem Lagerplatz entfernt fand er ihn. Er kniete an der Böschung eines kleinen Bächleins, dessen Wasser an dieser Stelle ruhig dahinfloss, und hielt die Hände vor das Gesicht.

Yonathan legte ihm die Hand auf die Schulter. »Nimm's nicht so schwer, Yomi. Es ist ja nur im Gesicht. Außerdem geht es bestimmt wieder ab.«

»Nur im Gesicht?«, schrie Yomi verzweifelt. »Du bist gut. Das ist so ziemlich mein einziger Körperteil, der ständig zu sehen ist. Die Fee hätte lieber versuchen sollen mir ihre Wunschfrucht als Klistier zu verabreichen – da wäre die Verfärbung nicht so aufgefallen. Es geht nämlich überhaupt nicht ab. Ich habe es versucht. Ich werde mein Leben lang so ungeheuer hässlich sein, dass ich mein Gesicht für immer verbergen muss. Die Leute werden denken, ich hätte Aussatz oder sei gar ein Bewohner Témánahs, was noch viel schlimmer ist.«

Yonathan bedauerte nun, dass er über seinen Freund gelacht hatte. Wie würde er sich wohl fühlen, wenn sein Gesicht dermaßen verunstaltet wäre? So schüttelte er den Stab in der Hand und versicherte fest entschlossen: »Du wirst wieder dein altes Gesicht zurückbekommen, Yo. Ich verspreche es dir.«

Obwohl Yonathan keinerlei Beweise für seine Behauptung nennen konnte, flößten seine ruhigen, geradezu prophetisch klingenden Worte Yomi neues Vertrauen ein. Er nahm die Hände vom Gesicht und fragte hoffnungsvoll: »So, wie es vorher war?«

Yonathan lächelte liebevoll. »Genauso, wie es es vorher war. Vielleicht ein wenig weiser, aber sonst wirst du ganz der Alte sein.«

Nun musste auch Yomi lächeln und sogleich war er wieder der große Junge. Sein Äußeres hatte überhaupt sehr gelitten auf ihrer bisherigen Wanderung: Die blonden Haare standen in alle Himmelsrichtungen ab, besonders die widerspenstige Strähne an der Stirn verlieh ihm ein wenig das Profil eines Einhorns. Seine Kleidung war zerlumpt. Das Abenteuer mit dem Bergegel in den Höhlen des Ewigen Wehrs hatte Yomis Hose arg mitgenommen. Sie hing nur noch in losen Fetzen herab. Dort, wo Yomi in der vergangenen Nacht hastig die klebrigen Blätter Zephons von seiner Haut gerissen hatte, prangten blutverkrustete Flecken.

Yonathan sah auch nicht viel besser aus: Die ledernen Stiefel und seine Tunika waren noch einigermaßen intakt. Seine Hose jedoch wies auch schon eine Menge Risse und Löcher auf.

»Wir sollten vielleicht etwas für unsere Körperpflege tun«, meinte Yonathan. »Komm, Yo. Wir müssen deine Wunden auswaschen.«

Die beiden Freunde reinigten sich, so gut es ging. Bei Yomis harzverklebten Beinen gelang das nicht völlig, einige schwarzbraune Flecken blieben zurück. Da die herabhängenden Fetzen seiner Beinkleider eher störend als nützlich waren, riss er sie kurzerhand ab.

Nachdem diese Maßnahmen beendet waren, trat Yonathan

drei Schritte zurück, musterte seinen Freund und bemerkte zufrieden: »Jetzt siehst du wieder ganz manierlich aus.« Und als er bemerkte, wie Yomi skeptisch an sich herabblickte, fügte er eilig hinzu: »Du gibst einen fabelhaften Waldläufer ab; deine Beine sehen aus wie ein Leopardenfell. Das macht dich im dichten Blattwerk so gut wie unsichtbar.«

»Ich schlage vor, wir holen unsere restlichen Sachen und machen uns wieder auf den Weg.«

Die nächsten drei Tage verliefen ohne nennenswerte Zwischenfälle. Regen und trockenere Phasen wechselten einander ab, feucht und warm blieb es jedoch immer. Yonathan und Yomi sprachen tagsüber wenig miteinander. Das Klima, ihr Marsch und die ständige Wachsamkeit forderten all ihre Kräfte. Einige Male wurde Yonathan wie durch einen lautlosen Ruf gewarnt – er spürte Gefahren, ohne sie näher beschreiben zu können. Möglicherweise waren es größere Raubtiere, die im Dickicht lauerten. Dann veränderten die Gefährten die Richtung und machten einen großen Bogen. Wenn Yonathans Bewusstsein wieder freie Bahn signalisierte, setzten sie ihren Südkurs durch den Regenwald fort.

Des Nachts, vor dem Einschlafen, tauschten sie dann die Eindrücke des Tages aus oder unterhielten sich über ihr Leben oder ihr Kennenlernen auf der *Weltwind;* es war erst wenige Tage her, aber Yonathan erschien es bereits wie eine Ewigkeit.

Die Erlebnisse der gemeinsamen Wanderschaft hatten sie sehr wachsam gemacht. Jedes Geräusch des gewiss nicht eben leisen Waldes erweckte ihr Misstrauen. Sie wagten es nicht mehr, gleichzeitig zu schlafen. Wenn einer der beiden ruhte, hielt der andere Wache. Jeden Abend vereinbarten sie, sich zur Hälfte der Nacht abzulösen. Yomi bestand stets darauf, die erste Wache zu übernehmen. Wenn er dann Yonathan weckte, war meistens der größte Teil der Nacht vorüber und Yonathan begann sich allmählich Sorgen um seinen großen Freund zu machen; auch dessen Kräfte waren nicht unerschöpflich.

Am Abend des vierten Tages seit ihrem Zusammentreffen mit dem Baum Zephon wollte sich Yonathan einer List bedienen, um seinem Freund die nötige Ruhe zu verschaffen. Außerdem gab es noch einen anderen Grund, weswegen er nicht so bald schlafen wollte: Er hatte schon den ganzen Tag über ein ungutes Gefühl. Sein inneres Auge meldete ihm wieder, dass etwas nicht in Ordnung war – diesmal nur ganz undeutlich und nicht auf einen bestimmten Punkt begrenzt, wie an den Tagen zuvor. Es war so, als balanciere man mit verbundenen Augen über einen Abgrund hinweg. Obwohl man den gähnenden Schlund nicht sehen konnte, wusste man, dass er da war und wie ein lauerndes Raubtier nur auf einen Fehltritt wartete. Yonathan wollte Yomi nicht mit seinen unklaren Ahnungen und Ängsten beunruhigen. Deshalb schwieg er und war lieber doppelt so wachsam wie bisher.

Am Nachmittag war wieder der vertraute Regen in dicken Tropfen auf das Blätterdach geprasselt. Als er endlich verebbt war und sie eine Stelle erreichten, an der eine schräg aufragende Felsplatte einen trockenen Lagerplatz versprach, sagte Yonathan zu Yomi: »Wie wär's? Das hier sieht nach einem gemütlichen Plätzchen aus. Wollen wir nicht hier bleiben und unser Lager aufschlagen?«

Yomi runzelte die Stirn. »Ist es nicht noch ziemlich früh für ein Nachtlager?«

»Wir sind in den letzten Tagen gut vorangekommen, Yo. Sicher wird der Garten der Weisheit auch noch da sein, wenn wir uns heute ein wenig mehr Ruhe gönnen.« Als Yonathan bemerkte, dass sein Freund noch nicht recht überzeugt war, fügte er hinzu: »Außerdem tun mir die Füße weh.«

Damit hatte er Yomi den Weg geebnet. Der große, blonde Mann wollte seine eigene Erschöpfung nicht eingestehen, aber um seines jüngeren Freundes willen konnte er schon mal nachgeben. Die Hände in die Hüften gestützt und den Blick in die Höhe gerichtet, sagte er: »In Ordnung. Aber zuerst werde ich auf diesen Baum da klettern. Vielleicht kann man von dort noch einen besseren Rastplatz ausmachen.«

Yonathan zuckte die Schultern. »Also gut, schau nach. Ich mache es mir inzwischen schon mal bequem.«

Als Yomi nach einer Weile wieder von dem mächtigen Baum

herabstieg, bemerkte er zufrieden: »Deine Wahl war gut, Yonathan. Nicht weit vor uns scheint ein Sumpfgebiet zu liegen; ziemlich hässliche, grüne Nebelschwaden steigen von dort auf. Ich glaube, wir müssen morgen mal wieder einen Bogen schlagen und versuchen das Gebiet zu umgehen. Bleiben wir also hier. Ich übernehme die erste Wache.«

»Das kommt gar nicht in Frage, Yo. Ich fange heute an.«

»Aber ich habe jede Nacht mit der Wache begonnen.«

»Eben. Zeit, dass wir mal wechseln.«

»Aber du musst mich pünktlich um Mitternacht wecken, Yonathan!«

»Ich verspreche dir, mindestens ebenso pünktlich zu sein wie du.«

Yomi ersparte sich eine Antwort.

Obwohl es nicht kalt war, gönnten sich Yonathan und Yomi in ihrem verborgenen Winkel ein kleines Feuer. Nach einem einfachen Mahl, für das erneut Yonathans unerschöpfliches Proviantsäckchen herhielt, legte sich Yomi zur Ruhe. Der Boden unter dem Felsen war angenehm trocken. Blätter bedeckten ihn wie ein duftender dicker Teppich. Schon nach kurzer Zeit war Yomi eingeschlafen. Yonathan hatte sich fest vorgenommen seinem Freund den Anteil der Nacht zu gönnen, den dieser ihm selbst an den vergangenen Tagen so uneigennützig zugestanden hatte.

Bald machte die Dunkelheit das Sehen unmöglich und Yonathan musste seine übrigen Sinne bemühen, um nach der Quelle der noch immer fühlbaren Bedrohung zu suchen. Seine Ohren lauschten angespannt den Geräuschen des Waldes und sein durch Haschevet unterstützter Geist tastete sich durch die nähere Umgebung.

Doch es fand sich nichts.

Blicklos starrte er in die rote Glut des erloschenen Feuers und es dauerte nicht lange, da war er völlig in seinen Gedanken versunken. Die Bilder der letzten Tage wanderten an ihm vorüber. Er fragte sich, was der Marsch durch diese unbekannte Wildnis noch an Überraschungen für sie bereithalten würde. Würden sie jemals *Gan Mischpad*, den Garten der Weisheit, erreichen?

Einige Stunden waren bereits verstrichen und Yonathan kämpfte mit aller Kraft gegen die immer stärker werdende Müdigkeit an.

Da hörte er ein Geräusch.

Es war nicht das leise Rascheln oder Knacken eines Tieres – obwohl da irgendetwas Blätter und Äste in Bewegung brachte. Auch war es nicht das Säuseln des durch die Baumkronen ziehenden Windes – aber ein Rauschen war es ganz bestimmt. So sehr er sich auch bemühte, er konnte dieses Geräusch nicht identifizieren. Er fühlte, wie sein Unterbewusstsein Gefahr signalisierte, und er hatte gelernt diese Warnungen ernst zu nehmen.

Er weckte Yomi.

»Was ist denn los?«, fragte dieser schlaftrunken. »Bin ich schon dran mit der Wache?«

»Sei still!«, flüsterte Yonathan. »Da draußen ist irgend etwas.«

Yomi setzte sich auf. »Was ist es denn?«, flüsterte er.

»Ich weiß es nicht. Es ist schon die ganze Zeit da, aber jetzt kommt es näher.«

Yomi lauschte. »Ich höre nur so ein eigenartiges Plätschern, wie wenn Wasser über einen Stein rieselt.«

»Und das Rascheln und Knacken?«

»Ja, richtig«, bestätigte Yomi. »So klingt weder der Wind noch ein herumschleichendes Tier. Das Geräusch ist zu gleichmäßig. Man könnte meinen, es käme aus mehreren Richtungen auf uns zu.«

»Genau das Gleiche habe ich auch schon gedacht.«

Yomi schauderte. »Beinahe so, als würde ein Wald in einem See versinken.«

Yonathan fuhr auf. »Was sagst du?« Ihm schoss ein Gedanke durch den Kopf. »Hattest du nicht vorhin vom Baum aus einen Sumpf oder so etwas gesehen?«

»Richtig. Aber was hat das mit den Geräuschen da draußen zu tun?«

Yonathan antwortete nicht gleich. »Entweder wir nähern uns dem Sumpf – oder er kommt auf uns zu.«

»Aber wie kann das sein?« Yomis Stimme war wieder lauter geworden. »Der Boden unter uns kann doch nicht wandern, genauso wenig wie ein Sumpf.«

»Das sagst du, weil du noch nie so etwas erlebt hast. Aber schau doch mal: Mein Erlebnis mit dem Erdfresser, der Stab Haschevet, der Bergegel, der Baum Zephon, ja, das ganze Verborgene Land – sind das nicht alles Dinge, über die du vor zwei Wochen noch ungläubig den Kopf geschüttelt hättest?«

»Wir sollten uns wohl besser aus dem Staub machen.«

»Dann lass uns … Moment mal.« Yonathan streckte die Nase prüfend in die Richtung des Sumpfes. »Riechst du auch was?«

Yomi sog prüfend die Luft ein. »Das ist wahrscheinlich nur der modrige Geruch dieser grünen Nebelschwaden, die über dem Sumpf hingen.«

»Wir müssen uns beeilen.«

Schnell klaubten sie in der Dunkelheit ihre wenigen Habseligkeiten zusammen. Yonathan packte Haschevet und konzentrierte alle Sinne auf die Umgebung. Erschrocken stellte er fest, dass es erstaunlich still geworden war. Die ununterbrochene Melodie des Waldes war verstummt. Nur noch das Rascheln von Strauchwerk, das Rieseln von Wasser und ein immer deutlicheres Blubbern und Glucksen war zu vernehmen. Yonathan stellte fest, dass diese unsichtbare Bedrohung sich ihnen nicht auf gerader Front näherte. Vielmehr bildete sie eine gebogene Linie, fast wie ein Hufeisen – als wolle der Sumpf sie umzingeln.

Die Vorstellung, einem arglistigen Feind dieser Art gegenüberzustehen, ließ Yonathan erschauern. »Dort entlang«, drängte er seinen Freund.

Yomi konnte nicht sehen, in welche Richtung Yonathan deutete, doch er spürte den Zug des Seiles, mit dem sie sich wieder verbunden hatten. Stolpernd folgte er seinem Gefährten. So schnell es ging hasteten sie zwischen Bäumen und Sträuchern hindurch. Äste schlugen ihnen ins Gesicht. Doch spürten sie es kaum; die Flucht verlangte ihre ganze Aufmerksamkeit.

Nachdem sie eine Weile gelaufen waren – es kam ihnen wie eine Ewigkeit vor –, blieben sie stehen, um zu verschnaufen. Einige Augenblicke lang pumpten sie Luft in die Lungen. Dann lauschten sie. Das auf- und abschwellende Rauschen des eigenen Blutes verdrängte jeden anderen Laut aus ihren Ohren.

Als sie sich ein wenig erholt hatten, sagte Yomi: »Das Geräusch des Sumpfes scheint weg zu sein. Ich kann sogar wieder einige Tierstimmen hören. Meinst du, wir haben's geschafft?«

Yonathan, der mit den Händen auf den Knien vornübergebeugt dastand, erwiderte: »Ich weiß nicht. Hier bleiben können wir jedenfalls nicht. Man kann nicht sagen, ob oder wann uns der Sumpf einholen würde. Aber mir macht etwas ganz anderes Sorgen.«

»Du hast doch nicht schon wieder was entdeckt?«

»Ich fürchte doch. Genau da, wo wir hinlaufen.«

Yomi schluckte. »Wie groß ist es denn? Ich meine … können wir es irgendwie umgehen?«

»Das lässt sich schwer sagen. Es ist auf keinen Fall so groß wie der Sumpf. Aber ich spüre mehrere Punkte, von denen Gefahr ausgeht.«

»Etwa so wie ein Wolfsrudel?«

»Ja, ungefähr.«

»Das kann ja heiter werden!«

»Komm, lass uns gehen.«

»Und wohin willst du laufen? Der Sumpf umschließt uns von drei Seiten, und an der vierten befindet sich diese andere Gefahr.«

»Wir haben keine andere Wahl. Die Chance ist größer, durch die einzelnen Angreifer vor uns hindurchzuschlüpfen, als den Sumpf dort hinten zu durchqueren. Ich schlage vor, uns so weit wie möglich in diese Richtung zu halten.«

»Also, gehen wir!«, sagte Yomi.

Langsam und vorsichtig machten sie sich wieder auf den Weg. Auf dem weichen Boden kamen sie fast lautlos voran. Yonathans Sinn durchdrang den Wald. Mehrmals änderten sie die Richtung, schlugen Haken, verharrten bisweilen in einem Dickicht, bis ihre unsichtbaren Jäger vorüber waren, dann schlichen sie wieder weiter.

Nachdem sie sich etwa eine halbe Stunde lang durch die Dunkelheit bewegt hatten, blieb Yonathan stehen. »Pst! Da vor uns ist etwas«, flüsterte er.

Sie duckten sich neben einem dicken Baumstamm nieder und wagten kaum zu atmen.

Dann hörten sie Schritte und Rascheln im Buschwerk. Kurz darauf ertönte ganz in ihrer Nähe eine Stimme. »Wie lange sollen wir noch hier in der Dunkelheit herumsuchen. Morgen nach Sonnenaufgang kriegen wir sie sowieso.«

»Halt den Mund!«, flüsterte eine andere Stimme, wie die erste in einem fremdartigen Dialekt. »Kein Sterbenswörtchen, bis wir sie gefasst haben. Wenn sie hier in der Nähe sind und uns entkommen, weil du herumschreist, dann nagelt er uns an den nächsten Baum.«

Der andere brummte noch irgendetwas und verstummte dann.

Yonathan und Yomi stockte der Atem. Kaum zehn Fuß von ihnen entfernt zogen die Schatten der Männer vorüber. Lange nachdem sie wieder verschwunden waren, machte Yonathan seiner Verblüffung Luft: »Das gibt's doch nicht! Die suchen *uns*.«

»So hört es sich an«, bestätigte Yomi.

»Ist dir ihr Dialekt aufgefallen?«, fuhr Yonathan fort. »Den habe ich noch nie gehört – obwohl man auf dem Großen Markttag in Kitvar so allerlei Leute trifft.«

»Das ist es ja eben.« Yomis Stimme war eine Mischung aus Furcht und Zorn. »*Ich* kenne diesen Dialekt ziemlich gut, obwohl ich ihn erst einmal gehört habe, und zwar damals, als mich meine Mutter unter der Falltür verborgen hatte und die Plünderer unser Haus und die Stadt verwüsteten. Diese Mörder aus Témánah! Niemals werde ich diese Stimmen vergessen.«

Yonathan pfiff leise durch die Zähne. »Komm«, raunte er. »Wir müssen weg von hier. So schnell wie möglich.«

Wieder machten sie sich auf den Weg durch die Schwärze der Nacht. Sie wagten nicht schnell zu laufen – zu groß war die Gefahr, dass das Rascheln eines zurückschnellenden Astes oder das Knacken eines zertretenen Zweiges sie verraten konnte. Schritt um Schritt blieben ihre Jäger hinter ihnen zurück.

Yonathan wollte sich gerade zu Yomi umdrehen, um ihm zuzuflüstern, dass sie es nun so gut wie geschafft hätten – da durchfuhr ihn ein stechender Schmerz. Mit einem Schmerzensschrei sackte er zusammen und ließ sich zur Seite rollen.

Yomi, der das Geschehen mehr mit den Ohren als mit den Augen wahrgenommen hatte, befürchtete das Schlimmste. Besorgt raunte er: »Yonathan! Was ist los mit dir? Hat dich irgendwas getroffen?«

»Nein, nein«, klang Yonathans Stimme aus der Dunkelheit. »Es ist schon gut. Ich bin nur umgeknickt. Muß irgend so ein dummes Erdloch gewesen sein.«

»Du hörst dich aber nicht an, als wäre alles in Ordnung. Tut wohl ungeheuer weh, was?«

»Ja, ziemlich.«

»Meinst du, der Fuß ist gebrochen?«

»Keine Ahnung. Aber ich glaube nicht.«

»Lass mich mal schauen.«

Yomi zog Yonathan den rechten Stiefel aus und tastete vorsichtig den verletzten Fuß ab, drehte ihn anschließend etwas – erst nach innen, dann nach außen – und zog dann noch ein wenig daran. Sterne tanzten vor Yonathans Augen. Er atmete tief, um die aufsteigende Übelkeit zu bekämpfen. Schließlich sagte Yomi zufrieden: »Du warst tapfer, Yonathan. Das muss ziemlich wehgetan haben.«

»Wem sagst du das!«

»Gebrochen scheint jedenfalls nichts zu sein. Aber eine Verrenkung tut meistens mehr weh als ein ordentlicher Bruch. Wie geht es nun weiter? Meinst du, du kannst noch ein wenig laufen?«

Yonathans Fuß fühlte sich heiß an. Die Haut spannte über einer Beule so groß wie ein Hühnerei, und der Schmerz pochte im Knöchel. Mit zusammengebissenen Zähnen erwiderte er: »Wenn du mir noch einen Augenblick Zeit lässt, dann wird es schon gehen.«

»Bei einer solchen Verrenkung ist Kühlung immer das Beste. Dadurch wird die Schwellung zurückgehalten. Aber hier in diesem Wald ist ja alles warm, sogar das Quellwasser. Woher sollen wir da etwas Kaltes bekommen?«

Yonathan hatte eine Idee. »Warte mal.« Er hoffte, dass es nicht als Missbrauch angesehen würde und öffnete das kleine Fläschchen, das Navran ihm anvertraut hatte. Er gab ein wenig von der Milch auf ein Tuch und drückte dieses auf seinen Knöchel. »Das tut gut«, stellte er zufrieden fest. »Die Milch aus dem Fläschchen ist kühler als alles andere in diesem Land.«

Nach einer kurzen Erholungspause half Yomi Yonathan wieder auf die Beine. Mit viel Schmerzen hatte Yonathan seinen Fuß wieder in den Stiefel gezwängt. Von Yomi gestützt, konnte er humpelnd die Flucht fortsetzen.

Die Gefährten waren noch nicht weit gekommen, da stellte Yonathan erschrocken fest, dass er völlig seine Umgebung vergessen hatte. Der Schmerz im Fußgelenk hatte jede andere Wahrnehmung hinweggewischt. Bestürzt raunte er seinem Freund zu: »Yo, ich glaube, wir sind …«

»Keinen Schritt weiter«, unterbrach ihn eine raue, kehlige Stimme aus der Dunkelheit vor ihnen. »Ihr seid umstellt. Jeder Fluchtversuch ist zwecklos.«

»War es das, was du mir sagen wolltest?«, fragte Yomi.

»Genau das!«, bestätigte Yonathan.

Als endlich die Lichter mehrerer Lagerfeuer aus dem Geäst vor ihnen auftauchten, hatte man Yonathan und Yomi bereits eine halbe Stunde lang durch den Wald getrieben. Yonathan war einer Ohnmacht nahe. Die Schmerzen in seinem rechten Fuß hatten ein Ausmaß angenommen, das er sich schlimmer nicht vorstellen konnte. Die letzte Meile hatte ihn Yomi mehr getragen als gestützt.

Obwohl die Soldaten, die sie eskortierten, gleich nach ihrer Gefangennahme Fackeln angezündet hatten, war Yonathan viel zu sehr mit seinem verletzten Fuß beschäftigt, als dass er sie eingehender hätte betrachten können. Den Anführer der etwa zwanzig Mann starken Truppe schien nichts weniger zu interessieren als Yonathans Verletzung. Jetzt – im gelben Licht der sechs Lagerfeuer – stellte Yonathan fest, dass jeder Augenblick, den er nicht in Gesellschaft dieser Furcht einflößenden Gesellen zubringen musste, ein Gewinn war. Allein ihr Anblick genügte jeden Zweifel an Yomis Schilderungen von der Plünderung zu zerstreuen.

Die Männer waren allesamt schwer bewaffnet. Sie trugen spitz zulaufende Helme mit einer Krempe aus stählernen Ringen. Unterhalb dieser Krempe war ein Besatz aus grünem Schlangenleder angebracht. Einige der Helme waren noch zusätzlich verziert mit Quasten aus unterschiedlich gefärbten Haaren und die Reptilhautborte unter der Krempe war mit goldfarbenen Nieten besetzt. Yonathan vermutete, dass die Köpfe darunter Hauptleuten oder verdienten Kriegern gehörten.

Die Oberkörper der Kämpfer schützte ein ärmelloses, ledernes Wams mit rechteckigen Metallplatten. Darunter bestand die Bekleidung aus einer schlichten kurzärmeligen, dunkelblau oder schwarz gefärbten Leinentunika, die die nackten Beine frei ließ. Unterhalb der Knie trugen die Männer metallene Beinschienen und an den Füßen einfache Riemensandalen. Alle Metallteile waren aus schwarz glänzendem témánahischem Stahl.

Niemand sonst konnte solches Kriegswerkzeug fertigen wie die Bewohner der geheimnisumwitterten Südgegend. Ein zweifelhafter Ruf!, dachte Yonathan. Er bezweifelte nicht, dass die Rüstungen und Waffen, die Témánah über seine Grenzen hinweg verkaufte, minderwertig oder veraltet waren. Niemand würde seine besten Waffen dem Gegner überlassen.

Die Rüstungen der etwa dreißig Krieger, die Yonathan jetzt im Lager zählte, waren an normalen neschanischen Verhältnissen gemessen purer Luxus. Außerhalb des Reiches Bar-Hazzats konnten sich wohl nur einige militärische Würdenträger eine ähnliche Ausstattung leisten. Der témánahische Stahl wurde, so erzählte man, nach geheimen Rezepten aus mehreren verschiedenen Metallen hergestellt, die miteinander verschweißt und dann ausgeschmiedet wurden. Er war leicht, elastisch und sehr widerstandsfähig. Ein Dolch oder gar ein Schwert aus diesem Material verlieh jedem Mann im Cedanischen Kaiserreich großes Ansehen, eine ganze Rüstung besaßen wohl nur wenige.

Die Waffen der Krieger waren mindestens so eindrucksvoll. Alle trugen mächtige Rundsäbel und ebenso gebogene Dolche. Im Gegensatz zu der auffälligen Gleichförmigkeit der Uniformen wiesen die Scheiden der Schwerter unterschiedlichste Verzierungen von hoher Kunstfertigkeit auf. Emaillearbeiten und Lederschmuck prangten in fremdartigen Mustern. Die Schwerter témánahischer Krieger wurden als wichtigstes Erbe vom Vater auf den ältesten Sohn übertragen. Eine ganze Reihe anderer Waffen, die näher zu betrachten Yonathan die Zeit fehlte, waren noch im Lager zu sehen: Kurzbögen, Streitäxte und -kolben, Kurzspeere …

Auch die Soldaten hatten im Lichte der Lagerfeuer zum ersten Mal die Gelegenheit Yonathan und Yomi genauer zu betrachten. Der Anführer baute sich vor Yomi auf, beäugte ihn aus nächster Nähe und fuhr ihn an: »Was soll diese alberne Bemalung? Soll das ein Zauber sein oder was?«

»Das hat nichts weiter zu bedeuten, Herr Hauptmann. Ich habe nur zur falschen Zeit am falschen Ort zu fest geschlafen.«

Das Gesicht des Anführers verzog sich zu einem breiten, boshaften Grinsen. Yomi schlug eine Wolke stinkenden Atems entgegen. Die Nase rümpfend schaute er auf zwei lückenhafte Reihen schiefer Zähne in allen Farben zwischen Gelb, Braun und Schwarz, die an eine sturmreif geschossene Stadtmauer erinnerten.

Doch schon schwanden wieder diese ohnehin nicht sehr anheimelnden Anzeichen der Freude aus dem Gesicht des Anführers. »Ihr bleibt hier stehen!« Mit einem verächtlichen Blick auf Yonathans Fuß, den dieser nur mit den Zehenspitzen vorsichtig aufgestellt hatte, fügte der pockennarbige Mann hinzu: »Oder sitzen. Ich mache jetzt Meldung und dann wird er sich bestimmt ein wenig mit euch unterhalten wollen. Also, macht keine Schwierigkeiten, dann machen wir euch auch keine.« Er wandte sich ab und murmelte in seinen schwarzen Bart: »Vorläufig jedenfalls nicht.«

Die beiden Gefangenen hatten kein Wort gesagt, nur mit versteinerten Mienen zugehört. Jetzt flüsterte Yomi Yonathan zu: »Hast du gehört, was er zuletzt gesagt hat?«

Yonathan nickte.

»Meinst du, sie werden uns etwas antun?«

»Wie eine Einladung zum Abendessen klang es jedenfalls nicht.«

»Denkst du, wir könnten fliehen? … Ich meine mit deinem Fuß … und überhaupt.«

Yonathan verzog das Gesicht. »Einen Marsch, wie den eben, würde ich kein zweites Mal durchstehen. Aber du könntest vielleicht allein …«

»Das kommt überhaupt nicht in Frage!«, unterbrach ihn Yomi. Er blickte um sich, fing aber nur feindselige Blicke der bronzehäutigen Krieger auf. Leiser fuhr er fort: »Entweder wir fliehen gemeinsam oder wir bleiben beide hier. Ich lass dich nicht allein, Yonathan.«

Yonathan dachte nach. Es musste einen Ausweg geben. Bisher hatte es immer einen gegeben. Schließlich sagte er: »Wenn wir fliehen, dann kann es nur in eine Richtung sein, in die uns diese Männer entweder nicht folgen werden oder nicht finden können.«

»Und woran hast du gedacht?«

Anstatt zu antworten, blickte Yonathan vor sich hin.

Yomi verstand sofort. »Du meinst, der Sumpf …?«

»Es ist der einzige Ausweg, den ich sehe. Diese Leute hier scheinen noch nichts von ihm zu wissen. Wenn der Sumpf sich im gleichen Tempo weiterbewegt, dann wird er noch vor Tagesanbruch ganz in unserer Nähe sein.«

»Das ist aber gefährlich!«, sagte Yomi. Wieder blickte er zu den Témánahern hinüber und fuhr flüsternd fort: »Mir war vorhin schon ungeheuer schwindlig, als wir ihm ganz nahe waren. Wie willst du da erst sicher in ihn hinein- und vor allem wie wieder hinauskommen?«

»Du hast Recht«, gab Yonathan nachdenklich zu. »Ich habe auch so ein eigenartiges Schwindelgefühl gespürt und ich fürchte, der Sumpf hält noch mehr Unannehmlichkeiten bereit. Möglicherweise ist es wirklich zu gefährlich.« Sie schwiegen eine Zeit lang. Dann fügte Yonathan hinzu: »Ich schlage vor, wir hören uns erst einmal an, was dieser Anführer uns zu sagen hat. Vielleicht wollen sie uns ja mitnehmen und wir können eine bessere Gelegenheit zur Flucht abwarten.«

»Und wenn nicht?«, fragte Yomi.

»Dann müssen wir fliehen. Wir stürmen zwischen diesen beiden Feuern dort in den Wald«, Yonathan wies mit den Augen in die Richtung, »und versuchen am Rand des Sumpfes entlangzulaufen. Vielleicht gelingt es uns die Verfolger in den Sumpf zu locken, ohne dass wir ihn betreten müssen.«

»Wenn es wirklich so weit kommen sollte, dann musst du eben das *Koach* zu Hilfe zu nehmen. Die Macht des Stabes hat uns schon in den Höhlen des Ewigen Wehrs geholfen. Sicher kann sie es irgendwie auch in diesem Sumpf da draußen. Wenn sie dir den Stab nur nicht wegnehmen ...«

»Ruhig, ihr da drüben!«, brüllte ein anderer Soldat, mit Goldnieten und schwarzem Haarbüschel am Helm – also wohl ein Hauptmann – »Oder ich schneide euch die Zungen raus.« Dem Blick des hakennasigen Mannes war zu entnehmen, dass er bedauerte ihnen noch eine Chance gegeben zu haben.

Yonathan dachte, wie eigenartig sich alles entwickelte. Als er seine Reise antrat, war er voller Zweifel gewesen. Doch nun fühlte er weder Furcht noch stellte er seinen Auftrag irgendwie in Frage. Er betrachtete diese ganze Situation eher als ein Rätsel. Er erinnerte sich an seine Auseinandersetzung mit dem Baum Zephon – auch dort hatte er so empfunden. Wenn es ihm gelänge des Rätsels Lösung zu finden, dann würde auch ihre Flucht gelingen.

Mit fast unmerklichen Bewegungen der Lippen hauchte Yonathan Yomi zu: »Sie werden mir Haschevet nicht wegnehmen, das kannst du mir glauben.«

Schweigend saßen die Freunde nebeneinander. Sie wollten die Wachen nicht zu übereilten Reaktionen reizen. Die Männer im Lager waren nach wie vor in voller Rüstung. Ein schlechtes Zeichen, dachte Yonathan. Sie sind jederzeit aufbruchsbereit.

Die Lichtung, auf der das Lager aufgeschlagen worden war, hätte auch einer größeren Schar Kriegern Platz geboten. Zwei der sechs Lagerfeuer brannten vor dem einzigen Zelt, in dem der Anführer verschwunden war; die anderen vier loderten auf der gegenüberliegenden Seite in einem Halbkreis. Die derben Gesichter der Soldaten waren ausdruckslos. Alle hatten dunkle Hautfarbe, schwarze Vollbärte, schmale Nasen und hervorstehende Wangenknochen. Ohne Ausnahme waren die Männer von überdurchschnittlicher Größe und kräftigem Körperbau, ihre Bewegungen wirkten zielsicher und geschmeidig. Kein Zweifel: dies war eine Eliteeinheit.

Die Atmosphäre im Lager wirkte bedrückend. Wenn überhaupt, dann sprachen die Männer leise miteinander. Nur ab und zu hörte man ein hartes Lachen, dann war wieder das Knistern und Knacken der Feuer das vorherrschende Geräusch.

»Mir ist etwas aufgefallen«, flüsterte Yomi. »Die Gesichter der Männer sind nicht verhüllt.«

Zunächst begriff Yonathan nicht, wovon Yomi sprach. Aber dann erinnerte er sich, was man im Allgemeinen über die Bewohner der Südgegend erzählte: Sie waren immer verschleiert – mit Ausnahme der Priester, die eine Sonderstellung einnahmen. Angeblich hatte das mit ihrem Glauben zu tun. Kein Ungläubiger durfte das Angesicht eines Anbeters Melech-Arez' sehen. Und wenn doch, dann konnte sich der nur durch den Tod des anderen reinigen.

War es das, was Yomi meinte? Zeigte man ihnen nur deshalb die Gesichter, weil sie praktisch schon tot waren? Yonathan warf seinem Freund einen besorgten Blick zu.

»Da ich nicht annehme, dass wir hier in eine Gesellschaft von Priestern geraten sind, schlage ich vor weiter an unseren Fluchtplänen zu arbeiten«, flüsterte Yomi.

Die jüngste Entdeckung wirkte eher lähmend auf die beiden Freunde und eine Zeit lang brüteten sie schweigend vor sich hin.

Plötzlich hörten sie Flügelschlagen und im nächsten Moment landete ein schwarzer Vogel vor ihren Füßen. Als Yonathan das Tier genauer betrachtete, erkannte er es wieder.

»Ist das nicht das Biest, das vor drei Tagen den kleinen Rotschopf gejagt hat?«, flüsterte Yomi Yonathan erstaunt zu.

»Nicht nur der«, presste Yonathan zwischen den Zähnen hervor. »Sieh ihn dir doch genau an, Yo. Erkennst du ihn nicht wieder?«

»Da ist ja unser Goldstück«, krächzte der Vogel, noch ehe Yomi antworten konnte.

Yonathans Gefährte riss vor Staunen Augen und Mund auf. »Zirah!«, rief er, ohne noch weiter auf die Wachen zu achten. »Du alte Krähe – hier? Wo hast du denn deine grellen Flügel gelassen?«

»Zügle deine Zunge, Yo«, erwiderte das gefiederte Ungeheuer in drohendem Ton. Yomi, der mit einer solchen Antwort nicht gerechnet hatte, weil Zirah für ihn immer nur ein gedankenlos daherplappernder Vogel gewesen war, blieb tatsächlich einen Moment lang wie erstarrt sitzen. Zufrieden mit der Wirkung ihrer kleinen Ansprache, wandte sich Zirah wieder Yonathan zu. »Was ist denn mit dem langen Tollpatsch passiert? Warum hat er ein braunes Gesicht?«

»Ich glaube nicht, dass dich das was angeht. Sag uns lieber, was der wirkliche Zweck für das Theater war, das du uns auf der *Weltwind* vorgespielt hast.«

Zirah lachte krächzend. »Du erinnerst dich doch noch an deine Flucht von der *Weltwind*, nicht wahr? Ich sagte dir doch, dass es zwecklos sei vor mir zu fliehen.«

»Das war keine Flucht!«, fuhr Yomi erregt dazwischen. »Wir sind unfreiwillig über Bord gegangen und wären fast ertrunken. Hätten sie *dich* doch bloß ins Wasser geworfen, du falscher Geier oder was du auch immer bist.« Yomi kniff misstrauisch die Augen zusammen. »Ja, was bist du eigentlich?«

»Das möchtest du bestimmt nicht wirklich wissen, Yo«, warf Yonathan dazwischen, ohne den Blick von Zirah zu wenden. Er dachte daran, was man sich über die Geschöpfe des Melech-Arez erzählte – üble Kreaturen, nicht nur äußerlich, sondern auch charakterlich bösartig. Seit Arajoth, der zweite Richter, ein gewaltiges Heer dieser Ungeheuer vernichtend schlug, hatte es immer wieder Berichte über einzelne, herumstreunende Exemplare dieser scheußlichen Wesen gegeben. Man sagte, die meisten von ihnen seien ergebene Diener Melech-Arez' und seiner Fürsten. Yonathan war überzeugt, dass Zirah da keine Ausnahme machte. Schon auf der *Weltwind* hatte er zuletzt begriffen, dass sie kein gewöhnlicher Vogel war, dass sie zu den Spionen Sethurs gehörte und sich nur auf Kapitän Kaldeks Schiff befand, um ihn – den Stabträger – zu überwachen.

»Warum soll er nicht wissen, was ich bin?« Zirahs im Plauderton gesprochene Worte brachten Yonathan in die Wirklichkeit zurück. »Ich bin Bar-Hazzats bester Kundschafter«, behauptete sie. »Seit langem bin ich in der Welt unterwegs, um den neuen Stabträger zu finden; Bar-Hazzat ist sehr an ihm interessiert. Er wird erfreut sein …«

»Das genügt, Zirah!«, unterbrach eine neue Stimme die Ausführungen des gefiederten Meisterspions.

Yonathan hatte sich – den Stab Haschevet wie eine Waffe fest in seiner Hand haltend – so sehr auf Zirah konzentriert, dass ihm nicht aufgefallen war, wie noch jemand hinzugetreten war. Erst jetzt bemerkte er das Schweigen der bis dahin im leisen Gespräch vertieften Soldaten. Nur das Knistern der Lagerfeuer war noch zu hören. Er drehte den Kopf und sah einen Mann, den er sofort erkannte – auch wenn er sich nicht erklären konnte, warum.

Mit Schaudern erinnerte er sich an jene Stimme, die die Besatzung der *Weltwind* für einen Augenblick gelähmt hatte. Nun blickte er ihm ins Angesicht: Sethur, Heeroberster Bar-Hazzats, rechte Hand des dunklen Herrschers, bester, aber auch grausamster Kämpfer Témánahs.

Yonathan war keiner Bewegung fähig. Er glaubte eine eiskalte Hand würde sein Herz umschließen und es langsam zusammenpressen. Verzweiflung und Resignation stiegen in ihm hoch. Unwillkürlich umschloss er den Stab Haschevet fester. Als würde der Stab antworten, gewann er langsam die Kontrolle über sich zurück.

Sethur lächelte mit schmalen Lippen, sein Gesicht war wie versteinert. »Ihr seht überrascht aus, mein junger Freund.«

Erst jetzt fiel Yonathan auf, dass Sethurs Stimme nicht ungewöhnlich klang. Sie war nicht ein unfassbares Etwas in seinem

Kopf. Im Gegenteil. Aus jedem anderen Mund hätte Yonathan diese tiefe, volle Stimme als wohlklingend empfunden. Jedes der wenigen, bisher vernommenen Worte spiegelte ein ungewöhnliches Maß an Durchsetzungsvermögen wider; kein Zweifel, dass dieser Mann keinen Widerspruch duldete. Der Heeroberste Bar-Hazzats war für seine Stellung sehr jung, vielleicht Anfang dreißig. Sethur war hoch gewachsen, etwa so groß wie Yomi, jedoch wesentlich muskulöser. Ein langer, karminroter Umhang reichte ihm von den Schultern, wo eine goldene Spange ihn hielt, bis zu den Knöcheln. Darunter trug Sethur einen Panzer, der denjenigen seiner Soldaten ähnelte, jedoch wesentlich prachtvoller gearbeitet war. Goldene und silberne Ziselierungen bildeten fremdartige Muster, die sich auf der kostbaren Schwertscheide wiederholten. Im Gegensatz zu seinen Männern trug Sethur Beinkleider aus schwarz gefärbter Wolle und fein gearbeitete schwarze Lederstiefel.

Sethurs Gesicht war nicht so grob wie das seiner Krieger. Seine Haut wirkte etwas heller. Unter buschigen, schwarzen Brauen lagen zwei dunkle Augen, die ruhig und wachsam ihre Umgebung wahrnahmen. Die schmale Nase, die dünnen, etwas blutleeren Lippen und der dreieckige, in einem spitzen Kinn auslaufende Unterkiefer verliehen seinem bartlosen Gesicht eher das Aussehen eines Gelehrten als das eines unnachgiebigen und skrupellosen Befehlshabers.

Yonathan hatte sich zwar erhoben (seinen schmerzenden Fuß nahm er in diesem Augenblick kaum wahr), er machte aber noch immer keine Anstalten auf Sethurs Bemerkung zu antworten. Deshalb fügte dieser hinzu: »Man nennt mich Sethur. Ich diene Bar-Hazzat, dem Sohne Melech-Arez', dem Herrscher Témánahs und dem rechtmäßigen Souverän Neschans.« Sethur lächelte geheimnisvoll. »Und wie darf ich Euch ansprechen, mein junger Freund?«

Yonathan spürte Wut in sich aufsteigen. Das alles hatte er doch erst kürzlich durchgemacht. Der Baum Zephon war ihm mit ähnlich scheinheiliger Freundlichkeit begegnet. Er fragte sich, ob das ein gemeinsames Merkmal aller Sklaven von Melech-Arez war.

Vielleicht bestand darin aber auch seine Chance. Ja, vielleicht konnte er Sethur genauso anpacken wie Zephon.

»Ich habe nur einen Namen«, entgegnete Yonathan schroff. Er blickte Sethur offen in die schwarzen Augen. »Ich heiße Yonathan, was so viel heißt wie ›Yehwoh hat gegeben‹. *Euer* Name bedeutet dagegen ›der im Verborgenen Wirkende‹. Ich gratuliere, Sethur, Ihr habt Eurem Namen alle Ehre gemacht. Ihr habt es verstanden mit einer Horde von dreißig bewaffneten Kriegern zwei wehrlosen Jungen im Verborgenen aufzulauern und sie zu überwältigen. Eine grandiose Leistung!«

Yonathan hatte so spöttisch und verächtlich wie möglich gesprochen, wofür er von Yomi einen gleichermaßen bestürzten wie besorgten Blick erntete.

Der Hauptmann, der den Trupp angeführt hatte, sprang wütend hinzu, zog sein Schwert und brüllte Yonathan an: »Hüte dich, du Wicht! Sonst schneide ich dir die Zunge heraus. Niemand darf so mit ihm sprechen.«

Yonathan hatte mit einer ruhigen, aber entschlossenen Bewegung auch seine zweite Hand zum Stab Haschevet geführt, um einem möglichen Angriff des Hauptmannes begegnen zu können. Yomi neben ihm ballte ohnmächtig die Fäuste.

Sethur waren diese unauffälligen Gesten seiner beiden Gefangenen nicht entgangen. Der scharfe Blick seiner zu zwei Schlitzen verengten Augen lag auf Haschevet. Mit einer blitzschnellen Bewegung packte er den Hauptmann an der Schulter. »Halt, halt, Gavroq.«

Dessen Gesicht verzerrte sich zu einer schmerzerfüllten Maske. Ein leises Knirschen war zu hören. Er knickte in den Beinen ein, als hätte er einen Schlag in die Kniekehlen erhalten und taumelte zurück. Sethurs Gesicht verharrte während der ganzen Zeit in einem unbewegten Lächeln – keinerlei Anstrengung war darin zu lesen. Der Heerführer schien mehr Kraft in einer Hand zu haben als der Hauptmann in beiden Beinen.

»Den wirst du nicht wie Zephon packen können«, flüsterte Yomi Yonathan zu. Er glaubte Yonathans Plan durchschaut zu haben.

»Nein, *ihn* nicht«, raunte Yonathan zurück. »Mach die Augen zu, wenn ich den Stab hebe.« Yomi nickte zustimmend, auch wenn er nicht ganz verstand, was sein Freund im Schilde führte.

Yonathan hatte ebenfalls sehr schnell bemerkt, dass Sethur kaum aus der Reserve zu locken war. Nach allem, was er über die Anhänger Melech-Arez' wusste, hätte er in dem Heerführer Bar-Hazzats einen Mann erwartet, der von einem unstillbaren Hunger nach Macht angetrieben wurde. Aber sein Gefühl meldete ihm, dass das ein Irrtum war. Offenbar glaubte Sethur aufrichtig, der Zweck seines Daseins bestände darin, Bar-Hazzat ein loyaler Diener zu sein. Natürlich half das ihren Fluchtplänen nicht. Sethurs Ergebenheit gegenüber Bar-Hazzat würde es nicht zulassen ihn bei seinem Ehrgeiz zu packen. Nein, an ihn war nicht heranzukommen wie an Zephon. Aber vielleicht an jemand anderen.

»Ich muss mich für die Unhöflichkeit meines Hauptmannes entschuldigen«, fuhr Sethur fort. »Aber er hat wenig Verständnis für die Sitten anderer Völker. Auch für die Unannehmlichkeiten, die Euch möglicherweise durch meine Einladung entstanden sind, möchte ich um Nachsicht bitten.« Sein Blick wanderte zu Yonathans verletztem Fuß.

»Auch die Sitten Eures Landes sind uns fremd, edler Sethur«, stimmte Yonathan in den Tonfall des hoch gewachsenen Témánahers ein. »In unseren Regionen werden Einladungen anders überbracht. Wollt Ihr uns nicht verraten, was der Grund Eurer Gastfreundlichkeit ist?«

Diesmal ballte Gavroq die Fäuste. Der plötzliche Umschwung im Tonfall des kleinen Gefangenen hatte ihn verunsichert und er vermutete, dass Yonathans Höflichkeit nur eine versteckte Form des Spotts war. Yonathan spürte, wie des Hauptmanns Zorn langsam, aber sicher zunahm.

Sethur lächelte amüsiert. Ihm war der herausfordernde Unterton in Yonathans Stimme nicht entgangen. Mit unbewegter Miene erwiderte er: »Ich bin nur ein Bote meines Meisters. Er lädt Euch ein sein Gast zu sein.«

»Sein Gast?«, wiederholte Yonathan ungläubig. Seine Augen wanderten zu Zirah hinüber und trafen sich mit ihrem Blick aus gefrorener Bosheit. »Dann ist es also wahr, was diese Kreatur dort vorhin gesagt hatte.«

»Ihr dürft nicht so streng mit Zirah sein. Sie ist eine treue Dienerin – auch wenn sie manchmal nicht den rechten Ton trifft.«

Mit einem Seitenblick auf Gavroq bemerkte Yonathan: »Mir scheint, das gehört zur Grundausbildung Eurer Gefolgsleute.« Befriedigt registrierte er, dass die Augen des Hauptmanns Feuer zu versprühen begannen. »Aber sagt, Sethur, nicht ich bin es doch, an dem Bar-Hazzat interessiert ist – auch wenn Zirah das vorhin behauptet hat. Er will doch nur diesen Stab hier haben.«

»Ihr seid für Euer Alter sehr weise, mein junger Freund.«

»Dann mache ich Euch einen weisen Vorschlag. Hier«, Yonathan hob den Stab und hielt ihn Sethur entgegen, »nehmt ihn und bringt ihn Eurem Herrn. Ihr braucht mich und meinen Freund nicht dazu.«

Yomi riss erschrocken Mund und Augen auf und kniff sie im nächsten Moment wieder zu. Angespannt wartete er, dass etwas Außergewöhnliches geschähe.

Auch Sethur zeigte sich einen Augenblick überrascht von diesem Winkelzug Yonathans. Doch schnell verbarg er seinen Schreck wieder hinter dem versteinerten Lächeln. »Ihr seid nicht nur weise, sondern auch listig. Aber Bar-Hazzat hat mich gewarnt. Er weiß um die Macht Haschevets, und er hat ausdrücklich verfügt, dass nur Ihr den Stab nach Témánah tragen sollt.«

Yonathan zuckte die Schultern und fragte gleichmütig: »Wie soll es jetzt also mit uns weitergehen?«

»Mit *euch?*«, erwiderte Sethur belustigt. »Nun, *Ihr*, mein junger Freund, werdet uns auf dem schnellsten Wege zu unserem Schiff begleiten. Mit der *Narga* werden wir dann nach Témánah segeln, und Ihr werdet in Gedor eine Audienz bei Bar-Hazzat erhalten – eine Ehre, die nur wenigen zuteil wird. Was Euren Freund betrifft …« Sethur hatte Yomi bisher kaum wahrgenommen. Jetzt runzelte er die Stirn. »Weshalb trägt er denn diese eigenartige Bemalung im Gesicht? Nun, das tut jetzt nichts zur

Sache. Bar-Hazzat hat nichts von weiteren Besuchern gesagt. Ich werde ihn Gavroq übergeben. Er kennt erstaunlich viele Methoden sich mit ungeladenen Gästen die Zeit zu vertreiben.«

»Mit anderen Worten: Ihr wollt ihn töten?«

Sethur verzog das Gesicht, als hätte ihn jemand mit einer Nadel gestochen. Beinahe entschuldigend erklärte er: »Ich nehme an dieser Art von Zeitvertreib nicht teil – das ist mehr etwas für die Soldaten, die neben ihrem Kriegshandwerk sonst nur wenig Ablenkung finden.« Während Gavroqs Miene von krankem Grinsen verzerrt wurde, kehrte das kalte Lächeln auf Sethurs Gesicht zurück und er fügte beiläufig hinzu: »Es soll jedoch vorgekommen sein, dass bei den Zerstreuungen Gavroqs einige Spieler … nun, sagen wir, es vorgezogen haben sich durch vorzeitiges Ableben zurückzuziehen.«

»Ein sehr milder Ausdruck für Mord!«, begehrte Yonathan auf. Ihm war klar, dass er keine Zeit mehr verlieren durfte. Die »Spiele« konnten schon bald beginnen. Und die Soldaten waren gezwungen, bis zum Morgengrauen damit fertig zu sein. Sethur würde sicherlich keinen Müßiggang dulden und schon früh zum Aufbruch drängen. Yomi schwebte in höchster Gefahr! Yonathan warf seinem Freund einen kurzen Blick zu. Er musste etwas tun. Sofort!

Er trat einen Schritt auf Yomi zu, sodass sie Seite an Seite standen und wandte sich herausfordernd an Sethur. »Wer von Euren Männern soll uns beide denn trennen. Etwa Euer zahnloser Hauptmann dort?«

Gavroqs Rechte zuckte zum Schwertknauf, doch Sethurs Arm schob sich wie ein Riegel vor die Brust des Hauptmannes und hielt ihn zurück.

Sethur lächelte überlegen. »Es wird nicht sehr schwer sein, Euch von Eurem scheckigen Freund zu trennen. Ich habe hervorragende Bogenschützen. Die können einen Mann auf dreihundert Fuß niederstrecken.«

»Das würde Eurem verspielten Hauptmann aber sicher die Freude verderben. Allerdings glaube ich sowieso nicht, dass er den Mut hätte gegen zwei Gegner gleichzeitig anzutreten.«

Die Wut verzerrte Gavroqs Gesicht und wieder verhinderte nur Sethurs ausgestreckter Arm, dass er auf Yonathan losging.

Der Heeroberste ließ nun die vorgeschobene Freundlichkeit fallen. Mit bedrohlich ruhigem Ton sagte er: »Haltet Euch zurück, Yonathan. Ihr seid nur ein Knabe. Wie könnt Ihr es wagen die Diener Bar-Hazzats zu beleidigen?«

»Nur ein Knabe?«, versetzte Yonathan mit ätzender Verachtung. »Ja, das ist wohl wahr. Und trotzdem reicht das schon aus, um Eurem Hauptmann so viel Angst einzuflößen, dass er sich in die Hosen macht und sich hinter Eurem Rücken verstecken muss. Aber was ist das schon für ein Schutz? Die rechte Hand Bar-Hazzats hat ja selbst nicht den Mumm einen Knaben von einem Jüngling zu trennen, wie könnten es da seine Speichellecker tun?«

»Das reicht!«, brüllte Gavroq. Der kleine Teil seines Gesichts, der zwischen Helm und Bart zu sehen war, hatte inzwischen die Farbe einer prallen Hagebutte angenommen. Mit unerwarteter Geschmeidigkeit wandte sich Gavroq unter Sethurs Arm hindurch und stürzte auf Yonathan zu. Im Sprung riss er sein gebogenes Schwert aus der Scheide und hob beide Arme hoch über den Kopf. Alle Zuschauer rechneten damit, dass Yonathans Körper im nächsten Augenblick in zwei Hälften zu Boden sinken würde – fast alle.

Der Angriff kam für Yonathan nicht überraschend. Gerade dazu hatte er den Hauptmann ja treiben wollen.

Die Ereignisse schienen nun in grotesker Langsamkeit abzulaufen, so, als müssten sich alle Beteiligten durch zähen Honig hindurchkämpfen. Ein Schrei ertönte: »Nein!« Es war nur ein Wort, aber es erschütterte Mark und Bein. Sethur war dieser Ruf entfahren und er tönte in aller Anwesenden Geist – so wie damals, bei der Wettfahrt zwischen der *Weltwind* und der *Narga*. Es war ein lang gezogener, klagender Ausruf, der gleichermaßen ohnmächtige Wut, Verzweiflung und sogar Furcht zum Ausdruck brachte. Doch auch dieser Ruf konnte den Lauf der Dinge nicht mehr aufhalten.

Yonathan fasste Haschevet mit beiden Händen an den Enden,

machte einen Schritt auf den heranstürmenden Gavroq zu und warf die Arme in die Höhe. Keinen Moment zu spät, denn schon sauste der schwarze, témánahische Stahl auf ihn hernieder, direkt auf seinen Kopf zu.

Yomi kniff wieder die Augen zusammen – mehr, um das scheinbar unabwendbare Geschick seines Freundes nicht mit ansehen zu müssen, als der Warnung folgend, die Yonathan ihm zuvor zugeraunt hatte. Auch Yonathan schloss die Augen, zog den Kopf zwischen die Schultern und biss die Zähne zusammen. Da spürte er auch schon, wie Gavroqs Rundsäbel den Stab Haschevet traf. Aber da war keine Wucht in diesem Schlag! Das Zusammentreffen von Holz und Stahl tönte seltsam entrückt – wie von einer meilenweit entfernten Schmiede, von der der Wind nur einen einzigen Schlag herüberträgt. Doch dieser geradezu zarte Klang des Säbels fand seinen Widerhall in Haschevet und schwoll an zu einem donnernden Glockenschlag. Gleichzeitig durchzuckte ein Lichtstrahl wie von tausend Blitzen die Nacht.

Sobald der helle Schein verschwunden war, suchte Yonathan blinzelnd nach Yomi. Schaudern ergriff ihn, als er zu seinen Füßen ein rauchendes Häufchen Asche sah, in dessen Mitte ein zerbrochener Säbel lag. Obwohl er sich geschützt hatte, sah er kleine Lichtpunkte vor seinen Augen tanzen.

Das Lager bot einen unwirklichen Anblick. Sethur stand noch immer an der gleichen Stelle, die Hände gegen die Ohren gepresst und den eingezogenen Kopf, so gut es ging, zwischen den vorgestreckten Unterarmen vergraben. Er atmete schwer. Viele seiner Männer waren in ähnlichen Posen erstarrt. Einige lagen zusammengekrümmt auf dem Boden und zitterten vor Angst. Zirah war mit dem Rücken zur Erde gefallen und wie tot liegen geblieben.

Unmittelbar hinter sich fand Yonathan seinen Freund. Er zupfte an Yomis Ärmel, um ihn dazu zu bewegen, die Augen zu öffnen. Als Yomi vorsichtig durch die Wimpern lugte und erstaunt feststellte, dass sein kleiner Begleiter noch immer als Ganzes vor ihm stand, rief ihm Yonathan zu mitzukommen. Yomi verstand jedoch kein Wort – noch immer klang Haschevets heller, übernatürlicher Glockenton in seinen Ohren nach. Yonathan fasste ihn am Arm und erklärte durch Handzeichen, dass es nun höchste Zeit wäre den Lagerplatz zu verlassen. Man konnte nicht wissen, wie lange der Schock noch anhalten würde.

Als sie den Rand des Lagers erreicht hatten, drehte Yonathan sich noch einmal um. Der Anblick des grauschwarzen Aschehaufens, der eben noch Gavroq gewesen war, brannte sich in sein Gedächtnis ein. Yomi zog Yonathan mit sich. Gemeinsam flohen sie in das Dickicht des nächtlichen Waldes.

»Du willst also wirklich in die Richtung, in der sich der Sumpf befindet?«, keuchte Yomi.

»Genau«, presste Yonathan zwischen den Zähnen hervor. Sein Fuß schmerzte heftig. Obwohl Yomi ihn während ihrer Flucht gestützt hatte, glaubte Yonathan jeden Moment ohnmächtig zu werden.

»Aber ist das nicht ziemlich gefährlich?«

»Ja.«

»Ich meine, vorhin hast du noch gesagt, dass es besser wäre, zu versuchen, zwischen unseren Jägern hindurchzuschlüpfen, als es mit dem Sumpf aufzunehmen. Und jetzt laufen wir geradezu darauf los.«

»Vorhin sind wir ja auch gefangen worden.«

»Da geht's weiter.«

Durch den Regenwald tönten die Stimmen von Kriegshörnern, Männern und aufgeschreckten Tieren. Sethurs Krieger hatten die Verfolgung schnell aufgenommen. Regen setzte ein.

Yonathan fühlte das Näherrücken des Sumpfes. Etwas krampfte sich in ihm zusammen. Wieder kämpfte er mit der Verzweiflung. Er hatte einen Mann getötet! Nein, nicht er war es gewesen. Haschevet hatte es getan. Aber war das ehrlich? Ein Soldat kann nicht seinem Schwert die Schuld am Tode der von ihm Erschlagenen geben. Aber was hätte er sonst tun sollen? Er biss sich auf die Unterlippe. Und er hatte diese Entscheidung treffen *müssen.* Schließlich ging es um Yomis Leben und noch um viel mehr: Der Stab der Macht musste seiner Bestimmung zugeführt werden. Davon hing das Erscheinen des siebenten Richters ab und vor allem, wer nach der Weltentaufe die uneingeschränkte Gewalt über Neschan ausüben würde – die Mächte der Finsternis oder diejenigen des Lichts.

So viele vernünftige Argumente Yonathan auch fand, so wenig wollte es ihm gelingen die nagenden Zweifel zu vertreiben. »Besiege das Böse mit dem Guten«, hatte Benel ihm gesagt. Konnte man es wirklich als *gut* bezeichnen, was er dem Hauptmann Sethurs angetan hatte? War *das* etwa die vollkommene Liebe, von der Benel gesprochen hatte? Hatte er wirklich als ein Werkzeug Yehwohs gehandelt oder war er bereits ein Komplize des Bösen geworden? Irgendwie fühlte er sich ungerecht behandelt. Er hatte sich schließlich nicht um all das bemüht. Es war einfach über ihn gekommen. Er schüttelte den Kopf, Regentropfen stoben in alle Richtungen davon. Er musste weiter. Ein Werkzeug bekommt seinen wahren Wert erst durch die meisterliche Hand, die es führt. »Habe Geduld und du wirst es erleben.« Auch das hatte Benel ihm einst in Kitvar prophezeit. Yonathan beschloss alles zu tun, ein gutes Werkzeug zu sein. Der Auftrag sollte nicht an ihm scheitern. Aber das wutentbrannte Gesicht Gavroqs konnte er trotzdem nicht vergessen.

»Riechst du auch, was ich rieche?«

Yonathan hatte es gerochen. Es waren die modrigen Ausdünstungen des Sumpfes. Aber warum darüber reden? Er nickte schwach und vergaß, dass sein Freund dies nicht sehen konnte. Ihr Weg stand ohnehin fest: Entweder sie fanden einen Pfad durch den Sumpf oder sie fanden den Tod durch Sethurs Krieger.

Die Geräusche der Verfolger waren lauter geworden. Mit ihren Schwertern kämpften sich Sethurs Männer durch den Wald. Sie hatten eine Kette gebildet und trugen Fackeln – unmöglich, zwischen ihnen hindurchzuschlüpfen.

Yonathan spürte einen Druck im Kopf. Jemand schien seinen Geist in ein Kissen einzupacken. Nur zu gerne hätte er sich dieser Einladung hingegeben. Ein wenig Ruhe nur und es würde ihm sicher bald besser gehen. Doch es war nicht die richtige Zeit zum Ruhen. Sie mussten weiter, mussten fliehen vor ihren unnachgiebigen Verfolgern. Unter seinen Stiefeln wurde der Grund weich. Jedes Mal, wenn er oder Yomi die Füße hoben, lösten sich diese mit einem lauten Schmatzen aus dem Morast. »Lass uns dort entlanglaufen.« Er bedeutete dem Freund, im rechten Winkel abzubiegen. »Vielleicht gelingt es uns die Verfolger in den Sumpf zu locken, während wir hier am Rand entlanglaufen.«

»Dieser schwammige Boden verwischt alle unsere Spuren. Wir könnten Glück haben«, stimmte Yomi zu.

Yonathan bemerkte, dass die Zunge seines Freundes nur mit Mühe die Worte formen konnte. Ihm selbst erging es nicht besser. Er fühlte sich müde. Ab und zu flackerten verschwommene Bilder vor seinen Augen auf. Eigentlich kümmerten ihn seine Verfolger nur wenig. Seine Füße wurden immer schwerer. Mit jedem Schritt durch den Sumpf schien dieser sich fester an seine Beine zu klammern. Aber er durfte jetzt nicht aufgeben. Sie mussten weiter, mussten fliehen.

Die Zeit war bedeutungslos geworden. Yonathan stapfte taumelnd vor sich hin. Sein verletzter Fuß schmerzte nicht mehr. Durch die Äste hindurch sah er die Lichter der Verfolger. Das grüne Feuer der Fackeln tanzte auf und nieder. Ab und zu verwandelte es sich in das Bild einer dahinfliegenden Landschaft. Aber auch dieser Anblick konnte seine Müdigkeit nicht vertreiben. Er schaute sich nach Yomi um. Sein Freund war nicht mehr da. Aber was machte das schon? Er musste weiter, musste fliehen.

Das Licht der Fackeln in der Ferne war verblasst, das Rufen der Männer zu einem Säuseln verschmolzen und schließlich im Tröpfeln des Regens untergegangen. Jetzt war er endlich allein – allein mit dem Sumpf. Der Sumpf freute sich schon auf ihn. Yonathan freute sich auch. Doch erst mal musste er schlafen, sich ausruhen. Er ließ sich auf die durchgeweichte Erde nieder, umschlang den Stab Haschevet mit seinen Armen und legte den Kopf darauf.

Wieder sah er die vorbeihuschende Landschaft: Wiesen, Felder, Hecken, kleine Mauern. Ab und zu ein gleißendes Licht, das alles überstrahlte. Dann sah er auch einen Jungen. Es war *der* Junge. Diesmal saß er nicht in seinem mit Rädern versehenen Stuhl. Er kauerte schlafend auf einer hölzernen Bank – allein in einer eigenartigen großen Holzkiste. An ihrem gegenüberliegenden Ende war die Kiste offen und gab den Blick auf die dahinfliegende Natur frei. Ja, »fliegen«, das war das richtige Wort. Die große Kiste mit dem Jungen darin musste fliegen, so schnell schossen Wiesen und Felder an ihr vorüber.

Yonathan wünschte, selbst in einer solchen Kiste zu sitzen und lautlos die Landschaft unter sich dahingleiten zu lassen. Jetzt konnte er endlich ruhen. Der Sumpf würde ihn umfangen und vor seinen Verfolgern schützen. Nun konnte er sich in dieses Bild vertiefen mit diesem schlafenden Jungen in dieser dahinfliegenden Landschaft. Jetzt musste er nicht mehr weiter, musste nicht mehr fliehen.

X.
Jabbok House

Zaghaft öffnete Jonathan ein Augenlid. Jemand hatte ihn gerüttelt. Was er – zunächst verschwommen, dann immer klarer werdend – sah, ließ ihn erschrocken hochfahren. Wo war er?

Sein Kopf hatte an einer Fensterscheibe gelehnt. Eine Landschaft flog vor seinen Augen vorüber. Genau betrachtet waren es Büsche und Bäume, die hier und da den Blick auf die dahinter liegenden Wiesen und Felder freigaben. Ab und zu blitzte die strahlende Sonne durch die staubige Fensterscheibe und tauchte das Abteil in eine blendende Flut aus Licht. Unsicher musterte er seine Umgebung. Ja, zweifellos befand er sich in dem Abteil eines Eisenbahnzuges – daher auch das ständige Rütteln. Doch wie war er hierher gekommen?

Jonathan konnte niemanden fragen. Er saß ganz allein in dem Eisenbahnabteil. Auf der Ablage über sich entdeckte er seinen braunen Lederkoffer. Verwirrt kniff er die Augen zusammen und öffnete sie dann wieder. Vergebens. Dies war kein Traum, den man abschütteln konnte. Er befand sich in einem Bahnabteil. Mit dieser Situation musste er sich abfinden.

Aber er konnte nicht. Angestrengt suchte er in seinem Gedächtnis nach Erklärungen. Er entsann sich noch des Samstages, als Dr. Dick ihn untersucht hatte. Sein Erinnerungsvermögen hatte ihm einen Streich gespielt, sodass ihm eine ganze Woche abhanden gekommen war. Ja, natürlich! Das musste die Erklärung sein. Dr. Dick und Sir Malmek hatten entschieden, dass er nach Hause fahren solle, um sich zu erholen.

Abermals blickte Jonathan aus dem Fenster. Jetzt erkannte er die Landschaft! Er befand sich in dem Eisenbahnzug, dessen Strecke von Edinburgh aus nordwärts in das schottische Hochland führte. Und wenn ihn nicht alles täuschte, dann würde er gleich Dowally passieren, um wenig später Ballinluig zu erreichen.

Jonathan war diese Strecke schon oftmals gereist – immer, wenn er seinen Großvater in den Ferien besuchte. Also hatte Sir Malmek wirklich Dr. Dicks Rat befolgt und Jonathan nach Hause geschickt. Von dem kleinen Bahnhof von Ballinluig würde die Entfernung bis Bridge of Balgie und schließlich noch hinauf zum Anwesen der Jabboks kaum mehr als dreißig Meilen betragen. Erwartungsvolle Spannung ergriff Jonathan.

Bridge of Balgie war sehr abgelegen; es war eine Ansammlung von Häuschen, die nur mit viel gutem Willen als Dorf zu bezeichnen war. Aber all das hatte Jonathan nie gestört. Obwohl er das Meer liebte, überwältigte ihn doch auch immer wieder die schroffe Berglandschaft des Hochlandes. *Jabbok House* blickte auf das kleine Flüsschen Lyon hinab. Berge wie der fast viertausend Fuß hohe Ben Lawers und der etwas kleinere Meall nan Tarmachon im Süden sowie der Schiehallion im Nordosten bestimmten das Panorama des Familiensitzes der Jabboks.

Als die Eisenbahn bei Dowally ein letztes Mal den Tay kreuzte, erinnerte sich Jonathan an Erzählungen seines Großvaters über die große Tay-Brücke, die die Mündung des Flusses bei Perth überspannte. Im Jahre 1879 – gerade achtzehn Monate nach ihrer Fertigstellung – war sie plötzlich eingestürzt und über siebzig Menschen hatten den Tod gefunden. Jonathan schüttelte sich und wurde endgültig wach. Er war froh, die letzte Brücke auf *seiner* Tour hinter sich zu haben und wieder in der Gegend zu sein, die er als sein Zuhause betrachtete.

Während die Dampflokomotive mit ihren Waggons wie eine rauchende, grüngoldene Raupe rumpelnd die letzten Meilen bis Ballinluig zurücklegte, kämpften das Hochgefühl ungeduldiger Erwartung und eine tiefe Nachdenklichkeit in Jonathan. Immer wieder stellte er sich dieselbe Frage: Wie war er in den Zug gekommen? Einzelne Fetzen des jüngsten Traumes flogen noch einmal an ihm vorüber. Seit dem Sturz von der *Weltwind* waren dort sieben Tage verstrichen. Doch was hieß das schon? Die Zeit in seinen Träumen war anderen Gesetzen unterworfen als die der Wirklichkeit. Der *Wirklichkeit*? Sein letzter siebentägiger Traum war so real gewesen! So, als wäre *das* die Wirklichkeit und sein jetziges Wachen nur ein bruchstückhafter Traum, von dem er ab und zu – immer seltener, wie es ihm schien – heimgesucht wurde. War er krank? Oder steckte mehr dahinter?

Dr. Dick hatte sich über ihn lustig gemacht. In den Augen des Arztes waren Jonathans Vermutungen ein Hinweis mehr für seinen geistig desolaten Zustand. Den Zusammenstoß mit Mister Garson hatte Dr. Dick dafür verantwortlich gemacht – oder auch irgend eine andere »besondere Aufregung oder Anstrengung«. Pah, als wenn diese Auseinandersetzung eine besondere Anstrengung gewesen wäre!

Nein, die Geschehnisse um ihn herum mussten eine andere Ursache haben. Doch welche? Jonathan beschloss vorerst weder seinem Großvater noch sonst jemandem etwas von seiner zweiten großen Erinnerungslücke zu verraten. Er würde einfach so tun, als wäre nichts geschehen.

Mit lautem Pfeifen fuhr die Dampflok in den kleinen Bahnhof von Ballinluig ein. Ein Holzdach überspannte den Bahnsteig, ein Schutz gegen den so häufigen Regen in den *Highlands*.

Dieser Tag war eine Ausnahme. Das Sonnenlicht, das immer wieder die Wolkendecke durchbrach, erschien Jonathan hier klar und rein. Sein Herz schlug schneller, als der Zug mit lautem, metallischen Quietschen endlich zum Stillstand kam. Erfreut entdeckte er, dass sein Großvater persönlich am Bahnsteig stand und ihm zuwinkte – das war nicht selbstverständlich und deshalb umso schöner. Jonathan winkte freudestrahlend zurück.

Neben der stattlichen Erscheinung des Lords bemerkte er die wohlvertraute, schmächtige Gestalt Alfreds, des Hausdieners von *Jabbok House*. Jonathan konnte sich nicht vorstellen, dass Alfred jemals jung gewesen war. Er schien so alt zu sein wie der

Familiensitz der Jabboks selbst. Tatsächlich hatte er schon Jonathans Urgroßvater gedient und obwohl er seine Verpflichtungen in der letzten Zeit wegen zahlreicher Gebrechen nur noch unvollkommen erfüllen konnte, hatte sich Lord Jabbok in dem ihm eigenen Starrsinn stets geweigert Alfred aus seinen Diensten zu entlassen. Der kleine, klapprige und kurzsichtige Hausdiener stammte aus einer Familie, die den Jabboks schon seit drei Generationen diente. Eine Änderung seiner Lebensverhältnisse hätte ihn binnen weniger Wochen umgebracht. Jonathans Großvater wusste das natürlich und so wurde er nie müde auf das eherne Gesetz der jabbokschen Tradition zu verweisen, wenn Alfred wieder einmal leichtsinnigerweise um seine Entlassung bat.

Alfred winkte nicht. Auch dies gehörte zur Tradition – speziell der der Hausdiener. Diese hatten ihre Gefühle stets im Zaum zu halten und gegenüber den Herrschaften Distanz zu wahren. Ein Lächeln jedoch huschte über das faltenreiche Gesicht des alten Mannes und Jonathan dachte unwillkürlich an die Erzählungen seines Großvater, wie dieser ein kleiner Junge war und Alfred der jugendliche Sohn des damaligen Hausdieners. So manches Mal hatte der junge Lord den wesentlich Älteren geärgert und so manches Mal hatte er dafür von Alfred eine ordentliche Abreibung erhalten. Die beiden alten Männer verbanden also viele gemeinsame Erinnerungen – ja, ein ganzes gemeinsames Leben.

Hinter Jonathan öffnete sich die Tür des Abteils und der Schaffner in schwarzer Uniform trat ein. »Master Jabbok, wir sind da. Darf ich Euch heraustragen?«

»Sie kennen mich?«, fragte Jonathan erstaunt.

Der Schaffner lächelte ein wenig steif und erwiderte: »Ihr erinnert Euch sicher noch daran, dass – wie hieß Euer Begleiter doch gleich noch …? Ach ja, Mister Falter! Also Mister Falter trug mir auf Euch hier, in Ballinluig, beim Aussteigen behilflich zu sein. Ihr würdet hier abgeholt werden, versicherte er.«

Der Bahnbedienstete schien zu wissen, wie es um Jonathan stand. Ohne weitere Umstände hob er den leichtgewichtigen Knaben von der Holzbank und trug ihn zum Ausstieg. Jonathan grübelte. Samuel hatte ihn also selbst zum Bahnhof nach Edinburgh gebracht. Wenn er sich doch nur erinnern könnte!

Als der Schaffner Jonathan ins Freie trug, stand bereits sein Rollstuhl auf dem Bahnsteig. Noch ehe er darin abgesetzt werden konnte, nahm ihn sein Großvater aus den Armen des Uniformierten entgegen, drückte ihn herzlich an sich und setzte ihn dann vorsichtig in den Rollstuhl.

»Du hast uns einen ganz schönen Schrecken eingejagt, mein Sohn! Jonathan, ich freue mich, dass du hier bist. Du siehst zwar weder gesünder noch kränker als sonst aus, aber wenn dir wirklich etwas Ernstes fehlt, dann bekommen wir das mit unserer gesunden Hochlandluft wieder hin. Darauf kannst du Gift nehmen.«

»Das werde ich lieber nicht tun«, erwiderte Jonathan lachend.

»Herzlich willkommen, Master Jonathan«, mischte sich nun auch Alfred in das Gespräch ein. »Es ist eine Freude Euch wieder zu sehen. Wir haben uns alle große Sorgen gemacht, als uns die Nachricht von Eurer Erkrankung ereilte.«

»Aber das habe ich doch schon alles erzählt, Alfred!«, ereiferte sich Lord Jabbok.

»Verzeiht, Mylord«, gab Alfred steif zurück.

Jonathan schmunzelte. Er kannte dieses Spiel, mit dem sich sein Großvater und Alfred die Zeit zu vertreiben pflegten. »Euch beiden scheint es jedenfalls gut zu gehen«, stellte er zufrieden fest.

Alle drei lachten (der alte und der junge Jabbok etwas lauter, Alfred ein wenig zurückhaltender).

»Also, dann lasst uns aufbrechen«, entschied Lord Jabbok. »Wenn wir *Jabbok House* bis zum Einbruch der Dunkelheit erreichen wollen, dann müssen wir uns beeilen.« Er schob Jonathans Rollstuhl an den Gleisen entlang in Richtung Ausgang.

Alfred musste den Koffer des jungen Lords tragen – keine leichte Aufgabe für einen Mann, dessen Kraft zusammen mit dem letzten Jahrhundert vergangen zu sein schien. Er ertrug dies jedoch mit Fassung und unbewegter Miene.

»Hast du ein neues Automobil?«, rief Jonathan erstaunt, als sie das Bahnhofshäuschen umrundet hatten.

»Das war leider notwendig, mein Sohn. Da mein bisheriger Chauffeur etwa so gut sieht wie ein Regenwurm, musste ich ihn und das Automobil austauschen.«

»Aber warum hast du dir nicht nur einen neuen Fahrer gesucht und das Automobil behalten?«

Mit einem Seitenblick auf Alfred, der die beiden inzwischen schnaufend eingeholt hatte, verriet der Großvater dem Enkel: »Weil der Chauffeur es für angebracht hielt, das Automobil im Fluss zu waschen.«

»Er hat *was* getan?«

Das war für den armen Alfred zu viel. »Eure Lordschaft beliebten zu bemerken, dass es dem Fahrkomfort dienlich wäre, sich ein wenig mehr rechts zu orientieren.«

»Dem Fahrkomfort? Ich habe dich doch nur nach rechts geschickt, weil du sonst gegen den Baum gefahren wärst. Davon, dass du das Automobil in den Allt Gleann Da-Eig steuern sollst, habe ich nichts gesagt.«

»Und euch beiden ist bei alldem nichts passiert?«, erkundigte sich Jonathan besorgt.

»Nun, die Uferböschung zeigte sich tatsächlich in äußerst ungepflegtem Zustand«, erinnerte sich Alfred. »Die Abfahrt zum Fluss war deshalb alles andere als bequem. Doch zu guter Letzt war die Anzahl der Beulen, die Euer Herr Großvater und meine Wenigkeit zu verzeichnen hatten, nichts im Verhältnis zu dem, was das Automobil davontrug.«

»Na, dann ist es ja gut.«

»Gut?«, empörte sich der alte Lord. »Na, wenn du das, was mich dieser kurzsichtige Greis mit seinen Rennfahrerambitionen gekostet hat, als gut bezeichnest, dann möchte ich nicht wissen, was in deinen Augen schlecht ist.«

Pikiert warf Alfred ein: »Ich habe Euer Lordschaft mehr als einmal angeboten, meinen Aufgabenbereich einem Jüngeren zu übertragen.«

»Und ich habe Euer Dienerschaft schon mehr als einmal gesagt, dass ich dieses grüne Gemüse, das nur ans Heiraten und Geldverdienen denkt, nicht gebrauchen kann.«

Alfred spielte den Beleidigten. Mit erhobenem Kinn und vorgeschobener Unterlippe schaute er demonstrativ an Lord Jabbok vorbei und schwieg.

Alte Leute führten sich manchmal wie Kinder auf. Jonathan seufzte und stellte fest: »Eins zu null für dich, Großvater. Aber könnt ihr nicht zu Hause weiterstreiten?«

»*Ich* streite mich doch nicht«, beteuerte Lord Jabbok trotzig. »Der alte Narr hat doch bekommen, was er wollte. Da ist unser neues Automobil und da unser neuer, *junger* Chauffeur. Peter ist sein Name.«

»Master Jonathan«, grüßte der schneidige junge Mann.

»Guten Tag, Peter«, grüßte Jonathan freundlich zurück.

Peter nahm Alfred den Koffer aus den Händen. Der arme alte Butler hatte sichtlich Mühe gehabt das Reisegepäck bis zum Auto zu schleppen. In den Händen Peters wirkte der Koffer wie eine leere Pappschachtel.

Alfreds Blick traf seinen Nachfolger von sehr weit oben herab, sofern dies bei dem um zwei Köpfe größeren Peter überhaupt möglich war. »Anfänger«, bemerkte er verächtlich und drehte dabei die Augen himmelwärts. »Ein guter Diener lässt sich nicht anmerken, wenn er eine Aufgabe mit Leichtigkeit erfüllt. Man bekommt nämlich so lange immer mehr aufgebürdet, bis man wirklich seine liebe Mühe hat alles zu bewältigen.«

Statt einer Antwort ließ Peter den Koffer mit beiden Händen niedersinken, packte ihn mit verbissenem Gesicht am Tragegriff und schleppte ihn mit großer Mühe zum Auto.

Alfreds kollegialer Ratschlag war dem alten Lord nicht entgangen. Er lächelte triumphierend und bemerkte: »Ach so stellst du alter Fuchs das also an; gut zu wissen, dass du noch solche Reserven hast.«

Ebenso ungerührt wie souverän erwiderte Alfred: »Wenn ich es die vergangenen zweiundsechzig Jahre nicht so *angestellt* hätte, wie Euer Lordschaft es zu nennen belieben, dann hättet Ihr Euch schon vor langer Zeit mit der lästigen Suche nach neuem, *geldgierigem* und *heiratswütigem* Personal befassen müssen.«

»Jetzt übertreibst du aber, Alfred!«, entrüstete sich Lord Jabbok. »Ich bin doch kein Sklaventreiber. Und schon gar nicht seit zweiundsechzig Jahren – damals war ich ja noch ein kleines Kind.«

»Gerade drum«, versetzte Alfred.

»Eins zu eins, Alfred. Du hast den Ausgleich geschafft.« Jonathan amüsierte sich, obwohl er sehr müde war und heftig gähnte.

»Natürlich, du musst ja todmüde sein«, meinte sein Großvater besorgt: »Lasst uns aufbrechen. *Jabbok House* wartet schon auf den Heimkehrer.«

Während der gut zweistündigen Fahrt von Ballinluig zum Familiensitz der Jabboks nahm Jonathan nur wenig von der rauen Schönheit der Landschaft wahr, die mit ihren alten gälischen Namen so eng verwoben war wie die Kett- und Schussfäden eines schottischen Tartans. Einerseits kannte er diese Strecke schon durch seine unzähligen Ferienbesuche auf *Jabbok House,* andererseits hatten ihn die Ereignisse seines letzten Traumes in eine grüblerische Stimmung versetzt. Sein Großvater deutete Jonathans Verhalten als Anzeichen von Müdigkeit und ließ ihn in Ruhe. Alfred hatte auf dem Vordersitz neben Peter Platz genommen und schien die Aussicht zu genießen. Jonathan wusste jedoch, dass der kurzsichtige alte Diener bestenfalls den Wechsel von Farbflächen wahrnehmen konnte. Er erinnerte sich noch an die vielen abenteuerlichen Autofahrten vom Bahnhof nach Bridge of Balgie. Alfred schien die ohnehin sehr kurvenreiche, unebene und schmale Straße, die dem Lauf des Lyon folgte, stets nur als groben Anhaltspunkt zur Kursbestimmung zu nutzen und Jonathan war jedes Mal heilfroh, wenn sie das Anwesen der Jabboks unversehrt erreicht hatten.

Peter für seinen Teil machte am Steuerrad der schweren Limousine einen sehr ernsten und konzentrierten Eindruck. Er arbeitete bereits daran, Alfreds Lektion in die Tat umzusetzen.

Der Empfang auf *Jabbok House* war gewohnt herzlich. Das Dienstpersonal – insbesondere Martha, das Hausmädchen – zeigte Freude über Jonathans Besuch. Hier und da entdeckte Jonathan auch einen verstohlenen Blick, aus dem die Sorge über den Gesundheitszustand des letzten verbliebenen Jabbok-Erben sprach – die Nachricht von seiner Krankheit hatte sich ohne Frage in Windeseile herumgesprochen.

Mit seinen kaum zweihundert Jahren war *Jabbok House* – gemessen an anderen schottischen Familiensitzen – ein sehr junges Haus. Ursprünglich lebten die Jabboks auf *Meggernie Castle*, einer Burg, nur etwa drei Meilen entfernt, auf der anderen Seite des Flüsschens. Dieser Besitz war nun jedoch teilweise verfallen und wurde nur noch gelegentlich im Sommer bewohnt.

Die jetzige Residenz der Lords von Jabbok war dazu angetan, im Betrachter Schwindelgefühle hervorzurufen. Nicht ihrer Ausmaße wegen und sicherlich hätte diesem Bauwerk, in dem sich die verschiedensten Baustile mischten, in einem repräsentativen Pariser Stadtbezirk auch niemand besondere Aufmerksamkeit geschenkt.

Im schottischen Hochland dagegen wirkte *Jabbok House* ziemlich deplatziert.

Die Jabboks verdankten dieses Domizil einem Schöngeist, einem Spross der Familie, der die Künste liebte, aber die klassischen Tugenden seiner Vorfahren, die Landwirtschaft, die Viehzucht und natürlich den Dienst in der königlichen Marine zu den schnöden Dingen des Lebens zählte. Obwohl die späteren Clanführer stets jedermann wissen ließen, dass das in rosa und weiß gehaltene, mit seinen Türmchen, Bögen und Säulen sehr verspielt wirkende Gebäude auf die Geschmacksverirrung eines schwarzen Schafes zurückzuführen sei, hatten sie doch manch ungläubiges Kopfschütteln und schadenfrohen Spott hinnehmen müssen. Sicherlich lag es nicht nur an dem sprichwörtlichen Dickkopf der Jabboks, dass das Haus trotzdem fast ununterbrochen bewohnt war. Einerseits hatten die ausschweifenden Lebensgewohnheiten des Erbauers die Familie dicht an den Rand des Ruins gebracht, andererseits bot *Jabbok House* aber auch einen Komfort, den – im Vergleich zu der besonders im Winter so ungemütlichen und feuchtkalten Burg – niemand mehr missen wollte.

Jonathan, der die steife, traditionsverhaftete Denkweise vieler

Mitmenschen ohnehin nicht teilte, fühlte sich in *Jabbok House* sehr wohl. Die Räume in dem quadratischen, dreistöckigen Gebäude waren großzügig und hell gestaltet. Die Decken waren mit zarten Stuckornamenten verziert und pastellfarbene Wandverkleidungen gaben dem Innenraum einen freundlichen Ton. Einige Räume waren im Laufe der Generationen natürlich auch verändert worden und entsprachen eher dem Stil hochherrschaftlicher schottischer Landhäuser.

Nach Jonathans Erkrankung hatte der alte Lord Jabbok sogar einen Fahrstuhl einbauen lassen, den er selbst und der greise Alred übrigens auch sehr gern benutzten. Dank dieser modernen Einrichtung konnte sich der jüngste Jabbok-Spross selbständig im ganzen Haus bewegen: Auf den Etagen gab es keine lästigen Türschwellen und über eine Rampe war es ihm möglich, auch in den großzügig angelegten Garten zu gelangen. Dies alles trug dazu bei, dass Jonathan sich stets freute, wenn er *Jabbok House* besuchen durfte, und traurig war, wenn er es wieder verlassen musste.

Die Wohnhalle – der Begriff »Zimmer« wäre eine arge Untertreibung gewesen – war durch den Schein des Kaminfeuers in dämmriges Licht getaucht. Jonathans Blick lag auf dem *Claymore,* dem zweihändigen Familienschwert des Jabbok-Clans. Es hing über dem Kamin zusammen mit einem langen Schild, der das Familienwappen trug: links oben ein goldenes Auge auf blauem Grund, ein Zeichen für die Wachsamkeit der Jabboks im Dienste der englischen Krone; rechts unten das Symbol einer weißen Rose, dessen Bedeutung heute niemand mehr kannte, das aber wohl älter war als der Adelsstand der Jabboks; und schließlich das silberne *Claymore*-Schwert, das sich von links unten nach rechts oben durch das Wappen zog, ein Symbol für die treue Unterstützung königlicher Interessen. Beim Betrachten des *Claymore* achtete Jonathan kaum auf die kunstvolle Verarbeitung des Schwertes, wie etwa die feinen Gravuren auf der langen, blank polierten, zweischneidigen Klinge, die ausladenden, zur Schneide hin geneigten Parierstangen, den mit Elfenbeinintarsien geschmückten Holzgriff oder den in Form eines Rades ausgebildeten Knauf – nein, der Beidhänder diente ihm nur als Anhaltspunkt, um seine Augen fest zu halten, sie nicht ruhelos umherwandern zu lassen. Genauso gut hätte er auf den präparierten Lachs starren können, der ganz in der Nähe an der holzvertäfelten Wand hing.

»Na, mein Junge, was grübelst du vor dich hin?« Jonathans Großvater hatte eine ganze Weile regungslos in seinem ledernen Ohrensessel verharrt und seinen Enkel schweigend beobachtet.

Ein Augenblick verging, ehe Jonathan auf die Frage reagierte. Automatisch antwortete er ebenso leise, fast flüsternd. »Ach, ich habe nur über einen Traum nachgedacht, den ich … heute Nachmittag im Zug gehabt habe.«

Wie der alte Samuel Falter, so wusste auch Lord Jabbok einiges von den Träumen seines Enkels, wenn auch nicht von den jüngsten Ereignissen, die Jonathan in seiner Traumwelt zugestoßen waren. »Träumst du deine Geschichten immer noch so regelmäßig, mein Junge?«

»Manchmal bin ich mir nicht sicher, ob man die Frage nicht umdrehen sollte. Ich meine, ob ich eigentlich noch regelmäßig *wach* bin. Beim Erwachen denke ich immer öfter, der Traum war die Wirklichkeit und das Wachen ist nur ein vorübergehender, immer seltenerer Zustand.« Jonathan schaute auf seine im Schoß gefalteten Hände herab. »Hast du das auch schon einmal erlebt, Großvater?«

Jonathan befürchtete, der alte Mann könnte lachen. Stattdessen sagte er nachdenklich: »So stark, wie du es beschreibst, habe ich es noch nie empfunden. Aber ich erinnere mich, dass ich – besonders als Kind – auch oft verwirrt aus einem Traum erwachte und erst eine ganze Zeit benötigte, bis ich mich wieder zurechtfand. Erst letztens hatte ich wieder so einen eigenartigen Traum. Manchmal denke ich …« Jonathans Großvater war mitten im Satz in nachdenkliches Schweigen verfallen, so als wäre ihm gerade erst die Unsinnigkeit seines Gedankens bewusst geworden.

»Was denkst du manchmal, Großvater?«

Ein dicker Ast brach mit lautem Knacken im Kamin auseinander, Funken sprühten und für einen Moment war die Aufmerksamkeit des jungen und des alten Jonathan Jabbok abgelenkt.

»Ich überlege, ob Träume Vorahnungen sein können.«

»Vorahnungen?«

»Nun, ich träumte von dir, Jonathan. Aber es war ganz eigenartig. Du warst nicht der Junge, der hier vor mir sitzt. Und trotzdem weiß ich, *dass* du es warst. Vielleicht, weil du so aussahst, wie du aussehen könntest, wenn du völlig gesund wärst. Deine dunklen Haare und Augen, deine Nase und das Kinn – all das stimmte. Du warst nur ein wenig älter als jetzt und um einiges größer und kräftiger.«

Jonathan lief ein Schauer über den Rücken. Mit zitternder Stimme fragte er: »Gab es sonst nichts, was dir an mir – ich meine, in deinem Traum – aufgefallen ist? Deine Beschreibung könnte schließlich auf viele zutreffen. Ich finde nichts Besonderes an meinem Aussehen.«

»*Du* vielleicht nicht Jonathan. Aber *ich*. Du siehst aus wie dein Vater, als er noch ein Junge war – nur ein wenig schmaler im Gesicht. Aber weil du gefragt hast: Mir ist gerade eben noch etwas in den Sinn gekommen, das mir auffiel.« Der alte Lord lächelte hintergründig.

»Und das wäre?«, fragte Jonathan ungeduldig.

»Du hattest in meinem Traum deine Flöte bei dir. Wo ist sie übrigens? Du spielst doch sonst ständig darauf. Ich habe sie heute noch gar nicht gehört.«

Jonathan stammelte verwirrt, während ihm erneut ein Schauer über den Rücken ging: »Ich muss sie wohl verloren haben. Sie war mit einem Mal verschwunden.« Weitere Erklärungen brachte er nicht hervor.

Lord Jabbok musterte seinen Enkelsohn prüfend. »Du hast sehr an dem Instrument gehangen, nicht wahr?«

Jonathan nickte nur.

Der alte Mann zwinkerte mit einem Auge. »Sei nicht traurig. Ich glaube, ich habe etwas, was dich trösten kann.« Er erhob sich, ging zum Kamin und nahm von dessen Sims ein kleines, poliertes Wurzelholzkästchen. Mit feierlicher Miene ließ er sich wieder in seinen Sessel sinken und beugte sich vor, um den Inhalt der länglichen Schachtel in blickgünstiger Position, direkt unter Jonathans Nase, enthüllen zu können.

Als Jonathan in das edel aussehende, hölzerne Behältnis lugte, wurde ihm glühend heiß, dann trat ihm kalter Schweiß auf die Stirn und schließlich überkam ihn eine Welle von Übelkeit.

»Ich muss zugeben«, stellte sein Großvater fest – unschlüssig darüber, ob er nun besorgt, enttäuscht oder gar gekränkt sein sollte – »ich habe mir die Reaktion auf meine Überraschung ein wenig anders vorgestellt.«

Jonathan war nicht in der Lage eine Antwort oder gar eine Erklärung abzugeben; er kämpfte noch mit dem Schock. Das Gesicht wie unter Schmerzen verzerrt betrachtete er den Inhalt des Kästchens. Alles hätte er erwartet, aber nicht das – seine Flöte! Nein, nicht *seine* Flöte, die er im Knabeninternat verloren hatte und die später in seinem Traum wieder aufgetaucht war. Es war zweifelsohne das einfache, aus einem Ahornzweig geschnitzte Instrument Yonathans, seines Traumbruders, das da wie ein Fremdkörper in der kostbaren Schatulle ruhte. Er erkannte es sofort an dem merkwürdigen Schriftzeichen, das aussah wie eine durchgestrichene Eins und das direkt über dem oberen Tonloch eingekerbt war.

»Du bist so weiß wie Ziegenkäse«, stellte der alte Lord fest. Die Sorge um den Enkel hatte die Überhand gewonnen. »Alfred soll dir ein Glas Wasser bringen.«

Jonathan nickte nur.

Wenige Minuten später musterte der Diener den noch immer erbärmlich ausschauenden Knaben. »Was habt Ihr mit ihm angestellt, Euer Lordschaft? Der Junge sieht ja schrecklich aus!«

»Ich?«, entgegnete dieser. »Ich habe ihm ein Geschenk machen wollen. Sonst nichts.«

»Nur ein Geschenk«, echote Alfred. »Es wäre nicht das erste Mal, dass die Geschenke Eurer Lordschaft nicht die ungeteilte Zustimmung des Beschenkten gefunden hätten.«

»Jetzt langt's aber!«, empörte sich der Lord. »Geh lieber und bring für Jonathan ein Glas Wasser. Er ist krank und hat zudem eine anstrengende Reise hinter sich. Da kann man schon mal ein wenig indisponiert sein.«

Alfred ersparte sich die Antwort. Die Sorge um den Gesundheitszustand des jungen Lords siegte über den Drang noch ein wenig weiterzustreiten.

Als Jonathan sich etwas erholt hatte, fragte ihn sein Großvater: »Was war wirklich los, Junge? Was hat dich an der Flöte so erschreckt?«

Jonathan erzählte von seinen jüngsten Träumen. Vieles war dem Großvater bereits bekannt, so auch die Existenz seines Traumbruders, aber das, was er ihm in der Vergangenheit über seine bewegten Traumerlebnisse erzählt hatte, war nichts im Vergleich zu dem, was er nun berichtete.

»Hm«, grübelte der alte Mann, nachdem Jonathans Bericht geendet hatte, »das ist eigenartig. Aber es könnte eine natürliche Erklärung geben – vielleicht sogar eine, die der *meines* Traumes ganz ähnlich ist. Früher habe ich oft geträumt, ich würde aus dem Bett fallen und später fand ich mich dann wirklich daneben wieder. Vielleicht spielt dir deine Phantasie hier auch nur einen Streich. Als du deine Flöte verloren hattest, wünschtest du sie dir so sehr zurück, dass du davon geträumt hast. Das ist nichts Besonderes. So was passiert. Diese Flöte hier ist wahrscheinlich derjenigen in deinem Traum sehr ähnlich – übrigens, merkwürdigerweise stammt sie tatsächlich von einem Hirten; du kennst Robert doch, oder? Na, wie auch immer, man sagt jedenfalls, in den Träumen finden sich die Dinge wieder, die uns im tiefsten Innern beschäftigen, die das Unterbewusstsein noch nicht verarbeitet hat. Möglicherweise sind unser beider Träume solchen unbewussten Wünschen entsprungen.« Jetzt erst schien Jonathans Großvater einzufallen, wodurch sich der Ablauf des Abends so überraschend geändert hatte. »Interessiert dich eigentlich noch, wie *mein* Traum weiterging?«

Jonathans Blick lag auf seiner neuen, alten Flöte, die seine Hände fest umklammert hielten. Es bereitete ihm Mühe seine Gedanken auf einen anderen Gegenstand zu konzentrieren. »Oh, ja, natürlich. Ich verstehe nur noch immer nicht, was dieser Traum mit Vorahnungen zu tun haben soll.«

»Lass mich einfach weitererzählen. Wo war ich stehen geblieben? Ach, ja! Ich sah *dich:* älter, kräftiger und auf deinen beiden Beinen stehend. Du warst in fremdartige, geradezu altertümliche Gewänder gekleidet und befandest dich in einer großen Halle, die ganz aus blauem, poliertem Gestein bestand. (Ich habe noch nie solche Steine gesehen. Sie erinnerten irgendwie an Marmor, aber die blaue Farbe und die wie ein feines schwarzes Netz aussehende Maserung gaben dem Material das Aussehen eines Halbedelsteines.) Die Halle jedenfalls war breiter als lang. An einer ihrer Stirnseiten befand sich eine große zweiflüglige Tür, durch die ununterbrochen Leute hereinströmten. Sie waren kostbar, aber nicht eben zeitgemäß gekleidet. Am anderen Ende der von hohen, breiten Säulen gesäumten Halle befand sich ein Podest, auf dem ein Thron stand. Die Gesichter der Menschen waren alle dem Podest zugewandt. Die Leute jubelten und gaben Hochrufe in einer mir unverständlichen Sprache von sich. Doch ihre Begeisterung galt nicht dem jungen König, der auf dem Thron saß (ich nehme an, dass es ein König war, denn er trug eine schlanke, goldene Krone auf dem Kopf), die Hochrufe galten *dir,* Jonathan.«

»Mir?«

»So ist es.«

»Warum sollte man mir zujubeln? Was glaubst du, soll dieser Traum bedeuten?«

»Ich weiß es nicht, Jonathan, aber ich habe eine Vermutung.« Jonathans Großvater beugte sich vor und sagte leise, so, als würde er ein Geheimnis preisgeben: »Ich glaube, du wirst nicht immer der bleiben, der du heute bist.«

Jonathan erstarrte. Lange schon hatte er über die Ursache seiner Träume nachgedacht. Waren sie vielleicht doch mehr als die Wunschbilder seines Unterbewusstseins? Ängstlich fragte er: »Wie meinst du denn das?«

»Nun, die Medizin macht Fortschritte. Als im Februar dieser deutsche Nobelpreisträger, Wilhelm Conrad Röntgen, starb, erinnerte ich mich, dass kaum jemand seiner Behauptung Glauben schenkte, er könnte mit seinen Strahlen durch Wände hindurchsehen. Heute ist es selbstverständlich, mit ihnen in das Innere eines menschlichen Körpers zu schauen und Knochenbrüche und was weiß ich nicht noch alles zu sehen. Wieso soll es nicht eines Tages – mag sein, in nicht allzu langer Zeit – auch möglich sein deine Krankheit zu heilen? Egal, ob nun mein Traum nur das Ergebnis eines lang gehegten Wunsches oder tatsächlich so etwas wie eine Vorahnung ist, er sollte dir und auch mir Mut machen. Warum sollst du nicht irgendwann in naher Zukunft wieder laufen können wie jeder andere Junge?«

Jonathan war ein wenig enttäuscht. Er hatte sich mehr erhofft. Innerlich schalt er sich, so dumm gewesen zu sein. Die Zeit der Wunder war lange vorbei. Mit ruhiger Stimme erklärte er: »Es gab einmal einen Mann, der bat dreimal inständig zu Gott ihn doch von einer Krankheit zu befreien, an der er litt. Gott sagte nur zu ihm: ›Meine unverdiente Güte sei dir genug; denn meine Kraft wird in Schwachheit vollkommen gemacht.‹ Ich glaube, Großvater, es ist wichtig, das zu sein, was man sein *kann* und nicht nach Zielen zu streben, die für immer unerreichbar bleiben werden. Wenn ich mit dem, was ich habe und was ich bin, Gott diene, dann kann ich die Wahrheit und Macht seiner Worte viel besser unter Beweis stellen, als wenn ich gesund und stark wäre und mir sowieso alles gelänge.«

Lord Jabbok lächelte gerührt. »Ich freue mich, dass du deine Lage so beurteilst, mein Junge. Das klang eben nach einem sehr reifen jungen Mann und nicht mehr nach einem kaum vierzehnjährigen Knaben. Und sagt die Heilige Schrift nicht auch, dass man eine Hoffnung haben solle, als *Anker für die Seele?* Das darfst du nie vergessen, Jonathan! Die Hoffnung ist ein wichtiges Element im Leben des Menschen. Ohne Hoffnung wäre schon so mancher an einer scheinbar ausweglosen Situation verzweifelt, der Anker der Hoffnung half ihm aber, in diesen stürmischen Zeiten Halt zu finden und schließlich sein Problem zu bewältigen.«

Jonathan nickte. »Ich verstehe, was du meinst, Großvater. Aber du musst dir keine Sorgen machen. Ich habe die Hoffnung nicht aufgegeben. Die Bibel sagt ja auch: ›Der Lahme wird klettern wie ein Hirsch.‹ Ich glaube fest daran. Aber es kann noch einige Zeit dauern, bis ich das erlebe.«

Der alte Lord Jabbok räusperte sich verlegen. »Du weißt, mein Junge, dass ich mich mein Leben lang nicht viel um diese Dinge gekümmert habe. Aber ich freue mich, wenn *du* daraus Trost schöpfen kannst. Ich glaube zwar an Gott, aber die Pfaffen haben mich gelehrt vorsichtig zu sein, wenn etwas unter dem Deckmantel der Religion als Wahrheit verkauft wird.«

»Ich bin da genauso vorsichtig«, beeilte sich Jonathan zu versichern. »Denke nur an Mister Garson!«

Lord Jabbok lachte in sich hinein. »Ja, ja, dem alten Garson haben wir's gegeben – was?«

Auch Jonathan musste lachen. Aber für ihn war das Thema noch nicht beendet. »Ich glaube, wenn Vater mich nicht so erzogen hätte, dann würde ich heute anders sein. Ich hätte keine Ahnung, was Gottes Wort wirklich sagt und was die Kirchen daraus gemacht haben.«

Das Gesicht des alten Lord wurde wieder ernst. Die Erinnerung an den quälenden Streit zwischen ihm und seinem Sohn holte ihn wieder ein. Eine bittere Erinnerung – hatte dieser Zwist ihm doch viele gemeinsame Jahre mit seinem einzigen Sohn geraubt. Lord Jabbok seufzte. »Du hast Recht, mein Sohn. Jacob hat seine wenige Zeit gut genutzt. Er hat aus dir einen prächtigen Burschen gemacht, von dem sogar ich noch eine Menge lernen kann.«

»Du sagst, du hättest erkannt, dass die angeblichen Gottesvertreter falsch gehandelt haben. Vater hat das auch. Du hast aber das Kind mit dem Bade ausgeschüttet. Du hast dich von der Kirche abgewandt und dabei auch gleich Gott den Rücken zugekehrt. Letzteres hat Vater nicht getan – und ich bin ihm dankbar dafür.«

Jonathans Großvater holte tief Luft. »Das sind ganz schön dicke Happen, die mein kleiner Enkel einem alten Bären wie mir da zu Schlucken gibt.«

»Ein alter Bär kann ja auch eine Menge vertragen.«

Jetzt konnte der Lord wieder lachen. Ungläubig schüttelte er den Kopf über seinen Enkelsohn, der ihm doch so manches Rätsel aufgab. »Ich glaube, so etwas wie dich gibt es wirklich nur ein einziges Mal.« Dann fügte er hinzu: »Ich habe dir ja schon bei meinem letzten Besuch in Loanhead versprochen mich näher mit deinen Ansichten und Gedankengängen zu befassen. Da du voraussichtlich nicht beabsichtigst bereits morgen wieder abzureisen, werden wir eine Menge Zeit damit zubringen können.«

»Abgemacht?« Jonathan beugte sich vor und hielt dem alten Mann die Hand entgegen.

Der Großvater schlug ein. »Abgemacht!«

Während der folgenden Tage sprachen die beiden viele Stunden miteinander. Manchmal – wenn es gerade nicht regnete – schob der alte Lord seinen Enkel durch den Park, von dem *Jabbok House* umgeben war, und erzählte von seinen Kindertagen auf dem Familiensitz. Obwohl Jonathan auch schon früher viele Gespräche mit seinem Großvater geführt hatte, waren diese doch anders. Vielleicht lag es daran, dass er inzwischen älter und verständiger geworden war, eben ein gleichberechtigter Gesprächspartner. Das Verhältnis zwischen dem jungen und dem alten Lord war von großem gegenseitigen Vertrauen geprägt – es gab keine Geheimnisse mehr zwischen ihnen.

Doch nicht nur die Gespräche mit dem Großvater hatten für Jonathan einen neuen Stellenwert eingenommen, etwas ganz anderes war nicht weniger ungewohnt für ihn: Er hatte seit einigen Tagen nicht mehr geträumt! Er versuchte sich mit dem Gedanken anzufreunden, den sein Großvater geäußert hatte. Seine Träume waren wahrscheinlich nur dem Wunsch entsprungen ein gesunder Junge wie alle anderen zu sein. Das Verschwinden des langjährigen Traumbruders mochte bedeuten, dass er seinen Zustand auch in seinem Unterbewusstsein akzeptiert hatte und entschlossen war selbst sein Geschick tatkräftig in die Hand zu nehmen.

Das alles klang sehr vernünftig, aber so richtig überzeugt war Jonathan davon noch immer nicht. So saß er an seinem fünften

Abend auf *Jabbok House* im Bett und grübelte darüber nach, was er nun glauben sollte. Da er zu keinem befriedigenden Ergebnis kam, beschloss er sich vor dem Einschlafen etwas abzulenken. Er griff zu der geheimnisvollen Flöte und setzte sie an die Lippen. Das Lied, das er spielte, hatte er schon oft in seinen Träumen gehört. Jonathan spielte es mit Leichtigkeit, als wäre *er* jener Yonathan aus seinen Träumen.

XI.
Das grüne Wunder

Benebelt

Eine ferne Melodie schwebte durch Yonathans Geist. Sie formte das Bild eines Flöte spielenden Schafhirten, der sehr, sehr weit entfernt war. Die wollenen, weichen Körper seiner Schäfchen schienen den Klang des Instruments noch zusätzlich zu dämpfen. Er fühlte sich beschwingt. Es war ein herrliches Bild – die grüne, hügelige Landschaft, die grauweißen Pünktchen der Schafe darin und der einsame Hirte, der sein schwermütiges Lied spielte –, ein friedliches Bild, bei dem man gerne verweilt.

Jäh stiegen beunruhigende Erinnerungen in Yonathan auf und trübten seine heitere Stimmung. Konnte er sich jetzt wirklich sicher fühlen? War er nicht schuld am Tode Gavroqs, Sethurs Hauptmann? War er nicht geflohen? Hatten Sethurs Krieger ihn nicht mit ihren eigenartig grünen Fackeln verfolgt? Ja, natürlich, so war es gewesen! Aber er hatte ja Schutz gefunden, Schutz in dem wandernden Sumpf, den er erst so voller Misstrauen betrachtet hatte. Dieses Misstrauen war unbegründet gewesen. Schließlich hatten ihn die grünen Nebelschwaden vor den Blicken der Häscher verborgen. Der Sumpf und der Nebel – sie waren seine Retter. Wie geborgen hatte er sich doch gefühlt, als er dort sein Haupt niederlegen konnte!

Erst jetzt bemerkte Yonathan, dass über seiner Erinnerung das Bild des einsamen Schafhirten verloren gegangen war. So sehr er es sich auch zurückwünschte, es blieb verschwunden. Enttäuscht schlug er die Augen auf.

»Yonathan!«, schrie in diesem Augenblick jemand voller Freude. »Du bist wieder wach! Ich bin's, Yo, dein Freund.« Er fuchtelte mit den Händen vor Yonathans Gesicht herum. »Erkennst du mich nicht? Oh, du siehst noch ziemlich grün im Gesicht aus. Dir geht's wohl noch ungeheuer schlecht, oder?«

Yonathan schloss erschrocken wieder die Augen. War das ein Traum? Das war doch sein sonst so ruhiger Freund, der diesen Sturzbach von Worten hatte hervorsprudeln lassen. Es war jedenfalls nicht der Hirte mit der Flöte.

Vorsichtig öffnete Yonathan abermals die Lider. Kein Zweifel: Das halb braune, halb blassweiße Gesicht, das ihn da, den Freudentränen nah, anstrahlte, gehörte Yo. »Warum sollte ich dich nicht erkennen?«, gab Yonathan zurück, enttäuscht darüber, dass das friedliche Bild des Hirten und seiner Schafe nun wohl endgültig verscheucht war. »Meinst du, ich wäre blind oder blöde?«

Yomi fuhr erschrocken zurück. Viele Stunden hatte er an Yonathans Bett zugebracht und voller Bangen darauf geharrt, ob und in welchem Zustand sein kleiner Freund erwachen würde – doch dass der ihn unfreundlich anfahren würde, damit hatte er nicht gerechnet. »Das finde ich ziemlich ungerecht.«

Doch Yonathan hörte das nicht mehr. Er hatte nun seine Umgebung wahrgenommen. Sein Blick schweifte durch den Raum, in dem sie sich befanden. »Wo sind wir hier?«, fragte er verwundert.

Eingeschnappt, sorgfältig auf jedes seiner Worte achtend, erwiderte Yomi: »Im … Haus … unseres Retters.«

»Unseres Retters?«

»Sein Name lautet Din-Mikkith.«

»Din-Mikkith?«

»Der Grüne Nebel scheint dir auf die Ohren geschlagen zu sein.« Solche schnippischen Bemerkungen entsprachen nicht Yomis gutmütiger Natur, aber nachdem er so lange um die Gesundheit seines Freundes hatte bangen müssen, konnte er die raue Begrüßung nur schwer verdauen. Er tröstete sich mit der Feststellung: »Aber was wundere ich mich? Schließlich hatte Din-

Mikkith mich ja gewarnt, dass es eine ziemliche Weile dauern könnte, bis du wieder völlig normal wärest. Dass es allerdings *so* schlimm …«

»Nicht völlig normal?«, unterbrach Yonathan ihn. »Aber ich *bin* ganz und gar normal!«

»Ach.« Yomi hatte die Arme über der Brust verschränkt und ließ seinen Blick teilnahmslos in die Ferne schweifen.

»Was soll das heißen: ›Ach‹?«

»Erst schläfst du vier Tage lang wie ein Toter und überlässt deine Freunde rücksichtslos der Ungewissheit, ob sie dich jemals wieder als normalen Menschen erleben werden, und dann wachst du auf und knurrst deine Retter an in einer ungeheuer miesen Laune.« Während seines Vortrages heftete Yomi seinen wütenden Blick auf den immer weiter in sich zusammensackenden Kranken. Jetzt schaute er wieder in die Ferne.

»Habe ich das wirklich?«, fragte Yonathan etwas kleinlaut. »Ich meine: vier Tage geschlafen, euch Sorgen bereitet und miese Laune gehabt?«

»Allerdings.« Yomis Stimme hatte etwas an Schärfe verloren.

Yonathan schluckte zweimal. »Es tut mir Leid, Yo. Ich hatte einen Traum, der mich so gefangen nahm, dass ich am liebsten nie mehr erwacht wäre. Kannst du mir noch mal verzeihen?«

Yomis Ärger schmolz nun endgültig dahin. Er drehte sich zu Yonathan um und schaute ihn an. »Schwamm drüber, Yonathan. Wir haben uns wohl beide ungeheuer dumm benommen.«

Sie lächelten und Yonathan bemerkte: »Das alles hat mich anscheinend *ziemlich* mitgenommen – um mit deinen Worten zu sprechen.«

Yomi lachte. Damit war *das* Thema erledigt. Eine Weile saßen die beiden Freunde schweigend beieinander und Yonathan konnte sich der seltsamen Umgebung zuwenden. Er befand sich in einem Zimmer, in dem es nur eine einzige Farbe gab: Grün. Zwar präsentierte sich dieses Grün in den verschiedensten Schattierungen – das Gestell seines Bettes bestand zum Beispiel aus gelbgrünem Bambus, Gleiches galt für die gut sichtbaren Stangen, welche die tragenden Teile der Hütte zu bilden schienen,

Decke und Wände waren mit einem Geflecht aus braungrünen, langen, schmalen Blättern ausgefüllt und das Fenster gab den Blick auf die satte, grüne Farbenpracht des Regenwaldes frei –, aber es war und blieb Grün. Etwas an dem schmalen Ausblick, den das kleine Fenster gewährte, war allerdings eigenartig. Yonathan konnte sich nicht recht erklären, was es war.

»Sag mal, Yo«, begann er zaghaft. »Wer ist eigentlich dieser Din-Mikkith?«

»Du solltest lieber fragen, *was* es ist.« Yomi zögerte. Er suchte nach den passenden Worten. »Din-Mikkith ist eigentlich kein ... Mensch.«

»Eigentlich? Was ist er dann?«

»Es ist ein *Behmisch.*« Yomi zuckte mit den Schultern. »Was immer das ist.«

Yonathan hatte sich inzwischen wieder aufgesetzt. Der Name »Behmisch« kam ihm irgendwie bekannt vor, aber er war noch zu benommen, als dass er wüsste woher. »Aber du hast ihn ... warum sagst du eigentlich immer ›es‹? Na, jedenfalls hast du ihn doch gesehen. Wie sieht er denn aus?«

»Es ist gut, dass du mich danach fragst. Du könntest womöglich ... erschrecken.«

»Du machst es aber spannend. *So* Furcht erregend wird er wohl nicht sein, oder?«

Yomi zögerte. »Nun, er ist einfach ... so ... *grün.*«

Yonathan ließ den Blick durch das Zimmer schweifen. »Das wundert mich allerdings nicht.«

»Ich fürchte, ich verstehe nicht ganz.«

»Schau dich doch um. Hier ist alles grün. Du sagtest vorhin, dass selbst ich noch ziemlich grün im Gesicht bin – warum also nicht auch dieser Din-Mikkith?«

»Ich freue mich, dass du es so leicht nimmst«, argwöhnte Yomi. »Aber ich fürchte, du verstehst mich nicht ...«

»Das ist auch nicht so leicht, mein Freund«, unterbrach ihn plötzlich eine fremde Stimme.

Yonathan zuckte zusammen. Er hatte nicht bemerkt, dass sich noch jemand im Raum aufhielt. Aber auch sein Freund schien ihn erst jetzt zu bemerken. Vorsichtig beugte sich Yonathan zur Seite und spähte an Yomis Schulter vorbei. Was er sah, ließ ihn gleich wieder zurückzucken.

Doch zu spät!

»Aller Friede Neschans sei mit Euch, Geschan, Träger des Stabes«, ertönte dieselbe unbekannte Stimme. Obwohl sie nicht bedrohlich, eher sogar feierlich klang, schien sie Yonathan äußerst gewöhnungsbedürftig. Sie klang leise – fast *zu* leise – und etwa so, als wenn für jedes Wort zu viel Luft verbraucht würde, wie ein Windstoß in trockenem Laub, ein freundlich-feierliches Zischeln.

Auch das Äußere des Fremden war höchst merkwürdig. Jetzt wusste Yonathan, warum Yomi sich mit der Beschreibung ihres Gastgebers so schwer getan hatte. Die Situation war ihm ganz und gar nicht geheuer. Er wünschte sich irgendwo anders zu sein, nur nicht hier, vier Schritt von diesem seltsamen Wesen entfernt.

Aber was konnte er tun? Sie waren nun einmal hier und die Anwesenheit dieser Gestalt war eine Tatsache. Und schließlich schien dies sein Lebensretter zu sein! Grund genug, nicht die Nerven zu verlieren.

Yonathan kam mit sich überein, dass es seiner Würde nicht angemessen war, weiter Versteck zu spielen. »Aller Friede sei mit Euch, Din-Mikkith«, verkündete er zaghaft – und fügte hinzu: »Das seid Ihr doch wohl, nehme ich an.«

Yomi hatte sich inzwischen vom Bett erhoben und gab damit den Blick auf ihren gemeinsamen Retter frei. Din-Mikkith schien zu lächeln (so genau konnte man das nicht beurteilen). Yonathan bemühte sich, ebenfalls eine freundliche Miene aufzusetzen. Dabei musterte er seinen Gastgeber eingehend und schickte gleichzeitig seinen Geist aus, um etwas über die Gefühle und Absichten dieses fremdartigen Wesens zu erfahren.

Din-Mikkith war nicht viel größer als Yonathan, wirkte aber wesentlich gedrungener und stämmiger. Die grüne Haut hing in unzähligen Falten vom Körper herab – unübersehbar, denn Din-Mikkith war völlig nackt. Yonathans forschendem Blick blieb jedes Anzeichen verborgen, das darüber hätte Aufschluss geben können, ob er einem männlichen oder weiblichen Vertreter der Behmisch-Spezies gegenübersaß. Din-Mikkiths unbehaarte, grüne Haut war rau und lederartig und erinnerte an einen Eidechsenpanzer. Dadurch wirkte er nicht völlig nackt. Beklemmend empfand Yonathan jedoch die Tatsache, dass dieses natürliche Gewand in Farbe und Musterung so sehr der hinter dem Behmisch befindlichen Wand ähnelte, dass er dadurch fast durchsichtig erschien, sicher der Grund dafür, dass Yonathan ihn erst so spät bemerkt hatte.

Nicht nur die ausgefallene »Bekleidung« des freundlichen Behmischs erweckte Yonathans Interesse, auch seine Gliedmaßen waren äußerst merkwürdig. Seine lang herabbaumelnden Arme liefen auf Kniehöhe in feingliedrige Hände mit je sechs Fingern aus, von denen zwei die Aufgaben eines Daumens erfüllten. Die Füße waren ähnlich geformt. Während Din-Mikkith sich lächelnd Yonathans Bettkante näherte, sah dieser, dass ihr Gastgeber seine Arme ganz nach Bedarf an jeder Stelle biegen konnte. Der kahle Kopf des Behmisch erschien fast menschlich, wenn man von den fehlenden Ohren und der winzigen Nase absah. Seine dunkelgrünen Augen sahen sogar sehr freundlich aus. Die Gesichtszüge Din-Mikkiths waren allerdings sehr schwer zu deuten.

Alles in allem stellte sich Yonathans und Yomis Retter also durchaus als eine Person vor, bei der es sich lohnte zweimal hinzuschauen.

»Din-Mikkith, das ist mein Name«, antwortete der Behmisch inzwischen auf Yonathans Frage. Gleichzeitig reichte er dem Knaben eine sechsfingrige Hand – und lächelte.

Es fiel Yonathan zwar noch nicht leicht seinem Gastgeber unbefangen gegenüberzutreten, doch er reichte ihm die Hand und ließ das neuartige Händedruckgefühl, das durch zwei Daumen verursacht wurde, auf sich wirken.

»Ich glaube, ich muss etwas richtig stellen. Ihr habt mich eben Geschan genannt.«

»Ja, natürlich!«

»Mein Name ist Yonathan, nicht Geschan.«

Eine kurze Pause trat ein. Din-Mikkith schien noch mehr zu lächeln als zuvor, geradezu spitzbübisch. »Aber Ihr tragt doch den Stab der Richter Neschans. Dann *müsst* Ihr Geschan sein.«

Erst jetzt wurde Yonathan so richtig bewusst, wovon sein grüner Retter sprach. Unsicher schickte er seine Hand auf die Suche nach Haschevet, ohne dabei den Blick von Din-Mikkith zu wenden. Beruhigt atmete er auf, als er unter der Decke fündig wurde und sich seine Finger um den Stab schlossen. Haschevet war also ebenfalls gerettet! Ehe Yonathan näher darüber nachdenken konnte, wie der Stab hierher gelangt war, drängte sich eine andere Frage hervor. »Woher kennt Ihr Euch so genau mit Haschevet aus?«

Din-Mikkith zuckte mit den Schultern, was aussah, als laufe eine Welle vom Halsansatz beide Arme hinunter bis in die zwölf Fingerspitzen. »Goel hat gesagt: ›Niemand kann Haschevet berühren als nur die Richter Neschans.‹«

Yonathan räusperte sich. »Ich kann mich nicht erinnern, jemals eine solche Stelle im *Sepher Schophetim* gelesen zu haben.«

»Leider habe ich das Buch der Richter Neschans nie besessen, noch es je gelesen«, bedauerte Din-Mikkith. »Aber als Goel mich vor Haschevet warnte, klang es trotzdem sehr überzeugend.«

Yonathan stockte der Atem. »Habt Ihr gerade gesagt, Goel hätte *Euch* gewarnt?«

»Ja, warum nicht?«

»Aber … dann müsstet Ihr ja … mehr als *zweihundert* Jahre alt sein«, stotterte Yonathan. »So lange hat Goel nämlich den Garten der Weisheit nicht mehr verlassen.«

Din-Mikkith schaute nachdenklich. »Ja, das könnte schon hinkommen«, bestätigte er und fügte hinzu: »Ich habe seit langem aufgehört die Jahre zu zählen.«

»Das gibt es doch nicht«, rief Yomi dazwischen. »So alt wird doch kein Mensch.«

Din-Mikkith kicherte, was sich anhörte, als entwiche Dampf aus einem Kochtopf. »Ihr habt wohl vergessen, dass ich kein Mensch bin. Ich bin ein Behmisch. Für uns ist ein solches Alter nichts Besonderes.«

Yomi sah das ein. Er hüllte sich von nun an in Schweigen und betrachtete mit Interesse die Ritzen im geflochtenen Fußboden. Dabei bemerkte er, dass die unregelmäßige Färbung von Din-Mikkiths Füßen Ähnlichkeit mit diesem Muster besaß.

»Entschuldigt«, sagte Yonathan. »Für uns beide ist die Begegnung mit einem Behmisch etwas ganz Neues.«

»Schon gut«, entgegnete Din-Mikkith, wohl wieder lächelnd. »Aber ich verstehe gar nicht, warum ihr euch darüber so wundert. Eure *Träumer* werden ebenfalls Hunderte von Jahren alt. Goel muss inzwischen sogar weit über neunhundert sein.«

Yonathan kannte die Erzählungen über das sagenhafte Alter der Richter Neschans, auch wenn er nicht wusste, warum Din-Mikktih von ihnen als von *Träumern* sprach. Im Augenblick jedoch beschäftigten ihn andere Dinge mehr. Die erste Begegnung mit einem Behmisch brachte eine Flut von neuen Eindrücken mit sich und er würde lange Zeit brauchen sie zu begreifen. Ein Punkt allerdings bereitete ihm Unbehagen.

»Ich bin nur ein Junge und Ihr behandelt mich wie eine hochgestellte Persönlichkeit. Verzichtet doch bitte auf diese förmliche Anrede. Ich würde mich wohler fühlen.«

Din-Mikkith kicherte schon wieder. »Ich hielt dich nicht nur für etwas Besonderes, du *bist* es, Yonathan.« Er zischelte diesen Namen mit seltsamer Heiterkeit heraus, als wäre dies ein lustiges Spielchen. »Aber wenn du es so möchtest, legen wir die Formen ab. Dann allerdings auf beiden Seiten.«

»Aber Ihr seid so viel älter und weiser als ich«, protestierte Yonathan.

»Achtung hängt nicht an einem ›Ihr‹ oder einem ›Du‹. Ehrerbietung kommt in dem zum Ausdruck, was man *tut*.«

Yonathan lachte. »Ihr habt«, er verbesserte sich, »*du* hast Recht, Din-Mikkith. Ich wünschte, jeder wäre so weise wie du.«

Din-Mikkith stimmte in Yonathans Lachen ein, auf seine sehr spezielle Art und Weise. »Oh, viele Menschen besitzen das Weisheit. Ich glaube, ich sitze gerade einem gegenüber.«

»*Das* Weisheit?« Yonathan stutzte. Ein seltsamer Lapsus, hatte Din-Mikkith doch bisher in fehlerfreiem Neschanisch gesprochen. Er wollte einer so lebensweisen Person gegenüber nicht belehrend wirken, deshalb fragte er höflich: »Unterscheidet sich die Sprache deines Volkes eigentlich sehr von der unsrigen?«

Din-Mikkith kicherte abermals. »Ich weiß ganz genau, worauf du hinauswillst, Yonathan. Aber das werde ich nie lernen. Du musst wissen, bei den Behmischen gibt es keine Wörter für männliche oder weibliche Dinge. Es muss wohl an unserem Gehirn liegen. Obwohl ich eurer Sprache kenne, bringe ich es nicht fertig, zwischen diesen beiden Dingen zu unterscheiden und ich werfe sie immer durcheinander. Sie sind viel zu unwichtig.«

Yomi räusperte sich. »Also *so* unwichtig finde ich diesen Unterschied nicht.«

»Yomi träumt manchmal von Feen«, erläuterte Yonathan.

»Ihr Menschen braucht eben beiderlei Geschlecht, um Kinder hervorzubringen«, sagte Din-Mikkith.

Yomi und Yonathan staunten nicht schlecht. »Soll das heißen …« Yonathan fehlten die Worte. Stattdessen wanderte sein Forscherblick wieder verlegen über Din-Mikkiths nackten grünen Körper.

»… dass es bei uns weder Mann noch Frau gibt?«, half ihm der Behmisch, den Satz zu vollenden. »Du bist ein kluges Bürschchen«, bestätigte er.

»Aber wie …?« Aus irgendeinem Grund hatte Yonathan bei diesem Thema Schwierigkeiten ganze Sätze zu bilden. Er war in engem Kontakt mit der Natur aufgewachsen. Er hatte den Schafen bei der Paarung zugesehen und erlebt, wie daraus flauschige Lämmer entstanden waren. Obwohl ihm bekannt war, dass auch die Fortpflanzung bei Menschen nicht sehr viel anders vonstatten ging, war dies ein Thema, über das die Menschen seltsamerweise nur sehr selten und gehemmt sprachen.

Din-Mikkith schien damit keine Probleme zu haben. Unbefangen ging er auf Yonathans abgebrochene Frage ein. Ja, trotz seiner schwer zu deutenden Mimik konnte man sehen, dass ihm das Gespräch großen Spaß machte und dass er die Wirkung seiner Erklärungen auf die beiden Freunde zu genießen schien.

»Wie wir uns fortpflanzen?«, half Din-Mikkith aus und griff

mit der rechten Hand in eine Hautfalte in der Höhe seiner Brust. Für einen Augenblick verzog er das Gesicht, so, als empfände er Schmerz. Als der Behmisch die Hand wieder hervorzog und vor den Augen seiner Gäste langsam öffnete, offenbarte sich ihnen ein kleines, grünes Wunder. »*Damit* pflanzen wir uns fort«, sagte er schlicht, doch in seinen Worten schwang so etwas wie Mutterstolz mit.

»Damit?«, wiederholte Yomi ein wenig respektlos.

»Aber wie ...?«, war alles, was Yonathan hervorbrachte.

Der Gegenstand, den Din-Mikkith in der Hand hielt, bot Anlass genug zum Staunen. Er bestand aus hellgrünem, durchscheinendem Material und hatte Ähnlichkeit mit einer halbierten Kastanie. In dem indirekten Licht der kleinen Kammer schien die Halbkugel die Farben der unmittelbaren Umgebung aufzusaugen. Dadurch wirkte sie gänzlich unauffällig. Bei genauem Hinsehen entgingen Yonathan aber nicht die unzähligen glitzernden Pünktchen in ihrem Innern, die in hellem Licht in allen Regenbogenfarben erstrahlten.

Der Schnitt, der die Kugel halbiert hatte, war wellenförmig, machte die Halbkugel also im Wellental schmaler als auf der gegenüberliegenden Seite. Die Schnittfläche wies im massiveren Teil eine kleinere, halbkugelförmige Höhlung auf, während sich in der schlankeren Hälfte ein ebensolcher Teil nach außen wölbte.

Yonathan schaute zum Gesicht des Behmischs auf und sagte verblüfft: »Ich verstehe immer noch nicht, wie du dich dadurch vermehren kannst.«

»Fällt euch nichts daran auf?«, fragte Din-Mikkith.

Yonathan zuckte mit den Schultern. Er wusste nicht, was er sagen sollte. Der Gegenstand war für ihn so verwirrend und fremdartig, dass ihm zugleich alles und gar nichts auffiel.

Yomis Augen begannen zu glänzen. Er hatte den Kern der Sache erkannt. »Es fehlt etwas daran. Es ist irgendwie ... unvollständig.«

»Du sagst es, Kleines«, bestätigte Din-Mikkith mit lächelnder Miene.

Yomi, der den stämmigen Behmisch um mehr als einen Kopf überragte, überhörte die etwas ungenaue Angabe, seine Körpergröße betreffend.

»Dies ist ein Keim.« Din-Mikkith setzte an, das Geheimnis um den grünen Gegenstand in seiner Hand zu lüften. »Genauer gesagt, es ist nur ein halber Keim. Wir Behmische tragen dies unser ganzes Leben lang bei uns. Erst wenn ein Keim mit einem zweiten zusammengefügt wird, kann daraus neues Behmisch-Leben entstehen.«

»Aber dann könnt ihr ja nicht eure Kinder und Enkel aufwachsen sehen«, stellte Yonathan fest. »Warum warten die Behmische so lange, bis sie ihre Keime vereinigen?«

»Der Grund ist sehr einfach, kleiner Stabträger.« Din-Mikkiths Zischeln klang sehr sanft. »Wir geben unser Wissen in unserem Keim weiter. Unsere Kinder lernen aus unserem eigenen Leben. Je später wir daher das Keim vom Herzen nehmen, desto mehr können wir an unsere Nachkommen weitergeben.«

»Soll das heißen, dass du dich an alles, was dein Vater … oder deine Mutter …«, er schüttelte den Kopf, um den Gedanken klar fassen zu können, »jedenfalls, was deine Eltern jemals gelernt und erlebt haben, erinnern kannst?«

Din-Mikkith kicherte amüsiert. »Nicht an alles, Yonathan. Genauso wenig, wie man sich an alles erinnern kann, was man irgendwann im Leben gesagt oder getan hat. Aber ich weiß noch sehr viel von meinen Eltern und von deren Eltern davor und so weiter und so fort.«

»Und das alles ist in diesem kleinen Keim aufbewahrt?« Yonathan konnte es kaum fassen. Das Wissen der Behmisch-Welt in einer halben Kastanie gespeichert – erst jetzt ahnte er, dass es wirklich ein grünes Wunder war, das da so unscheinbar in Din-Mikkiths Handfläche ruhte.

»Möchtest du es einmal spüren?«, lud Din-Mikkith ihn ein.

»Spüren? Ich? Aber wie …?« Yonathan war perplex.

Din-Mikkith schaute mit ernsten Augen zu Yomi hinüber. »Mir scheint, dein kleiner Freund leidet unter einem Aber-wie-Problem?«

Yomi hob die Schultern und bemerkte: »Er ist halt sehr wissbegierig.«

»Das kann nicht schaden. Ich weiß, dass du es spüren kannst, Yonathan. Ich habe vorhin bemerkt, wie dein Geist sich dem meinen genähert hat. Hier, nimm, und du wirst fühlen, was ich meine.« Din-Mikkith setzte sich auf das Bett, in dem Yonathan noch immer lag, und streckte ihm die geöffnete Hand entgegen. Alle Finger einschließlich der beiden Daumen waren weit abgespreizt. Der Keim präsentierte sich wie auf einem merkwürdigen grünen Tablett.

Während Din-Mikkiths untere Körperhälfte sich in Farbe und Zeichnung den unterschiedlichen Grüntönen der Bettkonstruktion anpasste, streckte Yonathan die Hand nach dem Keim aus. Auf halbem Wege hielt er inne, ohne das matt schimmernde Objekt zu berühren. Er blickte zögernd in Din-Mikkiths grüne Augen. Der Behmisch schien mehr von ihm zu wissen, als er sich erklären konnte. Yonathan konnte selbst kaum fassen, dass er die Empfindungen anderer Wesen erfühlen konnte; diese kleine, faltige, grüne Person an seiner Seite aber hatte sein körperloses Tasten bemerkt, ohne dem viel Bedeutung beizumessen. Trotzdem fühlte er sich ertappt. Er schüttelte die Zweifel ab. Sein forschender Geist hatte weder Berechnung noch böse Absicht in den Gefühlen des Behmischs erkennen können – kein Grund zur Beunruhigung also.

Din-Mikkith schien seine Gedanken zu erraten. »Nun nimm schon. Es kann nicht beißen.«

Langsam schloss sich Yonathans Linke um den Keim, während seine Rechte unter der Decke den Stab Haschevet umklammerte.

Die grüne Halbkugel fühlte sich warm an. Yonathan blieb kaum Zeit darüber nachzudenken, denn das Gefühl, das über ihn hereinbrach, war mit nichts zu vergleichen, was er bisher je empfunden hatte. Er verlor jeden Bezug zu seiner Umgebung. Ein Sturm von Farben entfaltete sich und er bemerkte, dass das Sehen seiner Augen und das seines Geistes eins geworden waren. In wenigen Momenten zog das Leben Din-Mikkiths an ihm vorüber, das seiner Eltern und seiner Vorfahren bis hin zu den ersten

Behmischen, die einst auf Neschan wandelten. Ein Hochgefühl überkam ihn, weit stärker als die gelockerte Stimmung nach dem warmen, gewürzten Wein auf der *Weltwind* oder als jener sorglose Gleichmut, den er im grünen Nebel, in dem wandernden Sumpf, empfunden hatte. Ein wenig erinnerten ihn diese rasend vorbeifliegenden Bilder an die Art und Weise, wie der Baum Zephon mit ihm »gesprochen« hatte. Noch ehe Yonathan sich darüber klar werden konnte, was geschah, erreichte er – gleich einem Wettläufer, der unter Aufbietung aller seiner Kräfte eine Runde in der Arena gelaufen war – wieder den Ausgangspunkt: Din-Mikkiths Leben. Gerade begannen die Bilder deutlicher zu werden, da sprang ein schmerzliches Gefühl aus dem Strudel der Bilder hervor und Yonathan öffnete erschrocken die Hand. Der Keim rollte heraus.

Die Wirklichkeit kehrte mit einem Schlag zurück. Fast erstaunt bemerkte Yonathan, dass er noch immer auf dem grünen Lager saß, in der grünen Kammer, neben dem grünen Din-Mikkith und dem weiß-braunen Yomi. Keuchend, als wäre er tatsächlich die Runden in der Wettkampf-Arena gelaufen, ließ er sich zurücksinken.

»Was ist passiert?«, fragte Yomi besorgt.

»Ich hätte nicht gedacht, dass es so gut klappen würde«, sagte Din-Mikkith zu sich selbst. Eine Spur von Anerkennung mischte sich in sein Lispeln.

»Dass *was* so gut klappen würde?«, fragte Yonathan. Er fühlte sich überrumpelt, weil der Behmisch ihn nicht vorher von der Wirkung des Keims in Kenntnis gesetzt hatte. Nun wusste er nicht, ob er erzürnt oder überrascht sein sollte.

»Mit dem Keim sprechen«, gluckste Din-Mikkith vergnügt. »Das kann nicht allein das *Koach* sein. Goel hat es jedenfalls – obwohl er ein erfahrener Stabträger war – nie sehr weit gebracht, wenn es versuchte mit den Lebenden Dingen zu sprechen. Dir scheint es angeboren zu sein und das Stab verstärkt deine Wahrnehmungen nur noch.«

Yonathan wurde nicht ganz schlau aus Din-Mikkiths Worten. »Wie kommt es, dass ich immer nur die Hälfte von dem verstehe, was du sagst?« Er blickte Hilfe suchend zu Yomi, doch dem ging es nicht besser. »Was meinst du damit, ich könne ›mit den Lebenden Dingen sprechen‹?«, wandte er sich wieder ihrem Gastgeber zu.

Din-Mikkith schüttelte den Kopf. »Entschuldige, kleiner Stabträger, ich habe schon so lange nicht mehr mit Menschen gesprochen, dass ich mich erst wieder daran gewöhnen muss. Unser Volk bezieht seine Kenntnisse nicht nur aus den Keimen der Vorfahren. Wir lernen auch von den anderen Lebenden Dingen, den Bäumen, Gräsern, den Vögeln und Bienen – eben von allem, was lebt.«

»Du kannst mit Bäumen und Bienen *sprechen?*«

»Nun, wir nennen es zwar ›sprechen‹, aber es ist kein wirkliches Sprechen, so wie ihr Menschen euch miteinander unterhaltet. Bienen sind zu dumm zum Plaudern und Bäume sind stur und schweigsam.«

Mit geschlossenen Augen, als koste es ihn ein gewaltiges Maß an Konzentration, fragte Yonathan: »Wie machst du es dann? Ich meine ... ist es das Summen der Bienen ... oder das Rascheln der Baumkronen ... oder was?«

»Ja und nein.«

Yonathan öffnete wieder die Augen, schaute Din-Mikkith ins ausdruckslose Gesicht und überlegte, ob er das Thema fallen lassen und es später noch einmal versuchen sollte. Aber da gab es noch eine andere Seite. So oft führte ihn sein Weg nicht durch das Verborgene Land und außerdem war Din-Mikkith schon sehr alt, was man, fand Yonathan, schon an dem eigenbrötlerischen Verhalten des Behmisch erkennen konnte. Wer wusste schon, ob er ihn jemals wieder sehen würde. Nein, er musste dieser Frage hier und heute auf den Grund gehen.

Din-Mikkith hatte wohl Yonathans Verwirrung bemerkt und fügte erklärend hinzu: »Ich will dir ein Beispiel geben. Du kennst sicher Schlangen?«

Yonathan nickte.

»Es gibt einige Schlangenarten – ich glaube, ihr nennt sie Vipern –, die können ein Mäuslein allein durch seine Körperwärme orten, wenn es in einer Elle Entfernung an ihnen vorbeizuschleichen versucht. Glaubst du, dass du das könntest?«

»Wohl nicht.«

»Siehst du«, freute sich Din-Mikkith, als wäre jetzt alles klar, »und genauso verhält es sich, wenn wir mit den Lebenden Dingen sprechen.«

»Ehrlich gesagt: Ganz verstehe ich es immer noch nicht.«

»Oh, diese Menschen! Warum versucht man nur immer wieder ihnen etwas begreiflich zu machen?«, rief der Behmisch aus. An Yonathan gewandt – seine Ungeduld nur schwerlich im Zaum haltend – begann er noch einmal, ganz langsam und ganz von vorn. »Schau! Jedes lebende Wesen reagiert in irgendeiner Weise auf seine Umwelt, manche stärker, manche weniger stark, die einen auf viele verschiedene Dinge, andere wiederum nur auf eine einzige Sache. Du bemerkst das Maus nicht, das an dir vorbeischleicht. Wenn ich jetzt das Raum verlasse, dann bin ich für dich weg, aber ein Wolf würde womöglich noch nach Tagen am Geruch erkennen, dass jemand hier gewesen ist – und er kann noch meine Fährte von vielen anderen unterscheiden. Alles, was wir tun, spielt eine Rolle in der Welt und bleibt für eine gewisse Zeit in ihrem ›Gedächtnis‹. Verschiedene Lebewesen können dies noch lange Zeit wahrnehmen, nur können sie sich nicht mehr ihrer erinnern. Wir Behmische aber können diese ›Erinnerungen‹ lesen. Wir sagen, wir ›sprechen mit den Lebenden Dingen‹, aber in Wirklichkeit sieht unser Geist diese Spuren, wie Bilder, die man uns vor Augen hält.« Und er fügte hinzu: »Und genau *das* ist es, was das Keim dir gezeigt hat: die Bilder meines Lebens und des Lebens aller meiner Ahnen.«

Es entstand eine lange Pause. Yomi saß auf einem der kleinen Stühle im Raum. Seine Knie ragten fast senkrecht in die Luft und er verfolgte das Gespräch zwischen seinem Freund und ihrem Gastgeber, verstand aber nur wenig.

Yonathan war sich der Tragweite dessen bewusst, was Din-Mikkith ihm erklärte. Nichts konnte sich bewegen, ohne wenigstens eine schwache Spur zu hinterlassen – und Din-Mikkith war in der Lage diese Spuren zu lesen. Er erinnerte sich an die Flut von Bildern, in die der Keim ihn für die Dauer weniger Momente getaucht hatte. Eines dieser Bilder hatte ihn veranlasst den Keim fallen zu lassen. »Es ist also alles geschehen, was ich gesehen habe?«, fragte er.

Din-Mikkith ahnte, worauf Yonathan anspielte und antwortete niedergeschlagen: »Alles ist geschehen. Alles.«

Yomi, an dem das Gespräch inzwischen völlig vorbeilief, rief aufgebracht: »*Was* ist geschehen? Würde mir vielleicht mal einer verraten, von was ihr redet? Ich verstehe kein Wort von alledem.«

»Sie sind alle tot«, erklärte Yonathan bedrückt.

»Wer ist tot? Wovon redet ihr überhaupt?«

Din-Mikkith hatte ein Einsehen mit dem jungen Seemann. Während der Blick des Behmischs sich auf einen Gegenstand außerhalb der grünen, geflochtenen Zimmerwände zu richten schien und er den Keim wieder an seinem alten Platz verschwinden ließ, erinnerte er sich: »Es muss schon über zweihundert Jahre her sein. Damals zog Goel mit seinem kleinen Heer von siebenhundert Ostleuten durch das Drachengebirge. Goel benutzte nicht die bekannten Pässe, um Grantor keine Gelegenheit zu geben ihn in einen Hinterhalt zu locken. So kam es, dass Goel eines Tages die Hochebene erreichte, in der das kleine Volk der Behmische seit vielen Generationen lebte. Wir waren damals etwa dreitausend. Unser Hochland war voller heißer Quellen und hatte ein weit wärmeres Klima als die umliegenden Bergketten. Vor vielen Generationen hatten sich unsere Vorfahren hier niedergelassen, nachdem sie auf *Rakk-Semilath* das große Meer überquert hatten. Diese Gegend war unserer alten Heimat sehr ähnlich – ihr müsst wissen, wir Behmische lieben die Wärme.

Goel bat uns um Hilfe. Obwohl unser Volk sehr zurückgezogen lebte, kannten wir ihn – die Lebenden Dinge hatten uns von ihm erzählt. Aber ich war das letzte Behmisch, das noch den Namen Yehwohs anrief und seine Richter respektierte. Leider sind die Behmische Fremden gegenüber nie sehr offen gewesen. Als Geschöpfe des Melech-Arez neigten sie eher dazu, nur sich selbst und ihre eigenen Angelegenheiten zu sehen. Sie hielten sich aus allem heraus, was ihren Frieden stören könnte.

So kam es, dass sie Goels Bitte zurückwiesen. Schlimmer noch! Anstatt ihm und seinen Siebenhundert Gastfreundschaft zu gewähren, griff mein Volk sie an. Goels Männer mussten fliehen. Am Abend dieses Ereignisses kehrte ich von einem längeren Wanderung nach Hause zurück. Als ich von dem schändlichen Tun meines Volkes hörte, verfluchte ich ihr Handeln und machte mich sofort daran, Goel zu folgen. Ihr könnt euch vorstellen, dass es für ein Behmisch kein Problem ist, einem Heerverband von siebenhundert Kriegern zu folgen. Die Pflanzen und Vögel verrieten mir, was die Spuren von Goels Männern verschwiegen. So hatte ich sie bald eingeholt und bot dem sechsten Richter die Dienste eines Führers und Fährtensuchers an – das, worum Goel mein Volk gebeten hatte.

Ich geleitete den Stabträger durch das Drachengebirge und weiter. Wir lockten Grantor in viele Hinterhalte und brachten seinem Heer empfindliche Schlappen bei. Als wir das Drachengebirge weit hinter uns gelassen hatten, entließ mich Goel voll Dankbarkeit und sandte mich zurück zu meinem Volk.

Während der Wochen des Wanderns trugen mir die Lebenden Dinge beunruhigende Nachrichten zu. Ich beeilte mich, doch ich kam zu spät. Wieder in unserem Hochland angelangt wurden die schlimmsten Befürchtungen wahr: Mein ganzes Volk war hingeschlachtet worden. Ich fand nicht einen Überlebenden, nur Asche und Tod. Die Leichen lagen allesamt aufgetürmt zu einem grausigen Staudamm in unserem Fluss. Ob sie dort im Kampf gestorben waren oder Grantor sie erst nachher hineinwerfen ließ, weiß ich nicht. Vielleicht hatten sie ihm genauso wie Goel Hilfe verweigert oder ihn sogar angegriffen. Wie auch immer, der wahnsinnige Dunkle Herrscher hatte keine Gnade gezeigt und alle umgebracht.

Ich war verzweifelt. All diese Toten! Es war kaum noch Grün an ihren Leibern zu sehen. Der Fluss hatte jeden Tropfen Blut aus ihnen herausgewaschen. Ich fühlte mich allein gelassen. Damals war ich noch sehr jung. Außer den Kenntnissen meiner Vorfahren hatte ich wenig eigene Erfahrungen. Ich befürchtete, dass ein Spähtrupp Grantors früher oder später in unser Hochland zurückkehren könnte. Deshalb beschloss ich dorthin zu ziehen, wo es – nach dem Garten der Weisheit – wohl am sichersten war auf ganz Neschan.«

»Und das war das Verborgene Land«, sagte Yonathan.

Din-Mikkith nickte. »Ein Zufluchtsort für das letzte Behmisch«, schloss er düster.

Yonathan war die Geschichte wieder eingefallen, die ihm Navran, sein Pflegevater, am Abend vor seiner Abreise erzählt hatte. Er hatte von einem Behmisch berichtet, der Goel einst diente, dann aber ebenso endgültig wie die hingemordeten Stammesgenossen verschwunden war. Und nun saß diese Legende auf seiner Bettkante.

Er und Yomi schwiegen; das erschien ihnen die beste Art ihr Mitgefühl für den einsamen Behmisch auszudrücken.

Nach einiger Zeit brach Yomi das Schweigen: »Das tut mir ungeheuer Leid!«, versicherte er mit zitternder Stimme. »Ich kann dich so gut verstehen. Auch meine Familie und die Bewohner meiner Heimatstadt wurden vom Dunklen Herrscher Témánahs umgebracht – auch wenn er heute Bar-Hazzat und nicht mehr Grantor heißt.« Dann kehrte das Schweigen zurück.

Es fing an zu regnen. Große, runde Tropfen fielen schwer auf das Dach des Regenwaldes. Die schmalen, spitz zulaufenden Blätter nahmen den dicken Tropfen ihre Wucht und ließen das Wasser wohldosiert auf den Waldboden herabtröpfeln. Doch keiner der drei Gefährten achtete auf das Rauschen des Wassers im Wald draußen. Sie fühlten den Schmerz der Welt über den Verlust eines ihrer Kinder: des Volkes der Behmische.

Din-Mikkith kehrte als erster in die Gegenwart zurück, wohl weil er zweihundert Jahre Zeit gehabt hatte über den unwiederbringlichen Untergang seiner Art hinwegzukommen.

»Genug geschwatzt«, brummte das grüne, faltige Wesen und erhob sich energisch von der Bettkante. Der Behmisch griff Yomi am Oberarm und zog ihn aus dem Zimmer. »Yonathan braucht Ruhe. Wer einmal im *Grünen Nebel* des *Wandernden Sumpfes* gefangen war und mit klarem Verstand wieder herausgekommen ist, sollte sein Glück kein zweites Mal auf das Probe stellten.«

Yonathan horchte auf. Die Niedergeschlagenheit fiel von ihm ab wie ein Mantel, und seine Neugier erwachte. »Warte!«, hielt er den Behmisch zurück. Din-Mikkith und Yomi schauten fragend. »Könntet ihr euch vielleicht ein bisschen klarer ausdrücken, was diesen merkwürdigen Grünen Nebel und den Wandernden Sumpf betrifft? Yo erzählte vorhin etwas von Nicht-völlig-normal-Sein und du, Din-Mikkith, deutest Ähnliches an. Was hat das zu bedeuten?«

Der Behmisch kam wieder auf Yonathans Bett zu und sagte: »Und ob ich davon weiß! Mir kann dieses verfluchte Grüne Nebel nichts anhaben.« Verächtlich stieß er eine Menge Luft aus. »Genauso wenig wie ich ihm etwas antun könnte.«

»Du sprichst von dem Nebel wie von einer lebenden Person.«

»Ein Person, viele Personen – wer weiß. Jedenfalls hat es schon viele Wesen das Leben gekostet. Und diejenigen, die ihm entkommen sind, sind dem Wahnsinn verfallen, bis sie schließlich verhungerten.«

»Warum kann er dir nichts anhaben? Und warum hat er Yo und mich nicht umbringen und verrückt machen können? Wie hast du überhaupt von uns erfahren und uns im Grünen Nebel gefunden?«

»Du sagtest, du hättest noch *ein* Frage. Das waren weitere *drei.* Morgen ist auch noch ein Tag. Sieh erst mal zu, dass es dir besser geht. Dann werden wir weitersehen.«

Din-Mikkith wollte sich gerade endgültig zum Gehen wenden, da zog lautes Flügelschlagen die Aufmerksamkeit aller auf sich. Ein taubengroßer Vogel setzte sich auf die Unterkante des Fensters, schüttelte feinste Tröpfchen aus dem Gefieder und musterte interessiert die drei Insassen des Waldhauses aus seinen braunen Augen.

Yonathan stutzte. Das blaue Gefieder mit den gelben Flügelspitzen und vor allem der auffällige, runde, rote Federschopf auf dem Kopf …

»Rotschopf!«, rief Yomi, worauf der kleine Vogel mit lautem Krächzen antwortete.

»Ach ja, ich vergaß«, bemerkte Din-Mikkith zerstreut. »Ihr

kennt euch ja bereits.« Dann fügte er lächelnd hinzu: »Damit wäre bereits deine dritte Frage beantwortet. Du musst Girith stark beeindruckt haben, dass es so rasch auf Zuruf erscheint.«

»Du meinst, du hast durch Rotschopf von uns erfahren?«

»So ist es«, bestätigte Din-Mikkith.

»Kann er denn sprechen?«

»Din-Mikkith«, meldete sich Rotschopf, vom Ehrgeiz gepackt. »Liebes Din-Mikkith.«

»Nicht so vorlaut, Girith!« Din-Mikkith rief den Vogel in gespielter Strenge zur Ordnung. »Nein, es kann nicht wirklich sprechen. Aber es gehört zu den Lebenden Dingen.«

»Ja, ja, aber hören und verstehen ist ein großer Unterschied«, bemerkte Yonathan, indem er seinen Blick zwischen dem bunten Papagei und dem einfarbigen Din-Mikkith hin und her wandern ließ.

»Na, jedenfalls wollte ich es erst selbst nicht glauben. Aber dann griff ich zur Lianen-Salbe – ein wenig davon unter dem Nase hilft vorzüglich gegen das Grüne Nebel! – und machte mich mit Girith auf, euch zu suchen. Es führte mich direkt zu euch. Dein weißbrauner Freund irrte im Wald herum – er war dem Nebel rechtzeitig entkommen. Dann fand ich dich endlich am Rand des Sumpfes. Dass du dich wieder so schnell erholt und das meiste von deinem Verstand behalten hast, ist mir ein Rätsel. Du kannst Yehwoh dafür danken – wahrscheinlich hat er noch einiges mit dir vor.«

Yonathan überhörte die kleine Spitze und versicherte: »Ich danke dir, Din-Mikkith, dass du das für Yomi und für mich getan hast.«

Din-Mikkith kicherte. »Wenn nach so langer Zeit gleich zwei Besucher an meinem Haus vorbeilaufen, dann muss ich sie doch wenigstens zu einem Kräutertee einladen – oder?«

Sie lachten und Girith unterstützte die heitere Stimmung mit einem fröhlichen »Din-Mikkith, liebes Din-Mikkith«.

»So, jetzt ist aber wirklich Schluss«, verkündete der Behmisch kurz darauf an Yonathan gewandt. »Wenn du dich noch mit jemandem unterhalten willst, dann mit Girith. Ein geduldiger Zuhörer.« Damit nahm er Yomi wieder ins Schlepptau, drehte sich um und steuerte entschlossen auf die mit einer geflochtenen, grünen Matte verhangene Tür zu.

Während die beiden das Zimmer verließen, rief Yonathan hinterher: »Was bedeutet eigentlich der Name ›Girith‹?«

»Rotschopf«, ertönte die Antwort von draußen.

Eine haarige Bekanntschaft

Bereits am folgenden Tag verließ Yonathan das Bett. Er fühlte sich ausgeruht und viel kräftiger als noch am Tage zuvor. Er suchte auch nach Ablenkung, denn im untätigen Herumliegen kreisten seine Gedanken immer wieder um einen dunklen Punkt. Wie ein Strudel, der alles, was in seine Nähe kommt, in die kalte Tiefe hinabzieht, drehte sich schon nach kurzer Zeit des Alleinseins jeder Gedanke um den Tod Gavroqs, Sethurs Hauptmann, und um seine, Yonathans, Verantwortung.

Da Yomi und Din-Mikkith sich für eine Weile abgemeldet hatten – sie müssten etwas zu essen besorgen – und nur Rotschopf auf dem Fenstersims saß, um ihm Gesellschaft zu leisten, beschloss Yonathan auf eigene Faust seine nähere Umgebung zu erforschen. Das würde seine trüben Gedanken etwas aufhellen. Schwungvoll erhob er sich von seinem Lager, um sogleich wieder zurückzusinken. Seine zitternden Beine konnten ihn kaum tragen. Erschrocken wischte er sich kalten Schweiß von der Stirn. Geist und Körper konnten offenbar recht unterschiedliche Auffassungen von der eigenen Belastbarkeit haben.

Der zweite Versuch war ein Kompromiss. Yonathan ging die Sache sehr vorsichtig an und Girith beobachtete seine Manöver mit schiefem Kopf. Behutsam hievte sich Yonathan in die Höhe und ließ seine Beine langsam zu ihrer Pflicht zurückfinden. Als er sich etwas sicherer fühlte, steuerte er auf die Tür zu. Girith hüpfte flatternd auf den Fußboden hinab und folgte watschelnd.

Als Yonathan die Matte zurückschlug, die als Tür zu seinem

Krankenzimmer diente, blickte er in einen Raum, der wie sein eigener aus den Rohrrahmen dicker Bambusstangen und einem Geflecht schlanken Blattwerks bestand. Auf dem Fußboden waren die provisorischen Schlafstätten Din-Mikkiths und Yomis zu sehen. Außerdem standen ein kleiner Tisch, ein Stuhl sowie Körbe und Töpfe herum. Mitten im Raum befand sich eine Feuerstelle, die mit Erde und dünnen Steinplatten unterlegt war, um das trockene Flechtwerk vor der Hitze der Flammen zu schützen. Darüber hing ein nicht allzu großer, bauchiger Kochtopf aus Gusseisen – einer der ganz wenigen metallenen Gegenstände, die Yonathan entdecken konnte, und er fragte sich, wie sie wohl ihren Weg hierher gefunden hatten.

Auf der gegenüberliegenden Seite der Raumes, der eigentlich wie sein eigenes Zimmer nur eine kleine Kammer war, entdeckte er eine weitere Tür. Diese war nicht verhangen, sondern gab den Blick auf dichtes, grünes Blattwerk frei. Wieder empfand Yonathan den Ausblick als ungewöhnlich. Er beschloss dieses Rätsel zu lösen und ging auf die Tür zu.

Girith gab ein aufgeregtes Krächzen von sich, nicht so gut verständlich wie seine Lobgesänge auf Din-Mikkith. Yonathan erkundigte sich im Weitergehen: »Na, Rotschopf, was willst du mir denn …«

Zu den Dingen, die Yonathan nicht ausstehen konnte, gehörten das Schrubben von Töpfen und Pfannen, das Ausnehmen toter Fische und Hühner sowie das Hängen über Abgründen und Schluchten. Und gerade damit musste er sich in diesem Augenblick beschäftigen.

Sein Gespräch mit dem Papagei war jäh beendet worden, als sich der Boden unter seinen Füßen auflöste. In einem Reflex griff er nach irgendetwas und fasste glücklicherweise die Strickleiter, sechs oder sieben Fuß unterhalb einer kleinen Plattform, die nur eine Schwelle vor Din-Mikkiths Haustür war. Yonathans Fall war nicht tief gewesen, was ihn nur wenig tröstete, angesichts des Umstandes, dass zwischen seinen baumelnden Beinen und dem Waldboden noch gut hundert Fuß Luft klafften.

Din-Mikkiths Heim war ein Baumhaus.

Yonathan gönnte sich nicht die Muße über diese architektonische Leistung zu sinnieren. Mit Mühe gelang es ihm, seine Füße auf die Stege der Strickleiter zu setzen und schließlich konnte er sich über den Rand der Plattform schieben. Auf der Türschwelle erwartete ihn Girith mit einem mahnenden Blick, der besagte, dass er das Fliegen doch besser den Vögeln überlassen sollte. Yonathan nahm diesen Vorwurf hin und dankte Yehwoh, dass der Sturz so kurz gewesen war. Hätte er die Strickleiter erst später zu fassen bekommen, wären seine geschwächten Arme wohl kaum in der Lage gewesen den tödlichen Fall in die Tiefe zu verhindern.

Auf allen vieren kroch er in das Baumhaus zurück. Erst hier fand er den Mut sich auf die zitternden Beine zu stellen, die ihn nur widerwillig zu dem kleinen Tisch neben der Feuerstelle trugen. Schwer ließ er sich in den grünen Stuhl fallen. Mit zwei Flügelschlägen schwang sich Girith auf den Tisch, sodass er Yonathan Auge in Auge gegenübersaß und krähte fröhlich: »Din-Mikkith, liebes Din-Mikkith.«

Angesichts dieser versöhnlichen Geste entgegnete Yonathan: »Und du wolltest mich warnen, Girith. Ich hätte auf dich hören sollen.«

Der Papagei krächzte zustimmend.

Yonathan streichelte Giriths roten Federschopf und bemerkte: »Ich wünschte, ich könnte dich so gut verstehen wie Din-Mikkith.«

»Din-Mikkith, liebes Din-Mikkith.«

»Ja, ja, aber *ich* heiße Yonathan. Sag doch mal ›Yonathan, lieber Yonathan‹.«

»Din-Mikkith, liebes Din-Mikkith.«

Kurz darauf hörte Yonathan die Stimmen seiner Gefährten; sie mischten sich – erst zaghaft, dann immer deutlicher – in das Gezwitscher der Vögel und das Rauschen des Windes in den Baumkronen. Dann tauchte Yomis Kopf am unteren Ende des Türausschnitts auf.

»Yonathan!«, rief er erfreut. »Du bist schon auf?«

Sich nicht ganz schlüssig, wie er auf diese Frage antworten sollte, hob Yonathan lächelnd die Schultern.

»Wie geht's dir denn?«

Da er entschieden hatte, die während seines kurzen Ausflugs gewonnenen Eindrücke möglichst für sich zu behalten, antwortete Yonathan: »Danke. Wenn ich nicht gerade laufen muss, schon ganz gut.«

In diesem Augenblick kletterte auch Din-Mikkith, beladen mit einem Netz voller Früchte und anderer Pflanzen, über den Rand der Plattform. Er *floss* geradezu auf das schmale Podest, denn sein vielgliedriger Knochenbau ermöglichte ihm unglaublich runde, gleitende Bewegungen, sodass Yonathan an überkochenden Haferschleim denken musste, nur dass Din-Mikkith entgegen allen Naturgesetzen *aufwärts* floss.

»Din-Mikkith, liebes Din-Mikkith.«

Der Angesprochene reagierte kaum auf die Begrüßung. Stattdessen setzte er das Netz auf den Boden und ließ die Blätter eines Astes, der fast ins Haus hineinreichte, zwischen den Fingern hindurchgleiten. Yonathan und Yomi schauten sich an, wagten aber nicht ihren Gastgeber zu unterbrechen. Sie spürten, dass sich hier etwas abspielte, das jenseits ihrer menschlichen Wahrnehmungen lag. Diese Empfindung wurde noch verstärkt, als Din-Mikkith sich von dem Blattwerk abwandte, mit entschlossenem Schritt in das Baumhaus trat und nicht etwa Yonathan, sondern Girith schweigend begrüßte, indem er den Kopf des Vogels mit beiden Händen umschloss und diese dann am Körper des Tieres entlangstrich, als wolle er ihm Wasser aus dem Gefieder streifen. Erst, als die Hände des Behmischs sich wieder lösten, gab Girith einen leisen, gurrenden Laut von sich.

Dann drehte sich Din-Mikkith zu Yonathan um und schaute ihm forschend ins Gesicht. Yonathan hatte das ungute Gefühl durchsichtig zu sein, sodass all seine Gedanken und Empfindungen vor diesen dunkelgrünen Augen offen lagen. Bevor das Schweigen unerträglich wurde, schüttelte Din-Mikkith den Kopf und verzog das Gesicht zu einem Lächeln.

»Du bist wirklich noch ein Kind und ein menschliches noch

dazu«, kicherte er. »Einem Behmisch wäre so etwas nicht passiert. Na, wenigstens scheinen deine Reflexe wieder in Ordnung zu sein, sonst hätten wir dich jetzt wohl aus dem Waldboden ausgraben müssen.«

Yonathan war perplex. Sein Geheimhaltungsbeschluss hatte sich damit erübrigt. »Du hast mit den Lebenden Dingen gesprochen, stimmt's?«

Der Behmisch verzog das Gesicht noch ein wenig stärker und nickte.

Dieser erste Tag außerhalb des Krankenbettes leitete für Yonathan eine Phase der Erholung ein, die gleichzeitig zu der interessantesten Zeit seines bisherigen Lebens gehörte. Er, Yomi und Din-Mikkith, drei völlig unterschiedliche Persönlichkeiten, verschmolzen in einer Freundschaft von ganz besonderer Art. Yonathan erzählte viel von sich, von Navran und von dieser abenteuerlichen Reise. Zusammen mit Yomi lernte er viel über die Behmische und die Natur, über Din-Mikkith und das Verborgene Land. Din-Mikkith zeigte sich als ein Wesen, das bisweilen kauzig und eigentümlich war, wie es auch alte Menschen gelegentlich sind; aber im tiefsten Innern besaß er ein großes Herz, das die Schöpfung und die Lebenden Dinge liebte, sie hegte und pflegte.

Obwohl Din-Mikkith seinen Gästen nur pflanzliche Mahlzeiten vorsetzte, lernten Yonathan und Yomi Speisen kennen, die nicht nur neu waren, sondern auch herrlich schmeckten. Es gab Pilze, die besser mundeten als Hammelbraten, Früchte, die unter stacheliger Schale wunderbar saftiges und süßes Fruchtfleisch verbargen, und Nüsse, die das Aroma von Zimt und den Geschmack von … er wusste nicht was, aber jedenfalls einen einzigartigen Geschmack besaßen.

Schon bald war Yonathan kräftig genug, dass er die Strickleiter benutzen konnte, die von Din-Mikkiths Behausung zum Waldboden hinabführte. In dieser Gegend des Regenwaldes befand sich ein »Hain«, den nur Riesen gepflanzt haben konnten: gewaltige Bäume, die bis zu zweihundert Fuß aus dem moosigen Waldboden in die Höhe ragten. Der Boden war fast frei von anderen, kleineren Pflanzen, als hätten zierlichere Bäumchen und Büsche zu viel Respekt vor ihren riesigen Verwandten, um sich in ihre Nähe zu wagen.

»Da oben bin ich sicher vor den meisten unfreundlichen Mitbewohnern des Waldes«, erklärte Din-Mikkith, während Yonathan mit weit im Nacken liegendem Kopf zum Baumhaus emporspähte. »Und vor allem vor dem wandernden Sumpf – sollte es sich doch einmal in dieser Gegend blicken lassen.«

Diese Äußerung rief einen Gedanken in Yonathans Sinn zurück, der ihn schon lange beschäftigte. »Kennst du das alte Gedicht, das man sich über die sieben Wächter des Verborgenen Landes erzählt?«, fragte er, ohne den Blick von Din-Mikkiths Behausung zu wenden.

»Wer kennt es nicht? Es ist fast so alt wie Neschan selbst«, antwortete der Behmisch und fuhr geheimnisvoll flüsternd fort: »Yehwoh hat diesen Fluch auf das Land gelegt, damit es nie mehr ein Ort der Verehrung Melech-Arez' und seines Baumes werden kann.«

»Du meinst den Baum Zephon?«

Din-Mikkith nickte und legte Yomi, der neben ihm stand, liebevoll die Hand auf den Arm. »Du bist zwar von ihm gezeichnet, mein Freund, aber es wird nicht ewig so bleiben. Außerhalb dieses Landes wird das Zeichen Zephons verblassen und bald wirst du wieder aussehen wie zuvor.«

»Siehst du, Yo«, sagte Yonathan, und sein großer Freund strahlte über das ganze Gesicht. »Ich hab's dir ja immer gesagt.« An Din-Mikkith gewandt, fragte er weiter: »Kennst du alle sieben Wächter des Verborgenen Landes?«

»Nicht alle«, gab dieser zu, »aber ich bin sicher, ihr seid zumindest einem von ihnen begegnet.«

»Zwei Augen, die brennen in ewigem Feuer, das kalt ist wie Eis und doch jeden verzehrt«, zitierte Yonathan.

Din-Mikkith nickte, eine eigenartig schaukelnde Bewegung des Kopfes. »Richtig. Der Feuersee, der nicht heiß ist und trotzdem alles verzehrt, das mit seiner kalten Flamme in Berührung kommt.«

»Und trotzdem konnten Yo und ich, du und auch Sethur mit seinen Männern in das Verborgene Land eindringen. Wie ist das möglich?«

»Die Frage ist klug, mein Kleines. Hätte Yehwoh jedem Wesen den Zugang verwehren wollen, so wäre die Mauer wohl wirklich undurchdringlich. Seine Absicht war es jedoch nur, keinem *Volk* mehr Gelegenheit zu geben hier ansässig zu werden, damit die alten Kulte nicht wieder aufleben konnten. Und das hat Yehwoh ja bekanntlich erreicht!«

»Ja, und sogar noch mehr«, bestätigte Yonathan. »Die Menschen haben das Verborgene Land zu einer Legende gemacht, sodass buchstäblich *niemand* mehr hierher gelangt ist.«

Din-Mikkith kicherte in sich hinein und widersprach: »Ein paar waren schon hier – soweit ich das von den Lebenden Dingen erfahren konnte.«

Yonathan und Yomi schauten sich verdutzt an. »Aber wie kommt es, dass man nie von ihnen erfuhr?«

»Die Wächter haben wohl dafür gesorgt, dass sie nicht wieder herausgekommen sind.«

Yonathan fröstelte, trotz der schwülen Wärme hier im Regenwald. »Besteht die Gefahr, dass wir den anderen Wächtern auch noch begegnen?« Er blickte sich um, konnte jedoch nichts Verdächtiges entdecken – was ihm auch verdächtig erschien.

»Das kommt darauf an, wohin ihr euch wenden wollt«, entgegnete Din-Mikkith fröhlich. »Zunächst einmal solltest du wieder richtig gesund werden, und dann … Du erinnerst dich an die Ohren in dem Gedicht?«

»*Zwei Ohren, die lauschen in verlass'nem Gemäuer, verwandeln zu Stein, wessen Drängen sie stört.* Ist es die Stelle, die du meinst?«

»Genau. Die Ohren sind zwei Türme am Ende einer schmalen Schlucht. Sie bewachen den einzigen Eingang zum Verborgenen Land, wenn man sich ihm vom Drachengebirge, also von Osten her, nähert. Ich habe es passiert, ohne dass mir etwas geschah, aber ich sah die zu Stein erstarrten Gestalten derer, die es nicht geschafft hatten.«

»Wie kommt es, dass dich die Türme so einfach vorbeigelassen haben?«, fragte Yonathan beklommen und doch neugierig.

»Vielleicht hat der Wächter gerade ein Schläfchen gehalten«, erwiderte Din-Mikkith. Etwas ernster fügte er hinzu: »Nein, Yehwohs Fluch schläft nie. Ich kann wirklich nicht sagen, warum mich die Türme vorbeiließen – vielleicht, weil ich nichts Böses im Sinn hatte, schon gar nicht, was das Wiedereinführen der alten Kulte betraf.«

Bei diesen Worten fiel Yonathan wieder ein, weswegen er überhaupt in diesen ganzen Schlamassel geraten war. Er hatte einen Auftrag erhalten, einen wichtigen Auftrag, eine Aufgabe, die zu vereiteln sich mächtige Feinde gegen ihn verschworen hatten. Zwar war es Sethur nicht gelungen ihn auf Dauer in seine Gewalt zu bringen. Aber was machte das schon? Yonathan hatte es schließlich dem Heerobersten Bar-Hazzats zu verdanken, dass er am Ewigen Wehr beinahe ertrunken war; und auch, wenn ihn Yomi vor diesem Schicksal gerettet hatte, so doch nur, um in ein anderes Gefängnis verschlagen zu werden: das Verborgene Land. Tiefe Unruhe ergriff ihn. Wenn es ihm nicht gelänge die Wächter dieses von Bergen umschlossenen Gartens ein weiteres Mal gnädig zu stimmen, dann hätte Bar-Hazzat doch gesiegt – der Stab Haschevet bliebe auf ewig verschollen, der siebente Richter würde nie erscheinen und ganz Neschan würde in Finsternis und Hoffnungslosigkeit versinken.

Yonathan atmete tief ein, um die Fesseln zu sprengen, die sein Herz einzuengen schienen. All das *musste* verhindert werden! Vielleicht konnte Din-Mikkith ihm helfen. »Kennst du einen sicheren Weg aus dem Verborgenen Land heraus? Ich muss Goel unbedingt den Stab Haschevet übergeben, damit der neue Richter sein Amt antreten kann. Sonst ist alles verloren.«

»Ich kenne ein Weg. Doch es ist schwer und gefährlich. Ihr Menschen seid immer so ungeduldig. Komme erst einmal zu Kräften. Dann können wir darüber sprechen.«

Yonathan akzeptierte diesen Vorschlag nur widerwillig. Doch er sah ein, dass Din-Mikkith Recht hatte. Selbst wenn er den Weg aus dem Verborgenen Land bewältigen würde, wäre der

Garten der Weisheit noch lange nicht erreicht. Seine Reise hatte eigentlich erst begonnen und er benötigte viel Kraft, um sie auch zu Ende zu bringen.

Yonathan erholte sich zusehends. Aber ihn beschäftigte immer noch die Frage, ob seine Handlungsweise im Lager Sethurs mit der Gabe der vollkommenen Liebe, die Benel an ihm entdeckt haben wollte, vereinbar war.

Eines frühen Morgens – Yomi schlief noch – scheuchte ihn Din-Mikkith aus seinen trüben Gedanken auf und nahm ihn mit auf einen Streifzug durch den Wald. Am Rande eines Wasserlaufes bat Din-Mikkith seinen jungen Begleiter still zu sein. Zuerst konnte Yonathan nicht erkennen warum, aber der Behmisch zog ihn am Arm zu einer Blume von seltener Schönheit. Sie war zartrot und über und über mit gelben Flecken bedeckt.

»Was ist mit der Pflanze?«, wollte Yonathan wissen. »Ist sie geräuschempfindlich?«

Din-Mikkith kicherte. »Nein, das nicht gerade. Aber schau doch mal genau hin.«

Yonathan näherte sich vorsichtig der Blume und sah voller Staunen einen fliegenden Smaragd, der auf ihrem Rand herumturnte – so jedenfalls sahen die Anstrengungen des kleinen Insekts aus, das sich emsig der wunderschönen Blume widmete.

»Ich habe so ein Tier noch nie gesehen«, flüsterte Yonathan. »Es sieht aus wie eine Biene.«

»Da liegst du gar nicht so schlecht, mein Kleines. Ihr nennt es ›Prachtbiene‹, glaube ich. Ich nenne es ›Virikith‹. In eurer Sprache bedeutet das ›Fliegender Smaragd‹.«

»So hätte ich es auch genannt«, rief Yonathan erstaunt – und lauter, als er gewollt hatte. Erschrocken schaute er zu der Prachtbiene, die jedoch viel zu beschäftigt war, um sich ablenken zu lassen. Mit gesenkter Stimme fuhr er fort: »Du sagtest neulich, dass ich auch vielleicht die Gabe hätte mit den Lebenden Dingen zu ›sprechen‹. Kann es sein, dass sie einem ihren Namen verraten?«

Din-Mikkith lächelte wie ein Lehrer, der gerade eine kluge Äußerung seines Schülers vernommen hatte. »Das ist gar nicht so falsch, mein Kleines. Nur sind die Lebenden Dinge – von Behmischen, Menschen und einigen anderen Wesen einmal abgesehen – nicht in der Lage sich selber Namen zu geben und sich auch noch vorzustellen.« Der Behmisch genoss amüsiert diese Vorstellung und lachte leise vor sich hin, zu Yonathans Befremden. »Aber wenn du die ›Sprache‹ der Lebenden Dinge verstehst, dann kannst du ihr wahres Wesen erkennen, das durch einen bestimmten Namen zum Ausdruck kommt. Und diesen Namen gibst du dann dem Ding.« Er schaute Yonathan einen Augenblick lang schweigend an. »Wir beide haben diesem Tier den gleichen Namen gegeben, weil wir finden, dass er sein wahres Wesen widerspiegelt.«

Die Vorstellung, den wirklichen Charakter eines Geschöpfes erkennen zu können, faszinierte und verunsicherte Yonathan. Angewandt auf Pflanzen und Tiere war dies sicherlich recht reizvoll. Doch was die persönlichen Angelegenheiten von Menschen und anderen vernunftbegabten Wesen Neschans betraf, hatte er gelernt höflich und zurückhaltend zu sein und sich nicht einzumischen. Irgendwie empfand er das Durchschauen einer Maske, hinter der sich jemand versteckte, als Einmischung. Nicht jeder hatte niedere Beweggründe, wenn er sein wahres Ich verbarg. Manchen plagten Kummer oder Sorgen und er wollte seine Mitmenschen damit nicht belasten. Die durch das *Koach* bewirkte Fähigkeit, Empfindungen und Absichten anderer Wesen zu erkennen, machte vor solchen Mauern der Täuschung nicht Halt. Es drang hindurch, als bestünden sie aus Glas. Allerdings war sich Yonathan nicht sicher, ob er diese Fähigkeit jemals würde kontrollieren können. Manchmal signalisierte sie ihm Eindrücke, ohne dass er es wollte, wie Ohren, die auch dann noch hörten, wenn man sie sich zuhielt. Hatte Din-Mikkith ihn hierher geführt, um ihm zu zeigen, dass auch er mit den Lebenden Dingen »sprechen« konnte?

Gerade wollte die Prachtbiene sich in die Luft schwingen, da rutschte sie auf den glatten Wänden des Blütenkelches aus und purzelte hinein. Ein aufgeregtes Summen ertönte aus dem Inneren und Yonathan befürchtete Schlimmes.

»Das ist doch keine Fleisch fressende Pflanze?«, fragte er.

Din-Mikkith kicherte wieder. »Warte nur ein wenig, dann wirst du Virikith wieder sehen.«

Lange Zeit war von dem grünen Insekt nichts zu sehen. Nur das Summen und das Schaukeln des Blütenkelches deuteten darauf hin, dass die Prachtbiene dort drinnen zumindest noch am Leben war.

»Was macht sie denn so lange?«, fragte Yonathan ungeduldig.

»Es sammelt Parfüm, für seine Braut.«

»Parfüm?«, wiederholte Yonathan. »Ich habe bis jetzt noch nie davon gehört, dass Bienen außer Honig auch Parfüm sammeln.«

Nach einer Weile unternahm er einen erneuten Vorstoß. »Du hast mich doch sicher nicht hierher geführt, um mir eine Biene zu zeigen, die in einer Blume verschwindet, oder?«

»Natürlich nicht. Ich habe schon befürchtet, du würdest nie danach fragen.« Din-Mikkith blickte ihn aus listigen, grünen Augen an. »Ist dir nichts aufgefallen, als das Tier auf dem Rand der Blüte herumkrabbelte?«

Yonathan dachte einen Moment nach. »Doch!«, rief er aufgeregt und schaute zur Blume, die noch immer heftig hin und her schaukelte. »Natürlich! Sie ist nicht fortgeflogen, obwohl wir uns laut unterhalten haben. Sie hatte offenbar keine Angst vor uns. Oder ist sie zahm?«

»Nun, die Wahrheit liegt dazwischen. Sobald Virikith den Duft dieser Blume wahrnimmt, vergisst sie alles um sich herum. Sie ist dann völlig wehrlos. Jeder Feind – selbst ein Faultier – könnte sie jetzt greifen. Sie würde nicht wegfliegen.« Din-Mikkith schaute Yonathan ernst ins Gesicht. »Bei allem, was du tust, tue es nie wie Virikith.«

»Wie meinst du das?«

»Mir ist aufgefallen, dass dich etwas sehr beschäftigt, schon seit längerem.«

Yonathan schluckte. Vor diesem Behmisch schien man wirklich nichts verbergen zu können.

»Hat es mit dem Tod von Sethurs Hauptmann zu tun?«

»Woher weißt du das alles so genau?«, rief Yonathan erstaunt.

Din-Mikkith ließ sein raschelndes Kichern vernehmen. »Von

eurer Flucht hast du meinem Ohr erzählt; dass dich etwas bedrückt, meinem Auge; dass beides zusammengehört, meinem Verstand.«

»War das so leicht zu erkennen?«

Din-Mikkiths Schultern hoben und senkten sich wellenförmig. »Es mögen schon ein- oder zweihundert Jahre Übung dazugehören«, erwiderte er gleichmütig. »Hast du zum ersten Mal miterlebt, wie ein Mensch zu Tode kam?«

»Nein. Ich habe mal gesehen, wie einer aufgehängt wurde, bei uns zu Hause, in Kitvar. Er hatte seinen Knecht erschlagen – angeblich, weil er faul war.«

»Bedenke, Yonathan, dieser Mann, der durch dich oder vielmehr durch Haschevets Macht das Leben verloren hat, war ein Hauptmann Sethurs. Zu einem solchen Rang kommt man nicht, wenn man nur *ein* Menschenleben auf dem Gewissen hat.«

»Ich weiß, Din-Mikkith. Sethur sprach ja selbst davon, dass es für Gavroq und seine Männer ein Spiel wäre Menschen zu Tode zu quälen. Bestimmt hatte er den Tod verdient. Aber trotzdem …«

»Trotzdem, was?«

Yonathan musste sich überwinden, um seine innersten Gefühle vor dem Behmisch auszubreiten. Aber als er erst einmal begonnen hatte, fiel ihm das Sprechen immer leichter. »Als ich in Kitvar den Auftrag bekam, mit Haschevet die Reise zum Garten der Weisheit zu unternehmen, sagte man mir, ich dürfe das Böse nie mit dem Bösen selbst bekämpfen, nur das Gute könne das Böse besiegen. Außerdem wurde mir gesagt, dass ich diesen Auftrag erhalten habe, weil ich zu vollkommener Liebe fähig sei. Nun sage mir, Din«, Tränen traten in Yonathans Augen, »war das, was ich getan habe, ein Ausdruck der Liebe? Ich glaube, ich habe wirklich Hass empfunden, als ich erfuhr, was Sethur und seine Leute Yomi antun wollten!« Er schüttelte verzweifelt den Kopf. »Als ich auf diese Reise geschickt wurde, sagte man mir, die vollkommene Liebe sei ein Licht, das von keiner Finsternis verschlungen werden kann, aber ich fürchte, mein Handeln hatte mit dem Licht der Sonne nichts zu tun, Din. Es war eher die Dunkelheit der Nacht, die mich vorwärts trieb.« Entmutigt ließ er den Kopf sinken. »Irgendwie habe ich Zweifel daran, dass ich der Richtige für diesen schweren Auftrag bin. Ich *möchte* zwar mein Bestes geben, aber ich fürchte, dass es nicht ausreichen wird.«

Während er so dasaß, mit hängendem Kopf und niedergeschlagen wegen seiner Unzulänglichkeit – aber auch erleichtert seine Selbstzweifel endlich jemandem mitteilen zu können –, spürte er die Hand des Behmischs auf seiner Schulter.

»Siehst du, Yonathan, und deshalb habe ich dich hierher mitgenommen.«

Yonathan hob verwundert den Kopf und wischte sich mit dem Handrücken über die Augen. »Das verstehe ich nicht.«

Din-Mikkith zeigte sein fremdartiges Lächeln und erklärte: »Dieses Tier denkt nur an das Parfüm. Es vergisst alles um sich herum, selbst so Wichtiges wie den Feind, der es im nächsten Augenblick fressen könnte. Mit dir ist es ähnlich, Yonathan: Dein Denken, Liebe und Hass seien einander so fremd wie Tag und Nacht, hat deinen Sinn so sehr benebelt, dass du das Offensichtliche nicht bemerkt hast. Liebe und Hass sind wie Tag und Nacht, ja, aber dazwischen liegt Dämmerung. Liebe und Hass sind wie Sonne und Mond, sicher, aber manchmal teilen sie sich für kurze Zeit den Himmel.«

»Du meinst, dass Liebe und Hass nebeneinander Platz haben können? Wie kann das sein?«

»Dein Problem ist, dass du deinen Hass immer mit Personen verbunden hast. Aber waren es wirklich die Menschen, die dieses Gefühl in dir weckten?«

Langsam begann Yonathan zu begreifen. »Nein, eigentlich waren es ihre Handlungen, das, was sie getan haben.«

Din-Mikkith nickte. »Siehst du. Es kommt darauf an, *was* man hasst und nicht *wen*. Jedes Geschöpf kann sich noch dem Guten zuwenden – es vorschnell zu verurteilen, wäre kein Zeichen von Liebe. Aber böses Denken und Handeln schaffen Leid und man kann es nie mehr ungeschehen machen. Dieses zu hassen ist ein Gebot der Liebe!«

Din-Mikkiths Worte waren Balsam für Yonathans wundes

Innenleben, und wie heilsames Öl langsam über eine Wunde fließt, klangen sie noch lange in seinem Geist nach. »Ich glaube, ich verstehe, was du meinst, Din«, sagte er schließlich. »Und ich bin dir sehr dankbar, dass du mir etwas über die Prachtbienen beigebracht hast.«

Din-Mikkith lachte und es hörte sich an wie eine Herbstbrise in einem Haufen Laub. »Mir scheint, dir geht es wirklich schon besser – du machst schon wieder Scherze. Bewahre stets deinen gesunden Sinn. Sei beharrlich, aber nie maßlos. Handle konsequent, aber nie extrem. Nimm auf andere Rücksicht, aber sei wachsam und lass dich nicht von deinem Vorhaben abbringen.«

Yonathan ließ diese Worte tief in sein Bewusstsein hinabsinken, bis sie dort schließlich auf eine Erinnerung trafen, auf etwas, das keinen weiteren Aufschub duldete. Er bemerkte kaum, wie sich die Prachtbiene mühsam ins Freie zwängte und mit Pollen beladen davonflog. Der Fliegende Smaragd sorgte für die Befruchtung dieser prachtvollen Blumen. Aber auch Yonathan hatte einen Auftrag zu erfüllen.

»Din«, sagte er eindringlich, »wann, glaubst du, bin ich wieder ganz gesund? Ich muss meine Reise fortsetzen!«

Der Behmisch legte die Hand auf Yonathans Schulter. »Bald, Kleines. Habe noch ein wenig Geduld und nutze die Zeit, um zu lernen.«

Yonathan nutzte die Zeit. Er lernte viel von Din-Mikkith. Und er fühlte sich wohl, so wohl, dass er die Zeit fast völlig vergaß. Schuld daran waren nicht nur die aufregenden Streifzüge, die er mit Din-Mikkith und Yomi im Regenwald unternahm, sondern auch eine neue Bekanntschaft, die er machte.

Yonathan saß mit dem Rücken am Stamm des gewaltigen Baumes, der Din-Mikkiths Haus beherbergte. Seit dem letzten Regenschauer waren bereits einige Stunden vergangen und der Waldboden war trocken genug, um es sich darauf bequem zu machen. Yonathan sammelte Kraft, wenn man so sein untätiges Dösen bezeichnen wollte, als er plötzlich in den Ästen über sich ein lautes Rascheln vernahm. Träge öffnete er ein Auge und registrierte gerade noch, wie ihm etwas Dunkles in den Schoß fiel. Schnell öffnete sich auch sein zweites Auge.

In seinem Schoß saß ein kleines, mit rotbraunem, flauschigen Fell bedecktes Tier, das ihn aus großen, dunklen Augen anstarrte. In dem Blick des kleinen Flauschwesens lag eine Mischung aus Verwunderung, großer Wachsamkeit und noch größerer Neugier. Yonathan konnte nicht halb so verwundert, wachsam und neugierig dreinschauen.

Da der vom Himmel gefallene Gast sich nicht vorgestellt hatte, übernahm dies Yonathan. »Guten Morgen, du kleiner Kerl. Ich bin Yonathan und wer bist du?«

Obwohl er äußerst freundlich und nicht zu laut sprach, zuckte das Wollknäuel zusammen, kullerte tollpatschig rückwärts auf den moosigen Waldboden und sorgte blitzartig für einen Sicherheitsabstand zwischen sich und Yonathan. Erst in dieser Entfernung getraute es sich kehrtzumachen und neugierig das große, sprechende Wesen zu beäugen.

Dieses erwiderte den forschenden Blick schweigend, um das kleine, neugierige Wesen nicht vollends zu verscheuchen. Noch nie hatte Yonathan ein solches Tier gesehen. Aber was bedeutete das schon, hatte er in den letzten Wochen doch bereits so viele neue Erfahrungen gemacht? Das kleine Geschöpf war nicht größer als eine Faust und trug einen pelzigen, schwarz-rotbraun geringelten Schwanz – länger als das Tier selbst – mit einer schwarzen Quaste an seinem Ende. Der Kopf des kleinen Tieres war fast so groß wie der Körper, hatte eine spitze, schmale Schnauze, ein winziges Maul und einen weißgrauen Schnurrbart wie eine Katze.

Da diese pelzige Doppelkugel sich an ihm offensichtlich nicht satt sehen konnte, beschloss Yonathan einen neuen Vorstoß zu wagen. Vorsichtig, jede hastige Bewegung vermeidend, kramte er in seiner Hosentasche nach den Überresten der süßen Nüsse, die Din-Mikkith ihm am Vortage gegeben hatte. Er zog einige zerbröckelte Nussreste hervor, pickte ein größeres Stückchen heraus und schob seine Hand langsam in Richtung des Tierchens. Das beobachtete die ganze Aktion mit Misstrauen, und bei dem Versuch, die sich nähernde Hand mit den Augen zu verfolgen, kippte es um. Mit linkischen Bewegungen setzte es sich wieder auf die Hinterbeine, um seine Beobachtungen fortzusetzen.

Später fragte sich Yonathan, ob dieses Vorgehen wohl von seinem Einfühlungsvermögen bestimmt war. Jedenfalls hatte er mit dem Angebot der Nussstückchen an zwei der größten Schwächen dieser Tierart appelliert: an die Naschsucht und an die Neugierde.

Sobald Yonathans Hand die Leckerbissen wie auf einem Tablett präsentierte, ging ein aufgeregtes Zucken durch den kleinen Körper, begleitet von nervösem Zittern der Barthaare. Zwei, drei Schrittchen wagte sich das flauschige Wesen vor, hielt kurz inne – wahrscheinlich, um noch einmal die Risiken abzuwägen – und huschte dann flink, alle Bedenken von sich werfend, zu Yonathans Hand, um hastig nach dem Nussstückchen zu greifen und sogleich wieder den alten Sicherheitsabstand herzustellen.

»Wie es scheint, bist du eine kleine Naschkatze, was?« Yonathan sprach leise und sanft, um das putzige Leckermaul nicht zu verschrecken. Doch das war gar nicht mehr notwendig. Abwechselnd an dem Nussstückchen knabbernd und mit schräg gelegtem Köpfchen Yonathan beobachtend, dachte das Tier anscheinend nicht mehr an einen Aufbruch.

Beim nächsten Mal hielt sich das kleine Wesen nicht lange mit dem Abholen der Süßigkeit auf. Sofort stand es neben Yonathan, griff mit seinem feingliedrigen Händchen nach dem Leckerbissen und ließ sich viel Zeit dabei, watschelnd gerade noch die Hälfte der ursprünglichen Sicherheitsdistanz herzustellen.

»Vielleicht habe ich mich geirrt und du bist eher eine große Naschkatze«, sagte Yonathan vergnügt.

Nach und nach verputzte das kleine Pelztier die gesamten Nussvorräte und wurde dabei immer zutraulicher, bis es schließlich satt und zufrieden auf Yonathans ausgestreckten Beinen lag und ein Verdauungsschläfchen hielt.

»Na, da habe ich mir ja was eingehandelt!«, murmelte Yonathan vor sich hin.

Wenig später ertönte Yomis Stimme vom Baumhaus herab.

Das Essen sei fertig, es gäbe etwas »ungeheuer Leckeres«, deutete er an.

»Ich muss jetzt da hoch«, erklärte Yonathan dem pelzigen Tollpatsch, der ihn aus verschlafenen Augen musterte. »Tut mir Leid«, sagte er und setzte den Kleinen sanft auf dem Waldboden ab. »Din-Mikkith ist immer sehr ungehalten, wenn man zu spät zu seinen Mahlzeiten erscheint. Mach's gut Kleiner, vielleicht sehen wir uns ja mal wieder.«

Der Tollpatsch dachte gar nicht daran, sich von Yonathan zu trennen. Mit einer großer Behändigkeit kletterte das Tierchen an Yonathans Hosenbein empor und verschwand zwischen den Falten seines weiten Hemdes und der verborgenen Tasche, in der sich der Brief von Navran Yaschmon an den cedanischen Händler befand. Yonathan zuckte resigniert die Achseln. »Also gut, schließlich ist es ja völlig egal, ob wir uns jetzt oder ein wenig später Lebewohl sagen.«

Din-Mikkiths starrer Blick schien Yonathan durchbohren zu wollen. Der ahnte, was das bedeutete. Die dunkelgrünen Augen des Behmischs konnten bis ins Mark seiner Knochen dringen und nichts konnte man vor ihnen verbergen.

Schon im nächsten Augenblick wurde der Ausdruck in Din-Mikkiths Augen weicher und er lächelte amüsiert. »Darf ich es sehen?«, fragte er.

Yonathan versuchte erst gar nicht sich dumm zu stellen und so zu tun, als wüsste er nicht, wovon sein grüner Gastgeber sprach. Er lichtete die Falten seines Hemdes und sagte: »Meinetwegen schon, aber ich weiß nicht, ob *es* damit auch einverstanden ist.«

Es hatte keine Einwände. Selig döste es an Yonathans Brust.

Din-Mikkith hob das Tierchen mit beiden Händen empor und hielt es sich vor das Gesicht. Yonathan wusste, dass der Behmisch wieder seine Fähigkeit einsetzte, mit den Lebenden Dingen zu »sprechen«. »Ich fürchte, das wirst du nicht mehr los«, erklärte er, als er ihm das Pelzbündel wieder zurückreichte.

»Meinst du?«

»Das meine ich«, bestätigte Din-Mikkith. »Es ist ein Masch-Masch; ein noch ziemlich junges – selbst nach euren Maßstäben.«

»Ein Masch-Masch? Das habe ich noch nie gehört.«

»Es gibt nicht viele davon außerhalb des Verborgenen Landes. Masch-Maschs sind verspielte Gesellen, sehr zutraulich und stets für ein Nascherei empfänglich.«

»Das habe ich gemerkt!«

»Ich weiß. Die Nüsse.«

»Allerdings«, warf Yonathan ein, »so zutraulich kam mir der Kleine anfangs gar nicht vor.«

»Das stimmt. Es hat seine Eltern verloren. Ein großer, schwarzer Vogel hat sie getötet. Nur das Kleine da konnte entkommen.« Din-Mikkith sah nachdenklich aus.

»Was geht dir durch den Kopf, Din?«

Din-Mikkith lächelte wieder. »Ach, nichts. Es hat bestimmt nichts zu bedeuten. Ich dachte nur … mir kam dieses Bild des Vogels irgendwie bekannt vor. Aber das ist ja gerade das Problem mit den Lebenden Dingen. Sie drücken sich nie so klar aus. Vieles muss man sich einfach denken.«

Yonathan streichelte das pelzige Waisenkind voller Zuneigung. »Meinst du, Din, ich kann ihn wirklich behalten?«

»Es wird dir wohl gar nichts anderes übrig bleiben. Du solltest dir einen Namen für das Kleine ausdenken.«

Yonathan musste nicht lange nachdenken. »Was bedeutet Tollpatsch in deiner Sprache?«

Din-Mikkith kicherte in sich hinein. »Ein wirklich guter Name!«, pflichtete er Yonathan bei. »Ein Tollpatsch heißt bei uns ›Gurgi‹.«

»Gurgi«, ließ Yonathan das Wort langsam auf der Zunge zergehen. »Ja«, meinte er schließlich. »Das ist ein guter Name!« Lächelnd fügte er hinzu: »Jedenfalls ein sehr lustiger.«

»Ach, übrigens … dein Gurgi ist ein Mädchen.«

Yonathan schaute die Kleine misstrauisch an. Das war ihm irgendwie entgangen. Aber dann grinste er wieder. »Ich glaube, in deiner Sprache macht das gar nicht so viel aus, ob Gurgi nun ein Junge oder ein Mädchen ist, stimmt's?«

»Stimmt«, quittierte Din-Mikkith. »Aus dir wird noch mal ein richtiges Behmisch.«

Das neue Mitglied der kleinen Gemeinschaft erwies sich tatsächlich als ein würdiger Vertreter seiner Gattung. Wo immer möglich, versuchte Gurgi Leckerbissen zu erhaschen, die – gemessen an seiner Körpergröße – in schier unerschöpflichen Mengen in dem kleinen Leib verschwanden. Tagsüber nutzte der Masch-Masch die Pausen zwischen den Raubzügen durch ausgiebige Verdauungsschläfchen. Besonders nachts, wenn Yonathan schlafen wollte, wurde Gurgi aktiv. Din-Mikkith hatte es anscheinend nicht für so wichtig gehalten zu erwähnen, dass Masch-Maschs Nachttiere sind. Schließlich schien er selbst nie zu schlafen – jedenfalls hatte Yonathan ihn noch nie dabei beobachtet.

Obwohl Gurgi sich überwiegend von pflanzlichen Leckerbissen ernährte, verschmähte sie auch ab und zu eine fette Motte nicht. Din-Mikkith mochte das nicht besonders. Nicht, weil er eine Zuneigung für Motten empfand, sondern weil die Motten nach Sonnenuntergang mit besonderer Vorliebe die kleine Öllampe umschwirrten, die die Hütte beleuchtete. Ein tollpatschig umherspringendes Pelzbällchen wie Gurgi war nicht eben das, was er sich neben der offenen Flamme in seinem Haus wünschte. Schließlich stellte der Behmisch seine Öllampe in die Asche der Kochstelle, dem einzig feuersicheren Ort im ganzen Baumhaus.

Die Tage vergingen, ohne dass Yonathan es bemerkte. Die neuen Erfahrungen, die Din-Mikkith ihm vermittelte, die Lebendigkeit Gurgis, die gelegentlichen Eifersuchtsszenen Giriths, dem es gar nicht passte seine Streicheleinheiten teilen zu müssen: All das ließ Yonathan die Zeit vergessen. Seine Freunde drängten ihn zu nichts, grenzte es doch an ein Wunder, dass er überhaupt den Grünen Nebel klaren Verstandes überlebt hatte. Yonathan sollte gesund werden, das wünschten sie ihm.

So verstrich Tag um Tag und er vergaß fast völlig, warum er eigentlich an diesen Ort gekommen war. Er hatte das Gefühl schon immer hier gelebt zu haben. Und er wünschte sich für immer in diesem friedlichen Land bleiben zu dürfen.

XII.
Traum oder Wirklichkeit?

Ein falscher Hund

Beim Frühstück war Jonathans Laune nicht die beste. Das hatte nur zum Teil damit zu tun, dass sich sein Großvater vor einer halben Stunde mit einem Gesicht wie sieben Tage Regenwetter hinter seiner Morgenzeitung vergraben und seitdem nur wenige, unverständliche Laute von sich gegeben hatte. Auch, dass der Yonathan aus seinen Träumen zurückgekehrt war, war nicht der eigentliche Grund für seine Unzufriedenheit, obgleich doch dadurch die Hoffnung, dass er seine körperliche Behinderung besiegt habe, wie Seifenblasen zerplatzt war.

Nein, der Grund für seine Stimmung war ein ganz anderer: Er ärgerte sich über Yonathan, seinen Traumbruder. Hatte dieser doch anscheinend seinen Auftrag vergessen! Sicherlich, zweimal hatte er von diesem Auftrag gesprochen, sich seiner erinnert. Doch jedes Mal hatte Din-Mikkith ihn gebremst und ihm gesagt, er müsse erst gesund werden, erst wieder zu Kräften kommen.

Aber jetzt war er doch wieder bei Kräften!

Warum tat er dann nichts?

Jonathan musste etwas tun! Aber er wusste nicht was. Es war kein Problem für ihn, am Abend einzuschlafen und seinen Traum dort fortzusetzen, wo er ihn am Vorabend unterbrochen hatte. Aber seinen Träumen einen anderen Verlauf zu geben – das hatte Jonathan noch nie versucht.

Ein ärgerlicher Seufzer entfuhr ihm. Die Zeitung auf der anderen Seite des Tisches raschelte kurz und nichts und niemand schien von seiner Stimmung Kenntnis zu nehmen. Was hatte es auch für einen Sinn, einen Traum beeinflussen zu wollen? Träume sind Träume, die Wirklichkeit ist das, was zählt. Ja, das klang vernünftig!

Aber es half trotzdem nichts.

All die klugen Argumente, die Jonathan sich einzureden versuchte, drangen nicht zu seinem Herzen vor, das sich weigerte sich von seinem Verstand etwas weismachen zu lassen.

Also gut, sagte er sich. Es muss einen Weg geben. Ob Traum oder nicht, der Auftrag ist zu wichtig.

Mit diesem Vorsatz im Sinn wandte er sich wieder den nahe liegenden Dingen zu. Der Großvater hinter seiner Zeitung brummte etwas vor sich hin, von dem Jonathan nur Bruchstücke mitbekam – es ging um die Besetzung des deutschen Ruhrgebiets durch die Franzosen und darüber, dass man sich lieber um die Probleme im eigenen Land kümmern solle, ansonsten würden die Konservativen bei der nächsten Wahl schon merken, wie der britische Bürger darüber dächte. Jonathan fasste sich ein Herz und unterbrach das Gemurmel von gegenüber: »Warum hast du heute eigentlich so üble Laune, Großvater?«

Einen Augenblick herrschte Schweigen hinter der Zeitung – offensichtlich hatte Jonathan einen wunden Punkt angesprochen. Dann folgte unverständliches Gebrumme und Geraschel.

»Wie bitte?«

»Ich sagte, ich habe heute Morgen einen Termin mit einem unserer Schafhirten – eine unangenehme Sache.« Der Tonfall des Großvaters hatte eine Tendenz ins Aggressive.

»Ich hab mich ja nur gewundert …«, beschwichtigte Jonathan. Nach einer Weile siegte jedoch die Neugier. »Welcher Hirte ist es denn?«

»Theodor Galloway.«

»Hat er etwas angestellt?«

»Ja!«

»Was denn?«

Erneute Stille – wie vor einem Gewitter. Langsam senkte sich die Zeitung auf den Frühstückstisch nieder und tauchte mit einem Zipfel in die Marmelade. Das Gesicht des Großvaters zeigte Ärger, Mißmut und Groll.

»Du kannst ja erst mal deine Zeitung zu Ende lesen und es mir nachher erzählen«, beschwichtigte Jonathan.

Zu seinem Erstaunen entspannte sich das Gesicht des alten Lords ein wenig und er erklärte: »Eigentlich wollte ich dich nicht damit belasten, aber vielleicht ist es besser so. Schließlich wirst du einmal der Herr auf *Jabbok House* sein. In dieser Eigenschaft hat man manchmal mehr Pflichten als Rechte.«

Jonathan hörte aufmerksam zu.

»Theodor hat gestohlen – drei Schafe.«

»Der alte Theo soll gestohlen haben?« Jonathan war wie vor den Kopf gestoßen. »Das kann ich einfach nicht glauben!« Er kannte den Oberhirten seines Großvaters. Nicht selten hatte Theodor Galloway ihn besucht, wenn er sich zur Berichterstattung auf *Jabbok House* aufhielt, und oft hatten sie beide im Garten gesessen, während der Hirte immer neue Geschichten zu erzählen wusste. Theodor war mit einer jüngeren Frau verheiratet und hatte selbst Kinder: Thomas, einen Jungen im Alter Jonathans, und Jenny, eine vierjährige Tochter. Die Familie des Hirten lebte in einer kleinen Kate, etwa zwei Meilen von *Jabbok House* entfernt.

»Ich fürchte«, erklärte Lord Jabbok, während er gedankenverloren auf das sich mit Marmelade voll saugende Zeitungsblatt starrte, »es ist aber so. Ronald, einer der anderen Hirten, sagt, er habe Theodor dabei beobachtet, wie er die Schafe verkaufte. Gestern Abend war ich mit dem Verwalter draußen bei Theodors Herde … Es fehlen wirklich drei Tiere. Und das Schlimmste ist: Theodor stellt sich stur. Er weigert sich auch nur eine Erklärung abzugeben.«

Jonathan schüttelte zweifelnd den Kopf. »Ich kann es trotzdem nicht glauben.«

»Mir will es auch nicht in den Sinn. Theo ist einer meiner besten Männer. Er war immer ehrlich und gewissenhaft. Deshalb habe ich ihn ja auch nicht sofort davongejagt, sondern ihn für heute Morgen hierher bestellt.«

»Darf ich dabei sein, wenn du mit Theo sprichst?«

Der alte Lord zögerte. Jonathans Idee schmeckte ihm gar nicht. Schließlich willigte er aber doch ein.

»Und du bist ganz sicher, Ron, dass es Theodor war, den du die drei Schafe hast verkaufen sehen und dass es meine Schafe waren?«, fragte Lord Jabbok in ernstem Ton den Schäfer Ronald McGuire.

»Da besteht überhaupt kein Zweifel, Mylord«, beteuerte Ronald großspurig. »Es war schließlich helllichter Tag und die Schafe hatten Euer Lordschaft Farbzeichen.«

Jonathan saß schweigend in seinem Rollstuhl und verfolgte gespannt das Geschehen. Neben ihm und seinem Großvater waren Theodor Galloway, Ronald McGuire, der Verwalter Robert Marcus und Alfred, der Butler, in der Bibliothek zusammengekommen.

»Theodor!« Lord Jabbok drang beschwörend in den alten Mann. »Du weißt etwas von der Sache. Das spüre ich in meiner alten Narbe, die ich aus dem Burenkrieg mit nach Hause gebracht habe. Und die irrt sich nie! Also sag es zum …!« Mit einem Seitenblick auf seinen lauschenden Enkel verkniff er sich einen kräftigen Fluch. Stattdessen flehte er geradezu: »Wenn du weiter schweigst, dann muss ich mir mein Urteil anhand der vorliegenden Aussagen und Fakten bilden. Und das kann nur bedeuten, dass du Arbeit und Haus verlierst.«

»*Und* bei der Polizei angezeigt wirst *und* den ganzen Schaden wirst bezahlen müssen«, geiferte Ronald.

»Schweig still!«, donnerte der alte Lord den Hirten an. »Bin ich der Herr auf *Jabbok House* oder bist du es?«

Der so Angefahrene konnte trotzdem den Mund nicht halten. »Es ist Eure Entscheidung, Mylord, einzig und allein Eure Entscheidung.« Mit hasserfülltem Blick und mit dem ausgestreckten Zeigefinger unaufhörlich in Theodors Richtung stoßend hetzte er weiter: »Aber bedenkt: Er ist ein Dieb. Und wenn seine Missetat nicht gebührend bestraft wird, dann könnten auch andere …«

»Schweig! habe ich gesagt und ich werde mich kein drittes Mal wiederholen. Noch ein Wort und du wirst in Zukunft nur noch die geschorene Wolle waschen – so lange, bis deine Finger so aufgeschwemmt sind wie Brot in der Milch.«

Das wirkte. Ronald presste die Lippen zusammen. Aus seinen Augen sprach jedoch der stille Klageruf: Bin ich hier der Beschuldigte oder ist es Euer Oberhirte?

»Nun?«, wandte sich Lord Jabbok wieder an Theodor.

Der schaute zu Boden, sagte jedoch kein Wort.

Jonathan, dessen Gehirn in den letzten Minuten fieberhaft tätig gewesen war, hatte einen Einfall. Eigentlich war es mehr eine Erinnerung. Er näherte sich auf leisen Rädern seinem Großvater am Schreibtisch.

Der atmete gerade tief ein und seufzte: »Also gut … besser gesagt: schlecht. Dann werde ich wohl oder übel …« Er hielt inne, weil ihn Jonathan an seinem Tweedjacket zupfte. »Jonathan, jetzt ist wirklich nicht die richtige Zeit dafür«, tadelte er seinen Enkel.

»Aber ich muss dir etwas sagen«, flüsterte Jonathan so leise er konnte.

»Geht das nicht später?«

»Nein. Es geht nur *jetzt!*«

Die Männer im Raum schauten sich fragend an. Sie wunderten sich sehr, als Lord Jabbok nach kurzem Zögern erklärte: »Darf ich euch alle bitten, für einen Moment die Bibliothek zu verlassen.«

Leise vor sich hin brummelnd folgten die Männer der Bitte – bis auf Alfred.

»Ich hatte gesagt: ›Alle!‹«

»Ja, Mylord.«

Mit hoch erhobenem Kinn und tief beleidigt ob des mangelnden Vertrauens seines Arbeitgebers, verließ auch der alte Diener die Bibliothek.

»Jonathan«, sagte Lord Jabbok streng, »ich liebe es nicht, wenn ich vor meinem Personal unterbrochen werde, während ich Anweisungen gebe oder Maßregelungen vornehme …«

»Oder Fehlurteile fällst?«, unterbrach ihn Jonathan. Er blickte seinem Großvater ernst in die Augen. Weil es dem Alten die Sprache verschlagen hatte, fügte Jonathan hinzu: »Außerdem hättest du die anderen bestimmt nicht rausgeschickt, wenn du nicht gemerkt hättest, dass es mir wirklich ernst ist.«

»Du hast Recht«, lenkte der Lord ein. »Also, worum geht es?«

»Ich hatte vor nicht allzu langer Zeit einen Traum«, begann Jonathan.

Jonathans Großvater runzelte die Stirn. »Nun, ich kann daran nichts Besonderes finden – schon gar nicht bei dir.«

Jonathan ließ sich nicht beirren. »Es ging darin auch um einen Hirten. Sein Name war Lemor. Ich ... oder besser der andere Yonathan aus meinen Träumen war ein guter Freund Lemors. Bis dieser eines Tages wie verwandelt schien: Er war ausgesprochen unfreundlich, ja, er tat Yonathan sogar weh. Der war so überrascht und verwirrt – und wütend –, dass er den Hirten verwünschte.«

Lord Jabbok zuckte mit den Schultern. »Das kann schon mal vorkommen, wenn man erregt ist. Ich verstehe immer noch nicht, was das mit Theodor zu tun hat.«

»Wart's ab, Großvater. Als Yonathan seinem Pflegevater Navran davon erzählte, erfuhr er Dinge, die ihn tief beschämten. Daraus lernte er etwas, das er – und auch ich, Großvater – nie mehr vergaß.«

»Und was war das für eine Lektion, die dieser Navran deinem Traumbruder ... und dir beigebracht hat?«

»Man sollte nie vorschnell über die Handlungsweise eines anderen Menschen urteilen, nur weil man sie nicht versteht.«

Diese Worte verfehlten ihre Wirkung nicht. Der verzweifelte Ärger, der seinen Großvater schon am Frühstückstisch geplagt hatte, kehrte zurück. »Aber was soll ich denn machen?«, jammerte er. »Ich glaube ja auch nicht, dass Theodor die Schafe wirklich gestohlen hat. Ich habe ihn ja heute Morgen hierher beordert, damit wir die Sache klarstellen können. Aber er sagt doch nichts! So sehr mir Ronalds Anbiederungen und seine boshafte Art zuwider sind: Ich kann nichts dagegen setzen! Alles, was man wirklich vorweisen kann, spricht gegen Theodor!« Schon längst hatte es den alten Lord nicht mehr in seinem Schreibtischsessel gehalten. Er war aufgesprungen und lief in der Bibliothek hin und her, während er gleichzeitig mit den Armen wild in der Luft herumfuchtelte.

»Hast du noch jemanden über Theodors eigentümliches Verhalten befragt?«, erkundigte sich Jonathan ruhig.

Der Lord erstarrte mitten im Lauf, drehte sich zu seinem Enkel herum und sagte nachdenklich: »Eigentlich nicht.«

»Aber warum nicht?«, fragte Jonathan erregt.

»Ich fühlte mich irgendwie … betrogen«, gestand der alte Lord. »Ich habe Theodor vertraut. Habe ihm und seiner Familie Brot und ein Dach über dem Kopf gegeben. Und jetzt sollte er mich zum Dank dafür bestohlen haben …«

»Kann es sein, Großvater, dass dir auch ein wenig dein Stolz im Wege war?«

Lord Jabbok räusperte sich verlegen. »Habe ich dir eigentlich schon mal gesagt, dass du etwas altklug bist, Jonathan?«

»Ja.«

»Na, dann ist ja gut.« Grübelnd, mit Daumen und Zeigefinger den buschigen Schnurrbart glatt streichend, schritt der Lord wieder zu seinem Schreibtisch und ließ sich in den Sessel fallen. »Hast du vielleicht einen Vorschlag, was wir nun tun sollen?«

»Ich habe gehört, die kleine Jenny, Theos Tochter, sei krank. Es könnte ja sein, dass Theo deshalb so anders ist als sonst. Warum schickst du nicht einfach deinen Verwalter zu Theos Familie?«

»Nein.«

»Nein?«

»Ich gehe selbst! Ich werde nicht lockerlassen, bis die ganze Angelegenheit geklärt ist.« Entschlossen blickte er auf seinen Erben. »Kommst du mit?«

Jonathan lächelte. »Gerne, Großvater.« Er war sich sicher, dass sich nun für Theodor Galloway und seine Familie alles zum Guten wenden würde.

Von der Tür erklang ein lautes, energisches Klopfen.

»Nicht jetzt!«, donnerte der Großvater.

Aber es klopfte noch einmal, nicht weniger heftig als zuvor.

»Zum …!« Dem Lord fiel gerade noch ein, dass sein Enkel

anwesend war. Er verkniff sich wieder einmal das Fluchen und brüllte stattdessen: »Was ist denn los?«

Alfred erschien und schlurfte mit kleinen Schritten in das Zimmer. Anstatt den Lord anzuschauen, blickte er in die Zimmerecke neben dem Schreibtisch und verkündete mit geschäftsmäßig ernster Miene: »Ein Besucher ist soeben eingetroffen, Mylord.«

»Kann denn in diesem Haus nicht ein einziges Mal das gemacht werden, was *ich* bestimme!«, donnerte der Lord. »Sag dem Besucher, er soll warten, bis wir hier fertig sind.«

Alfred, der seinen letzten Rausschmiss noch nicht ganz verwunden hatte, widersprach seelenruhig: »Ich denke, Mylord, das könnte sich für die weitere Entwicklung des gerade behandelten Falles als nicht eben förderlich erweisen.«

»Was erzählst du da, Alfred?« Der Großvater klang schon deutlich ruhiger, dafür aber wesentlich neugieriger als zuvor.

»Es ist Thomas Galloway, der Sohn von …«

»Ich weiß selbst, dass er Theodors Sohn ist«, fiel Lord Jabbok dem Diener ins Wort. »Was will er denn?«

»Das«, erklärte Alfred der Ecke, »müssen Euer Lordschaft den Jungen schon selber fragen. Gemäß den allgemeinen Gepflogenheiten steht es der Dienerschaft nicht an, sich in Angelegenheiten der Herrschaften …«

»Schon gut, schon gut«, unterbrach der Lord abermals. »Also, schick ihn herein, Alfred, *bitte.*«

»Sehr wohl, Mylord.«

Alfred hatte sich bereits zum Gehen gewandt, als der Lord ihn nochmals anrief: »Und Alfred!«

»Mylord?«

»Lass den Knaben nicht durch die Vorhalle ein, in der die anderen warten. Schick ihn durch mein Herrenzimmer.«

»Sehr wohl, Mylord.« Alfred steuerte bereits auf die Tür zu, als er ein drittes Mal von der kräftigen Stimme seines Herrn aufgehalten wurde.

»Noch eins, Alfred!« Jonathans Großvater war aus dem Sessel aufgestanden.

»Euer Lordschaft wünschen?«, wandte sich der Diener geduldig der Zimmerecke zu.

»Ich würde es schätzen, wenn du mich anschaust, während ich mit dir spreche.«

In seiner stets gleich bleibend distanziert-geschliffenen Art erwiderte Alfred: »Das werde ich bestimmt tun – sobald Euer Lordschaft wieder mit mir *sprechen.* Solange meine Ohren aber nur dieses unmanierliche Gebrüll vernehmen, muss ich sie unbedingt dadurch schützen, dass ich sie von der Quelle dieses Getöses abwende.«

Da Lord Jabbok sprachlos in seinen Sessel zurückgesackt war, verließ Alfred nun endgültig den Raum.

Thomas Galloway war ein eher schmächtiger Junge mit wirrem, aschblondem Haar. Vor dem Bauch hielt Thomas eine runde Mütze, während der Blick seiner traurigen, blauen Augen verlegen auf dem Teppich ruhte.

»Nun, Thomas«, eröffnete Lord Jabbok mit behutsamer Stimme das Gespräch, »was wolltest du mir erzählen?«

»Es … es geht um meinen Vater, Mylord.«

»Das dachte ich mir. Weißt du etwas über die Schafe?«

Der Junge nickte.

»Weiß dein Vater, dass du hier bist?«

Thomas blickte ängstlich in das Gesicht des alten Lords. Dann sprudelte er hervor: »Er darf davon nichts wissen, Mylord. Sicher würde er mich bestrafen. Bitte sagt ihm nicht, dass ich hier war!«

»Offensichtlich muss es aber etwas sehr Wichtiges sein, das du mir zu sagen hast – sonst hättest du dich doch nicht der Gefahr ausgesetzt den Zorn deines Vaters auf dich zu laden, oder?«

Thomas nickte abermals.

»Komm, Junge«, sagte der Großvater mit sanfter Stimme, »lass dir nicht jedes Wort aus der Nase ziehen. Dein Vater ist da draußen und ich muss wissen, was ich mit ihm tun soll. Setze dich da auf den Stuhl und erzähle mir alles, was du weißt. Ich verspreche dir, dass ich gerecht mit deinem Vater verfahren werde.«

Thomas nahm zaghaft auf dem Stuhl Platz, den der Lord ihm gewiesen hatte, räusperte sich und begann zu erzählen.

»Es passierte vorgestern Abend. Meine kleine Schwester ist sehr krank. Seit Tagen hatte sie hohes Fieber und Mutter wusste schon nicht mehr, was sie tun sollte. Die Kräuterfrau war schon dreimal bei uns gewesen, aber alle Mittel, die sie für meine Schwester bereitet hatte, halfen nichts.«

»Ich wusste gar nicht, dass es so schlimm um die kleine Jenny steht«, fiel Lord Jabbok dem Jungen ins Wort. »Warum habt ihr keinen Arzt gerufen?«

»Ein Arzt ist sehr teuer und mein Vater hat nicht genügend Geld, um ihn zu bezahlen.«

»Aber das ist doch Unsinn!«, ereiferte sich der Lord. »Warum hat dein Vater nicht mich gefragt? Ich hätte schon dafür gesorgt, dass deine Schwester einen Arzt bekommt.«

Thomas blickte wieder zu Boden. »Mein Vater sagte, er wolle nicht um Almosen betteln, er sei schon immer mit dem zurechtgekommen, was er mit seinen eigenen Händen erarbeitet habe.«

»Das sieht ihm ähnlich, diesem stolzen, alten …« Lord Jabbok schluckte seinen Ärger hinunter. Hätte er nicht selbst beinahe ein folgenschweres Fehlurteil gefällt, genau wegen dieses vermaledeiten Stolzes? Zum Glück hatte ihm Jonathan einen Spiegel vor Augen gehalten und er hatte seinen Fehler erkannt.

Ruhig fuhr er fort: »Dein Vater hat immer gut für mich gearbeitet und er hat vorbildlich für seine Familie gesorgt. Ich wünschte, alle meine Männer wären so wie er.« Der alte Mann schaute den Sohn des Hirten eindringlich ins Gesicht. »Aber das war doch bestimmt nicht alles, was du mir erzählen wolltest?«

Thomas' Gesicht war anzusehen, dass er allen seinen Mut aufbringen musste, um den Bericht fortzusetzen. »Nein. Das war nicht alles, Mylord. Bei Sonnenuntergang ging der Atem meiner Schwester immer schwerer – sie bekam kaum noch Luft. Als sie begann blau anzulaufen, bekam meine Mutter fürchterliche Angst und wusste nicht mehr, was sie tun sollte. Sie dachte, Jenny würde sterben. Deshalb sagte sie mir, ich solle hinauslaufen und meinen Vater rufen – er war draußen bei den Schafen.«

Thomas schaute den Lord und seinen Enkel an, als erwarte er irgendeine Reaktion.

»Und was geschah dann, Thomas?«, ermunterte ihn Jonathan fortzufahren.

»Ich lief so schnell ich konnte zur Weide. Vater war sehr aufgeregt, als er erfuhr, wie es um Jenny stand. Er sagte, er könne die Schafe des Lords nicht alleine lassen. Aber aus seinem Blick sah ich, was er dachte. Deshalb sagte ich, dass ich doch auf die Schafe aufpassen könne, solange er weg wäre – außerdem wäre ja auch der Hund noch da. Vater willigte schließlich ein. Er trug mir auf, die Schafe von dem Felsen im Norden fern zu halten und eilte schnell nach Hause.

Es dauerte gar nicht lange, da war es stockfinster. Ich war noch nie so lange allein bei den Schafen draußen gewesen, und ich fürchtete mich … ein wenig.« Thomas schaute verlegen zu Boden.

»Ich hätte mich auch gefürchtet, im Dunkeln da draußen, so ganz allein«, ermutigte ihn Jonathans Großvater.

»Ihr, Mylord?«, fragte Thomas ungläubig.

»Natürlich! Furcht ist der beste Weg zur Vorsicht. Nur die Toren haben keine Furcht – man nennt sie auch ›Helden‹ und sie haben meist ein sehr kurzes Leben.« Der alte Mann lächelte den Jungen an. »Was geschah dann?«

»Dann ertönte ein schreckliches Jaulen.«

»Von eurem Hund?«

»Nein, Mylord. Finny lag dicht bei den ruhenden Schafen im Gras. Doch als das Jaulen ertönte, stand er auf, knurrte und rannte in die Richtung, aus der das Geräusch kam. Ich rief ihm noch nach, doch er folgte nicht. Kurz darauf hörte ich ein Winseln und dann war es still. Die Schafe setzten sich jetzt in Bewegung – weg von diesem Jaulen. Obwohl ich jetzt noch größere Angst hatte, versuchte ich sie zurückzudrängen. Sie näherten sich nämlich der Felswand im Norden.

Gerade, als es mir gelang sie umzulenken, jaulte es wieder. Kurz darauf hörte ich auch Hundebellen, aber es kam nicht von Finny. Es war ein anderer Hund.«

»Ich kann mir fast schon denken, was dann geschah«, brummte der Lord mit düsterem Blick.

»Die Schafe flohen wieder nach Norden. Ich gab mir alle Mühe sie zurückzuhalten. Es gelang mir zwar, die Herde auf den lang abfallenden Hang im Westen abzudrängen, aber drei Schafe waren schneller als ich. Voller Angst rannten sie direkt auf den Felsen zu und stürzten hinab.«

Lord Jabbok nickte. »Jetzt geht mir ein Licht auf. Erzähle weiter, Thomas.«

»Etwa zwei Stunden später kam Vater wieder. Er hatte auf dem Weg nach Hause die Kräuterfrau mitgenommen. Die hatte einen kühlenden Kräuterumschlag auf Jennys Hals gelegt, sodass sie bald wieder besser atmen konnte.

Als ich Vater von dem Unglück mit den Schafen erzählte, war er noch niedergeschlagener. Er fürchtete Ihr würdet ihm die Arbeit und unser Zuhause nehmen, wenn Euch zu Ohren käme, welchen Schaden seine Unzuverlässigkeit angerichtet hatte. Deshalb vergrub er die toten Schafe. Er sagte, er würde sie Eurer Lordschaft bezahlen, sobald es irgendwie ginge. Und dann sagte er noch, ich dürfe zu keinem Menschen ein Sterbenswörtchen sagen.«

Lord Jabbok hatte mit auf dem Tisch gefalteten Händen zugehört. Nun stand er auf, ging um den Schreibtisch herum und legten dem Jungen die Hand auf den Arm. »Du bist ein tapferer Bursche, Thomas – weil du meine Herde gerettet hast und vor allem, weil du zu mir gekommen bist. Ich verspreche dir: Es wird alles gut.« An Jonathan gewandt sagte er: »Ich glaube, wir können jetzt die Herren wieder hereinrufen.«

»Darf ich Thomas noch eine Frage stellen, Großvater?«

»Sicher.«

»Was war das für ein Jaulen, Thomas, das die Schafe erschreckte? Du nanntest es ›unnatürlich‹. Wie hast du das gemeint?«

Der Sohn des Hirten zuckte mit den Schultern. »Es hörte sich nicht an wie ein Hund.«

»Wölfe gibt es hier doch schon lange nicht mehr.«

»Nein, Mylord«, widersprach Thomas, »kein Wolf.«

»Auch wilde Hunde hat es schon seit Jahren nicht mehr in dieser Gegend gegeben.«

»Es hat sich angehört … als würde jemand ein Hundejaulen *nachmachen*.«

»Nachmachen?«, wiederholte der Lord erstaunt.

»Ja. Ich habe einmal Ronald McGuire beobachtet, als er betrunken aus der Schenke kam. Er jaulte den Mond an wie ein Hund. Etwa so hatte sich das Jaulen angehört, das in dieser Nacht die Schafe aufschreckte.«

»Großvater!«, rief Jonathan. »Wer würde eigentlich den Posten des Oberhirten bekommen, wenn Theo nicht mehr da wäre?«

»Ronald McGuire ist nach Theodor am längsten bei mir. Er ist zwar längst nicht so fleißig wie Theo, aber ich glaube, ihm würde der Posten zustehen. Du meinst doch nicht etwa …?«

Jonathan nickte. Dann wandte er sich Thomas zu und fragte ihn: »Was ist eigentlich mit eurem Finny geschehen?«

»Er hat eine Beule am Kopf, aber sonst geht es ihm wieder gut.«

»Wie verhält er sich Fremden gegenüber.«

»Ihr kennt doch Finny, Master Jonathan. Er ist ein ausgebildeter Hirtenhund. Er schlägt zwar an, wenn sich ein Fremder unserem Haus nähert, aber sonst ist er lammfromm.«

»Gibt es irgendwelche Personen, die er anbellen oder gar angreifen würde.«

»Nein. Ich kenne niemanden.«

Jonathan nickte seinem Großvater zu.

»Du hast uns und deinem Vater sehr geholfen, Thomas«, ergriff der wieder das Wort. »Vielen Dank noch mal. Am besten du verlässt das Haus wieder durch das Herrenzimmer. Dann sieht dich niemand.«

»Ihr werdet meinem Vater nicht erzählen, dass ich hier war?«

»Wenn es sich vermeiden lässt, nicht, mein Junge. Aber trotzdem ein Rat: Du solltest deinem Vater und deiner Mutter alles anvertrauen – sie sind deine engsten Freunde.«

»Ich werde darüber nachdenken, Mylord.«

»Tu das, Thomas. Zum Abschluss noch eine Bitte: Kannst du uns so schnell wie möglich euren Finny bringen?«

Thomas' Gesicht strahlte mit einem Mal. »Nichts ist leichter als das, Euer Lordschaft. Er wartet vor dem Haus auf mich.«

»Glaubst du, Finny würde mir für einen Augenblick folgen?«

»Wenn ich in der Nähe bleibe und Ihr ihn an einer Schnur führt – dann schon.«

»Gut. Dann bring ihn schnell ins Herrenzimmer und warte dort mit ihm, bis ich ihn hole.«

Sobald Thomas den Raum verlassen hatte, wies Lord Jabbok Alfred an, die Männer wieder in die Bibliothek zu rufen – der Diener selbst nutzte die Gelegenheit und blieb auch gleich am Ort des Geschehens. Das lange Warten hatte die Neugier der beiden Hirten, des Verwalter und natürlich des Dieners geweckt. Erwartungsvoll blickten sie auf Lord Jabbok. Die Luft knisterte vor Spannung.

Mit ernstem Gesicht stand der Herr von *Jabbok House* hinter seinem Schreibtisch auf und erklärte an seinen Oberhirten gewandt: »Da du, Theodor, zu dem besagten Fall nicht weiter Stellung nehmen willst, muss ich denn das Urteil fällen, wie es die vorliegenden Fakten mir diktieren.«

Jonathan kniff misstrauisch die Augen zu schmalen Schlitzen zusammen. Was führte sein Großvater da im Schilde? Er sah den niedergeschlagenen Blick in Theodor Galloways Augen und das Triumphieren in Ronald McGuires Gesicht.

Der alte Lord fuhr fort: »Wer mir einen bewussten Schaden zufügt – zum Beispiel, indem er mir meine Schafe nimmt –, der kann nicht länger in meinen Diensten stehen.«

»Hört, hört!«, rief Ronald. Er rieb sich die Hände voller Vorfreude über das Urteil, das Theodor jeden Moment vernichten würde.

Ein einziger Blick des Lords brachte ihn sofort wieder zur Ruhe. Dann richtete der Herr von *Jabbok House* das Wort erneut an seinen Oberhirten: »Du, Theodor, hast deinen Hund Finny von mir erhalten, als er noch ein ganz kleiner Welpe war. Ich sagte damals zu dir, du sollst aus ihm einen guten Hirtenhund machen und ich muss zugeben, du hast ganze Arbeit geleistet. Er ist der beste Hund aller meiner Herden. Er verteidigt die Schafe und ist trotzdem gutmütig und würde nie einem Menschen etwas zuleide tun.« Mit einem unergründlichen Lächeln blickte der Lord den Schäfer Ronald McGuire an und fügte hinzu: »Es sei denn, der Mensch hätte ihm zuerst etwas angetan.«

Das hämische Grinsen erstarb auf Ronalds Lippen, als Lord Jabbok großmütig lächelnd fortfuhr: »So ein gutes Tier kann ich natürlich nicht missen. Deshalb wird mein neuer Oberhirte diesen besten meiner Hunde erhalten. Nicht war, Ronald? Du wolltest doch schon immer Theodors Stellung übernehmen.«

Der Angesprochene wand sich wie ein Regenwurm am Angelhaken. »Eure Güte ist zu groß, Mylord. Aber … das Amt … und … der Hund … das ist zu viel …«

»Doch, doch. Keine falsche Bescheidenheit, mein Guter.«

Während Theodor der Schmerz über den Verlust seiner Lebensgrundlage ins Gesicht geschrieben stand, schaute Ronald, als sei er vor die Wahl gestellt zwischen einer giftigen Schlange und einem Skorpion zu entscheiden.

Jonathan beobachtete, wie sein Großvater durch die Tür zum Herrenzimmer verschwand und kurz darauf unter beruhigendem Zureden Finny an einer Leine in die Bibliothek führte. Finny war ein mittelgroßer, kräftig gebauter Hund mit zotteligem schwarz-weiß-braunem Fell. Die lange Schnauze und die wachen, braungrünen Augen verliehen dem Tier einen intelligenten Ausdruck.

Der Hund nahm zuerst den eigenen Herrn wahr. Doch bevor er ihn begrüßen konnte, bemerkte er die Person, die neben Theodor stand: Ronald McGuire. Im Nu verwandelte sich das freundliche Tier in eine Bestie. Die Nackenhaare stellten sich auf und mit bösem Knurren fletschte er seine messerscharfen Zähne.

Ronald McGuire wich erschrocken zurück. »Mylord …!«, rief er entsetzt. Weiter kam er nicht, denn Finnys Knurren hatte sich in ein wildes Gebell verwandelt.

Lord Jabbok hatte alle Mühe den aufgebrachten Hund davon abzuhalten, Ronald an die Kehle zu springen. Schließlich brüllte er Theodor Galloway zu: »Theo, kannst du das Tier vielleicht einen Augenblick zur Ruhe bringen?«

Theodor nickte, ließ sich auf ein Knie nieder und sprach beruhigend auf den Hund ein. Nach kurzer Zeit legte sich die Erregung Finnys ein wenig und er beschränkte sich darauf, Ronald mit gefletschtem Gebiss anzuknurren.

»Ich verstehe gar nicht, was der Hund hat«, entschuldigte sich Lord Jabbok bei Ronald scheinheilig. »Oder kann es sein, dass er eine unangenehme Erinnerung mit dir verbindet? Gibt es vielleicht etwas, das ich wissen sollte?«

»Nein, nein, bestimmt nicht, Mylord!«, beteuerte der Hirte. Angstschweiß stand ihm auf der Stirn. »Ich kann mir das gar nicht erklären.«

»So?« Der Lord zuckte mit den Achseln und erklärte gleichmütig: »Na, dann ist es bestimmt nur eine vorübergehende Laune des Hundes. So was soll ja vorkommen. Ihr beide werdet euch schon aneinander gewöhnen.« In energischem Befehlston fügte er hinzu: »Theodor, gib ihm den Hund.«

Der Oberhirte erhob sich und trat einen Schritt zurück. Sogleich stürmte Finny wieder auf Ronald McGuire los. Das starke Halsband bewahrte den Hirten davor, in Fetzen gerissen zu werden.

»Lasst ihn nicht los!«, gellte der Entsetzensschrei des Angegriffenen, der sich mit dem Rücken an ein Regal drückte, so, als wolle er sich zwischen den Büchern verstecken.

»Nur, wenn du mir verrätst, was den Hund so gegen dich aufgebracht hat.«

»Nichts, da ist wirklich nichts!«

»Also gut. Dann ist das, was der Hund hier aufführt, wohl nur die Freude über seinen neuen Herren. Er soll ihn jetzt bekommen.« Lord Jabbok lockerte für einen Sekundenbruchteil den Griff, Finny stürzte sich auf Ronald und hätte ihn fast ins Gesicht gebissen.

Diesem entfuhr ein Angstschrei. Blankes Entsetzen lag auf seinem Gesicht.

»Ich verspreche Euch alles zu erzählen, Mylord«, winselte er, als Theodor den Hund wieder beruhigt hatte. »Aber nehmt diese Bestie weg, *bitte* nehmt sie weg.«

Der Lord willigte ein. Er zog Finny mit Mühe aus dem Raum. Als er aus dem Herrenzimmer in die Bibliothek zurückkehrte, war seine Miene unerbittlich. »Also raus damit, Ronald. *Was* wolltest du uns erzählen?«

Ronald McGuire war nun sehr gesprächig. Jonathan und die Übrigen hörten die Wahrheit über die nächtlichen Geschehnisse, die sich zwei Tage zuvor zugetragen hatten.

Ronald hatte seine eigene Herde in der Hürde untergebracht und war zusammen mit seinem Hirtenhund auf dem Weg nach Hause. Als er Thomas, den Sohn Theodors, aufgeregt den Weg entlanglaufen sah, versteckte er sich und folgte dem Jungen. Ein Stück weit von Theodors Schafherde ließ er seinen eigenen Hund zurück und schlich sich so weit an den Oberhirten und seinen Sohn an, dass er ihr Gespräch belauschen konnte. Als Theodor seinen Sohn bei der Herde allein ließ, entwarf Ronald seinen niederträchtigen Plan.

»Ich imitierte ein Hundejaulen. Als Finny angelaufen kam, habe ich ihn mit einem Knüppel niedergeschlagen. Dann holte ich meinen eigenen Hund und zusammen trieben wir die Herde auf den Abhang zu – er bellend und ich jaulend.« Voller Hass blickte Ronald auf Theodor. »Jeder sollte wissen, dass dieser Oberhirte sein Amt vernachlässigt hat, dass er die Schuld trug am Verlust einer ganzen Herde. Meine Familie bringt schon seit sechs Generationen Schafhirten hervor. Mir steht der Posten des Oberhirten zu und nicht diesem Eindringling, der sich in das gemachte Nest gesetzt hat.« Ronald senkte den Blick und erklärte zerknirscht: »Leider hat mir Theodors Junge einen Strich durch die Rechnung gemacht. Er rettete die ganze Herde – bis auf drei Tiere.«

»Und dann hast du die Lüge von dem Diebstahl in die Welt gesetzt, nicht wahr?«

Der Hirte nickte. »Ich beobachtete, wie Galloway die toten Tiere vergrub. Da wurde mir klar, dass der Alte die Sache vertuschen wollte. Ich sah eine Möglichkeit doch noch zu meinem Ziel zu kommen. Also ging ich zu Eurem Verwalter und erzählte ihm die Geschichte von dem Verkauf Eurer Schafe.«

Jonathan hatte das ganze Geschehen schweigend verfolgt. Jetzt fühlte er sich niedergeschlagen, als hätte er selbst eine schreckliche Schuld eingestanden. Es fiel ihm schwer zu begreifen, wie Menschen aus selbstsüchtigen Beweggründen derartige Boshaftigkeiten aushecken konnten. Die Stimme seines Großvaters riss ihn aus seinen Gedanken.

»Ich könnte dich natürlich anzeigen, Ronald McGuire. Aber ich habe dir schon vorhin gesagt, dass ich die Angelegenheiten auf meinem Grund und Boden selbst regele – so, wie *ich* es für richtig halte.« Der Lord atmete tief durch. »Vor langen Zeiten haben meine Vorfahren einem Verleumder oder jemandem, der bewusst ein falsches Zeugnis ablegt, die Strafe auferlegt, die derjenige eigentlich dem Falschbezichtigten zugedacht hatte. So soll es auch in diesem Fall sein. Du, Ronald McGuire, wolltest Theodor Lohn, Heim und womöglich sogar das Leben seiner kranken Tochter nehmen. Es steht nicht bei mir, über Leben und Tod zu richten. Aber ich verbanne dich von meinen Besitztümern. Bis zum Sonnenuntergang hast du meine Ländereien verlassen.«

Dem Hirten Ronald wurde wahrscheinlich erst in diesem Augenblick die volle Tragweite seiner Tat bewusst. Kraftlos gaben seine Beine unter ihm nach und er sank wimmernd auf die Knie.

Doch der Herr von *Jabbok House* war noch nicht am Ende. »Das ist noch nicht alles, McGuire. Ich werde Robert sogleich anweisen, allen Clanführern, den Grafschaften im Süden und wen es noch alles betreffen mag, von deinem Fall zu berichten. So ist zumindest sichergestellt, dass deine Niedertracht dort nicht neuen Schaden anrichten kann.«

»Aber Mylord«, flehte Ronald den alten Lord mit einer bittenden Geste an, »wie soll ich dann meinen Lebensunterhalt verdienen?«

Jonathans Großvater blieb hart. »Stell dich endlich auf deine Beine, wie es sich für einen Mann geziemt«, herrschte er den winselnden Hirten an. »Wie hätte denn Theodor deiner Meinung nach für seine Familie sorgen sollen? Wie hätte er einen Arzt für die kleine Jenny bezahlen sollen?« Er drehte sich um, ging zum Fenster, hinter seinem Schreibtisch und blickte in den Park von *Jabbok*

House hinaus. Ohne sich noch ein weiteres Mal zu Ronald McGuire umzudrehen, wiederholte er sein Urteil. »Bis Sonnenuntergang hast du meinen Grund und Boden verlassen. Du musst dich also beeilen, denn meine Ländereien sind weit. Robert Marcus wird dich begleiten – damit du nicht auf dumme Gedanken kommst. Das Beste wird sein, du suchst dir ein Schiff und heuerst an. Vielleicht findest du irgendwo auf der Welt ein Fleckchen, an dem Verleumder willkommen sind.« Und etwas sanfter fügte er hinzu: »Oder wo sie zur Besinnung kommen und ihr Leben mit anständiger Arbeit beschließen können.«

Alsdann widmete sich Lord Jabbok schweigend dem Anblick seiner Parkanlagen. Der Verwalter, Robert Marcus, forderte den Hirten auf ihm zu folgen. Mit gesenktem Kopf ließ dieser sich abführen, als wäre er ein Delinquent auf dem Weg zur Guillotine. Als sich die Tür hinter den beiden schloss, war Jonathan gespannt, was nun geschehen würde.

»Theo?«, ertönte Lord Jabboks Stimme, während er sich langsam umdrehte.

»Ja, Mylord.«

»Tu das *nie* wieder!«

Theodor Galloway schaute verwirrt. »Aber …«

»Verschweige mir nie wieder etwas – weder, wenn dir ein Missgeschick widerfährt, noch, wenn du Hilfe benötigst. Komm damit zu mir. Habe ich mich deutlich ausgedrückt?«

»Ja, Mylord. Ich danke Euch, Mylord.«

»Danke nicht mir, sondern Jonathan. Ohne ihn hätte ich vielleicht zugelassen, dass ein großes Unrecht geschieht. Aber er hat mir zum Glück noch rechtzeitig den Kopf gewaschen. Der Junge scheint mehr Grips im Hirn zu haben als so ein klappriger, alter Kerl wie ich.«

»Jetzt übertreibst du aber, Großvater! So klug wie du bin ich noch lange nicht«, meinte Jonathan

Einen Augenblick lang herrschte Schweigen. Dann ergriff Theodor das Wort und wandte sich an Jonathan: »Ich weiß, wem ich Dank sagen muss, Jonathan. Dir habe ich es zu verdanken, dass alles gut geworden ist.«

Jonathan freute sich, dass der Hirte sich ausgerechnet ihm verbunden fühlte. »Ich hab nur ein Unrecht verhindern wollen«, sagte er leise.

»Wie dumm, dass ich vergessen konnte, was ich an dir habe, Theo«, unterbrach schließlich der alte Lord die Stille. »Du hast nicht uns zu danken, sondern wir dir.« Er räusperte sich, straffte die Schultern und fügte wesentlich energischer hinzu: »Und jetzt geh nach Hause und bleibe bei deiner Jenny, bis der Arzt gekommen ist. Ich werde sogleich nach ihm schicken lassen. Ach, und noch eins, Theo!«

»Mylord?«

»Dein Sohn scheint mir ein tüchtiger Bursche zu sein.«

»Ich gebe mir alle Mühe, Mylord.«

Aus dem wettergegerbten Gesicht des Hirten war jede Spur von Niedergeschlagenheit verschwunden. Fröhlich wie ein Schuljunge dankte Theodor noch ein letztes Mal und stürmte davon.

»Nun?«, fragte Lord Jabbok mit zufriedener Miene die beiden verbliebenen Zeugen der Verhandlung. »Wie habe ich das gemacht?«

Mit unbewegtem Gesicht erklärte Alfred: »Ich hätte mir ein wenig mehr Feinfühligkeit vorstellen können. Die Nummer mit dem Hund war doch reichlich roh – für meinen Geschmack.«

»Dir kann man wohl gar nichts recht machen!«, empörte sich der alte Lord.

»Ihr habt mich nach meiner Meinung gefragt«, konterte Alfred.

»Das stimmt. Ich werde diesen Fehler kein zweites Mal begehen. Geh jetzt und gib dem jungen Thomas im Herrenzimmer Bescheid, dass er schnell nach Hause laufen soll. Vielleicht holt er seinen Vater ja noch ein.«

»Sehr wohl, Mylord.«

»Bist du auch der Meinung, dass ich zu *roh* war?«, fragte Lord Jabbok seinen Enkel, nachdem Alfred aus dem Raum gegangen war.

Jonathan lächelte. »Es war zumindest sehr phantasievoll, Großvater. Mir wäre so etwas gewiss nicht eingefallen.«

»Ach komm«, meinte der Lord, »du hast doch noch viel mehr Einfallsreichtum als ich. Schließlich war es dein Traum von diesem Lemor, durch den sich alles zum Guten gewendet hat.«

»Und von Navran Yaschmon, Großvater.«

»Ja, und von Navran Yaschmon. Fast schade, dass deine Träume jetzt aufgehört haben. Wer weiß, was wir von dem alten Fischer noch so alles gelernt hätten!«

Jonathan wechselte das Thema: »Jedenfalls bin ich froh, dass du der Herr auf *Jabbok House* bist, Großvater. Mir hat Ronald trotz allem ein wenig Leid getan. Ich weiß nicht, ob ich jemals solche Entscheidungen treffen kann.«

Der alte Mann wurde wieder ernster. »Es war auch für mich nicht leicht, Jonathan. Das kannst du mir glauben. Aber ich denke, es war gerecht so, und Gerechtigkeit ist manchmal sehr hart – nicht nur für den Bestraften, auch für den Richter.«

Jonathan legte, so gut es ging, den Arm um die Schulter seines Großvaters und drückte ihn an sich. »Ich bin froh, dass du *mein* Großvater bist, Großvater.«

»Und ich bin froh, dass du *mein* Enkel bist, Enkel.«

Das Fenster zur anderen Welt

Jonathan saß in seinem Rollstuhl und starrte gedankenverloren in die klare Nacht hinaus. Draußen jagten vereinzelte Wolkenfetzen am Mond vorbei wie auf der Flucht. Er liebte es, vor dem Einschlafen hier am Fenster, in der dunklen Stille seines Zimmers zu sitzen und seinen Gedanken freien Lauf zu lassen. Im Haus hatten sich alle inzwischen in ihre eigenen Kammern zurückgezogen oder waren im Dorf bei ihren Familien. *Jabbok House* war zur Ruhe gekommen.

Eigentlich hätte Jonathan längst schlafen sollen – er hatte auch schon im Bett gelegen –, aber diese *eine* Frage hatte ihm keine Ruhe gelassen: *Wie* konnte er seinen Traumbruder dazu bringen, endlich den Bequemlichkeiten der Gastfreundschaft

Din-Mikkiths zu entsagen und sich wieder an die Erfüllung seines Auftrages zu machen? Der Stab Haschevet *musste* zu Goel gelangen!

Ein wenig fröstelte ihn in seinem langen weißen Nachthemd. Doch er schenkte dem nicht allzu große Beachtung. Ebenso wenig wie seinen Fingern, die – gleich selbständig handelnden Wesen – mit der Flöte herumspielten, dem Instrument, das ihm so fremd und doch so vertraut war. Er hatte danach gegriffen wie nach einem Schlüssel, der ihm die Lösung zu seinem Problem erschließen könne. Aber er konnte das Schloss nicht finden!

Seine Gedanken drehten sich unaufhörlich im Kreis: Er konnte seinen Traum dort fortsetzen, wo er ihn zuvor unterbrochen hatte. Dieser Tag hatte ihm vor Augen geführt, wie sehr diese Traumerlebnisse sein Leben beeinflussten – er zehrte von Erfahrungen, die er nie wirklich gemacht hatte. Aber wie konnte er das Gegenteil bewirken? Wie konnte er seine Träume beeinflussen? Wie zu Yonathan Kontakt aufnehmen?

Jonathan schüttelte verzweifelt den Kopf. Er schloss die Augen; selbst der im silbrigen Mondlicht ruhende Park von *Jabbok House* schien ihm lästig bei der verzweifelten Suche nach der Lösung des Problems. Tränen bahnten sich ihren Weg durch die geschlossenen Lider. Man würde ihn auslachen, erführe man, dass es nur ein Traum war, der seine Gefühle so in Wallung brachte. Aber es half nichts, sich das immer wieder einzureden. Seine Träume waren besondere Träume und besondere Träume erforderten eine besondere Behandlung.

In seiner Erregung murmelte er vor sich hin: »Hilf mir doch *bitte* einen Weg zu ihm zu finden.« Doch im nächsten Augenblick schalt er sich selbst. Wie konnte er nur den Allmächtigen mit etwas so Unwichtigem belästigen? Er war schließlich kein kleiner Junge mehr, dass er zu Gott um eine Torte betete, wenn ihm nach etwas Süßem gelüstete. Verärgert über seine eigene Torheit öffnete er wieder die Augen.

Zunächst glaubte er, es läge nur an seinem tränengetrübten Blick. Er wischte sich mit dem Handrücken über die Augenlider, doch, was er sah, wollte sich nicht wegwischen lassen: Mond und Sterne des Nachthimmels, Bäume und Büsche des Parks: All das war verschwunden. Hinter dem Fenster befand sich nichts als Schwärze.

Jonathan stutzte. Wirklich nichts weiter als Schwärze? War da nicht – etwas seitlich versteckt zwar, aber jetzt doch unzweifelhaft erkennbar – ein schwacher rotgelber Schimmer? Es hätte die erlöschende Glut eines Kaminfeuers sein können, deren Schein durch eine geöffnete Tür fiel. Nur da, wo Jonathan das schwache Glimmen ausmachte, dürfte sich eigentlich – nichts befinden. Sein Zimmer lag im ersten Stockwerk und hinter dem Fenster befand sich nur ein schmaler Balkon. Das Schimmern jedoch kam von jenseits der Balustrade!

Jonathans schaute sich um. Vielleicht hatte jemand die Tür zu seinem Zimmer geöffnet, sodass das Licht einer vergessenen Lampe sich in den Fensterscheiben spiegelte und ihm so diese verwirrende Illusion vorgaukelte. Aber die Tür war geschlossen, und sein Zimmer war in dieselbe Dunkelheit getaucht, die auch auf der anderen Seite des Fensters herrschte – abgesehen von diesem rotgelben Schimmer.

Wieder spürte Jonathan das Frösteln und diesmal schenkte er ihm mehr Aufmerksamkeit. Irgendetwas stimmte nicht da draußen. Und diese Ungewissheit ließ ihn erschauern.

Natürlich hätte Jonathan die Glocke an seinem Bett betätigen können. Sofort wäre jemand da gewesen und hätte Licht sowohl in das Zimmer als auch in diese rätselhafte Erscheinung gebracht. Es lag Jonathan jedoch nicht, die Dinge aus der Hand zu geben, sobald sich Schwierigkeiten ankündigten. Er wollte die Quelle dieses matten Leuchtens selbst enträtseln.

Statt sich zur Tür zu begeben, die zum Balkon hinausführte, streckte er sich da, wo er saß, nach dem Riegel des Fensters. Aber er konnte ihn nicht erreichen. Er rollte seinen Stuhl vor, bis seine Knie an die Wand stießen und reckte sich wieder hoch. Noch immer war der Riegel zwei Handbreit von seinen Fingerspitzen entfernt. Jonathan nahm alle Kraft zusammen, stützte sich mit der Linken auf die Lehne seines Rollstuhls und schob die Rechte zum Riegel vor. Zoll um Zoll näherte er sich dem Verschluss – und erreichte ihn schließlich.

Erleichtert ließ er sich wieder in den Stuhl zurücksinken.

In diesem Augenblick wurde es ihm bewusst: Er war von seinem Stuhl aufgestanden! Sonst hätte er den Riegel nicht erreichen können.

Fassungslos und von wilder Erregung gepackt versuchte er es ein zweites Mal. Im Nu stand er auf den Beinen. Es hatte ihn keinerlei Mühe gekostet. Abwechselnd stampfte er vom linken auf den rechten Fuß, um sich sicher zu sein, dass er nicht nur träumte, was er da erlebte …

Aber wie konnte er sicher sein? Ein Traum! Ja, natürlich, das war die einzige Erklärung. Er war eingeschlafen in seinem Rollstuhl – ohne es zu bemerken. Seine Phantasie spielte ihm jetzt dieses unglaubliche Gefühl vor, das er zuletzt vor fast sechs Jahren genossen hatte: auf seinen eigenen Beinen zu stehen. Also war auch die Lichterscheinung hinter dem Fenster nur ein Traum. Unbewusst drehte er sich zu dem Stuhl um, als erwartete er, sich selbst dort zusammengesunken, vom Schlafe übermannt, sitzen zu sehen. Doch der Rollstuhl war leer.

Fast wäre Jonathan umgefallen, so heftig befiel ihn der Schwindel. Nur der Fenstergriff gab ihm genügend Halt, um sich zunächst einmal vom Schock dieses so wirklichkeitsnahen Traumes zu erholen. Am liebsten hätte er sich sogleich in seinen Stuhl fallen lassen und enttäuscht abgewartet, bis er wieder erwachen würde (mit Rückenschmerzen vermutlich; es wäre nicht das erste Mal, dass er in seinem Stuhl eingeschlafen war). Andererseits, überlegte er sich, kann ich genauso gut nachschauen, was es mit diesem Schimmer auf sich hat. Also packte er entschlossen auch den zweiten Messinggriff am unteren Teil des Rahmens und schob das Fenster in die Höhe.

Ein Schwall feuchtwarmer Luft schlug ihm entgegen und ließ ihn erschrocken zurückfahren. Es war Nacht und Mitte Oktober. Nicht einmal am Tage war es hier im Hochland so warm. Er nahm allen Mut zusammen und kletterte aus dem Fenster. Vielleicht konnte er vom Balkon aus mehr erkennen.

Auf der anderen Seite schob er die Füße vorsichtig über den Boden. Schon wieder wunderte er sich, denn längst hätte er die steinerne Brüstung des Balkons erreichen müssen. Aber nun näherte er sich der Quelle des Schimmerns.

Es war tatsächlich eine Türöffnung, aus der das Licht kam. Mit Mühe tastete sich Jonathan vor zu diesem Durchgang und stieß dabei einmal an einen unsichtbaren Gegenstand. Er hörte ein auf- und abschwellendes, seltsam raschelndes Geräusch, das ihn zu der Lichtquelle hintrieb. In dem angrenzenden Zimmer sah er die nur noch schwach leuchtende Glut eines schon erloschenen Feuers.

Doch er sah noch etwas – etwas, das er im ersten Moment nicht glauben wollte: Vor ihm auf dem Boden, auf ihren provisorischen Lagern friedlich ausgestreckt und fest schlafend, lagen Din-Mikkith und Yomi. Es war das erste Mal, dass Jonathan den Behmisch schlafen sah.

Und dort drüben saß auch Girith, der Rotschopf, auf seiner Stange und schlief tief.

Zweifelnd drehte sich Jonathan nach dem Fenster um, durch das er an diesen Ort, Din-Mikkiths Baumhaus, gelangt war, aber dort war nichts als undurchdringliche Dunkelheit. Enttäuscht zuckte er die Achseln. Da war er wohl wieder in seiner Traumwelt Neschan. Obwohl ihn die Art und Weise, wie er hierher gelangt war, verwirrte, beschloss er sich nicht weiter den Kopf darüber zu zerbrechen. Er war schrecklich müde. Morgen, das stand für ihn fest, würde er seine sofortige Weiterreise verkünden. Also musste er ausgeschlafen sein.

Er wandte sich der Richtung zu, in der das Bett stand, das Din-Mikkith ihm als Krankenlager zur Verfügung gestellt hatte. Blind tastete er sich wieder vorwärts. Ein dumpfer Schlag, begleitet von einem stechenden Schmerz im rechten Schienbein, zeigte ihm, dass er angekommen war.

Als er sich auf das Lager niederlassen wollte, hörte er hinter sich ein Fiepen und eine verschlafen brummende Stimme: »Mach nicht solchen Lärm, Gurgi. Yo, bist du das? Du hast mich wach gemacht. Was ist denn los?«

Jonathan glaubte zu einem Eiszapfen zu erstarren. Diese Stimme, die da so verdrossen aus dem Bett herüberkam, war ihm bekannt wie keine zweite. Kein Wunder, es war seine eigene! Es war die Stimme Yonathans, seines Traumbruders. Aber was spielte das schon für eine Rolle? Nie in seinem Leben war ihm so klar gewesen, wie ähnlich sich diese beiden Stimmen waren. »Aber wie …?«, stammelte er.

»Du bist nicht Yomi!«, hörte er die andere Stimme sagen, die nun kein bisschen verschlafen mehr klang. »Din?«

Jonathan schwieg. Dieser ganze Traum war ihm nicht geheuer. Er wollte aufwachen – *sofort!*

»Nein, du bist auch nicht Din-Mikkith, aber wer bist du dann?« Und nach einer Weile: »Benel! Bist du es?«

Es hatte keinen Zweck. Jonathan musste sich bekennen. »Nein, ich bin's«, sagte er endlich. Das alles gefiel ihm nicht. Es war, wie das allererste, unvorbereitete Zusammentreffen mit einem Zwillingsbruder, von dem man bisher noch nichts gewusst hatte. Außerdem war da noch dieses Rascheln und Fiepen am Kopfende des Bettes, das ihn verunsicherte. Irgendetwas lauerte dort. Am liebsten läge Jonathan wieder in seinem Bett, das sich ja nur wenige Schritt weit auf der anderen Seite des Fensters befand. Er versuchte seiner Stimme Festigkeit zu verleihen, als er hinzufügte: »Und mach nicht solchen Lärm. Sonst weckst du die anderen noch auf.«

Diese wenigen Worte reichten aus, um nun Yonathan, seinen Traumbruder, in helle Aufregung zu versetzen. »Deine Stimme!«, stammelte er. »Das ist nicht Benels Stimme. Es ist … *meine!*«

»Ganz recht«, stimmte Jonathan zu.

»Aber wie …?«

»Das habe ich mich auch schon gefragt!«

»Du musst *doch* Benel sein«, beharrte Yonathan in einer Mischung aus Bestimmtheit und Ehrfurcht. »Das ist so 'ne Art Wunder, stimmt's?«

»Nun hör schon endlich damit auf, Yonathan. Ich bin du. Ich meine … du bist ich. Ach – ich weiß nicht, wie ich's dir erklären soll. Sag mir lieber, wen du da bei dir versteckt hältst.«

Er hörte ein Kichern aus der Dunkelheit. »Das ist nur Gurgi. Die tut dir nichts – wenn ich es ihr nicht befehle.«

»Ach so«, sagte Jonathan erleichtert. Den Masch-Masch hatte er in seiner Aufregung ganz vergessen. »Ich glaube kaum, dass sich der Tollpatsch für mich interessieren wird. Ich habe keine Süßigkeiten dabei.«

»Du kennst Gurgi?«, verwunderte sich die Stimme aus der Dunkelheit.

»Ja, natürlich«, entgegnete Jonathan. »Schließlich ist er mir … ich meine dir ja erst kürzlich in den Schoß gefallen, oder?«

»Du bringst mich durcheinander«, sagte Yonathan. »Dein ganzes Gerede von dir und mir. Ich kann nicht gerade behaupten, dass mir die Sache dadurch klarer wird. Sag mir doch einfach klipp und klar, wer du bist.«

Jonathan musste sich eingestehen, dass es nicht so einfach war, diese Situation zu erklären. Er versuchte es trotzdem. »Also pass auf. Meine Name ist Jonathan – ganz ähnlich wie deiner. Du existierst eigentlich gar nicht.«

»Hör mal!«, protestierte Yonathan. »Bis eben war alles in bester Ordnung, da kommst du hier hereingeplatzt, stiehlst mir den Schlaf, behauptest ich zu sein und möchtest mir obendrein noch einreden, dass es mich eigentlich gar nicht gibt.«

»Ich gebe ja zu, es ist nicht so leicht zu verstehen. Also lass es mich noch einmal anders erklären. Aber vielleicht könntest du zunächst für etwas Licht sorgen. Ich würde dich gerne mal aus der Nähe betrachten.«

Der im Bett schien einen Augenblick zu überlegen. »Um Yomi mache ich mir keine Sorgen. Der schläft wie ein Bär. Aber meinst du nicht, Din-Mikkith könnte aufwachen? Ich wundere mich, dass er nicht schon längst hier ist.«

Jonathan zuckte die Achseln. »Ich glaube eigentlich nicht. Wir haben inzwischen so viel Lärm gemacht, dass er schon längst hätte aufwachen müssen. Möglicherweise hat ihn ja so eine Art Tiefschlaf übermannt, wie damals Navran, als Benel dich besuchte.«

»Du scheinst dich ja wirklich gut mit meiner Lebensgeschichte auszukennen.« Yonathans Stimme war anzuhören, dass es ihm nicht wohl in seiner Haut war. »Also gut, ich mache Licht.«

Yonathan schlich in den Nebenraum, entzündete eine kleine Öllampe und kehrte zu seinem Gast zurück. Um sicher zu sein, dass seine beiden Gefährten und der Papagei nicht doch noch durch das Licht aus seiner Kammer geweckt wurden, schloss er die Durchgangstür mit der Matte aus grünem Flechtwerk. Schüchtern setzte er sich auf der Bettkante seinem Besucher gegenüber. Der betrachtete im Augenblick mit skeptischem Blick den kleinen Masch-Masch, der irritiert zu sein schien, dass sein neuer Freund sich verdoppelt hatte.

»Gurgi tut wirklich nichts«, versicherte Yonathan seinem nächtlichen Gast.

Das eigenartig weiße, lange Hemd, das dieser trug, ließ ihn kurz wieder an Benel denken. Aber eine weitere Ähnlichkeit mit dem gleißenden Boten Yehwohs ließ sich im schwachen Licht der Öllampe nicht erkennen. Im Gegenteil, dieser Besucher hatte Ähnlichkeit mit ihm selbst. Nicht nur die dunkelbraunen, fast schwarzen Haare bestärkten diesen Eindruck. Die ganze Erscheinung dieses Jungen war ihm so vertraut wie sein eigenes Spiegelbild. Aber es gab auch Unterschiede. Dieser Jonathan wirkte zierlicher, beinahe zerbrechlich, kränklich. »Eigenartig«, setzte Yonathan das Gespräch zaghaft fort, »mir ist so, als würde auch ich dich kennen.«

Jonathan lächelte, den Blick wieder seinem Traumbruder zuwendend. »Das wundert mich nicht. Wir beide sind ja schließlich ein und derselbe.«

»Das ist es nicht«, widersprach Yonathan grübelnd. »Irgendwoher kenne ich dich. Es wird mir schon noch einfallen.« Er lächelte ein wenig spöttisch. »Aber du wolltest mir erzählen, warum es mich nicht gibt.«

Jonathan, der diesen Gesichtsausdruck sehr gut kannte, zog die Stirn in Falten. »Da gibt's nichts zu grinsen«, sagte er. »Hör erst mal zu. Dann kannst du dir dein Urteil bilden.

Es fing vor fast sechs Jahren an; wir beide waren damals acht. Ich wurde schwer krank. Alle dachten, ich würde sterben. Aber ich wurde wieder gesund – beinahe jedenfalls. Seit damals kann ich nicht mehr laufen und bin auf den Rollstuhl angewiesen.«

»Aber du bist doch vorhin gelaufen«, widersprach Yonathan.

»Das stimmt«, gab ihm Jonathan Recht. »Wie gesagt, das alles hier ist ja nur ein Traum.«

Yonathans Augenbrauen zogen sich bedrohlich zusammen. »Ich finde das nicht überzeugend. Ich fühle mich sehr lebendig.«

»Das ist es ja«, jammerte Jonathan. »Seit meiner Krankheit träume ich nur noch von dir. Es ist so, als steckte ich in dir drin, als lebte ich in dir … oder du in mir.«

Yonathans skeptischer Blick wich nicht von seinem Gesicht.

»Ich weiß alles von dir.« Jonathan bemühte sich verzweifelt um Glaubwürdigkeit. »Angefangen von deiner Ankunft in Kitvar, in dieser stürmischen Nacht, bis hin zu deinem Sturz in das Loch, in dem du Haschevet fandest.«

»Zugegeben, du weißt sehr viel von mir. Du siehst mir auch sehr ähnlich. Aber wie …?« Yonathan schüttelte den Kopf. »Nein, ich kann das nicht glauben. Es klingt *zu* verrückt!« Dann kniff er die Augen zu zwei schmalen Schlitzen zusammen. »Wer weiß«, zischte er feindselig, während er gleichzeitig von der Bettkante hochfuhr und zwei Schritte zurückwich. Vor Schreck plumpste Gurgi rücklings vom Kopfende des Bettes und konnte sich nur dank seines schnell zugreifenden Schwanzes vor einem tieferen Absturz bewahren. »Möglicherweise bist du sogar ein Spion Sethurs. Vielleicht hat der Grüne Nebel ihn nicht erwischt und nun versucht er mich mit einer neuen List zu überrumpeln. Man sagt, er habe sehr viel Macht. Vielleicht kann er sogar einen Doppelgänger von mir machen, um mich in eine Falle zu locken.«

Jetzt schüttelte Jonathan den Kopf. Verzweifelt ließ er die Schultern niedersinken und seufzte. Wie sollte er seinen Traumbruder nur von der Wahrheit seiner Worte überzeugen? Da entdeckte er den Gegenstand, den seine Hände noch immer umklammerten: die Flöte. Ja, natürlich, die Flöte. »Erinnerst du dich noch an den Morgen deiner Abreise aus Kitvar?«, fragte er aufgeregt. »Navran gab dir damals Goels Beutel, sein Fläschchen und den Dolch.«

Yonathan nickte. »Wie gesagt: Du kennst dich wirklich gut aus.«

»Navran gab dir an diesem Morgen aber noch etwas.«

Yonathans Augen huschten über das kleine Tischchen neben dem Bett, wo er seine wenigen Habseligkeiten aufbewahrte. Aber alles befand sich noch an seinem Platz. »Du meinst …?«

»Die Flöte«, vollendete Jonathan den Satz. »Es war nicht deine Flöte. Du bemerktest es, aber Navran bestand darauf, dass es deine eigene war. Erinnerst du dich?«

Yonathan nickte.

»Und du hattest Recht«, fuhr Jonathan fort. »Es war nicht deine Flöte. Es war meine!«

»Deine?«

»Genau. Auch ich hatte seit Jahren eine Flöte. Oft saß ich in meinem Rollstuhl unter der alten Eiche im Park des Internats und spielte darauf, doch eines Tages war sie …«

»Ich kenne dieses Bild!«, rief Yonathan verblüfft. »Ich habe davon geträumt, mehrmals!« Seine Augen weiteten sich. »Jetzt weiß ich auch, woher ich dich kenne: aus meinen Träumen. Ha! *Du* bist derjenige, den es in Wirklichkeit gar nicht gibt. *Dich* gibt es nur in *meinen* Träumen. Und auch dies ist nur ein verrückter Traum. Ich lege mich jetzt wieder hin und warte, bis ich aufwache.«

Jonathan fühlte Panik in sich aufsteigen. Die Dinge entglitten seiner Kontrolle, wenn er sie je unter Kontrolle gehabt hatte. Sein Traumbruder meinte das Rätsel gelöst zu haben und legte sich wieder ins Bett.

»Halt, einen Moment noch!«, rief Jonathan, um den anderen davon abzuhalten, sich auf die Seite zu drehen und ihm den Rücken zuzuwenden.

»Was ist denn noch? Lass mich endlich weiterschlafen!«

»Überleg doch mal!«, sagte Jonathan beschwörend. »Dass du auch *mich* gesehen hast, heißt doch nicht, dass ich dich belüge. Es bedeutet höchstens, dass ich kein Spion Sethurs bin.«

»So? Warum?«

»Deshalb.« Jonathan hielt ihm seine Flöte hin, diejenige, die er von seinem Großvater erhalten hatte, die er aber schon so oft vorher bei seinem Traumbruder gesehen hatte.

»Woher hast du die?«

Jonathan zuckte die Schultern. »Ich habe sie von meinem Großvater. Aber eigentlich tauchte sie genauso unvermutet auf wie deine. Mein Großvater dachte, ich bildete mir nur ein diese Flöte zu kennen.«

»Jetzt verstehe ich gar nichts mehr.« Yonathan schaute abwechselnd auf die Flöte in den Händen vor ihm und auf diejenige, die auf dem Tischchen neben seinem Bett lag.

»Ich muss zugeben, dass ich es auch nicht richtig verstehe. Aber denk einmal nach, Yonathan. Wenn ich zu Sethur gehörte und den Auftrag hätte dich zu fangen, dann hätte ich es doch tun können, als ich unsere Flöten tauschte. Aber wie du selbst weißt, kam Sethur zu spät. Als er die *Weltwind* entern wollte, brach erst sein Mast und dann bist du mit Yomi auch noch ins Wasser gefallen, wodurch ihr ihm entkamt.« Jonathan schaute seinem Traumbruder eindringlich in die Augen. »Glaubst du mir jetzt?«

Yonathan war noch nicht überzeugt. »Also gut. Du bist kein Spion Sethurs. Auch dass du mich in deinen Träumen gesehen hast, nehme ich dir ab. Ich glaube dir aber *nicht*, dass es mich nicht gibt. Irgendetwas verbindet uns beide. Und es ist gewiss nicht deine Phantasie.« Yonathan bemerkte die Unsicherheit bei seinem Gegenüber. Er richtete sich im Bett auf und setzte nach. »Überlege doch! Auch *ich* habe von dir geträumt. Und ich habe *deine* Flöte. Da liegt sie.« Er deutete zum Tischchen. »Glaubst du, eine Flöte oder sonst irgendwas kann von einem Traum in die Wirklichkeit gelangen und umgekehrt?«

Nun war Jonathan ratlos. »Diese Fragen habe ich mir auch schon oft gestellt. Und wenn ich ehrlich bin, dann habe ich keine Antwort darauf. Du musst mehr sein als nur ein normaler Traum. Manchmal, wenn ich so mit dir bangte und litt, dann habe ich mich gefragt, ob *ich* nicht der Traum bin und du die Wirklichkeit.«

Yonathans Besucher saß niedergeschlagen da und hatte scheinbar seinen Kampfgeist verloren. Aber freuen konnte er sich darüber nicht. Er fühlte sich ebenfalls ausgelaugt und verunsichert, aber auch auf eine unerklärliche Art und Weise zu diesem anderen Jonathan hingezogen. Er hatte Mitleid mit seinem Traumbruder.

Nachdem beide eine Weile schweigend nebeneinander gesessen hatten, fragte Yonathan sanft: »Du kennst mich schon so lange. Warum besuchst du mich erst heute?«

»Das ist eine lange Geschichte«, sagte Jonathan.

»Das macht nichts. Jetzt, da ich schon mal wach bin, habe ich viel Zeit. Fang einfach an und lass nichts aus. Ich liebe lange Geschichten – wenn sie spannend sind.«

Also begann Jonathan zu erzählen und legte seinem Traumbruder sein ganzes Leben dar. Er erzählte von seiner frühen Kindheit, die er gemeinsam mit seinem Vater verbracht hatte, von dessen allzu frühem Tod, von der Schulzeit und seinem Großvater, bis hin zu seiner Krankheit und den Träumen, die ihn seitdem nicht mehr losgelassen hatten. Schließlich war er bei den Ereignissen des vergangenen Tages angelangt und das viele Erzählen hatte ihn seine Bedrückung vergessen lassen.

»Ich dachte: Es *muss* doch einen Weg geben, dich an deinen Auftrag zu erinnern. Ich war so verzweifelt, dass ich die Augen schloss und darum betete.«

»Zu Yehwoh?«, flüsterte Yonathan, von der Erzählung in den Bann geschlagen.

»Auf der Erde klingt sein Name ein wenig anders – aber ich glaube, es ist der gleiche Gott, zu dem wir beten.«

»Was geschah dann?«, drängte Yonathan seinen irdischen Bruder fortzufahren.

»Ich bemerkte plötzlich, dass der Mond, die Sterne und der Park vor meinem Fenster verschwunden waren. Als ich versuchte es zu öffnen, konnte ich plötzlich stehen. Du musst dir das mal vorstellen! Seit über fünf Jahren stand ich zum ersten Mal wieder auf meinen eigenen Beinen. Na, jedenfalls kletterte ich gleich durch das Fenster und muss wohl auf diese Weise direkt in dein Zimmer eingestiegen sein.«

»Du meinst, du bist durch *das* Fenster dort geklettert?« Yonathan deutete ungläubig in die Richtung, in der sich das einzige Fenster der kleinen Kammer befand. Der schwache Lichtschein seiner Lampe reichte nicht aus, um mehr als einen schwarzen Rahmen erkennen zu lassen.

»So muss es wohl sein.«

Nun hielt Yonathan nichts mehr in seinem Bett. Er schwang hastig die Beine heraus, griff nach dem Öllämpchen und tappte zum Fenster, dicht gefolgt von seinem anderen Ich. Was sie sahen, verblüffte sie beide. Jonathan, weil er immer noch darüber staunte, wie nah sich hier die beiden Welten kamen, und seinen Traumbruder, weil er in ein Zimmer sah, so fremd wie das Schlafgemach des Kaisers von Cedanor.

»Das ist dein Rollstuhl, stimmt's?«, fragte er schließlich.

»Ja, das ist er«, sagte Jonathan bitter.

»Meinst du, ich könnte mal da rüber klettern?«

Jonathan erschrak bei dieser Frage, ohne zu wissen warum. »Lieber nicht«, hielt er den anderen zurück. »Wer weiß, was passiert, wenn ich erwache, während du da drüben bist.«

»Das wäre sicher lustig. Wir könnten für eine Weile die Rollen tauschen – so wie vorher unsere Flöten.«

»Yonathan!«, rief Jonathan. Gleichzeitig packte er ihn mit beiden Händen bei den Schultern, schaute ihm fest in die Augen. »Verstehst du denn nicht, wie wichtig das ist, was ich dir sagen wollte? Sonst hätte sich dieses Tor zwischen der Erde und Neschan bestimmt nicht geöffnet.« Er wies auf das Fenster. »Vielleicht wird es das nie wieder tun. Deshalb kann ich es dir nur *einmal* sagen: Du *musst* deine Reise fortsetzen und Goel den Stab überbringen! Sonst ist alles verloren und Bar-Hazzat hat sein Ziel erreicht – egal, ob er nun den Stab bekommt oder nicht. Er hat auf alle Fälle verhindert, dass der siebente Richter ihn erhält. Ich glaube nicht, dass er sich unter diesen Umständen noch lange in Témánah verstecken wird. Es wird bald keinen Ort auf Neschan mehr geben, der vor seinem bösen Einfluss sicher ist – außer dem Garten der Weisheit vielleicht, aber ohne Richter wird das genauso sein, als wäre *Gan Mischpad* aus dieser Welt verschwunden, als gäbe es den Garten nicht mehr.«

Diese Worte trafen Yonathan. »Ich hatte nie die Absicht meinen Auftrag nicht zu erfüllen«, sagte er etwas lahm.

»Mag sein. Aber du hast dich von Din-Mikkiths gut gemeinten Worten einwickeln lassen.«

»Stimmt es etwa nicht, dass ich erst ganz gesund sein muss, ehe ich meine Reise fortsetzen kann?«

»Natürlich stimmte das. Solange du noch krank warst. Aber nun bist du es nicht mehr. Du streifst durch den Regenwald, spielst mit Gurgi und freust dich deines Lebens. Nur an deinen Auftrag – an *Yehwohs* Auftrag! – scheinst du nicht mehr zu denken. Und glaube mir: Ein zu spät erfüllter Auftrag ist ein unerfüllter Auftrag.«

»Du hast Recht«, gab Yonathan zu. »Anfangs habe ich mich noch dagegen gewehrt, länger als nötig hierzubleiben. Aber dann dachte ich nur noch daran, wie schön es hier ist. Ich habe den Auftrag einfach in weite Ferne gerückt.«

Jonathan legte seinem Traumbruder tröstend den Arm um die Schulter. »Und deine beiden Freunde haben dich unfreiwillig noch unterstützt. Vor lauter Rücksicht auf dich haben sie dich in deiner Einstellung noch bestärkt, anstatt dich zu ermuntern recht bald aufzubrechen. Was wirst du jetzt tun?«

Beide saßen nun wieder auf der Bettkante und Entschlossenheit kehrte in Yonathans Augen zurück. »Was gibt's da noch zu fragen? Ich packe meine Sachen und breche auf.«

»Und wenn Din-Mikkith versucht dich zurückzuhalten?«

»Anscheinend brauche ich ab und zu jemanden, der mich wachrüttelt.« Yonathan lachte. »Im wahrsten Sinne des Wortes! Beim ersten Mal war es Benel und heute bist du es gewesen. Eins steht jedenfalls fest: Ich werde morgen aufbrechen – wenn es sein muss, sogar allein.«

Auch Jonathan lächelte. »Jetzt stimmt es wieder, das Bild, das ich mir von dir gemacht habe. Ich war fast immer kränklich und konnte keine Abenteuer erleben. In meinen Träumen hast du das immer für mich besorgt. Du bist nicht nur stärker als ich, sondern auch unternehmungslustiger.«

»Ich glaube, wir könnten gute Freunde werden.«

»Sind wir das nicht schon immer gewesen?«

Yonathan zuckte die Achseln. »Möglich. Was wirst du nun tun?«

Jonathan schreckte hoch. »Gut, dass du mich das fragst. Ich muss wieder rüber in mein Zimmer. Nicht auszudenken, was geschähe, wenn ich jetzt aufwachen würde. Vielleicht wäre ich dann für immer von der Erde verschwunden.«

»Wäre das so schlimm? Mir scheint, dir geht es hier besser als dort. Ich könnte noch einen Zwillingsbruder wie dich gebrauchen.«

»Nein«, wandte Jonathan ein und Bedauern schwang in seiner Stimme. »Es geht nicht. Ich kann nicht einfach verschwinden, ohne zumindest einigen Menschen Lebewohl gesagt zu haben.«

»Du meinst deinen Großvater und Samuel?«

Jonathan nickte.

»Werden wir uns wieder sehen, Jonathan?«

»Ich weiß nicht. Ich denke, wenn du mich mal wieder dringend brauchst, dann wird es auch einen Weg geben. Bis dahin kannst du ja das hier an dich nehmen, als Erinnerung an mich. Sie gehört ja sowieso dir.« Jonathan reichte seinem Traumbruder die Flöte.

Yonathan nahm die andere Flöte vom Tischchen. »Aber nur, wenn du diese hier nimmst.«

Während Jonathan das Instrument entgegennahm, streifte sein Blick den Stab Haschevet, den sein Traumbruder wie immer des Nachts neben sich im Bett aufbewahrte.

»Möchtest du ihn einmal in die Hand nehmen?«, fragte Yonathan, der den Blick bemerkt hatte. »Ich glaube, es würde nichts ausmachen – schließlich sind wir doch beide irgendwie eins, oder?«

»Ich weiß nicht.« Jonathan überlegte einen Augenblick. »Lieber nicht. Du bist der Stabträger. Ich bin nur dein Bruder.« Mit diesen Worten erhoben sie sich. Sie sagten sich Lebewohl und Jonathan streichelte zum Abschied den kleinen Masch-Masch.

Nachdem er wieder durch das Fenster in sein Zimmer zurückgeklettert war, schaute er noch einmal zurück. Sein Traumbruder winkte ihm zu – obwohl er ihn vermutlich gar nicht mehr erkennen konnte – und löschte dann das Licht der kleinen Öllampe. Den Fensterausschnitt füllte nur noch schwarze Leere.

Gedankenverloren schlurfte Jonathan zum Bett und legte sich nieder. Tiefe Befriedigung und Dankbarkeit erfüllten ihn. Er hatte erreicht, was er wollte: Sein Traumbruder nahm den Auftrag wieder ernst. Die wohlvertraute Flöte in den Händen haltend wanderten seine Augen noch einmal zum Fenster. Auf dem schwarzsamtenen Tuch der Nacht funkelten die Sterne wie Millionen kostbarster Diamanten und der Mond warf sein silbriges Licht in den friedlich daliegenden Park von *Jabbok House*.

Und bevor ihn das Tuch des Schlafes umhüllte, fragte er sich ein letztes Mal: War es Traum oder Wirklichkeit?

XIII.
Das Tor im Süden

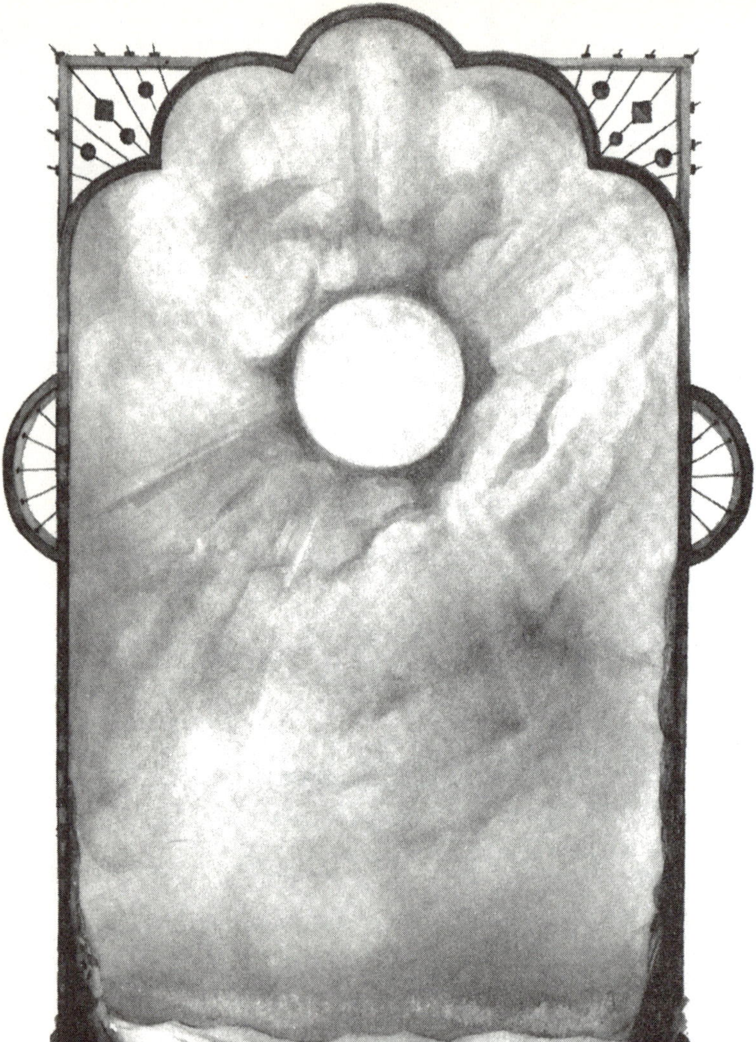

Die Tücken der Lebenden Dinge

Gewöhnlich fiel Yonathan das Aufwachen am Morgen äußerst schwer. Er versuchte dann sich selbst davon zu überzeugen, dass das heraufdämmernde Gefühl des Wachseins in Wahrheit nur eine besondere Art von Alptraum sei.

An diesem Morgen hinderte Yonathan etwas ganz anderes daran, sofort die Augen aufzuschlagen und munter aus dem Bett zu hüpfen: Er zweifelte daran, in der vergangenen Nacht wach gewesen zu sein und glaubte jetzt, ein merkwürdiger Traum hätte ihn heimgesucht. Dieser Traum handelte von einer Art Zwillingsbruder, der sich Jonathan nannte und der ihn doch allen Ernstes an seinen Auftrag erinnern wollte. Als wenn er nicht selbst wüsste, dass es jetzt endlich Zeit wäre, die Reise zum Garten der Weisheit fortzusetzen!

War diese Mahnung wirklich so überflüssig gewesen? Er musste sich eingestehen, dass er sich hatte einlullen lassen. Das ruhige, unbeschwerte Leben hier im Verborgenen Land war wie eine Droge. Der Auftrag und eigentliche Anlass für seinen Aufenthalt an diesem Ort waren in weite Ferne gerückt. Fast hätte er ihn vergessen.

»Egal«, sagte sich Yonathan und er bemerkte mit Befremden, dass seine Beine schon über dem Bettrand baumelten. Ob dieser Besuch seines anderen Ichs nun Traum oder Wirklichkeit war, eines stand fest: Noch heute würde er seine Reise fortsetzen und *nichts* könnte ihn davon abhalten.

Entschlossen griff er zum Stab Haschevet und schwang sich

vollends aus dem Bett. Sein Blick fiel auf den Durchgang und er stutzte. War nicht am Abend zuvor die Tür zum größeren Aufenthaltsraum offen gewesen? Natürlich! Und er hatte sie dann in der Nacht selbst geschlossen, damit das Licht in seiner Kammer und das Gespräch mit seinem Besucher nicht die beiden Gefährten weckte. Also war es doch kein Traum? Andererseits konnte einer der beiden Freunde einfach die Matte heruntergelassen haben, um Yonathan, den sie noch schonen wollten, nicht zu wecken.

Plötzlich schoss eine Erinnerung aus den Tiefen seines Bewusstseins empor. Die Flöte! Er wirbelte herum und seine Augen überflogen das Tischchen neben dem Bett. Doch das Instrument fehlte. Alles war da: der Beutel, das Fläschchen, sein Dolch – aber nicht die Flöte.

In diesem Moment nahm er aus den Augenwinkeln eine flüchtige Bewegung wahr. Die Pelzkugel verschwand unter dem Bett. »Gurgi!«, rief Yonathan. »Was machst du denn da?«

Der kleine Masch-Masch hing mit dem Schwanz am Bettgestell und fischte – während er mit dem Kopf nach unten baumelte – nach einem Gegenstand. Gurgi legte seine Beute auf das Bett. Die Flöte war dreimal so lang wie der kleine Tollpatsch, doch er ließ sich nicht entmutigen.

»Gurgi, was hast du denn da gefunden?«, fragte Yonathan, obwohl er sah, dass sein kleiner Freund sich mit dem Beweisstück abplagte. Gurgi hatte die Flöte geborgen, die er vor wenigen Stunden gegen die seines Zwillingsbruders getauscht hatte. Ein Prickeln durchlief ihn. Nun konnte ihn nichts mehr von seinem Vorsatz abbringen.

»Yonathan! Du bist schon wach?«, ertönte Yomis Stimme hinter ihm.

Yonathan drehte sich um und entgegnete gut gelaunt: »So ist es.« Von Yomi war zwischen Türpfosten und Matte nur eine Hand und sein von blonden, widerspenstigen Strähnen umrahmtes Gesicht zu sehen.

»Schau mal«, sagte Yonathan. »Das kleine Biest will meine Flöte nicht herausrücken. Was soll ich machen?«

»Ich glaube, da kann ich dir helfen«, sagte Yomi vergnügt. »Komm an den Frühstückstisch. Da gibt's Nüsse, das lenkt sie bestimmt ab.«

Schon diese Worte genügten und Gurgis Griff lockerte sich. Sie ließ sich auf den Boden plumpsen und verschwand in Richtung Frühstückstisch.

Yonathan hob verwundert eine Augenbraue. »Hat sie das etwa verstanden?«

Yomi zuckte die Schultern.

In diesem Augenblick schlug eine grüne Hand mit zwei Daumen daran die Matte vollends zur Seite. Din-Mikkith erschien in der Tür und bemerkte kichernd: »Denke nie, ein Tier sei nur ein Tier, Kleines. Melech-Arez haben wir so manche Kreatur zu verdanken, die weder Mensch noch Tier ist. Viele sind klug, die meisten sind böse, nur wenige aber sind friedliebend.«

»Gehören die Masch-Maschs auch zu diesen Geschöpfen?«

»Wer weiß – jedenfalls sind sie klüger, als man es bei ihrer Größe erwartet. Was aber uns Behmische betrifft, wir sind wohl nicht böser und auch nicht friedfertiger als ihr Menschen. Als Yehwoh Melech-Arez' Fluch aufhob und seinen ersten Richter, Yenoach, sandte, wurden auch wir mit ihm versöhnt. Yehwoh sagte damals: ›Auch wenn die Finsternis kein Licht spiegeln und das Licht keine Dunkelheit hervorbringt, so will ich doch etwas von meinem Glanze an die Kinder der Finsternis geben. So werden sie versöhnt mit den Kindern des Lichts. Und zum Zeichen leuchte für immer mein Licht in der Dunkelheit, und da, wo Schatten ist, wird zuerst das Licht gesehen.‹«

Yonathan schaute nachdenklich. »Diese Worte habe ich nie ganz verstanden.«

»Ich verstehe sie auch nicht ganz, Kleines. Aber jedes vernunftbegabte Wesen kann seither wählen zwischen Melech-Arez und Yehwoh, dem Allmächtigen.«

»Ja, das ist wahr.« Yonathan fühlte Dankbarkeit, gleichzeitig aber auch Unbehagen wegen der Beharrlichkeit, mit der Melech-Arez und seine Diener nun schon seit Jahrtausenden versuchten den denkenden Wesen dieses Recht zu nehmen. Das Abenteuer mit dem Baum Zephon hatte gezeigt, dass die Gefahr, vom Herrscher der Finsternis versklavt zu werden, noch immer allgegenwärtig war.

Yonathan schüttelte diese Gedanken von sich. »Kommt, lasst uns frühstücken. Und dann muss ich euch etwas mitteilen.«

»Hast du dir das auch gut überlegt?«, fragte Yomi.

»Kaum jemand hätte das Grüne Nebel überlebt«, setzte Din-Mikkith hinzu. »Zumindest nicht bei klarem Verstand. Bequeme Streifzüge in der Nähe des Baumhauses sind eine Sache. Wie aber wird es da draußen sein, im Regenwald mit all seinen Gefahren?«

»Und dort regnet es pausenlos«, fügte Yomi hinzu. »Und wir müssen noch packen.«

»Hier regnet es jeden Tag, Yomi. Und meine Gepäckstücke kann ich an einer Hand abzählen. Das sind alles keine Gründe noch länger zu warten. Überlege doch einmal: Vor *einem* Monat bin ich mit Haschevet in der Hand nach Hause gekommen und habe davon erfahren, dass ich diese Reise antreten muss. Bei gutem Wind hätten wir jetzt schon fast im Hafen von Cedanor einlaufen können. Und wo sitzen wir? Im Verborgenen Land und allein elf Tage davon hier, bei Din-Mikkith. Ich kann keinen Tag länger warten. Wozu also noch einen damit verschwenden, unseren Aufbruch vorzubereiten?«

»Wir brauchen zumindest Proviant.«

»Hatten wir etwa welchen, als wir vom Ewigen Wehr aufbrachen? Nein! Sind wir deshalb verhungert? Auch nicht! Ich habe den Beutel und das Fläschchen wieder gefüllt. Die werden schon für uns sorgen, wenn wir im Wald nichts finden. Aber ich habe inzwischen auch einiges von Din-Mikkith gelernt. Ich sehe daher keinen Grund noch länger zu zögern.«

Yomi schwieg. Ihm war klar, dass weiteres Argumentieren vergebens war. Der Entschluss seines Freundes stand wohl fest. Er gab sich einen Ruck und sagte: »Also, brechen wir auf!«

»Ich werde euch selbstverständlich begleiten«, ergänzte Din-Mikkith, als ginge es um einen Feiertagsausflug.

Yonathan war überrascht, wenn er auch auf ein solches Angebot gehofft hatte. »Du willst wirklich mit uns gehen? Es ist doch *mein* Auftrag, Din. Du hast selbst gesagt, die Reise könne gefährlich werden.«

»Ein Grund mehr für mich mitzugehen. Ich kenne die Gefahren, ihr nicht. Außerdem werde ich euch nur bis zur Grenze des Verborgenen Landes begleiten. Wenn selbst Yomi dich freiwillig begleitet, obwohl er die Gefahren fürchtet, dann muss ich doch erst recht mit euch gehen! Ich bin schließlich hier zu Hause.«

Es dauerte nicht lange und die drei Gefährten kletterten ein letztes Mal die Strickleiter von Din-Mikkiths Baumhaus hinab. Bevor sie sich endgültig nach Süden wandten, drehte sich Yonathan noch einmal um und blickte in die Höhe. Das Baumhaus war aus dieser kurzen Entfernung kaum mehr auszumachen, es verschmolz mit dem Grün der Baumkronen. Yonathan blickte wehmütig zurück. Dort droben, in der luftigen Höhe des Blätterdaches hatte der Regenwald ihnen Sicherheit und Geborgenheit gegeben. Jetzt kamen wieder die unbekannten Gefahren der Reise auf sie zu.

Das leichte Gepäck beschränkte sich auf das Nötigste: neben dem Stab Haschevet und den anderen vertrauten Gegenständen wasserabweisende Decken und ein Bündel gebleichten Stoffes, dessen Sinn und Zweck Yonathan nicht näher zu ergründen vermochte; dazu kam eine eiserne Ration an nahrhaften, lange haltbaren Lebensmitteln, Material zum Feuermachen, ein Seil und – Gurgi, die junge Masch-Masch-Dame, die sich an Yonathans Brust in den Falten seines weiten Leinenhemdes eingenistet hatte. Schon nach kurzer Zeit jedoch verließ sie ihren Schlafplatz. Sie turnte auf Yonathans Schultern und Kopf herum und sorgte so auf ihre Weise dafür, dass die Wanderung nicht langweilig wurde.

Auch Girith, der Rotschopf, hatte sich zu ihnen gesellt. Dieser war jedoch oft stundenlang nicht zu sehen. Yonathan vermutete, dass Din-Mikkith ihn jeweils aussandte, um die Gegend zu erkunden, denn wenn Rotschopf zurückkehrte, fuhr der Behmisch jedes Mal mit den Händen am Körper des Tieres entlang, als könne er Botschaften wie Wassertropfen aus dem Gefieder streichen. Nach diesen stillen Dialogen bahnte sich Din-Mikkith seinen Weg zielsicher durch die wuchernde Vegetation des Regenwaldes.

Bald schon verließen die Reisenden den bekannten Teil des Waldes und betraten ein neues Reich, das sich in vielem von der Gegend unterschied, in der Din-Mikkith sich niedergelassen hatte. Rund um das Baumhaus des Behmischs war der Wald licht und gut überschaubar gewesen. Die Baumriesen bildeten eine majestätische Säulenhalle, die tief unter dem Blätterdach mit einem flachen, weichen Pflanzenteppich bedeckt war. Doch nun traten die Bäume weiter auseinander. Dadurch konnte mehr Licht den Boden erreichen und kleinere Pflanzen höher hinauswachsen. Die Luft wurde feuchter und stickiger. Oft drangen plötzlich und lautstark die Rufe unsichtbarer Tiere aus nächster Nähe an ihre Ohren. Während Yonathan und Yomi immer wieder zusammenschreckten, zeigte sich Din-Mikkith ruhig und gelassen. Er kenne den »Gesang des Waldes, kein Grund zur Beunruhigung«.

Keine Frage, Din-Mikkith war hier in seinem Element, jede seiner Bewegungen ließ dies erkennen. Er schwamm geradezu durch die wuchernde Pflanzenwelt. Yonathan und Yomi hatten den Eindruck, Din-Mikkith hätte gar keine Knochen. Wenn dieser an ein Hindernis zu stoßen drohte, konnte er Arme oder Beine einfach einziehen oder umknicken, woraus sich recht eigenartige Körperstellungen ergaben. Dann wieder verharrte er bewegungslos auf der Stelle und seine Begleiter hatten große Mühe ihren Gefährten überhaupt auszumachen, obwohl er nur wenige Schritte entfernt war. So sehr verschmolz er mit seiner Umgebung. Din-Mikkith konnte sich jedem Hintergrund anpassen, solange dieser grün war.

Zahlreiche neue Eindrücke ließen den ersten Tag der Wanderschaft wie im Fluge vergehen. Obwohl Yonathan am Abend erschöpft war, glaubte er sich doch schnell wieder an das tägliche Marschieren gewöhnen zu können. Schnell sank er in einen tiefen, traumlosen Schlaf, den auch der seit Sonnenuntergang niederrieselnde Regen nicht stören konnte. Seine Entschlossenheit ließ alle Widrigkeiten verblassen und nahm ihnen die Schärfe.

Am Morgen gab es ein warmes Frühstück, eine Suppe, die Din-Mikkith aus unterwegs gesammelten roten, schrumpligen Schoten und schwarzen Wurzeln zubereitet hatte. Obwohl Yonathan und Yomi den brodelnden Inhalt des Kochgefäßes zunächst eher skeptisch betrachteten, fasste Yomi ihre Eindrücke doch schon bald mit der Bemerkung zusammen: »Ich finde, dass der Topf ziemlich klein ist. Wir hätten einen größeren mitnehmen sollen.«

Die im Verborgenen Land stets von grauen Wolken verdeckte Sonne hatte noch nicht ihr volles Licht entfaltet, da waren sie schon wieder unterwegs. Es regnete ununterbrochen. Die Vorstellung, es gäbe Menschen, die sich nach Regen sehnen, erschien Yonathan hier äußerst abwegig. Kurz vor Mittag kreuzten sie einen Wasserlauf, eine willkommene Gelegenheit zu rasten. Sie ließen sich nieder und verzehrten gelbe, pyramidenförmige Früchte, die Din-Mikkith auf dem Wege gepflückt hatte. Dazu gab es lauwarmes Wasser aus dem Bach.

Als Hunger und Durst gestillt waren, meinte Yomi: »Ich muss mal dorthin, wo selbst der Kaiser von Cedan allein hingeht.«

»Mach nicht so lange. Wir wollen heute noch ein Stückchen marschieren«, rief ihm Yonathan nach. Dann wandte er sich an Din-Mikkith; er bemühte sich die richtigen Worte zu finden. »Mir fällt auf, dass du dich sehr vorsichtig im Wald bewegst, wachsamer als auf unseren Streifzügen rund um dein Baumhaus. Hat das irgendeinen besonderen Grund?«

»Ich bin nicht sehr oft hier. Im Regenwald gibt es viele Gefahren, da *muss* man wachsam sein«, antwortete Din-Mikkith.

»Trotzdem«, beharrte Yonathan, »ich habe das Gefühl, du fürchtest etwas Bestimmtes.«

Din-Mikkith kicherte kurz. »Das Stab verleiht dir wirklich große Macht, Yonathan. Dein Gefühl trügt dich nicht. Aber es ist nur ein Verdacht, nicht mehr. Ich möchte euch nicht beunruhigen.«

»Ein Verdacht? Ich glaube, ich wäre viel ruhiger, wenn ich von deinen Befürchtungen wüsste, Din. So grüble ich nur unaufhörlich herum und komme doch nicht darauf, was es ist.«

»Denk einfach nicht darüber nach, Kleines. Sollte etwas dran sein, dann werde ich es euch rechtzeitig sagen. Das verspreche ich.«

Yonathan fiel es schwer, sich mit diesem Vorschlag anzufreunden. Auch er spürte seit Stunden eine gewisse innere Unruhe. Aber er hatte sie immer wieder beiseite geschoben. Jetzt aber waren Besorgnis und Neugierde geweckt. Er wollte noch einen Vorstoß wagen.

»Könnte es sein, dass …«

Weiter kam er nicht. Ein durchdringender Schrei schnitt ihm das Wort ab. Yomi!

Im Nu waren Yonathan und Din-Mikkith auf den Beinen. Girith flatterte erschrocken auf und Gurgi verließ fluchtartig Yonathans Schulter, um sich in den schützenden Hemdfalten zu verkriechen.

»Was ist mit ihm?«, rief Yonathan, indem er Din Mikkith hinterherstürzte. Äste schlugen ihm ins Gesicht, als er durch die Büsche hastete.

Dann ragte vor seinen Augen ein gewaltiger Baum in die Höhe, dessen gelbe Äste gleich Wasserfontänen aus dem dicken Stamm emporschossen, um sich dann in weitem Bogen dem Erdboden zuzuneigen. Der Baum hatte feuerrote Blätter, die nur an den oberen Enden der Äste wuchsen. Weiter unten waren die Zweige nackt und glatt wie Schlangen. Selbst über dem Boden waren sie noch so stark wie das Handgelenk eines Mannes.

Yonathan sah gerade noch, wie sich Din-Mikkith zwischen zwei Ästen hindurchzwängte. Dabei kam dem Behmisch seine Fähigkeit zugute seinen Körper nach Belieben zu dehnen und zu strecken. Als Yonathan die Stelle erreichte, musste er feststellen, dass für ihn die Äste zu eng beieinander standen. Unverrückbar stellten sie sich ihm wie dicke Gitterstäbe in den Weg; er konnte nur hindurchschauen.

Yomi stand unmittelbar vor dem Stamm. Yonathan sah einen

goldglänzenden Fleck auf der Rinde und auf diesem Fleck klebten Yomis Hände. Yomi zog und zerrte, stemmte sich mit beiden Beinen gegen den Stamm, aber er bekam seine Hände nicht los.

Din-Mikkith lief geschäftig um Yomi herum, zog mal an dem einen, mal an dem anderen Arm, bis der Gefesselte vor Schmerz schrie, weil es ihm die Haut von den Händen zu reißen drohte.

»Was ist denn los?«, rief Yonathan durch die Zweige. »Warum hängt er da?«

Din-Mikkith eilte zu Yonathan und erklärte ruhig, aber mit großem Nachdruck: »Wir müssen Yomi *sofort* da losbekommen. Jeden Moment wird das Krormakh kommen!«

»Das Krormakh?«

»Wenn uns nichts einfällt, wie wir ihn losbekommen, muss ich ihm die Haut vom Leibe reißen.«

Yonathan verstand, dass keine Zeit zu verlieren war, nur nicht, worin die eigentliche Gefahr bestand. Endlich fiel ihm sein Dolch ein. Er zog die reich verzierte Klinge aus der Scheide und reichte sie Din-Mikkith durch die Äste hindurch. »Hier, nimm ihn und schneide ihn los …«

»Ich hab schon verstanden«, fiel ihm der Behmisch ins Wort und eilte bereits wieder davon.

Wütend schlug Yonathan mit Haschevet gegen die starren, gelben Äste. Doch das konnte sie nicht dazu bewegen, sich auch nur einen Fingerbreit zu öffnen. Es zeigten sich ein paar Kratzer, aus denen eine zähe, milchig weiße Flüssigkeit austrat, sonst nichts.

Er ist nicht wie Zephon, dachte Yonathan verzweifelt. Der Stab vernichtet nur Böses. Aber ein Baum ist weder gut noch böse. Er hat keinen Verstand! Mit beiden Händen die nackten, gelben Äste umklammernd verfolgte Yonathan die Bemühungen Din-Mikkiths, den langen Seemann aus seiner Lage zu befreien. Offenbar sah sich der grüne Waldläufer einem unlösbaren Problem gegenüber. Alles Schneiden und Säbeln half nichts. Die Klinge wollte nicht in die Rinde eindringen. Nach kurzer Zeit drehte er sich zu Yonathan um und zuckte mit den Schultern.

»Der Dolch ist ja stumpf wie ein Fischschwanz«, rief er zu

Yonathan hinüber. »Ich werde ihm doch die Haut vom Leibe reißen müssen. Wir haben keine Zeit mehr!«

Yomi winselte angesichts dieser wenig verlockenden Aussicht.

»Warte noch!«, rief Yonathan, als Din-Mikkith schon einen festen Stand suchte, um sein blutiges Werk zu verrichten. »Schnell! Bring mir noch mal den Dolch!«

Der Behmisch zögerte einen Moment, unschlüssig, ob er noch so viel Zeit vergeuden durfte. Schließlich hob er den Dolch wieder auf und Yomi und Yonathan atmeten erleichtert auf. Din-Mikkith zischte durch die gelben Gitterstäbe: »Was willst du damit? Wir haben keine Zeit mehr!«

Statt zu antworten, entriss Yonathan seinem Freund den Dolch, konzentrierte sich und setzte die Schneide an einem der gelben Äste an. Im Nu hatte er ihn und kurz darauf auch einen zweiten Ast durchschnitten. Die abgetrennten Enden fielen – seltsamerweise weich wie dicke Taue – zur Erde nieder und er konnte unter den von weißem Saft tropfenden Schnittstellen hindurchschlüpfen.

Erst jetzt fiel Yonathan auf, dass der Boden dahinter frei von Pflanzen war. Er bestand mehr oder weniger aus weicher, aufgewühlter Erde. Im nächsten Augenblick erreichte er schon seinen Freund und machte sich sofort an die Arbeit. »Beweg deine Hände jetzt nicht, Yo!«

»Du machst mir Spaß. Wenn ich das könnte, brauchtet ihr nicht hin und her flitzen wie aufgeschreckte Sardinen. Was ist überhaupt dieses Krormakh, von dem Din-Mikkith …«

Yomi vollendete seine Frage nicht. Stattdessen nahmen seine Augen einen starren, entsetzten Ausdruck an.

Yonathan folgte dem Blick seines Freundes. »Was ist das?«, stammelte er.

»Krormakh«, raunte Din-Mikkith, der einige Schritt entfernt zwischen ihnen und dem Furcht erregenden Wesen auf der anderen Seite der gelben Gitterwand hockte.

Obwohl die Äste des Baumes die Sicht beschränkten, konnte man die gewaltigen Ausmaße dieses Geschöpfes erahnen. Es war so groß wie ein Haus. Seine unbehaarte, mattbraune Haut war über und über mit kinderkopfgroßen Blasen bedeckt, die durchscheinend waren und ein seltsames Eigenleben zu besitzen schienen. Die Augen des Tieres waren gelb und kalt. Unter dem geschlossenen Maul pulsierte die Haut wie ein Blasebalg.

»Aber das ist doch …«

»Eine Kröte!«, vollendete Yonathan die Bemerkung Yomis.

»Ja, aber *was* für eine!«, stöhnte Yomi. »Eine unheimlich große. Din, was fressen denn diese Viecher?«

»Vorzugsweise Seemänner. Wenn sie nichts anderes kriegen, nehmen sie auch vorlieb mit Tigern, Wingiths oder Erdferkeln.« Din-Mikkith drehte sich nicht um, sondern behielt die Krormakh im Auge.

Diese Bemerkung trug nicht gerade zur Beruhigung Yomis bei. »Meinst du, es gelingt ihr, die Äste zu durchbrechen und uns anzugreifen?«

»Es ist hier zu Hause. Dies hier ist ihr Nest.«

Mit festem Griff und starrer Miene setzte Yonathan die Klinge des Dolches an die Baumrinde. Yomi beobachtete sein Vorgehen voller Skepsis.

»Das habe ich befürchtet«, murmelte Din-Mikkith hinter ihnen.

Erneut hielt Yonathan inne. Er und Yomi blickten an Din-Mikkith vorbei und sahen, wie die Riesenkröte mit einem tiefen, rollenden Quaken ihr Maul öffnete und mit einer dicken, fleischigen Zunge über die gelben Zweige fuhr. Im selben Augenblick ließ die Spannung der Äste nach. Ja, an ihrem leichten Zittern und Schwanken war zu sehen, dass sie nur noch lose herabbaumelten, wie die langen Peitschen einer Tauerweide. Die Kröte beugte sich vor und durchstieß mit dem Kopf die Barriere der gelb glänzenden Äste wie einen Vorhang aus losen Bindfäden. Sie drang mühelos in das Gewölbe unter der Baumkrone ein.

Din-Mikkith, der hatte zurückweichen müssen und nun fast wieder bei Yonathan und Yomi stand, tänzelte vor der Krormakh hin und her, um ihren ebenso dummen wie kalten Blick von den beiden abzulenken.

»Din! Was machst du da? Sie wird sich auf dich stürzen«, rief Yonathan besorgt.

»Kümmer dich nicht um mich, Kleines. Sorge lieber dafür, dass dein Freund endlich von dem Stamm loskommt.«

»Aber …«

»Kein Widerrede! Hier ist es viel zu eng, als dass es sich auf mich stürzen könnte. Außerdem sind Krormakhs sehr träge.«

Mit leichtem Schnitt zog Yonathan die Klinge durch Rinde und Holz unter Yomis rechter Hand hindurch. Er achtete darauf, nicht selbst mit dem goldgelben, klebrigen Harz des Baumes in Berührung zu kommen.

In diesem Moment beugte sich die Riesenkröte mit nicht vermuteter Schnelligkeit vor und schleuderte ihre lange, blassrosafarbene Zunge gegen Din-Mikkiths Beine. Doch der fleischige Fangapparat erreichte sein Ziel zu spät. Din-Mikkith war in einer einzigen fließenden Bewegung zur Seite gesprungen, sodass die Zunge nur etwas weiche Erde emporschleuderte.

»Beeilt euch!«, rief der Behmisch und ruderte mit den Armen in der Luft herum, um die Aufmerksamkeit der Amphibie von dem wehrlos am Baumstamm hängenden Opfer abzulenken.

Mit Erfolg. Während Yonathan mit einem zweiten tiefen Schnitt Yomis rechte Hand befreite, schnellte die Zunge der Krormakh erneut in die Richtung des Behmischs. Obwohl Din-Mikkith auch diesmal zur Seite auswich, streifte ihn doch die Zunge an einem Bein und riss ihn zu Boden. Doch bevor die Kröte ihre gewaltige Masse in Bewegung setzen konnte, war Din-Mikkith wie eine Kugel außer Reichweite gerollt.

Die Kröte quakte abermals. Diesmal hörte es sich schon gefährlich gereizt an. Sonst klebten ihre Opfer immer an dem Baumstamm fest und verteidigten sich höchstens durch Fauchen, Schreien oder Quieken. Die schwarzen Pupillen in den gelben Krötenaugen wanderten hinüber zu der Stelle, an der sich die Mahlzeiten sonst immer einfanden. Da zappelten ja bereits zwei! Die Welt schien noch in Ordnung zu sein. Wahrscheinlich hatte diese dritte, die da so nervös herumhüpfte, keinen Platz mehr gefunden. Schwerfällig rückte die Kröte herum, um sich den beiden am Stamm zuzuwenden.

Yonathan und Yomi sahen das Ungeheuer auf sich zukommen. »Mach schnell!«, drängte Yomi. »Sie hat uns entdeckt. Gleich wird sie uns mit ihrer Zunge aufsammeln wie tote Fliegen.«

Yonathan setzte zum letzten Schnitt an und Din-Mikkith sprang vor. Es gelang ihm auch dieses Mal, die Aufmerksamkeit des Untiers auf sich zu ziehen. Während Yomis linke Hand endlich frei wurde, startete die Kröte einen letzten heftigen Angriff. Yonathan und Yomi hatten gerade die Öffnung im hölzernen Gitter erreicht, als die Krormakh, von Wut über die Flucht der bereits sicher gewähnten Beute gepackt, erneut die Zunge hervorschleuderte und Din-Mikkith zu fassen bekam. Sofort zog sie ihren Fangapparat ein.

Sie hätte den Behmisch zwischen ihre hornigen Kiefer befördert, wenn sich nicht Yonathan, mit Stab und Dolch bewaffnet, dazwischen geworfen hätte.

Einen winzigen Moment lang war die Krormakh unentschlossen und diesen Augenblick nutzte Yonathan und bohrte seinen Dolch in die Zunge des Tieres. Mit der blutigen Klinge in der Hand sprang er sofort einige Schritte zurück. Die Kröte löste in ihrer Verblüffung die Umklammerung ihrer Zunge und Din-Mikkith konnte sich mit einer unglaublichen Körperwendung aus der klebrigen Fessel befreien. So schnell wie möglich brachten sie einen ausreichenden Abstand zwischen sich und die nun ernsthaft erboste Riesenkröte. Ihr donnerndes Brüllen und Fauchen erschütterte den Boden ringsum und ließ die Bäume beben.

»Jetzt aber schnell fort von hier«, rief Din-Mikkith, die tobende Kröte nicht aus den Augen lassend.

Ausgepumpt, aber glücklich über die gelungene Rettung Yomis und des Behmischs kamen die drei am Lagerplatz an. Yonathan schüttelte sich. An Yomis Händen klebten noch immer die Rindenstücke. Sie machten sich sofort daran, ihre wenigen Habseligkeiten zusammenzuklauben.

»Kann sie uns einholen?«, fragte Yonathan, nachdem er wieder zu Atem gekommen war. Immer wieder blickten sie in die Richtung des feuerroten Baumes.

»Ich glaube nicht einmal, dass es uns ernsthaft verfolgen wird«, schnaufte Din-Mikkith. »Sie sind sehr träge, nicht besonders unternehmungslustig.«

»Na, mir hat's gereicht.« Auch Yomi behielt die gegenüberliegenden Sträucher wachsam im Auge. »Ich glaube, sie kommt!« Aus der Ferne hörten sie die Kröte wüten.

»Was haltet ihr davon, wenn wir erst mal das Weite suchen?«, schlug Din-Mikkith vor.

Niemand hatte etwas dagegen einzuwenden.

Die drei folgten nun dem kleinen Wasserlauf in Richtung Süden. Erst nach einiger Zeit fühlten sie sich sicher genug wieder zu rasten. Yomi hatte inzwischen unter erheblichen Schwierigkeiten seine Notdurft verrichten können – an seinen Händen hingen nach wie vor die Holzstücke.

»Wie werde ich diese Dinger nur wieder los?«

»Tauche deine Hände ins Wasser da. Es wird eine Weile dauern, aber dann wird sich das Harz lösen«, beruhigte ihn Din-Mikkith.

»Was war das für ein Baum, Din?«, fragte Yonathan.

»Ich kenne es als *Feuerbaum*. Soweit ich weiß, gibt es dieses Baum nur noch hier im Verborgenen Land.«

»Hier scheint es viele Dinge zu geben, die im übrigen Neschan unbekannt sind, und ich muss zugeben, ich bin nicht traurig drum.« Langsam wich die Spannung von ihnen. »Kommt es oft vor, dass diese … Kröten unter den Bäumen leben?«

»Sogar sehr oft! Man kann eigentlich sagen, dass unter jedem Feuerbaum ein Krormakh lebt.«

»Seltsam.«

Din-Mikkith kicherte wieder – für Yonathan ein beruhigendes Zeichen. »Das ist gar nicht seltsam, Kleines. Das Krormakh sorgt dafür, dass das Rinde des Feuerbaumes nicht zu sehr von dem Harz verklebt und sich nicht zu viele Pflanzenfresser auf dem Baum niederlassen. Im Gegenzug fängt das Baum mit seinem klebrigen Harz das Futter für das Krormakh – ich glaube, ihr nennt so etwas Symbiose.«

»Sie scheinen nicht besonders klug zu sein – diese Krormakhs meine ich.«

»Nein. Man kann ihnen aus dem Wege gehen.« Din-Mikkith schaute lächelnd zu Yomi hinüber. »Man darf allerdings nicht von dem süßen Harz zu naschen versuchen.«

Yomi schaute ins Wasser, in dem sich langsam das Harz von seinen Händen löste.

»Du darfst ihm keine Vorwürfe machen«, meinte Yonathan. »Du bist hier zu Hause. Aber für uns ist alles neu und fremd.«

»Ist schon gut. Aber ihr solltet genau Acht geben, was ich tue. In diesem Land kann zu viel Unternehmungsgeist tödlich sein!«

»Noch mal zu der Krormakh: Sie hat diese eigenartigen ... Blasen auf dem Rücken gehabt. Es sah so aus, als bewegte sich etwas darinnen. Was war das?«

»Das waren ihre Jungen. Deshalb war das Krormakh auch so leicht erregbar.«

»Ihre Jungen?«

»Yonathan, ich bin kein Kröte. Die Krormakhs lassen einen nie nahe genug heran, als dass man sie fragen könnte. Jedenfalls schlüpfen die kleinen Krormakhs aus diesen Blasen aus. Ich konnte es schon einmal beobachten.«

»Können wir nicht das Thema wechseln?«, rief Yomi gequält herüber. »Mir wird gleich unheimlich schlecht.«

Das gelbe Harz zog sich zäh und klebrig in die Länge, als Din-Mikkith die Rinde von Yomis Händen zog. Interessiert untersuchte der Behmisch die hölzernen Andenken.

»Wirf sie weg!«, rief Yomi. »Ich kann sie nicht mehr sehen.«

Din-Mikkith schüttelte den Kopf, wobei er das Kinn jeweils fast bis auf den Rücken drehte. »Das Harz ist sehr wertvoll, Kleines. Du kannst es, wenn es nass ist, zur Kugel formen und dann in einem feuchten Tuch einwickeln.«

»Und wozu soll das gut sein?«, fragte Yomi.

»Du kannst es auf ein offenes Wunde streichen. Es verschließt es sofort und hilft ihm beim Heilen. Außerdem kannst du es zum Kleben verwenden. Es klebt wirklich wunderbar!«

Yomi lachte. Jetzt, wo seine Hände endlich wieder frei waren, wich die Anspannung auch von ihm. »Daran würde ich nie zweifeln!«

Von diesem Tage an war das unsichtbare Band zwischen den drei ungleichen Gefährten noch ein wenig stärker geworden. Yonathan und Yomi achteten Din-Mikkith und seine Erfahrung. Sie betrachteten das stets vorsichtige Vorgehen des Behmischs mit größerer Selbstverständlichkeit und sie fügten sich allen seinen Ratschlägen und zweifelten niemals, dass es zu ihrem Wohle war.

So kamen sie gut voran in den folgenden Tagen. Das Bild des Regenwaldes war einem stetigen Wechsel unterworfen. Mal kämpften sie sich durch fast undurchdringliches Gestrüpp. Dann folgten sie wieder im Schatten hoher Baumwipfel den bequemen Pfaden, die wilde Tiere auf ihrem Weg zu den Wasserstellen ausgetreten hatten. Immer wieder »sprach« Din-Mikkith mit den Lebenden Dingen, um sicherzugehen, dass sie nicht erneut unliebsame Überraschungen erleben mussten.

Girith unternahm unermüdlich Erkundungsflüge und erstattete Din-Mikkith Bericht. Selbst Gurgi erwies sich als nützlich. Mit ihrer ganz speziellen Fertigkeit Leckereien jeder Art aufzuspüren, machte sie die drei Wanderer mehr als einmal auf wohlschmeckende Gaben der Natur aufmerksam.

Trotzdem schien Yomi von Tag zu Tag unzufriedener zu werden. Er war oft gereizt oder er schwieg stundenlang und schmollte ohne ersichtlichen Grund. Din-Mikkith, der sowieso jeder menschlichen Eigentümlichkeit eher gleichmütig gegenüberstand und bei dem man sich nie ganz sicher sein konnte, ob er sich nicht im Stillen über die kleinen Unvollkommenheiten der anderen amüsierte, schenkte dem nicht viel Beachtung.

Aber nach einigen Tagen wollte Yonathan wissen, was los war. »Yomi! Das ist ja kaum noch auszuhalten mit dir. Ständig nörgelst du rum oder bist eingeschnappt. Fühlst du dich nicht wohl oder was ist mir dir?«

Schweigen.

»Komm, sag schon! Liegt es an den gelben Flecken, die du immer noch an deinen Händen hast?«

Yomi, der neben dem braun-weißen Gesicht, das er dem baumähnlichen Zephon verdankte, nun auch noch mit nur langsam verblassenden gelben Flecken an den Händen gestraft war, hätte allen Grund gehabt zornig oder traurig darüber zu sein. Aber das war nicht der Grund seiner seelischen Unausgeglichenheit.

»Wenn es das nicht ist, was ist es dann?«

»Es geht um unser Essen.«

»Was ist mit unserem Essen? Reicht es dir nicht aus?«

»Doch … das schon …«

»Aber?«

»Es ist halt ziemlich viel … Gemüse dabei – Gemüse und Früchte.«

»Und Wurzeln. Und Nüsse. Das sind doch alles gute Dinge.« Din-Mikkith wandte sich an Yonathan. »Nicht war, Kleines?«

»Mir schmeckt's jedenfalls.«

Yomi war der Verzweiflung nahe. »Ja, aber ich würde doch so gerne wieder einmal …« (vier Augenpaare blickten gespannt auf den blonden Seemann) »… Fleisch essen.«

»Fleisch?« Yonathan stellte erstaunt fest, dass er seit Betreten des Verborgenen Landes tatsächlich keinen Bissen Fleisch mehr gegessen hatte. Ohne es wirklich zu missen!

»Fleisch?«, wiederholte Din-Mikkith und verzog in einer äußerst interessanten Spielart das Gesicht.

»Ich wusste, dass es dir nicht passen würde.« Yomi bereute überhaupt etwas gesagt zu haben. »Aber ich halte das nicht mehr lange aus. Wenn es wenigstens Fisch gäbe – irgendetwas anderes als dieses *ewige Gemüse!*«

Din-Mikkith schien nachzudenken. »Also gut«, sagte er schließlich. »Du sollst deinen Fisch bekommen.«

Kurze Zeit später tauchte der Behmisch in den dunklen Fluten eines Weihers unter. Das stille Gewässer war ringsum dicht mit Pflanzen umwuchert. Yonathan schätzte, dass es sich etwa eine halbe Meile in die Länge und eine viertel Meile in die Breite erstreckte.

Din-Mikkith hatte darauf bestanden, dass sie nicht am Ende des Waldpfades, sondern etwas weiter östlich an das Ufer vordringen sollten. Er sagte, er hätte nicht die Absicht, sich mit wilden Tieren um ihre Tränke zu streiten.

Yonathan und Yomi beobachteten, wie sich das Wasser über dem untergetauchten Behmisch kräuselte und kleine Wellen in vielen, einander überschneidenden Ringen auseinander drifteten. Dann hatte sich die Wasseroberfläche wieder geglättet und spiegelte klar und sauber den Uferbewuchs wider.

»Ich weiß nicht, ob das eine so gute Idee war«, murmelte Yonathan.

»Ich wollte ja nichts sagen, aber du hast ja so lange gebohrt, bis ich damit herausrücken musste.«

»Na ja, hoffentlich passiert nichts da unten.«

»Was soll denn passieren? Din kennt sich doch hier aus.«

»Ja, aber von alleine wäre er nicht da reingegangen, um Fischen nachzujagen.«

Yomi blickte ein wenig verunsichert auf die spiegelglatte Wasseroberfläche. »Mir scheint, er ist schon ziemlich lange da unten.«

Auch Yonathan versuchte, die schwarze, stille Tiefe zu durchdringen, konnte aber nichts erkennen als sein eigenes Gesicht und das Spiegelbild der emporragenden Bäume. »Jetzt haben wir den Salat.«

»Was meinst du damit?« Yomi wurde unruhiger.

»Jetzt *ist* etwas passiert.«

Einige Blasen stiegen in der Mitte des Teiches auf.

»Vielleicht tauchen Behmische ja auch länger als Menschen«, meinte Yomi.

Yonathan deutete schweigend auf die Blasen, die kleine Wellenkreise auf die Wasseroberfläche zauberten.

Yomi hielt erschrocken die Luft an. »O weh!«

Sie warteten weiter. Die vielfältigen Geräusche des Regenwaldes wurden in den Hintergrund gedrängt vom Bangen um den Gefährten.

»In der Zeit hätte die *Weltwind* fünfmal ihre Anker lichten können«, murmelte Yomi.

Yonathan erwiderte nichts. Er senkte den Kopf und fragte sich, ob sie ohne Din-Mikkith jemals wieder das Verborgene Land verlassen könnten.

Da zerriss ein Kreischen die Stille. Ein Wesen wie ein Alptraum schoss aus den dunklen Fluten direkt auf sie zu. Der kräftige, geschmeidige Körper – eine Kreuzung aus Hai, Tiger und Krokodil – hing für einen Augenblick in der Luft, zwei Reihen langer, spitzer Zähne schnappten, wo es nichts zu fassen gab, dann versank das Tier wieder im aufgewühlten Wasser.

Yonathan und Yomi wollten gerade flüchten, da tauchte die Gestalt Din-Mikkiths aus dem See auf, unter jedem Arm einen Fisch von ansehnlicher Größe. Die beiden mussten sich erst klarmachen, dass es ihr grüner Freund und nicht die Bestie war.

»Lauft!«, rief er ihnen entgegen. »In den Wald. Schnell!«

Kaum hatten sich die drei einige Schritte vom Ufer entfernt, da schnellte schon der glänzende, gestreifte Körper des Teichbewohners aus dem Wasser. Als Yonathan sich umwandte, sah er die kurzen Beine des knapp zwanzig Fuß langen Ungetüms. Sogleich nahm es die Verfolgung auf. Doch es hatte viel Mühe damit. Es war für das Wasser geschaffen. Schnell gab es sein Unterfangen auf und die drei Gefährten standen wieder einmal keuchend und schwitzend auf einer Lichtung.

»Das war übrigens ein Baramoth«, erklärte Din-Mikkith trocken und dann mit einer Stimme, die keine Widerrede duldete: »Und jetzt gibt es Fisch.«

Der Glühende Berg

In den folgenden Tagen wurde das Gelände zusehends hügeliger. Din-Mikkith zeigte wieder einmal seine bemerkenswerten Fähigkeiten sicheren Unterschlupf für die oft so nassen Nächte zu finden. Waren es in den vergangenen Tagen vorwiegend undurchdringliche Dickichte oder weit umspannende, hohle Bäume gewesen, so fand der Behmisch nun gemütliche Höhlen oder trockene Nischen, die sich unter den überall zutage tretenden Felsen verbargen. Obwohl er sich nach eigenem Bekunden nicht besonders gut in diesem Teil des Verborgenen Landes auskannte, waren diese Lagerplätze jedes Mal so gut versteckt, dass eigentlich nur Eingeweihte sie kennen konnten. Yonathan zweifelte nicht daran, dass Din-Mikkith sich das Wissen Einheimischer zunutze machte. Immer wieder verharrte der Behmisch in stillem Zwiegespräch mit den Lebenden Dingen: Er ließ die Blätter eines Strauches durch die Finger gleiten oder er streichelte ein kleines Tier, das nicht vor ihm davonlief; und immer wieder war es der Rotschopf Girith, der ihm in nicht hörbaren Worten Bericht erstattete.

Obwohl also alles in Ordnung schien und die Gefährten gut vorankamen, kroch in Yonathan eine eigenartige Unruhe herauf, ganz allmählich und ohne dass er wusste, was die Ursache für dieses Gefühl war. Erst Tage später erkannte er in Din-Mikkith die Quelle dieses Gefühls. Aber noch immer hätte Yonathan nicht näher beschreiben können, was sich an Din-Mikkiths Verhalten geändert hatte. Der Behmisch war vorsichtig. Gut. Aber das war er schon, solange sie durch diesen Regenwald streiften.

Einige Tage nach Yomis Fischgericht glaubte Yonathan das Rätsel um Din-Mikkiths unmerklichen Wandel gelöst zu haben. Das, was Yonathan beunruhigte, war eine innere Spannung, eine Unsicherheit, die Din-Mikkith ausstrahlte. Vermutlich hatte Yomi, der nicht über die Hilfe des Stabes Haschevet verfügte, noch gar nichts von dieser Anspannung des uralten Waldläufers bemerkt. Yonathan beschloss der Sache auf den Grund zu gehen.

Die drei Freunde schlugen an diesem Abend ihr Nachtlager in einem nord-südwärts verlaufenden Tal unter einer weit ausladenden Felsplatte auf, die gleich einem Baldachin an etwas erhöhter Stelle aus einem Berghang herausragte. Die fast waagerechte Steindecke bot guten Schutz gegen Regen und Büsche mit fleischigen, dunkelgrünen Blättern verwehrten jeden Einblick in das Quartier. Die Gefährten ihrerseits konnten die Umgebung durch das Gestrüpp recht gut überblicken. Gleichwohl gab es da wenig Besonderes zu sehen – abgesehen vielleicht von einem unerklärlichen roten Schimmer, der auf den Wolken im Süden lag. Die Stimmen des Waldes klangen an diesem Abend etwas aufgeregter. Ansonsten bot sich jedoch der gewohnte Anblick des satten, grünen Pflanzenteppichs, über den nun die Abenddämmerung vom Tal herauf einen zarten Dunstschleier zog.

»Da hast du ja wieder einen ziemlich guten Platz ausgesucht«, stellte Yomi zufrieden fest.

»Ja, einen *außergewöhnlich* guten«, fügte Yonathan betont hinzu, da er eine Möglichkeit erkannte Licht in das Dunkel seiner vielen ungelösten Fragen zu bringen. »Din?«, tastete er sich vor.

»Was gibt es, Kleines?«

»Hast du eigentlich eine Idee, wie wir wieder aus dem Verborgenen Land herauskommen?«

Din-Mikkith schwieg einen Augenblick. Dann erwiderte er: »Ja, Yonathan. Ich habe ein Idee. Aber leider ist es nicht mehr als nur ein Idee!«

»Soll das heißen, wir marschieren tagelang durch die Wildnis, nur um irgendwann vor dem Südkamm-Gebirge zu stehen und gegen eine Felswand zu glotzen?«, ereiferte sich Yomi.

»Nun, ganz so schlimm wird es nicht werden. Es ist nicht so, dass wir blind umhertappen. Ich suche eine ganz bestimmte Stelle.«

»Und woher kennst du die Stelle?«, wollte Yonathan wissen.

»Von ihm.« Din-Mikkith deutete auf Girith. Der Vogel saß in einem Busch, von dem aus er die Umgebung und den Lagerplatz überblicken konnte.

Yomi schnaubte. »Von einem Vogel weiß er es. Wir folgen einem Vogel! Ziemlich verrückt das Ganze.«

»Ihr folgt *mir*!«, korrigierte Din-Mikkith nachdrücklich.

Yomi schwieg.

»Was ist das für ein Weg, der uns aus diesem Land herausführen soll?«, fragte Yonathan. Er hatte schon oft genug durch die Macht des Stabes erfahren, was es bedeutete Wahrnehmungen oder Empfindungen anderer Wesen in sich aufzunehmen. Deshalb beunruhigte ihn die Herkunft von Din-Mikkiths Informationen nicht.

»Du hast mich doch vor einiger Zeit nach dem alten Gedicht über die Sieben, die Wächter des Verborgenen Landes, gefragt, nicht wahr?«

Yonathan nickte.

»Ein Vers in dem Gedicht lautet: ›Auch Nüstern, die blasen mit eisigem Hauch, die schmelzen den Sucher in feuriger Glut.‹«

»Ja? Und?«, drängte Yonathan ungeduldig.

»Ein Wächter wird wohl nur da sein, wo es etwas zu bewachen gibt – zum Beispiel ein Tor.«

»Du weißt, wo sich dieser Wächter befindet?«

»Ich glaube es jedenfalls zu wissen. Girith hat entfernte Verwandte im Südkamm nahe einem Ort, auf den die alten Worte passen. Es *könnte* sich jedenfalls um unser Tor im Süden handeln.«

Yomi war blass geworden. »Du willst uns doch nicht etwa zu diesen ... ›*Nüstern*‹ bringen. Ich habe bereits einen der Wächter kennen gelernt – die Augen mit dem kalten Feuer, das selbst Steine verbrennen konnte. Das hat mir gereicht! Diese eisigen Nüstern werden uns drei – was immer sie sind – ziemlich schnell schmoren, wie eine Lammkeule im Kochtopf. Und ich habe keine Lust ...«

»Yomi!«, schnitt Din-Mikkith ihm sanft das Wort ab. »Haben euch denn die Augen verzehrt? Nein, sie haben es nicht. Genauso wird es auch ein Weg geben, an den Nüstern vorbeizukommen. Schließlich sind die Wächter dazu aufgestellt worden, Eindringlinge fern zu halten. Aber wir sind keine *Ein*dringlinge, wir sind *Aus*dringlinge.«

»Ausdringlinge?« Yomi klang nicht recht überzeugt. »Von so etwas habe ich noch nie gehört.«

»Das wird unser Vorteil sein«, warf Yonathan dazwischen. »Schließlich ging es ja auch darum, die vernunftbegabten Geschöpfe von Zephon fern zu halten und sicher sind wir drei die Allerletzten, die die Wächter bei dieser Arbeit stören wollten, oder nicht?«

»Ja, schon«, lenkte Yomi widerstrebend ein.

»Siehst du. Dann werden wir auch einen Weg finden an diesem eisigen und zugleich alleszerschmelzenden Wächter vorbeizukommen – ich bin wirklich gespannt auf ihn.«

Yomi verdrehte die Augen und legte sich schlafen.

Yonathan schnappte noch einige Wortfetzen auf, die von »unvernünftigen, neugierigen Kindern« handelten, aber er schenkte ihnen nicht allzu viel Aufmerksamkeit. Sie alle waren durch die ständigen Gefahren dieses unbekannten Landes angespannt und für einen Seemann wie Yomi mochte ein so ausgedehnter Landausflug besonders nervenaufreibend sein.

»Din, denkst du, wir werden noch auf irgendwelche Schwierigkeiten stoßen, bis wir den Südkamm erreicht haben?«, fragte Yonathan.

Der Behmisch schälte gerade gelbes Mark aus Zweigen, die er unterwegs gesammelt hatte. Er blickte nicht von seiner Arbeit auf, als er antwortete: »Wie kommst du darauf?«

Yonathan wollte nichts davon erwähnen, dass er Einblick in Din-Mikkiths Gefühle genommen hatte – zumal ihm diese Erkenntnis ja von dem Stab geradezu aufgedrängt worden war. Ausweichend erwiderte er: »Ich habe das Gefühl, wir nähern uns einer Überraschung. Einer von der Sorte, der man lieber aus dem Wege geht.«

Din-Mikkith schaute ihm gerade ins Gesicht und Yonathan fühlte sich durchsichtig wie Glas. Vor seinem lebensweisen Freund konnte man nichts geheim halten.

»Ich kenne das von Goel«, sagte Din-Mikkith. »Und der hatte viel mehr Erfahrung mit dem Stab!«

»Ich kann wirklich nichts dafür«, beteuerte Yonathan. »Ich habe erst Tage später bemerkt, dass es deine Gefühle waren, die Haschevet mir offenbarte.«

Yomi, dem nicht ganz klar war, worüber sich die beiden Gefährten unterhielten, setzte sich auf seine Decke und hörte interessiert zu. Selbst Gurgi, die gerade damit beschäftigt war, Din-Mikkith einige von den Markstückchen abzubetteln, blickte auf.

»Also gut«, erklärte Din-Mikkith mit fester Stimme. »Es ist wohl besser, wenn ich euch langsam einweihe.« Er setzte sich bequem hin und schlug die biegsamen Beine übereinander. »Es gibt zwei Dinge, die mich beunruhigen. Ist euch das rötliche Leuchten im Süden aufgefallen? Das ist der Glühende Berg.«

»Ist das schon der Wächter?«, fragte Yomi beunruhigt und schaute sich nervös um.

»Nein. Der Glühende Berg ist ein Vulkan. Es spuckt Feuer.«

»Ist das der Grund, warum die Tiere immer unruhiger werden?«, erkundigte sich Yonathan.

»Das ist es eben, Kleines. Dieser Berg ist wie ein Hund: Er macht eine Menge Lärm, aber er tut niemandem weh. Hier und da läuft aus dem oberen Krater mal ein wenig von dem flüssigen Stein aus, wenn man ihm aber nicht zu nahe kommt, dann kann eigentlich nichts passieren.«

»Aber? …«

»Die Lebenden Dinge sagen, dass der Glühende Berg so etwas wie einen Wutausbruch bekommen wird.«

»Du meinst einen richtigen Vulkanausbruch?« Yonathan war das Furcht einflößende Schauspiel nicht unbekannt. Auch in der weiteren Umgebung von Kitvar war der Erdboden dünn. Hier und da traten heiße Quellen zutage und einmal wurde sogar ein ganzes Dorf in nur vier Tagereisen Entfernung von einem Vulkan unter einer viele Ellen dicken Ascheschicht begraben. Der Knall der Explosion war damals bis Kitvar und noch weit darüber hinaus zu hören. »Wie lange wird es noch dauern, bis er sich nicht mehr beherrschen kann?«

»Das lässt sich schwer sagen. Vielleicht zwei Tage, möglicherweise aber auch noch fünf. Aber *dass* es knallen wird, das steht fest – die Lebenden Dinge irren sich in solchen Angelegenheiten selten.«

»Und wie schlimm wird es werden?«

Din-Mikkith gab wieder sein spezielles Kichern von sich und blickte zu dem beunruhigten Seemann hinüber. »Es wird einen unheimlich lauten Knall geben. Alles in der näheren Umgebung wird von feuriger Lava verbrannt werden und im Umkreis von einer Tagesreise wird alles unter einem ziemlich dicken Aschehaufen begraben werden.«

»Du scheinst das lustig zu finden«, hielt ihm Yomi vor.

»Er hat es nur in deinen Worten ausgedrückt«, schlichtete Yonathan. »Aber sag, Din, was sollen wir tun? Müssen wir einen Umweg machen?«

»Das wird sehr schwer werden, Kleines. Dieses Tal hier führt uns in etwa zehn Meilen Entfernung östlich an dem Glühenden Berg vorbei und über den *Weißen Tod* direkt in das Gebiet des Südkamms, das unser Ziel ist. Wenn wir einen Umweg machen, dann wird uns das nicht nur zwei Wochen und ein Menge Kletterei einbringen, wir könnten auch noch von anderer Seite Schwierigkeiten bekommen.«

Yonathan drehte sich der Kopf. »Ich verstehe kein Wort. Was ist der ›Weiße Tod‹, von dem du gesprochen hast, und welche anderen Schwierigkeiten meinst du?«

»Och, das Weiße Tod ist nicht weiter schlimm. Das ist nur ein weißer See, über den man gehen kann und in dem kein Leben existiert. Die anderen Schwierigkeiten«, fuhr Din-Mikkith fort, »könnten etwas problematischer sein. Ihr erinnert euch doch noch an unser Abenteuer vor vier Tagen, nicht wahr?«

Yomi schaute weg.

Yonathan schüttelte den Kopf. »Den Baramoth werde ich so schnell nicht vergessen.«

»Als ich aus dem Weiher auftauchte und ans Ufer flüchtete, bemerkte ich aus den Augenwinkeln einen dunklen Schatten am Himmel – nur ganz kurz, aber lange genug, um in meinem Kopf etwas auszulösen.«

»Dieses Gefühl, das ich gespürt habe?«, fragte Yonathan.

»Ja. Ich wusste nicht, warum mich dieser Schatten beunruhigte. Aber ich ahnte, dass er uns gefährlich werden könnte. Deshalb war ich anschließend noch vorsichtiger als zuvor.«

»Warum glaubst du, dieser Schatten könnte eine Gefahr für uns darstellen? Sicher war es doch nur ein Vogel.« In dem Moment, in dem Yonathan seine eigenen Worte hörte, stieg eine düstere Ahnung in ihm auf.

»Zirah!«, rief Yomi aus.

»Das ist das Name, das ihr dem Wesen gegeben habt«, bestätigte Din-Mikkith.

»Dann ist er also nicht mit den anderen im Grünen Nebel umgekommen«, stellte Yonathan in düsterer Vorahnung fest.

»Oder wenigstens verrückt geworden«, bedauerte Yomi.

»Das muss aber nicht bedeuten, dass auch Sethur und seine Leute überlebt haben oder noch genügend Verstand besitzen, um sich an unsere Fersen zu heften.«

»Muß nicht – kann aber.«

»Das Möglichkeit ist nicht auszuschließen. Deshalb bin ich so vorsichtig gewesen und habe mich immer bemüht einen Pfad für uns zu finden, der aus dem Luft nicht einzusehen ist. Das ist auch das Grund, warum ich in den letzten Tagen mit unserem Feuer so sparsam war.«

»Und was bedeutet das alles für uns?«, fragte Yomi, der noch nicht ganz schlau aus der Situation wurde.

Yonathan antwortete: »Dass wir keinen Umweg gehen können, dass wir so schnell wie möglich an dem Glühenden Berg vorbeiziehen müssen, um das Tor im Südkamm zu erreichen, und dass wir uns bei aller Eile weder von Sethur entdecken lassen noch uns von dem Berg oder dem Wächter anschmoren lassen dürfen.«

Yomi schlug den Handballen vor die Stirn und schüttelte zweifelnd den Kopf. »Ist das nicht unheimlich viel verlangt?«

Beim Frühstück am nächsten Morgen war die Stimmung gedrückt. Keiner wollte sich länger als nötig an diesem Ort aufhalten. Der Regen tat ein Übriges. Das vor ihnen liegende Tal war mit Nebelschwaden verhangen und man konnte in der Dämmerung kaum einen Steinwurf weit blicken. Bald waren die drei Wanderer trotz ihrer Überwürfe nass bis auf die Haut. Die platschenden und schmatzenden Geräusche, die die Schritte ihrer Füße auf dem durchtränkten Waldboden verursachten, schienen – abgesehen vom Regen – die einzigen Laute in diesem Teil des Waldes zu sein.

Din-Mikkith nahm sich weniger Zeit als gewöhnlich für seine stillen Zwiegespräche mit Bäumen und Sträuchern. Ständig drängte er Yonathan und Yomi zur Eile. »Bald wird es losgehen«, warnte er immer wieder vor dem Glühenden Berg.

Die kleine Gruppe folgte dem sanft ansteigenden Verlauf des Tales in Richtung Süden. Die Baumriesen machten Platz für kleinere Verwandte; Nadelgehölze breiteten sich aus. Um die Mittagszeit rückten die beiden Hügelketten, zwischen denen sie sich bewegten, weiter auseinander und im Westen zeichneten sich die Umrisse des Glühenden Berges ab. Schwefelgeruch lag in der Luft. Hier und da erlaubte das dichte Astwerk einen kurzen und unvollständigen Blick auf die dunkle Silhouette des Vulkans. Die Hänge des Berges waren im Norden und im Osten mit flachem Gestrüpp bewachsen. Nach Süden hin zeigte sich eine breite Schneise schwarzbraunen Gesteins, das kein pflanzliches Leben zu dulden schien.

»Dort sabbert er hin und wieder ein wenig, so, als wolle er die Pflanzen warnen ihm zu nahe zu kommen«, erklärte Din-Mikkith. »Aber das ist nicht weiter schlimm. Die Tiere wissen das und halten sich in gebührendem Abstand.« Er ließ seine dunkelgrünen Augen in die Runde schweifen und fuhr fort: »Jetzt haben sie sich allerdings sehr weit zurückgezogen. Das gefällt mir nicht. Ebenso wenig das Rot des Glühens; es ist irgendwie anders als sonst.«

»Gehen wir weiter?«, fragte Yonathan, der nicht länger warten wollte. Das karminrote Glühen des Berges erfüllte ihn mit seltsamer Unruhe. Es übte eine Anziehungskraft aus, sodass man den Blick kaum abwenden konnte, gleichzeitig aber lockte dieses Licht eine unterschwellige Furcht hervor, kalte Beklommenheit, die aus dem Unterbewusstsein aufstieg wie der Bodennebel an einem kalten Herbstmorgen.

»Ich wünschte, ich könnte da ein Stückchen hochklettern«, sagte Yomi.

»Bist du verrückt geworden?«, rief Yonathan. »Noch gestern konntest du hier nicht schnell genug fortkommen.«

Yomi warf einen abschätzenden Blick zum Berg hinauf. »Ja

schon. Aber vielleicht könnte ich von dort oben Sethur und seine Horde sehen, wenn sie uns tatsächlich auf den Fersen sind.«

»Und sie könnten dich genauso gut sehen wie du sie«, wandte Din-Mikkith ein. »Du würdest mit deinem blonden Schopf da oben wie ein Leuchtturm strahlen. Und du selbst würdest nur die Baumwipfel erkennen, sonst nichts.«

Yomi sagte nichts und wandte sich zum Gehen.

»Hier geht's lang«, rief Din-Mikkith ihn zurück, das Gesicht zu seinem speziellen Lächeln verzogen.

Auch Yomi konnte ein Grinsen nicht unterdrücken und er musste zugeben: »Wenn wir dich nicht hätten, dann müssten wir uns wohl unsere Beine ziemlich kurz laufen, bis wir hier herausfänden.«

»Ich hatte zweihundert Jahre Zeit zum Herumirren«, gab Din-Mikkith zurück. »Was glaubst du, weshalb ich so viel kürzer bin als du!«

Am Abend wich allmählich das dumpfe Angstgefühl von Yonathan. Dies lag zum einen an dem Vertrauen erweckenden Abstand, den sie inzwischen zum Glühenden Berg gewonnen hatten, zum anderen aber auch an seiner Erschöpfung, die kaum Platz ließ für andere Gefühle.

Nachdem sie den reizbaren Berg passiert hatten, betraten die drei Gefährten das östliche von zwei Tälern, die am südlichen, steinigen Hang des Vulkans zusammenliefen. Der Regen hatte mittlerweile aufgehört und so konnten die Wanderer wieder die gewohnte Wolkendecke über sich sehen, die wie ein Deckel auf dem Verborgenen Land lag.

Din-Mikkiths Wahl für ihr Nachtlager war auf einen hohlen, toten Baum gefallen, der wie ein riesiges Skelett die kleineren Nadelbäume überragte.

»Ich habe den ganzen Tag keinen so großen Baum hier oben gesehen«, sagte Yonathan misstrauisch. »Wie ist er hierhergekommen?«

»Du musst dich nicht sorgen«, beruhigte ihn Din-Mikkith, der wohl Yonathans verborgene Befürchtungen erahnte. »Manchmal bringt ein Vogel Samen in seinem Kot mit. Und wenn es ein besonders starkes Samen ist, dann wird auch mal ein solches Baum daraus, selbst wenn dies nicht das beste Gebiet für diese Art von Bäumen ist.«

»Warum ist er eingegangen?«, schaltete sich Yomi ein, der sein Andenken an den Baum Zephon noch im Gesicht trug. »Er sieht irgendwie … unheimlich aus.«

Din-Mikkith kicherte leise in sich hinein. »Ein Blitz, das ist alles. Das Einzige, was uns kümmern sollte, ist der Glühende Berg.«

Yonathan wurde hellhörig. »Aber sind wir denn nicht inzwischen weit genug entfernt?«

»Wenn er richtig wütend wird, dann nicht.«

»Na, hoffentlich kann er sich noch ein wenig beherrschen.«

»Ich könnte ja mal auf den Baum klettern und schauen, ob ich etwas erkennen kann«, schlug Yomi vor.

Yonathan und Din-Mikkith seufzten. »Klettere nur«, meinte der Behmisch. »Aber häng dir den Umhang über und steig nicht weiter hinauf als unbedingt nötig.«

Das ließ Yomi sich nicht zweimal sagen. Im Nu hatte er sich den Wasser abweisenden Mantel übergeworfen und kletterte den knorrigen Baum hinauf. Etwa auf halber Höhe spähte er nach Norden.

»Er glüht noch immer«, raunte Yomi seinen Freunden zu. »Es ist ziemlich hell – und rot. Ich schätze, er leuchtet doppelt so hell wie gestern Abend.«

Yonathan warf Din-Mikkith einen besorgten Blick zu.

»Kannst du sonst etwas erkennen?«, zischte der Behmisch in die Höhe. Inzwischen senkte sich die Nacht in den Regenwald und Yomi war nur noch schwer auszumachen.

»Nein, nichts.«

»Dann komm lieber wieder runter. Sonst wird es gleich so finster sein, dass du auf dem Baum übernachten musst.«

Yonathan konnte gerade noch erkennen, wie sich Yomis langer Körper mit sicheren Bewegungen abwärts hangelte. Als der Seemann vom untersten der dicken Äste aus nach einem Halt suchte, um die letzten zehn Fuß am Stamm herabzuklettern, flammte plötzlich ein heller Schein am Horizont auf. Das dunkle Skelett des Baumes erstrahlte in einem unheimlichen, roten Licht. Nur wenige Herzschläge später begann der Erdboden zu zittern. Ein schnell stärker werdendes Schütteln riss Yonathan und Din-Mikkith von den Beinen. Aus weiter Ferne ertönte ein dumpfes Grollen, direkt über ihren Köpfen ein erschrockener Aufschrei.

Als Yonathan in die Höhe blickte, konnte er gerade noch erkennen, wie Yomi von dem Ast rutschte und herabstürzte. Wäre der Waldboden nicht so weich gewesen, hätte sich Yomi ernstlich verletzen können. So jedoch konnte er sich geschickt abrollen und kam ächzend und stöhnend wieder auf die Beine.

Im selben Moment versiegte das Beben wieder. Din-Mikkith eilte sogleich zu Yomi und untersuchte ihn. »Ich denke, auf euren Schiffen schwankt es immer. Und da fällst du gleich vom Ast, wenn die Erde ein bisschen Schüttelfrost bekommt!«

»Auf dem Meer *weiß* ich, dass es ziemlich wackelig ist, aber wer kann schon ahnen, dass die Erde mit einem Mal so unheimlich zu schaukeln beginnt?«, verteidigte sich Yomi.

»Na, Hauptsache, dir ist nichts passiert«, stellte Yonathan erleichtert fest.

»Nichts passiert? Ich werde nie wieder sitzen können!«

»Dazu wirst du auch so bald keine Gelegenheit haben«, bemerkte Din-Mikkith ernst.

Yonathan horchte auf. »Wie meinst du das?«

»Wir werden unsere Nachtruhe wohl ein wenig hinausschieben müssen. Der Glühende Berg wird bald platzen. Das eben, das war nur ein Vorgeschmack. Wenn es richtig losgeht, während wir noch hier sind, dann sehe ich schwarz für uns – buchstäblich!«

»Heißt das, wir müssen *sofort* weitermarschieren? Ich bin so müde. Ich könnte auf der Stelle einschlafen.«

»Und würdest vermutlich nie mehr aufwachen – unter drei Fuß Asche schläft es sich jedenfalls besser, als dass es sich wacht.«

»Du hast eine erfrischende Art, einem das Wesentliche beizubringen, Din«, stellte Yomi mit schiefem Lächeln fest. »Aber ich glaube, er hat Recht, Yonathan. Wir sollten keine Zeit verlieren.«

Yonathan seufzte aus tiefstem Herzen. »Also gut. Dann sehen wir zu, dass wir weiterkommen.«

Der Marsch durch den nächtlichen Regenwald war beschwerlich. Weniger für Yonathan, denn er hatte ja Haschevet, der ihm half sich selbst bei Dunkelheit zurechtzufinden. Auch nicht für Din-Mikkith, dessen Augen bei Nacht scheinbar genauso gut sehen konnten wie am Tage. Wirklich zu bemitleiden war Yomi. Obwohl die Schwärze der Nacht für genügend Deckung vor den Spähern Sethurs sorgte und Din-Mikkith deshalb nicht unbedingt den Schutz des Dickichts suchte, schlugen dem großen, jungen Mann doch immer wieder Zweige ins Gesicht. Der Behmisch ließ sich in seinem Tempo aber nicht vom Stöhnen Yomis zügeln. Unaufhörlich zog er seine Gefährten hinter sich her, wie eine Entenmutter ihre Küken.

Yonathan nahm es hin und ließ es über sich ergehen. Din-Mikkith würde schon wissen, was er tat. Yonathans Beine gehörten zwar längst nicht mehr ihm selbst – sie schienen selbständig unter ihm dahinstapfende Wesen zu sein, die seinem Gehirn allenfalls hier und da durch stechenden Schmerz oder ein wallendes Brennen ihre Anwesenheit meldeten. Doch er biss die Zähne zusammen und setzte mechanisch Schritt vor Schritt.

Der Erdboden bebte noch zweimal in dieser Nacht – und jedes Mal heftiger! Die Gefährten gönnten sich kaum eine Rast, sondern bahnten sich unaufhörlich weiter ihren Weg in südöstlicher Richtung. Streckenweise wurde der Pfad sehr schmal und steil. Yonathan dachte an die Klippen und Berge seines Heimatortes. Was würde Navran wohl gerade tun? Würde er an ihn denken?

»Hier werden wir unser Lager aufschlagen«, unterbrach Din-Mikkith seine Gedanken.

Die Dämmerung hatte bereits einen Keil in die Schwärze der Nacht getrieben und Yonathan konnte einen Höhleneingang erkennen. Es war ein schmaler Spalt hinter einem großen Felsbrocken, dem Überbleibsel einer Geröll-Lawine.

»Wird die Höhle sicher sein – ich meine, wenn die Erde wieder anfängt zu zittern und zu wackeln?«, fragte Yonathan zweifelnd.

»Das ist Granitgestein. Es ist sehr stabil, Kleines! Ich bin sicher, es gibt im Umkreis von zehn Meilen keinen Ort, der uns bessere Zuflucht bieten könnte.«

Yonathan und Yomi schauten sich fragend an. Dann zuckte Yomi die Achseln und nickte.

Während sich die Gefährten in die stockfinstere Höhle vortasteten, zog sich Gurgi immer tiefer in die Hemdfalte an Yonathans Brust zurück. Dunkle, muffige Felsenhöhlen waren nichts für den kleinen Masch-Masch, der den Großteil seines jungen Lebens ausschließlich in den luftigen Höhen des Regenwaldes zugebracht hatte. Selbst Girith suchte sich einen sicheren Platz auf der Schulter Din-Mikkiths.

»Ich werde ein Feuer machen. Hier drinnen können wir uns das erlauben«, erklärte Din-Mikkith. »Draußen …«

Er wurde jäh in seiner Rede unterbrochen, als das rotgelbe Licht eines strahlenden Blitzes durch den Spalt in die Höhle drang und diese erhellte. Die drei Gefährten erstarrten und lauschten angestrengt.

Wenige Augenblicke später begann die Erde abermals zu beben. Doch diesmal war es anders als zuvor. Yonathan, Yomi und Din-Mikkith verloren das Gleichgewicht. Der Boden unter ihren Füßen glich einem sich aufbäumenden Pferd, das noch nie das Gewicht eines Reiters gespürt hatte. Mit unbeschreiblicher Heftigkeit und ohrenbetäubendem Getöse fegte fast zur gleichen Zeit ein Luftschwall in die Höhle. Die Freunde hatten dem nichts entgegenzusetzen. Wie Herbstblätter in einem Wildbach wurden sie in das Innere des lang gezogenen Felsenraumes geschleudert. Erst eine Steinwand bereitete ihrer Rutschpartie ein Ende. Yonathan spürte einen dumpfen Schlag auf den Hinterkopf und sein Bewusstsein schwand.

Als Yonathan wieder zur Besinnung kam, lag er noch immer auf dem Höhlenboden. Er spürte eine zusammengerollte Decke unter seinem Nacken. Seine Rechte umklammerte Haschevet, als wäre der Stab ein Teil seiner selbst, eine Verlängerung seines Armes. Als er die Augen aufschlug, sah er als Erstes Gurgi, die sein Erwachen bemerkte und jetzt aufgeregt fiepend auf seiner Brust umherhüpfte.

Yonathans Augen folgten dem Masch-Masch, wodurch sein Blick das matte Licht einfing, das sich in das Dunkel des Felsenraumes vortastete. In den schwachen Lichtstrahlen schwebten Staub und Asche. Yonathan hustete.

»Er ist wach!«, ertönte Yomis Stimme in freudiger Überraschung.

Im nächsten Augenblick erschien das jungenhafte Grinsen des blonden Seemannes in Yonathans Gesichtsfeld. Yonathan konnte auf Yomis Gesicht den Verlauf ihrer bisherigen Reise wie auf einer Landkarte ablesen: Dunkle Augenringe zeigten die überstandenen Anstrengungen; das Andenken an den Baum Zephon trug er in seiner braun gefärbten linken Gesichtshälfte und auf seiner Stirn prangte eine breite blutverkrustete Schramme. »Dir ist es wohl auch nicht viel besser ergangen als mir«, stellte Yonathan fest. Bei dem Versuch zu lächeln, fuhr ihm ein stechender Schmerz quer durch den Kopf.

»Ach, das macht nichts. Hauptsache du bist wieder in Ordnung.«

»Wo ist Din? Hat er etwas abbekommen?«

»Bis auf ein paar grüne Flecken geht es mir prächtig, Kleines«, antwortete der Behmisch.

Yonathan drehte den Kopf in die Richtung Din-Mikkiths, der mit dem Reisegepäck herumhantierte.

»Es scheint nichts Wichtiges verloren oder zerstört worden zu sein.« Der Behmisch erhob sich in einer fließenden Bewegung und wandte sich seinem Patienten zu.

Yonathan setzte sich mit schmerzverzerrter Miene auf. Einen Moment lang drehte sich alles um ihn herum. »Hat das alles der Glühende Berg angerichtet?«

Din-Mikkith nickte, indem er seinen Kopf vor- und zurückwippen ließ.

»Dass er gleich *so* übel gelaunt sein wird, hätte ich nicht gedacht!«

»Die Höhle hat uns vor dem Schlimmsten bewahrt.«

»Nicht nur die Höhle, Din. Vor allem war es deine Umsicht. Hätten wir die letzte Nacht in dem hohlen Baum verbracht oder wären wir an dieser Höhle vorbeigegangen, dann ...« Yonathan ersparte es sich und seinen Gefährten, die möglichen Folgen weiter auszumalen.

»Das Ganze hat nur ein Nachteil«, gab Din-Mikkith zu bedenken.

»Wir werden so ziemlich den ganzen Weg bei Nacht weiterwandern dürfen«, klagte Yomi und warf die Hände in die Höhe. »Du solltest mal sehen, wie's draußen aussieht. Ziemlich schlimm, sag ich dir! Wie auf einem Maisfeld, das von einer Springflut überschwemmt wurde.«

Noch ehe seine Freunde ihn abhalten konnten, stand Yonathan auf seinen Beinen. Zweimal schwankte er hin und her, während ein heftiger Schmerz in seinem Kopf wühlte. Dann taumelte er zum Höhleneingang. Das Bild, das sich ihm draußen bot, schien aus einem Alptraum zu stammen. Für einen Augenblick war Yonathan unfähig sich zu bewegen oder etwas zu sagen. Wie eine Mamorstatue stand er da und staunte über die unfassbaren Gewalten, die in der Lage waren eine solche Zerstörung anzurichten. So weit man schauen konnte, waren die Bäume weggeknickt – alle in die vom Glühenden Berg abgewandte Richtung. Über der Landschaft lag eine dichte Decke aus grauschwarzer Asche, in der Farbe der drohenden Gewitterwolken am Himmel. Die einzige Bewegung, die Yonathan wahrnehmen konnte, rührte von dunklen Qualmwolken her, die einem weit entfernten Feuer entstiegen, dessen Flammen nicht auszumachen waren.

»So etwas hast du noch nie gesehen, nicht wahr?« Din-Mikkiths Stimme drang wie durch einen Wattebausch an sein Ohr.

Yonathan schüttelte sich, um wieder Herr seiner Sinne zu werden. Als er sich seinem Freund zuwandte, stellte er fest, dass auch dessen Haut grau war und nicht mehr grün. Lag das nun an der Fähigkeit des Behmisch sich seiner Umgebung anzupassen, oder war Din-Mikkiths Körper – wie scheinbar alles an diesem Ort –

ebenfalls mit Asche bedeckt? Yonathan schaute an sich selbst hinunter und rang sich ein mühsames Lächeln ab.

Er klopfte sich ein paar Mal kräftig auf Wams und Hose und hüllte sich dabei in eine dicke Staubwolke. Gurgi auf seiner Schulter protestierte mit einem schrillen Aufschrei und zog sich beleidigt in ihr sicheres Quartier an seiner Brust zurück.

»Ich schlage vor, wir gehen hinein. Da drinnen sieht man wenigstens das Asche nicht so. Außerdem wird es gleich anfangen zu regnen.«

Wieder in der Höhle angekommen fragte Yonathan den Behmisch: »Hast du schon mal einen solchen Vulkanausbruch miterlebt?«

»Na ja, vielleicht nicht ganz so heftig, aber fremd ist es mir nicht.« Din-Mikkith legte den Kopf eigenartig schief und kicherte in sich hinein. »Aber der Regenwald ist stark. Bald wird es hier wieder so grün sein wie meine Augen.«

»Nur, so lange werden wir nicht warten können«, schaltete sich Yomi in das Gespräch ein.

»Nein. Du hast Recht. Wir werden hier bleiben, bis es dunkel ist – nur zur Sicherheit. Yonathan kann sich noch ein wenig ausruhen. Dann brechen wir auf.«

Yonathan fühlte sich plötzlich kraftlos und zerschlagen. Er fragte sich, ob er am Abend wirklich schon wieder bei Kräften sein würde. »Wie lange wird es noch dauern, bis wir dieses … Tor im Süden erreichen werden?«

Din-Mikkith wiegte den Kopf von einer Seite auf die andere. »Ich schätze, morgen früh müssten wir das Ufer des Weißen Todes erreichen. Von da an dürften es höchstens noch zwei Tagesmärsche sein.«

»Dann sind wir unserem Ziel also sehr nahe. Glaubst du, wir haben noch etwas von Sethur zu erwarten – ich meine jetzt nach dem Vulkanausbruch?«

»Da bin ich mir nicht so sicher, Kleines. Vielleicht glaubt er, der Stab liegt jetzt für alle Zeiten unter der Lava begraben – uns eingeschlossen. Aber nach allem, was ich von ihm gehört habe, ist er zwar böse, aber nicht dumm. Er wird sich überzeugen wollen, ob sein Werk Erfolg hatte.«

Yonathan horchte auf. »*Sein* Werk? Du meinst doch nicht etwa der Vulkanausbruch …?«

»Oh! Hatte ich etwa vergessen es zu erwähnen? Das tut mir Leid, meine Lieben. Aber es war sicher auch besser so. Ihr hättet euch nur unnötig Sorgen gemacht.«

»Unnötig?« Yomi fuhr empört dazwischen. »Wie konntest du uns in eine solche Gefahr bringen, wenn Sethur nur darauf wartete, mit den Fingern zu schnippen, um die Falle zuschnappen zu lassen?«

»Beruhige dich, Kleines. Sethurs Macht ist groß, aber nicht unbegrenzt. Die Lebenden Dinge deuteten zwar an, dass das Grollen des Glühenden Berges irgendwie unnatürlich war. Aber sie verrieten mir auch, dass wir es trotzdem schaffen könnten.«

Yomi schnappte nach Luft. »Dass wir es schaffen *könnten?* Heißt das etwa, du warst dir nicht mal sicher?«

»Yo«, schaltete Yonathan sich mit müder Stimme ein. »Lass es gut sein. Din wird schon gewusst haben, was er tut.«

»Danke, Kleines. Wenigstens einer, der Vertrauen zu mir hat.«

»Sei nicht so streng mit ihm, Din. Ich bin sicher, er meint es nicht so.« Yonathan blickte zu seinem blonden Freund hinüber. Vor dem schwach einfallenden Tageslicht konnte er nur erkennen, wie Yomi beleidigt, mit vor der Brust verschränkten Armen, gegen die Höhlendecke starrte. »Was mir viel größere Sorgen bereitet, ist die Macht, die Sethur zu besitzen scheint. Ich hätte nie geglaubt, dass er einen Vulkan zum Ausbruch bringen kann.«

»Du darfst nicht vergessen, dass er das Heeroberste Bar-Hazzats ist. Und beide zusammen dienen Melech-Arez. Da sind Mächte im Spiel, die unsere Vorstellungskraft bei weitem überschreiten.«

»Aber mit uns ist das *Koach* des Stabes Haschevet«, warf Yonathan ein.

Din-Mikkith nickte. »Das ist richtig. Vor langer Zeit sagte Goel einmal zu mir, das *Koach* sei ein Spiegel von Yehwohs

Macht. Das *Koach* kann, wenn man es richtig anwendet, die Angriffe deiner Feinde wirkungslos machen.«

»Dann werden wir auch unser Ziel erreichen.« Yonathan staunte selbst über die Sicherheit, mit der er diese Worte ausgesprochen hatte.

Der Wächter im Eis

Als Yomi Yonathan weckte, hatte außerhalb der Höhle bereits die Dämmerung eingesetzt.

»Was ist denn?«, fragte Yonathan verschlafen. »Müssen wir schon los?«

»Din meint, wir sollten uns langsam fertig machen. Wie geht's dir? Du hast geschlafen wie eine Riesenschildkröte.«

Yonathan setzte sich auf. »Danke, schon viel besser.« Er reckte den Hals und ließ den Kopf auf den Schultern einmal rundherum rollen. Zwar empfand er noch immer ein leichtes Stechen hinter der Stirn, aber er fühlte sich tatsächlich schon wesentlich wohler als am Morgen.

Nach einer kalten Mahlzeit schulterten die Gefährten ihr Reisegepäck und traten vor die Höhle. Draußen hatte inzwischen die Nacht die Regentschaft übernommen. Yonathan ließ die Macht des Stabes in seinen Körper fließen und vor seinem geistigen Auge bildeten sich die Konturen des verwüsteten Waldes. Din-Mikkith übernahm wieder die Führung. Durch ein Seil war er mit Yomi und mit Yonathan verbunden, sodass die drei sich in der Dunkelheit nicht verlieren konnten.

»Zumindest schlagen einem jetzt keine Äste mehr ins Gesicht«, meinte Yomi trocken.

Der Himmel hellte sich allmählich auf, als Din-Mikkith endlich eine Rast bewilligte. Yonathan und Yomi ließen sich zu Boden sinken. Ihr Lagerplatz befand sich in einer Bodensenke, die von einem flachen, aber dichten Gestrüpp überwuchert war. Sie fühlten sich völlig ausgelaugt, denn sie hatten sich nur wenige kurze Pausen gegönnt, während ihr beschwerlicher Weg sie stetig höher in die Bergwelt führte. Der Pfad, dem sie gefolgt waren, schlängelte sich zwischen zwei schroffen Bergkämmen empor. Im schwachen Licht der Morgendämmerung konnte Yonathan zu ihren Füßen einen weiten Talkessel wahrnehmen, der wie mit einem fahlweißen Teppich ausgelegt war.

»Da unten ist das Weiße Tod«, stellte Din-Mikkith fest.

Yonathan und Yomi konnten seinen Gleichmut nicht teilen.

»Wie konnte es dazu kommen?«, fragte Yomi mit zitternder Stimme. »Ich meine, wie ist der See … gestorben?«

Din-Mikkith kicherte. »Gestorben? Das ist ein gutes Wort. Es trug sich zu, als Yehwoh das Verborgene Land verschloss. Allen Bewohnern wurde geheißen es zu verlassen.

Nachdem Richter Yenoach Zephon mit dem Feuer Haschevets verdorrt hatte, sah es so aus, als wäre die Gefahr für immer gebannt. Doch es gab eine Stadt, in die sich einige Priester des verfluchten Baumes geflüchtet hatten. Es war ihnen gelungen einige Samenkörner Zephons zu retten. Damit wollten sie neue Bäume pflanzen. Yenoach forderte die Bewohner auf, die Priester herauszuschicken, um so dem Zorn Yehwohs zu entgehen. Doch die Priester hatten noch immer Einfluss und es gelang ihnen den Bewohnern Furcht vor Melech-Arez' Rache einzujagen. So kam es, dass sie weder die Priester noch die Samenkapseln Zephons herausgaben.« Din-Mikkith hielt inne und schaute nachdenklich zu dem weißen See hinüber.

Yonathan war gefesselt von der Erzählung und konnte kaum ruhig sitzen bleiben. »Diesen Teil der Geschichte kenne ich nicht«, sagte er aufgeregt. »Was tat Yenoach, nachdem sich die Einwohner der Stadt weigerten seiner Aufforderung nachzukommen?«

»Yenoach stellte sich vor das große Haupttor, den Stab Haschevet drohend erhoben rief er einen Fluch wider die ganze Stadt aus. Die Berge ringsum warfen seine Worte vielfach verstärkt zurück, sodass sie jeder Bewohner innerhalb der Stadtmauern verstehen konnte. ›Dein Name sei nicht länger *Ha-Gibbor,* das Starke‹, donnerte seine Stimme in übernatürlichem Hall. ›Fortan wirst du *Ha-Chérem,* das Verfluchte sein, und man wird sich fürchten deinen Namen auszusprechen – bis Geschan kommt und deinen Aussatz heilen wird.‹« Din-Mikkith wandte den Kopf von dem See ab und blickte fest in Yonathans Gesicht. Ein seltsames Funkeln lag in den grünen Augen des Behmischs.

Yonathan wurde sich dieses Blicks erst später wieder bewusst. Im Moment beschäftigte ihn das Schicksal Ha-Gibbors, der Starken, wie sie früher genannt wurde, viel mehr. »Aber was geschah dann wirklich, Din? Was *ist* dieser Aussatz?«

Die eigenartige Entrückung wich aus den Augen Din-Mikkiths. Er zuckte die Schultern und sagte: »Salz.«

»Salz?«

»Salz! Nachdem Yenoachs schreckliche Worte verklungen waren, wandte er der Stadt den Rücken und verließ das Verborgene Land, um nie mehr dorthin zurückzukehren. Die Priester Zephons aber glaubten an eine Falle und nötigten die Bewohner Ha-Gibbors dazu, noch eine Nacht abzuwarten. In diesem Nacht aber kam Yehwohs ›Aussatz‹ über sie. Ihr müsst wissen, dass Ha-Gibbor dort mitten in dem Talkessel an einem kleinen See lag. Während die Bewohner schliefen, stieg das Wasser des Sees unaufhörlich an. Man erzählt sich, dass am nächsten Morgen nichts mehr von der Stadt zu sehen war. Der See hatte das ganze Tal ausgefüllt.«

»Aber warum ist der See weiß wie Schnee?«, wollte Yonathan wissen.

»Es heißt, dass am folgenden Tag das Sonne das letzte Mal über dem Verborgenen Land schien. Alles Wasser stieg unter dem sengenden Glühen der Sonne aus dem See auf und bildete diese dichte Wolkendecke, unter der sich seit jenem Tage das Verborgene Land versteckt. In diesem Tal aber blieb nur Salz zurück – so dick, dass weiterhin nichts von Ha-Chérem, wie die Stadt seitdem heißt, zu sehen ist.«

»Und auf Salz gibt es kein Leben«, ergänzte Yonathan.

»Richtig, deshalb nennt man dieses See auch das Weiße Tod.«

»Ich finde, Ha-Chérem, die Verfluchte, hätte völlig ausgereicht«, bemerkte Yomi.

Din-Mikkith klatschte in die sechsfingrigen Hände und bemühte sich, die gedrückte Stimmung zu vertreiben. »Jedenfalls werden wir heute Nacht den Weißen Tod überqueren. Also lasst uns eine Kleinigkeit essen und dann schlafen.«

»Glaubst du, wir schaffen es, den See in einer Nacht zu überqueren?«, fragte Yonathan, zweifelnd auf den lang gestreckten Talkessel blickend.

»Wir müssen es, Kleines. Wenn dort oben in den Bergen jemand das Tal beobachtet, dann werden wir uns bei Tageslicht kaum verstecken können. Wir wären so unauffällig wie drei Brombeeren auf einem weißen Tischtuch.«

»Du verstehst es wirklich, einem Mut zu machen«, warf Yomi ein. »Können wir nicht um den See herumwandern und die natürliche Deckung nutzen, um unbemerkt ans andere Ende zu gelangen?«

»Nein, Kleines. Schau dir doch das Ufer des Sees an. Dort wächst so gut wie nichts und schon wenige Fuß weiter steigen steile Klippen auf. Der Weg wäre weiter, aber sicherer …«

»Da!«, rief Yonathan aus. »Habt ihr das gesehen?«

»Nein, was denn?«, fragte Yomi missmutig zurück.

»Da war ein … ein Blinken – irgendetwas hat geblitzt dort oben.« Yonathan deutete in die Richtung jenseits des Sees.

Din-Mikkith suchte mit seinen scharfen Augen die von weißen Gipfeln gekrönten Berge in der Ferne ab. »Ich kann nichts erkennen«, erklärte er nach einer Weile. Er schüttelte den Kopf. »Es ist zu dunstig.«

»Meinst du, … es könnte Sethur gewesen sein?« Yonathan flüsterte.

»Ich weiß es nicht. Möglich wär's schon. Wenn ich Sethur wäre, würde ich mich jedenfalls da oben irgendwo in einen Hinterhalt legen. Aber es nützt nichts, wenn wir uns verrückt machen, Kleines. Wer nervös ist, macht Fehler. Und das ist es, was Sethur will.« Din-Mikkiths aufmunternder Blick wanderte von Yomi zu Yonathan und blieb auf diesem haften. »Schließlich haben auch wir noch ein paar Trümpfe in der Hand, nicht wahr Yonathan?«

Sobald sich das Tageslicht bis auf ein paar letzte Fetzen, die auf den fernen Berggipfeln hängen geblieben waren, verflüchtigt hatte, machten sich die drei auf den Weg. Als graue Schatten glitten sie aus der überwucherten Erdsenke heraus und suchten sich ihren Weg den flach abfallenden Hang zum Seeufer hinab. Als sie ihre Füße – zunächst zaghaft, dann entschlossen und weit ausschreitend – auf das Salz setzten, war das Tal bereits gänzlich von nächtlicher Dunkelheit erfüllt. Nur das Knirschen ihrer Schritte verriet ihre Gegenwart. Doch es verhallte in dieser scheinbar endlosen Leere.

Am meisten litt wieder Yomi unter den ungewöhnlichen Umständen. Nicht, dass ihn hier, auf dem Salzsee, irgendwelche Äste ins Gesicht schlagen oder seine Füße zum Straucheln bringen konnten. Im Gegenteil! Die Oberfläche des Sees war flach und eben, so flach, dass man glaubte, durch ein grenzenloses Nichts zu marschieren, eine unendliche Leere, die sich in alle Himmelsrichtungen bis an den Horizont erstreckte und dahinter bis zum nächsten Horizont und so weiter und so fort.

Etwas anderes beunruhigte Yomi. Die Hälfte seines jungen Lebens war er dem Aberglauben der Seeleute ausgesetzt gewesen. Kein Wunder, dass dieser Einfluss auf ihn abgefärbt hatte.

Durch einen lauten Aufschrei brachte er seine beiden Freunde zum Stehen.

»Bist du von allen guten Geistern verlassen?«, raunte Din-Mikkith ärgerlich.

»Ich fürchte, ja«, erwiderte Yomi mit zitternder Stimme.

»Was soll das heißen? Warum brüllst du wie ein Baum, in den ein Blitz gefahren ist?«

»Ich glaube, mich hat eben etwas am Fuß berührt.«

»Was erzählst du da?«, warf Yonathan ein.

»Ich erzähle keinen Unsinn, Yonathan.« Das Zittern in Yomis Stimme wurde stärker. »Es hält mich immer noch fest. Es sind die Toten ›der Verfluchten‹. Sie kommen, um mich zu sich herunterzuziehen. Kaldek erzählte mir einmal, dass die Seelen der Bösen niemals zur Ruhe kommen. Jetzt hocken sie da unten und verlangen mich als Pfand, damit ihr den See überqueren dürft.«

»So ein Blödsinn, Yo. Das ist wieder so eine Geschichte von euch Seeleuten, stimmt's?«

»Sei nicht so barsch mit ihm«, mahnte Din-Mikkith und legte Yonathan die Hand auf die Schulter.

Weniger heftig fuhr Yonathan fort: »Hast du mir nicht erzählt, dein Vater hätte dir in deiner Kindheit aus dem *Sepher Schophetim* vorgelesen?«

»Ja, natürlich hat er das. Ziemlich oft sogar.«

»Und du erinnerst dich gar nicht mehr, was darin über die Toten geschrieben steht? ›Die Toten kehren zurück zu dem Staub, aus dem sie gekommen sind. Ihr Wirken, ihr Planen ist vergangen und die Erinnerung an sie weht davon wie die Spreu im Wind. Ihr Teil ist das Nichts und sie werden nimmermehr wandeln auf der Oberfläche Neschans, bis Yehwoh sie ruft und sie hören werden auf seine Stimme.‹«

Yomi hatte stumm die Lippen zu den Versen aus dem alten Buch der Richter Neschans mitbewegt. Er erinnerte sich sehr genau an diese Worte. Doch dann schrie er wieder. »Aber es ist trotzdem da!«

Din-Mikkith stürzte zu ihm und hielt ihm die Hand vor den Mund. Yonathan sagte: »Ich will deinem Geist mal die Hand schütteln.«

Es dauerte nicht lang, da hatte Yonathan die Ursache für Yomis Aufregung gefunden: Der Zweig eines Strauches musste vom Wind hergetrieben worden sein. Yomis Fußgelenk hatte sich in dem Astwerk verfangen. »Wem glaubst du jetzt, deinem abergläubischen Seemannsgarn oder dem *Sepher?*«

Yomi schwieg.

Nachdem sich Yonathan beruhigt hatte, fügte er hinzu: »Na ja, ich hätte vielleicht genauso reagiert, wenn ich bei so einem alten Schlitzohr wie deinem Kaldek aufgewachsen wäre.«

»Höre mal!«, empörte sich Yomi, vom Schrecken erholt. »Kaldek ist kein Schlitzohr.«

»Schon gut, schon gut«, lenkte Yonathan wieder ein. »Sagen wir einfach: Er ist mit *ziemlich* allen Wassern gewaschen. Einverstanden?«

Yomi überlegte einen Augenblick. Dann grinste er. »Sagen wir besser: Er ist mit unheimlich vielen Wassern gewaschen.«

Ihr Lachen verlor sich in der Dunkelheit.

Gerade wollte Yonathan das von Yomis Fuß entfernte Geäst mit einer weit ausholenden Armbewegung davonschleudern, da hörte er Din-Mikkiths Stimme neben seinem Ohr.

»Gib mir die Zweige, Kleines.«

»Wieso? Was willst du denn damit anfangen?«

»Ich weiß es selbst noch nicht so genau. Ich habe das Gefühl, wir könnten sie noch brauchen.«

Yonathans Herz pochte bis zum Hals hinauf. Sein Atem ging schnell und stoßweise. Yomi ging es nicht viel besser. Din-Mikkith hatte sie zu größter Eile angetrieben. In den Gipfeln der jetzt nicht mehr so fernen Bergen zeigte sich das erste Tageslicht.

»Wir schaffen es nicht«, keuchte Yomi. »Es wird schon hell!«

»Es hilft aber auch nichts, unser Unglück zu beklagen«, erwiderte Din-Mikkith. »Nimm deine Beine in die Hand und lauf! Wir müssen so schnell wie möglich von dem See herunter.«

»Aber wir können nicht mehr, Din«, klagte Yonathan. »Wir sind völlig erschöpft. Können wir nicht wenigstens eine ganz kurze Pause machen?«

»Wenn wir die Klippen da vorne am Seeufer erreicht haben, dann können wir uns ausruhen. Vorher nicht!«

Yonathan und Yomi ergaben sich seufzend ihrem Los – und marschierten weiter.

Der Himmel wurde immer heller. Nie zuvor hatte Yonathan sich so sehr die Nacht herbeigewünscht. Aber die unsichtbar hinter den Wolken versteckte Sonnenscheibe hatte kein Einsehen. Unbarmherzig kletterte sie auf ihrer Bahn empor und mit jedem Atemzug traten die drei winzigen Pünktchen auf der weißen Oberfläche des Sees deutlicher zutage.

Der See lief an diesem Ende des Talkessels zu einem schmalen, von hohen Felswänden umsäumten Schlauch aus. Die Seeufer waren baum- und strauchlos. Zunächst ragte nur blankes Gestein aus dem kranken Erdreich hervor. Es erinnerte an gebleichte

Gebeine. Eine halbe Meile dahinter begannen Grasmatten in kränklichem Grün den Boden zu überziehen. An dieser Stelle wählte Din-Mikkith den Lagerplatz, in einem Einschnitt, der sich wie von einer gewaltigen Axt geschlagen durch die über ihnen liegende Felswand zog und zehn Fuß tief in den Boden grub. Am Rand der Spalte lagen Felsbrocken und Geröll herum und boten einen ausreichenden Sichtschutz.

»Ich übernehme das erste Wache«, entschied Din-Mikkith, bevor einer der anderen etwas einwenden konnte.

»Ich glaube, ich könnte hundert Jahre schlafen«, entgegnete Yonathan dankbar. Selbst Gurgi, die den ganzen Weg getragen worden war, brachte nur ein schwaches Fiepen zustande.

»Ich fürchte, so viel Zeit kann ich euch nicht geben«, bedauerte der Behmisch. »Wir werden bald auf das Ewige Eis stoßen. Dort bin ich selbst unerfahren. Wir können das Gletscher unmöglich bei Dunkelheit überqueren.«

»Das heißt, wir brechen im Hellen auf?«, fragte Yomi voller Hoffnung.

Din-Mikkith nickte.

Yonathan bemerkte ein Zittern, das den Körper des Behmisch schüttelte. »Was ist mit dir, Din?«, fragte er besorgt. »Geht es dir nicht gut?«

»Danke, Kleines. Es geht schon. Du musst nur wissen, dass Behmische nicht für Eis und Kälte geschaffen wurden – das lähmt unsere Glieder!«

»Dann musst du dich warm anziehen«, beschloss Yonathan. »Du bekommst meinen Umhang. Ich bin die Kälte gewohnt. Bei uns in Kitvar …«

»Lass es gut sein, Kleines«, unterbrach ihn Din-Mikkith. »Ihr beiden benötigt eure Umhänge genauso dringend wie ich.«

»Aber die Decken, die müssen wir nicht auf dem Rücken schleppen.« Ohne lange zu zaudern, nahm Yonathan seinen Dolch, schnitt einen Schlitz in seine Decke und zog sie dem Behmisch über den Kopf. »Das müsste gehen«, stellte er zufrieden fest. »Aus Yomis Decke werden wir noch etwas für deine Füße und Beine schneidern und dann brauchst du nicht mehr zu frieren.«

Din-Mikkiths Augen glänzten. Er streichelte Yonathan über das dunkle Haar und sagte gemessen: »Ich glaube, du wirst einmal ein weiser Mann werden, Kleines. Mein Dank ist dir gewiss.«

»Schon gut. Und jetzt lass uns schlafen.«

Yonathan fiel sofort in einen tiefen, traumlosen Schlaf. Als er erwachte, stellte er besorgt fest, dass Din-Mikkith die ganze Zeit Wache gehalten hatte. »Wie spät ist es?«, fragte er den Behmisch.

»Kurz nach Mittag. Wir sollten uns marschbereit machen.«

»Wird es nicht schwierig sein, unbemerkt da hochzukommen?«

»Wir werden jede Deckung nutzen, das wir finden.«

Yonathan seufzte. »Also gut. Dann lasst uns die Zeit nutzen.«

Nach etwa zwei Stunden Wanderung im Schatten von Felsen und im Schutze von Erdsenken erreichten die drei die Schneegrenze. Yonathan hatte das Gefühl, dass Din-Mikkith nur mit äußerstem Unbehagen seinen Fuß auf den harschigen Schnee setzte. Der Behmisch sah aus wie eine zum Leben erwachte Mumie: Beine und Füße waren mit Stoffstreifen umwickelt, über dem Oberkörper hing lose die zweckentfremdete Decke Yonathans und dazwischen schaute blassgrün das zerknitterte Gesicht Din-Mikkiths heraus.

Yonathan trieb die Spitze des Stabes Haschevet wieder und wieder in die feste Schneedecke, um festeren Halt zu finden. Yomis Bemühungen um Gleichgewicht muteten zwar ungelenk an, waren aber sehr erfolgreich. Was Din-Mikkith durch seinen elastischen Körper ausglich, schaffte Yomi mit einer Kombination aus Staksigkeit und Körperbeherrschung.

Eine weitere Stunde der Wanderung auf dem schlüpfrigen Untergrund war vergangen, als Yonathan und Din-Mikkith seltsame Geräusche vernahmen. Auch Girith flatterte aufgeregt mit den Flügeln.

»Was ist das?«, flüsterte Yonathan, auf das Schlimmste gefasst.

»Etwa Sethur?«, befürchtete Yomi.

Din-Mikkith fuhr mit der Hand über das Gefieder Rotschopfs, der auf seiner Schulter saß. Der Behmisch verzog die Lippen zu seinem Speziallächeln. »Ihr müsst euch nicht fürchten. Es sind nur die Verwandten Giriths.«

»Die Verwandten?«

Din-Mikkith seufzte schwer. »Ja, Yonathan, genau das sagte ich. Schaut selbst!«

Der Pfad schlängelte sich an dieser Stelle zwischen zwei eng beieinander stehenden Felswänden unter einem grünlich schimmernden Eisüberhang hindurch und gab dahinter den Blick auf ein unberührtes Schneefeld frei – jedenfalls fast unberührt. Was die Gefährten dort sahen, verschlug zumindest zwei von ihnen die Sprache.

»Sind das nicht …?«

»Papageien«, vollendet Din-Mikkith Yomis Frage. »Genauer gesagt: Keas.«

»Keas?«, wiederholte Yonathan. »Ich habe noch nie etwas davon gehört, dass Papageien im Schnee leben. Sie sind doch Vögel, die die Wärme lieben – so wie Rotschopf.«

»Du musst noch vieles lernen, Kleines.«

Yonathan hob die Augenbrauen und nickte zustimmend. »Das glaube ich auch.«

»Aber verhaltet euch ruhig«, mahnte Din-Mikkith und hockte sich gleichzeitig auf die Fersen, sodass er nicht höher als nötig aufragte und so weniger Furcht erregend für die Keas wirkte. Yonathan und Yomi folgten seinem Beispiel. Alsdann »sprach« Din-Mikkith mit Rotschopf, lautlos und in tiefer Konzentration. Girith krächzte eine unverständliche Bestätigung und begab sich hüpfend und watschelnd auf den Weg zu den Artgenossen.

Yonathan genoss dieses Bild. Der leuchtend rote Schopf Giriths hob sich inmitten der eher unauffällig grün gewandeten Keas ab. Es entstand eine aufgeregte Ausgelassenheit unter den Vögeln, als träfen sich alte Bekannte nach langer Zeit wieder. Schon vorher schien die Beschäftigung der Keas mehr ein Spiel zu sein als ernsthafte Nahrungssuche in einer unbarmherzigen Natur.

»Glaubst du, da kommt etwas Gescheites heraus?«, wandte sich Yomi skeptisch an Din-Mikkith.

»Wart's ab«, antwortete der.

Und tatsächlich wurde das bunte Treiben der Keas zu einem moderaten Gurren und Keckern. Kurze Zeit später lösten sich die Gestalten Giriths und eines Keas, der etwas größer zu sein schien als seine Verwandten, aus der Schar und hielten auf die abseits wartenden Gefährten zu.

Girith machte vor Din-Mikkith Halt und erklärte mit geschwellter Brust: »Din-Mikkith, liebes Din-Mikkith.«

Der andere Vogel beäugte den so Vorgestellten einen Moment kritisch und stieß dann ein zufriedenes Krächzen hervor; gleichzeitig wippte er mit dem Oberkörper ein paar Mal auf und ab, als wolle er sich verbeugen.

Din-Mikkith streckte dem Kea seine Hände mit nach oben gerichteten Handflächen dicht über dem Schnee entgegen. Yonathan und Yomi staunten nicht schlecht, als der grüne Vogel ohne zu zögern auf den Behmisch zuwatschelte, um sich von diesem über das Gefieder streichen zu lassen. Wieder spielte sich jenes rätselhafte Zwiegespräch ab. Während der Kea ab und zu ein leises Gurren von sich gab und die Augen abwechselnd schloss und wieder öffnete, lag in Din-Mikkiths Augen blicklose Leere. Sein Gesicht wirkte versteinert.

Yonathan hatte schon das Gefühl, diese schweigsame Unterhaltung würde nie enden, da gab Din endlich den Kea frei. Der Vogel schnäbelte noch einmal mit Rotschopf, krähte einen Abschiedsgruß und kehrte mit wenigen Flügelschlägen zu seinen Artgenossen zurück.

»Na? Und?«, drängte Yomi den Behmisch. »Was hat er gesagt?«

»Ich will's kurz machen«, erklärte Din-Mikkith ohne weitere Umschweife. »Da oben, jenseits der Wolken, ist das Tor – oder die ›Nüstern‹, wenn ihr es so nennen wollt.«

»Das ist doch gut, oder?«, begeisterte sich Yomi.

»Wart's ab«, bremste ihn Yonathan, der Unheil ahnte.

»Das war die gute Nachricht. Die schlechte ist, dass vor einigen Tagen eine Anzahl von Menschen hier vorbeikam. Sie sind in Richtung des Tores weitergezogen.«

»Ich hab's mir gedacht«, sagte Yonathan zu sich selbst und sackte entmutigt in sich zusammen. »Was machen wir jetzt?«

»Wir müssen vorsichtig sein, noch vorsichtiger als wir es ohnehin schon waren.«

»Hat denn der Vogel auch gesagt, wie viele Menschen da oben auf uns lauern?«

»Das ist so ein Problem: Vögel können nicht zählen«, erwiderte Din-Mikkith bedauernd. »Sethur, oder wer immer da oben lauert, hat aber bestimmt nicht mehr als zehn Leute – mehr hat der Kea auf keinen Fall gesehen. Ich schätze eher, dass es sogar wesentlich weniger sind. Und sieben oder acht Männer müssten doch zu überlisten sein, meint ihr nicht?«

Der Behmisch erhielt nur verhaltene Zustimmung.

»Na ja, murren hilft nicht. Lasst uns heute noch ein kleines Stück weiterwandern und uns dann ein Nachtlager suchen. Bis morgen früh wird mir schon etwas einfallen.«

Yonathan und Yomi fühlten sich nicht besonders wohl in ihrer Haut. Aber sie bissen die Zähne zusammen und folgten Din-Mikkith, der sich bereits in Bewegung gesetzt hatte.

Der Marsch war alles andere als erholsam. Die Gefährten hatten mit einem schlüpfrigen, vereisten Untergrund zu kämpfen und zudem mit den Trugbildern, die Eis und Fels ihnen vorgaukelten. Doch keiner dieser Schatten erwachte zu Leben und stumm zogen sie vorbei als Zeugen der schöpferischen Vielfalt in der Natur.

Der Pfad war schmal an dieser Stelle und zu beiden Seiten erhoben sich Wände aus Eis und Fels, die sich, in den Wolken verschwindend, ihren Blicken entzogen. Ein kalter Wind, der ihnen mit zunehmender Stärke ins Gesicht blies, sorgte für zusätzliche Erschwernisse. Die beißende Kälte ergriff die Wanderer von den Zehenspitzen bis in die Haarwurzeln. Um den Behmisch machte Yonathan sich besondere Sorgen. Die Bewegungen des grünen Freundes waren nur noch ein trauriger Abglanz seines ehemals so flüssigen und weichen Dahingleitens.

Die Sicht wurde zunehmend schlechter und was ihnen zunächst als schwebende Nebelschwaden erschien, verdichtete sich bald zu einer dicken, milchigen und undurchsichtigen Wolkendecke.

»Wir durchschreiten jetzt das Dach des Verborgenen Landes«, ertönte Din-Mikkiths Stimme von irgendwoher aus der Wolke vor ihnen.

Yonathan hörte, wie Yomi ausrutschte und sich gerade noch abfangen konnte. »Pass auf!«, rief er dem Freund zu. »Wenn du hier ins Rutschen kommst, findest du dich erst im Salzsee wieder.«

»Oder in Einzelteilen unter einer Felswand.«

»Wir sollten erst mal sehen, dass wir aus diesem Nebel herauskommen«, schlug Din-Mikkith vor.

Der Marsch ging weiter.

In gewisser Weise erinnerte Yonathan der Aufstieg durch das »Dach des Verborgenen Landes«, wie Din-Mikkith es genannt hatte, an den nächtlichen Marsch über den Salzsee. Alle Geräusche rührten von den eigenen Schritten her. Man glaubte durch eine andere Welt zu wandern – oder vielmehr die Grenze zu solch einer fremdartigen Welt zu durchschreiten.

In diesem Augenblick sah Yonathan einen gelblichen Schimmer vor seinen Augen. »Was ist das?«, raunte er Din-Mikkith zu.

»Etwas, das sich mir seit zweihundert Jahren nur verschleiert gezeigt hat.«

»Die Sonne!«

Erst in diesem Augenblick wurde Yonathan bewusst, dass er die Sonne seit über einem Monat nicht mehr gesehen hatte. Für einen Augenblick vergaß er alle Vorsicht und eilte mit langen Schritten voraus.

Alsbald lichtete sich der Nebel und die Gefährten erblickten eine Hochebene. Obwohl sich die Sonne zu Yonathans Enttäuschung hinter einem dünnen Schleier verbarg, beschirmte Din-Mikkith seine Augen mit der Hand. »Wir sind sehr lange nach Südosten gewandert. Jetzt müssen wir uns direkt nach Westen wenden. Ich denke, wir werden die Ebene noch überqueren können, bis sich Dunkelheit über die Berge legt.«

Yonathan beschäftigte etwas ganz anderes. »Schau da drüben, in den Bergen auf der anderen Seite der Ebene.« Er deutete nach Westen. »Könnt ihr es auch sehen?«

Die Freunde entdeckten bald, was Yonathan meinte.

»Als würde jemand Suppe kochen – in einem unheimlich großen Topf«, brummte Yomi.

»Wie der dampfende Atem eines Ungeheuers«, fand Din-Mikkith.

»›Nüstern, die blasen mit eisigem Hauch, die schmelzen den Sucher in feuriger Glut‹«, zitierte Yonathan aus dem alten Gedicht über die Wächter des Verborgenen Landes.

Din-Mikkith konnte den Blick nicht von der fernen Erscheinung nehmen, während er murmelte: »Ich denke, du hast gewonnen, Kleines. Das *ist* das Tor im Süden. Wir haben es wirklich gefunden!«

Niemand brach in Jubel aus. Zu viele Unbilden waren mit dem Durchschreiten dieses Tores verbunden.

Yomi beschirmte die zusammengekniffenen Augen mit der Handfläche. »Seht ihr auch diesen seltsamen goldenen Schimmer?«

»Ich habe mich auch schon gefragt, was das sein könnte«, entgegnete Yonathan nachdenklich. »Ob wir es wohl heute noch erreichen könnten?« Aus seiner Stimme sprach eher Zweifel als Hoffnung.

»Nein, bestimmt nicht«, meinte Din-Mikkith. »Du vergisst, dass da draußen jemand auf uns wartet. Wir sind viel zu erschöpft, um ihm heute gegenüberzutreten. Außerdem gibt es da noch ein anderes Problem … Wir müssen noch an dem Wächter des Tores vorbei.«

Die drei verbrachten die Nacht in einer Höhle. Man war sich uneinig, ob man die Hochebene noch vor Einbruch der Dunkelheit überqueren könnte. Schließlich entschloss man sich aber doch dazu. Der befürchtete Angriff Sethurs blieb aus. »Er wird sich sicher eine weniger gut zu überschauende Stelle aussuchen«, hatte Din-Mikkith vermutet und er sollte Recht behalten.

Noch etwas anderes beunruhigte die drei Kameraden. Yonathan hatte in der Dämmerung am Eingang der Höhle gestanden. Auf den Stab Haschevet gestützt blickte er gedankenverloren auf die eben durchquerte Ebene hinaus, als er ein seltsames Kribbeln im Hinterkopf verspürte. Erschrocken wandte er den Blick zum Himmel empor und bemerkte – einen schwarzen Schatten. Es waren die dunklen Umrisse eines nach Norden segelnden großen Vogels, eines Wesens, das ihm bestens bekannt war. Gurgi zog sich angstvoll fiepend an seine Brust zurück.

»Zirah!«, zischte Yonathan, während er stolpernd zu seinen Freunden in die Höhle stürzte.

»Die alte Krähe, meinst du?« Yomi stürzte zum Höhleneingang. Din-Mikkith folgte ihm dicht auf den Fersen.

»Ist schon zu weit weg«, stellte der Behmisch bedauernd fest. »Ich kann es nicht richtig erkennen. Bist du dir ganz sicher, dass es dieses Zirah war?«

Yonathan nickte. »Ich bin mir *ganz* sicher. Der Stab hat sie erkannt. Ich spürte es – hier.« Er deutete auf seinen Hinterkopf.

Din-Mikkith schaute nachdenklich zu Boden. »Ich verstehe.«

In der Höhle nahmen die Freunde ihr Abendessen zu sich: eine Art weißen Käse, den Din-Mikkith aus Pflanzensprossen hergestellt hatte, Fladenbrot und Wasser. Nach Beendigung der einfachen Mahlzeit wollte sich niemand zur Ruhe legen. Der Behmisch hatte nämlich Girith zu einem Rundflug ausgesandt. »Möglicherweise ist dieses Zirah nach Norden davongeflogen, weil Sethur und seinen Männern etwas zugestoßen ist«, hatte er gesagt.

Doch Yonathan war nicht bereit gewesen sich durch eine vage Möglichkeit beruhigen zu lassen. »Vielleicht haben sie das Biest aber auch nur ausgesandt, um nach uns Ausschau zu halten.«

»Das ist auch möglich«, gab Din-Mikkith zu.

Endlich – draußen war es schon lange stockfinster und sie befürchteten schon, Girith fände die Höhle nicht mehr – kehrte der Rotschopf zurück. Nach einer kurzen, lautlosen Unterhaltung mit seinem Papageien, wandte der Behmisch sich seinen Freunden zu. »Nichts, Girith hat nichts gesehen; jedenfalls keine Männer.«

»Was meinst du damit?«, fragte Yonathan, der erkannte, dass sein Freund mehr wusste, als er gesagt hatte.

»Es ist schwer zu erklären.« Din-Mikkith suchte nach Worten. »Es scheint da eine Quelle zu geben, die mitten aus der Felswand strömte, bis … Diese Quelle scheint versiegt zu sein. Wenn ich Girith richtig verstehe, wurde der Wasserstrom schwächer und schwächer, bis es ganz aufhörte zu fließen.«

»Seltsam.«

Auch Yomi befürchtete Schwierigkeiten von der Art, wie er sie am allerwenigsten mochte: solche, die er nicht verstand. »Was bedeutet *das* schon wieder?«

»Es könnte etwas mit den Nüstern zu tun haben«, vermutete Yonathan.

Din-Mikkith wiegte den Kopf hin und her. »Schon möglich. Vielleicht sind es heiße Quellen – daher der viele Dampf, den wir vorhin gesehen haben.«

»Aber warum sollte eine heiße Quelle bei Anbruch der Dunkelheit versiegen?«

»Was weiß ich. Ich glaube, wir müssen die Nacht abwarten und morgen unser Glück versuchen. Möglicherweise haben sich unsere Feinde ja tatsächlich schon in Luft aufgelöst. Betet zu Yehwoh um Kraft und Verstand.«

»Was glaubst du, was ich seit Tagen tue!«

Als Yomi Yonathan am Morgen weckte, war von Din-Mikkith keine Spur zu sehen.

»Wie spät ist es denn?«, fragte Yonathan.

»Die Sonne ist schon vor ziemlich langer Zeit aufgegangen. Du hast geschlafen wie ein Stein.«

»Und du hast keine Ahnung, wo Din-Mikkith sein könnte?«

»Nein, überhaupt keine. Hat er denn gestern noch irgendetwas gesagt?«, erkundigte sich der Seemann unsicher.

»Nein, ich habe auch keine Ahnung«, antwortete Yonathan verschlafen.

»Er wird doch nicht etwa …?« Yomi beunruhigte ein schlimmer Verdacht.

»Geht es nicht noch ein wenig lauter?«, mischte sich eine dritte Stimme in das Gespräch.

»Din!«, riefen Yonathan und Yomi fast gleichzeitig aus. »Wo bist du nur gewesen?«

Der Behmisch kicherte in sich hinein. »Ihr habt wohl gedacht, ich würde euch allein hier zurücklassen, was? Na, sagt nichts. Ich habe die ersten Lichtstrahlen des Morgens genutzt, um mich ein wenig umzusehen.«

Yomi hob eine Augenbraue. »Und? Hast du etwas entdeckt?«

»Nein. Ich habe niemanden gesehen – falls du das meinst.«

»Ja, natürlich. Was sollte ich sonst meinen?«

»Aber ich habe das Tor gesehen, falls euch das interessiert.«

»Das Tor?«, rief Yonathan aufgeregt.

»Es ist irgendwie rätselhaft.«

»Nun sprich schon! Was ist daran so rätselhaft?«

»Ich habe es zwar nur von weitem gesehen. Aber an der Stelle, wo wir gestern den Dampf bemerkt haben, ragte ein erfrorener Wasserfall aus dem Fels.«

»Was ist nun schon wieder ein erfrorener Wasserfall?«

»Das ist ein Wasserfall, das eingefroren ist. Das Wasser ist im Fallen einfach zu Eis erstarrt.«

Yonathan seufzte. »Ich verstehe das nicht.«

»Wie kann uns ein erfrorener Wasserfall helfen das Verborgene Land zu verlassen?«

»Erinnerst du dich noch, was ich gestern von den Beobachtungen Giriths berichtet habe?«

Yonathans Augen weiteten sich. »Jetzt verstehe ich! Girith hat eine Quelle gesehen, die versiegte. Wenn das Loch, durch das das Wasser den Felsen verlässt, groß genug ist, dann könnten wir so vielleicht in eine Höhle eindringen und darin auf die andere Seite des Südkamm-Gebirges gelangen – ähnlich wie wir auch in das Verborgene Land hineingekommen sind.«

»Du bist ein schlaues Bursche, Kleines. Das Sache hat nur ein Haken.«

»Was für ein Haken?«

»Der Dampf!«

»Sag nichts, ich weiß schon. Das Wasser ist heiß. Wir würden uns die Füße verbrühen, nicht wahr?«

»Dampfend heißes Wasser kann nicht so einfach gefrieren«, fuhr Din-Mikkith fort. »Es muss also etwas geben, das das kalte Wasser am Tage zum Dampfen bringt und des Nachts verschwindet, sodass das Wasser gefrieren kann.«

»Die Sonne!«, rief Yonathan aus.

»Das denke ich auch. Allerdings ist mir nicht klar, wie die Sonne so heftig auf diesen einen Fleck scheinen kann – zumal das Loch sich nach Norden hin öffnet.«

»Nach Norden? Aber wie kann die Sonne auf die Nordwand scheinen?« Yonathan schüttelte den Kopf. »Wie auch immer, wichtiger ist, wie wir durch das Loch kommen. Meinst du, man kann in der Dämmerung hindurchschlüpfen, wenn die Sonne ihre Kraft verliert, aber das Wasser noch nicht gefroren ist?«

»Das habe ich mir auch schon überlegt. Vielleicht könnte es so gehen.«

»Und was machen wir mit Sethur?«, gab Yomi zu bedenken.

»Darauf wollte ich jetzt kommen, Kleines. Wir müssen uns trennen. Ich werde vorangehen. Wenn ich mich in mein Umhang einhülle und so laufe wie du, Yonathan, werden wir kaum voneinander zu unterscheiden sein. Du folgst mir ein paar hundert Schritt hinter mir. Und Yomi bildet die Nachhut, wieder in genügendem Abstand. So können wir Sethur und seine Männer vielleicht verwirren. Da sie nicht wissen, wer von uns der Stabträger ist, müssen sie sich teilen. Das Gelände bietet genügend Deckung und mit etwas Glück können wir uns so bis zum Tor durchmogeln.«

»Ich kann mir nicht vorstellen, dass wir sie so einfach täuschen können, Din. Sie werden mich bestimmt gleich an dem Stab erkennen.«

»Nicht wenn du ihn unter dem Umhang verborgen hältst. Ich werde außerdem den Köcher auf dem Rücken tragen. So werden sie denken, Haschevet befinde sich bei mir«

Yonathan war noch nicht überzeugt. »Ich weiß nicht«, sagte er. »Mir gefällt es nicht, dass du ganz allein vorausgehen sollst. Du hast niemanden, der dir hilft, wenn sie dich angreifen. Außerdem könnten sie darauf kommen, dass ich mich an der sichersten Stelle befinde – nämlich zwischen dir und Yomi. Vielleicht sollten wir wirklich auf Yehwohs Macht vertrauen und gemeinsam da hoch gehen.«

Din-Mikkith lächelte geheimnisvoll. »Wenn ich kein Vertrauen zu Yehwoh hätte, wäre ich in meinem Baumhaus geblieben. Aber wir sind seiner nur würdig, wenn wir bereit sind alles zu geben, was wir haben: die Kraft unseres Körpers, die List unseres Verstandes und die Liebe unseres Herzens.«

Yonathan nickte. »Du hast Recht, Din. Navran hat einmal zu mir gesagt: ›Yehwoh trägt niemandem den Sieg hinterher. Man muss sich seinen Feinden stellen, um sie schlagen zu können.‹«

»Ich glaube, dein Pflegevater würde mir gefallen.«

»Ich bin sicher, dass er das würde.«

Es war etwa die achte Stunde, als Din-Mikkith aufbrach. Seine Bewegungen wirkten etwas steif, weil er Yonathans Gang nachzuahmen versuchte und weil die Kälte ihm schwer zu schaffen machte. Yonathan folgte in etwa dreihundert Schritt Entfernung. Yomi, dem Din-Mikkith zuvor noch den auf dem Salzsee gefundenen Zweig in die Hand gedrückt hatte, bildete das Schlusslicht.

Die drei Freunde gingen nicht besonders schnell. Ein jeder fühlte sich unwohl. Irgendwo da oben, zwischen Eisschollen und Schnee lagen Sethur und seine Männer auf der Lauer und beobachteten sie. Sie hatten Zeit – und vermutlich einen sicheren Hinterhalt. Yonathan hoffte, dass Din-Mikkiths List die Feinde verwirren konnte. Vielleicht würden sie sich vorzeitig verraten.

Aber was dann? Was sollten sie drei gegen eine Horde von Männern ausrichten, die die besten Waffen der Welt trugen und sie zu gebrauchen wussten? Yonathan betete, dass es ihnen gelingen möge die Feinde hinter sich zu bringen.

Er umrundete eine aufrecht stehende Eisscholle und musste gleich darauf über eine schmale Spalte springen, deren Tiefe seine Augen nicht zu ermessen vermochten. Der Anstieg entwickelte sich zu einer Tortur. Der stetige Wind schnappte wie ein bissiger Hund nach seinem Gesicht. Wie gern wäre er nur für einen Augenblick in eines der kleinen Seitentäler abgebogen, in die der eisige Hauch nicht hineinzog. Doch so kämpften sich seine gefühllos gewordenen Füße weiter bergan, durch einen dünnen Schneeschleier, der ohne Unterbrechung talwärts stob. Mit jedem Schritt schien die Kälte unerträglicher zu werden. Der wasserfeste Umhang konnte zwar ausreichenden Schutz gegen den Regen drunten im Wald bieten, die Eiseskälte hier oben aber hielt er kaum ab.

Yonathan fühlte sich schutzlos. Er dachte an Jonathan, seinen Traumbruder. So plötzlich er in Din-Mikkiths Baumhaus aufgetaucht war, so schnell war er auch wieder verschwunden. Ob er ihn in diesem Augenblick beobachtete? Seine Hand wanderte zur Flöte, die um seinen Hals hing.

Schritt um Schritt kämpfte Yonathan sich weiter bergan. Die Ereignisse der letzten Wochen zogen vor seinem inneren Auge vorbei – bis er sich wieder in dem Erdloch sah, in dem er den Stab Haschevet gefunden hatte. Damals bedrohte ihn der Erdfresser, dessen Feindseligkeit er spürte, lange bevor er das Tier gesehen hatte. Genau wie damals in der dunklen Höhle fühlte Yonathan auch hier auf dem glitzernden Gletscher die Nähe des Feindes, eine unsichtbare Bedrohung.

Während er eine weitere Eisplatte passierte, die aufrecht stehend, gleich einem Besansegel, dem Himmel entgegenstrebte, umklammerte er Haschevet noch fester. Den Stab hielt er unter seinem Umhang verborgen, aber es wäre ihm lieber gewesen ihn offen zu tragen, zur Abschreckung der unsichtbaren Feinde (und um auf dem schlüpfrigen Untergrund besseren Halt zu finden).

Für einen Augenblick hatte Yonathan Din-Mikkith aus den Augen verloren, doch jetzt sah er ihn wieder. Der Behmisch schritt gerade durch ein schmales Felsentor. Mitten durch diesen Pfad zog sich die glitzernde Linie eines schmalen, aber reißenden Gebirgsbaches. Dahinter lag das Ziel ihrer langen Wanderung durch das Verborgene Land: das Tor im Süden, die Nüstern oder wie sonst man den Durchgang bezeichnen wollte, der in dem alten Gedicht über die sieben Wächter dieser geheimnisumwobenen Landschaft Neschans beschrieben wurde. Aus ihm leuchtete ein nie gesehener, goldener Glanz.

Er erinnerte sich, diesen Schimmer schon am Tage zuvor über die Hochebene hinweg beobachtet zu haben. Doch jetzt, aus der Nähe, glaubte Yonathan, die Sonne selbst müsse sich als gewaltige Lichtquelle hinter der Felsmauer befinden, deren einzigem Durchlass – einer engen Schlucht zwischen steil aufragenden, bis zum Himmel reichenden Felswänden – er sich nun näherte. Er schien geradewegs auf einen Schmelztiegel zuzugehen, in dem alles Gold Neschans geläutert wurde. Das Gewässer spiegelte diese Farbe wider – ein rauschender Bach dahinfließenden Goldes.

Beim Durchschreiten dieser gewaltigsten aller Pforten vergaß Yonathan Feind und Freund, Kälte und Wind. Er sah nur noch diesen monumentalen Eingang und den unermesslichen Glanz einer Schatzkammer.

Die beinahe senkrechten Felswände zu beiden Seiten Yonathans ließen den Himmel über ihm zu einem schmalen Streifen zusammenschrumpfen. Als er das Ende des Hohlweges erreichte, eröffnete sich ihm ein noch überwältigenderer Anblick. Er stand im Eingang einer gigantischen Rundhalle, der die eben durchschrittene, riesenhafte Pforte angemessen war. Ihre Mauern bestanden aus purem, blank poliertem Gold, mit nahezu ebenem Grund und umkränzt von einer weißen Krone aus ewigem Eis, welche das Dach des Himmels selbst beschirmte.

Während Yonathan in sprachloser Bewunderung vertieft war, legte sich plötzlich mit festem Griff eine Hand auf seine Schulter. Er schrak zusammen. Einen Moment lang hatte er seine Wachsamkeit schleifen lassen und schon …

»Unheimlich, nicht wahr?«, ertönte Yomis Stimme hinter ihm. »So etwas würde mir selbst im Traum nicht einfallen. Nicht in tausend Jahren!«

Yonathan fühlte seine Knie weich werden. Erleichtert stieß er die Luft aus. »Yomi! Wie kannst du mir nur so einen Schrecken einjagen! Ich dachte schon …«

»Dass ich Sethur wäre? Entschuldige bitte, Yonathan, das wollte ich nicht. Aber ich habe selbst ziemliche Angst in der

Schlucht gehabt und war froh dich endlich einzuholen. Wo ist Din-Mikkith?«

»Hier bin ich – und macht nicht solchen Lärm!«

Yonathan und Yomi mussten ihre Augen beschirmen und blinzeln, bis sie endlich den Behmisch entdeckten. Er stand zu ihrer Linken, in etwa hundert Schritt Entfernung. Eigenartigerweise hatte seine Stimme aber ganz nahe geklungen. Etwa fünfzehn Fuß über ihm stieg zischend eine Säule aus Wasserdampf empor. Sie eilten zu dem Gefährten und bestaunten, die Köpfe im Nacken, das merkwürdige Schauspiel.

Erst jetzt fiel Yonathan auf, dass die nach Norden weisende Felswand hier ganz anders beschaffen war als im übrigen Teil des Bergkessels. Rauher, zerklüfteter Fels erstreckte sich bis weit in die Höhe, wo Eis und Schnee ihn bedeckten. Zum Glück erkannte man das Loch über ihnen an der weißen Dampfsäule. Man hätte es sonst neben all den anderen Rissen und Spalten leicht übersehen können.

»Ist das das Tor?«, fragte Yonathan leise.

»Das möchte ich wohl annehmen«, brummte Din-Mikkith.

»Du scheinst nicht sehr erfreut darüber.«

»Ich vermute, du kannst dir denken warum.«

Yonathan atmete tief durch und blickte um sich. »Ja, ich kann's mir denken. Wir stehen hier in der besten Falle, die man sich denken kann, und der einzige sichere Ausweg scheint gleichzeitig der gefährlichste zu sein.«

»Du hast unsere Situation bemerkenswert genau geschildert, Kleines.«

»Glaubst du wirklich, dass uns noch Gefahr von Sethur her droht? Er hätte uns längst stellen können. Vielleicht ist Zirah gestern Abend wirklich gen Norden geflogen, weil ihr Herr nicht mehr hier ist. Vielleicht ist er auch verschollen und …«

»Moment, Moment«, bremste Din-Mikkith den Wortschwall Yonathans. »Ich bin mir sicher, dass er da draußen irgendwo hockt. Wir sollten also kein Zeit mit wertlosem Geplauder verlieren, sondern uns überlegen, wie wir da oben in das Loch gelangen.« Er deutete auf die Dampfsäule über seinem Kopf.

Yonathan überlegte. An der gegenüberliegenden Seite bestanden die Innenwände des gewaltigen Bergkessels, der ein wenig dem Krater eines Vulkans ähnelte, aus purem Gold – kein anderes Metall glänzte in dieser Weise. Anders als die unregelmäßigen, oft schräg abfallenden Abhänge im Innern eines Vulkans, waren diese Wände hier jedoch gleichmäßig und glatt, als hätte ein Riese mit einer runden Schöpfkelle in weitem Schwung ein Stück aus dem Berg herausgekratzt. Das Licht der Sonne wurde hier wie in einem riesenhaften, hohlen Spiegel eingefangen, gebündelt und genau an einen bestimmten Punkt auf der gegenüberliegenden Seite des Bergkessels geworfen: gegen das Tor, den südlichen Eingang ins Verborgene Land.

»Jetzt verstehe ich«, sagte Yonathan mit gedämpfter Stimme. »Das ist also der Wächter – die Sonne selbst. Sie wirft ihr Licht gegen diese gebogene Goldwand, von der es reflektiert und genau an dem Felsenloch da oben gesammelt wird. Die Strahlen sind so heiß, dass sich das Wasser, das aus dem Berg sprudelt, sofort zu Dampf verwandelt.«

Din-Mikkith schüttelte kichernd den Kopf. »Kein Wächter wäre wirklich tüchtig, wenn er das halbe Tag verschliefe.«

»Wie meinst du das, Din?«

Der Behmisch hob mit ausgestreckten Armen die Schultern. »Keine Sonne, keine Hitze; keine Hitze, kein Wächter.«

»Du hast Recht. Nachts wäre der Eingang unbewacht, wenn da nicht … das Eis wäre, von dem du erzählt hast, stimmt's?«

»Stimmt, Kleines. Das ist der andere Wächter. Wenn man die sieben Wächter in dem alten Gedicht zusammenbekommen will, dann muss man die Nüstern doppelt zählen – wie auch die Augen und Ohren. Ein Pferd, ein Löwe, selbst ein Baramoth hat zwei Nüstern.«

Yonathan nickte. »Und hier ist es genauso. Ein Nasenloch für den Tag, das alles zerschmilzt und eines für die Nacht, das bläst mit eisigem Hauch.«

Yonathan spürte jetzt wieder diese Unruhe, die ihn schon

während des Aufstiegs ergriffen hatte. »Und was machen wir jetzt?«, wendete er sich an Din-Mikkith. »Ist dieser Platz nicht zu gefährlich, um zu warten, bis die Sonne untergeht?«

»Gib mir bitte die Zweige«, sagte der Behmisch.

Yomi händigte das nutzlose und lästige Gestrüpp mit Freuden aus. Din-Mikkith brach eine anderthalb Ellen lange Rute ab. Das Holz war so trocken, dass es sich keinen Fingerbreit bog, sondern sofort splitterte.

»Klettere hinauf zu dem dampfenden Loch da oben und halte das Ende des Zweiges hinein – aber pass auf, dass deine Hand dem Rand des Loches nicht zu nahe kommt!«, bat Din-Mikkith ihn.

Yomi klomm behände an der Felswand bis nahe an die dampfende Öffnung empor. Vorsichtig hob er die Rute in die Höhe, und sofort fing sie zischend Feuer. Vor Schreck ließ er den Ast fallen und kletterte schnell wieder hinab.

»Das habe ich befürchtet«, brummte Yonathan. »Es würde nichts nützen uns mit unseren Umhängen zu schützen, um schnell hineinzuschlüpfen. Der Eingang zu diesem Felsen ist so heiß, dass wir sofort verbrennen würden.«

»Das wäre mir aber gar nicht recht«, klagte Yomi.

»Mir auch nicht. Wie geht's jetzt weiter?«

Din-Mikkith reagierte nicht auf die Frage Yonathans. Er hatte den Zweig aufgehoben und beobachtete geistesabwesend den Rauch, der fast waagerecht von der noch immer glühenden Spitze davon zog.

»Din!«, drängte Yonathan lauter. »Was sollen wir jetzt tun?«

»Das werde ich Euch sagen«, entgegnete eine Stimme, die weder Din-Mikkith noch Yomi gehörte. Den Gefährten fuhr ein eiskalter Schrecken in die Glieder.

Yonathan kannte diese Stimme, die so nahe, so deutlich klang, als ertönte sie direkt in seinem Kopf. »Sethur!«, schrie er auf, während er herumwirbelte. An der großen Kluft, die den Eingang zum Bergkessel bildete, stand der Heeroberste Bar-Hazzats mit dreien seiner Krieger. Und Zirah hockte da – das verhasste Wesen in Vogelgestalt.

»Da ist ja unser Goldstück«, hallte die knarrende Stimme des schwarzen Vogels durch den Felsenkessel.

Für einen Moment schien die Zeit stillzustehen. Die Gegner musterten sich schweigend. Sethur stand etwa drei Schritte vor seinen Männern. Trotz der Entfernung war diesen anzusehen, dass sie viele Strapazen durchgestanden hatten: Helme und Beinschienen waren verbeult, die metallbesetzten ledernen Brustharnische beschmutzt, doch die Gesichter der Krieger wirkten grimmiger und wilder denn je. Zwei von ihnen hielten einen gespannten Kurzbogen in den Händen, der dritte umklammerte einen breiten Rundsäbel. Sethur selbst wirkte fast unverändert. Sein roter Umhang hatte nur wenige Flecken und in seinem silber- und goldverzierten Panzer spiegelten sich die Sonnenstrahlen, die von der Südwand des gewaltigen Felsenrunds reflektiert wurden.

»Was ist denn *Eure* Antwort auf meine Frage?«, entgegnete Yonathan und stellte sich mutig vor seine Gefährten.

»Muss ich das wirklich *noch einmal* erklären?«, fragte Sethur gelangweilt. »Wir wollen doch nicht unnötig Eure und unsere Zeit vergeuden.« Er hob eine Augenbraue. »Oder war gerade das Eure Absicht, junger Freund?«

»Ein sehr höfliches Mann«, wisperte Din-Mikkith hinter Yonathans Rücken.

»Überleg dir lieber, wie wir aus diesem Schlamassel wieder herauskommen«, flüsterte Yomi zwischen zusammengebissenen Zähnen.

»Warum sollte ich mit Euch kommen?«, rief Yonathan. »Ihr braucht mich doch nicht wirklich, sonst hättet ihr Euch mit dem Vulkan nicht solche Mühe gegeben.«

»Aus Euch könnte mal ein weiser Krieger werden. Ich möchte Euch nur die Möglichkeit offen halten, das auch noch zu erleben. Die Sache mit dem Vulkan war eine Notlösung, die mir aufrichtig Leid tut.«

»Ich weiß nicht, warum es mir so schwer fällt, Euch zu glauben, Sethur. Aber ich habe meinen Stab noch immer.« Yonathan zog Haschevet unter seinem Umhang hervor und streckte ihn dem Heerobersten entgegen. »Wenn Ihr ihn also unbedingt haben wollt, dann müsst Ihr ihn Euch schon abholen.«

Sethur lachte, hart und trocken. »Für wie dumm haltet Ihr mich, junger Mann? Möglicherweise erinnert Ihr Euch ja noch daran, dass Ihr mit diesem Stab meinen Hauptmann in ein Häufchen Asche verwandelt habt – ein sehr ungezogenes Benehmen, wenn Ihr mich fragt.«

Für einen Moment blickte Yonathan zu Boden und die schrecklichen Bilder huschten noch einmal an seinem geistigen Auge vorüber. Mit trotziger Entschlossenheit wandte er sich wieder dem Témánaher zu. »Gavroq war selbst daran schuld und so wird es jedem ergehen, der sich gegen die Macht Yehwohs stellt. Und jetzt kommt und versucht Euer Glück!« Herausfordernd streckte er seinen Gegnern den Stab entgegen.

Sethur lächelte, doch nicht böse, sondern fast bedauernd. Und mit einer beinahe natürlich klingenden Stimme erwiderte er: »Ihr seid Euch so sicher, junger Mann, und schiebt die Vernichtung Gavroqs auf den Stab. Wollt Ihr es nicht wahrhaben oder seid Ihr wirklich so unwissend. Ihr selbst habt das *Koach* benutzt, um Gavroqs Gefühle zum Ausbruch zu bringen. *Euer* Wille hat ihm diese Gefühle eingepflanzt.«

Heißes Entsetzen packte Yonathan. Sicher, er hatte brennenden Hass empfunden gegen die Boshaftigkeit dieser Männer. Deshalb hatte er Gavroq gereizt. Aber getrieben wurde der Hauptmann von der eigenen Schlechtigkeit …!

»Das ist es!«, hauchte Din-Mikkith hinter Yonathans Rücken triumphierend. »Warum bin ich nicht gleich darauf gekommen!«

All diese Äußerungen verwirrten Yonathans Denken. Er fürchtete vom rechten Kurs abzukommen wie ein schlingerndes Schiff, dessen Steuermann in der aufschäumenden Gischt des Meeres die Orientierung verliert. Und Sethur trieb das grausame Katz-und-Maus-Spiel weiter. »Ich will Euch eine letzte Chance geben. Ich zähle bis zehn, dann werden meine beiden hervorragenden Bogenschützen hier Eure beiden Freunde mit ihren Pfeilen durchbohren. Wollt Ihr Euch uns dann noch immer nicht anschließen«, er hob in einer bedauernden Geste die Schultern, »so werden wir auch für Euch einen Pfeil erübrigen können. Ich beginne also: Eins …« Yonathans Herz schlug schneller. Was sollte er jetzt tun? Sethur war listig wie eine Natter. Er bedrohte zuerst Yomi und Din-Mikkith, seine Gefährten. Durfte er ihr Leben leichtfertig aufs Spiel setzen für einen Auftrag, der doch nur ihn allein betraf? »Was nützt es Euch, uns zu töten?«, rief er erbost. Unbedingt musste er Zeit gewinnen! »Ihr könntet den Stab nie allein nach Témánah schaffen.«

»Zwei … Mein wichtigster Befehl lautet zu verhindern, dass der siebente Richter den Stab erhält. Und diesen Befehl kann ich auch hier an Ort und Stelle erledigen. Drei …«

»Was soll ich tun?«, raunte Yonathan den hinter ihm stehenden Freunden zu. »Er wird uns alle töten.«

»Vier …«

»Ich kenne ein Fluchtweg«, flüsterte Din-Mikkith zurück. »Du musst Sethur und seine Leute nur für ein Augenblick ablenken.«

»Fünf …«

»Aber wie soll ich das tun? Ich kann nicht zaubern!«

»Benutze das *Koach!*«

»Sechs …«

»Das *Koach?* Sie sind zu weit weg. Ich kann sie doch nicht angreifen …«

»Lass sie denken, drüben würde eine Lawine losgehen – ein kleines Donnerschlag täte es auch schon.«

»Sieben … Ihr habt nicht mehr viel Zeit, junger Mann. Verabschiedet Euch von Euren Freunden.«

»Wie soll ich das machen, sie *denken* lassen?«

»Stell dir den Knall vor, als wäre es wirklich da, mit allen Fasern deines Seins. Und stell dir vor, es wäre so markerschütternd, dass es unsere Feinde auch hören müssten – *unbedingt!* Versetze dich so in ihre Lage, wie du es bei diesem Hauptmann Gavroq getan hast.«

»Acht …«

»Wartet, Sethur!«, rief Yonathan aus und deutete gleichzeitig auf die nördliche Kesselwand. »Da drüben, schaut!«

»Das ist einer der ältesten Tricks«, entgegnete der Heeroberste siegessicher und zählte weiter. »Neun …«

Die beiden Schützen spannten ihre Bogen und visierten ihre Ziele an: Yomi und Din-Mikkith.

Yonathan glaubte, den Verstand verlieren zu müssen. Wut, Panik und Entschlossenheit kämpften in ihm. Das *Koach* war ein Spiegel der Macht Yehwohs, sagte er sich – und für diese Macht war nichts unmöglich. In einer gewaltigen Willensanstrengung ließ er in seiner Phantasie einen gewaltigen Knall entstehen. Er ließ ihn anschwellen und in einem gigantischen Donner explodieren …

»Zehn!«, bellte Sethur.

… explodieren in den Köpfen seiner Feinde. Sethur, seine Männer, ja, selbst Zirah zuckten, wie von einem unsichtbaren Schmiedehammer getroffen, zusammen und fuhren geduckt zur goldenen Südwand herum. Zwei Pfeile verschwanden ziellos im Blau des späten Nachmittagshimmels.

»Jetzt!«, zischte Din-Mikkith und ergriff Yonathan und Yomi am Ellenbogen. »Folgt mir, schnell!«

Noch ehe die beiden es begriffen, wurden sie hinter einen vorspringenden Felsen gezogen, in einen verborgenen Spalt.

»Din, es hat doch keinen Zweck sich zu verstecken …«

»Sei still, Kleines!«, unterbrach ihn der Behmisch. »Ich habe vorhin beobachtet, wie das Rauch von dem Zweig hier hinein gezogen ist. Das hier muss eine große Höhle sein, in der wir uns verbergen können. Wahrscheinlich gibt es sogar einen weiteren Ausgang. Aber nur du kannst uns führen, Yonathan.«

»Wo sind sie?«, ertönten von draußen Stimmen. »Sie können sich doch nicht in Luft aufgelöst haben.«

Sethur rief einige knappe Befehle. »Ihr beiden, rüber zu der Wand da, sucht nach irgendwelchen Felsspalten! Wir bleiben hier und bewachen den Ausgang des Kessels. Zirah, steig auf und such sie von oben!«

»Sie suchen uns«, drang Yomi in Yonathan. »Tu doch endlich, was Din dir gesagt hat.«

»Aber wie …?«

»*Die Projektion!*«, rief Din-Mikkith hastig. »Das *Koach* kann Bilder und Empfindungen in das Bewusstsein anderer Wesen rufen, so wie eben. Tu's einfach noch mal, Kleines. Du kannst mit dem Stab im Dunkeln ›sehen‹! Gib, was du siehst, an uns weiter, dann werden auch wir sehen können – aber mach, schnell!«

Von draußen waren Schritte zu hören.

Din-Mikkith legte die Hand auf Yonathans Schulter und Yomi hielt sich an dem Behmisch fest. Yonathan umklammerte Haschevet und schloss die Augen. Wärme stieg vom Stab in seine Hand und bald bis in seine Schulter empor. In bläulichem Licht erschienen die gezackten Umrisse von Felsen und Geröll vor seinem geistigen Auge und er setzte sich in Bewegung.

Nach wenigen Biegungen des schmalen, leicht bergan verlaufenden Pfades befanden sich die drei Gefährten in völliger Dunkelheit.

»Kannst du es nicht ein bisschen heller machen?«, fragte Yomi.

»Es ist nicht so leicht, auf so viele Dinge gleichzeitig zu achten.«

Yonathan konzentrierte sich abwechselnd auf den unebenen Weg und auf seine Freunde, bald wurde es schwarz vor seinem geistigen Auge und blau vor denjenigen seiner Gefährten. Doch mit jedem Schritt gelang es ihm besser das Gleichgewicht zwischen seinen verschiedenen geistigen Aktivitäten zu halten. Yonathan fühlte, wie sein Bewusstsein die Höhlenwände abtastete und gleichzeitig den Kontakt zu seinen Freunden hielt. Kurz darauf war von Sethur und seinen Männern nichts mehr zu hören.

Die drei Gefährten folgten schweigend, von einem unwirklichen Licht geleitet, den auf- und absteigenden Windungen des Pfades. An einigen Stellen mussten sie sich auf allen vieren fortbewegen, einmal sogar auf dem Bauch kriechen. Der Grund unter ihren Füßen war sehr uneben. Zumeist verlief er schief, Felsvorsprünge stellten sich ihnen in den Weg und Spalten von nicht zu erahnender Tiefe taten sich auf.

»Das ist ja so ziemlich das Schlimmste, was mir je widerfahren ist«, meinte Yomi.

»Hast du das Ewige Wehr vergessen?«, erinnerte ihn Yonathan.

»Das war auch nicht viel besser. Aber sei froh. Auf diese Weise wird uns so schnell keiner folgen können.«

»Pst!«, mahnte Din-Mikkith. »Bleibt mal stehen. Ich glaube, ich spüre einen Luftzug.«

»Richtig. Jetzt fühle ich auch etwas. Schnell, lasst uns nachsehen! »

Wenige Augenblicke später nahmen die Gefährten einen schwachen Schimmer wahr, der sich bald zu einem Lichtspalt öffnete. Der Behmisch trat als Erster ins Freie. Vorsichtig blinzelte er hinter einem Eisblock hervor, der in den Bach gestürzt war und den Weg zu dem lichterfüllten Bergkessel in zwei Hälften zerschnitt. Von der anderen Seite, die den Gefährten als Weg gedient hatte, war die Öffnung in der Felswand nicht zu sehen gewesen.

»Sethur bewacht noch immer den Eingang. Wenn wir uns auf dieser Seite des Baches fortschleichen, gelingt es uns vielleicht, unbemerkt zu entkommen.«

»Und was ist mit dem Tor?«, fragte Yonathan verzweifelt. »Wie sollen wir dann je das Verborgene Land verlassen?«

»Yonathan!«, sagte Yomi so entschieden wie möglich. »Du willst immer alles auf einmal erledigen. Lass uns doch erst mal diesem unheimlichen Kumpanen dahinten entkommen und dann werden wir auch ziemlich bald wissen, wie es weitergeht.«

»Yomi hat Recht«, stimmte Din-Mikkith zu. »Geh du voran, Yonathan, dann Yomi und zuletzt folge ich.«

Tief gebeugt schlichen die drei aus der Höhle hinaus, zunächst vorsichtig und trotz des rauschenden Wassers jedes Geräusch vermeidend, doch schon bald weiter ausschreitend, mühsam dagegen ankämpfend, nicht einfach Hals über Kopf loszustürmen. Eine halbe Meile voraus öffnete sich die enge Schlucht zu dem westwärts abfallenden Tal, das wenigstens ein gewisses Maß an Sicherheit versprach. Sie hatten bereits die Hälfte des Weges zurückgelegt, als sich wieder das wohl bekannte Prickeln über Yonathans Kopfhaut zog. Den Blick zum Himmel gewandt, sah er, was er vermutet hatte: »Zirah!«, warnte er seine Freunde, nach oben deutend.

Doch es war bereits zu spät. In einem Moment der Unachtsamkeit entfleuchte Girith dem Griff Din-Mikkiths und stieg in die Lüfte auf, dem schwarzen Feind entgegen.

Fast gleichzeitig erscholl die Stimme Sethurs. Sie schien von allen Seiten gleichzeitig zu ertönen, kalt, durch Mark und Bein fahrend. »Yonathan! Ihr habt meine Geduld lange genug strapaziert. Nun wird über Euch kommen, was Ihr nicht anders gewollt habt.«

»Hört nicht auf ihn!«, feuerte Yonathan seine Gefährten an. »Lauft!«

Und sie liefen, alles Zaudern von sich werfend, und sie vergaßen alle Vorsicht.

Über ihnen entspannte sich ein Luftkampf, wie es ihn schon einmal gegeben hatte, damals über dem Blätterdach des Regenwaldes. Rotschopf vollführte geschickte Schleifen und machte Zirah, die Sethur als fliegendes Auge diente, das Leben schwer.

Doch was nützte es den Flüchtenden, einen Beobachter los zu sein, wenn hinter ihnen die Männer Sethurs mit Riesenschritten herannahten und wenn vor ihnen …

»Ein Drache!«, keuchte Yomi entsetzt. »Er versperrt uns den Weg!«

Beinahe stolperten die überraschten Freunde übereinander, so abrupt kamen sie angesichts der neuen Gefahr zum Stehen. Am Ausgang der Schlucht baute sich brüllend und mit rauchenden Nüstern ein riesiger Drache auf: grün, mit schuppiger, fleckiger Haut, langem Schwanz und einem weit geöffneten Maul mit spitzen Zähnen in Dreierreihen.

Yonathan starrte ungläubig auf das Monstrum. Irgendetwas stimmte nicht damit! Doch *was* war es? »Din!«, rief er nach dem Behmisch. »Kannst du mit ihm sprechen?«

»Ich glaube nicht, Kleines. Ich habe seit zweihundert Jahren nicht mehr mit einem Drachen gesprochen. Außerdem scheint mir dieses hier so seltsam fern, ich kann es nicht beschreiben …«

»Das ist es!«, unterbrach ihn Yonathan. »Kommt!« Er wollte gerade auf den Drachen losstürmen, als er bemerkte, wie seine Freunde zauderten. »Nun kommt doch endlich!«, mahnte er.

»Aber wir können doch nicht …«, wollte Yomi widersprechen.

»Sethurs Männer haben uns gleich eingeholt«, drängte Yonathan. »Der Drache wird uns nichts tun, ich verspreche es dir.« Er wartete nicht länger, bis Yomi zu einer Entscheidung kommen würde, sondern packte ihn bei der Hand und zog ihn mit sich.

Din-Mikkith folgte Yonathan freiwillig. Ungläubig starrte er an dem höher und höher aufragenden Drachen empor.

Das Untier brüllte, fauchte und wütete am Eingang der Kluft, die zu schmal war, um seinen massigen Körper hindurchzuzwängen. Es half nichts, der Drache musste noch einen Augenblick warten, um seine Opfer verschlingen zu können.

»Yonathan!« Eine Stimme wie ein Peitschenschlag gellte durch das Tal. »Ich sage es Euch ein letztes Mal. Bleibt stehen!«

Sethurs Warnung erschütterte das Felsmassiv. Kleine Steinchen und Eispartikel rieselten auf die gehetzten Gefährten nieder.

»Niemals!«, rief Yonathan und lief weiter.

»Nun gut, so sei es«, ertönten Sethurs Worte, nicht mehr drohend und markerschütternd, sondern beinahe traurig.

Für einen Augenblick erfüllte unheimliche Stille die Schlucht. Unwillkürlich blieben Yonathan und seine Freunde stehen und hielten den Atem an. Sie wandten sich um und sahen ihre Verfolger, die ebenfalls innehielten. Selbst der Drache hatte für einen Moment aufgehört zu toben.

Schon mit dem nächsten Atemzug endete die unnatürliche Ruhe. An ihre Stelle trat ein Geräusch, das eigentlich schon die ganze Zeit über dagewesen war und nun an Fülle gewann. Sethurs Worte selbst hatten diesen Klang verursacht! Er war wie der Ton, den man einem Kristallkelch entlockt, wenn man mit dem nassen Finger kreisend auf dem Rand entlangfährt.

Das schwache Klingen schwoll zunächst langsam, dann aber mit unvorstellbarer Gewalt zu einem alles zerreißenden, schrillen Tönen an. Der Erdboden begann zu vibrieren und schüttelte sich bald wie unter Schmerzen. Yonathan und Yomi, die, die Handflächen auf die Ohren gepresst, wie versteinert dastanden, verloren das Gleichgewicht. Nur Din-Mikkith blieb auf den Beinen. Das Chaos erreichte seinen Höhepunkt in einem markerschütternden Knall.

Nun wurden die drei Zeugen eines gewaltigen Schauspiels: Scheinbar lautlos rutschten die Schnee- und Eismassen, die den zurückliegenden Bergkessel bekränzten, talwärts in den Krater hinab.

Din-Mikkith konnte als Erster die lähmende Wirkung dieser Furcht erregenden Kette von Ereignissen abschütteln. »Wir müssen raus hier!«, holte er seine beiden Freunde in die Wirklichkeit zurück. »Das Eis wird gleich wie ein Sturmflut durch die Kluft schwappen. Es wird alles zermalmen, was ihm im Weg ist!«

»Aber der Drache!« Yomi deutete auf das Monstrum, das inzwischen ebenfalls wieder lebendig geworden war und den Freunden mit geiferndem Maul entgegenblickte.

»Vergiss ihn und komm!«, rief Yonathan und begann seinen Freund wieder in Richtung des Ungetüms zu zerren.

Und so stürmten sie weiter. Die unerwartete Wendung der Ereignisse hatte ihre Verfolger zu Leidensgenossen gemacht. Auch die Krieger Sethurs dachten nur noch ans Überleben, daran, den Ausgang der engen Schlucht zu erreichen, bevor das heranbrausende Gemisch aus Eis, Geröll und Schnee sie zermalmen konnte.

Nur noch wenige Schritte trennten Yonathan von dem weit aufgerissenen Rachen der schuppigen Bestie. Als würde er dadurch an Kraft und Größe über den Drachen hinauswachsen können, schmetterte er einen uralten Schlachtruf. »Für Yehwoh und seinen Richter!« Gleichzeitig riss er Haschevet in die Höhe und richtete ihn gegen das Maul des Monstrums. Der muskulöse, mit keilförmigen Hornplatten besetzte Hals des Untieres stieß auf Yonathan herab.

Yomi riss Mund und Augen auf und beobachtete ungläubig, wie die stählernen Kiefer des Drachen durch Yonathan hindurchfuhren, als wäre er Luft.

»Der Drache ist ein Trugbild«, rief Yonathan mit grimmigem Lächeln. »Es gibt ihn gar nicht! Aber jetzt schnell fort von hier!«

Keinen Moment zu spät brachten sie die kurze Distanz hinter sich, die sie vom Ausgang der Kluft trennte. Der Drache, der nun nutzlos war, löste sich langsam auf und verschwand. Aber die Eiswelle tobte immer näher heran und füllte die Kluft zwischen den Felswänden mit einer Wolke glitzernder Kristallpartikel. Yonathan wandte sich um und sah mit Grausen, wie gerade Sethurs Männer unter der schmutzig weißen Walze begraben wurden.

Das Donnern im Rücken wuchs zu betäubender Lautstärke heran, als die drei, um ihr Leben laufend, den Ausgang erreichten. Hier an der Felswand, die die Außenmauer zu dem goldenen Felsenrund bildete, mündete eines der vielen kleinen Seitentäler, die Yonathan schon während des Aufstiegs bemerkt hatte. In einer verzweifelten, letzten großen Anstrengung stürzten sich die Gefährten in die schmale Gebirgsfalte und stürmten hangaufwärts.

Schon spritzte die weißgraue Masse am Ausgang der Schlucht auseinander und wälzte sich in alles zermalmender Macht talwärts. Yonathan fiel vor Erschöpfung lang hin, rappelte sich wieder auf und stürzte weiter voran. Nach vier- oder fünfhundert Fuß machten die drei völlig ausgepumpt Halt. Stoßweise rangen sie nach Atem, auf die Knie herabgesunken oder sich mit Händen auf den Oberschenkeln abstützend. Sterne tanzten vor ihren Augen.

»Das war ziemlich knapp«, keuchte Yomi.

»Ja, ziemlich«, lächelte Yonathan erleichtert, während sein Atem langsam wieder zur Ruhe kam.

Auch die Eislawine verlangsamte ihre Talfahrt, schien sich von einem reißenden Strom in eine zähe Masse und schließlich in einen erstarrten, schmutzig weißen Riesenwurm zu verwandeln.

»Meint ihr, wir sind Sethur nun endlich los?«, fragte Yomi.

»Ich bin mir nicht sicher«, antwortete Din-Mikkith. »Von seinen Männern werden wir nichts mehr zu befürchten haben. Sie werden wohl für ewig unter dem Eis begraben sein. Aber ich kann mir nicht vorstellen, dass Sethur sich nicht vor der von ihm selbst ausgelösten Lawine in Sicherheit gebracht hat.«

»O nein!«, jammerte Yomi. »Hört denn diese Jagd nie auf?«

»Ich weiß nicht«, erwiderte Yonathan, die Hände in die Hüften gestützt und den Himmel beobachtend. »Jedenfalls ist diese Zirah verschwunden.«

»Möglicherweise jagt es immer noch Girith hinterher. Hoffentlich ist dem Rotschopf nichts passiert!« Din-Mikkith war beunruhigt.

»Hoffentlich«, stimmte Yonathan zu. »Ich glaube wir haben dem kleinen Burschen eine Menge zu verdanken. Zumindest scheint dem kleinen Tollpatsch hier nichts passiert zu sein.« Gurgi hatte sich aus ihrem Versteck an Yonathans Brust herausgewagt, kletterte auf seine Schulter und von dort aus auf Yomis Kopf, um die Aussicht zu genießen.

Yomi, der an diesem Tage weit Schlimmeres ertragen hatte, ließ sie gewähren. Ihn interessierte eine ganz andere Frage: »Wie konntest du das mit dem Drachen nur wissen? Er sah doch unheimlich echt aus und du bist einfach mitten auf ihn losgerannt.«

Yonathan zuckte die Achseln. »Anfangs war ich mir nicht sicher. Eigentlich waren es verschiedene Dinge. Ich konnte keinen Schatten unter dem Ungetüm sehen. Außerdem konnte ich es nicht spüren.«

»Du hast Recht, Kleines. Das ist mir auch aufgefallen. Jedes Lebende Ding hat eine Aura, man kann es sozusagen fühlen.«

»Und das Schuppentier war wie gar nicht vorhanden?«, fragte Yomi.

»Genau so«, bestätigte Yonathan. »Ich bin zwar kein Behmisch, aber durch Haschevet kann ich manchmal ebenfalls die Gefühle oder die Ausstrahlung anderer Wesen …«

»Was ist, Yonathan? Warum sprichst du nicht weiter?«

Yonathan war das Wort im Halse gefroren. Während er von dem Stab gesprochen hatte, machte er eine schlimme Entdeckung: Er war weg. Haschevet war verschwunden! Das konnte, das *durfte* nicht sein. Nach all den bestandenen Gefahren konnte der Stab sich doch nicht einfach in Luft aufgelöst haben. Sollte Sethur auf diese Weise doch noch gewonnen haben?

»Was ist denn los mit dir?«, fragte Yomi drängend. Er hatte den verzweifelten Ausdruck in Yonathans Augen bemerkt.

»Es ist der Stab!«, bemerkte jetzt auch Din-Mikkith. »Er hat es nicht mehr.«

»Seid bitte einen Moment still«, bat Yonathan. »Ich muss nachdenken.« Er schloss die Augen und ließ die jüngsten Ereignisse im Geiste vorüberziehen. Die Flucht durch die Kluft: da hatte er den Stab noch gehabt. Der Zusammenprall mit dem Drachen: auch da hatte er den Stab in den Händen gehalten, ihn sogar als Waffe benutzt. Dann die Flucht in das Seitental, die Lawine, die sich explosionsartig hinter ihm aus der Enge der Schlucht befreit hatte. Sein Sturz. Ja! »Mein Sturz!«, schrie er.

»Verstehst du, was er meint?«, wandte sich Yomi an den Behmisch.

Yonathan selbst lieferte die Antwort. »Da vorn! Da bin ich gestürzt. Ich muss ihn fallen gelassen haben.« Ohne weitere Kommentare seiner Freunde abzuwarten, stürmte er den Weg zum Rande des erstarrten Eisstromes zurück. Als er diesen fast erreicht hatte, sah er ein gelbliches Blinken. Ja! Tatsächlich! Da lag Haschevet, halb unter einem unförmigen Eisklumpen begraben, der goldene Knauf mit den vier Gesichtern hob sich deutlich von dem weißen Untergrund ab. Er hatte den wertvollen Gegenstand schon fast erreicht, als ihm ein neuerlicher Schrecken beschert wurde.

»So stehen wir uns also zu guter Letzt allein gegenüber – Auge in Auge«, klang eine unverwechselbare Stimme an seine Ohren.

Nur vier Schritte von dem Stab entfernt verharrte Yonathan wie eine Maus, die vom Blick der Kobra gelähmt, auf den letzten tödlichen Biss wartet – nur dass es Sethurs Augen waren, in die er starrte, während der fünfzig Fuß über ihm auf dem Eis stand.

»Bringen wir es also zum Abschluss«, sprach Sethur langsam, bedauernd, aber unwiderruflich wie ein Scharfrichter vor dem todbringenden Axthieb. Anstelle der Axt bediente sich Sethur eines Eisbrockens von gewaltiger Größe. Langsam hob er das riesige Wurfgeschoss über den Kopf.

Yonathan sah, dass der muskulösen Statur dieses Mannes neben überdurchschnittlicher Geistes- auch beachtliche Körperkräfte innewohnten. Was sollte er tun? Könnte Sethur den Stab mit dieser Eisscholle zerschmettern? Selbst wenn nicht, waren er und seine Freunde in der Lage, diesem Mann, dem offensichtlich übernatürliche Fähigkeiten und Mächte zu Diensten standen, die Stirn zu bieten?

Er schaute sich um. Din-Mikkith und Yomi versuchten ihm zu Hilfe zu kommen – aber es gelang ihnen nicht! Aus ihren sich windenden Körperbewegungen sprach Hilflosigkeit, aus ihren weit aufgerissenen Augen Verzweiflung. Sie kamen nicht von der Stelle; es war, als würden sie gegen eine unsichtbare Wand ankämpfen.

Dies musste er allein ausfechten. Er wandte sich wieder Sethur zu mit stolz erhobenem Kopf. Vielleicht vermochte er es nicht aus eigener Kraft. Aber hatte er nicht selbst schon oft erfahren, welche Macht die Worte des *Sepher* besaßen? Darin hieß es: »Für *alles* bin ich stark durch den, der mir Kraft verleiht.« Yehwoh verlangte stets von seinen Dienern, dass sie ihren Glauben durch entschlossene Taten bewiesen – aber nie verlangte er Unmögliches.

Eine warme Woge durchflutete plötzlich Yonathans Körper und schwemmte die eisige, lähmende Kälte hinweg, die Sethurs übermächtige Präsenz hervorgerufen hatte. Unnachgiebige Entschlossenheit in den Augen, erwiderte er den Blick des Heerobersten. Und dann rief er mit fester Stimme: »Geht in Frieden oder bekommt eine Macht zu spüren, der die Eure nicht gewachsen ist.«

Sethur war trotz seiner Jugend ein hartgesottener Kriegsmann, den so schnell nichts ins Wanken bringen konnte. Die Worte dieses Wichtes da unten sorgten jedoch für einen Moment der Verwirrung. Der Eisblock rutschte über seinem Kopf, und für einen Augenblick gaben seine Arme nach, sodass er die schwere Last erneut ins Gleichgewicht bringen und hochhieven musste.

Dieser kurze Moment reichte Yonathan aus, um sich nach vorne zu werfen und auf dem Bauch liegend nach Haschevets Knauf zu langen.

»Du armer, kleiner Narr!«, hallten Sethurs Worte über ihm. Der Heeroberste ließ den Eisblock mit kraftvollem Schwung auf Yonathan herniedersausen.

Fast gleichzeitig gelang es Yonathan, Haschevet unter dem Eisstück herauszuziehen. Sofort rollte er auf den Rücken herum und ließ den Stab pfeifend durch die Luft sausen. Gerade rechtzeitig, um den herabstürzenden Eisblock zu treffen und in einem gleißend blauen Blitz zu zertrümmern.

Das Eis zersplitterte nicht, sondern zerstob in Millionen kleiner Wassertröpfchen, die sich über Yonathan ergossen. Schon mit dem nächsten Wimpernschlag stand er, dampfend wie ein Geysir, wieder auf den Füßen und blickte zu seinem Gegner empor.

Sethur hatte nicht geruht. Schon stemmte er ein weiteres Eisgeschoss in die Höhe.

Yonathan erkannte, dass es gegen diesen Gegner nur noch ein Mittel gab. Er packte Haschevet mit beiden Händen, schwang ihn wie einen Streitkolben über dem Kopf und schrie: »Yehwoh strafe dich, du gemeiner Kerl!«.

Und dann schlug er den Knauf Haschevets wie einen Schmiedehammer gegen das Fundament des erstarrten Eisstromes. Ein seltsamer Klang ließ sich vernehmen, wie ein Ton aus einem himmlischen Glockenspiel. Dann wurde das Eis vor seinen Augen durchsichtig und begann – zunächst kaum sichtbar, doch dann immer deutlicher – von einem blauen, pulsierenden Licht erfüllt zu werden.

Auch Sethur blieb diese Veränderung zu seinen Füßen nicht verborgen. Erschrocken ließ er den Eisblock fallen. Mit aufgerissenen Augen und ungläubigem Entsetzen im Gesicht verfolgte er das für ihn so schmerzliche Schauspiel.

Während das blaue Licht im Eis immer leuchtender wurde, schienen sich die einzelnen Schollen und Stücke zu bewegen. Sie sackten ineinander, einzelne Brocken lösten sich und rutschten auf Yonathan zu. Gerade rechtzeitig packte ihn eine Hand am Oberarm und zog ihn zurück. Er stolperte und beobachtete gefesselt, wie sich das Eis für einen kurzen Augenblick in eine wabernde klare Masse verwandelte. Hoch oben rang Sethur mit wild fuchtelnden Armen verzweifelt um sein Gleichgewicht.

Dann versank der Heeroberste Bar-Hazzats allmählich in dem Strom, welcher sich langsam wie dickflüssige Lava talwärts schob. Noch im Untergehen schleuderte er Yonathan die Worte entgegen: »Ihr habt zwar einen Sieg errungen, aber Ihr habt die Schlacht noch nicht gewonnen, Stabträger. Die Augen liegen in ihren Höhlen und harren der Stunde der Erweckung, um Euch wieder die Macht zu nehmen und sie dem zu geben, dem sie gebührt.« Dann war Sethur verschwunden.

Abschied

Das Fließen des umgewandelten, blau schimmernden Eises wurde immer schneller und schließlich sahen Yonathan, Yomi und Din-Mikkith, wie ein gewaltiger Strom vorüberschoss und alles mit sich riß, was im Wege lag.

Yonathan war wie benommen und er wusste nicht, was diese letzten Worte Sethurs bedeuten sollten. Von welchen Augen sprach er? Welche Macht sollte ihm genommen werden? Er blickte auf den Stab in seiner Hand und gewann langsam die Zuversicht zurück. Die Macht Yehwohs, die in Haschevet schlummerte, war stärker als alles sonst. Niemand konnte sich ihr gegenüberstellen und die Oberhand gewinnen!

Yonathan versuchte, das grausige Bild vom Untergang seines ärgsten Feindes zu verdrängen. Er hätte sich gewünscht die Gefahr bannen zu können und trotzdem Sethurs Leben zu schonen. Aber das war nicht möglich gewesen. »Liebe und Hass sind wie Sonne und Mond«, hatte Din-Mikkith ihm einmal gesagt. »Manchmal teilen sich beide eine gewisse Zeit lang den Himmel.« Heute war wohl so ein Tag gewesen, redete sich Yonathan ein. Er versuchte, den bitteren Beigeschmack seines Triumphes hinunterzuschlucken und wandte sich wieder seinen Freunden zu.

»So«, verkündete er, »jetzt sind wir ihn *wirklich* los.«

»Hoffentlich auch das da!«, erwiderte Din-Mikkith düster und deutete zum Himmel hinauf.

Die Freunde folgten seinem Blick und sahen einen schwarzen Vogel in Richtung Norden davonziehen.

Noch einmal huschte jenes Frösteln über Yonathans Rücken, das er stets gespürt hatte, wenn sich seine Wege mit denen dieser Kreatur gekreuzt hatten. »Ohne seinen Herren wird uns Zirah wohl so schnell keinen Kummer mehr bereiten«, bemerkte er wenig überzeugt. Er überlegte, ob Zirahs Augen wohl diejenigen seien, die Sethur in seinem Fluch erwähnt hatte.

»Es sieht so aus, als hätte das Vieh mein Girith auf dem Gewissen.« Din-Mikkith klang bedrückt, eine seltene Gefühlsregung bei dem alten Behmisch.

Auch Yonathan schmerzte das Fehlen des kleinen, treuen Vogels. Sein Herz krampfte sich zusammen. »Es tut mir sehr Leid um den Rotschopf«, brachte er mühsam hervor.

»Jetzt muss ich mir jemand anderes suchen, das mich immer ›Liebes Din-Mikkith‹ nennt.«

Die Äußerung seines grünen Freundes weckte einen Gedanken in Yonathan, den er aber wegen der sich überstürzenden Ereignisse immer vor sich hergeschoben hatte: Was würde aus der kleinen Gemeinschaft werden, wenn sie das Tor im Süden, den Ausgang des Verborgenen Land, erst gefunden hätten? »Aber«, begann er stotternd, »möchtest du denn nicht mit uns …?«

»Nein, Kleines«, unterbrach Din-Mikkith ihn mit kratzender Stimme. »Ich kann nicht mit euch gehen. Mein Platz ist hier, im Verborgenen Land.«

»Aber du hast uns so viel geholfen. Ich kann mir gar nicht vorstellen, ohne dich …«

»Yonathan, mein Kleines, dort draußen ist ein anderes Welt. Das Volk der Behmische existiert dort nur noch in Legenden. Niemand kennt es mehr. Man würde mich für ein Ungeheuer halten. Man würde mich so lange jagen, wie man die Drachen gejagt hatte. Heute gibt es keine Drachen mehr, Yonathan! Möchtest du, dass es mir genauso geht?«

Yonathan schaute zu Boden. Tiefe Traurigkeit überkam ihn. »Nein. Das möchte ich natürlich nicht.«

»Außerdem würdet ihr mit mir mehr auffallen als euch lieb wäre.«

»Er hat Recht, Yonathan«, pflichtete Yomi Din-Mikkith bei.

»Wenn wir den Südkamm hinter uns haben, sind wir wieder in der bekannten Welt. Von da an müssen wir uns alleine durchschlagen.«

All diese Argumente waren vernünftig, aber sie machten Yonathan das Herz schwer. »Wer weiß, ob wir überhaupt noch das Tor erreichen können, jetzt, wo doch der Strom …« Er wollte hinter sich auf die verflüssigten Eismassen deuten und bemerkte plötzlich, dass das donnernde Rauschen des Wassers verklungen war. Anstelle des Stromes schlängelten sich nur noch vereinzelte kleine Rinnsale über den Boden. Der Strom war verschwunden und mit ihm Eis und Schnee, die noch vor kurzem den Pfad zum Tor im Süden bedeckt hatten.

»Das Wasser ist abgeflossen«, stellte Din-Mikkith kurz fest.

»Aber dann …« Yonathan blickte besorgt zum Himmel empor. »Dann müssen wir uns beeilen. Die Sonne wird bald untergehen und das Tor wird zufrieren.«

»Das stimmt«, pflichtete der Behmisch ihm bei. »Lasst uns laufen!«

Mit weiten Schritten eilten die Gefährten – als hätten sie in den vergangenen Stunden nicht schon genug Mühsal erlitten! – in die Schlucht, erneut dem gewaltigen Bergkessel entgegen. Die Kluft, die zu ihrem Ziel führte, war nun tiefer, da kein vereister Grund mehr den Boden bedeckte. Der Bach in der Mitte des Pfades schien angeschwollen zu sein. Schon bald erkannten sie den Grund hierfür.

»Der Dampf ist weg«, stellte Yomi fest. »Es fließt Wasser aus dem Tor!«

»Aber die Sonne, sie scheint doch noch«, wunderte sich Yonathan.

»Da, seht doch!« Din-Mikkith deutete auf die nördliche Innenwand des Kessels.

Durch das Erdbeben hatten sich Eis und Geröll von dem Kamm des Felsenrunds gelöst. Die einstmals weiße Krone war fast völlig verschwunden. Doch nicht aller Schutt des Erdrutsches hatte sich mit der Flutwelle seinen Weg ins Tal gesucht. Ein Teil war an der Flanke hängen geblieben.

»Die goldene Wand ist verdeckt«, staunte Yonathan.

Yomi nickte. »Deshalb kann die Sonne das Wasser nicht mehr zum Dampfen bringen.«

»Ja, aber es wird nicht lange so bleiben«, gab Din-Mikkith zu bedenken. »Schaut da … und da! Überall rutscht und rieselt es. Das schmelzende Eis wäscht die Wand wieder sauber. Bald wird es das Tor wieder verschließen.«

»Wie viel Zeit haben wir noch?«, fragte Yonathan besorgt.

»Ich kann es nicht sagen. Alles kann jeden Moment abrutschen. Allerdings wird die Sonne gleich hinter den Bergen verschwinden, sodass es vielleicht auch erst morgen geschieht.« Din-Mikkith wandte den Blick von der verschütteten Südwand ab und schaute Yonathan wehmütig in die Augen. »Wie auch immer, das Gestein rund um das Tor wird bald abgekühlt sein, sodass das Wasser zu gefrieren beginnt. Ihr müsst euch eilen.«

Yonathan fühlte einen Kloß im Hals. »Kannst du wirklich nicht mit uns kommen, Din? Wenigstens ein kleines Stück.«

»Wie soll ich dann wieder zurückkehren, Kleines? Das Tor im Süden wird sich bald wieder schließen.«

Yonathan nickte.

Yomi, der in der rauen Umgebung von Seeleuten aufgewachsen war, fiel es schwerer seine Gefühle zu zeigen. Mit bebender Stimme versuchte er von seiner Rührung abzulenken: »Am besten, wir klettern neben dem Loch hoch und schwingen uns dann hinein. Direkt darunter könnte es ziemlich nass für uns werden.«

Din-Mikkith legte den Arm um seinen zweihundert Jahre jüngeren Freund und drückte ihn sanft in die Richtung des Tores. Mit einem Blick auf die verschüttete Goldwand sagte er: »Ich werde noch mit hochklettern. Sicherheitshalber.«

Yonathan dankte ihm für diese Geste, die einen kurzen Aufschub des unvermeidlichen Abschieds brachte.

Yomi ließ es sich nicht nehmen, als Erster die Felswand zu erklimmen. Sein Atem dampfte in der Kälte, aber trotz klammer Finger erreichte er mühelos einen kleinen, herausstehenden Felsen schräg oberhalb des Loches. Sich an diesem mit beiden Händen fest haltend schwang er zuerst das rechte Bein in die Felsenöffnung und zog – sobald er sich von seinem festen Stand überzeugt hatte – das linke nach.

Das Tor im Süden stellte sich in Wahrheit als eine unregelmäßig geformte Höhlenöffnung dar, in der Yomi nicht einmal aufrecht stehen konnte. Doch in den vergangenen Jahrtausenden hatte es gezeigt – ob seiner verborgenen Lage oder seiner schweren Zugänglichkeit wegen, ließ sich schwer sagen –, dass es von aufmerksamen Torwächtern behütet wurde. Noch nie zuvor war es irgendjemandem gelungen, dieses unscheinbare Tor zu durchschreiten. Jedenfalls hatte nie jemand von einem solchen Versuch berichten können.

Und wie in einer letzten großen Prüfung schrie Yomi, kaum dass er in der Öffnung des Tores stand, erschrocken auf. Ein schwarzer, geflügelter Schatten, aufgeschreckt von seinem Eindringen, stürzte ihm aus der Dunkelheit entgegen. »Zirah!«, entfuhr ihm ein Schreckensruf. Gleichzeitig warf er sich auf den noch warmen Felsengrund – ins Wasser. Der Vogel flatterte über ihn hinweg in Freie.

Dort, im Lichte des sich neigenden Tages, konnte man das Tier deutlicher erkennen: ein taubengroßer Vogel mit Papageienschnabel und einem roten Federschopf auf dem Kopf.

»Rotschopf!«, riefen Din-Mikkith und Yonathan wie aus einem Munde.

»Er muss sich in der Höhle versteckt haben, als das Beben losbrach«, vermutete Yonathan erleichtert.

Girith landete etwas ungeschickt auf Din-Mikkiths Schulter. »Din-Mikkith, liebes Din-Mikkith«, krähte er fröhlich.

»Es hat sich am Flügel verletzt«, stellte der Behmisch nach kurzer Untersuchung seines kleinen, treuen Vogels fest. »Und ziemlich verschreckt ist es auch. Aber es scheint nicht so schlimm zu sein.« Din-Mikkith grinste. »Es wird wieder in Ordnung kommen!«

»Puh!«, machte Yonathan seiner Erleichterung Luft. »Da bin ich aber froh!« Sich nach oben wendend rief er: »Yomi! Du kannst herauskommen. Die Gefahr ist vorbei.«

Der triefend nasse Seemann erschien in der Öffnung. »Dieser Rotschopf hat mir einen ganz schönen Schrecken eingejagt.«

Girith schaute zu Yomi empor und gurrte: »Din-Mikkith, liebes Din-Mikkith.«

»Er könnte ruhig mal was anderes sagen«, seufzte Yomi.

»Lasst es gut sein«, mahnte Din-Mikkith. »Wir müssen uns beeilen.«

Kurze Zeit später hatten sie alle den Eingang zum Tor erklommen.

»Lasst uns noch ein Stück hineingehen«, sagte Din-Mikkith. »Ich möchte ganz sicher sein, dass wir auf dem richtigen Weg sind.«

Dies festzustellen, nahm nicht sehr viel Zeit in Anspruch. Das Tor im Süden war nichts weiter als eine schmale, schwach ansteigende Röhre. Die drei Gefährten wateten durch einen knietiefen Strom von Wasser, das erstaunlicherweise weniger kalt war, als sie vermutet hatten. Din-Mikkith erklärte, dass die warme Luft des von der Sonne aufgeheizten Gesteins in dem Gang emporstieg und so dafür sorgte, dass das Wasser bei Tage fließen konnte.

Nach höchstens dreihundert Fuß weitete sich der Tunnel zu einer runden Felsenkammer von etwa achtzig Fuß Durchmesser. Inmitten dieses Raumes rauschte eine Wand von Wasser nieder.

»Das ist das Scheideweg«, brüllte Din-Mikkith, um den Lärm des Wasserfalls zu übertönen.

Die Augen der Höhlenwanderer hatten sich an die Dunkelheit gewöhnt. Es war noch nicht völlig düster an diesem Scheideweg, wie Din-Mikkith ihn nannte.

Nach Umrundung der Felsenkammer stellten die Freunde fest, was der Grund für das Dämmerlicht war. Auf der anderen Seite der Wasserwand zeigte sich wieder Tageslicht, als länglicher Spalt in nicht allzu großer Ferne. Nun war der Pfad wieder abfallend. Auch hier floss ein Bach. Die Felsenkammer schied die im Berg entspringende Quelle in einen nord- und einen südwärts fließenden Wasserlauf.

Es dauerte nicht lange, da hatten die drei die andere Seite des

Tores erreicht. Auch hier gab es Eis und Schnee – und einen atemberaubenden Anblick: Die orangerote Sonne lag wie ein riesiges Eidotter auf einem weichen Bett von Wolken. Anders als auf der Nordseite des Gebirgszuges war hier der Blick nicht durch Berggipfel behindert, sondern konnte sich unendlich nach Osten, Süden und Westen erstrecken. Din-Mikkith, der seit über zweihundert Jahren die Sonne nicht mehr am klaren Himmel gesehen hatte, kniff die wimpernlosen Lider eng zusammen und hielt die Hände über die Augen. Seine beiden Freunde konnten nur ahnen, was er empfinden musste. Obschon sie selbst das Antlitz der Sonne nur wenige Wochen nicht hatten schauen dürfen, fühlten sie sich jetzt wie neue Menschen. Ein seltsam leichtes Gefühl durchströmte sie, hier, so hoch über den Wolken. Yonathan kam sich vor wie ein Vogel, der sich auf starken Schwingen über alle Grenzen hinwegsetzte, die die Menschen am Erdboden fest hielten. Gern wäre er noch länger hier verweilt, aber Din-Mikkiths Stimme brach den Bann und lenkte Yonathans Aufmerksamkeit zur Gegenwart zurück: »Es ist jetzt Zeit, unseren Freunden Lebewohl zu sagen, Rotschopf. Verabschiede dich von ihnen und wünsche Yonathan viel Glück. Er hat schwere Aufgaben vor sich.«

Rotschopf, der auf Din-Mikkiths Schulter saß, legte den Kopf schief und beäugte Yonathan forschend. Dann krähte er vergnügt: »Yonathan, liebes Yonathan.«

Yonathan und Yomi blickten sich erstaunt an. »Hat er eben deinen Namen ausgesprochen oder habe ich mich verhört?«, erkundigte sich der Seemann ungläubig.

»Es ist eben ein schlaues Rotschopf«, bekräftigte Din-Mikkith.

»Das ist er«, bestätigte Yonathan gerührt. Er versuchte nicht länger seine Tränen zurückzuhalten und fiel dem Behmisch in die Arme. »Werden wir uns je wieder sehen?«, schluchzte er.

»Das weiß nur Yehwoh«, erwiderte Din-Mikkith.

»Ich werde dich so vermissen, Din. Du warst so gut zu uns.«

»Du musst mich nicht vermissen, Kleines. Ich habe ein Geschenk für dich, das dich immer an mich erinnern wird.«

»Ein Geschenk?« Yonathan löste sich schwer von der Brust seines Freundes. Sie hatten doch kaum mehr als die wenigen Dinge gerettet, die sie auf dem Leibe trugen. Was wollte Din-Mikkith ihm schenken? Den Rotschopf etwa? »Ich kann das nicht annehmen«, wehrte er ab. »Wir haben dir schon so viel zu verdanken.«

»Ich möchte es aber«, widersprach Din-Mikkith. »Es würde mich glücklich machen.« Ehe Yonathan noch etwas erwidern konnte, griff Din-Mikkith unter seinen ramponierten Umhang. Für einen Moment verzerrte sich das Gesicht des Behmisch schmerzhaft. Dann zog er den Arm wieder heraus und in der Handfläche eingebettet lag wie ein leuchtender Smaragd – der Keim.

»Aber Din!«, wehrte Yonathan erschrocken ab. »Das ist doch dein – Keim. Deine ganze Erinnerung und die all deiner Vorfahren ist darin eingeschlossen. Nur durch ihn kannst du dich fortpflanzen. Er ist das Einzige …!«

»Eben«, unterbrach ihn Din-Mikkith sanft. »Das einzige, was von dem *einen* Behmisch noch zeugt. Der Keim kann nie mit einem zweiten zusammengefügt werden, er kann keine neuen, kleinen Behmische hervorbringen. Ich bin der letzte, Yonathan.«

Yonathan spürte erneut die Tränen aufsteigen. Er fand keine Worte und konnte nichts erwidern.

»Schau, Kleines«, fuhr stattdessen Din-Mikkith fort, »du hast bewiesen, dass du in dem Keim lesen kannst. Ich benötige ihn nicht mehr. Mein Leben neigt sich dem Ende zu.«

»Aber wie …?«

»Sag nichts, Kleines. Ich weiß, dass es so ist. Du bist noch jung und lernst das Welt gerade erst kennen. Nutze das Wissen und die Weisheit, die meine Vorfahren und ich erworben haben. Es wiegt nicht so schwer wie die Weisheit Yehwohs, aber es mag dir vielleicht nützlich sein, damit du nicht den Prachtbienen gleichst, die immer nur an das Brautparfüm denken und dabei das Wesentliche übersehen.«

Yonathan gab den Widerstand auf. Er spürte die Gefühle, die den Behmisch zu diesem Angebot bewogen hatten. Er fühlte, dass er den Freund nur verletzten würde, wenn er seine kostbarste Gabe ablehnte. Vorsichtig nahm er den Keim entgegen und spürte sogleich das verborgene Leben in ihm, ein Leben das schlummerte wie in einem Samenkorn, ein Leben aber auch, das bereit war sich neu zu entfalten – wenn man ihm nur die Gelegenheit dazu bot.

»Danke, Din. Ich werde ihn in Ehren halten.«

Bevor er den Keim in den wundersamen Lederbeutel steckte – der beste Ort, den er sich vorstellen konnte, um dieses Geschenk zu bewahren – hob er ihn noch einmal empor. Die letzten Strahlen der Sonne brachen sich in dem grünen, durchscheinenden Material. Tausend Sterne funkelten und alle Farben des Universums zeigten sich.

Yomi hatte schweigend dagestanden und gegen die Tränen angekämpft. Doch jetzt, da Din-Mikkith sich ihm zuwandte, brachen die Bollwerke der Männlichkeit, die die Erziehung seines Stiefvaters in ihm errichtet hatten. »Bist du mir auch nicht mehr böse?«, fragt er den Behmisch unter Tränen.

»Wieso sollte ich dir böse sein?«

»Na, weil ich so unheimlich oft gemeckert habe.«

»So *unheimlich* oft war es nicht.« Din-Mikkith kicherte, aber es klang nicht so unbekümmert wie sonst. »Es ist schon gut, mein großes Kleines. Für dich war vieles fremd und Furcht erregend. Dein Verhalten war ganz normal. Lebe wohl Yomi, pass gut auf Yonathan auf – und denke manchmal an mich.«

»Das werde ich bestimmt, Din. Ganz bestimmt!«

Din-Mikkith umarmte seine beiden Freunde und drückte noch einmal mit seinen sechsfingrigen Händen die ihren. Dann wandte er sich zum Gehen. An der Schwelle des Höhleneingangs drehte sich der grüne Bewohner des Verborgenen Landes noch einmal um, winkte und schenkte den Gefährten ein letztes Aufblitzen seines absonderlichen, aber lieben Lächelns.

Bald waren Din-Mikkith und Girith im Dunkel der Höhle verschwunden. Verhallend tönten noch einmal die Worte: »Yonathan, liebes Yonathan«. Dann war es still und die Nacht senkte sich über das Tor im Süden.

Epilog

Es sollten Jahre vergehen, bis Menschen erneut das Verborgene Land betreten würden und das Wunder zu Gesicht bekämen, das Din-Mikkith und Girith auf ihrem Heimweg entdeckten. Beim Abstieg aus dem Südkammgebirge durchquerten sie auch wieder jenes traurig-bedrückende Tal, in dem die tote Stadt Ha-Chérem, die Verfluchte, lag. Doch da, wo es zuvor nur Salz anstatt Leben gab, lag jetzt ein friedlicher See, angefüllt mit süßem, gesundem Wasser. An seinen Ufern begannen junge, noch zarte Pflanzen zu sprießen, und auf seinen Wellen schwammen die ersten Vögel.

Die im Kampf zwischen Yonathan und Sethur geschmolzenen Eismassen hatten sich in Leben spendende Fluten verwandelt; ein weiteres Ehrfurcht gebietendes Zeugnis für die unermessliche Macht, die durch den Stab Haschevet wirkte. Auf diese Weise erfüllte sich die Prophezeiung Yenoachs, des ersten Richters Neschans. Ha-Chérem wurde für immer von ihrem Aussatz geheilt. Und sie erhielt den Namen Ha-Mattithyoh, die Gabe Yehwohs.

Din-Mikkith und Girith kehrten erschöpft, aber wohlbehalten in ihr Baumhaus zurück. Doch damit enden nicht die Träume des Jonathan Jabbok. Es sollte sich bald herausstellen, dass die Reise Yonathans und Yomis erst begonnen hatte. Der Weg nach *Gan Mischpad,* dem Garten der Weisheit, war lang und mit mehr Überraschungen und Abenteuern gespickt, als Yonathan lieb sein konnte.

Kitvar
NORDREGION
Nordmeer
Das Ewige Wehr
Nördliche Handelsroute
Das Verborgene Land
Zephon
Drachengebirge
Der Glühende Berg
Kartan
Das Tor im Süden
Südkamm
Beridasch
Qezeh
Gorb
Golf von Cedan
Westliche Handelsroute
Meresin
Der Große Wall
Großer Ozean
ZENTRALREGION
Cedanische Sümpfe
Baschan
Cedanor
Handelsroute
Beli-Mekesch
Berge von Zurim-Kapporeth
Quirith
Pilgerstraße
Cedan
Südliche
Die Vergessene Insel
SÜDREGION
Wüste Mara
Abbadon
Ganor
Darom-Maos
Garten der Weisheit
Gedor
TÉMÁNAH

NESCHAN
Akeidama See
OSTREGION
Kandamar
Mezillah
Byrz-El
Quon
Tschirp
der
Squaks
Östliche
Handelsroute
Grynd-El
Der Große Wall
500 Meilen
Das Endlose Meer

Verzeichnis von Namen und Orten

Begriffe, die unter ihrem eigenen Namen umfassender erläutert werden, sind kursiv gedruckt.

Arajoth: Name des zweiten neschanischen Richters, der selbst den grässlichsten Kreaturen des *Melech-Arez* mutig die Stirn bot.

Bar-Hazzat: (neschanisch: »Sohn des Widersachers«) übermenschlicher Herrscher des neschanischen Landes *Témánah,* der Yonathan eine Menge Ärger beschert.

Behmisch: intelligente, auf *Neschan* anzutreffende Lebewesen, die eine nicht unerhebliche Rolle in Yonathans Leben spielen. Einer von ihnen, *Din Mikkith* mit Namen, nimmt dabei einen besonderen Platz ein. Behmische sind geschlechtslos, fast immer nackt und sehr wandelbar, was die Färbung ihrer Haut betrifft. Sie sprechen mit den *Lebenden Dingen* (mit Pflanzen und Tieren) und können in ihrem Keim das gesamte Wissen ihres etwa dreihundertjährigen Lebens speichern, um es an ihre Nachkommen weiterzugeben.

Benel: (neschanisch: »Sohn Gottes«) ein Bote *Yehwohs*, der Yonathan beunruhigende Nachrichten bringt.

Cedan: größter Strom *Neschans* und Namensgeber vieler Einrichtungen, die Menschen ersonnen haben.

Cedanisches Kaiserreich: Herrschaftsgebiet des Kaisers *Zirgis,* das den größten Teil der bekannten Länder *Neschans* umfasst; gelegentlich auch die »Länder des Lichts« genannt, weil sie über Jahrhunderte ein Bollwerk gegen *Témánah,* das Reich des dunklen Herrschers *Bar-Hazzat,* waren.

Cedanor: Ziel und doch nur Durchgangsstation für *Yonathan.* Und nebenbei auch noch Hauptstadt des *Cedanischen Kaiserreiches.*

Charosim: (neschanisch: die »Vierzig«) Gruppe der richterlichen Boten, die Yonathan besser kennt, als er weiß. Sie wurden ursprünglich von *Goel* eingesetzt, nachdem dieser selbst nicht mehr den *Garten der Weisheit* verlassen durfte.

Darom-Maos: (neschanisch: »Südfeste«) Hafenstadt im Süden des *Cedanischen Kaiserreiches,* dicht an der Grenze zu *Témánah* gelegen; Heimat- und Schicksalsort von Yonathans Gefährten Yomi.

Drachengebirge: neschanischer Gebirgszug, der so aussieht wie er heisst und die Nord- von der Zentralregion trennt.

Even: auf *Neschan* gültige Münzwährung. Drei Kupfereven entsprechen etwa dem Tageslohn eines Landarbeiters.

Ewiges Wehr: Das Ewige Wehr ist ein großes Bergmassiv auf *Neschan,* das den nördlichen Grenzwall zum *Verborgenen Land* bildet und schon für viele Schiffe zu einem verhängnisvollen Ort wurde.

Gan Mischpad: (neschanisch: »Garten der Weisheit«) Ort, an dem die Richter *Neschans* wohnen und der manchmal so unerreichbar scheint, dass sich Yonathan fragt, ob er ihn jemals finden wird. Gan Mischpad ist von einer übernatürlichen Nebelwand umgeben, die nur denjenigen Zutritt gewährt, die dazu berechtigt sind.

Ganor: (neschanisch: die »Gartenstadt«) befindet sich unmittelbar an der Ostgrenze zu *Gan Mischpad.*

Garten der Weisheit: Übersetzung des Namens, den die *Sprache der Schöpfung* »Gan Mischpad« nennt.

Gavroq: ein Hauptmann *Sethurs,* der so unklug war, die Macht des Stabes *Haschevet* auf die Probe zu stellen.

Girith: Vogel *Din-Mikkiths,* der sich als mitteilsamer erweist, als man es selbst bei einem papageienartigen Geschöpf vermuten sollte. Wegen seines roten Federschopfes hört Girith auch auf den Spitznamen »Rotschopf«.

Goel: (neschanisch: »Befreier Gottes« oder »Rächer Gottes«) nicht nur der sechste Richter *Neschans,* sondern selbst in Erzählungen noch eine temperamentvolle Figur, die den Mächten des Bösen einiges entgegenzusetzen hat.

Golf von Cedan: Der Golf von Cedan erhielt seinen Namen vom Strom *Cedan,* der in den Golf mündet. Am Zufluss des Cedan-Deltas liegt die Stadt *Cedanor.*

Glühender Berg: ein rot glühender Vulkan im *Verborgenen Land,* der aus vielen Gründen schwer zu berechnen ist.

Grantor: eine üble Person in der Geschichte *Neschans,* nicht nur, weil er der erbittertste Feind *Goels* war, sondern auch, weil er *Bar-Hazzat* den Weg bereitete.

Gurgi: Name einer winzigen *Masch-Masch*-Dame die Yonathan immer wieder zum Lachen bringt. *Din-Mikkith* wird schon gewusst haben, warum er das pelzige Mädchen »Tollpatsch« nannte, was in der *Behmisch*-Sprache Gurgi bedeutet.

Ha-Chérem: (neschanisch: »die Verfluchte«) Name einer toten Stadt im *Verborgenen Land,* die ursprünglich Ha-Gibbor (neschanisch: »die Starke«) hieß. Die Verheißung sagt, dass Ha-Chérem einmal wieder seinen alten Namen zurückerhalten wird.

Ha-Gibbor: siehe *Ha-Chérem.*

Haschevet: eine Hauptperson dieser Geschichte, auch wenn er nur ein Stab ist. Haschevet ist das Zeichen der Amtsbefugnis der Richter *Neschans,* aber nicht nur das: Durch ihn wirkt das *Koach,* die Macht *Yehwohs,* und verleiht den Richtern übernatürliche Kräfte. Offenbar nicht nur ihnen, wie Yonathan feststellen wird.

Kitvar: Heimatort Yonathans und Endpunkt der »Nördlichen Handelsroute« in *Neschans* Nordregion. Hier findet regelmäßig der »Große Markttag« statt, der Gelegenheit für vielerlei Geschäfte bietet.

Koach: (neschanisch: »Macht«) eine übernatürliche, von *Yehwoh* stammende Macht, von der Yonathan erfährt, dass sie schwerer zu tragen ist als der Stab *Haschevet,* dem sie innewohnt. Das *Koach* kommt in mindestens sechs verschiedenen Fähigkeiten (»Facetten«) zum Ausdruck: 1. *Das Gefühl,* die Fähigkeit, Empfindungen und Absichten anderer Wesen zu erkennen. 2. *Die Projektion* befähigt dazu, anderen Wesen eigene Gefühlsregungen oder Gedankenbilder in den Sinn zu pflanzen. 3. *Der Wandernde Sinn* ermöglicht die sinnliche Wahrnehmung, getrennt vom eigenen Körper, an einen anderen Ort zu versetzen. 4. *Die Kraft der Bewegung* befähigt dazu, Gegenstände ohne körperliche Berührung zu bewegen, zu erfühlen und Kraft auf sie auszuüben. 5. *Die Kraft der Heilung* ist die Fähigkeit andere Wesen in einem Nu von ihrer Krankheit oder von körperlichen Gebrechen zu heilen. 6. *Die Erinnerung* ermöglicht sich jedes Details aus der Vergangenheit zu erinnern.

Länder des Lichts: siehe *Cedanisches Kaiserreich.*

Lebende Dinge: Bezeichnung der *Behmische* für sämtliche Lebewesen *Neschans,* mit denen sie einen regen Gedankenaustausch pflegen.

Masch-Masch: eine kleine, pelzige Säugetiertart auf *Neschan,* von der Yonathan erfahren wird, dass sie sehr verspielt, sehr neugierig und ständig hungrig ist (siehe *Gurgi).*

Melech-Arez: (neschanisch: »König des Landes«) für Yonathan: der Inbegriff alles Bösen, für die Welt *Neschan:* der Schöpfer (wenn es auch in einem Akt der Rebellion gegen *Yehwoh* geschah); und für die Bewohner *Téhmánahs:* Gott.

Narga: Name eines Segelschiffes, an dem nicht nur die Farbe ziemlich düster ist.

Navran Yaschmon: neschanischer Pflegevater Yonathans, dessen früheres Leben einige für seinen Zögling sehr interessante Lücken aufweist.

Neschan; (neschanisch: »Tränenwelt«) der Name der Welt,

die in Jonathans Träumen eine beängstigende Realität annimmt, obwohl sie doch die einzige ist, auf der sein Traumbruder, Yonathan, leben kann.

Schophetim: (neschanisch: die »Richter«) Gruppe von insgesamt sieben Menschen, die von *Yehwoh* dazu ausgewählt wurden, auf *Neschan* den Kampf des Lichts (des Göttlichen, Guten) gegen die Finsternis (des Bösen) zu führen und von denen Yonathan aufgebrochen ist, den sechsten zu finden, damit der siebente offenbart werden kann.

Sepher Schophetim: heiliges Buch, das das Leben, die Aussprüche und Prophezeiungen der Richter *Neschans* und eine für Yonathan sehr wichtige Weissagung enthält.

Sethur: (neschanisch: »der im Verborgenen Wirkende«) Heeroberster und rechte Hand von *Bar-Hazzat,* der es sich in den Kopf gesetzt hat, Yonathan alle nur erdenklichen Schwierigkeiten zu bereiten.

Sprache der Schöpfung: Umschreibung für die Sprache, die den intelligenten Wesen *Neschans* bei ihrer Schöpfung verliehen wurde. Die Sprache der Schöpfung, auch »die alte Sprache« genannt, hat sich im Laufe der Jahrtausende weiterentwickelt, was nicht von allen jungen Schülern zur Zeit Yonathans begrüßt wird.

Südkamm: Der Südkamm bildet das südliche Grenzgebirge des *Verborgenen Landes* auf *Neschan* und wird für unseren Helden zu einem fast unüberwindlichen Wall.

Tâmánah: (neschanisch: »die Südgegend«) ein Land, dessen Namen viele Bewohner *Neschans* eher mit »das Land der Finsternis« übersetzen würden. Hier wohnt *Bar-Hazzat,* der von hier die *Länder des Lichts* verschlucken will.

Tränenwelt: Übersetzung des Namens der Welt *Neschan.*

Verborgenes Land: Das Verborgene Land ist eine große Halbinsel auf *Neschan,* das aufgrund eines Fluches von *Yehwoh* lange Zeit für unzugänglich galt.

Weltwind: 1. Name eines Schiffes, das *Yonathan* so schnell nicht vergessen wird.

2. gemäß einer neschanischen Sage ein Wind, der aus einem riesenhaften Loch im Großen Ozean emporsteigt und sich als feuchter Luftstrom auf ganz *Neschan* verteilt; das Loch entstand als Sevel, der Sohn des Gottes Oßéh, von seinem Vater in den Abgrund der Verbannung geschleudert wurde.

Yehpas: (neschanisch: »Yehwoh's geläutertes Gold«) Name des vierten Richters von *Neschan,* der das *Koach* durch die »die Kraft der Heilung« auf besondere Weise gebrauchte.

Yehwoh: (neschanisch: »Er lässt werden«) auf *Neschan* verwendeter Name für den allmächtigen und höchsten Gott des Universums, der Yonathan erwählt, die schwerste Aufgabe zu lösen, die je ein Mensch auf Neschan bewältigen musste.

Yenoach: Name des ersten Richters von *Neschan,* dem Yonathan die Niederschrift einer folgenschweren Prophezeiung verdankt.

Zirgis: Kaiser des *Cedanischen Reiches,* der nach Yonathans Geschmack ein wenig zu viel Toleranz gegenüber den schwarzen Priestern *Témánahs* an den Tag legt.

Ralf Isau
Wider das Vergessen

Ralf Isau
Das Museum der gestohlenen Erinnerungen
672 Seiten, ISBN 3 522 17120 9

Seltsame Dinge gehen vor. Als die Zwillinge Jessica und Oliver aus den Ferien nach Hause zurückkehren, haben sie ihren Vater vergessen. Nur ein Gefühl der Leere ist noch da. Aus seinem Tagebuch erfahren sie von Quassinja, dem Reich der verlorenen Erinnerungen, und von Xexano, dem Gott dieser geheimnisvollen Welt. Um ihren Vater wiederzufinden, beschließen die Geschwister einen kühnen Plan.

Ausgezeichnet mit dem »Buxtehuder Bulle«.

THIENEMANN

Der ergreifende Bericht des englischen Forschers Archibald Leopold Ruthmore über seine aufsehenerregende und verhängnisvolle Reise im Jahre 1850, bei der er im Innern Asiens die letzten Riesen dieser Welt entdeckte.

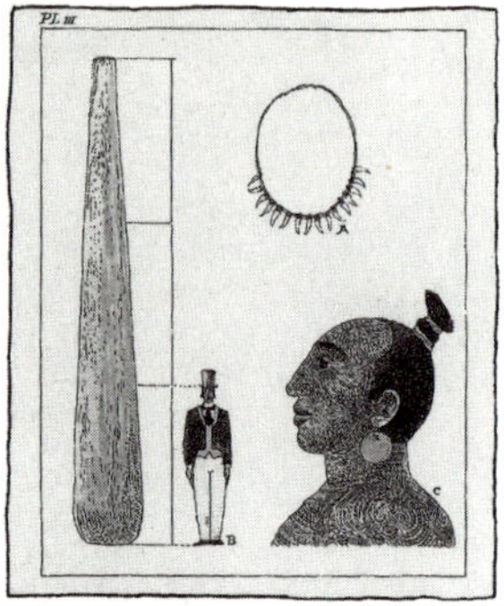

Ruthmore erwirbt im Hafen einen großen Zahn, der über und über mit fremdartigen Gravuren bedeckt ist. Nach einigen Studien entdeckt er darauf eine winzige Landkarte, die ihn auf die Spur der letzten Riesen führt. Er rüstet sich zu einer großen Expedition und gelangt unter unsäglichen Mühen und Abenteuern mit seiner Mannschaft schließlich in die entlegensten Bergregionen Asiens. Unterwegs verliert er alles und bleibt schließlich völlig erschöpft als einziger übrig. In diesem Zustand finden die Riesen den Forscher und pflegen ihn gesund. Die Riesen sind sehr liebenswerte Geschöpfe, und er kann ein Jahr lang an ihrem Leben teilhaben. Dann macht er sich auf zurück nach Hause, um der Welt von seiner Entdeckung zu berichten. Doch niemand glaubt ihm ...
Eine phantastische Erzählung mit realistischen Bildern.

François Place
DIE LETZTEN RIESEN
Aus dem Französischen von
Marie Luise Knott
ISBN 3-570-12105-4

C. Bertelsmann

WER BEI DEN TUNNELKIDS GELANDET IST, DER IST SO GUT WIE ERLEDIGT, ER WEISS ES NUR NOCH NICHT.

Ein Leben mit dem Finger am Abzug – ein spannungsgeladener Roman über jugendliche Schicksale an der Grenze zwischen Erster und Dritter Welt.

Werner J. Egli
TUNNELKIDS

ISBN 3-570-12244-1

C. Bertelsmann